NORA ELIAS

Antonias Tochter

Nora Elias

Antonias Tochter

Roman

GOLDMANN

Der Verlag weist ausdrücklich darauf hin, dass im Text enthaltene externe Links vom Verlag nur bis zum Zeitpunkt der Buchveröffentlichung eingesehen werden konnten. Auf spätere Veränderungen hat der Verlag keinerlei Einfluss. Eine Haftung des Verlags ist daher ausgeschlossen.

Dieses Buch ist auch als E-Book erhältlich.

Verlagsgruppe Random House FSC® N001967

1. Auflage
Originalausgabe August 2017

Dieses Werk wurde vermittelt durch die Literarische Agentur
Thomas Schlück GmbH, 30827 Garbsen.
Umschlaggestaltung: UNO Werbeagentur München
Umschlagfoto: bpk; Getty Images
Redaktion: Regine Weisbrod
BH · Herstellung: Str.
Satz: Uhl + Massopust, Aalen
Druck und Bindung: GGP Media GmbH, Pößneck
Printed in Germany
ISBN: 978-3-442-48554-3
www.goldmann-verlag.de

Besuchen Sie den Goldmann Verlag im Netz

»Die große Masse des deutschen Volkes ist,
was Ernährung, Heizung und Wohnung anlangt,
auf den niedrigsten Stand gekommen, den man seit hundert
Jahren in der westlichen Zivilisation kennt.«

Herbert C. Hoover, amerikanischer Präsident 1929–1933

TEIL 1

»Der Trümmerhaufen Köln
wurde dem Feind überlassen.«

Meldung des Reichssenders
beim Einrücken der US-Truppen

1

Juli 1945

»Oh, verdammt noch mal!« Elisabeth Kant hob ihren Mantel an, dessen Saum über und über mit Dreck bespritzt war. Der Junge, der seinen Karren mit Wucht durch den Matsch gerollt hatte, sah sie ungerührt an.

»Dann geh halt zur Seite, Prinzessin.«

Elisabeth lag eine unflätige Antwort auf der Zunge, aber sie schluckte sie hinunter, jeder Zoll eine Dame. Immer noch hallten die Rufe ihrer Eltern ihr in den Ohren. *Wo willst du hin? Wir sind noch nicht fertig mit dir.* Aber ich mit euch, antwortete sie im Stillen und wünschte, sie hätte ihnen die Worte entgegengeschleudert, anstatt einfach nur zu gehen. Ob sie immer noch dachten, sie kehre reumütig heim? *Metze. Soldatenhure.*

Die Kölner kehrten zurück in ihre Stadt, und Elisabeth trieb zwischen ihnen wie ein Fremdkörper und fragte sich, ob jemand merkte, dass sie nicht hierher gehörte. Nichts war mehr ganz, die Stadt sah aus wie ein Skelett, und aus den brackigen Resten der Häuser quollen Rauchwolken gleich Geistern verlorener Zuversicht. Aber obschon die einstigen Prachtbauten in Trümmern lagen und die Straßenzüge verschüttet und durch Schuttberge an anderer Stelle neu geformt worden waren, gelang es ihr recht schnell, sich zu orientieren. Niemand nahm Notiz von ihr, niemand sah ihr an, was sie war. Zumindest bis zu dem Moment, als sie die niedrige Kaschemme betrat. Da hob der eine oder andere im Vorbeigehen den Blick. *Ah, eine von denen.*

»In The Mood« von Glenn Miller drang in kratzigen Tönen aus dem Radio, das vermutlich schon bessere Tage gesehen hatte. Elisabeth zog die Tür hinter sich zu und ließ die Blicke suchend von Tisch zu Tisch gleiten, zur Bar. Hier wollte er sie treffen. Hatte sie sich in der Uhrzeit vertan?

Mit vorgeschobener Selbstsicherheit ging sie durch den gut besuchten Raum zur Bar, setzte sich auf einen der hohen Hocker und lehnte sich leicht gegen den Tresen. Das Licht des frühen Nachmittags drang nur spärlich in den Raum, aber die Blicke der Männer entgingen ihr dennoch nicht. Ob sie so hoffnungslos provinziell wirkte, wie sie sich fühlte? Nigel hatte behauptet, sie sei das Schönste, was ihm seit langem begegnet war, aber er hätte vermutlich alles gesagt, um mit ihr schlafen zu können. Elisabeth hatte sich nicht lange geziert, hätte alles getan, um ihre Eltern zu bestrafen, allen voran ihren Vater.

Sie konnte nicht behaupten, dass es ihr Spaß machte. Nigels Versicherung, es tue nur beim ersten Mal weh, hatte sich nicht bewahrheitet, aber um ihn nicht zu verstimmen, tat sie so, als gefalle es ihr. Dann war Nigel am einundzwanzigsten Juni nach Köln versetzt worden und hatte sie gefragt, ob sie mitkäme. Warum auch das bequeme Arrangement und die willige Geliebte aufgeben? Wieder hatte Elisabeth nicht lange gezögert.

Das Lokal war fast ausschließlich von englischen Soldaten und Offizieren bevölkert, an deren Armen junge deutsche Frauen hingen. Elisabeth stellte ihre Tasche ab, bemerkte die Blicke eines Soldaten, erwiderte sie kurz und wandte sich ab. Hoffentlich fühlte er sich dadurch nicht ermutigt. Offenbar doch, denn er schob sich näher an sie heran.

Die Tür wurde aufgerissen, und ein Mann drang in die Szenerie verzweifelter Vergnügungssucht. Er blieb stehen, sah sich mit wilden Blicken um, das Gesicht rot, der Mund ein zornbebender Strich. »Doris!« Die geborstene und für einen so kräftigen Mann relativ hohe Stimme brach die Stimmung wie ein

Missklang. Man verharrte im Tanz und im trägen Wiegen der Körper, sah ihn an. Ein Mädchen von kaum achtzehn kam auf ihn zu, zerbiss sich die Lippen und hob trotzig das Kinn. Ihr blieb keine Zeit, etwas zu sagen, denn im nächsten Augenblick bekam sie eine schallende Ohrfeige, und der Mann umfasste ihr Handgelenk, um sie mit sich zu zerren.

»Moment!«, sagte der sichtlich angetrunkene Soldat, in dessen Begleitung das Mädchen gewesen war, und stellte sich dem Mann in den Weg. Der stieß ihn beiseite und wollte gehen, aber offenbar sah der Jüngere darin eine Aufforderung zur Schlägerei. Er holte zu einem etwas wackligen Schwinger aus, als Nigels Stimme durch den Raum drang, kalt und befehlsgewohnt.

»McArthur!«

Der Soldat stand stramm, soweit es ihm in seinem Zustand möglich war.

Nigel Findlay hatte die Hände hinter dem Rücken verschränkt und sah den Mann an, der das Handgelenk des Mädchens wieder umfasst hatte. Dann ruckte er mit dem Kinn knapp in Richtung Tür.

»Wie kannst du mich nur so blamieren?«, weinte das Mädchen. »Wir haben nur …« Die Tür fiel hinter ihnen ins Schloss.

Nigel sah zur Bar und bemerkte Elisabeth. Ein Lächeln umspielte seine Mundwinkel. Elisabeth erwiderte das Lächeln ein wenig zurückhaltend. Er sollte nur nicht denken, man könne sie so einfach warten lassen, ohne sie zu verstimmen. Er kam zu ihr, umfasste ihre Mitte und küsste sie auf den Mund, ohne sich um die Blicke der Umstehenden zu scheren.

»Ich brauche eine Bleibe«, sagte sie, als er ihre Lippen schließlich freigab.

Er lächelte und zog einen Zettel hervor, hielt ihn hoch und raubte ihr noch einen Kuss, ehe er ihn ihr gab. »Darauf bin ich vorhin auf dem Weg hierher gestoßen.« Sie mochte es, wenn er Deutsch sprach mit seinem britischen Akzent.

Elisabeth nahm das zerknitterte Blatt entgegen und warf einen Blick darauf. »Ich befürchte, wir werden uns dort nicht treffen können. Das klingt grundanständig.«

»Oh, *dafür* haben wir bisher immer einen Platz gefunden.«

Mit einem kleinen Lächeln las Elisabeth den Aushang erneut. *Zimmer zu vermieten bei der Witwe Antonia von Brelow.* Dann sah sie Nigel an. »Weißt du, wo die Lindenallee ist?«

Antonia beugte sich über das Beet mit den Karotten und zupfte Unkraut. Die Amerikaner hatten Hilfe zur Selbsthilfe organisiert und Saatgut ausgegeben. Den Garten hatte vor dem Krieg ein Gärtner gehegt und gepflegt, und sie hatten mehr Partys hier gegeben, als Antonia zählen konnte. Ihr Ehemann Friedrich hatte das mondäne Leben geliebt, mit Geld jedoch nicht umgehen können, und so war eine sinnlose Ausgabe zur nächsten gekommen, so dass Antonia nur eine kleine Rente geblieben war. Und da nichts funktionierte, war an eine geregelte Auszahlung derzeit nicht zu denken. Abgesehen davon würde sie nicht reichen, das ahnte sie jetzt schon.

Antonia setzte sich auf die Fersen und strich sich das Haar mit dem Handrücken aus der Stirn. Neben ihr im Gras lag Marie auf einer Decke und wirkte zufrieden, wie sie mit den Händchen nach einem langen Grashalm griff, der außerhalb ihrer Reichweite war. Seit einigen Tagen pürierte Antonia ihr das Essen, und die Kleine aß widerspruchslos, was sie ihr reinlöffelte. Ihre Mieterin, Katharina, war Krankenschwester, was ein Glücksfall war, denn sonst gäbe es niemanden, den Antonia hätte fragen können, ob man Kindern in dem Alter überhaupt dergleichen geben durfte. Antonias Mutter war schon zu Beginn des Krieges an einer Lungenentzündung gestorben, und die Nachbarinnen mieden sie, denn jeder, der bis neun zählen konnte, wusste, dass dies nicht das Kind ihres Ehemanns war. Katharina hatte sie ermutigt, es mit pürierter Nahrung zu versuchen, denn sie hatte während des Kriegs mit ausreichend Frauen und Kindern zu tun gehabt und ihr gesagt, sie habe noch von keinem Kind gehört, das mit einem halben Jahr an Gemüsebrei gestorben sei.

Der Entschluss, Zimmer zu vermieten, war aus der Not heraus geboren, aber nun fand Antonia, es war die beste Entscheidung, die sie seit langem getroffen hatte. Sie und Katharina sahen sich nur im Vorbeigehen, mal in der Küche, mal im Korridor, wenn eine von ihnen kam und die andere ging, und es war ganz sicher nicht so, dass sie dies eine Freundschaft nennen konnte. Aber dennoch tat ihr die Anwesenheit der anderen gut, das Gefühl, nicht mehr allein zu sein.

Während sie das Beet mit den Steckrüben harkte, kribbelte es in ihrem Rücken, als ob jemand sie beobachtete. Und für einen Moment waren sie wieder da, die Schreie, der Schnee. *Sieh dich nicht um.* Ihre Bewegung stockte, und der Atem kam in einem Stoß aus ihren geöffneten Lippen, ehe sie die Luft hastig wieder einsog, den Blick über die Schulter wagte. Und vor Erleichterung beinahe aufgelacht hätte, als sie die junge Frau sah, die am halb geöffneten Gartentor stand, das in die hohe Mauer eingelassen war. Im Lächeln der Frau bemerkte Antonia etwas Unsicheres, Befangenes unter einer dünnen Tünche von Selbstsicherheit.

»Verzeihung, aber ich habe mehrmals geläutet. Und als ich gesehen habe, dass das Tor offen steht, dachte ich, ich schaue mal rein, ob wirklich niemand da ist.«

Antonia legte die Harke beiseite und erhob sich, strich mit einer raschen Bewegung Erde von ihrem Kleid. »Ich höre die Glocke hier draußen nicht. Was kann ich für Sie tun?«

Die junge Frau hielt ein zerknittertes, schmutzig weißes Blatt in der Hand und kam einige Schritte in den Garten hinein. »Sind Sie Antonia von Brelow? Ich komme wegen der Anzeige. Sie vermieten Zimmer?«

Jetzt erwiderte Antonia das Lächeln. »In der Tat.«

Nun kam die Frau zu ihr und streckte ihr die Hand entgegen. »Elisabeth Kant. Ich bin erst seit einigen Stunden in Köln und suche eine Bleibe.«

»Ich vermiete die Zimmer aber nur längerfristig.«

»Ja, das ist mir recht.«

»Gut. Dann lassen Sie uns im Haus weitersprechen.« Mit einer Handbewegung deutete Antonia auf die geöffnete Verandatür und ging voraus. Sie hob Marie hoch und trug sie mit sich in den Salon, in dem sie und Friedrich früher die Sommerabende hatten ausklingen lassen.

Nachdem Antonia sie aufgefordert hatte, sich zu setzen, ließ Elisabeth Kant sich auf einem der Sessel nieder, die Hände auf ihrer Handtasche. Sie war auf eine recht interessante Weise hübsch mit dem welligen blonden Haar, das ihr bis zum Kinn reichte und zu dem ihre dunklen Augen einen faszinierenden Kontrast bildeten.

»Arbeiten Sie in Köln?«, fragte Antonia und setzte sich ebenfalls, nachdem sie das Kind abgelegt hatte.

»Ich bin Tänzerin, möchte nun aber versuchen, als Schauspielerin an eine der Bühnen zu kommen. Oder zum Film.«

»Und da können Sie ein Zimmer bezahlen?«

Die Wangen der Frau röteten sich kaum merklich. »Es gibt jemanden, der es bezahlt«, sagte sie, und Antonia vermutete, dass sie einen Geliebten hatte, der sie aushielt. Wahrscheinlich gar einer der Soldaten oder Offiziere. Aber sie fragte nicht, es ging sie nichts an.

Offenbar deutete Elisabeth Kant das Schweigen falsch. »Es wird nicht so sein, dass ich laufend Männerbesuch auf dem

Zimmer empfange«, sagte sie rasch. »Ich suche es wirklich nur für mich allein.«

Antonia winkte ab. »Ja, das ist in Ordnung. Aber ich brauche einen Ausweis, etwas, das mir bestätigt, dass Sie sind, wer Sie sind. Ich habe eine Art Vertrag vorbereitet, den Sie unterschreiben müssten, wenn Ihnen das Zimmer gefällt.«

Die junge Frau nickte und kramte ein Ausweisdokument aus der Tasche. Dann betrat Richard das Zimmer, und dieser Moment änderte alles. Antonia bemerkte es, als sie die Frau ansah, das leichte Zurücknehmen der Schultern, die aufrechtere Haltung, die Neigung des Kopfes. Richard hatte diese Wirkung auf Frauen. Und es konnte ihm nicht entgehen, wie Elisabeth Kant auf ihn reagierte.

Er warf ihr einen kurzen Blick zu, und ein sardonisches Lächeln spielte um seinen Mund. »Mit wem haben wir das Vergnügen?«

»Elisabeth Kant«, sagte die junge Frau, ehe Antonia antworten konnte.

Wenn Richard wollte, vermochte man in seinem Gesicht zu lesen wie in einem offenen Buch. *Gewöhnlich.* Er konnte abscheulich sein, das wusste Antonia, und so erhob sie sich rasch, ehe er zu Wort kam.

»Ich zeige Ihnen das Zimmer«, sagte sie und gab Elisabeth Kant mit einem freundlichen Nicken zu verstehen, sie möge ihr folgen.

Die junge Frau erhob sich, wirkte für einen Moment bestürzt, wandte den Blick so rasch von Richard ab, als verwirrten ihre eigenen Empfindungen sie. Antonia konnte ihr nun einen Gefallen tun, indem sie ihr das Zimmer verwehrte. Allerdings brauchte sie das Geld, und zudem war ihr Elisabeth Kant auf Anhieb sympathisch. Nun gut, dachte sie, Lehrgeld zahlen wir alle. Ein kurzer Blick überzeugte sie davon, dass Marie zufrieden mit ihrer Decke auf dem Teppich lag, dann ging sie durch die Halle zur Treppe.

»In der Küche gibt es fließendes Wasser«, erklärte sie auf dem Weg nach oben. »Leider nur kalt. Da Herr von Brelow jedoch ebenfalls die Annehmlichkeiten von heißem Wasser zu schätzen weiß, wird er sich gewiss darum kümmern, den Boiler irgendwann instand zu setzen.«

»Herr von Brelow?«

»Mein Schwager. Er wohnt hier – wie ich hoffe – nur vorübergehend.«

Elisabeth Kant nickte nur. Als Antonia die Tür öffnete, ging die junge Frau an ihr vorbei in den Raum und lächelte entzückt. »So groß?«

Es war eines der ehemaligen Gästezimmer. »Links ist ein kleines Ankleidezimmer, und das Bad teilen Sie mit den anderen Mietern. Aber, wie gesagt, auf die Vorzüge eines heißen Bades werden Sie derzeit noch verzichten müssen.«

»Ach, ich habe während des Kriegs fast nur kalt geduscht, damit kann ich gut leben.«

»Sie können sich Wasser in der Küche erhitzen, wenn Sie doch mal ein warmes Bad nehmen möchten. Es ist nur sehr aufwendig. Größere Mengen Wasser müssten Sie über die Pumpe in der Waschküche holen.«

Elisabeth Kant winkte ab. »Es ist alles bestens. Wie viel soll es kosten?«

»Neun Reichsmark im Monat.«

»Ich nehme es.« Elisabeth Kant ging in den Raum, sah hoch zur Stuckdecke und drehte sich einmal um sich selbst, die Arme ausgebreitet, als wollte sie die Welt umarmen.

»Fräulein von Falkenburg?«

»Falkenburg, ohne von.« Katharina wischte sich mit dem

Ärmel das Haar aus dem Gesicht. Der Mann vor ihr war in Ohnmacht gefallen, als der Chirurg die Säge an seinem Bein angesetzt hatte, und inzwischen sahen sie alle aus, als hätten sie ein Schwein geschlachtet.

Die leitende Krankenschwester korrigierte den Fehler mit dem Namen nicht. Sie hing noch dem alten Deutschland an, in dem der Adel mehr war als ein überkommenes Relikt aus der Vergangenheit. »Das wurde eben für Sie abgegeben.«

Ein Brief von ihren Eltern. Sie musste ihnen endlich die neue Adresse geben, damit die Briefe nicht mehr an das Krankenhaus geschickt wurden. Mama machte sich immer Sorgen, schrieb Brief um Brief und schien nicht zu verstehen, dass Katharinas spärlich gesäte Antworten nicht hießen, dass sie umgekommen sei. Als hätte sie Zeit, Briefe zu schreiben. Und was sollte sie erzählen? Ihre Mutter wollte gern glauben, dass es die zum Hofknicks erzogene Katharina noch gab – so es sie denn jemals gegeben hatte.

Sie riss das Kuvert auf, entfaltete den Brief und las die wenigen Zeilen. Nun also auch Hans, der Kleinste. Blieben nur noch sie und Wilhelm, und der war in Gefangenschaft. »Bitte komm wenigstens du heim.«

Bedaure, Mutter. Katharina faltete den Brief zusammen und steckte ihn in die Tasche ihrer Schürze. *Das hättet ihr euch früher überlegen sollen. Wir tragen alle unseren Teil.*

»War es etwas Wichtiges?«, fragte der Chirurg, der Katharina aus umschatteten Augen ansah. Er hatte etwas Großväterliches, das darüber hinwegtäuschte, dass er so ziemlich jedem Weiberrock nachstieg, der in seine Nähe kam. Meist mit Erfolg.

»Nein«, antwortete Katharina. Hans war dem Aufruf Hitlers im Herbst gefolgt. *Sei getreu bis in den Tod, und Deutschland wird leben.* Der Führererlass war im September des Vorjahrs unterschrieben worden und rief alle Männer im Alter von sechzehn bis sechzig an die Waffen. Hans hatte in jenem Monat Geburtstag gehabt, und nun konnte auch der gestrenge Vater ihn nicht mehr bremsen. Ihr kleinster Bruder war ein glühender Verehrer der nationalsozialistischen Idee gewesen, aber das Sterben stellten sich die meisten heroischer vor. Er war verletzt heimgekehrt und hatte es trotz aller ärztlicher Bemühungen nicht geschafft. Ein Anflug von Trauer überkam Katharina, versickerte jedoch in der Abneigung, die zum Schluss zwischen den Geschwistern geherrscht hatte. Jeder hatte seine Ideale in dem anderen verraten gesehen.

Sie wusch sich die Hände und ging zwischen den Krankenhausbetten entlang, drückte hier eine Hand, hatte dort ein tröstendes Wort, das ihr mittlerweile nahezu beiläufig über die Lippen kam. Sie war abgestumpft, verspürte nichts mehr, kein Mitleid, keine Angst. Nur in diesen wahrhaft raren Momenten, wo sich Finger Trost suchend um ihre schlossen, glomm ein Rest von Wärme in ihr auf. Und Katharina fühlte sich freier als jemals zuvor in ihrem Leben.

Vor drei Wochen hatte sie den Aushang gelesen, der sie in die Villa in der Lindenallee geführt hatte. *Zimmer zu vermieten bei der Witwe Antonia von Brelow.* Eine Adresse im edlen Stadtteil Marienburg. Katharina, die nach ihrer Arbeit als Lazarettschwester beschlossen hatte, in Köln zu bleiben, hatte zunächst mit drei anderen Krankenschwestern ein Zimmer in einem kasernenartigen Bau geteilt, in dem es kein fließendes Wasser gab. Sie benötigte keinen Luxus, aber sie war von klein auf eine Individualistin gewesen, und da sie sich mit zweien ihrer Mitbewohnerinnen zudem überhaupt nicht verstanden hatte, hatte sie die Gelegenheit beim Schopf ergriffen und nahm dafür auch einen längeren Fußmarsch in Kauf.

Mit der Erwartung, eine ältliche Witwe anzutreffen, hatte sie auf den Stufen der Villa gestanden und war umso erstaunter gewesen, als ihr eine Frau die Tür geöffnet hatte, die kaum älter war als sie selbst, überaus hübsch mit ihrem schwarzen Haar, der blassen Haut und den blauen Augen. Wie genau ihr Schwager Richard von Brelow zu ihr stand, daraus wurde Katharina jedoch nicht ganz schlau.

»Er wohnt hier, bis die Besitzverhältnisse geklärt sind«, hatte Antonia gesagt.

»Andersherum wird ein Schuh draus, meine Liebe«, war Richard von Brelows Entgegnung gewesen.

Katharina und Antonia hatten sich auf Anhieb gut verstanden und sich bereits nach zwei Wochen des Zusammenlebens geduzt, was auch Richard von Brelow in die Schranken wies, dem Katharina nach wie vor mit kühler Distanz begegnete. Und dann war da noch das Kind, das offenbar nicht von Antonias Ehemann war. Nun gut, das war keine Seltenheit, erst recht nicht in Kriegszeiten.

Am späten Vormittag wurde Katharina in das Zimmer der leitenden Oberschwester gerufen. Nachdem die britische Militärregierung die amerikanische abgelöst hatte, veränderten sich auch die personellen Zuständigkeiten. Im Grunde genommen war es Katharina gleich, ob sie den Amerikanern oder den Briten Rede und Antwort zu stehen hatte. Sie wurde oft vorgeschickt, wenn es zu Verständigungsproblemen kam, und so war ihr einwandfreies britisches Englisch – anerzogen, um in den Salons des Hochadels und der reichen Industriellen zu glänzen – doch zu etwas gut.

Als die Oberschwester einige Formalitäten mit ihr durchgesprochen hatte, bekam Katharina zehn Minuten Pause, um eine Kleinigkeit zu essen. Sie holte eine Scheibe Brot hervor, dünn bestrichen mit Butter und mit ein wenig Salz bestreut, damit es nach etwas schmeckte. Sie sah durch die gläserne Wand in den Korridor hinaus, den gerade eine Frau mit einem Neugeborenen im Arm entlangging, den Kopf über das Kind geneigt, lächelnd, als gäbe es niemanden sonst auf der Welt. Unwillkürlich dachte Katharina an Antonia.

Sie kannte diese Art von Müttern, die nicht dem Ideal der Mutter entsprechen konnten, unfähig schienen, ihr eigenes Kind zu lieben, und in Schuldgefühlen ertranken. Die Gründe dafür waren vielfältig, und Katharina hatte während ihrer Jahre als Kriegskrankenschwester viel gesehen, zu viel, als dass dergleichen noch fremd für sie war. Vielleicht hatte Antonia das Kind nicht gewollt – Verhütung war nie gänzlich sicher und in diesen streng katholischen Kreisen preußischen Adels zudem verpönt. Oder es war das Kind eines geliebten Mannes, und sie hatte bei der Geburt festgestellt, dass sie ganz und gar nicht die Gefühle hegte, die der vor dem Krieg so präsente Mutterkult vorschrieb. Wie auch immer, Katharina ging das nichts an, wenngleich sie neugierig war. Sie dachte an die Worte, die ihr eine Frau in irgendeinem Dorf, wo das Lazarett kurzzeitig untergebracht worden war, gesagt hatte. »Als meine Kleine zur Welt kam, habe ich schockiert gemerkt, dass ich sie nicht liebe. Aber im selben Moment wusste ich, ich würde sterben für sie. Und das würde ich für sonst niemanden.«

»Fräulein Falkenburg.« Eine junge Hilfsschwester kam zu ihr. »Wir brauchen Ihre Hilfe bei einem Notfall.«

Katharina ließ den Rest ihres Brots in die Schürzentasche gleiten und folgte der Hilfsschwester in den Behandlungsraum. Im nächsten Augenblick war nichts mehr in ihr außer dem Gefühl der Brust eines Mannes unter ihren Fingern. Der Chirurg hatte ihr einmal gesagt, sie könne mit den Händen sehen, wenn sie zielgenau Brüche, Schwellungen und Verstauchungen ertastete. Auch heute enttäuschte sie die Erwartungen nicht, gab Entwarnung, noch ehe der Arzt abgehetzt eintraf.

Dies war der einzige Ort auf der Welt, an den sie gehörte.

Sie hatte nur eine vage Ahnung, wie es weitergehen würde, aber eines wusste sie mit Sicherheit: Die Zeit der Salons und der feinen Konversation lag hinter ihr. Das war das Leben Katharinas von Falkenburg, das Katharina Falkenburg abstreifte wie damals die Kleider nach festlichen Abenden, wenn sie in der Abgeschiedenheit ihres Zimmers wieder zu der wurde, die sie eigentlich war. Und die sie nun bleiben würde.

*

Ihr Schwager hatte erkannt, was ihr Ehemann ihr nie hatte glauben wollen: Antonia von Brelow eignete sich nicht zur Mutter. Im Grunde genommen war sie auch nicht zur Ehefrau geeignet gewesen, aber das hatte sie erst gemerkt, als es zu spät war. Sie hatte 1937 im Alter von zwanzig Jahren geheiratet – ein Alter, in dem man sich nicht mehr mit jugendlicher Naivität herausreden konnte.

Das kleine Bündel auf dem Sofa regte sich, ein Maunzen ertönte, gefolgt von einem lang gezogenen Wimmern. Antonia schloss für einen Moment die Augen, widerstand dem Drang, sich die Fäuste auf die Ohren zu drücken. Stattdessen hob sie den Säugling hoch und drückte ihn sich an die Brust, Bewegungen, die mechanisch erfolgten, erlernt in allzu langen Monaten, während ihre Lippen starr Fragmente alter Wiegenlieder formten.

»Und alles für ein Kind«, sagte Richard von Brelow, »das unseren Namen trägt und doch von so zweifelhafter Herkunft ist.«

Langsam drehte Antonia sich zu ihm um, sah ihn an, wie er in dem Sessel saß mit nonchalanter Selbstverständlichkeit, als hätte er ein Recht, hier zu sein. Friedrich war mit seinem Bruder Richard zusammen in einen Krieg gezogen, der den einen verschlungen und den anderen wieder ausgespien hatte.

Aber im Gegensatz zu Schwemmgut, das immerhin einen gewissen Nutzen haben konnte, schien Richards Existenz einzig und allein dafür gut zu sein, Antonia die ihre zu erschweren. Ihr wollte jedoch nicht einfallen, wie sie ihn loswerden konnte. Vor allem, da sie sich derzeit in einer fatalen Abhängigkeit von ihm befand.

In diesen Moment stummen Kräftemessens warf Katharina beiläufig einen »Guten Morgen«, als sie das betrat, was einmal ein hübscher Salon gewesen war. Dunkles Haar, graue Augen und ein Auftreten, das Richard damals auf Anhieb eingeordnet hatte in *Unseresgleichen* – ein Rest Standesdünkel schlummerte wohl auch noch in ihm. Dass seine Verführungskünste an ihr abprallten, weil sie gelernt hatte, mit Männern wie ihm umzugehen, rang ihm sogar ein wenig Anerkennung ab.

Katharina trug bereits ihre Schwesterntracht und hatte das schulterlange Haar zu einem Zopf gebunden. »Es wird sicher spät.«

Antonia nickte und stellte zu ihrer Erleichterung fest, dass das Kind eingeschlafen war, ein unruhiger Hungerschlaf, aber nichtsdestotrotz. »Nimm einen Schlüssel aus der Kommode«, sagte sie.

»Soll ich Ihnen das Bett warm halten?«, bot Richard an.

»Gerne, wenn Sie später wieder daraus verschwinden«, antwortete Katharina, ohne ihn anzusehen. Ein kurzer Blicktausch mit Antonia folgte, stummes Einvernehmen, dann wandte Katharina sich ab und verließ das Zimmer.

»Deine Versuche, sie zu vergraulen«, sagte Antonia, nachdem die Haustür ins Schloss gefallen war, »sind einfach zu durchschaubar. Aber denk daran, wenn sie geht, kommt jemand anders.« Sie verlagerte das Kind in ihren Armen.

»Ich nehme an, du möchtest, dass ich dir auch heute Milch besorge?«, fragte Richard.

Ein rares Gut in Zeiten der Essensrationierungen, während derer die Kinder wie die Fliegen starben. Wer sich an die Regeln hielt, hatte in diesen Tagen das Nachsehen. Richard wusste das und war bereits in den letzten Kriegstagen auf Raubzug gegangen. Und Antonia zahlte. Nicht für sich selbst, sondern für Marie. Die Kleine hatte sich nicht ausgesucht, in diese Welt zu kommen, zu einer Mutter, die nie Mutter hatte werden wollen und für die ein Kind das Ende ihrer Selbstbestimmung bedeutete.

»Ja«, sagte sie schließlich, als sie bemerkte, dass Richard immer noch auf eine Antwort wartete.

»Der Preis hat sich erhöht.«

»Das tut er doch laufend, oder?« Antonia wandte sich ab und ging durch die Eingangshalle, in deren staubigem Zwielicht kalkiges Licht seinen Weg durch die brettervernagelten Fenster fand. Seit sie zurück war, ging sie mit einem Gefühl durch die Flure, als betrete sie eine längst vergessene Welt, die nur mehr ein Abglanz früherer Vertrautheit war. Antonia hielt kurz inne, dann stieg sie rasch die Treppe hoch.

Mochte Richard in den unteren Räumen in ihrer Abwesenheit während des Krieges recht ausschweifend gehaust haben, hier oben wirkte alles noch, als sei sie eben erst fortgegangen. Laken bedeckten die Möbel, und nur das Fehlen jeglichen Schmucks wie Lampenschirme, silberne Becher und kristallener Vasen zeugte davon, dass Richard nicht nur auf den Straßen auf Raubzug gegangen war. Aber sei's drum.

Antonia zog das Laken von einem der Sessel, und Marie krauste in dem aufwirbelnden Staub die Nase und nieste heftig, schlief jedoch gleich wieder ein. Nachdem Antonia sie auf dem Sessel abgelegt hatte, machte sie sich daran, die übrigen Möbelstücke zu befreien, und ging in die anderen Räume, schälte ein neues Zuhause aus der Hülle des alten. Die Laken warf sie auf einen Haufen, um sie später zu zerreißen und kleine Bezüge für Decken und Kissen für das Kind daraus zu nähen.

In den drei Monaten, in denen sie wieder hier war, hatte sie zunächst ihr Zimmer wohnlich hergerichtet und das alte Kinderbettchen und die Wiege vom Speicher geholt. Danach war sie damit beschäftigt gewesen, die drei ehemaligen Gästezimmer vorzubereiten, um diese zu vermieten. Es gab in jedem dieser Räumlichkeiten ein breites Bett und eine Sitzecke aus Clubsesseln. Tischchen, Anrichten, Sekretäre und zierliche Stühle hatten offenbar ein Ende als Feuerholz gefunden. Aber wer hier einzog, kam nicht auf der Suche nach Luxus.

Jetzt wollte sie sich die restlichen Räume vornehmen. Nach einer Stunde war Antonia verschwitzt und Marie wach. Erstaunlicherweise schrie sie jedoch nicht, sondern sah sie nur an, müde und resigniert.

Antonia hob sie hoch und ging mit ihr in das Schlafzimmer, das sie damals mit Friedrich bewohnt hatte. Hier hatte sie ihre letzte Liebesnacht mit ihm verbracht, hatte in seinen Armen gelegen, und er hatte sich über sie geneigt, gelächelt.

Es hatte sich endgültig angefühlt, alles war gewesen, als geschehe es zum letzten Mal. Aber sie hatte diese Gedanken weggelächelt, hatte düstere Vorahnungen verdrängt. Und natürlich gab es keinen ersten Urlaub, nur einige Briefe, die leichthin von der Front erzählten, Worte, die sie beruhigen sollten und getränkt gewesen waren von Angst und Grauen.

Geh nach Königsberg. Ich bin dort in der Nähe. Wenn, dann sehen wir uns da.

Sie war nach Königsberg gegangen, hatte das Landgut der von Brelows bezogen. Aber als sie dort ankam, war Friedrich bereits vermisst. Sie hatte ihren Ehemann durchaus gemocht, Friedrich war ein anständiger Kerl gewesen, wenn einem auch nicht entgehen konnte, dass er und Richard »am selben Holz gewachsen waren«, wie ihre Großmutter gesagt hätte. Daher war es vermutlich nicht richtig, angesichts seines sehr wahrscheinlichen Todes von *Freiheit* zu sprechen, aber sie fand auch kein anderes Wort dafür.

Antonia setzte sich aufs Bett und sah in Maries blaue Augen. Das Kind lächelte – nur kurz, als wollte es ihr zeigen, dass es mehr verstand, als sie ahnte. *Wenn ich lächeln kann, kannst du auch eine Mutter sein.*

Es hatte einiges gegeben, das Elisabeth sich für ihre Zukunft ausgemalt hatte. Stehend in einem Bretterverschlag genommen zu werden, gehörte nicht dazu. Als Nigel von ihr abließ, glitten ihre Arme von seinem Nacken, und im Halbdunkel richtete sie ihre Kleidung, ordnete ihren Rock und ihre Bluse, während er seine Uniform in Ordnung brachte.

»Diese Schande«, hatte ihr Vater geflucht. »Du bringst Schande über uns.«

Die Schande hatte er jedoch zuvor über sie gebracht. Den ganzen Krieg hindurch hatte Elisabeth in Theatern um ihr Heimatdorf herum getanzt, und es hatte mehr als einen hübschen Burschen gegeben, der nur zu gern gewusst hätte, wie sie in seinen Armen schmeckte. Aber sie hatte jeden abgewiesen, hatte auf die große Liebe gewartet. Dachte für eine kurze Zeit, sie hätte sie gefunden. Und hatte sich dann von dem erstbesten Offizier der Besatzungsmacht nehmen lassen, nachdem der Krieg vorbei war.

Ihr Vater war ein aufrechter, von glühendem Nationalstolz erfüllter Mann, der seine Wehrmachtsuniform in fliegender Hast verbrannt hatte, ebenso alles, was auf seine Parteizugehörigkeit hinwies, als die ersten Briten den Hof stürmten. Und er ertrug es nicht, seine Tochter, an einen von *denen* zu verlieren. Als trüge er nicht selbst die Schuld daran. Elisabeth würde nie wieder zurückkehren, nie wieder sein zerfurchtes, hartes Gesicht sehen, nie wieder die duldsame Stille ihrer Mutter ertragen, die zu allem, was ihr Mann tat, stets »Dein Vater weiß, was er tut« sagte.

»Hat es dir gefallen?«, fragte Nigel.

»Ja, natürlich.« Zumindest hatte sie sich alle Mühe gegeben, den Eindruck zu erwecken, es sei so.

Er küsste sie und sagte, er müsse nun gehen.

»Geh nur, ich muss mich noch richtig anziehen.« Und zum Beweis für diese Behauptung zupfte sie an ihrer Bluse herum. Sie wollte einen Moment allein sein, wollte nachdenken, ehe sie nach Marienburg zurückkehrte. Noch fiel es ihr schwer, von »zu Hause« zu sprechen. Das erste Bild, das ihr absurderweise bei dieser Bezeichnung einfiel, war der Bauernhof ihrer Eltern.

Sie lehnte sich an die Wand, die morsch knackte – aber das störte sie nicht, die Bretter hatten gerade ganz anderen Dingen standgehalten –, und legte den Kopf zurück. Direkt über ihr hockte eine schwarze Spinne in ihrem Nest, und nun, da es still war, hörte sie das Rascheln, Trippeln und Fiepen in den aufgetürmten, verrottenden Kisten. Dennoch – im Grunde genommen war es besser gekommen, als sie erwartet hatte. Das Zimmer, das sie bewohnte, gefiel ihr, ebenso die beiden jungen Frauen. Sie waren übereingekommen, sich zu duzen, da sie nahezu gleichaltrig waren.

Und dann war da Richard von Brelow. Sandfarbenes Haar, blaue Augen und ungemein attraktiv. Elisabeth hatte genügend Männer von seinem Schlag kennengelernt, um zu wissen, wie sie waren, um zu wissen, dass man auf der Hut sein musste. Und sie fand sie unwiderstehlich. Richard von Brelow interessierte sich nicht für sie, dafür umso mehr für Katharina, allerdings auf jene Art, auf die Nigel sich für Elisabeth interessierte.

Als sie den Verschlag verließ, blinzelte sie in den frühen

Abend. Ein Junge stieß sie fast um, als er an ihr vorbei durch die offene Tür rannte.

»Haltet den Dieb!«, brüllte jemand, und drei Männer kamen angelaufen, einer davon gar mit einem Knüppel. Sie blieben stehen, blickten sich um.

»Hey, Mädchen«, sagte einer von ihnen. »Hast du einen kleinen Jungen gesehen? So groß etwa?« Er hob eine Hand in Höhe seiner Brust über den Boden.

Elisabeth sah ihn nur an, dann den Knüppel, und sie schüttelte den Kopf.

»Hat uns beklaut, die kleine Ratte. Mich und meine Söhne.« Der Mann fuhr sich mit dem Handrücken über die Nase.

»Hier ist niemand«, sagte sie.

Der Mann schwang seinen Knüppel und starrte auf das finstere Türloch. »Geh zur Seite!«, befahl er.

»Ich sagte, hier ist niemand.« Die Härte in ihrer Stimme brach, als sie rüde beiseitegestoßen wurde. Der Junge flitzte so schnell zwischen den Beinen der Männer hindurch, dass der erste von ihnen hinfiel und die anderen mit sich riss. Als sie sich aufgerappelt hatten, war das Kind hinter den Häusern verschwunden.

»Verdammtes Balg!«, schrie der Älteste. »Hat einen ganzen Bund Rüben geklaut.«

»Na, das ist ja ein rechter Grund, ihn mit einem Knüppel zu erschlagen«, kam es von Elisabeth.

Die Männer drehten sich zu ihr um. »Hast ihm geholfen, ja? Gehört er zu dir?«

»Nein.«

»Dä kom doch selvs uss dä hött.«, sagte eine ältere Frau, die die Szene schweigend beobachtet hatte.

»Hättet mal den Kerl sehen sollen, der vor ihr rauskam. Einer in Uniform.«

Die Männer suchten ein anderes Opfer, und hier war nun eines, das sich nicht wehren konnte. »Bist eine von *denen*, ja?«

Elisabeth hob das Kinn, gab sich kämpferisch, was angesichts der Angst, die sie empfand, gar nicht so einfach war.

»Soldatenflittchen«, spuckte einer.

»Wie die uns ansieht. Denkt wohl, wir erschlagen sie.«

»An so was macht sich kein anständiger Kerl die Hände schmutzig«, sagte der mit dem Knüppel. »War wohl dein kleiner Bruder, der die Rüben geklaut hat, ja?«

Als Elisabeth einen Schritt zurückwich, hatte sie das offene Türblatt im Rücken.

»Ah, jetzt hast du Angst, ja?«

»Lasst die Frau in Ruhe«, sagte ein Mann, der in der Nähe dabei gewesen war, Trümmerteile aus der Erde zu graben. »Jeder muss sehen, wo er bleibt.«

»Unsereins schafft das, ohne ein Dieb oder eine Hure zu werden«, entgegnete der Mann mit dem Knüppel.

»Dich würde auch kein Kerl nehmen!«, zischte Elisabeth.

Die Männer brüllten vor Lachen, indes der Angesprochene rot anlief. Der hob nun tatsächlich seinen Knüppel, und als Elisabeth sich schon wegducken wollte, hielt der Älteste ihn am Arm fest. »Bist du närrisch, ja?« Er nickte zu einer Gruppe britischer Soldaten, die die Szenerie offenbar eine Weile beobachtet hatten und sich nun in Bewegung setzten, um einzugreifen.

»Was ist los?«, fragte einer in gebrochenem Deutsch.

Der Mann ließ den Knüppel sinken. »Nichts. Nur ein Gespräch.«

Mit einer knappen Bewegung wandte sich der Soldat an Elisabeth. »Alles in Ordnung?«

»Ja, alles bestens«, sagte sie leise. Sie wollte fort, wollte in keinen lästigen Disput verwickelt werden.

Die Soldaten sprachen auf Englisch miteinander, das Elisabeth nicht verstand. Dann nickten sie und bedeuteten den Männern, sich zu verziehen. Elisabeth bedankte sich und machte sich auf den Heimweg.

»Für eine wie die ist immer *alles bestens*«, sagte eine Frau, gerade laut genug, damit die Umstehenden es mitbekamen. Elisabeth hob das Kinn und ging weiter, als hätte sie nichts gehört.

Bleigraues Zwielicht schmolz die Schatten im Haus zu Dunkelheit. Antonia hatte Marie zu Bett gebracht und war mit einem Stapel Leinentücher, die sie in Rechtecke geschnitten hatte, in die Küche gegangen, um zu nähen. Das während der Bombardierung zusammengebrochene Wasser- und Stromnetz hatte zwar relativ schnell instand gesetzt werden können, aber mit Strom hieß es nach wie vor, sparsam umgehen, und so gab es stundenlange Stromsperren, vor allem tagsüber. Es herrschte zudem ein eklatanter Mangel an Glühbirnen, und so hatte Antonia alle, die noch funktionierten, herausgedreht und verwahrt, so dass nur die Räume mit elektrischem Licht versorgt werden konnten, in denen dies unbedingt nötig war. Die Küche war der einzige gemeinschaftliche Raum, dem sie eine Glühbirne zur Verfügung stellte. Elisabeth und Katharina hatte sie je eine gegeben, und Richard sollte selbst zusehen, woher er welche beschaffte.

Die Laken ergaben zehn Bezüge für Kissen und drei Decken für Säuglinge, die sie mit den Federn zweier Plumeaus füllen wollte, von denen sie sich schweren Herzens – der nächste Winter kam gewiss, und Heizmaterial war nahezu unbezahlbar – getrennt hatte.

Vor dem Krieg war sie eine gute Fotografin gewesen, das war jedoch eine Kunst, für die es derzeit keine Verwendung gab. Also widmete sie sich der anderen Fertigkeit, die sie ebenfalls gut beherrschte, und nähte. Auf dem Speicher hatte sie Kinderkleidung von Friedrich und Richard gefunden, nicht viel, aber es reichte. Für den Sommer hatte sie einige Hängerchen genäht, und für den kommenden Winter strickte sie kleine Hosen, Pullover und warme Socken. Zudem musste sie etwas zu tun haben. *Mir kann nichts geschehen. Friedrich hat mich abgesichert.* Aber gleich, wie oft sie sich dies sagte, wahrer wurde es dadurch nicht. Friedrich hatte alles andere getan, als für ihre Sicherheit vorgesorgt.

Und als Antonia nach Hause gekommen war, hatte sie Richard in ihrem Haus vorgefunden, indes ihre Schwiegermutter Hedwig – die glücklicherweise schon bei Antonias Eheschließung in eine eigene Wohnung gezogen war – ihr triumphierend ein ergänzendes Testament gezeigt hatte, das Richard das Haus zusprach, sollte Friedrich kinderlos sterben. Sein Vater habe vorgesorgt, so Hedwig, damit das Haus im Besitz der von Brelows bleibe. Aber so ein ergänzendes Testament gab es nicht, da war sich Antonia sicher, davon hätte Friedrich doch gewusst. *Sein* Testament sah vor, dass das Haus ihr gehörte, wenn er starb, demnach musste das von Hedwig eine Fälschung sein. Aber das würde sie erst einmal beweisen müssen. Und derzeit war all das müßig, denn Friedrich galt als vermisst, noch nicht als gefallen, und solange hing alles in der Schwebe.

Das Gut in Königsberg hatte Antonia durch die letzten Kriegsjahre gebracht. Es war heruntergewirtschaftet gewesen, die Mittel nahezu verbraucht. Aber sie hatte sich in den Kopf gesetzt, dass es ihnen erhalten blieb. Und dann war es das Erste gewesen, was sie verloren hatten, wenngleich auf andere Art, als Antonia zunächst befürchtet hatte. Sie hatte die Bücher geprüft, hatte mit Pächtern und dem Verwalter gesprochen, geplant und gespart, wo es nur ging. Der finanzielle Ruin schien abgewendet, trotz der harten Winter. Und dann war doch alles umsonst gewesen.

Für einen Moment erstarrte die Welt, wurde zu einem Summen, das wattig zu ihr drang. Bilder tanzten stockfleckig vor ihren Augen. Weinende Säuglinge, die an schlaffen Brüsten sogen. Sterbende Greisenkinder. Antonia blinzelte hastig, und die Bilder zerstoben, gaben den Blick frei auf Richards Gesicht. Sie fuhr zusammen.

»Guten Abend, meine Schöne.« Er stand im Türrahmen und kam langsam in den Raum geschlendert, ein Glas in der Hand, als sei er auf einer Cocktailparty. Mit dem Kinn deutete er auf den Stapel Wäsche. »Was wird das?«

»Kissen für ein Waisenhaus.«

Richard wirkte überrascht, dann lächelte er. »Du und Kinder, Antonia? Ernsthaft?«

Sie antwortete nicht, sondern fuhr fort, Ränder zu säumen.

»Ist das nicht eine ähnlich müßige Arbeit«, fuhr Richard fort, »wie die des Mädchens, das Hemden aus Brennnesseln genäht hat?«

»Das war nicht müßig, sie hat ihre Brüder erlöst.«

»Und wen möchtest du erlösen?«

Mich selbst. Antonia nähte schweigend weiter, und obwohl Richard bemerken musste, dass keine Antwort zu erwarten war, blieb er, lehnte sich mit dem Rücken an die Anrichte und beobachtete Antonia. Eine Weile ignorierte sie ihn, dann hob sie ruckartig den Kopf.

»Was willst du von mir?«

»Ich setze dich nicht auf die Straße, immerhin bin ich Friedrich was schuldig. Obwohl, nein, eigentlich bin ich das nicht. Wir hatten ein seltsames Verhältnis zueinander. Ich habe seine abgelegte Kleidung aufgetragen, er meine abgelegten Frauen.«

Die Nadel glitt von ihrem Fingernagel ab in das Nagelbett, und mit einem kurzen Luftschnappen hob Antonia den Finger an die Lippen. Sie konnte nun stetig wiederholen, dass sie nicht gehen würde, dass dies ihr Haus war, aber was würde das bringen? Sie würde einen Weg finden. Sollte Richard nur glauben, er hätte diese erste Runde gewonnen.

Ein Klirren sprengte die Stille, und augenblicklich hoben Richard und Antonia wachsam den Blick, lauschten, hörten das Schaben und Knirschen, als laufe jemand auf Scherben. Richard ging zur Tür, gefolgt von Antonia. Nun war nichts mehr zu hören, als halte die Person auf den Scherben ebenso atemlos inne wie sie selbst. Langsam gingen sie durch den Korridor im ehemaligen Dienstbotenbereich in Richtung der Eingangshalle, aus der das Geräusch kam.

Sie hörten Schritte auf der Treppe, dann wieder das Knirschen, und Richard rannte los. Als Antonia in der Halle ankam, sah sie Katharina auf dem untersten Treppenabsatz stehen und Richard zum zerbrochenen Fenster laufen, durch das gerade eine schmächtige Gestalt wieder hinausstieg, sich offenbar an den Scherben verletzte und einen Schmerzenslaut ausstieß – die helle Stimme eines Jungen vor dem Stimmbruch. Ohne innezuhalten kletterte die Gestalt gewandt aus dem Fenster, eine Silhouette, die mit der Dunkelheit verschmolz.

Richard versuchte noch, ihn zu fassen zu kriegen, aber er war nicht schnell genug. Mit einem Fluch fuhr er zurück, hatte sich offenbar an den spitzen Glasresten des Fensters geschnitten. »Na warte, Bürschchen.«

»Das war ein Kind«, sagte Katharina. »Also reparieren Sie einfach das Fenster und lassen Sie es gut sein.«

»Ein Kind, das gerade versucht hat, uns zu berauben.«

»Uns«, spöttelte Antonia.

Richard ignorierte sie.

Die Türglocke wurde angeschlagen, und Katharina, die der Tür am nächsten stand, öffnete sie.

Elisabeth, die das seltsame Empfangskomitee zu verwundern

schien, sah sie fragend an. Dann bemerkte sie die Scherben in der Halle. »Oh!«, sagte sie. »Das letzte intakte Fenster.«

»Tja«, entgegnete Richard mit beißendem Hohn, »da hat jemand doch tatsächlich auf Anhieb das eigentliche Problem erkannt.«

Elisabeth sah mitgenommen aus, seltsam blass, so dass die roten Flecken auf ihren Wangen wie losgelöst wirkten. Nun wandte sie sich an Richard.

»Ignorier ihn«, empfahl Antonia, und zu ihrer Überraschung tat Elisabeth das tatsächlich.

»Ich gehe zu Bett.« Elisabeth begann, die Treppe hochzugehen.

»Warte nicht auf mich, meine Hübsche«, antwortete Richard, der es einfach nicht gut sein lassen konnte.

Elisabeth hielt inne, sah ihn an, kräuselte spöttisch die Lippen. »Mein Bester, selbst wenn ich wollte – um mich heute noch in Stimmung zu bringen, bist nicht einmal *du* Manns genug.«

Richard schwieg perplex.

Antonia hob die Brauen. »Glücklicherweise bleibt ihr nun einiges erspart«, sagte sie zu Richard, als Elisabeth außer Sichtweite war. »Ich mag sie viel zu sehr, als dass ich tatenlos zugesehen hätte, wie du sie dir einverleibst und verschlingst.«

»Und ich mag sie viel zu wenig, um es überhaupt zu versuchen.«

Katharina warf ihm einen kurzen Blick zu, in den sie alle Verachtung legte, derer sie fähig sein musste, dann ging sie in Richtung Küche. Antonia schloss sich ihr an, im Begriff, ihre Näharbeit wieder aufzunehmen und aus den Teeblättern einen weiteren Aufguss zu machen.

»Soll ich etwas mehr Wasser aufsetzen?«, fragte Katharina, ohne sich zu ihr umzudrehen.

»Ja, bitte.«

Schweigend hantierte sie mit dem Kessel und blieb am Ofen stehen, als wolle sie jedes Gespräch und jeden Kontakt vermeiden. Antonia nahm die Näharbeit wieder zur Hand.

»Ich kann nichts dafür, dass er ist, wie er ist«, sagte sie, als das Schweigen zu viel Raum einnahm.

»Nein, kannst du nicht«, antwortete Katharina, ohne sich umzudrehen. »Ich bin einfach nur müde, das ist alles.« Als der Kessel pfiff, nahm sie ihn vom Feuer und goss für sich und Antonia Tee auf. »Es ist nicht unsere Aufgabe, auf sie aufzupassen, sie muss selbst mit ihm klarkommen, und wenn nicht, lernt sie es eben.« Sie umfasste die dampfende Tasse mit beiden Händen.

»Ich hoffe, er ist nicht mehr lange genug hier, als dass sie es lernen müsste.«

Katharina nippte an dem Tee und starrte ins Leere. »Dann sieh zu, dass du ihn loswirst«, sagte sie schließlich.

*

Richard schmeckte die ranzigen Reste der Nacht auf den Lippen. Der Gestank von den Straßen quoll durch Ritzen und Fenster, Leichen verwesten unter den Trümmern, und das Kanalnetz war zerstört, so dass Abwässer im Boden versickerten. Ratten bevölkerten die Ruinen. Das kreischende Lachen einer Frau war zu hören, gefolgt von männlichen Stimmen, ansonsten herrschte Stille. Hier und da gingen Menschen von der Arbeit nach Hause, denn aufgrund der Stromsperren hatten viele Betriebe ihre Tätigkeit in die Nachtstunden verlegt.

Wachsam beobachtete er jede Regung, jedes Verschieben von Schatten, wenn sich ein Lichtkegel näherte. Zwei Razzien hatte es in diesem Monat bereits gegeben, eine am dreizehnten, eine am einundzwanzigsten – groß und öffentlichkeitswirksam. Englische Militärpolizei und deutsche Polizei hatten zusammengearbeitet und den Schwarzmarkt vor dem Dom zerschlagen. Da ihm diese Art öffentlicher Zurschaustellung mehr oder weniger geduldeter illegaler Aktivitäten zu unsicher war, hatte Richard die ganze Aktion entspannt aus der Ferne beobachten können. Weder stand ihm der Sinn nach drei Jahren Gefängnis noch nach einer Geldstrafe von viertausend Reichsmark.

Man ließ ihn warten, und Richard hasste es zu warten. Er zündete sich eine Zigarette an, inhalierte den Rauch und stieß ihn durch die Nase wieder aus. Und wenn das eine Falle war? Allerdings würde niemand, der ihn kannte, dergleichen versuchen. Nichtsdestotrotz tastete er nach seinem Armeerevolver, einem Überbleibsel aus Wehrmachtszeiten. Richard war kein Anhänger des Nationalsozialismus gewesen, eher hatte er ihm gleichgültig gegenübergestanden. Während des Krieges hatte er seine Pflicht getan, und nun, da neue Zeiten angebrochen waren, setzte er alles daran, auch aus diesen seinen Vorteil zu ziehen.

Das Haus, in dem er stand, hatte nur noch Wände, aber kein Dach mehr. Durch klaffende Löcher in der Decke konnte er den Himmel sehen, die verblassenden Sterne.

»Romantische Anwandlungen?«

Richard senkte langsam den Blick und wandte sich ohne jede Hast in die Richtung, aus der die Frauenstimme kam, rau, wie geborsten. »Hedda?«

»Ich bin besser geworden, du hast mich nicht gehört.«

Er neigte anerkennend den Kopf, was sie in dem Dämmerlicht wohl eher erahnen als sehen konnte. »Wo ist Andreas?«

»Kommt später. Ich soll dir so lange die Zeit vertreiben.«

»Du machst Witze, hoffe ich?«

»Keineswegs.«

Richard nahm einen letzten Zug, dann ließ er die Zigarette zu Boden fallen, trat sie aus, hob den Stummel auf und steckte ihn ein. »Ist er in fünf Minuten nicht hier, gehe ich.« Wenn es hell wurde, war es ohnehin zu gefährlich. Der Schleichhandel war eine Schattenwelt, gefährlich und ohne Grauzonen. Richard musste von allen Seiten auf der Hut sein, und in seinem Netz kannte er alle, aber die Mitglieder untereinander stets nur den Nächsten in der Hierarchie.

Hedda kam zu ihm, legte ihm einen Arm um den Hals. Er senkte den Kopf, blähte die Nasenflügel leicht. »Der wievielte bin ich heute, hm?«

Sie zuckte nur mit den Schultern. »Zeitvertreib.«

Im nächsten Moment war ihre Hand an seiner Waffe und seine Hand an der ihren. »Auf *die* Tour, Hedda? Ernsthaft?« Er drückte ihr Handgelenk so fest, dass sie zusammenzuckte, aber sie gab keinen Laut von sich.

Er verstärkte den Druck leicht. »Es gab ein Problem«, sagte sie schließlich.

»Welches?«

»Lass mich los.«

Er drückte noch ein wenig fester zu, und dieses Mal stöhnte sie auf, dann löste er seine Finger von ihrem Handgelenk. »Also?«

»Andreas ist gleich hier.« Sie verschränkte die Arme vor der Brust und brachte etwas Abstand zwischen sich und ihn. Im nächsten Moment war der Motor eines Lkw zu hören, der sich rumpelnd näherte.

»Warum fährt er nicht gleich eine Sirene aus?« Richard konnte es kaum fassen. Er legte die Hand an den Revolver und sah misstrauisch durch die klaffenden Fensterlöcher. Eine Tür wurde zugeschlagen, dann näherten sich Schritte, und ein Mann in Richards Alter, schlank, dunkelhaarig und ein wenig untersetzt, erschien in Richards Blickfeld. Andreas. Dieser sah sich um, bemerkte offenbar Hedda, und als diese zischte, wandte er sich zu Richard, der nach wie vor am Fenster stand.

»Es gibt ein Problem«, sagte er, nachdem er die Ruine betreten hatte.

»Du meinst, ein noch größeres, als direkt vor meinem Versteck zu parken? Schreib doch gleich ein Schild mit der Aufschrift *Konspiratives Treffen* und häng es an die Tür.«

Andreas fuhr mit den Händen in seine Hosentaschen, suchte darin herum und zog sie fahrig wieder hervor. Noch einer, den die Tabakrationen schwerer zu treffen schienen als die mangelnde Nahrung. »Unsaubere Ware. Mehl gestreckt mit Mörtel, gefärbtes Pökelfleisch, das gerochen hat, als seien Maden darin. So ein Zeug halt.«

Richard nickte nur. »Und der Kerl?«

»Ist mit dem Geld auf und davon.«

»Du hast dafür bezahlt?« Richards Stimme war sehr ruhig, und die leise Drohung glitzerte darauf wie Raureif.

»Hör zu, ich …«

»Nein, du hörst mir zu. Hast du dafür bezahlt?«

»Ja.«

»Wie viel?«

»Den vollen Betrag.«

Richard stieß einen Fluch zwischen den Zähnen hervor. »Sollte sie mir deshalb den Revolver wegnehmen? Hattest du Angst, dass ich dich dafür erschieße?«

Andreas drehte sich zu Hedda um. »Du hast …«

»Sicher ist sicher, oder?«

»Saublödes Huhn«, murmelte Andreas, dann wandte er sich wieder an Richard. »Ich zahle es zurück.«

»Das steht außer Frage. Außerdem bist du raus.« Was für eine Stümperei. Glücklicherweise war der Verlust überschaubar. Andreas hatte den neuen Lieferanten empfohlen, aber Richard war angesichts der Preise misstrauisch gewesen. »Ich trage das Risiko«, hatte Andreas ihm versichert. Na dann, dachte er, trag es. Der Schuldschein lag sicher verwahrt in einer Schatulle, und sollte Andreas nicht zahlen, würde die Sache teuer für ihn werden, sehr teuer.

»Wenn du mich rauswirfst, kann ich nicht zahlen.«

»Das ist dein Problem.«

»Himmel, Richard, wir sind zusammen zur Schule gegangen.«

Richard zuckte mit den Schultern und wandte sich ab. Als er auf die Straße trat, hörte er Hedda und Andreas streiten. Von links näherten sich zwei britische Soldaten, die den Lkw kritisch beäugten. Ohne jede Eile schlenderte Richard davon. Sollte Andreas sehen, wie er sich rausredete.

Im März war Köln sturmreif gebombt worden, und Tausende von Minen und Sprengbomben hatten die Linksrheinische umgepflügt. Schutt und Schotter machten die Straßen unwegsam, wenn sie durch die Trümmerberge nicht ohnehin gänzlich unbrauchbar geworden waren. Antonia hatte Goebbels' vollmundige Propaganda im Radio gehört, die vermutlich der Hauptgrund für die letzte Bombardierung gewesen war. *Ich stehe hier, einerseits als Vertreter des Volkes – andererseits als Vertreter dieser meiner rheinischen Heimat, der ich mich auch heute noch zugehörig fühle, um vor der Nation und der ganzen Welt zu erklären, dass wir dieses Gebiet niemals aufgeben werden und es verteidigen werden wie eine Festung bis zum letzten Atemzug.* Und nun lag diese Festung in Trümmern.

Jedes Mal, wenn Antonia in die Stadt ging, bot sich ihr ein anderes Bild, als atmeten die Straßen und wälzten sich, bis sie eine neue Form gefunden hatten. Trümmerfrauen arbeiteten sich durch den Schutt, Männer mit Schubkarren räumten die Wege frei. Eine Stunde Fußmarsch war es bis in die Kölner Innenstadt. Geröll knirschte unter Antonias Füßen, spitze

Steine bohrten sich in die armseligen Reste ihrer Schuhsohlen. Kurz blieb sie stehen, verharrte einen Moment, sah hastig über die Schulter, als könnten sich aus dem steinigen Dunst Augen schälen, die gesehen hatten, was sie nicht sehen durften.

Dann ging sie weiter und zog ihr Gefährt mit sich. Sie hatte Draht über einen Bollerwagen gespannt und mit Stoff bezogen, ein behelfsmäßiger Kinderwagen mit Sonnenschutz. Bisher hatte sie sich Marie um die Brust gebunden, ein Arrangement, mit dem weder sie noch das Kind glücklich waren. In dem Wagen fühlte Marie sich nun offenkundig wohl und stieß ab und zu ein zufriedenes Quietschen aus.

»Ach je, das Würmchen so warm eingepackt, bei der Hitze«, sagte eine Frau. »Also manchmal möchte man euch junge Dinger schütteln für so viel Unvernunft.«

Antonia sah zu Marie und überlegte, ob die wollene Decke nicht tatsächlich zu warm war, bedachte man, dass sie auch auf einer lag. Sie zog die Decke ein wenig zurück, bis sie nur noch ihre Füßchen bedeckte. In der Sonne war es tatsächlich sehr warm, nur wenn man in die Schatten zwischen die Ruinen trat, wurde es kühl.

»Wenn's Kleine nicht verhungert, sorgt euereins dafür, dass es sich den Tod durch Verkühlung holt«, schimpfte eine Frau mit drei halbwüchsigen Kindern, als sie an Antonia vorbeiging.

Antonia ignorierte sie. So kalt war es gewiss nicht.

»Legen Sie das Kind auf den Bauch, auf dem Rücken kann es beim Schlafen ersticken«, empfahl eine weitere Frau, jedoch nicht unfreundlich.

»Sie dreht sich immer wieder auf den Rücken«, entgegnete Antonia.

»Musst die Decke vernünftig um sie feststecken«, sagte eine weitere, »dann kann sie sich nicht drehen.«

Antonia nickte nur und beschloss, nichts dergleichen zu tun.

Nun wurde es etwas mühsamer, den Wagen zu ziehen, da die Straßen unwegsamer wurden. Aus Löchern und Ruinen krochen Männer und Frauen, um ihr Tagewerk aufzunehmen. Als Antonia die langen Schlangen vor der Bezirksstelle des Ernährungs- und Wirtschaftsamtes, an dem die Lebensmittelkarten ausgegeben wurden, sah, seufzte sie. Ganz gleich, wie früh am Morgen sie aufbrach, die Schlange schien immer gleich lang zu sein. Alle vierzehn Tage erhielt man neue Lebensmittelkarten, die stets an die Vorlage eines gültigen Arbeitspasses gekoppelt waren. Brot, Fleisch, Fett, Zucker, Eier, Fisch, Kartoffeln, Tabak und weitere Nährmittel – für alles gab es Karten. Daneben gab es welche für Bedarf an Kleidung, Schuhen und was noch benötigt wurde, alles stark rationiert.

Um sie herum unterhielten sich Leute mit Bekannten und Nachbarn, einige schalten ihre gar zu ungeduldigen Kinder, andere standen in stumpfem Schweigen da und warteten. Antonia zog den Bollerwagen hin und her, in der Hoffnung, die eintönige Bewegung würde Marie zum Schlafen bringen. Beim letzten Mal hatte sie angefangen zu brüllen, als sie die Hälfte der Schlange geschafft hatten, und nicht mehr aufgehört, bis sie daheim angekommen waren. Das war einer der Momente, in dem Antonia wusste, warum sie nie Kinder hatte haben wollen. Und so sehr sie sich für den Gedanken geschämt hatte, er wiederholte sich doch stetig und verklang erst, als das Weinen in Schluckauf gipfelte und in kleinen Schluchzern auslief, bis die Kleine eingeschlafen war. Dann kam das schlechte Gewissen.

Jetzt jedoch schien Marie gut gelaunt zu sein, und Antonia hing ihren Gedanken nach. Es hatte weitere Bewerber auf das dritte Zimmer gegeben, aber es war keiner dabei gewesen, der ihr gefiel. Während Katharina und Elisabeth auf Anhieb gepasst hatten, wurde es nun schwieriger. Es waren Frauen mit

Kindern gekommen, für die das Zimmer nicht genug Platz bot. Alleinstehende Männer, deren Blicke an Antonia entlanggeglitten waren, dass nur zu deutlich wurde, worauf sie hofften.

Allmählich rückte sie weiter vor in der Schlange, dieses Mal schien es schneller zu gehen. Schon bald ließ sie wie jedes Mal die nervenzehrenden Formalitäten über sich ergehen, ehe sie ihre Lebensmittelmarken bekam. Sie erhielt Lebensmittelkarten für Hausfrauen und für Kleinstkinder, was eine wöchentliche Ration von tausendneunhundert Gramm Brot, zweihundertvierzig Gramm Fleisch und hundert Gramm Fett ergab. Außerdem siebzig Gramm Tee und zweihundertvierzig Gramm Kaffee. Antonia hatte den Steckrübenwinter 1916 nicht miterlebt, aber immer wieder von Leuten gehört, die befürchteten, er könne sich in diesem Jahr wiederholen.

Als sie sich zur Seite wandte, um dem Gedränge zu entkommen, stieß sie mit einem Mann zusammen und ging fast zu Boden.

»Hoppla«, rief er und fing sie auf, ehe sie rücklings über den Bollerwagen fiel. Einen Moment lang hielt er ihre Oberarme umfasst, und sie war ihm so nahe, dass sie jede Farbnuance seiner Augen sehen konnte. Grüngrau, wie Waldmoos unter einem Firnis aus Frost. Dann ließ er sie unvermittelt los, und sie brachte einen Schritt Abstand zwischen sich und ihn.

»Entschuldigen Sie bitte vielmals«, sagte sie.

»Ich habe mich zu entschuldigen«, antwortete er galant.

Er war schlank und kräftig – was ihr bei dem Zusammenstoß nicht hatte entgehen können. Vielleicht ein ehemaliger Soldat, wie fast alle jungen Männer in seinem Alter, wenngleich das dunkelblonde Haar nicht aussah, als wäre es noch vor Kurzem militärisch kurz geschoren gewesen. Antonia wurde bewusst, dass sie ihn auf eine geradezu unhöfliche Weise anstarrte. Rasch blinzelte sie und wandte sich ab, sah nach Marie, die eingeschlafen war. Als sie sich wieder umdrehte, bemerkte sie, dass auch der Blick des Mannes auf das Kind gefallen war, die Brauen leicht gefurcht, die Augen kaum merklich verengt. Dann trafen seine Augen wieder die ihren, und er lächelte. »Nun denn. Ich befürchte, die Schlange wird nicht kürzer.« Er deutete mit einem Nicken zu der Menschenmenge. »Vielleicht sieht man sich.«

Antonia nickte und erwiderte das Lächeln. *Vielleicht sieht man sich.* So leicht dahingesagt, wie sie es seit Jahren nicht gehört hatte. Als hätte es den Krieg nie gegeben.

Elisabeth wusste, dass es sie nichts anging, was sich in den Räumen befand, außer denen, die sie nutzen durfte – ihr eigenes Zimmer, ihr Bad und die Küche. Aber als sie die offene Kellertür sah, konnte sie nicht widerstehen. Schon als Kind hatten Kellerräume eine geradezu magische Anziehungskraft auf sie ausgeübt. Die Tür stand auf und wies in einen dunklen Schlund.

Elisabeth sah sich um, obwohl sie wusste, dass außer ihr niemand im Haus war. Sie war früher zurückgekommen als geplant, nachdem sie sich bei der zuständigen Stelle zur Trümmerbeseitigung gemeldet hatte und ihr gesagt worden war, sie müsse erst am folgenden Tag mit der Arbeit anfangen. Die aus dem Keller aufsteigende Luft war kalt und klamm, umso mehr, da Elisabeth die Wärme des Julinachmittags noch in den Gliedern steckte. Ein leichtes Frösteln überlief sie. Zögernd trat sie auf die erste Stufe, nahm die nächste, die übernächste, und nachdem sie am Fuß der Treppe angelangt war, stand sie in dem gewölbeartigen Keller mit einer Vielzahl von Gängen und Türen, die vermutlich in alle Arten von Lager- und Wirtschaftsräumen führten. Vor fünfzig Jahren hatte man hier unten vermutlich Waren gelagert, die leicht verderblich waren. Aus dem nach rechts abzweigenden Gang kam ein sanfter Lichtschimmer. Als sie ihm folgte, bemerkte sie einen Raum, dessen Tür nur angelehnt war.

Sie stieß die Tür vorsichtig auf und gelangte in eine Art Vorratsraum, der mit einer Masse an Nahrungsmitteln und verkorkten Flaschen gefüllt war, wie Elisabeth es seit den Tagen vor dem Krieg nicht mehr gesehen hatte. Säcke mit Mehl und Zucker, Salz, Öl, Kartoffeln, Gewürze, Vanille, gepökeltes Fleisch – und, direkt über ihr, Salami, deren Geruch dafür sorgte, dass Elisabeths Magen sich zusammenzog und vernehmlich zu knurren begann. Es kostete sie ihre gesamte Selbstbeherrschung, nicht einfach die Hände auszustrecken, um die weiße, längliche Rolle von der Decke zu reißen und ihre Zähne hineinzugraben.

Langsam trat sie in den Raum, versuchte zu ergründen, was sich in den Kisten und Säcken weiter hinten befand. Hortete Antonia diese Massen an Lebensmitteln? Sie sah Tee, roch Kaffee, und ihr wurde schwindlig vor Verlangen. Der Hunger schien auf einmal unerträglich, nagte an ihren Eingeweiden, grub seine Klauen in ihren Magen. Elisabeth presste die Hände darauf und drehte sich um. Dann erstarrte sie.

Im Türrahmen lehnte Richard, die Arme vor der Brust verschränkt, düster lächelnd und gefährlich. Das Haar fiel ihm in die Stirn, sein Hemd stand am Hals offen, die Ärmel waren bis zu den Ellbogen aufgekrempelt. Elisabeth holte tief Luft, hielt sie an und stieß sie in einem langen Seufzer wieder aus.

»Und?«, fragte Richard. »Gefällt dir, was du siehst?«

Er ließ offen, ob er sich oder den Raum meinte, und da beides zutraf, nickte Elisabeth. Sein Blick wanderte über ihr Gesicht, ihre Brust, ihren Bauch bis zu ihren Füßen und wieder zurück, und seine Miene ließ nicht erkennen, was er dachte.

»So viel Essen«, sagte er. »Das kann die moralischen Werte,

die uns anerzogen wurden, schon ins Wanken bringen, nicht wahr?«

»Ich habe nichts davon genommen.«

»Natürlich hast du nicht. Wo hättest du es auch verstecken wollen?« Erneut glitt sein Blick über sie.

»Du betreibst Schwarzhandel?« Unwillkürlich war sie ebenfalls dazu übergegangen, ihn zu duzen.

Richard lachte. »An deiner Fähigkeit, die richtigen Schlussfolgerungen zu ziehen, ist jedenfalls bemerkenswert wenig auszusetzen.«

Wieder kam sich Elisabeth in seiner Gegenwart vor wie ein dummes Schulmädchen, und sie hob das Kinn, um ihre Unsicherheit zu überspielen. »Und Antonia?«

»Was denkst du, wovon ich ihren kleinen Bastard versorge. Aber hiervon«, er machte eine ausholende Handbewegung, »weiß sie nichts. Sie denkt, ich hole es jedes Mal von außerhalb, über Kontakte. Sie ahnt nicht, dass ich selbst in großem Stil damit handle. Sie soll es auch künftig nicht erfahren, Mitwisser bergen immer ein Risiko.«

»Dann wäre es vielleicht eine gute Idee, die Türen zu verschließen.«

Wieder dieses spöttische Lächeln. »Ich war kurz oben, weil ich etwas vergessen hatte. Damit, dass einer von euch früher nach Hause kommt, habe ich nicht gerechnet. Mein Fehler.«

»Wie bringst du das alles ungesehen hierher?«

»Der Keller hat einen Notausgang. Man muss nur wissen, wo er ist.«

Sie sah zur Tür, als würde dort ein Pfeil erscheinen und auf die Fluchtrichtung deuten.

Richard kam näher. »Elisabeth.« Der Name kam ihm wie eine Liebkosung über die Lippen. »Angesichts der Umstände ist diese höfliche Distanz zwischen uns doch langsam überflüssig, nicht wahr?« Er nahm ihre Finger, bog sie auseinander. »Du wirst niemandem hiervon erzählen, ja?«

Wie hypnotisiert unter seinem Blick nickte sie, indes das Herz ihr bis zum Hals schlug und sie an nichts denken konnte außer der Wärme seiner Finger an den ihren.

»Solltest du es doch tun, könnte es zu einer Szene kommen, die ich uns beiden gerne ersparen würde.«

Ein weiteres Nicken.

»Sollten die Engländer hiervon erfahren, steckst du ebenso drin wie ich, das kann ich dir versichern. Also erzähl deinem Stecher lieber nichts Falsches.«

Elisabeth sah ihn schweigend an.

»Und du wirst diesen Raum nicht wieder betreten oder auch nur in seine Nähe kommen. Sollte ich nämlich bemerken, dass du mich bestohlen hast, werde ich dir für jedes fehlende Teil einen Finger brechen.« Er lächelte, und sein Gesicht war nur eine Handbreit von ihrem entfernt, als wolle er sie küssen. »So weit klar?«

»Ja«, presste sie hervor.

Er ließ ihre Hand los. »Wie erfreulich. Und weil du so ein braves Mädchen bist, darfst du dir etwas wünschen. Ich würde sogar einmal mit dir ins Bett gehen, falls du das möchtest.«

Elisabeth starrte ihn an, dann eilte sie an ihm vorbei und lief zur Treppe, nahm hastig eine Stufe nach der anderen, während sein Lachen ihr folgte.

Nach Köln hatte es Georg Rathenau nie gezogen, aber er befand sich auf einem Weg, auf dem es keine Gabelungen gab, keine Abzweigungen. Um zu verhindern, dass Krankheiten eingeschleppt wurden, hatte die amerikanische Militärregierung die gesamte Stadt vom Militärring bis zum Rhein für Neuankömmlinge gesperrt. Aber darum hatte Georg sich keine Gedanken gemacht, denn wo brauchte man einen Arzt dringender als bei der Wiederbelebung einer toten Stadt? Und so hatte man ihm den Einlass nicht verwehrt.

Er bewarb sich im Sankt-Augusta-Hospital in Nippes, wo eine Quarantänestation eingerichtet worden war. Die Fragen der Briten ließ er mit Gleichmut über sich ergehen. Familie in Köln? Nein. Nazivergangenheit? Aber nicht doch. Im Krieg gekämpft? Lazarettarzt.

Vertraute, routinierte Handgriffe und gelegentlich ein Blick über die Schulter, ob ihm nicht doch die Vergangenheit auf den Fersen war. Und dann wieder der Blick geradeaus auf die Vergangenheit, der er selbst folgte.

Den ganzen Nachmittag hatte er im OP gestanden, hatte erst einen Blinddarm entfernt – Routine – und danach einen etwas diffizileren Fall auf den Tisch bekommen, ein Patient, dem es im wahrsten Sinne des Wortes den Magen umgedreht hatte. Der Patient hatte überlebt, und Georg gönnte sich nach den anstrengenden Stunden, die er über den OP-Tisch gebeugt zugebracht hatte, eine Pause im Hinterhof des Krankenhauses.

Zigaretten waren auf dem Schwarzmarkt zu bekommen, ein Luxus, den er sich gelegentlich gönnte, wenngleich es gefährlich war und man tunlichst vermeiden sollte, sich erwischen zu lassen. Mit den achtzig Gramm Tabak, die pro Woche ausgegeben wurden, kam er nicht weit. Während er dastand und den Rauch inhalierte, zusah, wie er sich vor dem bedeckten Himmel kräuselte und auflöste, dachte er darüber nach, wie es nun weitergehen würde. Als er in seiner Kitteltasche nach seiner Uhr tastete, knisterte es, und seine Finger schlossen sich um ein Stück Papier. Er zog einen Zettel hervor, den er morgens von einem der Masten gelöst hatte. *Zimmer zu vermieten bei der Witwe Antonia von Brelow.* Ein kleines Lächeln nistete in seinen Mundwinkeln, bitter, spöttisch, abgründig.

2

August 1945

Den Unkereien Richards zum Trotz lief alles, was Antonia derzeit anfasste, bestens. Das Gemüse gedieh, ihre Mitbewohnerinnen waren freundlich und zahlten pünktlich, so dass sie ihrerseits Richards horrende Preise für Nahrungsmittel aufbringen konnte, und sogar Marie schien sich gut zu entwickeln. Gelegentlich, wenn Antonia vor ihrem Bettchen stand und sie ansah, erwiderte die Kleine den Blick. Dann wirkte sie sehr ernst, als spiegele ihr Gesicht alle Zweifel wider, die in Antonia herumspukten.

Eines Abends ging Antonia in den Gästetrakt, wo sich neben den Schlafzimmern auch das Musikzimmer befand. Auf der Anrichte neben der Tür stand ein Kerzenhalter mit zwei zur Hälfte abgebrannten Kerzen aus Kriegstagen. Antonia zog Streichhölzer aus ihrer Rocktasche und entzündete sie. Flackerndes Licht zeichnete den Raum in warmen Farben, die Dunkelheit schmolz zu bizarren Schatten. Das Klavier gab es noch. Der Deckel war zugeklappt, und wahrscheinlich hatte niemand mehr darauf gespielt, seit sie damals fortgegangen war.

Antonia setzte sich auf den Hocker, klappte den Deckel auf und schlug eine Taste an. Das Klavier war völlig verstimmt, nichtsdestotrotz rang sie ihm einige Tonfolgen ab, die für das ungeübte Ohr harmonisch klingen mussten. Dann flogen ihre Finger schneller darüber, entfesselten einen Sturm an Klängen, wilde Tänze, atemloses Herumwirbeln, so schnell, dass sie das Gefühl hatte, es würde sie mit sich reißen. Unvermittelt hörte sie auf, wandte sich zur Tür, wo sie aus den Augenwinkeln eine Bewegung wahrgenommen hatte.

Elisabeth lugte vorsichtig hinein, hatte wohl auf dem Weg in ihr Zimmer die Musik gehört und nicht widerstehen können, in den erleuchteten Raum zu sehen. Nun kam sie zögernd näher. »Das war sehr schön, auch wenn das Klavier dringend gestimmt werden muss.«

Elisabeth hatte offenbar ein Gespür für Musik, ein winziger Gleichklang zwischen ihren Seelen.

Antonia lächelte. »In diesen Zeiten ein Luxus, befürchte ich.«

»Ich habe den ganzen Krieg hindurch getanzt.« Elisabeth bog den Körper, als müsse sie zeigen, dass sie keine leeren Phrasen drosch. »Und jetzt sind kaum noch junge Kerle übrig.«

Antonia schlug erneut ein paar Takte an, und Elisabeth drehte sich, schien die Klänge einfangen zu wollen. Es war eine Polka, die Antonias Finger wie von selbst spielten, und Elisabeths Körper wurde mitgerissen, wirbelte durch den Raum, flog von einem imaginären Tanzpartner zum nächsten. Als der letzte Klang zerstob, wurde ihnen bewusst, dass sie eine Zuschauerin hatten. Katharina lehnte im Türrahmen, müde mit den dunkel umschatteten Augen. In der Hand hielt sie ein Wasserglas, und ihre Schwesterntracht wies Flecken auf, deren Ursprung Antonia nicht näher ergründen wollte.

»Verrücktes Weibsvolk.« Katharina kam in den Raum, ließ sich in einen Sessel fallen und hielt sich das Wasserglas an die Stirn. »Meine Mutter würde euch frivol nennen.«

»So würde meine Mutter uns nur nennen, wenn sie einen guten Tag hätte«, entgegnete Elisabeth.

Antonia schlug eine Taste an, als wolle sie das Gespräch mit Musik untermalen. »Und meine Mutter würde sagen«, eine Tonleiterfolge erklang, »›Betrink dich am Leben, mein Kind.‹«

»Und?«, fragte Katharina. »Hast du es getan? Dich am Leben betrunken?«

Den Kopf schief gelegt überlegte Antonia einen Moment lang. »Ich dachte mal, ich würde es tun, aber das war ein Trugschluss.«

»Der falsche Mann«, schlussfolgerte Elisabeth. »Es ist *immer* der falsche Mann.«

Katharinas Mund verzog sich spöttisch, als wolle sie sagen, *ihr* könne das nicht passieren.

»Meine Mutter konnte auch weise Ratschläge erteilen«, sagte Antonia. »›Wenn ein anständiger Bursche um dich wirbt, überleg dir lieber zehnmal, ihn zurückzuweisen, nur um einem schillernden Irrlicht nachzulaufen, das du ohnehin nicht fängst.‹«

»Lass mich raten. Es war der glückstrunkene Moment, als du dachtest, du hättest das Irrlicht gefangen.« Katharina schloss die Augen, legte sich das Glas erneut an die Stirn, und Antonia bemerkte nun, dass ihre Wangen gerötet waren wie im Fieber.

»Durchschaubar?«, fragte Antonia.

»Allerdings.«

Elisabeth streckte sich, dann hielt sie lauschend inne. »Ich sage es nur ungern, aber ich glaube, ich höre Marie.«

Nun vernahm Antonia es auch und erhob sich. Sie hatte alle Türen offen gelassen und hörte ihr Kind dennoch nicht sofort. Was für eine Mutter war sie eigentlich? Sie eilte durch den Korridor zu jenem Raum, aus dem das herzzerreißende Schluchzen zu hören war. Als sie das Zimmer betrat und eine Kerze anzündete, sah sie, dass das Gesicht des Kindes tränenüberströmt war. Eine seltsame Enge schnürte ihr für einen Augenblick die Brust zu. Und dann überfiel es sie unvermittelt.

Wecken die Ratten tatsächlich Begehrlichkeiten in dir?

Die Stimme war weit weg, und doch stand Antonia für einen Moment wieder inmitten der Kälte, das weinende Kind in den

Armen, während um sie herum das Frühlicht die Schatten in Stücke brach. Sie blinzelte, und die Szenerie verschwamm, nahm die Stimme mit. Und die Ratten.

Nur das Weinen blieb. Antonia beugte sich vor und hob Marie aus ihrem Bettchen. Die Kleine schob sich das Fäustchen in den Mund und begann, darauf zu nuckeln. Richard würde erst am kommenden Morgen wieder Milch holen, so lange musste es ohne gehen. Katharina hatte gesagt, in dem Alter bräuchte sie nachts nichts mehr, aber Marie sah das offenbar anders. Es half jedoch ohnehin alles nichts, und die Kleine ergab sich in das Unvermeidliche, ließ sich von den sanft schaukelnden Bewegungen in den Schlaf wiegen.

Behutsam legte Antonia sie ab und verließ das Zimmer. Das Unbehagen begleitete sie, und sie wollte nichts mehr, als zurück in das Musikzimmer gehen, sich die Angst aus der Kehle lachen. *Sieh dich nicht um.* Antonia hielt inne und spähte den finsteren Korridor entlang. Wieder war da dieses Kribbeln, als würden unsichtbare Augen sie beobachten. Sie wartete. Aber es war nichts zu hören außer ihrem eigenen Atem.

Elisabeth hatte morgens Kopfschmerzen wie nach einer durchfeierten Nacht. Dabei war es mit der guten Stimmung ohnehin vorbei gewesen, als Antonia von der Kleinen zurückgekommen war und seltsam gehetzt gewirkt hatte. Hernach hatten sie noch ein wenig zusammen gesessen und sich über Allgemeines unterhalten, danach hatte sich zuerst Katharina verabschiedet mit dem Hinweis, sie müsse morgens früh raus, und dann war Elisabeth gegangen. Obwohl sie so müde war, hatte sie lange Zeit nicht einschlafen können. Richard … Zwölf Tage war ihre Begegnung im Keller her. Entweder ging er ihr seither aus dem Weg, oder sie verpasste ihn tatsächlich immer, wenn sie heimkam oder losging. Was an und für sich nicht schlimm war, denn sie wusste nicht, wie sie sich ihm gegenüber verhalten sollte.

Und weil du so ein braves Mädchen bist, darfst du dir etwas wünschen. Ich würde sogar einmal mit dir ins Bett gehen, falls du das möchtest. Sie wusste nicht, was schlimmer war – die Wut über seinen Spott oder die Scham über jenen Schauer, der sie angesichts der Vorstellung durchlief. Und dann diese unfassbaren Mengen an Essen. Elisabeth erschien es, als sei es Jahre her, seit sie zum letzten Mal richtig satt gewesen war. Aber Richards Warnung war eindeutig gewesen, und sie zweifelte nicht im Geringsten daran, dass die Drohungen ernst gemeint gewesen waren. Abgesehen davon wusste sie ja nicht einmal, wo er den Schlüssel verwahrte.

Irgendwann musste sie eingeschlafen sein, denn als sie morgens die Augen aufschlug, klebten noch Fetzen unruhiger Träume in ihrem Bewusstsein, zerfaserten wie Nebelbänke im Frühlicht und waren, als Elisabeth sich erhob, schon nicht mehr greifbar. Dafür hämmerte es in ihrem Kopf. Sie wusch sich mit kaltem Wasser – der Boiler funktionierte immer noch nicht –, zog sich ein robustes graues Kleid an, band ein Kopftuch um ihr Haar und ging hinunter in die Küche.

Katharina stand an der Anrichte und hatte einen Becher in der Hand, aus dem der verführerische Duft von Kaffee stieg. Sie teilte sich ihre Ration besser ein als Elisabeth, die schon keinen mehr hatte und jetzt die Reste neu aufgoss. Heraus kam ein Gebräu, das mehr an aromatisiertes Wasser erinnerte denn an Kaffee, aber wer wollte in diesen Zeiten wählerisch sein? Danach bereitete sie sich zwei Scheiben Brot für den Vormittag zu, indem sie sie dünn mit Butter bestrich.

Da Katharina morgens nicht zu Geplauder aufgelegt war, zwang Elisabeth ihr kein Gespräch auf. Sie ließ sich am Tisch nieder, gähnte in ihren Becher und schloss für einen Moment die Augen. Als sie Schritte hörte – dem Klang nach nicht die von Antonia –, zwang sie sich, keine Regung zu zeigen. Angespannt blieb sie an ihrem Platz, die Hände um den Becher gelegt.

Noch ehe Richard etwas sagen konnte, verabschiedete Katharina sich. »Er und ich in einem Raum«, hatte sie erst vor zwei Tagen wieder gesagt, »das geht auf Dauer nicht gut.«

»Es sind immer die Widerspenstigsten«, sagte Richard nun, »die man haben will.«

»Na dann, viel Glück.« Katharina wandte sich an Elisabeth, die von ihrem Becher aufblickte. »Bis später.«

Elisabeth nickte nur, nippte an ihrem Kaffee und ignorierte Richard so offensichtlich, dass ihm gerade das nicht entgehen konnte.

»Und?«, fragte er mit leicht anzüglichem Lächeln. »Was hat dich so erschöpft?«

Die nächtlichen Gedanken an dich. Elisabeth zuckte nur mit den Schultern.

»Nanu«, ließ sich Antonias Stimme vernehmen. »So lange hast du doch gar nicht getanzt.« Wenn es etwas gab, das *ihr* den Schlaf geraubt hatte, war es ihr zumindest nicht anzusehen.

»Getanzt?« Richard hob die Brauen.

Keine der beiden Frauen machte sich die Mühe, ihn aufzuklären, dafür tauschten sie ein bewusst verschwörerisches Lächeln.

»Ich komme schon noch dahinter«, sagte Richard.

»Na dann, viel Glück.« Antonia öffnete die Tür zur Speisekammer, obwohl sie wissen musste, dass sich dort keine verborgenen Nahrungsschätze verbargen. Wenn sie nur eine Ahnung davon hätte, was sie praktisch unter ihren Füßen hatte. Elisabeth seufzte, und als wüsste er, was sie umtrieb, erschien nun auf Richards Lippen ein Lächeln echter Erheiterung.

»Schläft Marie noch?«, fragte Elisabeth, und Antonia, die eben die Speisekammertür schloss, nickte nur. Für einen Moment konnte man ihr die Müdigkeit und Resignation ansehen, ehe sich wieder die Maske kühler Gelassenheit darüber legte. Sie setzte Wasser auf, um aus Brot und einem Rest Milch einen Brei zu machen. Ein allmorgendliches Ritual. Das war meist der Moment, in dem es für Elisabeth Zeit wurde, sich zu verabschieden. Sie erhob sich, und Richard tat es ihr gleich, folgte ihr sogar in die Halle und zur Tür hinaus.

In diesigem Grau wölbte sich der morgendliche Himmel über der Stadt, und unwillkürlich zog Elisabeth beim Verlassen des Hauses die Schultern hoch, obwohl es nicht kalt war. Aber ihr war, als stecke ihr noch die Kälte des letzten und eine Ahnung des kommenden Winters in den Gliedern. Richtig warm wurde ihr nur in der Sonne. Hinzu kam der nagende Hunger, der sich bei dem Gedanken an die Speisen im Keller wütend in ihrem Magen verbiss.

Unwillkürlich drehte sich Elisabeth zu Richard um. »Du sagtest, ich dürfe mir etwas wünschen.«

Erstaunt hob er die Brauen. »In der Tat? Nun, dann wünsch dir was, meine Schöne. Allerdings bin ich erst abends wieder da.«

»Eine ganze Salami.« Allein es auszusprechen ließ ihr das Wasser im Mund zusammenlaufen, so dass sie die Worte kaum artikulieren konnte.

Richard lächelte spöttisch. »Ah, bescheiden sind wir nicht, ja?«

»Von Bescheidenheit wird man nicht satt.«

»Eine ganze Salami – hast du eine Ahnung, welchen Geldwert du da ganz beiläufig verspeisen möchtest?«

»Wenn du willst, dass ich schweige, solltest du es dich was kosten lassen.«

Nun schlich sich etwas Kaltes, Dunkles in sein Lächeln. »Meine Liebe, dort, wo du dich gerade hinbegibst, wird das Eis sehr dünn.«

Elisabeth taxierte ihn, versuchte auszuloten, wie weit sie gehen konnte. »Auch dünnes Eis hat mich bisher immer getragen«, antwortete sie schließlich. Die Festigkeit ihrer Stimme entglitt ihr, kaum hörbar, aber offenbar doch wahrnehmbar, wie sie an Richards Blick erkannte.

»Such dir einen Gegner, dem du gewachsen bist.«

Ehe sie dazu kam zu antworten, war ein blechernes Scheppern im ans Haus grenzenden Gebäude zu hören. Ehemals waren dort Pferde und Kutsche untergebracht gewesen, später vermutlich ein Automobil, aber inzwischen türmte sich dort nur Gerümpel. Katharina trat hinaus und schob ein Fahrrad auf den Hof.

»Ich dachte, du seist längst weg?«, sagte Elisabeth.

»Ich bin früher raus, weil ich vor einigen Tage *das hier*«, sie deutete auf das Fahrrad, »gefunden habe und heute testen wollte, ob es fahrtauglich ist.«

»Und? Ist es?«

»Ich habe die Reifen aufgepumpt und bin gerade hinten auf der Terrasse gefahren. Es scheint zu halten.«

»Vermutlich hat es einem Dienstmädchen gehört«, vermutete Richard.

»Das meint Antonia auch.«

»Antonia bevorzugt das Automobil. Haben Sie eine Fahrraderlaubniskarte?«

»Ja, für notwendige Fahrten.«

Katharina schob das Fahrrad auf die Straße und drehte sich zu Elisabeth um. »Soll ich dich mitnehmen?«

Angesichts des langen Fußmarsches ließ Elisabeth sich nicht lange bitten. »Aber ist das kein Umweg für dich?«

»Ich spare ja jetzt ordentlich Zeit.« Katharina nickte ihr zu. »Na los, rauf mit dir.«

Elisabeth setzte sich seitlich auf den Gepäckträger, da sie mit ihrem Rock nicht rittlings aufsteigen konnte. Dann legte sie die Hände um den Sattel, und Katharina fuhr los. Die Sache war anfangs ziemlich wacklig, und beim ersten Anlauf wären sie beinahe in einem Schuttberg gelandet.

»Vorsicht!«, schrie Elisabeth und sprang vom Rad, noch während Katharina abbremste und sich gerade eben mit einem Bein abfangen konnte. Hinter sich hörte Elisabeth Richard lachen.

Der nächste Versuch klappte besser, und nach einigen Schlangenlinien gelang es Katharina schließlich, das Gleichgewicht zu halten. Elisabeth hatte recht bald heraus, wie sie ihr Gewicht verlagern musste, um das Rad nicht erneut zum Schlingern zu bringen. Sie hatten etwa die Hälfte der Strecke zurückgelegt, als ein erster Regentropfen Elisabeth traf. Sie wischte ihn mit dem Ärmel von ihrer Wange, während Katharina einen Bogen um einen Berg schroffer Steine fuhr.

Nigel hätte sicher dafür sorgen können, dass Elisabeth von der harten Arbeit der Bauhilfsarbeiterin verschont worden wäre, als der Befehl der alliierten Besatzungsmächte eingegangen war, dass sich arbeitslose Frauen zwischen fünfzehn und fünfzig Jahren zum Schuttarbeitsdienst zu melden hatten. Aber dieses kleine bisschen Unabhängigkeit wollte sie sich erhalten, wenn sie letzten Endes auch nur für einen Teller Suppe und ein paar Lebensmittelkarten mehr schuftete. Ein bisschen mehr Brot, ein bisschen mehr Fett. Antonia konnte dergleichen Aufforderungen guten Gewissens ignorieren, da sie für die Kriegswaisen arbeitete und ein kleines Kind hatte. Und Katharina leistete notwendige Arbeit im Krankenhaus. Elisabeth jedoch konnte nichts dergleichen vorweisen. Sie konnte tanzen und schauspielern, und daran bestand nun einmal herzlich wenig Bedarf. Und so arbeitete sie zwischen anderen Frauen, ehemaligen Parteimitgliedern und deutschen Kriegsgefangenen und half bei der Entschuttung der Stadt.

Als Katharina abbremste, klatschten die ersten dicken Tropfen auf die Straße, die Luft roch nach Mörtel und feuchtem Stein.

»Danke«, sagte Elisabeth und rutschte vom Gepäckträger.

»Keine Ursache.« Katharina stieß sich ab und fuhr los. »Bis später.«

Elisabeth winkte ihr kurz hinterher, dann ging sie auf das eingestürzte Haus zu, in dem sie seit zwei Tagen ihren Dienst tat.

Richard hatte gewartet, bis die beiden Frauen um die nächste Straßenecke gebogen waren, ehe er sich selbst auf den Weg machte. Am Vorabend war Hedda bei ihm aufgetaucht und hatte um Nachsicht für Andreas gebeten, hatte versucht, ihn zu verführen, um ihn ihrem Liebhaber gewogen zu machen. Ob sie auch nur annähernd ahnte, wie sehr sie ihm zuwider war? Sie hatte die Zurückweisung stoisch ertragen und war schließlich gegangen. Andreas war raus, dabei blieb es. Und in dessen eigenem Interesse hoffte Richard, dass er ihm das Geld für die mangelhafte Ware rasch ersetzte.

Hatten am Ende des Kriegs nur noch knapp vierzigtausend Menschen in Köln gewohnt, so strömten derzeit an die achtzehntausend pro Woche zurück. Jeder Heimkehrer war ein Mensch, der hungerte. Und jeder Hungernde ein potentieller Kunde für Richard. Kurzum – der Markt lief großartig. Die Menschen hatten Geld, was vor allem daran lag, dass schon während des Krieges rationiert worden war. Hinzu kam, dass es keine Geldentwertung gab. Man mochte über die Zwangsbewirtschaftung sagen, was man wollte, aber sie verhinderte eine

Inflation. Und da es für Geld derzeit nicht viel zu kaufen gab – durch die Rationierungen stand jedem nur eine bestimmte Menge an Nahrungsmitteln und Gütern des täglichen Lebens zu –, trugen die Menschen es auf die schwarzen Märkte. Hinzu kam, dass die Besatzungsbehörden die Produktion durch Auflagen und Kontrollen stark beschränkten, ganz zu schweigen von einer Vielzahl von Verboten.

Während Richard durch die Straßen ging, stellte er sich ein neues, lebendiges Köln vor. Er hatte es nicht eilig damit. Aber bis dahin war es ohnehin noch ein weiter Weg, und so gut wie jetzt würde er vermutlich nie wieder verdienen. Die Wirtschaft lief nur zögerlich an, da Rohstoffe wie Kohle, Energie und Stahl rar waren. Hinzu kam das Fehlen von Verkehrswegen. Allein auf die andere Rheinseite zu kommen, war derzeit eine Herausforderung, da alle fünf Kölner Brücken im Bombenhagel zerstört worden waren. Damit war die Rechtsrheinische derzeit von der Innenstadt und somit von der Stadtverwaltung abgeschnitten.

Schon in Kriegstagen hatte er Antonias Abwesenheit genutzt, um seine Geschäfte über das Haus laufen zu lassen. Es war nicht einfach gewesen, die Rationierungen zu unterlaufen, aber das Risiko war er eingegangen. Kurz nach Antonias Abreise hatte seine Mutter erfahren, dass Friedrich vermisst war, und Richard davon überzeugt, sich im Haus seines Bruders einzuquartieren. Seit zwei Generationen war das Von-Brelow-Haus im Besitz der Familie, und dass es nun an Antonia fiel, konnten sie – so seine Mutter – nicht zulassen. Dass sie mit einem Kind heimkehrte, hatte keiner wissen können. Wenigstens war es kein Junge, das hätte die Sache nur unnötig verkompliziert. Obschon jeder ahnen musste, dass dieses Kind nicht von Friedrich gezeugt worden sein konnte.

Für Richard war Antonia derzeit allerdings nicht ausschließlich lästig, denn da er ihr Essen für das Kind verkaufte, befand sie sich in einer durchaus willkommenen Abhängigkeit von ihm. Und die würde er über kurz oder lang zu nutzen wissen. Der Plan seiner Mutter, seine Schwägerin gewaltsam aus dem Haus zu treiben, war schon von vornherein zum Scheitern verurteilt, denn Antonia würde nicht kampflos gehen. Schon allein deshalb, weil es keinen Ort mehr gab, an den sie gehen konnte. Das Gut in Königsberg gab es nicht mehr, und ihr Elternhaus war verpfändet worden, was angesichts des Lebenswandels ihrer verwitweten Mutter nicht weiter verwunderte. Antonia würde das neu aufgetauchte Testament anfechten – und vermutlich recht bekommen.

Auf ihre seltsame Idee, Zimmer zu vermieten, hätte er allerdings gut und gerne verzichten können. Je mehr Menschen das Haus bewohnten, umso schwerer wurde es, seine Aktivitäten im Keller geheim zu halten, wie Elisabeths Neugier ja bereits gezeigt hatte. Gut, mit Elisabeth konnte er umgehen, aber auch sie war mit Vorsicht zu behandeln. Da würde er sich noch überlegen müssen, was zu tun war.

Jemand flog ihm von hinten um den Hals und hielt ihm die Augen zu. Er zuckte zusammen und fuhr herum. »Sonja! Grundgütiger!«

Die junge Frau lachte unbekümmert und drückte ihm einen Kuss auf den Mund. »Du vernachlässigst mich.«

»Ich habe zu tun.«

»Hmhm.« Sie schob ihre Hand in seine Armbeuge und warf das blonde Haar zurück. »Auch nachts?«

»Gerade da.«

Sie lächelte, ein sinnliches Öffnen der Lippen, hinter denen weiße Zähne aufblitzten. »Und heute?«

»Ich denke, es ließe sich einrichten.« Er wollte weitergehen, aber sie machte keine Anstalten, seinen Arm freizugeben.

»Was wollte Hedda von dir?«

»Willst du mir lästig fallen?«

»Wollte sie's? Oder war sie dir willkommen?«

Mit zunehmender Ungeduld sah er auf seine Uhr. Für diese Art von Spielchen fehlte ihm die Zeit. »Sonja, komm heute Abend zu mir, ja? Und nun lass mich in Ruhe.« Er löste sich von ihr.

Obwohl sie einen Schmollmund zog, schien sie zu wissen, wann sie es gut sein lassen musste. Immerhin. Er küsste sie lange genug, um sie wissen zu lassen, dass ihr nächtliches Treffen kein leeres Versprechen sein würde.

»Bis später«, sagte sie atemlos, als er von ihr abließ. Sie warf ihm noch eine Kusshand zu und ging beschwingten Schrittes davon. Er fragte sich, ob sie sich in ihn verliebt hatte, aber im Grunde genommen war sie dafür zu vernünftig. Es war von Anfang klar gewesen, wie ihre Beziehung zueinander geartet war. Aber man wusste ja nie, also hieß es, die Sache im Blick zu behalten und gegebenenfalls zeitig zu beenden.

Als Richard die Gaststätte betrat, war noch kaum etwas los. Ein alter Mann saß am Tresen und starrte in ein leeres Glas, bei dem nicht klar war, ob es gefüllt gewesen war oder nur dastand, um die Illusion zu erzeugen, jederzeit gefüllt werden zu können. Richard nickte dem Gastwirt zu und durchquerte den Raum, ging in das angrenzende Zimmer, wo er bereits erwartet wurde. Betrat die Schattenwelt.

*

Antonia stopfte das Kinderdeckchen mit den Federn, die sie einem der aufgeschnittenen Plumeaus entnommen hatte. Ein Kind mehr, das es in dem kommenden Winter zumindest in seinem Bettchen warm haben würde. Sonnenstrahlen malten ein Spinnwebmuster durch eine von Sprüngen durchzogene

Scheibe auf die Holzdielen des alten Gästesalons, in dem Antonia auf dem Boden saß. Sie hatte sich für diesen Raum entschieden, da sich hier keine Möbel mehr befanden und sie sich ungehindert mit den Federn und Decken ausbreiten konnte.

Marie hatte gelernt, sich zu drehen, so dass Antonia alle Hände voll zu tun hatte, das Kind davon abzuhalten, durch die Federn zu rollen – Bemühungen, die Marie mit Protestgeheul quittierte. Ausgerechnet in diesem Moment schlug die Türglocke an, und Antonia erhob sich, legte das Mädchen in die Wiege, ignorierte das empörte Geschrei und eilte in die Halle, als der Gong gerade zum zweiten Mal ging. Hoffentlich nicht ihre Schwiegermutter, dachte sie, während sie die Tür mit einem Ruck öffnete.

Es dauerte einen Augenblick, ehe sie dem Gesicht die richtige Situation zuordnen konnte. Der Mann lächelte, als erinnerte er sich ebenfalls. »Na, das nenne ich einen Glückstreffer.«

Misstrauen schlich sich in Antonias Blick, und sie hielt den Türknauf fest umklammert, bereit, dem ungebetenen Gast die Tür vor der Nase zuzuschlagen. Hatte er bei ihrer flüchtigen Begegnung vor der Nahrungskartenausgabe charmant gewirkt, so schien es ihr nun, als habe sein Lächeln etwas Lauerndes. *Glückstreffer.* War er gar auf der Suche nach ihr gewesen?

Er hielt einen Zettel hoch, in dem Antonia einen ihrer Aushänge erkannte. *Zimmer zu vermieten bei der Witwe Antonia von Brelow.* Erleichtert stieß sie die Luft aus. Offenbar hatte der Mann gemerkt, dass etwas nicht stimmte, denn sein Lächeln verblasste.

»Falls es gerade ungünstig ist …«

»Nein, gar nicht. Treten Sie bitte ein.« Antonia gab den Eingang frei und ließ den Besucher ein. Maries Gebrüll war in ein Schluchzen übergegangen, und der Mann wandte lauschend den Kopf.

»Meine Tochter«, sagte sie entschuldigend. »Ich hole sie rasch. Wenn Sie so lange Platz nehmen möchten?« Sie öffnete die Tür zum angrenzenden Salon und deutete auf die Sessel, die sich um einen niedrigen Tisch gruppierten.

»Aber natürlich.« Der Mann nickte, lächelte nach wie vor, wenngleich es Antonia war, als legte sich für die Länge eines Lidschlags ein seltsames Zaudern in seinen Blick, etwas Dunkles. Sie wandte sich ab und schüttelte über sich selbst den Kopf, ihr Misstrauen, die Blicke, die sie überall zu spüren glaubte. Augen, die ihr folgten. Wissend. Abwartend. *Sieh dich nicht um.*

Maries Wangen waren tränennass, und sie streckte die Ärmchen nach Antonia aus. Die nahm das Kind aus dem Bettchen, trocknete ihm im Gehen das Gesicht mit ihrem Ärmel ab und gab ihm den Zipfel eines Baumwolltuchs. Es war Katharinas Idee gewesen, einen Knoten in jede Ecke des Tuchs zu machen, sie sagte, sie hätte das bei einer Mutter gesehen, die kein Spielzeug für ihr Kind gehabt hatte. Marie zeigte ihre Dankbarkeit, indem sie das Tuch ausgiebig benuckelte.

Als Antonia den Salon betrat, stand der Mann am Fenster, hatte die Hände hinter dem Rücken verschränkt und sah in den verwilderten Garten. Bei ihrem Eintreten drehte er sich um, und nun wirkte sein Lächeln etwas angestrengt. »Ah, haben Sie die junge Dame beruhigt?«

»Sie entdeckt gerade ihre Unabhängigkeit.« Ein kleiner Missklang schlich sich in Antonias Lachen, und sie hoffte, dass ihr nicht anzumerken war, wie sehr sie die Rolle als Mutter zeitweise über hatte. Dabei war Marie ein zufriedenes und für die Verhältnisse gut genährtes Kind. Offenbar versagte Antonia demnach nicht gänzlich. Sie deutete auf einen der Sessel. »Kommen wir zum Thema, Herr …« Sie sah den Mann erwartungsvoll an.

»Georg Rathenau«, sagte er und ließ sich nieder.

Antonia setzte sich ihm gegenüber, so dass er im vollen Licht des Tages saß, sie jedoch das Fenster im Rücken hatte. Sie war sich noch nicht sicher, ob sie den Mann hier haben wollte. Eine Frau wäre ihr lieber, aber sie konnte ihn schlecht rundheraus ablehnen.

»Haben Sie Familie?«

»Nein, ich wohne allein.«

Antonia nickte. »Was machen Sie beruflich?«

»Ich bin Arzt.«

Das änderte die Situation ein wenig zu seinen Gunsten. Ein Arzt im Haus war nicht das Schlechteste. »Haben Sie gedient?«

»Ja, ich war Lazarettarzt.«

»Eine meiner Mieterinnen ist Krankenschwester und war auch in Lazaretts tätig. Vielleicht kennen Sie sie. Katharina Falkenburg.«

Er dachte kurz nach, schüttelte dann den Kopf. »Nein. Vielleicht sind wir uns begegnet, aber zusammen gearbeitet haben wir nicht.«

Antonia hielt Marie gedankenverloren einen Finger hin, den das Kind mit festem Griff umklammerte. Sie war unschlüssig, bewegte den Finger mit dem Fäustchen langsam auf und nieder, als könne sie damit Zeit zum Überlegen schinden. Dann dachte sie an Richard, daran, wie er wohl auf einen Mann im Haus reagieren würde.

»Ich nehme an, Sie möchten das Zimmer erst sehen?«

Georg Rathenau nickte. »Sehr gerne, ja.«

Sie erhob sich und ging an ihm vorbei aus dem Raum. »Folgen Sie mir bitte.« Ohne sich umzusehen, ging sie zur Treppe, stieg mit steifem Rücken die Stufen hoch, spürte den Blick des Mannes, spürte das feine Kribbeln, das zwischen ihren Schulterblättern einsetzte und sich die Wirbelsäule hinab fortsetzte. Auf der letzten Stufe geriet sie aus dem Tritt, stolperte, und rasch, als wäre er unmittelbar hinter ihr gewesen, umfasste Georg Rathenau ihren Oberarm, fing den Sturz auf.

»Danke«, sagte Antonia, und der Atem ging ihr in raschen Stößen, dem kurzen Schreck geschuldet und dem Gefühl, das der Griff um ihren Arm auslöste. Georg Rathenau ließ sie los, hielt sie keinen Augenblick länger fest als nötig und doch zu lange. Marie sah sie aus großen, blauen Augen an, indes sie auf dem Zipfel herumnuckelte. Rasch ging Antonia weiter, den Korridor entlang, vorbei an Katharinas und Elisabeths Zimmer.

»Hier ist es.« Sie stieß eine Tür auf. Der Raum war kleiner als die beiden anderen, hatte dafür jedoch einen hübschen Erker, ein Ankleidezimmer und den schöneren Ausblick.

Georg Rathenau trat ein und sah sich um, schwieg.

»Und?«, fragte sie schließlich, da die Stille ihr unangenehm wurde.

Er wandte sich ihr zu. »Was soll es kosten?«

»Neun Reichsmark im Monat.«

»Ich bin interessiert.«

»Gut. Dann regeln wir die Formalitäten.«

Sie gingen zurück in den Salon, und als Antonia sich setzte, fiel ihr wieder dieser irritierende Blick auf, mit dem Georg Rathenau das Kind bedachte, zu kurz, um greifbar zu sein. Im nächsten Moment war er wieder ganz und gar freundliche Aufmerksamkeit. Antonia setzte sich ihm gegenüber, dieses Mal unachtsam, so dass er das Fenster im Rücken hatte. Und sie spürte dieses feine Vibrieren in sich, das jedem großen Fehler in ihrem Leben vorausgegangen war.

Das Leben des Kindes konnte man retten, den Arm nicht mehr. Während der zehnjährige Junge stumm dasaß, die Augen lichtblauer Schimmer in einem kreidebleichen Gesicht, stieß seine Mutter fortwährend weinend Selbstanklagen aus.

»Es ist nicht Ihre Schuld«, sagte eine ältere Krankenschwester, die selbst drei Kinder hatte. »Die Zeiten sind gefährlich für Kinder. Seien Sie froh, dass es ihn nicht zerrissen hat.« Erst drei Monate zuvor waren zwei kleine Jungen beim Spielen mit einer Panzerfaust gestorben. Verglichen damit konnte diese Mutter tatsächlich von Glück sagen. Nichtsdestoweniger war das ein magerer Trost, bedachte man, dass es den Jungen ausgerechnet den rechten Arm gekostet hatte und er sich nun alles mit links anlernen musste. Zudem würde der Chirurg aus den zerfetzten Resten kaum mehr retten können als einen Stumpf an der Schulter.

In den Operationsraum begleiteten nur Katharina und eine weitere Krankenschwester, Luisa, den Chirurgen. Der Anästhesist bereitete die Narkose vor, und der Junge, der nach wie vor stumm dalag – akuter Schock, wie der Arzt bei der Aufnahme vermerkt hatte –, ließ seinen Blick über die Apparaturen huschen. Die ältere Krankenschwester hatte ihn für die OP vorbereitet, während Katharina all die vertraut gewordenen Handgriffe, die jeder Operation vorausgingen, vollzog. Der Chirurg griff bereits nach dem Operationsbesteck. Wie immer war viel los, es galt, keine Zeit zu verlieren.

Als Katharina zwei Stunden später vor dem Krankenhaus stand und die warme Sommerluft atmete, hatte sie immer noch den Geruch von Äther und Blut in der Nase. Das Kind war kurz nach der Operation aufgewacht, hatte geschrien und geweint.

»Ach, das ist alles nichts für mich«, sagte Luisa, die nun ebenfalls hinaustrat.

»Warum machst du es dann?«

»Was soll ich sonst machen? Heiraten? Sind doch kaum noch junge Kerle übrig.«

»Du warst doch auch Kriegskrankenschwester?«

Wieder ein Schulterzucken. »Weil ich dachte, ich muss meinen Teil beitragen. Hans, mein Verlobter, ist zum Ende hin gefallen. Eine Woche ehe der Krieg vorbei war.« Erneutes Schulterzucken. »Mein Vater ist in Gefangenschaft, und meine Mutter heult den ganzen Tag. Also dachte ich mir, dann kann ich auch weiterhin Krankenschwester bleiben.«

Katharina nickte und hob ihr Gesicht der Sonne zu.

»Und du?«, fragte Luise.

»Ich bin von zu Hause fort, als der Krieg losging.«

»Die anderen sagen, du bist alter preußischer Adel und kommst aus Berlin.«

»Ja, das stimmt.«

»Und deine Familie hat kein Problem damit, dass du hierbleibst? So weit weg?«

»Was sollen sie tun? Ich bin erwachsen. Und wie du ja sagtest, es sind kaum noch junge Männer übrig.« Wobei eine Ehe derzeit ohnehin das Letzte war, woran Katharina dachte. »Meine Mutter schreibt immer mal, sie kommt damit wohl schwerer zurecht als mein Vater.«

Kurz darauf musste sie wieder in den Operationssaal, dieses Mal ein Mann, dem ein anderer bei einem Streit mit einem Hammer den Daumen zertrümmert hatte. Und so ging es in einem fort, bis Katharina abends übermüdet das Krankenhaus verließ. Vorher hatte sie noch einmal nach dem Jungen gesehen, der allein in seinem Bett lag. Seine Mutter konnte nicht bleiben, sie hatte noch drei weitere Kinder daheim und keinen Ehemann.

Katharina schob das Fahrrad auf die Straße und fuhr langsam in Richtung Marienburg, genoss die letzten Sonnenstrahlen, indes um sie herum Menschen zur Arbeit in die Fabriken gingen, andere ihr Tagewerk beendeten und sich auf den Heimweg machten. Sie machte einen kleinen Umweg, um zu sehen, ob sie Elisabeth einsammeln konnte. Unter den Frauen, die heimwärts strömten, war sie jedoch nicht zu sehen, und so machte sich Katharina nun ebenfalls auf den Weg nach Hause.

Katharina genoss das Gefühl körperlicher Anstrengung, während sie in die Pedale trat. Müde und ein wenig außer Atem kam sie daheim an, stieg ab und schob das Fahrrad durch die kleine Seitentür in den alten Stall.

Als sie die Haustür aufschloss, hörte sie Antonia sprechen, und eine ihr fremde Männerstimme antwortete. Sie ließ die Tür ins Schloss fallen, woraufhin die Stimmen verstummten. Kurz darauf trat Antonia aus dem angrenzenden Salon. Ihr Lächeln wirkte ein wenig angestrengt.

»Ah, gut, dass du kommst. Du kannst unseren neuen Mitbewohner kennenlernen.«

Im Grunde genommen fehlte es an allem. Vorrangig an Wohnraum für die Kölner, die in die Stadt zurückströmten. Vor dem Wiederaufbau jedoch stand das Wegräumen der Trümmer. Für die Heimkehrer war es ein herber Schock, wenn sie vor den Ruinen ihrer Behausungen standen und – aus allen Illusionen gerissen, die die Freude der Heimkehr mit sich brachte – in Bunker gebracht wurden, wo sie zusammen mit anderen Familien hausten, oder bei Freunden unterkamen. Für die Abrissarbeiten wurden Firmen mit entsprechenden Geräten beauftragt. Aber was das Beseitigen von Resttrümmern anging, das Wegräumen und Säubern von Gestein, waren nach wie vor Arbeiterinnen und Arbeiter gefragt.

Elisabeths Aufgabe bestand darin, Trümmer aufzuheben und in Loren zu werfen. Männer mit Spitzhacken und Handwinden zerschlugen stehen gebliebenes Mauerwerk. Hernach wurden die Teile zerkleinert, indem man Ziegelsteine löste, ohne diese zu beschädigen, damit sie wieder verwendet werden konnten. Was verwertbar war, wurde mithilfe von Maurer- und Putzhämmern von Mörtelresten befreit. Es mangelte an Facharbeitern, denn viele waren zur Wehrmacht eingezogen worden und nun gefallen oder in Kriegsgefangenschaft.

»Man behilft sich eben, so gut man kann«, sagte eine der Frauen, die neben Elisabeth standen. »Mein Mann – Gott sei seiner Seele gnädig – hätte in der Zeit, die wir hier brauchen, um einen Stein zu bearbeiten, zehn geschafft.«

Elisabeths Augen brannten im Mörtelstaub, und sie hielt einen Moment inne, um sich die Lider zu reiben, was den Juckreiz aber nur verschlimmerte.

»Nicht reiben«, sagte die Frau auf ihrer anderen Seite überflüssigerweise.

»Und alles«, fuhr die Erste fort, »für nichts und wieder nichts. Hat mir noch ein Kind gemacht und ist eingezogen worden, ganz zum Schluss, als sie jeden brauchten. Er sagte ›Der Führer wird's schon richten‹, und weg war er.«

»Wie viele Kinder hast du?«, fragte Elisabeth.

»Vier leben noch.«

Elisabeth blinzelte und fuhr mit ihrer Arbeit fort.

»Hast du Kinder?«

»Nein, ich bin nicht verheiratet.« *Ich habe nur einen Burschen ins Unglück gestürzt, weil ich wissen wollte, wie sich die Liebe anfühlt.*

Der Tag warf lange Schatten, als Elisabeth nach einem anstrengenden Arbeitstag endlich auf die Straße trat. Sie nahm das verstaubte Kopftuch ab und fuhr sich mit einer Hand durchs Haar. Jetzt hätte sie gerne eine Zigarette gehabt, ein kleines Laster, das sie sich in Kriegstagen angewöhnt hatte – weniger, weil sie es mochte, als vielmehr, weil sie es schick gefunden hatte. Nun jedoch verlangte es sie nach dem Geschmack von Tabakrauch, der über die Zunge rollte.

Als sich ein Arm um ihre Mitte schob, wollte sie erst wütend herumfahren, dann jedoch erkannte sie Nigel und beschränkte sich darauf, einen raschen Blick zu den anderen Frauen zu werfen, die mit ihr das zerbombte Haus verlassen hatten. Jedoch waren alle mit ihren eigenen Gedanken beschäftigt und strebten heim zu ihren Kindern.

»Ich hatte gehofft, dich zu treffen«, sagte Nigel.

Elisabeth schenkte ihm ein kokettes Lächeln. »Du weißt doch, wo du mich findest.«

Anstelle einer Antwort küsste er ihren Hals, und Elisabeth hob eine Schulter und gab sich zurückhaltend. »Was sollen die Leute denken?«

Seufzend gab er nach. »Du hast recht, meine Schöne. Benehmen wir uns also. Fürs Erste zumindest.« Er umfasste ihre Hand.

»Wo gehen wir hin?«

Er grinste. »Es ist ein warmer Sommerabend, und ich habe ein – wie sagt ihr? Lauschiges? – Plätzchen gefunden in einem alten Garten. Das Haus steht nicht mehr, aber die Bäume bieten ausreichend Sichtschutz.«

Und wofür dieser benötigt wurde, las Elisabeth in Nigels Blick. Sie sog die Unterlippe ein, gab sich verlegen. »Ich bin derzeit leider … unpässlich.«

Erst schien er nicht zu verstehen, dann seufzte er. »Die allmonatliche Hungerkur, verstehe.«

Angesichts dessen, dass er – im Gegensatz zu ihr – keinen wirklichen Hunger leiden musste, fand Elisabeth die Metapher ein wenig geschmacklos. Zudem sollte er im Grunde genommen die gleiche Erleichterung verspüren wie sie selbst, wenn ihr Körper ihr jeden Monat pünktlich anzeigte, dass sie kein Kind erwartete. Wobei es ihm womöglich auch schlichtweg egal war, immerhin wäre er ganz sicher nicht der Einzige, der einen kleinen Bastard hinterließ. Und England war weit genug entfernt, um diesen Fehltritt schnellstmöglich zu vergessen.

»Der Garten läuft uns nicht weg«, sagte sie, um ihn bei Laune zu halten.

»Nein, das sicher nicht.« Er küsste ihr Haar und schob ihre Hand um seinen Arm. »Also verbringen wir den Abend doch damit, dass ich dich ausführe. Ganz *old school.*«

Sie schlenderten durch die Straßen, als flanierten sie über die Promenade in Paris – zumindest stellte Elisabeth es sich vor, so durch Paris zu gehen. Die Stadt der Liebe. Ob es dort wohl auch so aussah wie hier? Alles zerbombt und in Trümmern? Die Welt außerhalb Deutschlands war ihr fremd, ja, alles, was weiter fort war als die nächste Großstadt, war ihr bisher fremd gewesen. Wie hatte ihr das enge, provinzielle Leben so lange genügen können? Vielleicht, weil es ihr im Grunde an nichts gefehlt hatte. Sie war glücklich gewesen, ehe sie begriffen hatte, was um sie herum gärte, welch Geistes Kind ihre Eltern waren. Wie eine verdorbene Frucht, die irgendwann aufplatzte und aus der zäh das faulige Innere quoll, kam ihr ihr Elternhaus im Nachhinein vor.

Ab und zu warf Nigel ihr eine Bemerkung zu, die sie auffing und parierte, hier eine Floskel, da ein Kommentar, aber im Grunde genommen hatten sie sich bemerkenswert wenig zu erzählen. Nigel machte nicht den Versuch jener charmanten Plaudereien, die Elisabeth von anderen Männern kannte, wenn diese ihre Aufmerksamkeit fesseln wollten. Er war sich dieser offenbar sicher genug, und gleichzeitig zeigte er damit, was das Einzige war, was sie verband. Das war ernüchternd, auch wenn Elisabeth es nicht anders erwartet hatte.

Ihr Blick fiel auf einen Maueranschlag, auf dem Menschen abgebildet waren, die anstanden, um Wasser zu holen, andere wiederum schleppten mühsam Eimer fort. Dazu die Aufschrift:

Müsst ihr am Hydrant euch quälen, denkt, das kommt vom Hitler wählen.

Zwei Frauen kamen ihnen entgegen, die ihre voll beladenen Fahrräder über die Schutthalden balancierten. Eine kippte fast um und fing sich im letzten Moment. Auf rundlichen Beinchen kletterte ein Kleinkind hinter seiner Mutter her, als diese den nahezu unpassierbaren Eingang zu einem Wohnhaus erklomm und über ein Fensterloch einstieg.

Nigel nahm das »Ausführen« in der Tat sehr ernst, denn er betrat mit ihr am Arm eine der wenigen Gaststätten, die noch standen. In dem schummrigen Licht, das durch die verstaubten Fenster in den Raum fiel, konnte Elisabeth eine einfache Einrichtung aus Holztischen und Stühlen ausmachen. Es war eines der wenigen Gebäude, die noch standen und sich – obschon klein und niedrig – inmitten der Trümmerwüste stolz erhoben. Mehr als alles andere jedoch fesselte sie der deftige Duft von Kartoffelsuppe, der sich in die schalen, malzigen Gerüche des Raumes mischte. Sie schnupperte, und ihr wurde flau im Magen.

Nigel lächelte, als er ihr charmant einen Stuhl zurückzog. In der Regel gab es auch in Gaststätten rationierte Lebensmittel nur zu kaufen, wenn man entsprechende Lebensmittelkarten vorzeigen konnte. Aber in Nigels Gesellschaft musste Elisabeth sich darüber an diesem Tag keine Gedanken machen. Für einen Moment hörte sie die Stimme ihres Vaters, das Wort, das er ihr bei ihrem Abschied entgegengespuckt hatte. *Soldatenhure.* Sie hob die Hand und strich sich über die Stirn, als könne sie jeden Gedanken an ihren Vater damit gleichsam wegwischen.

Die Küche war geräumig und hatte sicher früher einmal als sehr modern gegolten. Georg saß mit Antonia von Brelow und Katharina Falkenburg am Tisch und trank eine Tasse heißes Wasser.

»Angeblich soll es Körper und Geist zur Ruhe bringen«, erklärte Katharina Falkenburg.

»Auf jeden Fall ist es derzeit praktisch alternativlos«, antwortete Antonia von Brelow.

Georg betrachtete die beiden Frauen aufmerksam. In Antonia vibrierte eine kaum merkliche Anspannung, während Katharina ihm offenes Interesse entgegenbrachte, das jedoch deutlich machte, dass sie abgesehen von einem fachlichen Austausch keinerlei Ambitionen hatte. Das war ihm recht.

»In welchem Krankenhaus arbeiten Sie?«, fragte er.

»Im St.-Franziskus-Hospital.«

Während er sich mit ihr darüber unterhielt, wo er während des Krieges eingesetzt gewesen war, und sie feststellten, dass sie sich in einem Lazarett tatsächlich über den Weg gelaufen sein mussten, hörte Georg die schwere Eingangstür ins Schloss fallen. Kurz darauf waren Schritte zu hören, dann sagte eine fröhliche Frauenstimme: »Guten Abend alle miteinander.« Kurz darauf betrat eine hübsche junge Frau die Küche, hielt inne und sah ihn erstaunt an.

»Guten Abend, Elisabeth«, sagte Antonia. »Unser neuer Mitbewohner«, kam sie einer Frage zuvor.

Die Frau trat zu ihm und streckte ihm die Hand entgegen. »Elisabeth Kant.«

»Georg Rathenau.«

»Dr. Rathenau ist Arzt«, fügte Katharina hinzu.

Elisabeth Kant hob die Brauen. »Ah ja? Wie praktisch.« Sie entnahm ihrer Tasche einen kleinen Beutel. »Möchte jemand Tee?«

»Wo hast du den her?«, fragte Antonia.

»Ein Geschenk.« Elisabeth ging zur Anrichte und griff nach der Teekanne, hob den Deckel und schnupperte. »Trinkt ihr heißes Wasser?«

»Ja.«

»Na dann …« Sie füllte die Kanne auf, machte Feuer und stellte sie auf den Herd.

»Möchtest du dir den Tee nicht einteilen?«, fragte Katharina. »Der Monat hat gerade erst angefangen.«

»Ach was.« Elisabeth zuckte mit den Schultern. »Mir ist gerade danach.«

Die Vorsichtige, die Pragmatische und als Dritte im Bunde die Unbekümmerte. Georg beobachtete die drei Frauen, versuchte, ihr Verhältnis zueinander auszuloten. Offenbar kannten sie einander nicht lange genug, um wirklich vertraut zu sein, aber doch gut genug, um zu wissen, woran sie bei der jeweils anderen waren.

»Ich würde ja gerne etwas zu diesem freundlichen Willkommen beisteuern«, sagte er, »aber außer Zigaretten habe ich leider nichts im Angebot.«

»O ja!«, rief Elisabeth entzückt, während Antonia und Katharina zeitgleich ablehnten.

Georg schenkte Elisabeth ein Lächeln, während er ihr eine Zigarette zuschnippte, die sie geschickt auffing.

»Ah, hier wird offenbar gefeiert.«

Niemand hatte den Mann kommen hören, der nun mit der Selbstverständlichkeit des Hausbesitzers die Küche betrat. Er zog Streichhölzer hervor, entzündete eins, und ein leichter Schwefelgeruch lag in der Luft. »Du erlaubst, meine Schöne?«

Elisabeth hob die Zigarette langsam an die Lippen, neigte sich vor und sah auf die Hand des Mannes, der das flackernde Zündholz an die Zigarettenspitze hielt. Langsam stieß Elisabeth den Qualm in einem gelösten Atemzug aus, und Georg fragte sich, ob außer ihm noch jemand das kaum merkliche Zittern wahrnahm, die gezwungene Ruhe der jungen Frau.

»Mit wem habe ich das Vergnügen?«, fragte der Mann nun

an Georg gewandt, aufreizend höflich, ein leicht abfälliges Lächeln auf den Lippen.

Der erhob sich, um sein Gegenüber nicht von unten ansehen zu müssen. »Dr. Georg Rathenau.« Am besten klärten sie direkt die Fronten.

»Sie sind Arzt?«

»So ist es.«

Der Mann nickte, schien auszuloten, woran er bei ihm war. »Richard von Brelow.«

Georgs Blick zuckte kurz zu Antonia.

»Nicht ihr Ehemann«, stellte Richard von Brelow direkt klar. »Und Sie sind … Lassen Sie mich raten. Katharinas Liebhaber?«

»Meiner?«, fuhr Katharina auf. »Warum denn ausgerechnet meiner?«

Diese empörte Reaktion war mitnichten ein Kompliment, dachte Georg, aber sei's drum.

»Nun ja, Antonias sicher nicht«, erklärte Richard. »Es ist ganz offensichtlich, warum sie sich *diese* Art von Skandal nicht leisten kann. Und unsere Elisabeth hat ja bereits einen Liebhaber. Natürlich bestünde grundsätzlich die Möglichkeit, zwei Eisen im Feuer zu haben, aber da hat sie ja bereits andere Ambitionen, nicht wahr?« Ein spöttisches Zucken der Mundwinkel folgte, und Elisabeth stieg kaum wahrnehmbar Röte ins Gesicht. »Bleibt also Katharina. Vermutlich haben Sie sich im Krankenhaus kennengelernt.«

»Dr. Rathenau hat das dritte Zimmer gemietet«, setzte Antonia allen Spekulationen ein Ende.

Richard von Brelow taxierte ihn. »Tatsächlich, ja?«

Der Teekessel stieß ein lautes Pfeifen aus, und Elisabeth drehte sich rasch um, nahm ihn vom Feuer, vergaß jedoch, den Griff mit einem Tuch zu umwickeln, und ließ ihn mit einem Schmerzensschrei los. Scheppernd fiel der Kessel zu Boden, kochend heißes Wasser spritzte in alle Richtungen, und ein weiterer Schmerzensschrei folgte. Katharina und Antonia waren aufgesprungen, während Elisabeth nach einem Tuch griff und es auf ihr linkes Bein drückte. Katharina nahm ein weiteres Tuch, hielt es unter kaltes Wasser und ging in die Hocke, drückte es gegen die Verbrennung. Die Zigarette lag halb geraucht in der Wasserlache, das Papier grau verfärbt, der Tabak gelöst.

»Schade drum«, sagte Richard, der Georgs Blick gefolgt war. »Wenigstens war der Tee noch nicht im Wasser.«

Georg, der sich mit einem raschen Blick davon überzeugt hatte, dass niemand ernsthaft zu Schaden gekommen war, konnte nicht umhin, insgeheim dasselbe festzustellen.

*

»Ein Mann?« Keine zwei Tage waren verstrichen, ehe Antonias Schwiegermutter Hedwig von Brelow bebend vor Empörung vor der Tür stand. »Die Krankenschwester mag ja noch angehen, aber schon mit der Tänzerin hast du den Bogen überspannt, meine Liebe.« Sie rauschte an Antonia vorbei in die Eingangshalle. »Das ist immer noch *unser* Familiensitz, in dem du dein Lotterleben führst. Und das Kind mag ja das Produkt deines losen Lebenswandels sein, aber offiziell ist es meine Enkelin. Ich werde also nicht zulassen …«

»Du hast hier nichts zuzulassen oder zu verbieten«, fiel Antonia ihr ins Wort.

»Du trägst Friedrichs Namen. Sein Tod ist noch nicht einmal offiziell, und du holst dir einen Mann ins Haus?«

Antonia verschränkte die Arme vor der Brust und hob die Brauen. »Richard hast du hierhergeschickt, wenn mich nicht alles täuscht. Also erzähl mir nichts von Männern, die bei mir wohnen. Du warst es, die ihn dazu überredet hat, das Haus in meiner Abwesenheit zu besetzen.«

»Da mein älterer Sohn gestorben …« Sie hielt inne, als sie Antonias Blick bemerkte, die spöttisch verzogenen Mundwinkel, »… vermisst ist, geht der Besitz an den jüngeren.«

»Noch gehört das Haus Friedrich, und wenn sein Tod offiziell bestätigt ist, mir und Marie.«

»*Marie!* Dass du es überhaupt *wagst* …« Hedwig lief rot an vor Zorn. Abrupt wandte sie sich ab und ging in den Salon.

Antonia lief ihr nach. »Was willst du noch hier?«

»Mit Richard reden. Hol ihn!«

»Hol ihn selbst.«

Hedwig blieb in der Tür zum Salon stehen und drehte sich zu Antonia. »Meine Liebe, wir hätten die Angelegenheit im Guten regeln können. Und nun sag meinem Sohn, dass ich ihn sprechen möchte.«

»Sag's ihm selbst. Vermutlich liegt er noch im Bett. Und nach allem, was letzte Nacht im Korridor zu hören war, nicht allein.«

Erneut lief Hedwig rot an, wirkte, als müsse sie an ungesagten Worten ersticken. Aber dass das verderbte Leben ihres Jüngsten mitnichten Antonia angelastet werden konnte, mochte wohl selbst sie nicht leugnen. In einem langen Atemzug stieß sie die Luft aus, wirkte mit einem Mal sehr alt. Für einen kurzen Moment bedauerte Antonia sie. Der Älteste, der Meistgeliebte, war wahrscheinlich tot. Übrig blieb ihr der, mit dem sie nie etwas hatte anfangen können. Bei Hedwigs nächsten Worten verflog das Mitgefühl jedoch sofort wieder.

»Ehe ich zulasse, dass dieses Haus an deinen Bankert geht, ertränke ich das Kind eigenhändig im Brunnen.«

»Dazu wärst selbst du nicht imstande, Mutter«, war Richards Stimme auf der Treppe zu vernehmen, und nicht zum ersten Mal fragte Antonia sich, wie er es schaffte, sich mit katzenhafter Lautlosigkeit zu nähern.

Sie drehte sich zu ihm um, sah ihn an, wie er nonchalant am Geländer lehnte. Ehe Hedwig etwas sagen konnte, kam eine Frau die Treppe herunter, das Haar gelöst und etwas unordentlich. Im Gehen knöpfte sie ihre Bluse zu, lächelte Richard an und trat zwanglos in die Halle.

»Guten Morgen«, grüßte sie die beiden Frauen. »Richard, wo ist die Küche?«

»Den Gang an der Treppe vorbei geradeaus, dann läufst du direkt darauf zu.«

»Ist die nicht selbst für dich noch zu jung?«, fragte Antonia.

»Hey, ich bin zwanzig«, sagte die Frau und ging in die Richtung, die Richard ihr gewiesen hatte.

Antonia wandte sich an ihre Schwiegermutter. »Und ich bin die mit dem Lotterleben, ja?«

Hedwigs Lippen zitterten in schlecht unterdrücktem Zorn. »Ich muss mit dir sprechen, Richard.«

Richard sah der jungen Frau nach, dann seufzte er und kam die letzten Treppenstufen hinunter. »Was gibt es denn, Mutter?«

»Unter vier Augen.«

Wieder seufzte er, dann drehte er sich zu Antonia um. »Geh ihr lieber nach, damit sie nicht eure Vorräte plündert.«

Jetzt war es an Antonia, zornig zu werden. »Wehe dir, Richard!« Sie wandte sich ab und lief in die Küche.

Die Frau stand in der Speisekammer, und erst jetzt erkannte Antonia in dem seidenen Tuch, das sie um den Hals trug, eines der ihren. Aber was ihren Blick vor allem anzog, war der Teller, auf den die Frau Brot und eine Scheibe Braten gehäuft hatte, sowie die Milchflasche, die sie, als sie Antonias Blick gewahr wurde, eilig an die Lippen setzte. Antonia stürzte auf sie zu, aber die Frau drehte sich weg und trank alles in langen Zügen aus. Antonia hörte die Schluckgeräusche und wäre ihr am liebsten an den Hals gesprungen.

Langsam setzte die Frau die Flasche ab und wischte sich einen Rest Milch von der Oberlippe, dann griff sie nach dem Brot, doch dieses Mal war Antonia schneller und entriss ihr den Teller. Jetzt erkannte sie, dass auch die Bluse von ihr war. Bediente sich Richard für seine Geliebten gar an ihren Schränken?

»Wer sind Sie eigentlich?«, fragte die Frau nun in einem Ton, als sei es ihr Recht, in dieser Küche zu sein, Antonias Kleider zu tragen und ihr Essen zu vertilgen.

Diese musste an sich halten, sich nicht wie eine Wildkatze auf sie zu stürzen, ihr das Gesicht zu zerkratzen.

»Die Milch war für mein Kind«, kam es ihr gepresst über die Lippen. Das war in der Tat das Schlimmste von allem.

»Ich hatte Hunger. Milch hatte ich lange nicht mehr.« Die Frau sah sie ohne die Spur von Reue an. »Und ich war zuerst hier. Wenn Richard sich am Morgen danach direkt eine Neue ins Haus bestellt, ist das nicht mein Problem.«

»Raus hier!« Antonia gab die Zurückhaltung auf und riss die Frau aus der Kammer.

»Wohl verrückt geworden, was?« Die Frau setzte sich zur Wehr und grub Antonia die Fingernägel in den Oberarm, aber Antonia verlieh der Zorn Kraft. Sie stieß die Frau so heftig von sich, dass diese fiel und sich den Kopf am Tisch anschlug. Mit einem Schrei kam sie wieder auf die Füße und ging auf Antonia los.

»Was um alles in der Welt ist in euch gefahren?« Richard ging dazwischen und bekam den Schlag der Frau ab, der Antonia gegolten hatte.

»Diese … diese Hure«, der Frau flog der Speichel von den Lippen, »ist wie eine Wilde auf mich losgegangen. Sag ihr, dass ich zuerst da war.«

»Mein Haus«, brachte Antonia zornbebend über die Lippen, »meine Küche. Also raus hier.«

»Sie bleibt«, sagte Richard. »Sie ist mein Gast.«

»Sie hat meine Milch ausgetrunken!«

»Sie wusste nicht, dass du mit deinem Kind hier bist.«

»Sie verschwindet, Richard, und zwar augenblicklich. Die Kleider und was sie mir sonst noch gestohlen hat …«

»Ich bin keine Diebin!«

Richard gebot der Frau zu schweigen. »Geh nach oben, Sonja«, sagte er. Die Frau sah ihn an, dann schenkte sie Antonia ein triumphierendes kleines Lächeln und verließ die Küche. Richard sah ihr nach, dann umfasste er Antonias Handgelenk fest genug, dass es ihr nicht möglich war, sich seinem Griff zu entwinden.

»Ist die Schonzeit vorbei?«, fragte er gefährlich leise.

»Es ist mein Haus!«, wiederholte sie.

»Um uns dergleichen Szenen künftig zu ersparen, sollten wir wohl klarstellen, wer von uns beiden hier den Ton angibt.« Er zog sie näher zu sich und sah sie an, die Augen leicht verengt, so dass nur etwas Hartes, Dunkles darin zu sehen war. »Du beruhigst dich jetzt und gehst hinauf zu deinem Bastard.«

In Antonia erlahmten alle so plötzlich aufgeflammten Kräfte. Sie sah zu der leeren Milchflasche und war das erste Mal seit langer Zeit den Tränen nahe. Richard schien zu ahnen, dass er – dieses Mal zumindest – gewonnen hatte und ließ sie los. Ohne ihm einen weiteren Blick zu schenken, wandte Antonia sich ab und verließ die Küche ebenfalls. An der Treppe, die zur Halle hochführte, stand die Frau und lächelte sie an, indes ihre Finger mit den Fransen von Antonias Schal spielten. Antonia wollte ihn ihr um den Hals wickeln und zuziehen.

In der Eingangshalle traf sie auf Hedwig, die sich eben anschickte zu gehen. Es war nicht erkennbar, ob sie etwas von dem Streit mitbekommen hatte, aber das erste Mal bestand so etwas wie ein stummes Einverständnis zwischen den beiden Frauen. *Ausgerechnet der ist uns geblieben.*

»Mein Vater war Wehrmachtssoldat«, erzählte Elisabeth, während sie den Blick auf das fächerförmig einsickernde Licht gerichtet hielt, das seinen Weg durch die Ritzen im Holz des Pavillondachs fand. Es war später Nachmittag, und Nigel hatte sie abgeholt. Nun lagen sie auf dem Boden des Pavillons in jenem verlassenen Garten, den Nigel erspäht hatte.

»Und deine Mutter?« Nigel hielt sie im Arm, ihr Kopf ruhte an seiner Brust, und seine Hand strich ihr träge über den Rücken.

»Eine aufrechte Nazisympathisantin. Mein Vater hat es nie recht verwunden, dass er im Krieg nicht lange dabei war.«

»Warum hat er nicht gekämpft?«

»Eine Granate hat ihm direkt zu Beginn den halben Fuß weggerissen. Und an der rechten Hand hat er nur noch zwei Finger.« Elisabeth gähnte und streckte sich. »Als ihr gekommen seid, war dann Schluss mit all dem überheblichen Getue, dem Stolz auf seine Abzeichen. Ihr wart noch nicht über die Stadtgrenze, da hat er alle Abzeichen verbrannt, seine Uniform, wirklich alles.«

»Hätten wir etwas bei ihm gefunden, wäre er ins Arbeitslager gekommen.«

»Ich weiß. Leider habe ich zu spät daran gedacht, Beweismittel beiseitezuschaffen. Es war wirklich nichts mehr übrig.« Unter der Decke, die Nigel ausgebreitet hatte, spürte Elisabeth jede Unebenheit im Boden, und sie verlagerte in einer winzigen Bewegung ihr Gewicht, gerade ausreichend, um nicht den Gedanken aufkommen zu lassen, es verlange sie jetzt schon nach einer Wiederholung des Aktes. Sie wusste zwar, dass es noch ein zweites Mal geben würde – wann waren sie schon mal so lange ungestört? –, aber es musste ja nicht schon so bald sein. Sie fühlte sich immer noch aufgerieben und hoffte, dass es in einer halben Stunde oder so besser würde.

»Warum hasst du ihn so?«

Elisabeth schloss die Augen halb, drehte den Kopf, sah über seine Brust hinweg in den Garten, bemerkte, wie sich das Gras bewegte, als husche etwas hindurch. »Er hat schlimme Dinge getan.«

»Wie was?«

Für einen kurzen Moment tauchte *sein* Gesicht auf, schimmernde dunkle Augen, die unter langen Wimpern bebend erloschen. Ein Abend mit Küssen, die nach sommerwarmer Erde und dunklen Beeren schmeckten. Elisabeth beschloss, dass der körperliche Schmerz dem seelischen vorzuziehen war, und umfasste Nigels Gesicht, sah ihn an, ließ ihn ahnen, worauf er hoffen dürfe. Und, wie erwartet, vergaß er die Frage.

Als sie zwei Stunden später auf dem Heimweg war, hatte sie das Gefühl, als müsse es ihr jeder ansehen. Der wundgeküsste Mund, die Spuren an ihrem Körper, der Schmerz, der bei jedem Schritt leise in ihr pochte. Sie strich sich das Haar hinter das rechte Ohr, eine automatische Geste, die noch dazu vergeblich war, denn das Haar fiel ihr fast unmittelbar darauf wieder ins Gesicht. Sie dachte an Richard und fragte sich, ob es mit ihm ebenso wäre wie mit Nigel. Dachte an ihre Freundinnen, die einen, die verlegen kicherten, wenn das Thema darauf kam, die anderen, die überlegen lächelten, und die, die verliebt die Augen verdrehten. Elisabeth fühlte sich keiner dieser Gruppen zugehörig. Verlegen machte sie die Sache nicht, überlegen erst recht nicht. Und verliebt? Wenn sie das wäre, könnte sie sich bei Nigel vermutlich schon auf ein gebrochenes Herz einstellen.

Als sie das Haus betrat, herrschte vollkommene Stille. Zögernd ging sie die Treppe hinauf, hielt kurz inne, als sie an dem Korridor, auf dem Richards Zimmer lag, vorbeikam, lauschte, vernahm nichts von jenen verräterischen Geräuschen der letzten Nacht und ging weiter.

Die Tür zum Musikzimmer war nur angelehnt, und Elisabeth stieß sie vorsichtig auf. Antonia saß am Klavier, spielte jedoch nicht, sondern starrte auf die Tasten. Rasch ließ Elisabeth den Blick durch den Raum gleiten, sah Marie jedoch nicht.

»Sie ist in ihrem Zimmer«, sagte Antonia, die sich nun zu Elisabeth gedreht hatte. »Schläft. Obwohl sie Hunger hat.« Die Töne, die sie nun dem Klavier entrang, waren abgehackt. Zornig.

»Hattest du nichts mehr zu essen da?«

»Für sie? Nein, nicht genug. Und Richard glaubt offenbar, er müsse mir eine Lektion erteilen.«

Elisabeth ließ sich auf dem Sofa nieder. »Warum?«

»Seine Geliebte hat heute Morgen Maries Milch ausgetrunken, vor meinen Augen. Ich hätte sie umbringen können.« Wieder die Tonfolge, düster, voller Wut. »Und Richard hat sie verteidigt.« Ihre Worte gingen fast unter in dem Klavierspiel, dann erlahmten ihre Hände abrupt. »Er hat es gewagt, mir offen zu drohen.«

»Ist sie noch hier?«

»Die Frau? Ich weiß es nicht. Richard war auf jeden Fall fort, als ich vom Waisenhaus zurückgekehrt bin.«

Elisabeth sog die Unterlippe zwischen die Zähne, dachte an die Schätze, die zu Antonias Füßen im Keller lagen. *Er hat es gewagt, mir offen zu drohen.* Für einen Moment wollte Elisabeth die Hand ausstrecken, Antonias Schulter in einer freundschaftlichen Geste berühren, die ihr im nächsten Augenblick jedoch vollkommen fehl am Platze erschien. Vielleicht erahnte Antonia die versuchte Geste, denn es erschien ein angedeutetes Lächeln um ihre Lippen, dann blähten sich ihre Nasenflügel kaum merklich, und unwillkürlich fragte Elisabeth sich, ob man Nigel an ihr riechen konnte. Sie erhob sich.

»Bleib doch«, forderte Antonia sie auf, den Blick wieder auf das Klavier gerichtet, dieses Mal liebliche, lockende Töne unter den Fingerspitzen.

»Ich wollte mich eben umziehen«, antwortete Elisabeth. »Später, ja?«

Antonia nickte nur.

Elisabeth ging in das Bad, das sich die drei Zimmer teilten – glücklicherweise musste Georg morgens in der Regel als Erster aus dem Haus, oder er hatte so spät Dienst, dass sie sich nicht mehr sahen. Rasch entkleidete sie sich, stopfte die Wäsche in einen Sack und drehte den kalten Wasserstrahl auf. Schaudernd stellte sie sich darunter. Daran würde sie sich in hundert Jahren nicht gewöhnen. Mit scharfer Seife und einem Waschlappen schrubbte sie sich Nigel vom Körper, entstieg der Wanne krebsrot und wickelte sich in ein Handtuch. Das einzig Gute an dieser kalten Dusche war, dass ihr hernach schnell warm wurde, im Winter konnte das durchaus ein Vorteil sein. Allerdings wäre dann das Wasser vermutlich eisig, und allein der Gedanke daran löste einen erneuten Schauer aus.

Rasch kleidete Elisabeth sich an, kämmte das feuchte Haar, das sich in großen Locken ringelte, da sie sich nicht die Zeit nahm, eine Wasserwelle zu legen. Stattdessen schlüpfte sie in ihre Schuhe, verließ das Bad, warf den Wäschebeutel im Vorbeigehen in ihr Zimmer und lief die Treppe hinab. In der Halle zögerte sie einen winzigen Augenblick, dann öffnete sie die Tür zum Keller und nahm auch diese Treppe.

Dieses Mal war die Tür verschlossen. Versuchsweise rüttelte Elisabeth zweimal an dem Griff, dann legte sie die Wange an das Holz, versuchte, durch die Ritze zwischen Tür und Rahmen etwas von dem Räucherduft zu erschnuppern.

»Na, spielen wir mit dem Feuer?«

Elisabeth fuhr herum. Wie schaffte er es, sich stets gänzlich lautlos zu nähern? Vermutlich schlich er tatsächlich auf leisen

Sohlen herbei, um sich an dem kurzen Erschrecken der Leute zu weiden.

»War ich nicht deutlich genug?«, fragte er, als sie ihn nur stumm ansah.

»Davon, dass ich nicht vor der verschlossenen Tür stehen darf, war nicht die Rede.«

»Und du wolltest nicht hinein?«

Elisabeth zuckte mit den Schultern, indes er näher kam. In der Art, wie er sie musterte, wie er die Luft einsog, war es, als wittere er Nigel an ihr. Als bewegte er sich nicht nur mit raubtierhafter Geschmeidigkeit, sondern hätte auch die Sinne eines solchen. Ein spöttisches Lächeln zupfte an seinen Mundwinkeln, und Elisabeth spürte, wie ihr Wärme in die Wangen stieg.

Er zog einen Schlüssel aus der Tasche, trat neben sie, so nahe, dass sie einen vagen Geruch nach Sandelholz vernahm, und sie senkte den Blick auf seine Unterarme, die bis zum Ellbogen aufgekrempelten Hemdsärmel. Dann stieß er die Tür auf und lud sie mit einer Handbewegung ein einzutreten. Elisabeth zögerte.

»Keine Sorge, ich habe nicht vor, dich einzusperren.«

Ihre Nasenflügel bebten. »Oh, ich könnte mir Schlimmeres vorstellen.« Sie trat ein, und angesichts des Duftes und des Anblicks der Köstlichkeiten, die sich nun, da Richard eine Kerze entzündete, aus dem Dunkel schälten, knurrte ihr Magen laut und vernehmlich. Richard lachte.

»Der Magen verrät uns immer.« Er nahm eine Salami vom Haken, zückte ein langes Messer und schnitt eine großzügig bemessene Scheibe ab, die er Elisabeth zuwarf. Die fing sie auf und konnte dem Drang, die Zähne hineinzugraben, nicht widerstehen. Der Geschmack breitete sich explosionsartig in ihrem Mund aus, rauchig, würzig mit leichter Schärfe, Tränen in die Augen treibend. Langsam kaute sie, senkte die Lider, seufzte, schluckte. Als sie den Blick hob, bemerkte sie, dass Richard sie beobachtete.

»Was ist mit Antonia?«, fragte Elisabeth und schluckte erneut, weil sich durch den Nachgeschmack immer noch der Speichel in ihrem Mund sammelte. Sie biss jedoch kein weiteres Stück ab, sparte sich den Rest auf, um ihn in aller Ruhe in ihrem Zimmer zu genießen.

»Was soll mit ihr sein?«

»Deine Bettgespielin hat ihr die Milch gestohlen.«

»Ach, herrje, *die* Geschichte.« Er legte das Messer weg. »Du musst jetzt gehen, ich erwarte jemanden.«

Elisabeth zögerte. »Was ist nun mit Antonia?«

»Kümmere dich um deinen eigenen Kram, ja?« Richard stellte eine Kiste auf den Tisch in der Mitte des Raums.

»Marie braucht Milch.«

»Sie wird es überstehen, einen Tag lang ohne auszukommen. Das müssen andere Kinder auch.«

Elisabeth stieß in einem langen Seufzer die Luft aus.

»Warum schickt sie dich überhaupt?«

»Das hat sie nicht.«

»Aber sie hat dir von der Sache erzählt.«

»Und wenn schon?«

Er winkte sie mit einer Handbewegung fort. »Ich kann mich heute nicht mehr um Antonia und ihren Bastard kümmern, ich habe Wichtigeres zu tun.«

Elisabeth öffnete den Mund zum Widerspruch. *Und warum hast du ihr gedroht?* Aber im nächsten Moment fragte sie sich, ob sie Antonia damit wirklich einen Gefallen tat. Und ob diese sich die Art der Fürsprache überhaupt wünschte.

»Also gut.« Elisabeth wandte sich zum Gehen, und Richard nickte ihr nur zu, während er zu einem der Mehlsäcke trat.

Zum ersten Mal fiel ihr auf, dass er kaum merklich hinkte, und sie hielt in ihrer Bewegung inne. »Warum musstest du eigentlich nicht zurück in den Krieg?«

»Lungenschuss.« Er entnahm dem Sack mehrere Scheffel Mehl und füllte sie in einen Beutel. »Da waren der Querschläger ins Bein und der durchschlagene Knochen nebensächlich, obwohl das vermutlich auch schon gereicht hätte.«

»Ich wusste nicht, dass man bei einem Lungenschuss überhaupt noch was tun kann.«

»Kann man, wenn der Arzt was taugt. Leider gab es keine Narkotika, die Schmerzen bei der Operation waren mörderisch. Sie haben mich zu sechst festgehalten.«

Elisabeth überlief eine Gänsehaut. »Das glaube ich dir aufs Wort.«

Ein kleines Lächeln umspielte Richards Mundwinkel. »Nur kein falsches Mitgefühl, meine Schöne. Wer weiß, was euch erspart geblieben wäre.«

»Ich habe kein Mitgefühl.« Sie wandte sich ab und ging.

»Es ist nicht schlimm, oder?« Luisa kaute an ihrer Unterlippe herum. »Ich meine, nun *wirklich* nicht. Nicht jede Frau heiratet früh. Auch wenn mir die Arbeit als Krankenschwester nicht gerade als die Erfüllung erscheint.«

Katharina warf ihrer jungen Kollegin einen flüchtigen Blick zu und fuhr fort, steriles Verbandmaterial einzuräumen. »Wenn du nicht den ganzen Tag bei deiner Mutter hocken möchtest, dann tu etwas anderes.«

»Ich dachte, ich gehe nach dem Krieg zu Frank als seine Ehefrau, nicht zu meinen Eltern als alte Jungfer.«

»Ach je, Luisa.« Katharina verdrehte die Augen. »Du bist vierundzwanzig.« Drei Jahre jünger als sie selbst.

»Ja, eben.«

Dergleichen Sorgen waren so fern von Katharinas Lebenswelt, dass sie Mühe hatte, nicht die Geduld zu verlieren.

»Nun ja«, Luisa rang erschöpft die Hände. »Ich habe ja noch ein wenig Zeit zu entscheiden, was ich mache. Noch gibt es ja Kranke, die zu pflegen sind.«

Katharina nickte.

»Sag mal«, Luisas Stimme war ein Flüstern geworden, und sie umfasste Katharinas Arm, »die Dinge, die *diese Frau* damals im Radio gesagt hat … Denkst du, sie sind wahr? Ich muss immerzu daran denken.«

Diese Frau. Die erste Stimme aus dem befreiten KZ Bergen-Belsen. »Was«, fragte sie kaum lauter, »hast du denn gedacht, wohin die Menschen alle verschwunden sind?«

»Aber …« Luisas Stimme zitterte. »Es *muss* eine Lüge sein. Ich meine, Frank hat gesagt … Meine Eltern … Er ist doch nicht *dafür* gestorben. Er hat für unser neues Deutschland gekämpft.«

»Und was war das neue Deutschland?« *Lieber Gott, mach mich fromm, dass ich nicht nach Dachau komm.* Katharina schüttelte die Erinnerung ab.

Luisa sagte nichts, sondern folgte Katharina nach draußen, wo sie zwei Kartons mit Verbandmaterial aus einem Wagen luden, und sah einem Lkw nach, der rumpelnd über das Geröll fuhr. Kurz darauf kam ein Militärtransporter vorbei, die Männer auf der offenen Laderampe – allesamt britische Soldaten – sahen die Frauen, pfiffen, einer grinste sie an.

Luisa zog die Schultern hoch, fühlte sich unbehaglich. Fragte man Luisa, so schien an jeder Straßenecke ein Soldat zu stehen, der nur darauf wartete, sie sich zu Willen zu machen. Wieder seufzte Katharina.

»Ich könnte auch einfach weitermachen, nicht wahr? Aber ich bin nicht so gescheit wie du. Für den Krieg hat's gereicht, da brauchten sie jede helfende Hand.«

»Die brauchen sie jetzt auch.«

»Aber vorher habe ich geholfen, weil ich an die Sache geglaubt habe. Und die ist verloren.«

Katharina hielt die Luft an und stieß sie langsam wieder aus.

»Wenn du nicht dran glaubst«, fuhr Luisa fort, »dann wären ja deine Brüder für nichts gestorben. Oder gar für die falsche Sache. Und Frank auch. Das wäre doch schrecklich, oder?«

Ja, dachte Katharina. Das *war* schrecklich.

Kurz darauf wurde sie in den OP gerufen, dieses Mal stand ihr ein neuer Chirurg gegenüber, der erst vor wenigen Tagen seinen Dienst angetreten hatte. Er war ihr zweimal auf dem Flur über den Weg gelaufen, hatte sie mit einem kühlen Nicken gegrüßt und war dann weitergeeilt. Als Katharina in den OP trat, stand er bereits da und musterte sie aus kalten blauen Augen über den Mundschutz hinweg. »Für Ihre Pünktlichkeit waren Sie sicher nicht bekannt im Lazarett, nicht wahr?«

»Entschuldigen Sie bitte«, antwortete sie, obwohl ihr eine ganz andere Antwort auf der Zunge lag. Aber der OP war der letzte Ort, an dem sie einen Streit vom Zaun brechen wollte.

»Haben Sie schon bei einer Operation assistiert?«, fuhr der Chirurg fort, während sie die Stelle am Bauch desinfizierte, wo er das Skalpell ansetzen würde.

»Ja.«

»Ich meine nicht das Lazarettgemetzel.«

Katharina fiel das Ringen um Beherrschung zunehmend schwerer. »Ich habe ausreichend Erfahrung.«

Der Chirurg nickte nur. »Gut, dann mal los, Fräulein *von* Falkenburg.«

Ab dem Moment wusste Katharina, dass die Sache nicht gut ausgehen würde.

Die Befehle kamen knapp in rascher Folge, was Katharina gewohnt war, aber – aus welchem Grund auch immer – griff sie daneben und reichte das falsche Skalpell. Der Arzt sah sie vernichtend an, und es bedurfte keiner weiteren Worte, damit sie das Skalpell rasch austauschte.

»Tupfer.«

Der erste Tupfer sog sich rasch voll, und sie tauschte ihn gegen den nächsten.

»Danke, Schwester, wenn Sie so weitermachen, ist der Patient bald verblutet.«

Normalerweise war eine Operation Routine, und Katharina fand zusammen mit dem Arzt recht schnell zu einem Hand-in-Hand-Arbeiten. Jetzt jedoch machte sie immer etwas falsch, war zu voreilig oder zu langsam. Und schließlich erreichte die Folge von Missgeschicken ihren Höhepunkt.

Es war das erste Mal, dass Katharina ein Instrument aus der Hand rutschte, und in der Stille des OPs fiel das scheppernde Geräusch überlaut aus. Instinktiv wollte sie sich bücken.

»Sie wollen doch wohl nicht mit den sterilen Handschuhen das *unsterile* Besteck aufheben?«, donnerte der Chirurg.

Katharina spürte, wie ihr die Hitze ins Gesicht stieg, und sie blieb reglos stehen, sich des ersten, unüberlegten Instinkts nur zu bewusst. »Nein, natürlich nicht, entschuldigen Sie bitte.«

»Ich kann noch verstehen, dass man Sie für das Lazarett gebraucht hat, da brauchte man ja *jeden*, aber wie um alles in der Welt haben Sie es in ein Krankenhaus geschafft? Mit den richtigen Männern geschlafen?«

Katharina hörte eine Schwester neben ihr nach Luft schnappen, und die Art der Stille hatte sich verändert, war lauernd, atemlos. Und Katharina selbst fehlten – was ihr selten passierte – die Worte, sie war schlicht nicht imstande zu antworten, schlagfertig zu parieren. Stattdessen stand sie wie ein gescholtenes Kind vor ihm, indes er diese Ungeheuerlichkeit von sich gab. Vermutlich wurde ihm das selbst gerade bewusst, denn seine Stimme klang etwas weniger zornig, als er sagte: »Gehen Sie nun, Schwester Waltraut übernimmt für Sie. Und widmen Sie sich Hobbys, die Ihrem Stand entsprechen, zum Beispiel Tanzen oder Kuchenbacken.«

Katharina tat einen zitternden Atemzug und verließ den OP. Auf dem Korridor riss sie sich Mundschutz und Handschuhe herunter, ließ sie achtlos in den Mülleimer fallen, warf die Haube hinterher und ging zur Treppe. Sie brauchte frische Luft. Was bildete sich dieser aufgeblasene Hanswurst eigentlich ein? *Mit den richtigen Männern geschlafen.*

Im Hof blieb sie stehen, ballte die Fäuste, atmete tief durch, indes Wut und Demütigung gleichermaßen in ihr rangen. Ein Krankenwagen fuhr ein, und nur wenige Schritte von ihr entfernt herrschte hektische Geschäftigkeit.

»Zigarette?«

Langsam drehte sie sich um und sah einen Mann mit vor der Brust verschränkten Armen an die Krankenhausmauer gelehnt stehen. Er war mindestens zehn Jahre älter als sie und auf eine dandyhafte Art heruntergekommen. Katharina fragte sich, wie lange er dort schon stand und sie beobachtete.

»Wer hat denn heute noch Zigaretten an Fremde zu verschenken?«, fragte sie.

»Männer wie ich, aber verraten Sie es keinem.« Er zwinkerte ihr zu.

»Und wenn ich Ihnen nun sage, dass ich nicht rauche?«

Er zündete sich eine Zigarette an, ließ die Spitze rot aufglimmen und stieß den Rauch aus, indes er Katharina aus irritierend dunklen Augen taxierte. »Dann würde ich antworten, dass es nie zu spät ist, ein Laster zu beginnen.«

Georg betrat das Haus in dem Moment, als Richard von Brelow aus dem Keller kam. Die Haustür wurde gleichzeitig mit der Kellertür ins Schloss gedrückt, und Richard musterte ihn in aufreizender Intensität.

»Hält Antonia es für das Rechte, hier inflationär Schlüssel zu verteilen?«, fragte er schließlich.

Georg gönnte ihm ein schmales Lächeln. »Sie kann mich als zahlenden Mieter ja mitnichten aussperren. Oder gar wie ein Dienstmädchen ständig bereitstehen, wenn einer von uns ins Haus möchte.«

Er war Richard von Brelow erst wenige Male begegnet, und meist gingen sie, einander kühl zunickend, jeder seiner Wege. Georg wollte das auch jetzt tun, aber Richard trat ebenfalls zur Treppe.

»Sie sind nicht aus Köln, nicht wahr?«, fragte er.

»Nein, ich komme gebürtig aus Insterburg.«

Richard hob die Brauen. »Ostpreußen?«

Georg nickte nur.

»Auch ein Vertriebener?«

»Meine Familie, ja. Ich war während der Vertreibung im Krieg.«

»Meine Schwägerin ist ebenfalls geflohen, dabei hatte sie auf ihrem Gut Zuflucht vor dem Krieg gesucht. Wie das Leben eben so spielt.«

Georg zuckte mit den Schultern. »Der Lauf der Dinge.«

»Und was verschlägt Sie ausgerechnet nach Köln?«

»Führt die Fragestunde noch zu etwas? Ansonsten würde ich vorziehen, sie an dieser Stelle zu beenden, es war ein langer Tag.«

Richard deutete mit einem Neigen des Kopfs zur Treppe. »Bitte, für heute soll es das gewesen sein. Aber richten Sie sich nicht auf einen allzu langen Aufenthalt ein.«

Georg schenkte ihm ein kleines Lächeln. »Das wird sich zeigen.« Damit wandte er sich ab und ging die Treppe hinauf. Er spürte die Blicke in seinem Rücken und zwang sich zu einer entspannten Haltung, blieb auf der Hut. Zwei Verbrechen. Eines, vor dem er floh, eines, das er verfolgte. Und er fragte sich unwillkürlich, ob Richard von Brelow es an ihm witterte wie ein Bluthund.

Aus einem Raum waren die Stimmen von Antonia und Elisabeth zu hören, und um nicht unhöflich zu wirken, warf er im Vorbeigehen nur einen kurzen Blick hinein, grüßte und wollte weitergehen, aber Elisabeth sprang auf.

»Nicht doch. Kommen Sie herein. Ich habe gerade zu Antonia gesagt, ich würde so gerne wieder richtig tanzen, und just in diesem Augenblick kreuzen Sie hübscher Kerl hier auf.« Sie lachte, und Georg, dem in diesem Augenblick nach allem, aber nicht nach Tanzen war, musste dennoch lächeln.

»Ich bin vermutlich keine sehr erbauliche Gesellschaft«, antwortete er. »Und meine Fähigkeiten als Tänzer sind auch schon sehr eingerostet.«

»Das verlernt man nicht, ist wie Radfahren.«

Er sah Antonia an, die den Disput schweigend beobachtete, während ihre schlanken Finger über die Tasten wanderten, Akkorde anschlugen und Melodien anklingen ließen. Es versetzte ihn bei jeder Begegnung mit ihr immer ein wenig in Erstaunen, wie außergewöhnlich schön sie war. Eine jener Frauen, von denen sein im Krieg gefallener bester Freund immer gesagt hatte: Die gefällt nicht, die berauscht. Georg blieb auf Distanz zu Frauen, er war ein treuer Liebhaber und Ehemann gewesen, war es immer noch. Und doch rührte Antonias Anblick etwas in ihm an, ob er es wollte oder nicht.

Als ahnte sie das, wandte sie sich abrupt ab und spielte einen Walzer in brachialen, nahezu zornigen Tönen.

»Nun kommen Sie schon.« Elisabeth nahm seine Hand. »Bitte«, fügte sie hinzu, und ehe er es sichs versah, wirbelte er

Elisabeth durch den Raum. Stellte fest, dass man das Tanzen tatsächlich nicht verlernte. Und dass man nicht vergaß, wie es sich anfühlte, eine Frau in den Armen zu halten. Ehe seine Gedanken jedoch erneut verbotenen Pfaden folgen konnten – der allzu langen Abstinenz geschuldet –, verstummten die Walzerklänge, und er ließ Elisabeth los. Auf einmal kam ihm die ganze Sache unglaublich töricht vor. Aber er hatte ihr nicht widerstehen können, der hübschen Elisabeth, die selbst zwischen Trümmern noch tanzen konnte. Elisabeth war die Illusion eines fröhlichen Lebens, Katharina die Wirklichkeit, die nun in der Tür stand und dafür sorgte, dass ihm dieser Ausbruch schon fast peinlich war.

»Katharina«, rief Elisabeth. »Ich habe dich gar nicht kommen gehört.«

»Kunststück«, sagte die Angesprochene, die die Szene vermutlich bereits eine Weile beobachtet hatte.

Elisabeth ging zu ihr und schnupperte. »Hast du geraucht?«

Katharina zuckte mit den Schultern. »Und wenn schon.« Sie war sehr blass, die Augen bläulich umschattet. Dergleichen war nicht ungewöhnlich, Georg kannte die Anforderungen in den Krankenhäusern. Aber da war noch etwas anderes, etwas, das in ihren Augen aufglomm, als sie ihn ansah, keine Zuneigung oder etwas ähnlich Geartetes, sondern vielmehr die vorsichtige Frage, ob sie ihm vertrauen konnte. Er sah sie aufmerksam an, und im nächsten Augenblick zerstob der Moment aufkeimender Vertrautheit unter Elisabeths Worten: »Ich glaube, alle großen Dramen des Lebens begannen mit dieser Art, einander anzuschauen.«

Katharina fuhr zu ihr herum. »Für dich ist das Leben eine große Theaterbühne, nicht wahr?«

Da es offensichtlich gewesen war, dass Elisabeth nur im Scherz gesprochen hatte, sickerten Katharinas heftige Worte zäh in die plötzliche Stille. Wortlos wandte Katharina sich ab und ging.

»Ach je, was war denn das?« Elisabeth sah ihr nach und drehte sich zu Antonia um. Die hob nur in einer kaum sichtbaren Geste die Schultern.

»Ich werde zu Bett gehen«, brach Georg das Schweigen. »Ich wünsche eine gute Nacht.« Er nickte den beiden Frauen zu und verließ den Raum ebenfalls. Sein Zimmer lag neben Katharinas, und so gerne er auch wissen wollte, was vorgefallen war, so zögerte er doch, sie zu fragen. Andererseits – mehr als ihn in die Schranken weisen konnte sie nicht, und so ging er zu ihrer Tür und klopfte an.

»Herein.«

Er konnte nicht sagen, ob sie mit ihm gerechnet hatte, sie wirkte jedoch nicht erstaunt, als er die Tür öffnete. »Geht es Ihnen gut, werte Kollegin?«

»Kollegin.« Ein kleines Lächeln flog über ihre Lippen. »Es gibt sicher nicht viele Ärzte, die eine Krankenschwester so betiteln würden.« Sie hatte sich eine Strickjacke gegen die frühherbstliche Abendkühle angezogen und verschränkte die Arme vor der Brust. »Es tut mir leid«, sagte sie dann unvermittelt. »Ich wollte Ihren kurzweiligen Abend nicht unterbrechen.«

»Ich habe mich hinreißen lassen, eigentlich tanze ich nicht gern.«

»Es war das Einzige, das ich in meinem früheren Leben gern getan habe – Walzer tanzen.«

Er wartete darauf, dass sie weitersprach. »Ich möchte nicht neugierig erscheinen«, begann er schließlich, »aber …«

»Aber das sind Sie, sonst wären Sie nicht hier.« Katharina rieb sich die Oberarme, dann seufzte sie. »Kennen Sie Dr. Walter Hansen?«

Den Namen kannte er in der Tat. »Ja, wir haben eine Zeit

lang zusammen im Lazarett gearbeitet. Er erzählte mir damals, dass er aus Köln stammt. Arbeiten Sie unter ihm?«

»Ich habe ihm heute das erste Mal bei einer Operation assistiert.«

»Und es endete in einem Desaster?«

Sie nickte.

»Er verabscheut den Adel, und er hält Frauen wie Sie für gelangweilte, verzogene Mädchen, die ein paar Abenteuer im Krieg erleben wollten und sich danach einbilden, sie seien fähige Krankenschwestern. Abgesehen davon, dass er von Letzterem per se nur wenig hält.«

»Wunderbare Aussichten«, antwortete Katharina, mehr zu sich selbst, dann straffte sie die Schultern. »Wenigstens weiß ich jetzt, woran ich bin.«

»Ich wünsche Ihnen viel Glück mit ihm, Sie werden es brauchen.«

»Danke.« Sie zögerte, schien noch etwas sagen zu wollen, entschied sich dann jedoch dagegen, und ihr Schweigen war das Zeichen, dass es nun genug war der Vertraulichkeiten. Georg wünschte ihr eine gute Nacht und schloss die Tür. Als er sich umdrehte, bemerkte er Elisabeth, die eben das Musikzimmer verlassen haben musste und ihn ansah. Er ignorierte die stumme Frage und ging in sein Zimmer.

3

Oktober 1945

Früher einmal hatte Antonia den Herbst geliebt. Es war ihre Jahreszeit gewesen. Der Sommer hatte sich noch nicht gänzlich verabschiedet, aber der Winter war auch noch nicht da. Ein herrlicher Schwebezustand. Jetzt jedoch konnte sie an kaum etwas anderes denken als daran, wo sie Brennholz für die kalte Jahreszeit herbekommen sollte und wovon sie Marie ernähren würde. Es mangelte doch jetzt schon an allem. Die Stadtverwaltung wusste, dass das entwürdigende Anstehen vor den Lebensmittelgeschäften ein zunehmender Unruheherd war und zu immer mehr Unzufriedenheit in der Bevölkerung führte. Es war bereits einige Male vorgekommen, dass die Polizei Streit zwischen den Wartenden schlichten musste.

Wie immer hatte Antonia Marie bei sich, als sie durch die Stadt ging. Gar zu lange schien es ihr her, dass sie elegant durch die Straßen flaniert war, sich ihrer Schönheit und des Reichtums bewusst. Mochte Friedrich das Geld auch nur so durch die Finger geronnen sein, sie hatte jeden Moment, den er ihr bezahlte, ausgekostet. Auch wenn ihr Vater ein gutes Auskommen gehabt und es ihr an nichts gefehlt hatte, diesen Luxus hatte sie nicht gekannt. Er war kurz nach ihrer Eheschließung gestorben, und ihre Mutter konnte mit Geld so wenig umgehen wie Friedrich, nur hatte sie ihres schneller durchgebracht. Sie war noch während der Zwangsversteigerung des Hauses zu Kriegsbeginn an einer Lungenentzündung verarmt gestorben.

Antonia hätte all die finanziellen Freiheiten gerne gehabt,

ohne die Fesseln, gebunden an einen Mann, für den sie zwar Sympathie, aber keine Liebe empfand. Und die ganze Zeit die diffus im Hintergrund lauernde Erwartung kommender Mutterschaft. Auf dem Gut in Königsberg hätte sie glücklich werden können, wäre alles so geblieben, wie es war. Ohne die Flucht, ohne die Erinnerung an die Schreie, ohne grobe Hände, die sich unter Röcke wühlten und Beine auseinanderzwangen. Ohne Marie. Abrupt blieb sie stehen, sah sich nach der Kleinen um, die im Bollerwagen saß und sie aus großen Augen ansah, so ruhig, obwohl sie Hunger hatte.

»Es tut mir leid«, murmelte Antonia. »Es tut mir so leid.« Sie wandte sich ab und zog den Bollerwagen weiter, bis das Waisenhaus in Sicht kam, ein einstöckiger Bau, der im Krieg nur Teile des Daches eingebüßt hatte. Nonnen hatten dort ein Haus für Kriegswaisen eingerichtet, ein trostloser Ort, in dem nahezu wöchentlich Todesfälle zu beklagen waren, vor allem kleine Kinder, die schlecht gediehen. Die Leiterin des Hauses sah dem kommenden Winter mit größter Sorge entgegen, denn die Räume waren nur schlecht beheizbar, zudem fehlte es an Brennmaterial.

Auf diesem Teil des Weges war die Straße kaum passierbar, und die Räder des Bollerwagens ratterten holpernd über Schutt und Geröll. Die letzten Nächte hatte Antonia schlecht geschlafen, hatte Probleme gewälzt, sich gefragt, was sie tun sollte, wenn sie Richard nicht mehr bezahlen konnte, wenn Hedwig es tatsächlich schaffte, ihr das Haus wegzunehmen, wenn sie mit Marie mittellos auf der Straße stand. Die Nahrungsmittelzuweisung betrug keine neunhundert Kalorien am Tag, in ihrem Fall zumindest. Da sie für das Waisenhaus tätig war, galt sie als arbeitende Frau und wurde somit in die dritte der fünf Gruppen für die Nahrungsmittelverteilung eingeordnet. Hausfrauen und ehemalige Nazis waren Gruppe fünf und erhielten so wenig, dass die Essenskarten auch Sterbekarten genannt wurden, denn es reichte kaum zum Überleben. Gruppe vier waren Kinder bis zum Alter von fünfzehn Jahren, also auch Marie. Katharina hatte bereits beklagt, wie ungerecht es war, dass in Gruppe zwei schwer arbeitende Männer und Akademiker eingeordnet wurden, während sie als arbeitende Frau dieselbe Zuteilung bekam wie Angestellte, Schriftsteller und Musiker.

»Bei allem Respekt für diese Berufe«, hatte sie gesagt, »aber ich stehe zuweilen stundenlang im OP oder bin die ganze Nacht auf den Beinen.«

Zwischen ihr und Elisabeth hatte die kleine Unstimmigkeit an jenem Abend im Musikzimmer zwar zu keinem Zerwürfnis geführt, aber eine gewisse Distanz war durchaus zu beobachten.

»Georg Rathenau kam aus ihrem Zimmer«, hatte Elisabeth Antonia erzählt.

»Lange genug dürfte er nicht drin gewesen sein, damit etwas passiert«, war Antonias Antwort gewesen, aber der Gedanke an Katharina und Georg gefiel ihr selbst nicht besonders, auch wenn sie an ihm keinerlei Interesse hatte. Dennoch …

Als Antonia das Haus erreicht hatte, bemerkte sie eine Frau, die – grau in grau gekleidet – mit der Hauswand zu verschmelzen schien. Sie starrte Antonia an, dann Marie, und für einen Moment durchzuckte es Antonia kalt, und sie hielt inne. *Sieh dich nicht um.*

»Haben Sie meine Charlotte gesehen?«

Antonia wollte weitergehen, aber die Frau streckte eine Hand aus, und als Antonia ihr auswich, bemerkte sie, dass die Frau deutlich jünger war, als es zunächst den Anschein gehabt hatte.

»Haben Sie meine Charlotte gesehen?«

»Bedaure.« Antonia eilte an ihr vorbei und bediente den Türklopfer. Tagsüber war der Eingang zwar nicht verriegelt, da es ein ständiges Kommen und Gehen war, aber weil Antonia nicht zum Haushalt gehörte, klopfte sie stets aus Höflichkeit. Die Tür öffnete sich einen Spaltbreit, und das blasse Gesicht eines halbwüchsigen Mädchens schaute hinaus.

»Guten Tag, Isabel.«

»Guten Tag, Frau von Brelow.« Das Mädchen zog die Tür weiter auf, und die Frau versuchte, sich mit Antonia zusammen durch den Eingang zu zwängen.

»Verschwinden Sie!«, rief das Mädchen.

»Ich suche meine Charlotte.«

»Die ist nicht hier. Und nun raus!«

»Sie ist so klein.« Die Frau hielt die Hände auseinander und zeigte die Größe eines Säuglings.

»Mutter Oberin!«, rief das Mädchen ins Haus, und im nächsten Moment kam die junge Schwester Beate und hob begütigend die Hände.

»Ihre Charlotte ist nicht hier, Frau Imhoff. Wir haben keine Säuglinge.«

Die Frau sah sie verstört an, ließ sich jedoch widerstandslos von der jungen Nonne hinausführen. Das Mädchen atmete auf.

»Du kannst gehen, Isabel«, sagte Schwester Beate und wandte sich an Antonia. »Eine traurige Geschichte. Das Kind ist vermutlich tot, verschwunden während ihrer Flucht aus Köln, als die Bomben im März gefallen sind. Aber sie klammert sich an das letzte bisschen Hoffnung.« Sie ging vor dem Bollerwagen in die Hocke. »Na, meine Kleine. Du siehst ja prächtig aus.« Sie hielt Marie die Hand hin, und das Kind griff nach dem Zeigefinger und wackelte ihn hin und her. »Ich freue mich über jedes gut gedeihende Kind«, sagte Schwester Beate. »Wir wissen kaum, wie wir unsere durchbringen sollen, und fast täglich kommen neue hinzu.«

»So viele Waisen jeden Tag?«

»Ach, ich glaube, es sind oft einfach verzweifelte Mütter, die mit sieben und mehr Kindern nun verwitwet dastehen und hoffen, dass wir sie irgendwie über die Runden bringen, wenn sie sie uns vor die Tür legen oder in unserem Garten aussetzen. Vor zwei Tagen stand da wieder ein Kleines, kaum drei Jahre, und weinte die ganze Zeit nach seiner Mutter.«

Antonia gab Marie ihr Schmusetuch mit den verknoteten Ecken und setzte den Beutel ab, den sie über der Schulter getragen hatte. »Ich habe noch einige Kissen genäht.«

Die junge Nonne lächelte. »Kommen Sie doch mit in die Küche. Ich habe heute Dienst, und ich denke, ein wenig Kaffee können wir entbehren.«

»Der Kerl macht mich fertig.« Luisa stopfte ihre OP-Kleidung in den Wäschesack.

Der Kerl – Dr. Walter Hansen – machte jeden fertig, abgesehen von der Oberschwester und den Nonnen, denen er tatsächlich einigen Respekt entgegenbrachte. Und seine Kollegen schätzten ihn durchaus. Dr. Hartmann, der Chirurg, mit dem Katharina im Lazarett gedient hatte, schien ihn als Einziger nicht zu mögen. Dennoch konnte er ihm seine fachliche Kompetenz nicht absprechen. Allerdings beobachtete Katharina auch ihn derzeit argwöhnisch, denn sie hatte den Verdacht, dass er Luisa nachstieg. Und die war nun für jede männliche Avance empfänglich, hoffte sie doch nach wie vor auf den sicheren Hafen der Ehe.

Katharina begleitete Dr. Hansen während der Visite und später bei der Sprechstunde, sich stets seines durchdringenden Blickes bewusst, als lauere er auf Fehler. Von einer der Hebammen hatte sie gehört, dass er mit einer Frau verheiratet war, die aus einer gutbürgerlichen Kölner Kaufmannsfamilie stammte und gerade mit dem vierten Kind schwanger war. Katharina fand allein die Vorstellung, tagtäglich seinem kühlen, sezierenden Blick ausgesetzt zu sein, furchtbar. Ganz zu schweigen davon, mit ihm Kinder zu zeugen. Und dann kam ihr unwillkürlich die Erinnerung an den forschenden Blick eines anderen Mannes, an dunkle Augen, in denen ein Lachen tanzte, als sie hustend die erste Zigarette ihres Lebens rauchte.

»Wenn Fräulein *von* Falkenburg fertig geträumt hat, wird sie die wunden Stellen gewiss versorgen.«

Katharina spürte, wie ihr das Blut ins Gesicht stieg. Sie wurde sonst nie rot.

»Verzeihung.«

»Ja«, sinnierte Dr. Hansen. »Ich sollte mir dieses Wort von Ihnen auf Tonband aufnehmen, dann kann ich es tagtäglich abspielen, das erspart es Ihnen, es ständig zu wiederholen.«

Katharina biss die Zähne zusammen und wandte sich dem Mann zu, der vor ihr auf der Liege lag. Er war schon älter, die Wangen waren fleckig. Während Dr. Hansen mit einer anderen Krankenschwester zum nächsten Patienten ging, nahm Katharina die Erstversorgung vor.

»Ist so eine seltsame Art von Ausschlag, Schwester«, sagte der Mann. »Kam vor einiger Zeit und wird immer schlimmer. Tut aber nicht weh oder so.«

Katharina löste den Verband vom Hals des Mannes.

»Hab ihn nur angelegt, weil da ständig Flüssigkeit rauskommt«, erklärte er.

Als sie den Hals freigelegt hatte, sah sie das Ekzem, kleine kupferfarbene Knötchen, die eine klare Flüssigkeit absonderten. Mit ihren behandschuhten Händen ertastete Katharina geschwollene Lymphknoten. »Haben Sie irgendwelche anderen Symptome?«

»Nein.«

»Kein Juckreiz?«

»Nein.«

»Hatten Sie so etwas mal an anderen Körperstellen? Vor einigen Wochen?«

Der Mann wurde verlegen. »Das sag ich dem Herrn Doktor lieber selbst.«

Gut, das reichte bereits, um Katharina ahnen zu lassen, wo das Geschwür aufgetreten war. Sie verließ den Patienten und suchte Dr. Hansen in dem großen, von beweglichen Stellwänden unterteilten Raum. Sie fand ihn drei Betten weiter. »Exanthem mit Papeln«, sagte sie. »Wahrscheinlich syphilitisch.«

Der Arzt nickte. »Gut, ich sehe mir das an.«

Katharina verließ den Raum, streifte sich die Handschuhe ab und schrubbte die Hände mit einer Bürste und Desinfektionsmittel ab. Er war nicht der erste Syphilis-Patient, den sie sah, aber jedes Mal hatte sie das Bedürfnis, sich die Hände bis aufs Blut zu schrubben. Kurz darauf trat Dr. Hansen zu ihr.

»Es ist äußerst unwahrscheinlich, dass Sie sich angesteckt haben.«

»Ich weiß.«

»Und Ihre Diagnose war richtig.«

»Ich weiß.«

Er hob die Brauen.

»Im Krieg habe ich den einen oder anderen Soldaten behandelt, der es sich geholt hat.«

Er nickte nur. »Gut. Und jetzt zurück an die Arbeit, ehe Ihre Hände vor lauter Schrubben zu nichts mehr zu gebrauchen sind.«

Katharina trocknete sich die Hände ab und nahm neue Handschuhe aus dem Behälter, dann folgte sie dem Arzt zurück in den Behandlungsraum.

»Wir behandeln Sie mit Penicillin«, sagte Dr. Hansen zu dem Mann. »Sind Sie verheiratet?«

»Ja. Meine Frau erwartet ein Kleines.«

Dr. Hansen nickte. »Wie weit ist sie?«

»In vier Monaten kommt's zur Welt.«

»Wir müssen Ihre Frau mitbehandeln, es ist nicht auszuschließen, dass sie sich angesteckt hat, wenn Sie nach Ihrer Infektion mit ihr verkehrt haben.«

Der Mann streifte Katharina mit einem raschen Blick und wurde rot. »War nur ein Mal, Doktor. Da war dieses Mädchen …«

»Danke, ich wünsche keine Details. Wir behandeln Ihre Frau ebenfalls mit Penicillin, und dann beten Sie, dass das Ungeborene sich nicht angesteckt hat.« Er nickte dem Mann kühl zu.

»War wirklich nur ein Mal, Schwester«, wiederholte der Mann, während Katharina die Medikation auf dem Krankenblatt notierte.

Ein kühler Wind fegte das Herbstlaub raschelnd über den Bürgersteig. Wenn Antonia die Augen schloss, war es für einen Augenblick, als sei alles wie früher. Einen Moment lang stand sie da, versuchte, den Duft des vergehenden Sommers zu wittern, ihn aus dem Geruch von Qualm, Staub und all dem, was unter den Trümmern verrottete, zu filtern. Als sie die Augen wieder öffnete, verflog die kurze Illusion eines freundlichen Herbstes.

Es dauerte einen Moment, bis sie die Frau erkannte, die ihr auf dem Bürgersteig entgegenkam, die Hüften leicht schwingend spazierte sie über den Weg, strebte aus der Richtung, in die Antonia ging. Vermutlich hatte sie die Nacht wieder in ihrem Haus verbracht. In anderen Zeiten hätte sie von einem Liebesabenteuer mit einem der Brelows in der Lindenallee nur träumen können, aber die mageren Jahre hatten offenbar auch Richard weniger wählerisch gemacht. Antonia straffte die Schultern und ging weiter, die Hand fest um den Griff von Maries Bollerwagen geschlossen. Mit kurzem Blick überzeugte sie sich davon, dass ausreichend Menschen in Hörweite unterwegs waren, hauptsächlich Männer, die von der Arbeit kamen, und Frauen, die ihre spielenden Kinder von der Straße riefen. Marienburg behielt seinen Charakter, obwohl der Krieg auch hier Wunden geschlagen hatte.

»Ist das mein Schal?«, rief Antonia, und sie musste die lautstarke Empörung nicht spielen, denn die Frau hatte sich erneut an ihrer Kleidung bedient und darüber hinaus ein Stück ergattert, das ihre Mutter ihr in jungen Jahren geschenkt hatte.

»Weiß nicht, wovon Sie sprechen«, antwortete die Frau schnippisch und wollte weitergehen.

Antonia jedoch hielt sie fest und zerrte an dem Schal. »Das ist meiner. Gib ihn mir zurück.«

»Wohl verrückt geworden, was?« Die Frau schlug nach ihr und versuchte, den Schal ihren Händen zu entwinden.

Inzwischen waren Passanten aufmerksam geworden. Antonia gab nicht auf, rang mit der Frau, und wenn diese nicht Gefahr laufen wollte, erwürgt zu werden, musste sie den Schal wohl oder übel von ihrem Hals winden. »Dumme Gans!«, zischte sie. »Übergeschnappt oder was?« Sie wandte sich an die Umstehenden, als wollte sie um Hilfe ersuchen. »Hat mich fast erwürgt.«

Für einen Moment drohte die Stimmung, in ihre Richtung zu kippen.

»Hier steht mein Name drin«, rief Antonia. »Warst du Diebin gerade in meinem Haus?«

Nun hielten auch die Kinder im Spiel inne und widmeten ihre Aufmerksamkeit dem weitaus interessanteren Schauspiel.

»Und ist das nicht mein Kleid?«

»Nein.« Die Frau verschränkte die Arme vor der Brust. »Und jetzt lass mich vorbei, du blöde Kuh.«

»Moment.« Einer der Männer trat vor. »Ist das wirklich Frau von Brelows Kleid? Und ihr Schal? Streifst du durch die Gegend und beklaust uns?«

Mochten die Nachbarn Antonia aufgrund ihres offenkundig unehelichen Kindes auch mit schiefen Blicken taxieren und hinter ihrem Rücken über sie sprechen, nach außen hin war sie immer noch eine von ihnen.

»Ich habe niemanden beklaut!«

»Und wer hat die Milch meines Kindes gestohlen?«, fragte Antonia.

»Ich hatte lange keine mehr und wusste nicht, dass die für ein Kind ist.«

»Du gibst also zu, sie gestohlen zu haben?«, fragte der Mann nun wieder.

»Ich geb gar nichts zu.« Die Frau wollte an ihm vorbei, aber er hielt sie fest.

»Ruft bitte jemand die Polizei?«

Nun setzte sich die Frau ernsthaft zur Wehr, aber der Mann hielt sie mit Leichtigkeit fest.

»Wir haben selber nichts«, rief eine der Mütter. »Da kommt das Gesindel und beklaut uns.«

»Warst du nur im Haus der von Brelows oder auch woanders?«

Die Frau schwieg nun, wurde sich des aufbrandenden Zorns offenbar immer bewusster. Ebenso, dass sie gerade in ernsthaften Schwierigkeiten steckte. »Herr von Brelow hat mir die Sachen geschenkt«, sagte sie schließlich.

»Herr von Brelow kann dir meine Sachen nicht schenken«, sagte Antonia. »Im Übrigen bezweifle ich, dass er diese Aussage bestätigen würde. Warum sollte er dich beschenken? Als Bezahlung für Liebesdienste?«

»Eine Prostituierte?«, rief eine der älteren Frauen.

»Eine Hure, die durch die Häuser zieht und unseren Kindern die Milch klaut.«

»Früher hätte man so was wie dich ins Lager gesteckt.«

»Na, die Zeiten sind zum Glück vorbei«, sagte der Mann, der die junge Frau festhielt, und sah sich rasch um.

»Dafür bezahlst du!«, fauchte Richards Geliebte und starrte Antonia hasserfüllt an.

Die gönnte ihr nur einen kühlen Blick und sah dann zur Straße, bemerkte den heraneilenden Polizisten auf dem Fahrrad, der den Aufruhr offenbar von Weitem bemerkt hatte und nun herbeigewinkt wurde.

»Worum geht es?«, fragte er ein wenig atemlos.

»Diebstahl und Prostitution«, sagte der Mann und verstärkte den Griff um die Arme der Frau, als diese erneut versuchte, sich zu befreien.

Der junge Polizist nickte. Irgendwie wirkte er, als müsse er in seine Uniform erst hineinwachsen. »Gibt es Beweise für die Anschuldigungen?«

»Sie trägt sie am Leib«, sagte Antonia. »Das ist mein Kleid. Und das«, sie hielt den Schal hoch, »hat sie um den Hals getragen. Mein Name steht darin.«

Der Polizist nickte und wandte sich an die Frau. »Wenn Sie bitte mitkommen möchten?«

»Den Teufel werd ich tun!«

Der Mann ließ sie los, und die junge Frau machte Anstalten davonzulaufen, aber der Polizist war schneller, umfasste ihren Arm und riss sie grob zurück. Dann fixierte er ihr mit Handschellen die Arme auf den Rücken und führte sie neben sich her, indes er mit der anderen Hand sein Rad schob. »So, und jetzt keine Faxen mehr.« Er wandte sich an Antonia. »Den Schal bitte, das ist ein Beweisstück.«

Antonia händigte ihn ihm aus, und er zückte einen Block.

»Ich brauche Ihren Namen und Ihre Anschrift. Zudem muss ich wissen, was es mit der Anschuldigung der Prostitution auf sich hat.«

»Natürlich, sehr gerne.« Antonia sah die junge Frau an, die den Blick in einer Art erwiderte, der ihr einen Schauer über den Rücken jagte. Unwillkürlich drehte sie sich zu Marie um, die die Szene von ihrem Wagen aus betrachtete und an ihrem Tuch nuckelte. Dann wandte sie sich wieder dem Polizisten zu.

»Dafür bezahlst du noch«, sagte die Frau leise.

Elisabeth saß auf einem Küchenstuhl und legte die Beine auf einen anderen, streckte sich wohlig und gähnte. Jetzt wäre ein gemütliches, knisterndes Feuer im Ofen genau das Richtige. Ihr graute vor dem Winter. Die ständige Kälte. Sie fror ja jetzt schon. Und vermutlich war der Hunger dann noch schwerer auszuhalten. Wie zur Bestätigung knurrte ihr Magen vernehmlich.

Die Tür fiel ins Schloss, und kurz darauf waren Schritte zu hören. Antonia, vermutete sie, bemerkte dann jedoch, dass das unvermeidliche Geräusch des Bollerwagens fehlte. Die Schritte durchquerten die Halle und verhallten auf der Treppe. Katharina. Kurz darauf ging erneut jemand durch die Halle, dieses Mal die Schritte eines Mannes. Und da Dr. Rathenau nicht daheim war, konnte es nur Richard sein.

»Ganz allein heute?«, fragte er auch schon und trat an den Herd, ohne sich mit Geplauder aufzuhalten. Elisabeth ihrerseits dachte gar nicht daran, das Offenkundige zu bestätigen.

»Tee?«, fragte er.

»Lädst du mich ein?«

»Nein.«

»Dann nicht.«

Er setzte Wasser auf und lehnte mit der Hüfte gegen die Anrichte, während er wartete. Seine Geliebte war Elisabeth entgegengekommen, als diese das Haus betreten hatte. Die junge Frau ging mit einer Selbstverständlichkeit ein und aus, als wohnte sie hier. Aber dass sie selbst sich ihres Status noch nicht gänzlich sicher war, bewies die Tatsache, dass sie ihnen, soweit es möglich war, aus dem Weg ging. Niemals hätte sie sich selbstverständlich in der Küche dazugesetzt, was Elisabeth ihr angesichts des Vorfalls mit der Milch auch nicht geraten hätte.

In einem Monat war ihr Geburtstag, sie wurde fünfundzwanzig und hatte immer gescherzt, dass sie ihr Vierteljahrhundert groß feiern würde. Für derlei Frivoles war es zwar nicht der richtige Zeitpunkt, aber sie würde Nigel dennoch auf diesen Tag aufmerksam machen und hoffen, dass er sie mit etwas überraschte.

Am dreizehnten August hatte das Gürzenich-Orchester in der Aula der Universität – Opernhaus, Schauspielhaus und Apollo-Theater waren zerstört – sein erstes Konzert gegeben, und Elisabeth hätte es nur zu gerne gesehen, aber Nigel hatte ihr nicht angeboten, mit ihr hinzugehen, obwohl sie mehrmals eine Andeutung fallen gelassen hatte. Ebenso, als kurz darauf Shakespeares »Sommernachtstraum« aufgeführt wurde, den sie ebenfalls zu gerne gesehen hätte. Dabei hatte sie sich so gefreut, als die Militärbehörden im Juli zugestimmt hatten, nachdem der neue Bürgermeister, Konrad Adenauer, darum ersucht hatte, wieder Musik und Theater in Köln sehen zu dürfen. Sie seufzte tief, und Richard drehte sich zu ihr um.

»Betrübt?«

»Gehst du mit mir ins Theater?«

Er sah sie erstaunt an, dann lachte er. »Wenn's weiter nichts ist.«

»Ich habe bald Geburtstag.«

»Ach was? Ist dein Stecher zu geizig?«

»Nenn ihn nicht immer so, das ist vulgär.«

Als der Kessel pfiff, nahm er ihn von der Feuerstelle und gab Teeblätter ins Wasser. Elisabeth beobachtete ihn, sah seine Hände an, die alle Handgriffe in der Küche mit vertrauter Beiläufigkeit verrichteten. »Wie alt bist du eigentlich?«

Er sah sie an, wirkte überrascht. »Denkst du, es ist so langsam an der Zeit, dass wir uns besser kennenlernen?«

»Kannst du keine normal gestellte Frage normal beantworten?«

»Einunddreißig.«

Wieder fiel die Tür ins Schloss, und dieses Mal war es ohne Zweifel Antonia. Elisabeth hörte sie durch die Halle gehen und das Rattern des Bollerwagens, dann war wieder eine Tür zu hören, Stille, die Schritte näherten sich der Küche.

»Guten Abend.« Antonia lächelte – ein seltener Anblick – und wirkte aufgeräumt und zufrieden.

»Guten Abend.« Elisabeth zog mit den Füßen den Stuhl ein wenig näher heran, damit Antonia vorbeikonnte, aber die blieb in der Tür stehen und lehnte sich an den Türrahmen, beobachtete die häuslich anmutende Szene.

»Wo ist Marie?«, fragte Elisabeth in das Schweigen hinein.

»Sie ist eingeschlafen, ich habe sie in den Salon gebracht.« Nun sah Antonia Richard an. »Wenn du heute Nacht Sehnsucht nach deiner kleinen Liebesdienerin bekommst, kannst du sie im Gefängnis besuchen.«

Richard hatte gerade den Tee abgießen wollen und hielt inne. »Wie bitte?«

»Ich habe sie mit meinem Schal und meinem Kleid auf der Straße gesehen. Und da sie so dumm war, ein Kleidungsstück von mir zu tragen, in dem sogar mein Name steht, war die Polizei leicht von ihrer Schuld zu überzeugen. Ach ja, Hurerei wird ihr auch zur Last gelegt, sie sagte praktisch, du hättest sie mit den Sachen bezahlt. Aber mach dir keine Sorgen, man wird dich nicht behelligen, in einem solchen Fall trifft es ja immer die Frau.«

Richard stellte mit einem Scheppern den Kessel ab. »Du scherzt.«

»Keineswegs.« Mit einer eleganten kleinen Geste zuckte Antonia mit den Schultern, und zum ersten Mal konnte Elisabeth erahnen, wie sie vor dem Krieg gewesen sein musste.

Richard ging durch die Küche, blieb an der Tür stehen, schien zu warten, dass sie ihm Platz machte, maß sie mit einem seltsamen Blick, den sie erwiderte. Elisabeth wusste nicht, woran sie es merkte, vielleicht an der Starre in Antonias Haltung, an dem kaum merklichen Öffnen ihrer Lippen, an dem kalten Triumph in ihren Augen oder an der Art, wie Richard den Kopf neigte, daran, wie das zornige Aufglimmen in seinem Blick ihre kalte Distanz für den Bruchteil eines Moments zerschmolz. Dann drängte er sich an ihr vorbei.

Es war der glückstrunkene Moment, als du dachtest, du hättest das Irrlicht gefangen. Natürlich, dachte Elisabeth. Es war so einfach, so durchschaubar. Und dann kam die Eifersucht, wild, verzehrend, mühsam hinuntergekämpft von der Vernunft. Und wenn schon, dachte sie. Und wenn schon. Sie betrachtete Antonia, aber die ging an ihr vorbei zu dem Kessel, drehte sich um, lächelte, dieses Mal offen und ohne jeden Spott. »Der Tee reicht für zwei.«

Elisabeth erwiderte das Lächeln zögernd, dann sah sie zur Tür. »Ich hätte nicht gedacht, dass sie ihm so viel bedeutet, dass er allen Ernstes zur Polizei geht.«

Antonia goss den Tee ab. »Das tut sie nicht. Er kann nur nicht zulassen, dass ich in dieser Sache das letzte Wort habe.«

*

Im Grunde genommen war es nicht weiter schwer gewesen. Richard hatte glaubhaft versichern können, dass Sonja keineswegs eine Hure war. »Ich war der Meinung, meine Schwägerin habe die Kleidung aussortiert, daher habe ich sie Frau Schmitz geschenkt. Die Arme besitzt doch nach dem Krieg fast nichts mehr.« Die Milch? Ja, er hatte ihr erlaubt, sich in der Küche zu bedienen. Da war es zu diesem Missverständnis gekommen, das er aufrichtig bedaure.

»Aufrichtig!«, lachte Sonja, als sie auf der Straße standen. »Und das aus deinem Mund.«

»Hör auf zu lachen, ich finde die Sache alles andere als komisch.« Die Farce, die er gespielt hatte, ärgerte ihn. Zudem machte er in der Regel einen großen Bogen um die Polizei, und dass sein Name im Zusammenhang mit Diebstahl und Hurerei gefallen war, gefiel ihm ganz und gar nicht.

»Du hättest ruhig früher kommen können. Ich hatte eine schauderhafte Nacht.«

»Ich bin seit gestern Abend hier. Es ist nicht meine Schuld, wenn die Mühlen hier so langsam mahlen.« Er war müde und hatte Kopfschmerzen.

»Wie auch immer, ich brauche jetzt ein Bad.«

»In kaltem Wasser?«

»Ihr habt doch einen Ofen.«

»Und Brennholz fällt vom Himmel, ja?«

Sie hob die Brauen. »Schlecht gelaunt?«

»Nein.«

»Ich kümmere mich nach dem Bad natürlich ausgiebig um dich.«

Also das war nun das Letzte, wonach ihm gerade der Sinn stand. »Ich habe zu tun, danke. Im Übrigen kannst du nicht mit zu mir. Die Nachbarn können dich nicht kurz nach dieser Aktion seelenruhig in mein Haus spazieren sehen.«

»Dich stört das Gerede der Nachbarn?«

»Ja, aus gutem Grund.«

»Da kommt es wieder zum Vorschein, das verwöhnte Herrensöhnchen. Aber bitte, ich dränge mich nicht auf.«

»Das wäre ja was ganz Neues.«

»Ach, zum Teufel mit dir, Richard!«, zischte sie. »Vermutlich teilst du dir die drei anderen Weiber mit dem Kerl.«

»Ganz recht, jede Nacht spielen wir lustiges Bettentauschen.« Dann jedoch bemühte er sich um etwas Freundlichkeit, immerhin war eine zornige Frau nicht zu unterschätzen. »Hör zu, ich bin müde, und nachdem ich die ganze Nacht damit verbracht habe, dich freizubekommen, habe ich diese Wut doch nicht verdient, oder?«

Sie wurde weich. »Ich bin nicht auf *dich* wütend. Ist schon gut, Richard. Geh heim. Ich muss auch ein wenig schlafen. Wir sehen uns, ja?«

Er nickte, schaffte es sogar, ein Lächeln auf seine Lippen zu zwingen, gab ihr einen öffentlichkeitstauglichen Kuss auf die Wange und ließ sie ihres Weges ziehen. Damit war das erledigt, sowohl die leidige Angelegenheit als auch das Kapitel Sonja. Im Grunde genommen war er ihrer ohnehin überdrüssig gewesen. Sie war wie zu süßer Kuchen, man naschte mal hier, mal dort, konnte nicht so recht aufhören, wenn er schon mal dastand, aber die Übersättigung folgte fast unmittelbar.

Richard zog eine Zigarette hervor, zündete sie mit einem Streichholz an und inhalierte tief. Zigaretten waren auf dem Schwarzmarkt eine Währung neben der Reichsmark, und genau dort zeigte sich die versteckte Inflation. Es hatten sich inzwischen etliche schwarze Märkte herausgebildet, nicht nur in den Hinterzimmern vieler Gaststätten, die auch Richard gerne nutzte, sondern auch die Kasernenplätze in Mülheim und Dellbrück waren beliebte Umschlagorte, der Ehrenfelder

Bahnhof und die Frankenwerft. Richard hatte sich spezialisiert auf die dringend benötigten Artikel wie Fleisch aus Schwarzschlachtung, Mehl, Zigaretten, Medikamente und Milch, für die gerade Familienväter gerne bezahlten. Ein Bekannter von ihm verkaufte zudem Bescheinigungen aller Art, aber das war Richard zu heiß. Die Medikamente waren schon grenzwertig.

Er betrat ein Gasthaus, das sich geduckt an die Trümmer eines ehemaligen Mehrfamilienhauses kauerte. Die Luft war geschwängert von einem schalen, malzigen Geruch, in den sich der Dunst von selbst gezogenem Tabak mischte. Richard hielt es stets so, dass er den Geschäftsabschluss in den Hinterzimmern von Gaststätten tätigte – was sie unter der Hand als »schwarzen Gaststättenhandel« bezeichneten – und die Waren dann zu den Umschlagplätzen brachte. Ehe Antonia heimgekehrt war, hatte er die Abschlüsse in der ehemaligen Dienstbotenkammer getätigt, die direkt hinter dem Lieferanteneingang des Hauses lag. Aber das war ja nun nicht mehr möglich.

Er nickte einigen Männern zu, die mit Gläsern in der Hand an den Tischen in dem zum Gastraum hin offenen Raum saßen, lehnte sich mit der Hüfte an einen Tisch und wartete. Hier traf er in der Regel die Leute, die wussten, was er anbot und was er dafür verlangte, so dass die Sache schnell und unkompliziert über die Bühne ging. Zettel wurden ihm zugesteckt, versehen mit Namenskürzeln, die niemand würde entziffern können, gerieten sie in falsche Hände. Zwei alliierte Soldaten gehörten zu seinen Kunden, Nichtraucher, die ihre Zigaretten zu Geld machten. Richard wiederum konnte für gute Tabakwaren beste Preise aushandeln.

»Du musst vorsichtig sein«, sagte einer der Männer. »Nebenan ist ein Offizier mit seinem Liebchen.«

Unwillkürlich warf Richard einen Blick in den angrenzenden Gastraum.

»Nee, nicht da.« Der Mann nickte mit dem Kinn zur gegenüberliegenden Wand. »Der muss allerdings durch den Gastraum, wenn er rausmöchte. Also Obacht.«

Richard nickte und behielt den Gastraum im Auge. Dann fuhr er fort mit seinen Geschäften.

Elisabeth stellte sich vor, was wäre, wenn die papierdünne Wand des Raums hinter ihr nachgab und sie mit Nigel zusammen in den angrenzenden Gastraum fiel. Und sie fragte sich, ob es dort wohl derzeit laut genug war, um nicht zu hören, was hier wenige Meter entfernt vor sich ging. Dann endlich war es vorbei, und Nigel löste sich von ihr und gab ihr einen atemlosen Kuss, ehe er seine derangierte Kleidung wieder in Ordnung brachte.

»Du warst also Schauspielerin?«, fragte er, und für einen Moment befürchtete sie, dass er auf ihre vorhergehende Vorstellung anspielte. Als sie ihn jedoch ansah, bemerkte sie, dass er wirklich interessiert wirkte. Vielleicht wollte er ihr auch nur das Gefühl geben, dass es über den vollzogenen Beischlaf hinaus noch Dinge gab, die an ihr interessant waren.

»Hauptsächlich Tänzerin, leider hat es mit Theaterengagements nirgendwo dauerhaft geklappt.« Elisabeth zog ihren Rock zurecht und überprüfte im Spiegel, dass alles saß, wie es sollte. Sie hatte abgenommen, so dass ihre Beckenknochen deutlich sichtbar waren. Kein Wunder, so hart wie in den Trümmern hatte sie nicht mal auf dem Bauernhof ihrer Eltern geschuftet. Und dort hatte es ausreichend zu essen gegeben.

»Warum bist du nicht zum Film gegangen?«

»Das ist doch noch schwerer. Ich bin in einem Dorf groß geworden, da kommt man nicht so leicht in die Stadt zu den großen Filmstudios.«

Nigel nickte, und sie sah, wie sie seine Aufmerksamkeit verlor, dass seine Gedanken bereits zu anderen Dingen abdrifteten. Er fuhr sich mit den Händen durch sein dunkles Haar, ordnete es, so gut es ging, strich über seine Uniformjacke und richtete seinen Blick schließlich wieder auf Elisabeth. »Wärst du mir sehr böse, wenn ich …«

»Nein, geh nur. Ich weiß ja, dass du zu tun hast.«

Er wirkte erleichtert, gab ihr einen Kuss und reichte ihr ihren Mantel. Wenigstens ließ er sie den Spießrutenlauf durch den Gastraum nicht allein antreten. Sie verließen das kleine Zimmer, und Elisabeth hatte das Gefühl, dass jeder sie anstarrte. Im Vorbeigehen drückte Nigel dem Wirt Geld in die Hand, klopfte ihm einmal auf die Schulter und verließ das Haus. Er hielt Elisabeth die Tür auf und verabschiedete sich von ihr, dieses Mal distanziert und ohne öffentlich Anstoß zu erregen.

Elisabeth strich sich das Haar aus dem Gesicht und schob die Hände in die Taschen. Den ganzen Tag hatte sie gearbeitet, hatte im Anschluss Nigel getroffen und fühlte sich ausgelaugt und schäbig. Nigel war das Werkzeug zur Rache an ihrem Vater, aber sie fragte sich, ob sie sich nicht in gewisser Weise damit auch selbst bestrafte. Doch was wäre jetzt die Alternative? Nigel verlassen und zurück auf den elterlichen Bauernhof? Die Niederlage gestehen und darum betteln, wieder aufgenommen zu werden? Sie musste nicht lange darüber nachdenken, um zu wissen, wie die Antwort lauten würde.

Nigel verlassen und in einem der ehemaligen Luftschutzkeller Unterschlupf suchen, zusammen mit achtköpfigen Familien, die sich ein Zimmer teilten? Oder gar auf der Straße hausen? Sie seufzte und senkte den Kopf, starrte auf das aufgebrochene Straßenpflaster. Sie ließ Nigel ihre Unterkunft zahlen, dafür, dass sie seine Geliebte war. Unterschied sie das in irgendeiner Weise von einer Hure? Vielleicht insofern, als dass sie die bezahlte Geliebte für keinen anderen Mann spielen würde. Wenn sie ihn verließ oder er sie, würde sie sich irgendwie durchschlagen. Die Beziehung zu Nigel hatte einen Grund gehabt und dann eine Eigendynamik entwickelt, die in eine gänzlich andere Richtung ging, als Elisabeth das erwartet hatte.

Aber dann musste sie nur an ihre Eltern denken, um zu wissen, dass jede Rückkehr ausgeschlossen war. Jetzt nicht und auch in Zukunft nicht. Als der Reichssender seinerzeit verkündet hatte, Adolf Hitler sei in seinem Befehlsstand in der Reichskanzlei bis zum letzten Atemzug gegen den Bolschewismus für Deutschland gefallen, war ihre Mutter in Tränen ausgebrochen. Später, als bekannt wurde, dass er sich mit Selbstmord aus der Verantwortung gestohlen hatte, sprachen ihre Eltern von Lügen. Beim Einfall der Alliierten spuckten sie Zeter und Mordio. Und als die Zwangsarbeiter fort waren, beklagten sie, dass sie nun nicht mehr wussten, wie sie den Hof noch bewirtschaften sollten.

Elisabeth würde einen Weg finden, sich aus der Beziehung zu Nigel zu lösen und allein klarzukommen. Über kurz oder lang würde ihr etwas einfallen. Die Theater spielten wieder. Vielleicht war das ihre Chance.

*

Die Kinder saßen an den zwei langen Tischen in einem zum Speisesaal umfunktionierten Kaminzimmer. Der ehemalige Eigentümer des Hauses – ein Kölner Industrieller – hatte es zum Kriegsende hin der Gemeinde überlassen, damit hier verwaiste Kinder ein Heim fanden.

»Er war selbst ein Waisenkind«, hatte eine der Nonnen erklärt, »daher hatte er ein Herz für sie.«

»Und wo wohnt er nun?«, wollte Antonia wissen.

»Er ist eingezogen worden, als der Krieg schon als verloren galt. Dieser nette Herr von nahezu sechzig. Er wollte danach zu seiner Tochter in die Schweiz gehen, aber leider ist er einen Monat vor Kriegsende an einer Blutvergiftung gestorben.«

Antonia hatte den Bollerwagen mit Marie in der Eingangshalle abgestellt, wo die Kleine in warme Decken gehüllt schlief. Dort im Windfang war es bei geschlossenen Türen weniger zugig als in den ungeheizten Räumen. Die Kinder saßen in Decken und Schals gehüllt an den Tischen und aßen Brühe und Brot. Vier der älteren Mädchen gingen mit Küchenschürzen bekleidet zwischen den Tischen umher und gaben hier und da noch eine Kelle Nachschlag. »Mehr gibt es nicht«, sagten sie streng, als ein Kind die Brühe gierig in sich hineinlöffelte, offenbar in der Hoffnung darauf, seine Schüssel ein weiteres Mal füllen zu lassen.

»Es sind zu viele Kinder und zu wenig Essen.« Schwester Beate stieß einen Seufzer aus. »Wir haben schon gesagt, dass wir nicht unbegrenzt Kinder aufnehmen können, aber sagen Sie mal nein, wenn da ein Soldat mit zwei Kleinen vor der Tür steht, die er beim Abfälleessen in den Schuttbergen gefunden hat.«

Antonia zögerte. »Wie hoch sind denn die finanziellen Mittel, die Ihnen zur Verfügung stehen?«

»Sie wären ausreichend, um zumindest ab und zu Fleisch und Milch auf den Tisch zu bringen. Außerdem könnten wir Briketts zum Heizen kaufen. Aber an all das ist derzeit ja nicht zu denken.«

»Aber es gibt doch … andere Möglichkeiten.«

Schwester Beate taxierte sie. »Sie meinen die schwarzen Märkte? Wenn man uns dort erwischte … Nun, die Konsequenzen sind bekannt. Keine von uns möchte es riskieren, das Haus in Verruf zu bringen.«

Die Kinder hatten das Essen beendet, und eine der Nonnen schickte sie hinaus in den Garten. »Beim Spielen vergessen sie den Hunger, und frische Luft tut ihnen gut«, erklärte Schwester Beate auf Antonias fragenden Blick hin.

»Aber in der Kälte?«

»Die ist draußen weniger schlimm als in diesem klammen Gemäuer.«

Das stimmte wiederum. Antonia wollte eben wieder auf das Thema Essen und Schwarzmarkt zu sprechen kommen, als ein kleines Mädchen zu ihr kam. »Ihre Tochter ist wach, Frau von Brelow. Und diese komische Frau ist bei ihr.«

Antonia ließ Schwester Beate stehen und eilte durch den Speisesaal in den Eingangsbereich des Hauses. Die Tür stand auf, und eine in Lumpen gekleidete Frau hielt die bitterlich weinende Marie in den Armen. Mit einem Satz war Antonia bei ihr und entriss ihr das Kind.

»Untersteh dich, sie anzufassen, du garstiges Weib!«

Die Frau wich zurück. »Es hat geweint, das Kleine.«

»Das gibt Ihnen nicht das Recht, sie aus dem Wagen zu nehmen.«

»Ich wollte sie nicht mitnehmen. Ich weiß ja, dass sie nicht meine Charlotte ist.«

»Sie sollen Sie gar nicht erst anfassen, sie nicht hochheben.«

Schwester Beate trat nun ebenfalls hinzu und legte der Frau beruhigend die Hand auf den Arm. »Ihr Kind ist nicht hier«, sagte sie sanft. »Ganz sicher nicht.«

»Aber das Kleine hat geweint.«

»Ja«, fuhr die junge Nonne fort, »und nun ist ihre Mutter wieder bei ihr. Es ist alles gut.«

Die Frau wirkte verwirrt, nickte dann aber und verließ das Haus. Antonia wiegte die Kleine an ihrer Brust, bis sie sich beruhigt hatte, und legte sie zurück in den Wagen.

»Sie ist harmlos«, sagte Schwester Beate.

Antonia nickte, wenngleich sie nicht überzeugt war. Die Tür

zu verriegeln kam jedoch nicht infrage, da die Kinder den verwilderten Garten hinter dem Haus über den Haupteingang erreichten. Die Verandatür war während des Bombardements zertrümmert worden, und die gesamte Fensterfront hatte man mit Brettern vernagelt. Der ehemalige Lieferanteneingang befand sich im Souterrain, und dafür hätten die Kinder erst durch die Küche gehen müssen.

Da Marie sich beruhigt hatte, setzte Antonia sie wieder in den Wagen und band den Gurt, den sie in mühsamer Fummelarbeit angebracht hatte, um die Brust des Kindes, damit es nicht über den Rand kletterte und davonkrabbelte.

»Kann sie schon laufen?«

»Sie zieht sich an Tischen und Schränken hoch, aber gelaufen ist sie noch nicht.«

»Schwester Beate!« Ein Junge stieß die Tür auf, atemlos, die Wangen gerötet vom Laufen und von der Kälte. »Hanne hat sich am Zaun verletzt und blutet schlimm!«

»Du liebe Güte.« Die junge Nonne folgte dem Jungen nach draußen, und Antonia schloss sich ihnen an, obgleich ihre Kenntnisse in Wundversorgung sich auf das beschränkten, was mit einem Pflaster verarztet werden konnte. Sie zog die Tür hinter sich zu und eilte um das Haus herum in den Garten, wo sich eine Traube von Jungen und Mädchen unter einem Baum versammelt hatte.

»Geht zur Seite, Kinder.«

Die Kinder wichen zurück und gaben den Blick frei auf ein kleines Mädchen, das mit bleichem Gesicht auf dem Boden saß, den rechten Arm an sich gepresst, und erst dachte Antonia, dass die Verletzung am Unterarm war, denn darunter hatte sich ein Blutfleck über dem karierten Stoff des Kleides ausgebreitet. Schwester Beate schien dasselbe zu vermuten, denn sie griff nach dem Handgelenk des Mädchens und bog vorsichtig den

Arm vom Körper weg. Das Mädchen stieß ein Wimmern aus, und nun sah Antonia, dass das Kleid aufgerissen war und sich eine heftig blutende Schramme über ihre Flanke zog.

»Ach je«, stieß Schwester Beate mit einem Seufzen aus. »Wie oft habe ich euch gesagt, ihr sollt nicht auf dem Zaun herumturnen.«

»Aber Constantin hat gesagt, Mädchen sind zu blöd dafür.«

Die junge Nonne richtete ihren Blick strafend auf einen rothaarigen Jungen, dessen sommersprossiges Gesicht die Unschuld selbst war. Antonia ging neben ihr in die Hocke und begutachtete die Wunde, die von Schwester Beate freigelegt wurde, indem sie das Kleid ein Stück weiter aufriss.

»Ich glaube, das muss genäht werden«, sagte die Nonne.

»Können Sie so etwas?«

»Wo denken Sie hin? Ich fahre mit ihr ins Krankenhaus.« Schwester Beate richtete sich auf. »Hans!«

Ein halbwüchsiger Junge schob sich durch die Kinder nach vorne. »Ja?«

»Hol das Fahrrad mit dem Anhänger.«

Der Junge rannte los, und Schwester Beate wandte sich an das Mädchen. »Leg deinen Arm um mich.« Das Mädchen tat wie geheißen, und die Nonne richtete sich mit ihr zusammen ächzend auf. Antonia stützte sie. »Geht es?«

»Ja, die Kleine wiegt ja nichts.«

Sie verließen den Garten zur Straße hin, wo Hans bereits mit dem Fahrrad stand. Die Nonne ließ das Mädchen behutsam im Anhänger nieder. »Sag in der Küche Bescheid, dass ich mit Hanne im Krankenhaus bin. Schwester Margaret ist so lange für euch verantwortlich. Ich weiß nicht, wann ich wieder hier bin.«

»Ist sonst niemand im Haus?«, fragte Antonia.

»Nein, sie sind alle in der Gemeinde unterwegs und sammeln Spenden.« Schwester Beate stieß sich mit dem Fuß ab und fuhr los.

Antonia beschloss, mit Schwester Margaret zusammen die Kinder zu betreuen, bis wenigstens eine der fünf anderen Nonnen wieder im Haus war. Zusammen mit den älteren Kindern würde es sicher gehen, auch wenn ihr beim Gedanken daran graute, diese wilde Horde den ganzen Tag um sich zu haben. Sie öffnete die Tür, und das Erste, was sie sah, war der leere Bollerwagen.

»Marie?« Sie sah sich suchend um.

»Vielleicht ist sie rausgeklettert?«, vermutete ein Mädchen von vielleicht zehn Jahren, das ihr ins Haus gefolgt war.

»Der Gurt ist auf, und das kann sie noch gar nicht.« Antonia lief ins Haus, um zu sehen, ob eines der älteren Mädchen, die ganz vernarrt in die Kleine waren, Marie zu sich genommen hatte. Aber die Einzigen, die noch im Haus waren und dort Tücher ausbesserten, verneinten. War es erst eine diffuse Sorge gewesen, so schwappte die Panik nun in Antonia hoch wie eine Welle. Abrupt wandte sie sich ab und rannte zurück in den Windfang.

»Marie!« Angst stieg zäh und erstickend in ihr auf, trieb ihr den Atem in raschen Zügen über die Lippen. »Marie!« Ihre Stimme überschlug sich, klang in ihren eigenen Ohren unerträglich schrill. Die Mädchen kamen nun auch in den Eingangsbereich und sahen sich suchend um, als könne das Kind sich irgendwo versteckt haben.

Antonia riss die Haustür auf. »Marie!« Die Kinder sahen sie an. »Habt ihr meine Tochter gesehen?«

Einhelliges Kopfschütteln.

»Da ist vorhin eine Frau mit einem Kleinkind gegangen«, sagte dann jedoch ein Mädchen und deutete vage zur Straße hin.

»Wie sah sie aus?«

Das Mädchen zuckte mit den Schultern. »Normal halt.«

Antonia unterdrückte einen Fluch und eilte die Straße hinunter. Ein Mann kam ihr entgegen, einen Sack Brennholz geschultert. »Entschuldigung, haben Sie eine Frau mit einem kleinen Kind im Arm gesehen?«

Der Mann nickte mit dem Kinn die Straße runter, und Antonia lief weiter, lief, obwohl ihr Seitenstiche das Atmen schwer machten. Schuldgefühle quollen in die Angst, und in ihren Ohren wurden Schreie laut, Kinderschreie, Schreie sterbender Babys, Schreie von Frauen. Hastig wischte sie sich die Tränen ab, wollte die Fäuste auf die Ohren pressen, wollte so laut schreien, dass sie die Schreie in sich übertönte. Dann sah sie die gebeugte Gestalt einer Frau. Rasch näherte sie sich ihr, packte sie am Arm und riss sie herum.

»Was zum …« Die Frau mochte in ihrem Alter sein, starrte sie entsetzt an und presste instinktiv das kleine Bündel in ihren Armen fester an sich.

Antonia zog das Tuch vom Gesicht des Kindes, und die Frau wich zurück. »Hab selbst nichts.«

»Verzeihung, ich … Ich dachte …« Das war nicht Marie. Antonia drehte sich um und lief zum Waisenhaus zurück. Wie oft hatte sie sich nach einem Leben gesehnt, in dem sie keine Mutter sein musste. Und nun wusste sie, dass es dieses Leben nicht mehr gab, nie wieder geben würde, auch nicht ohne Marie. Man blieb eine Mutter, auch, wenn das Kind fort war. Eine kinderlose Mutter, so, wie es mutterlose Kinder gab. *Haben Sie meine Charlotte gesehen?* Es konnte niemand sonst gewesen sein, Antonia hätte ahnen müssen, dass die Frau zurückkommen würde.

»Hans!«

»Frau von Brelow, wir suchen die Kleine auch gerade überall.«

»Lauf zur Polizei.«

»Ja, Frau von Brelow.«

Antonia sah dem Jungen nach, und obwohl sie sich mit aller Gewalt an diese eine Hoffnung klammerte – denn diese Frau würde Marie nichts zuleide tun –, befürchtete sie, dass es so einfach nicht war. *Ich weiß ja, dass sie nicht meine Charlotte ist.* Und nur die suchte sie.

Im Großen und Ganzen war es ein Tag zum Abgewöhnen, und es war gerade einmal Nachmittag. Richard war davon wach geworden, dass Andreas wie ein Berserker an die Haustür getrommelt und etwas von Schlägern gefaselt hatte, die Richard auf ihn angesetzt haben sollte. Richard hatte ihm jedoch gesagt, dass er viel zu große Lust hatte, ihn eigenhändig zu verprügeln, als dass er das Vergnügen einem anderen überlassen hätte. Aber er wisse auch, was man einer alten Freundschaft schuldig sei. Ach, das Geld habe er immer noch nicht? Nun, dann wäre es in der Tat besser, wenn er möglichst rasch Land gewinne.

»Ich weiß nicht, wovon ich leben soll.«

»Ist das mein Problem? Geh arbeiten.«

»Ich könnte dich verraten.«

»Könntest du. Und danach könnte Hedda das, was von dir übrig ist, von der nächsten Hauswand kratzen.«

Andreas hatte ihn angestarrt und war gegangen. Kurz darauf stand Hedda vor der Tür.

»Du Schuft!« Dann hatte sie ihn geohrfeigt und war abgehauen, ehe er sich von der Überraschung erholt hatte.

Er war eben wieder zu Bett gegangen, als Katharina heimkehrte und die Tür lautstark ins Schloss warf. »Irgendwann bringe ich diesen Schnösel eigenhändig um«, fauchte sie, während sie durch den Flur lief. Eine Schwester im Geiste, wer hätte das gedacht?

Und als Richard sich eben daranmachte zu frühstücken, klopften zwei Soldaten rüde an die Tür, und er sah seine Existenz bereits in sich zusammenfallen wie ein Kartenhaus.

»Entschuldigung, falsche Adresse«, sagten sie, als er ihnen öffnete.

Es konnte nur noch besser werden, dachte er, als er die Halle betrat, um das Haus zu verlassen. Dann hörte er den Schlüssel in der Eingangstür, die kurz darauf so heftig von Antonia aufgestoßen wurde, dass sie seine Nase nur knapp verfehlte.

»Marie ist weg!« Sie musste gerannt sein, denn ihr Atem ging in kurzen Schluchzern.

»Wie weg? Wie kann sie weg sein?«

»Jemand hat sie geraubt.«

»Wer raubt denn in diesen Tagen ein zusätzliches Maul zum Stopfen?«

Antonia brach in Tränen aus, und Richard stieß einen langen Seufzer aus. »Schon gut. Also, noch mal langsam. Wo ist sie dir … verloren gegangen.«

»Ich hatte sie im Waisenhaus abgestellt, angeschnallt in ihrem Wagen. Und jemand hat sie rausgenommen und ist mit ihr fortgegangen. Die Polizei war schon da und befragt die Leute.«

Die Polizei? Richard sah sie bereits das Haus auf den Kopf stellen. »Ganz ruhig. Wer könnte ein Kind rauben?«

»Da war eine Frau, die ihre Tochter sucht. Sie ist obdachlos, die Polizei hat sie bereits ausfindig gemacht, aber sie weiß von nichts.«

Richard legte Antonia in einer – wie er hoffte – beruhigenden Geste die Hand auf die Schulter. Antonia jedoch starrte ihn nur irritiert an, so dass er die Hand rasch wieder zurückzog. »Ich gehe und suche nach ihr.«

»Du?« Hätte er gesagt, er plane eine Reise zum Mond, hätte sie nicht ungläubiger klingen können.

»Ja, ich.«

»Du magst sie doch nicht einmal.«

»Das ist jetzt … zweitrangig.« Er griff nach der Tür und zog sie auf, dann zögerte er und warf sie wieder ins Schloss. »Warte einen Augenblick.« In diesem Zustand konnte er sie nicht allein lassen. Wer konnte schon wissen, auf welche Ideen sie kommen würde. Frauen reagierten seltsam, wenn sie ihre Kinder in Gefahr glaubten. Sie könnte annehmen, er stecke dahinter, um die Testamentsklausel bezüglich des Kindes ungültig zu machen. Das wäre überhaupt die Idee, darauf war er noch gar nicht gekommen. Aber jetzt war es einfach ungünstig. Er stieß die Tür zu Katharinas Zimmer auf.

»Herr von Brelow!« Katharina fuhr hoch.

»Kümmern Sie sich um Antonia. Marie ist offenbar geraubt worden.«

»Geraubt?«

»Ja, geraubt.« Er führte das nicht weiter aus und verließ das Zimmer, um zurück in die Halle zu eilen. Wenn seine Ahnung ihn nicht trog, wäre das Problem in ein bis zwei Stunden gelöst, je nachdem, wie widerspenstig Sonja sich gab.

»Wo willst du hin?« Antonia griff nach seinem Arm. »Du weißt doch etwas.«

»Red keinen Unsinn.«

»Als würdest du dich vor Hilfsbereitschaft überschlagen, weil Marie dir etwas bedeutet.«

»Willst du dein Blag zurück oder nicht?«

Sie ließ seinen Arm los.

»Na, also.« Er öffnete die Tür und zog sie wieder hinter sich ins Schloss. Die frische Luft kühlte seinen wild aufgeflammten Zorn ab, während er mit langen Schritten den Weg zu Sonjas Wohnung einschlug. Was um alles in der Welt dachte sie sich dabei, ihn in solche Schwierigkeiten zu bringen?

Er brauchte eine halbe Stunde, ehe er bei dem tristen Wohnkomplex war, den Sonja bewohnte und von dem nur noch die Hälfte stand. Richard ging durch den türlosen Eingang in das dämmrige Halbdunkel des Hauses. Eine Ratte huschte in die Schatten, und unter dem einzigen Fenster, das den Eingangsbereich erhellte, hatte sich eine Lache gebildet, die zungenartig bis zur Treppe rann und von der Richard, während er darüber hinwegstieg, hoffte, dass es nur Regenwasser war. Er eilte, zwei Stufen auf einmal nehmend, die Treppe hoch bis zum Dachgeschoss. Dann hämmerte er an Sonjas Tür.

Erst dachte er, sie sei nicht daheim, und ihm sank der Mut, indes er in Gedanken Alternativen wälzte. Dann jedoch waren Schritte zu hören, ein Schlüssel wurde gedreht, und Sonja zog die Tür auf.

»Du?«

Er drängte an ihr vorbei in die kleine Wohnung, in der er nur ganz am Anfang ihrer Beziehung einmal gewesen war. »Wo ist sie?«

»Wovon sprichst du?«

»Du hast noch eine Chance, ehe ich nachdrücklicher fragen werde. Wo ist sie?«

Sonja verschränkte die Arme vor der Brust, schwieg bockig. Richard wollte eben zu einer Ohrfeige ausholen, als er das Greinen eines Kindes im Nebenzimmer hörte. Dann schlug er zu, und Sonjas Kopf knallte gegen die Wand.

»Bist du verrückt geworden?«, schrie sie.

Er ließ sie stehen und ging ins Zimmer. Hier lag Marie in eine Decke gewickelt auf dem Bett, hatte den Mund verzogen, die Augen zusammengekniffen und stieß einen weiteren Klagelaut aus, der in einem ohrenbetäubenden Gebrüll mündete.

»Jetzt hast du sie geweckt.« Sonja hatte tatsächlich den Nerv, sich zu beschweren. Er ohrfeigte sie ein weiteres Mal.

»Wenn du mich noch einmal schlägst …«

»Ja? Was dann?«, fragte Richard ehrlich interessiert.

»Ich hätte sie morgen zurückgebracht. Ich wollte der hochnäsigen Zicke nur einen Denkzettel verpassen.«

»Was hast du denn von ihr erwartet, wenn du die Milch ihres Kindes wegtrinkst? Du bist eine Frau. Wie hättest du reagiert?«

»Ich hätte sie verdroschen, und damit wäre es dann gut gewesen. Auf keinen Fall wäre ich zur Polizei gerannt.«

Richard ging zum Bett und hob Marie hoch. Die bog den Körper durch, machte sich steif und brüllte weiter. Großartig.

»Und was willst du jetzt tun?«, wollte Sonja wissen. »Mich verpfeifen?«

»Nein, du dumme Gans. Ich will keine Polizei im Haus.«

Sonja hob spöttisch die Brauen. »Ach was?«

»Ich bringe das Kind jetzt zu seiner Mutter und hoffe für dich, dass die Sache glimpflich ausgeht.«

Sonja sog die Unterlippe ein, dann warf sie den Kopf zurück. »Ich hätt sie morgen zurückgebracht. Ist mir eh zu anstrengend, das Geheul hat mich wahnsinnig gemacht. Aber einen Denkzettel hat die Schlampe verdient, so oder so.«

Richard stieß den Atem in einem langen Zug aus. »Wie auch immer. Halte dich fern von meinem Haus.«

»Ach? Hast du ne andere, oder was?«

»Und wenn?«

Sonja legte den Kopf schief und taxierte ihn. »Du denkst, du kannst mich einfach abservieren, ja?«

»Kann ich. Und nun geh mir aus dem Weg.«

Sie trat nun umso entschlossener vor die Tür. »Du bist mir was schuldig, Richard. Ich lass mich nicht einfach so abfertigen und zurück in die Gosse stoßen.«

»Aus der bist du doch nie rausgekommen. Und nun geh mir aus dem Weg, du Hure.«

»Wie hast du mich gerade genannt?« Sie holte aus, dann schien sie es sich anders zu überlegen und senkte die Hand wieder. Umso besser für sie.

»So, und jetzt sei ein braves Mädchen und geh mir aus dem Weg.«

»Das zahl ich dir heim, Richard. Dir und ihr. Ich schwör dir, ich mach's. Wirst schon sehen.«

Richard taxierte sie aus verengten Augen, während er Marie wiegte, damit sich dieses dämliche Balg endlich beruhigte. Entweder ahnte das Kind um seine Laune und beschloss, dass es besser war, sich in sein Schicksal zu fügen, oder es hatte sich müde gebrüllt, denn es verstummte tatsächlich, und der kleine Körper schmiegte sich in seine Arme. Sonja erwiderte Richards Blick stumm, dann ging sie zur Seite und gab die Tür frei. Er versuchte auszuloten, wie ernst er ihre Drohung nehmen musste, da er keine Ahnung hatte, wozu sie imstande war. Aber er konnte nun auch nicht nachgeben und sie damit wissen lassen, dass er sich von ihr erpressen ließ. Oder gar Angst vor ihr hatte.

Als er wieder auf der Straße stand, dämmerte es bereits. Der Tag war wirklich blendend gelaufen. Zurück konnte er wegen des Kindes nicht ganz so schnell laufen, und so brauchte er gute vierzig Minuten, ehe er am Haus ankam. Dort wartete im Salon außer Antonia und Katharina auch ein Polizist auf ihn.

»Marie!« Antonia sprang auf und riss ihm die Kleine aus den Händen, die prompt wieder anfing zu schreien. Gut, das war nun nicht mehr sein Problem.

»Herr …« Der Polizist sah ihn forschend an.

»Richard von Brelow. Ich bin Frau von Brelows Schwager.«

»Sie wohnen zusammen hier?«

»Frau von Brelow vermietet Zimmer«, antwortete Richard. Das war nicht der Moment, auf unklare Besitzverhältnisse zu pochen.

»Hauptmann Schultz ist eben erst gekommen und wollte Details aufnehmen zu Maries Verschwinden«, erklärte Katharina den Umstand, dass der Polizist noch nichts über Antonias Wohnverhältnisse zu wissen schien.

»Wo haben Sie die Kleine gefunden?«, wollte der Polizist wissen.

»Eine verwirrte Frau hatte sie genommen.«

»Und Sie wussten, wo Sie suchen mussten?«

»Nun, der Ort des Verschwindens war ja bekannt«, balancierte Richard um die Wahrheit herum. Lügen waren immer riskant und konnten einen in einem zu sorglosen Moment zu Fall bringen. »Ich vermute, der große Radius darum herum wurde nicht ausreichend abgesucht.«

»Es ist ja nicht so, dass wir außer dem nichts zu tun haben«, ging Hauptmann Schultz in Verteidigungshaltung. »Wir sind ohnehin noch unterbesetzt. Aber die Kollegen haben getan, was sie konnten. Früher oder später hätten sie das Kind wohl auch gefunden.«

»Nun, da war uns früher einfach lieber.« Richard lächelte entwaffnend, was der Polizist ignorierte.

»Wer war die Frau?«

»Ein armes Geschöpf. In diesen Zeiten haben so viele ihre Kinder verloren.«

»Können Sie genaue Angaben dazu machen, wo Sie das Kind gefunden haben? Auch wenn es eine verwirrte Frau war, es kann nicht angehen, dass sie herumläuft und Kinder entführt.«

Richard machte eine vage Angabe und ließ anklingen, dass die Frau inzwischen überall sein konnte.

»Können Sie sie beschreiben?«

»Dunkelblond.«

»Alter? Statur?«

»Hm, so um die zwanzig. Schlank.«

Der Polizist seufzte. Eine schlanke Blondine um die zwanzig. »Nun gut, sei's drum. Wir sehen, was wir tun können.«

Antonia und Katharina beobachteten ihn aufmerksam, und Richard erbot sich höflich, den Mann zur Tür zu bringen. Als er die Tür hinter dem Polizisten geschlossen hatte, holte Richard tief Luft und wappnete sich für die lästigen Fragen Antonias.

»Woher wusstest du, wo sie war?«, kam es denn auch direkt von ihr, als er den Salon betrat.

»Sie ist wieder da, reicht das nicht?«

»Deine kleine Dirne hatte sie, nicht wahr?«

»Und wenn schon. Lass es gut sein.«

Antonia hielt Marie eng am Körper, als könne sie ihr erneut entrissen werden. »Nein, lasse ich nicht. Nachdem sie mich bestohlen und Maries Milch getrunken hat …«

»Sie besitzt nichts mehr nach dem Krieg, und sie hatte Hunger. Also lass es jetzt gut sein.«

»Ich habe die Milch bezahlt«, fauchte Antonia. »Wenn du Mitleid mit ihr hast, kauf ihr Essen und lass nicht zu, dass sie das meines Kindes stiehlt.«

Richard rieb sich die Augen. Seine Stirn fühlte sich an, als schabe jemand von innen mit einer Gabel daran. »Das Kind ist wieder zurück, also ist alles bestens.«

»Ich könnte zur Polizei gehen.«

»Könntest du. Nur könntest du nichts beweisen, und auf meine Hilfe brauchst du nicht zu hoffen.«

Ihre Augen schienen sich auf den kleinen, harten Punkt darin zu verengen, und die Intensität, mit der sie Richard ansah, behagte diesem nicht, auch wenn er sich das nicht anmerken ließ. Sie schwieg und ließ von ihm ab, indem sie sich wegdrehte.

»Sie können froh sein, dass Sie nicht hier waren«, begrüßte Katharina Georg, als dieser die Küche betrat, wo sie – dem Geruch nach zu urteilen – Kaffee aufbrühte. Sie sah müde und übernächtigt aus, die Haut fast durchscheinend bleich.

Georg ließ Wasser in einen Becher laufen und trank. »Was ist denn passiert?«

»Marie war verschwunden und ist dann einige Stunden später wieder aufgetaucht.«

Erschrocken sah er sie an. »Verschwunden?«

»Ja. Jemand hat sie aus dem Kinderwagen geraubt, und Antonia hat die Polizei gerufen und stundenlang nach ihr gesucht. Schließlich kam sie heim, und Richard nahm sich der Sache an.«

»Und er hat sie gefunden?«

»Ja. Diese Frau, seine frühere Geliebte, hat sie entführt, wohl um Antonia einen Schrecken einzujagen.«

»Und warum?«

»Weil Antonia dafür gesorgt hat, dass sie ins Gefängnis geht, nachdem sie Antonias Kleider und Maries Milch gestohlen hat.«

Georg ließ sich auf einem Stuhl nieder, und Katharina tat es ihm gleich, den Becher mit der dampfenden schwarzen Flüssigkeit in der Hand. »So, das war der letzte Kaffee, den ich noch hatte. Ich brühe ihn morgen früh noch mal auf, danach gibt es nur noch das Zichoriengesöff.«

»Müssen Sie heute Abend noch raus?«

»Ja, in einer Stunde beginnt mein Dienst.« Katharina gähnte. »Wegen der Sache mit Marie konnte ich leider nur kurz schlafen.« Sie gähnte wieder. »Viel zu kurz.«

»Sie haben mein Mitgefühl.«

»Danke. Wenn nicht gerade ein Notfall reinkommt und wir unterbesetzt sind, liege ich in elf Stunden schon wieder im Bett.«

»Damit tröste ich mich in dem Fall auch immer.« Er sah

Katharina zu, wie sie den Kaffee trank und dabei die Augen schloss.

»Sie müssen nicht aus Höflichkeit hier warten«, sagte sie.

»Es ist mir ein Vergnügen.«

Langsam stellte sie die Tasse ab und sah ihn an. »Ich bin nicht verliebt in Sie«, sagte sie geradeheraus.

Einen Augenblick schwieg er verblüfft, dann lachte er. »Machen Sie sich keine Sorgen, dergleichen Absichten habe ich nicht.«

»Ich wollte das nur klarstellen, ehe die Sache peinlich wird.« Sie trank einen weiteren Schluck Kaffee.

»Falls ich den Eindruck erweckt haben sollte …«

»Nein«, fiel sie ihm ins Wort. »Keineswegs. Aber ich weiß, wie schnell dergleichen zu Missverständnissen führen kann, also sage ich lieber direkt, woran Sie sind.«

Er lächelte, denn ihre direkte und unverblümte Art führte seine Gedanken zu *ihr*, zu den ersten Worten, die sie gewechselt hatten, den ersten Versprechungen, den ersten Küssen. Er erhob sich zusammen mit Katharina und ging mit ihr in die Eingangshalle, wo sie sich verabschiedete.

Der Korridor, der zu den Gästezimmern führte, war dunkel, nur aus dem Musikzimmer fiel ein blassgelber Lichtschimmer, und eine buttergelbe Linie unter Elisabeths Tür verriet, dass sie sich bereits zurückgezogen hatte, obwohl es erst auf acht Uhr zuging. Langsam ging er durch den Korridor, blieb auf der Höhe des Musikzimmers stehen und sah hinein.

Antonia saß vor dem Klavier, spielte jedoch nicht, sondern hatte die Wiege neben sich gestellt. Ihre rechte Hand war in der Wiege, die linke ruhte auf den Klaviertasten, während ihr Kopf dem Kind zugeneigt war. Georg betrachtete sie, die elegante Linie ihres Nackens, die schwarze Haarsträhne, die sich gelöst hatte und ihr seitlich ins Gesicht hing.

»Sie war fort«, sagte Antonia, ohne aufzublicken. »Sie war fort, weil ich nicht auf sie aufgepasst habe, obwohl ich mir das geschworen habe von dem Moment an, als ich sie das erste Mal in den Armen hielt.«

»Wo ist sie geraubt worden?«

»Im Waisenhaus. Ich hatte den Wagen dort abgestellt, und dann musste ich in den Garten, weil ein Kind sich verletzt hat.«

»Sie konnten nicht damit rechnen, dass jemand sie aus dem Waisenhaus entführt.«

Sie schüttelte den Kopf, aber er konnte nicht unterscheiden, ob sie dies tat, um seine Worte zu verneinen, oder weil sie ihm zustimmte. Langsam trat er näher, sah das schlafende Mädchen an, versuchte, ihre Mutter in den kindlichen Zügen zu erkennen. Und wieder kam der Gedanke an das, was er verloren hatte, sein Zorn, der verzehrende Wunsch nach Vergeltung.

Marie öffnete einen Moment lang schlaftrunken die Augen, die irisierend blauen Augen ihrer Mutter, umklammerte mit dem linken Händchen Antonias Zeigefinger und schlief wieder ein. Antonia sah immer noch nicht auf, wendete den Blick nicht von dem Kind. Das Schweigen wuchs, nahm immer mehr Raum ein, schien Georg aus dem Zimmer zu drücken. Zögernd wandte er sich ab und ging, wartete darauf, ob von Antonia noch etwas kam, der Wunsch, er solle bleiben. Sie jedoch schwieg und sah weiterhin das Kind an.

4

Dezember 1945

Der Keller war ein Glücksfall. Richard fragte sich, ob sein Vater für Fälle wie diese hatte vorsorgen wollen, als er beschlossen hatte, einen separaten Eingang in das Souterrain führen zu lassen, ein Eingang, der versteckt hinter Hibiskushecken lag und an dem später niemand mehr Interesse gehabt hatte. In seiner Kindheit hatte man nach der Jagd das Wild hier abhängen lassen, und seine Großmutter konnte phantastische Salami räuchern in dem extra dafür angefertigten Räucherofen, der sich im Raum neben Richards Vorräten befand. Seine Lieferanten traf er in Hinterzimmern irgendwelcher Kaschemmen oder in leer stehenden Ruinen, so wie Andreas seinerzeit. Richard fragte sich immer noch, wie dieser sich den Soldaten gegenüber wegen des Lkw herausgeredet hatte. Vermutlich hatte er so getan, als gehöre ihm dieser nicht, was der Grund dafür sein mochte, dass Andreas nun nur noch zu Fuß unterwegs war.

Richard ging seine Bestandsliste durch, dann sah er auf die Uhr und streckte sich. Kurz vor zwei, Zeit ins Bett zu gehen. Er würde den Ofen in seinem Zimmer beheizen und hoffen, dass er damit die Kälte aus den Knochen bekam. Am liebsten wäre ihm ein heißes Bad, aber um diese Uhrzeit das Wasser in der Küche zu erhitzen und dann ins Zimmer zu schleppen, dazu fehlte ihm die Lust.

Er verschloss die Tür hinter sich, löschte das Kerzenlicht und wartete darauf, dass seine Augen sich an die Dunkelheit gewöhnt hatten. Auch wenn alle schliefen, war ihm lieber, dass niemand den verräterischen Lichtschein aus dem Keller kommen sah. Zudem galt es, mit Kerzen sparsam umzugehen, die waren nun einmal in der dunklen Jahreszeit die nahezu einzige Lichtquelle. Schon im August hatte die Militärregierung mitgeteilt, dass Privatleute am Tag nur fünfhundert Wattstunden Strom verbrauchen durften – jede Kilowattstunde mehr wurde mit hundert Reichsmark Strafe geahndet. Also galt es, sich anderweitig zu behelfen. Im Grunde genommen waren Menschen wie Richard unbedingt nötig, denn man konnte durchaus den Eindruck gewinnen, dass Köln in Wahrheit bereits abgeschrieben war.

Die Kellertür ließ sich nur von außen abschließen, was ärgerlich war, aber nicht zu ändern. In der Regel betrat jedoch niemand den Keller, und auch Elisabeth hätte es wohl nicht getan, wenn er diesen ärgerlichen Fehler nicht gemacht hätte. Richard trat gerade in die Halle und war im Begriff, die Tür hinter sich ins Schloss zu schieben, als ein Geräusch ihn innehalten ließ, ein Schaben, das die nächtliche Stille brach. Kurz dachte er, dass eine der Frauen wach geworden sei, aber die hätten gewiss Licht gemacht. Und Georg als später Heimkehrer? Soweit er wusste, war er abends noch nicht wieder zurück gewesen. Im nächsten Moment war das Schaben erneut zu hören, dann ein Knacken, als berste Holz. Wenn es Georg war, schien er eben im Begriff, sich gewaltsam Zugang zu verschaffen. Was eher unwahrscheinlich war.

Richard wandte sich dem Geräusch zu, durchquerte die Eingangshalle, hörte Schritte und Gemurmel. Jemand stieß etwas um, ein unterdrückter Fluch folgte. Es waren also mindestens zwei. Reglos verharrend wartete er darauf, wohin sich die Schritte wenden würden. Hauptsache nicht in die Nähe des Kellers. Er schlich sich in den nächstgelegenen Raum – das alte Esszimmer –, ging zu dem Kamin und nahm den Schürhaken vom Ständer. Als er zurück im Korridor war, hatten sich die Schritte in Richtung Eingangshalle bewegt und würden von dort aus vermutlich den Weg zur Küche nehmen. Die meisten Einbrüche waren Mundraub. Aber auch das konnte Richard nicht dulden. Er ging entschlossen – jetzt war er wenigstens bewaffnet – durch den Korridor, und nun waren es die Einbrecher, die ihrerseits verharrten, da sie ihn offenbar gehört hatten.

Er war eben im Begriff, sie aufzufordern, sofort zu verschwinden, als Georg diesen denkbar ungünstigen Moment aussuchte, um heimzukehren. Instinktiv wandte Richard sich dem Geräusch der sich öffnenden Tür zu, und von der Straße her fiel bläuliches Nachtlicht in die Eingangshalle. Aus dem Augenwinkel nahm er eine Bewegung wahr, im nächsten Moment stieß Georg einen Warnruf aus, und Richard spürte einen dumpfen Schlag gegen den Kopf – kräftig, aber nicht kräftig genug, um ihn außer Gefecht zu setzen. Er drehte sich um und griff nach dem Angreifer, dessen schwarz vermummte Gestalt so schmächtig war, dass es sich entweder um einen kleinen Mann oder einen halbwüchsigen Jungen handeln musste. Wer auch immer es war, die Person wehrte sich nach Kräften.

Dann durchfuhr Richard ein sengender Schmerz, und er fuhr herum, ließ seinen Gegner los. Stattdessen griff er nach dem anderen und erkannte zu spät, dass dieser ein Messer hatte. Mit einem Fluch riss er die verletzte Hand zurück. Im nächsten Moment war Georg an seiner Seite, und während die schmächtige Person versuchte, an ihm vorbei zur Tür zu gelangen, tänzelte die andere – deutlich größere – mit dem Messer vor ihnen herum. Richard indes war nun wirklich wütend und nicht gewillt, die beiden davonkommen zu lassen. Ein Einbruch war eine Sache, aber niemand griff ihn ungestraft an. Er wandte sich um und versuchte, den schmächtigen Kerl zu fassen zu kriegen, da ging der andere auf ihn los. Als Richard zurückwich, kippte ein neben der Treppe stehender Schirmständer mit Getöse um.

»Lauf!«, schrie der Mann, während Georg mit ihm rang. Richard griff erneut nach der schmalen Gestalt, da riss sich der Mann von Georg los, ging wieder auf Richard zu, hob einen Arm, und Richard wich im letzten Moment aus. Georg stieß den Kerl zur Seite, der stolperte über den Schirmständer, stieß einen Schrei aus, taumelte, versuchte, sich abzustützen, und ging zu Boden. Der andere zögerte einen Moment, aber nur so lange, bis Richard wieder auf ihn losging, dann rannte er, riss die Tür auf und floh in die Dunkelheit. Unterdessen hatte Georg sich dem Mann zugewandt, der reglos am Boden lag.

»Können Sie Licht machen?«, fragte er.

Richard ignorierte die Frage. »Was ist mit ihm?«

»Ich fühle keinen Puls. Machen Sie endlich Licht.«

Fluchend warf Richard die Tür ins Schloss und ging, um in der Küche nach Kerzen zu suchen. Dabei knallte er mit der Schulter gegen den Türrahmen und stieß einen weiteren Fluch aus. Auf dem Küchentisch stand ein Kerzenhalter, daneben lagen Zündhölzer. Als er kurz darauf mit dem flackernden Kerzenlicht zurück in die Halle kam, bemerkte er Antonia, Katharina und Elisabeth, geisterhafte Gestalten in Morgenmänteln. Antonia starrte auf den Mann auf dem Boden und hatte eine Hand an ihren Mund gehoben.

Das flackernde Kerzenlicht offenbarte etwas Dunkles, Schmieriges auf der Ecke der untersten Treppenstufe, wo diese zum Sockel überging. Richard ging zu dem Toten und zog ihm den Schal vom Gesicht, den dieser sich um Mund und Nase gebunden hatte. Dann nahm er ihm die schwarze Mütze ab und runzelte die Stirn.

»Das ist doch der Sohn von Bruhns«, sagte Antonia, die nun ebenfalls näher trat.

»Habe ich auch erkannt.«

Nun löste Katharina sich aus ihrer starren Haltung und ging neben Georg in die Hocke, legte eine Hand an den Hals des Mannes und das Ohr an seinen Mund. Georg tastete um seinen Hals herum, behutsame Bewegungen, zog die Hand zurück, die nun feucht glänzte.

»Er ist tot«, sagte er schließlich. Katharina nickte bestätigend.

»Sind Sie sich sicher?«, fragte Richard.

Anstelle einer Antwort sahen ihn beide nur an, und er hob beschwichtigend die Hände.

»Wir müssen es seinen Eltern sagen«, kam es von Antonia. »Sie werden ihn suchen. Das ist unethisch.«

»Unethisch ist, hier einzubrechen und mit einem Messer auf mich loszugehen.«

»Wäre er erfolgreich gewesen, bliebe mir wohl einiges erspart.«

»Das reicht jetzt, Antonia«, mischte sich Katharina ein.

Richard sah sie an, schenkte ihr ein kaum merkliches Lächeln und wandte sich wieder dem Toten zu.

»Und was jetzt? Wir müssen ihn hier rausschaffen.«

»Wie bitte?«, kam es von Katharina. »Wir rufen natürlich die Polizei.«

»Auf gar keinen Fall«, widersprach Richard entschieden.

»Warum nicht? Es war doch ein Unfall«, sagte nun auch Antonia.

»Ich denke auch, wir sollten jeden Ärger vermeiden«, ließ sich Georg vernehmen. »Schaffen wir ihn fort.«

Die Frauen starrten ihn ungläubig an, und er zuckte mit den Schultern.

»Damit wäre es beschlossen«, entgegnete Richard und kickte das Messer, das dem Toten aus der Hand gefallen und mehrere Meter weit geschlittert war, zu diesem zurück.

»Wieso beschlossen?«, fragte Katharina. »Haben Sie beide mehr Stimmrecht als Antonia und ich?«

Nun wandten sich alle Elisabeth zu, die Richard mit einem Blick streifte und schließlich die Schultern hob. »Na ja … Und wenn die Polizei nicht an einen Unfall glaubt? Ich denke auch, er sollte fort.« Braves Mädchen.

Katharina stöhnte auf.

»Drei gegen zwei«, sagte Richard. »Ich denke, damit können wir die Sache mit Fug und Recht als beschlossen werten.«

Antonia verschränkte die Arme vor der Brust und schwieg, Katharina tat es ihr gleich. Damit wollten sie ganz offensichtlich nichts zu tun haben. Richard war es gleich. Der Schnitt, den der junge Bruhn ihm verpasst hatte, schmerzte höllisch, und er drehte den Arm, um ihn in Augenschein zu nehmen. »Muss das genäht werden?«, fragte er.

Katharina zupfte den Pullover von der Wunde. »Nein, so tief scheint das nicht zu gehen. Was denken Sie?«, wandte sie sich an Georg.

Der warf nur einen kurzen Blick darauf und schüttelte den Kopf. Erst jetzt bemerkte Richard, dass er selbst einen Schnitt in der Hand hatte. »Er hat Sie auch verletzt?«

»Ja, als ich ihn davon abgehalten habe, erneut auf Sie loszugehen, weil Sie es ja nicht sein lassen konnten, den anderen Burschen am Weglaufen zu hindern.«

Richard stemmte die Hände in die Hüften. »Und was machen wir jetzt? Wo schaffen wir ihn hin? Werfen wir ihn in den Rhein? Oder vergraben wir ihn im Garten?«

»Auf gar keinen Fall im Garten«, rief Antonia. »Du bist wohl närrisch.«

»Und ihn irgendwo hinlegen und so tun, als sei er dort auf eine Kante gefallen?«, schlug Richard vor.

Georg schüttelte den Kopf. »Jeder halbwegs intelligente Polizist wird sich über das Fehlen von Blut wundern; Kopfwunden bluten extrem stark, wie wir hier sehen. Die Polizei mag unterbesetzt sein, blöd ist sie nicht.«

»Also gut, dann bleibt nur die Entsorgung im Rhein.«

»Entsorgung.« Antonia konnte den Zorn in ihrer Stimme nur schwer zurückhalten. »Der Junge war kaum zwanzig.«

»Habe ich ihn etwa umgebracht?«

»Nein, aber das ist kein Grund, pietätlos zu sein.«

Richard wandte sich an Georg. »Wir haben einen Karren im Schuppen, da müsste er reinpassen.«

»Und man wird sich nicht wundern, wenn wir hier mitten in der Nacht mit einem Karren durch die Gegend laufen?«

»Da fällt mir schon was ein«, antwortete Richard. »Bringen wir ihn zunächst einmal raus hier.« Er wandte sich an die Frauen. »Seht zu, dass ihr das Blut aufwischt, ehe es eintrocknet.«

Katharina lachte ungläubig. »Wischen Sie es doch selbst auf. Wir waren es schließlich nicht, die den Toten in den Rhein werfen wollten.«

Richard sah Elisabeth an. »Wir haben zu dritt dafür gestimmt, ich nehme an, du leistest ebenfalls deinen Teil?«

Elisabeth zuckte mit den Schultern. »Also gut, ich mach's.«

»Gut so. Fall nur nicht in Ohnmacht.«

»Ich bin auf einem Bauernhof aufgewachsen, was glaubst du, wie es bei uns an Schlachttagen zuging.« Elisabeth krempelte die Ärmel ihres Morgenmantels hoch und lief in die Küche.

»Nun denn.« Antonia ging zur Treppe. »Marie ist wach, und ich denke, mich braucht ihr hier heute nicht mehr.«

Richard sah ihr nach, dann wandte er sich dem Toten zu und fasste ihn unter die Schultern, während Georg die Füße nahm. In Gedanken wälzte er bereits die Möglichkeiten, alles unbemerkt vonstattengehen zu lassen.

»Herr von Brelow?« Georg klang, als hätte er ihn bereits mehrfach angesprochen. »Können wir? So langsam wird er schwer.«

»Ja, wir können. Und sagen Sie Richard. Ich finde es lächerlich, sich Herr von Brelow und Dr. Rathenau zu nennen, während wir gerade gemeinsam eine Leiche entsorgen.«

Georg nickte nur.

»Einen perfekteren Moment zum Brüderschaftfeiern hätten Sie sich nicht aussuchen können«, mokierte sich Katharina.

Richard ignorierte sie und ging rückwärts in Richtung Salon, von wo aus sie über die Verandatür in den Garten und von dort aus von der Straße ungesehen in den Schuppen gelangten.

Die Idee, Lumpen auf die Leiche zu packen und so zu tun, als habe man diese auf den Straßen gesammelt, war zwar nicht gerade der beste Einfall, aber da Georg keinen besseren hatte, machten sie es eben so. Die Räder des Wagens erschienen Georg überlaut auf den leeren Straßen, und der Schweiß lief ihm übers Gesicht bei dem Gedanken, man könne sie anhalten und einen Blick in den Wagen werfen. Und dieser ganze Ärger, wo er ohnehin zum Umfallen müde war, nachdem er mehrere Stunden im OP gestanden und Überstunden gemacht hatte.

»Wer ist der Kerl eigentlich?«, fragte er, weniger aus Interesse, sondern weil das Schweigen an seinen Nerven zerrte. Zudem waren zwei schweigsame Lumpensammler sicher verdächtiger als zwei, die miteinander plauderten.

»Er wohnt irgendwo in der Nachbarschaft, unsere Eltern kennen sich flüchtig. Als der Krieg begann, war er gerade jung genug, damit seine Eltern ihm verbieten konnten, sich als Freiwilliger zu melden. Zum Schluss gab es für ihn aber kein Halten mehr. Seine Mutter muss heilfroh gewesen sein, dass er gesund zurückgekehrt ist. Tja, so kann es kommen.«

Georg wollte sich das Leid der Mutter nicht vorstellen. »Ist es ihr einziges Kind?«

»Der einzige Sohn nach sechs Töchtern. Von denen leben aber nur noch drei. Eine gebärfreudige Mutterkreuzträgerin.«

Wenngleich es ein Unfall war, plagten Georg heftige Schuldgefühle, und er ging die letzte Stunde durch, um zu überlegen, wo er etwas hätte anders machen können, wie er den Unfall hätte verhindern können. Aber gleichzeitig wusste er natürlich, dass solche Gedanken müßig waren. Hätte der Bursche nur kein Messer gezogen. Wäre er nur geflüchtet. Aber er wollte auf den Kleinen warten, wollte ihm die Flucht ermöglichen. Hätte Richard ihn nicht festgehalten … Hätten sie ihn nicht angegriffen, sondern wären umgehend geflüchtet … Hätte und würde, und zu ändern war es doch nicht.

Sie waren über eine Stunde unterwegs, als Richard den Ort endlich für günstig erachtete. Mehrmals hatte Georg geglaubt, huschende Schritte zu vernehmen, aber wann immer er sich umgedreht hatte, war niemand zu sehen gewesen.

»Was ist denn? Warum bleibst du dauernd stehen?«, kam es gereizt von Richard.

»Mir war, als hätte ich jemanden gehört.«

Nun wandte sich auch Richard um. »Humbug, da ist niemand.«

Es war nahezu stockdunkel, das Wasser eine Fläche, in der sich das spärliche Mondlicht brach. Etwas huschte vor ihren Füßen vorbei, und die Nacht trug einen fischigen, verrottenden Gestank zu ihnen. Einmal wäre Georg auf dem glitschigen Untergrund fast ausgeglitten. Gemeinsam hievten sie den Toten aus dem Wagen und warfen ihn über eine Mauer aus Geröll und Schutt ins Wasser. Ein dumpfes Platschen war zu hören, der Tote ging unter, kam dann einige Meter weiter wieder hoch und trieb mit der Strömung fort.

»Hätten wir ihn nicht beschweren sollen?«, fragte Richard.

»Nein, wenn man ihn findet, ist es besser, es sieht aus wie ein Unfall, nicht wie ein Mord.«

»Ein Almosen für einen Kriegsversehrten, die Herren?«

Georg und Richard fuhren herum und starrten den Obdachlosen an, der schwankend vor ihnen stand. Während Georg sich von seinem Schrecken erholte und nicht wusste, wie er reagieren sollte, schien Richard ganz Herr der Lage zu sein.

»Du kannst uns was von dem alten Zeug abkaufen«, sagte er.

Der Obdachlose starrte auf den Karren. »Hab selbst nichts«, kam es in verwaschenen Silben aus seinem Mund.

»Nun, dann tut's mir leid.«

»Grundgütiger«, mischte sich Georg ein. »Nun gibt ihm schon etwas.« Er kramte in den Lumpen und zog eine Decke aus gefilzter Wolle hervor, die zwar schon einige kleine Löcher hatte, aber sicher ihren Dienst tat. »Hier.« Er warf sie dem Mann zu.

Der dankte ihnen und schlurfte davon.

»Sag ihm doch gleich, dass du ihm Schweigegeld bezahlst«, schimpfte Richard. »So viel zum Thema Glaubwürdigkeit. In diesen Zeiten hat niemand etwas zu verschenken.«

Georg antwortete nicht, sondern sah aufs Wasser, wo die Dunkelheit den Leichnam geschluckt hatte. Währenddessen zog Richard den Wagen herum, so dass sie ihn wieder auf die Straße ziehen konnten.

»Das wäre geschafft«, sagte er. »Frohe Weihnachten.«

Georg wandte sich vom Rhein ab. »Werde bitte nicht geschmacklos.«

*

Während Heiligabend unbeachtet an ihnen vorübergezogen war, saßen die drei Frauen am ersten Weihnachtstag morgens in der Küche, wobei von Harmonie keine Rede sein konnte. Obwohl es nicht geschneit hatte und der Winter vergleichsweise mild war, fror Katharina fast die ganze Zeit, was vermutlich am Hunger lag, der ihr ständiger Begleiter war. Zudem grollte sie Elisabeth, weil sie in Bezug auf die Sache mit dem Toten so unvernünftig entschieden hatte.

»Und wer entscheidet, was vernünftig ist? Du?«

»Nein, der gesunde Menschenverstand.«

»Und wenn wir uns mit der Polizei nun jede Menge Ärger ins Haus geholt hätten?«

»Und wenn wir uns gerade durch die Entsorgung der Leiche jede Menge Ärger ins Haus holen?« Katharina verzog das Gesicht, als sie am Zichorienkaffee nippte. »So etwas kommt immer irgendwie raus.«

»Solange sie kein Schild an die Leiche geheftet haben, wüsste ich nicht, wie«, widersprach Elisabeth.

»Man könnte sie beobachtet haben.«

»Dann wäre längst jemand hier gewesen, oder etwa nicht? Immerhin ist die Sache nun schon vier Tage her.«

Katharina antwortete nicht, sondern trank einen weiteren Schluck und schlug die Zeitung auf, um über den Verlauf der am zwanzigsten November begonnenen Nürnberger Prozesse zu lesen. Sie blätterte weiter. Am zehnten Dezember war die Universität in Köln wieder eröffnet worden. Na, das war doch schon mal was.

»Wo ist Georg?«, fragte Elisabeth, die offenbar beschlossen hatte, Katharinas Laune zu ignorieren.

»Arbeitet.«

Am Abend nach dem »Vorfall«, wie sie es inzwischen nannten, hatten sie beschlossen, sich zu duzen, wie sich das eben so ergab, wenn man ein Geheimnis teilte. Irgendwie war damit jede Distanz hinfällig geworden.

»Ich finde, Richard könnte uns wenigstens ein Weihnachtsessen stiften, wenn er schon schuld an dem Ganzen ist.«

In eben diesem Moment trat jener in die Küche, wirkte ausgeruht und vital, was Katharina an sich schon unverschämt fand. »Und ich finde«, sagte er, »ihr könntet Richard ein wenig dankbarer sein dafür, dass er sein Leben riskiert und Haus und Hof verteidigt hat.« Er sah über Katharinas Schulter in ihre Tasse. »Ist das Kaffee?«

Sie drehte sich von ihm weg. »Nein.«

»Möchtest du welchen?«

Katharina sah ihn skeptisch an, verengte die Augen leicht. »Und die Gegenleistung?«

»Dazu komme ich später.«

»Nein, danke«, sagte sie so vernichtend es ihr möglich war.

Richard lachte und wandte sich dem Kessel zu. Elisabeth war anzusehen, was sie dachte. *Warum sie und nicht ich?* Dabei war Katharina sich sicher, dass er keinerlei Absichten diesbezüglich hatte, er wollte sie ärgern, mehr nicht. Was nicht bedeutete, dass er Nein sagen würde, zeigte sie sich bereit, auf die Avancen einzugehen, aber das würde er wohl bei keiner Frau, die einigermaßen ansprechend aussah.

Während Katharina ihn beobachtete, wie er Wasser kochte, dachte sie, dass sie eine seltsame kleine Hausgemeinschaft waren. Die drei Frauen, zwischen denen langsam eine gewisse Vertrautheit keimte, der Bösewicht in Form von Richard, der seinen finsteren Geschäften nachging und keinen Hehl daraus machte, dass er – den derzeitigen brüchigen Frieden ignorierend – das Haus über kurz oder lang durch irgendwelche Gaunereien in seinen Besitz bringen und seine Schwägerin auf die Straße setzen würde. Und der Arzt, der vor vier Nächten dabei geholfen hatte, eine Leiche zu entsorgen, weil er ebenso wenig wie Richard die Polizei im Haus haben wollte.

Der Türgong zerriss den Gedankenfaden, und alle schreckten auf. Vermutlich würde das noch eine ganze Weile so gehen, ehe sie keine Angst mehr haben würden, dass bei jedem unerwarteten Läuten die Polizei vor der Tür stand.

»Bemüht euch nicht«, sagte Richard. »Aber versucht bitte, wer immer es auch ist, nicht weiterhin auszusehen wie verschrecktes Damwild.«

Inzwischen stellte Katharina fest, dass kalter Zichorienkaffee noch ekelhafter schmeckte als heißer. Sie schüttelte sich, stand auf und goss etwas heißes Wasser nach. Antonia hatte wie meistens eine Näharbeit im Schoß, Elisabeth knabberte an einer trockenen Scheibe Brot, Marie robbte auf dem Boden herum, und all das untermalte das stetige Ticken der Uhr.

Katharina hörte sich nähernde Stimmen und erstarrte. Schon tauchte Richard in der Küche auf, einen Ausdruck reiner Belustigung auf dem Gesicht. Ihm folgten Katharinas Eltern.

»Guten Morgen, Kind«, sagte ihre Mutter. Ihr Vater stand schweigend da und sah sich um.

Katharina legte die andere Hand an den Kaffeebecher, schöpfte Wärme in ihre klammen Finger. »Was macht ihr denn hier?«

»Begrüßt man so seine Eltern?«, fragte ihr Vater, kam zu ihr und gab ihr einen Kuss auf die Wange.

»Guten Morgen, Papa«, antwortete sie.

Nun erhoben sich auch Antonia und Elisabeth, die die Ankömmlinge mit einem Ausdruck von Erstaunen und Neugier gemustert hatten.

»Antonia von Brelow.«

Katharinas Mutter nahm den Namen durchaus wohlwollend zur Kenntnis. *Eine von uns.*

»Elisabeth Kant.«

»Sehr erfreut.« Huldvoll neigte Katharinas Mutter den Kopf. »Freya von Falkenburg. Mein Mann Wilhelm von Falkenburg. Das erste Weihnachten in Friedenszeiten wollten wir nicht allein verbringen, und da du«, sagte sie zu Katharina, »unabkömmlich bist und uns nichts hält außer dem großen, leeren Haus, dachten wir, wir kommen zu dir.« Sie wandte sich an Antonia. »Sie und Ihr Mann betreiben diese … Pension?«

Richard grinste.

»Nein«, antwortete Antonia rasch. »Ich betreibe sie. Herr von Brelow ist mein Schwager.«

»Ah ja?« Mit wohlwollendem Blick warf Freya von Falkenburg Richard einen Blick zu, und Katharina sah förmlich, wie es in ihr arbeitete. Männlich. Adlig. Jung. Attraktiv. *Untersteh dich, Mama.*

Richard schien denselben Schluss zu ziehen, denn sein Grinsen vertiefte sich.

»Nun, wir möchten nicht zur Last fallen. Wenn Sie ein Zimmer für uns hätten, bezahlen wir Sie natürlich.«

Antonia wirkte überrumpelt, aber ehe Katharina die richtigen Worte fand, sagte sie bereits: »Da findet sich sicher etwas. Seien Sie willkommen.«

Nun konnte Katharina nicht gut Einwände erheben, vor allem, da sie wusste, dass Antonia wegen Marie auf jede zusätzliche Einnahme angewiesen war. Und nach den Feiertagen würden sie doch sicher wieder abreisen, oder nicht?

»Oh«, sagte ihr Vater in dem Moment. »Und wer ist diese kleine Dame?« Marie hatte sich an seinem Hosenbein hochgezogen und sah ihn aus großen Augen an.

»Ach, *Herzchen*! Die ist ja *allerliebst*!« Freya von Falkenburg geriet regelrecht außer sich.

»Meine Tochter Marie.« Antonia ging zu ihr, um sie hochzunehmen, aber Katharinas Vater winkte ab.

»Lassen Sie nur. Ich mag Kinder, und sie werden so schnell groß. Unsereins bleibt da nur die Hoffnung auf Enkelkinder.«

Wieder Freya von Falkenburgs rascher Blick zu Richard. Jetzt reichte es.

»Setzen wir uns doch in den Salon«, sagte Katharina.

»Das ist eine gute Idee.« Ihre Mutter kramte in ihrer Tasche und zog einen Beutel hervor, aus dem ein verführerischer Duft aufstieg. Sie zwinkerte Katharina zu. »Ein kleines Weihnachtspräsent.«

»Habt ihr eure Kaffeevorräte gespart?« Katharina war gerührt.

»Nein, deine Mutter war auf dem Schwarzmarkt.«

»Pst, Wilhelm!« Freya von Falkenburg sah sich um, als befürchte sie, jemand von ihnen könne aus dem Raum stürmen und sie denunzieren.

Richard lächelte charmant. »Bei uns ist Ihr Geheimnis in besten Händen.«

Der Blick ihrer Mutter sagte deutlich, was sie gerne noch bei ihm in besten Händen sähe. Dann wandte sie sich an Antonia. »Sie und Herr von Brelow gesellen sich doch sicher gerne zu uns, nicht wahr?« Sie sah Elisabeth an, das Lächeln bekam etwas, das Katharina immer die Gutsherrenart nannte. »Mädchen, brüh uns den Kaffee auf und bring ihn bitte in – wohin sagtest du gerade?« Sie sah Katharina fragend an. »Salon? Gesellschaftszimmer?«

»Salon«, antwortete Katharina. »Und natürlich wird Elisabeth nicht den Kaffee für uns kochen.«

»Nein, geht nur«, sagte Elisabeth. »Ich mache das schon.«

Katharinas Mutter wirkte irritiert. »Oh, ich bitte um Verzeihung, ich dachte, Sie wären das Dienstmädchen.«

Katharina wollte im Boden versinken. »Antonia, bringst du meine Eltern bitte in den Salon? Ich koche eben den Kaffee.«

»Natürlich. Wenn Sie mir bitte folgen möchten?« Sie hob Marie hoch und ging voraus. Richard reichte Freya von Falkenburg galant den Arm und führte sie aus der Küche.

Katharina atmete tief ein und stieß die Luft in einem langen Seufzer wieder aus. Währenddessen war Elisabeth aufgestanden und füllte Wasser in den Kessel.

»Ich sagte doch, du musst das nicht machen.«

»Es ist kein Problem. Setz dich zu deinen Eltern, sie haben einen langen Weg hinter sich. Berlin, sagtest du, nicht wahr?«

Katharina nickte.

»Na dann, los.«

»Hör zu, es tut mir ehrlich leid.«

»Ist in Ordnung, wirklich. Auch wenn man einen Dr. Rathenau vermutlich schwerlich für einen Dienstboten gehalten hätte.« Elisabeth löffelte Kaffee in den Filter, und Katharina sah, wie sich ihre Nasenflügel leicht blähten, als sie den Duft einatmete.

»Mach für dich auch eine Tasse«, sagte Katharina.

»Ich …«

»Mach es, oder ich werde wirklich sauer.«

Elisabeth hob eine Braue, löffelte dann jedoch schweigend weiter und band den Beutel wieder zu. »Das reicht noch für die Feiertage, sogar, wenn jeder morgens eine Tasse trinkt. Und jetzt geh zu deinen Eltern, lass deine Mutter nicht zu lange mit Richard allein.«

Damit hatte sie auch wiederum recht. »Also gut. Du setzt dich zu uns, ja?«

»Ein Treffen der von und zu?« Elisabeth hob spöttisch die Mundwinkel. »Ich habe gesehen, dass es in diesem Haus eine Bibliothek gibt, Antonia sagte, die Bücher haben es recht gut überstanden. Bei uns zu Hause gab es nur selten mal ein Buch, und wenn, war es irgendein Kram wie *Der erste Deutsche* oder

Shylock unter Bauern. Und ganz beliebt bei meiner Mutter *Barb, Roman einer deutschen Frau.*« Sie lachte.

»Na dann, viel Vergnügen.« Katharina löste ihre Haare und band sie ordentlich wieder zusammen. Dann atmete sie einmal tief durch, verließ die Küche und ging in den Salon. Antonia saß in einem Sessel, Richard in dem anderen, ihre Eltern teilten sich das Sofa, während das zweite noch frei war. Katharina lächelte und ließ sich darauf nieder. Ihre Mutter neigte sich nach vorne und umfasste ihre Hand.

»Ach, Liebes, ich freue mich so. Wie lange haben wir uns nicht gesehen? Fünf Jahre?«

»Ich freue mich auch, Mama.«

»Wir hatten fünf Kinder«, wandte Freya von Falkenburg sich an Antonia und Richard. »Vier Jungen, ein Mädchen. Es ging bei uns oft wild zu, das können Sie mir glauben. Und manchmal dachte ich mir, was für eine himmlische Ruhe wohl einkehrt, wenn alle aus dem Haus sind. Tja, und nun sind drei tot, unseren Ältesten, Wilhelm junior, hat der Russe, und geblieben ist uns nur unsere Katharina.«

Unwillkürlich wurde dieser die Kehle eng, obwohl sie und ihre Brüder sich während des Erwachsenwerdens zunehmend auseinandergelebt hatten. Nur Wilhelm hatte sie sich nahegefühlt.

»Haben Sie Geschwister?«, fragte ihre Mutter.

»Nein«, antwortete Antonia.

»Nicht mehr«, antwortete Richard.

»Wie der Führer schon sagte«, warf Katharinas Vater nun ein. »*Gebt mir vier Jahre Zeit, und ihr werdet Deutschland nicht wiedererkennen.*« Er imitierte die schnarrende Stimme und das gerollte R nahezu perfekt.

»Wie sieht es zu Hause aus?«, fragte Katharina und bemerkte in diesem Moment, dass zu Hause immer noch in Berlin war.

Ihrem Vater war das wohl ebenfalls nicht entgangen, denn er lächelte kaum merklich.

»Es gibt seit Mai dieses Jahres einen Magistrat für Berlin, den hat die sowjetische Militäradministration bestimmt.«

»Sie leben in dem Teil Berlins, der von den Sowjets kontrolliert wird?«, fragte Richard.

»Ja. Aber es geht uns gut. Man hat nur den Eindruck, dass es unter den West-Alliierten ein stärkeres Gefühl des Zusammenhalts gibt. Hinzu kommt, dass der größte Teil der Berliner diese wiederum als Befreiung von den Russen sieht. Das gibt uns immer ein wenig das Gefühl, isoliert zu sein vom Rest der Stadt. Aber das wird sich gewiss legen, wenn wieder Ordnung eingekehrt ist.«

Ein einmütiges Nicken folgte, dann senkte sich Schweigen über den Salon, und jeder hing seinen eigenen Gedanken und Erinnerungen an den Krieg nach. Das leise Klappern von Geschirr löste die Stille auf, als Elisabeth mit einem Tablett – wo auch immer sie es ausfindig gemacht hatte – den Salon betrat. Auf dem Tablett standen eine Kanne und dazu passende Tassen aus Steingut.

»Ach, ich habe gar nicht daran gedacht«, sagte Antonia. »Ich habe ja auch richtiges Geschirr. Ehe ich abgereist bin, habe ich alles einpacken lassen.«

Einpacken lassen. Katharina konnte sich nicht so recht vorstellen, wie es hier gewesen sein mochte, als Antonia noch über Personal verfügte. »Wie viele Angestellte hattest du?«, fragte sie.

»Eine Haushälterin, zwei Zimmermädchen, eine Köchin, eine Magd und einen Chauffeur. Der Gärtner und die Wäschefrau kamen einmal die Woche.«

»Ja, das waren noch Zeiten.« Freya von Falkenburg nickte nachdenklich. »Geblieben ist uns nur die Hannelore, und ihr macht die Gicht zu schaffen.«

»Wie geht es ihr?«, erkundigte sich Katharina nach der Haushälterin, die schon das Zepter geführt hatte, als sie und ihre Brüder noch in den Windeln lagen.

»Gut, sie wird im kommenden Jahr siebzig.«

»Sie waren alle noch hier«, sagte Antonia wie in Gedanken, »als ich nach Königsberg gegangen bin. Und als ich zurückkam, waren sie fort, bis auf eine. Aber die ist dann auch gegangen.« Ihr Blick streifte Richard.

»Danke, meine Liebe«, sagte ihre Mutter, als Elisabeth den Kaffee einschenkte. »Entschuldigen Sie bitte das Missverständnis.«

»Keine Ursache.«

Katharinas Mutter lächelte wohlwollend. Dennoch lud sie sie nicht ein, sich dazuzusetzen.

Antonia stand im dunklen Zimmer am Fenster und sah in die Nacht hinaus. Die Trümmerberge in den Straßen waren graue Konturen in mondlichtberaubter Finsternis. Sie hatte den ehemaligen Gästesalon als Zimmer für Katharinas Eltern hergerichtet, und Richard hatte Matratzen hinübergebracht. Er war ausnahmsweise überaus zuvorkommend und erinnerte ein wenig an den Mann, den Antonia vor vielen Jahren zu kennen geglaubt hatte.

Am zwanzigsten Dezember war Marie ein Jahr alt geworden. Antonia hatte neben ihrem Bettchen gestanden und auf das Kind hinabgesehen. »Bis hierher haben wir es geschafft«, hatte sie gemurmelt und ihr die Hand auf das Bäuchlein gelegt, das sich hob und senkte. So vieles war inzwischen anders, aber geblieben war die Angst, dieses sanfte Heben und Senken einmal nicht mehr zu spüren. Der Moment des Verlustes klang immer noch in Antonia nach, der Anblick des leeren Wagens, und sie wusste nicht, was stärker in ihr widerhallte – die Verwirrung über die Intensität der Gefühle, die sie für dieses kleine Mädchen hegte, oder Ängste, die von einer Art gewesen waren, wie sie sie vorher nicht gekannt hatte.

Als sie die Augen schloss, stürmten sie wieder auf sie ein, die Bilder, die Schreie, aber dieses Mal tat sie nichts, um ihnen Einhalt zu gebieten. Der Schnee wirbelte in dichten Flocken vor ihnen her, nahm ihnen die Sicht. Antonia saß auf dem Kutschbock und hielt die Zügel des Pferdes – der Besitz mehrerer Generationen geschrumpft auf das, was in einen Wagen passte.

Schritte waren auf der Treppe zu hören, Antonia öffnete die Augen, und die Bilder zerstoben im nächtlichen Dunst, der spinnwebartig über die Straßen kroch. Es konnte nur Georg sein, der wieder einmal spät aus dem Krankenhaus kam. Unwillkürlich fragte sie sich, was das für ein Gefühl war, auf diese Weise gebraucht zu werden. *Sie können noch nicht gehen, ein Leben hängt davon ab.* Die Schritte erreichten die letzte Stufe und setzten sich gedämpft durch den Teppich über den Korridor fort.

Antonia schloss erneut die Augen, tauschte eine Finsternis gegen eine andere. Ein eisiger Wind trieb ihr den Schnee ins Gesicht, Tränen vereisten in ihren Wimpern, und in das stete Rauschen mischte sich das Weinen von Kindern. Dann ein kurzes Innehalten, ein Moment der Erholung, des Atemholens. Antonia wusste nicht, wann sie so recht begriff, was die Geräusche bedeuteten, die der Wind in Böen zu ihnen trug, der Lärm, die Schreie. Die junge Frau neben ihr presste die Hand um Antonias Arm, die bläulichen Lippen verzerrt vor Angst. »Jetzt kommen sie.«

TEIL 2

»Köln hungert!«

Kölner Stadtverordnetenversammlung am 18.7.1946
in einem Appell an die Weltöffentlichkeit

5

März 1946

Marie musste eingeschlafen sein, zumindest hatte ihr Wimmern aufgehört, und sie wirkte schwerer, was immer der Fall war, wenn sie schlief und wie ein Sack an Antonias Rücken hing. Seit zwei Stunden standen sie an der Bäckerei an, und Antonia hatte keine Hoffnung, dass sie es an diesem Tag noch zum Metzger schaffen würde. Sie setzte ihre eigenen Rationen bereits herab, um mehr für Marie zu haben und nicht gänzlich von Richard abhängig zu werden, aber das hatte zur Folge, dass ihr oft schwummrig vor Augen wurde, was kritisch war, wenn sie die Kleine trug.

Als nur noch fünf Leute vor ihr waren, sah sie Georg über die Straße auf sie zukommen. Er hob die Hand und winkte ihr zu.

»Hey, hinten anstellen, ja?«, blaffte eine Frau ihn müde an, als er sich zu Antonia gesellte.

»Ich möchte nichts kaufen.«

»Kann ja jeder sagen«, kam es von einer anderen Frau, die ein Kind vor der Brust und eins auf dem Arm trug.

»Ich warte draußen, versprochen.« Er lächelte, was die Frauen einigermaßen besänftigte.

»Was für ein netter Zufall«, sagte Antonia.

»Kein Zufall, du hattest gestern gesagt, dass du heute zum Bäcker gehst, und da ich gerade frei habe, dachte ich, ich schaue mal nach, ob du hier noch stehst.« Er strich Marie mit dem Finger über die Wange. »Soll ich die Kleine nehmen?«

Sie sah ihn an, zögerte. Er war der Einzige, der das Kind wahrnahm, auf eine Weise, die über die bloße Kenntnisnahme ihrer Existenz hinausging. Aber obwohl Antonia die Schultern schmerzten, antwortete sie: »Nein, sie ist gerade eingeschlafen. Dennoch danke.« Aus irgendeinem Grund wäre es ihr wie ein Verrat vorgekommen, das schlafende Mädchen jemand anderem zu geben.

Langsam rückte die Schlange weiter, und schließlich war Antonia an der Reihe und kam kurz darauf mit einem in Papier eingeschlagenen Laib Brot und einer Flasche Milch in ihrem Korb wieder hinaus.

»Aber den Korb darf ich dir abnehmen, ja?«, bot Georg an, der draußen gewartet hatte.

Antonia reichte ihn ihm, dann gingen sie in einträchtigem Schweigen die Straße entlang. Der Schnee lag auf Köln wie ein Leichentuch, hier und da zerrissen, so dass das graue Gerippe zum Vorschein kam. Als sie den Blick wandte, bemerkte Antonia Frau Bruhn auf der gegenüberliegenden Straßenseite. Da diese sie ebenfalls entdeckt hatte, konnte sie nicht einfach weitergehen. Sie fragte sich, ob man es ihr vom Gesicht ablesen konnte, die grausame Wahrheit um ihren Sohn, die sicher schuld an ihrer gramgebeugten Haltung war.

»Komm«, sagte sie. »Ich kann sie nicht einfach ignorieren.« Sie überquerte die Straße, ungeachtet dessen, ob Georg ihr folgte oder nicht.

»Frau von Brelow«, sagte die Ältere erfreut. »Wie schön. Ich habe vor einigen Tagen noch Ihre werte Schwiegermutter getroffen.«

»Wie geht es Ihnen?«, fragte Antonia, der die Worte nur schwer über die Lippen kam.

»Ach, mein Albert ist immer noch nicht wieder aufgetaucht.« Tränen traten der Frau in die Augen. »Ich weiß, man soll das Unheil nicht herbeireden, aber ich befürchte, ihm ist etwas zugestoßen.«

Antonia streifte Georg mit einem Blick, und wenn dieser bisher nicht gewusst hatte, wer das war, so schwante es ihm nun offenbar. »Frau Bruhn, das ist einer meiner Mieter, Dr. Rathenau«, stellte sie ihn ihr vor.

»Sehr erfreut«, sagte Georg.

Keiner von ihnen brachte die Floskel »Er wird schon wieder auftauchen« oder »Es wird alles gut werden« über die Lippen, und angesichts der kummervollen Haltung der Frau, ihrer feuchten Augen, der bebenden Unterlippe, kam Antonia sich klein und schäbig vor. Mit einem Satz hätte sie der Frau die grausame Ungewissheit nehmen können, aber das war ihr nun ja nicht mehr möglich, nachdem Georg, Richard und Elisabeth lieber eine Konfrontation mit der Polizei vermieden, als einer Mutter Gewissheit über den Verbleib ihres Sohnes zu geben.

»Er ist so ein guter Junge.« Frau Bruhn schluckte. »Sagte, er werde mir etwas zu essen besorgen. ›Mach nichts Verbotenes‹, hab ich noch gesagt. Aber er meinte, dass man ohne Verbotenes verhungern tät.« Sie rieb sich die Augen.

»Es tut mir sehr leid«, sagte Antonia mit starren Lippen.

»Ich weiß nicht mal, wer die Leute waren, mit denen er sich rumgetrieben hat.« Wieder wischte Frau Bruhn sich über die Augen. »Aber ich will Sie nicht aufhalten, mein liebes Kind.« Sie sah Marie an. »Was für ein reizendes Mädchen. Geben Sie gut auf sie acht.«

»Das werde ich«, versprach Antonia.

Georg tat einen tiefen Atemzug, während sie der Frau nachsahen, dann setzten sie ihren Weg fort, und dieses Mal war das Schweigen nicht einträchtig, sondern wog schwer zwischen ihnen, schuldbeladen, vorwurfsvoll.

»Sieh mal«, sagte er unvermittelt.

Hunderte von Kindern liefen singend Arm in Arm über die verschneiten Trümmerfelder. Notdürftig kostümiert und mit bemalten Gesichtern zogen sie über das, was einstmals stolze Straßen gewesen waren. Natürlich, dachte Antonia, es war der vierte März, Rosenmontag. Sie hatte mitbekommen, dass es im Vorjahr, im November, die ersten Karnevalssitzungen gegeben hatte, ein beinahe trotziges Nach-vorne-Blicken, das unter dem Motto lief: *Dä Kreeg eß am Engk, Uns Kölle ging drop. Funk, späu en de Hängk un bau widder op!* Offiziell hatte es geheißen, dass es keinen Rosenmontagszug geben würde, was angesichts der Not auch niemand erwartet hatte. Aber dieser Zug der Kinder war offenbar spontan geplant worden, und viele Passanten hielten inne, sahen ihnen zu, lächelten, wirkten bewegt. Gleich, wie viele Bomben auf Köln niedergegangen waren, die Liebe der Kölner zum Karneval hatten sie mitnichten wegbomben können.

»Wo gehen sie hin?«, fragte Antonia eine Frau, die neben ihr stand.

»Zum Gebäude der Allianz, heißt es.« Dort befand sich derzeit das Rathaus.

Nicht nur die Einheimischen beobachteten die Kinder, auch Soldaten und Offiziere standen an den Straßen und betrachteten den Zug durch die zerstörte Stadt.

»Magst du Karneval?«, fragte Antonia.

»Ich hatte nie viel damit zu tun. Bei uns in Insterburg wurde Karneval nicht so rege gefeiert.«

Antonia tat einen zittrigen Atemzug. »Ich dachte, du kommst aus München.«

»Dort bin ich geboren, aufgewachsen bin ich in Ostpreußen.«

»Wart ihr auch auf der Flucht?«

Es kam ihr vor, als musterte er sie eindringlich, und Antonia tat alles, um die Schreie, die wieder ihren Kopf füllten, zum

Verstummen zu bringen. Der Schnee. Es war so viel Stille unter dem Schnee. Sie atmete tief ein und aus.

»Meine Familie. Ich selbst war im Krieg«, antwortete Georg schließlich.

Antonia nickte, hielt den Blick starr auf die singenden Kinder gerichtet. *Sieh dich nicht um.* Dann senkte sie die Lider, sah auf ihre verschlungenen Hände. *Wecken die Ratten tatsächlich Begehrlichkeiten in dir?* Und dann war es wieder da, das Kribbeln im Rücken, Augen, die sahen, was sie nicht hätten sehen dürfen. Beinahe ruckartig wandte sie den Kopf zur Seite. Aber es waren nur Georgs frostgrüne Augen, die sie ansahen mit einer Mischung aus Besorgnis und etwas, das sie nicht so recht benennen konnte. Kurz erwiderte sie seinen Blick, dann drehte sie sich wieder zur Straße, betrachtete den Zug der Kinder und spürte, wie ihr Herz wieder ruhiger ging. Die Vergangenheit war ihr nicht bis hierher gefolgt.

»Himmel, ist das kalt.« Luisa rieb sich die Hände und zog die Schultern hoch.

Katharina sah den Dienstplan für die Woche durch und stellte fest, dass sie zwei Nachtdienste hatte. Sie massierte sich die Schläfen. In letzter Zeit ging es ihr gesundheitlich nicht gut, ständig war ihr schwindlig, und in ihrem Magen nistete ein dumpfer Hungerschmerz. Ihre Eltern waren bis Neujahr geblieben, und ihr Vater hatte recht schnell begriffen, von welchem Schlag Richard war. So hatte unter der Hand der eine oder andere Geldschein den Besitzer gewechselt, und es hatte zum Abschied ein vergleichsweise reichhaltiges Mahl gegeben mit Kartoffelbrot und Wurst aus Schwarzschlachtung. Da ihre Eltern die ganze Hausgemeinschaft eingeladen hatten – entgegen den Wünschen Antonias und Katharinas auch Richard –, war die Menge für jeden Einzelnen kaum dazu angetan, satt zu machen, dennoch war es das reinste Festmahl gewesen. Sie kannte den Hunger, daher wunderte Katharina sich, dass er ihr derzeit so zusetzte.

»Du arbeitest zu viel«, sagte Luisa.

»Unsinn, ich mache genauso viel wie immer.«

»Und irgendwann rächt sich das.«

Katharina schüttelte den Kopf. In letzter Zeit wirkte Luisa aufgeräumt und gut gelaunt, und Katharina argwöhnte, dass das etwas mit den Blicken zwischen ihr und dem nahezu doppelt so alten Chirurgen Dr. Hartmann zu tun hatte. Aber gut, wenn sie meinte, sie müsse so töricht sein, war das ihr Problem. Katharina mischte sich grundsätzlich nicht ein.

»Entschuldigst du mich?« Sie verließ das Schwesternzimmer und ging in den Hinterhof, wo sie eine Zigarette aus der Kitteltasche zog, sie anzündete und den Rauch inhalierte. Rauchen stillte den Hunger, das hatten viele Menschen in Köln bereits festgestellt, weshalb sie, versteckt auf Balkonen und in Gärten, Tabakpflanzen zogen. Bei Tabak war inzwischen nicht mehr die hochwertige Mischung entscheidend, sondern die Stärke.

Ein Mann schlenderte über den Hof auf sie zu, und es dauerte einen Augenblick, ehe Katharina ihn erkannte.

»Auf den Geschmack gekommen?«, fragte er.

Sie antwortete nicht darauf, sondern zog ein weiteres Mal. »Arbeiten Sie hier?«, fragte sie stattdessen.

Der Mann stellte sich zu ihr und nahm seinerseits eine Zigarette aus der Tasche. »Nein. Warum?«

»Weil wir uns zum zweiten Mal hier begegnen.«

»Das letzte Mal habe ich einen Freund besucht, der hier als Patient lag. Heute bin ich beruflich hier.«

»Sie sind einer der Handwerker?«

Er trat einen Schritt zurück und breitete die Arme aus. »Wirke ich tatsächlich wie ein Handwerker auf Sie?«

»Sie wirken auf mich wie ein Tagedieb, wenn ich ehrlich sein soll.«

Er grinste, als habe sie ihm ein Kompliment gemacht, und in seinen Augen tanzte ein Lachen. »Ich bin Journalist.«

»Na, ist ja fast dasselbe.«

»Halten Sie nicht viel von der Presse?«

»Kommt darauf an.«

Er ließ die Asche auf den Boden fallen und nahm einen tiefen Zug. »Ich berichte über die Tätigkeit der Krankenhäuser nach Kriegsende.«

Katharina nickte nur.

»Möchten Sie sich nicht mit mir unterhalten?«

»Ich bin nicht befugt, mit Ihnen über Patienten zu sprechen.«

»Ich möchte keine Details.«

»Dennoch.« Katharina ließ den Zigarettenstummel zu Boden fallen, trat ihn aus und war im Begriff, zurück ins Gebäude zu gehen.

»Und wenn ich nur ganz allgemein frage? Nach Ihrer Arbeit als Krankenschwester?«

Sie hielt inne. »Warum ausgerechnet mich?«

»Weil wir uns schon zweimal begegnet sind, das sehe ich als Wink des Schicksals.« Er zwinkerte ihr zu.

»Ich bin leider sehr beschäftigt.«

»Ich lade Sie zum Essen ein.«

Jetzt musste sie lachen. »Ach was? Ins Nobelrestaurant?«

»Lassen Sie sich überraschen.«

»Wer hat denn in diesen Tagen Essen zu verschenken?«

»Dieselben Personen, die Zigaretten zu verschenken haben.« Ein Lächeln umschattete seine Mundwinkel. »Nun kommen Sie. Was haben Sie zu verlieren?«

Katharina sah zu Boden, zog ihre dicke Strickjacke enger

um sich, obwohl ihr die Kälte bereits in den Knochen saß. Dann blickte sie auf, sah in die dunklen Augen, versuchte auszuloten, welche Absichten dieser Mann verfolgte. »In meinen Kreisen stellen Männer sich vor, wenn sie Frauen zum Essen einladen.«

»Carl von Seidlitz, zu Ihren Diensten, meine Dame.« Er machte eine übertriebene Verbeugung. »Alter preußischer Adel und überzeugter Pazifist.«

»Sie waren nicht an der Front?«

»Nur, wenn ich gerade mal nicht im Gefängnis war.«

Katharina stellte sich die Blicke ihrer Mutter vor. *Mama, das ist Carl von Seidlitz, alter preußischer Adel, Pazifist und Journalist, der mehr im Gefängnis war als auf dem Schlachtfeld.* Das gab den Ausschlag. »Also gut. Übernächste Woche Donnerstag, mittags um ein Uhr. Sie holen mich ab.«

Nun grinste er, sah sie an, als erkenne er eine Gleichgesinnte. »Na, wer sagt's denn. Aber noch so lange hin.«

»Ich bin eine beschäftigte Frau.

Wieder tanzte das Lachen in seinen Augen. »Das Warten ist es mir wert. Wo wohnen Sie?«

Sie nannte ihm die Adresse, und er pfiff anerkennend durch die Zähne. »Wie nobel.«

»So klingt es, aber ich wohne nur zur Miete bei Frau von Brelow.«

»Die von Brelows aus Königsberg?«

»Ja. Ich bin aber nicht mit ihnen verwandt, ich komme aus Berlin. Katharina Falkenburg.«

Er zog einen Block hervor und notierte sich alles. »Gut. Nächste Woche Donnerstag. Ich werde pünktlich sein.«

»Das hoffe ich doch.« Sie drehte sich um und ging zurück ins Krankenhaus. Unmerklich hatte sich ein kleines Lächeln auf ihre Lippen gestohlen, und für einen Moment schrumpfte das Leben zusammen in diesen kleinen Augenblick vibrierender Erwartung.

*

»Ich hoffe, der Schnee liegt nicht mehr lange«, sagte Elisabeth, während sie Steine in die wartende Lore legte.

»Macht auch keinen Unterschied«, sagte die Frau neben ihr. »Kalt ist es so oder so.«

Elisabeth trug Handschuhe, die ihre Fingerkuppen frei ließen und so gut wie keine Wärme spendeten. Immer wieder hielt sie inne, hob die Hände an den Mund und hauchte hinein. Sie war müde, und ihr tat der Rücken weh. Durch die Fensterlöcher wehten Schneeflocken hinein und legten sich pudrig auf die Trümmerteile. Ihre Fingerspitzen hatten eine bläuliche Färbung angenommen, und gleich, wie sehr sie sie aneinanderrieb, sie wurden nicht warm. Irgendwann wickelte sie ihren Schal darum, aber dann konnte sie die Steine nicht mehr richtig anfassen.

Vor zwei Tagen war die Leiche im Rhein gefunden worden. Richard hatte davon erzählt, als er abends heimgekommen war. »Das hat aber lange gedauert«, war sein einziger Kommentar zu der Sache gewesen.

»Vermutlich hing sie irgendwo im Schlick fest«, hatte Georg vermutet, und Elisabeth fragte sich, ob er tatsächlich so ruhig war, wie es den Anschein machte. Ihr selbst war schlecht geworden vor Angst, und sie musste nur daran denken, damit sich ihr erneut der Magen hob. Sogar Nigel war aufgefallen, dass sie etwas belastete, wenngleich er nicht weiter nachhakte, als sie ihm sagte, ihr fehle nichts.

Elisabeth rieb sich mit dem Ärmel über die Nase, schniefte und arbeitete weiter. Niemand war in Plauderstimmung, und so gaben sie einander schweigend die Steine an, indes die Dämmerung sich auf die Straßen senkte und Lampen aufgehängt wurden. Im Halbdunkel war nichts zu hören als das Klacken der Steine, das Hämmern von Spitzhacken und das Klopfen der Meißel, mit denen die Ziegel gereinigt wurden.

Als Elisabeth später auf die Straße trat, huschte eine Ratte vor ihr davon und verschwand im nächsten Hauseingang. Wer in den Kellerlöchern wohnte, hatte diese so gut es ging gegen den Schnee abgeschottet, und die Fensterlöcher der Häuser waren mit Holz oder durchweichter Pappe vernagelt. Verglichen damit konnte Elisabeth wohl von Glück sagen. Sie schniefte wieder, ihre Nase kribbelte und juckte. Da sie es an diesem Tag nicht geschafft hatte, würde sie am kommenden Morgen Lebensmittel einkaufen gehen, sie hatte nichts mehr außer einem Kanten Brot.

Sie schob die Hände in die Taschen und ging weiter, den Blick gesenkt, weil ihr im kalten Wind die Augen tränten. Den Schal hatte sie über den Kopf in die Stirn gezogen, um ihr Gesicht vor der Kälte zu schützen. Sie hätte gerne ein Fahrrad gehabt. Vielleicht würde Nigel dafür sorgen, dass sie eine Fahrraderlaubniskarte erhielt. Die war unbedingt notwendig, ansonsten wurde das Fahrrad sofort von der Militärregierung beschlagnahmt. Man durfte nur mit dem Fahrrad fahren, auf das die Karte ausgestellt war, was den Vorteil hatte, dass man einen Nachweis besaß, wenn es gestohlen wurde.

Eine Gruppe von Männern stand am Straßenrand, einer pfiff ihr hinterher. Sie ignorierte sie. Wenn wenigstens die Straßenbeleuchtung funktionieren würde. Elisabeth wohnte nun schon über ein halbes Jahr hier, aber im Dunkeln verlief sie sich dennoch gelegentlich. Als sie stehen blieb, um sich zu orientieren, rannte ein Junge in sie hinein, so dass sie fast das Gleichgewicht verlor.

»Pass gefälligst auf«, schimpfte sie.

»Verzeihung«, rief er und rannte weiter.

Elisabeth sah ihm nach, dann setzte sie ihren Weg fort. Im nächsten Augenblick erstarrte sie und fuhr rasch mit der Hand in die Tasche, in der sich die Mappe mit den Lebensmittelmarken befand. Nichts. Hastig griff sie in die andere Manteltasche, obwohl sie wusste, dass die Mappe dort nicht sein konnte, weil sie sie stets in die rechte Tasche steckte, die, die man mit dem Knopf verschließen konnte. Sie öffnete den nutzlosen Knopf und griff erneut hinein, als bestünde die Möglichkeit, die Marken beim ersten Mal verfehlt zu haben.

»Verdammt noch mal«, sagte sie schließlich und brach in Tränen aus.

»Antonia hat immer noch keine offizielle Nachricht über Friedrichs Verbleib?«, fragte Hedwig von Brelow. Sie hatte nachmittags überraschend vor der Tür gestanden, sehr zu Richards Missfallen.

»Nein, aber wir wissen vermutlich alle, dass er nicht wiederkommen wird.«

»Sobald es offiziell ist, müssen wir vorantreiben, dass das Haus an dich geht.«

»Wäre da nicht das Kind.«

»Der Bastard. Jeder weiß, dass das Kind nicht von Friedrich ist.«

Richard verschränkte die Hände hinter dem Rücken und sah in den schneebedeckten Garten hinaus. Derzeit war ihm die aktuelle Wohnsituation durchaus recht, auch wenn er plante, das Haus über kurz oder lang in seinen Besitz zu bringen, wobei er damit andere Pläne als seine Mutter hatte, die ihn offenbar als soliden Ehemann und Familienvater sah, der die Familienlinie fortführen würde. Allerdings hatte er derzeit ganz andere Sorgen. Seine bisherige Lieferroute für Fleisch erschien ihm zu unsicher in Zeiten, in denen Schwarzschlachtungen jede zweite Sitzung der Strafkammer des Oberlandesgerichts Köln beschäftigten. Drei Jahre Zuchthaus und eine Geldstrafe von dreizehntausend Reichsmark, da lohnte sich die Überlegung, ob die Gefahr den Gewinn wert war. Selbst wenn er sich herausredete und seine Beteiligung herunterspielte, drohte ihm noch ein Jahr. Ob er ganz umstellen sollte auf Zigaretten? Das war eine sichere Währung.

»Hörst du mir überhaupt zu?«

Er drehte sich um. »Ja, Mutter.«

»Kann man nicht wenigstens etwas tun, um ihre Horde gescheiterter Existenzen aus diesem Haus zu vertreiben, ehe sie es gänzlich zugrunde richten?«

»Einen Arzt und eine Berliner Adlige, die als Krankenschwester arbeitet, würde ich nicht gerade als gescheiterte Existenzen bezeichnen.«

»Und die Dritte? Da ist doch noch eine.«

Was gab es über Elisabeth zu sagen? Offiziershure und erfolglose Theaterschauspielerin? Richard stellte sich das schockierte Gesicht seiner Mutter vor und lächelte maliziös. »Kommt von einem Bauernhof.«

Hedwig von Brelow schnaubte verächtlich. »Hofft wohl hier auf das große Glück.«

»Tun wir das nicht alle?«

Sie schwieg. Vielleicht dachte sie, während sie in den Überresten des einstmals prächtigen Salon saß, an die Zeiten, als sie hier gelebt hatte. Nach Friedrichs Hochzeit war sie in eine eigene Wohnung gezogen – ein Erbe ihrer Mutter –, da sie nicht mit ihrer Schwiegertochter unter einem Dach leben wollte. »So etwas bringt nur Ärger«, hatte sie gesagt. Und das war zu einer Zeit gewesen, als sie Antonia noch gemocht und sie als großartige Partie angesehen hatte.

»Ich möchte sie hier alle raushaben, und ich möchte, dass das Haus wieder das wird, was es einmal war.«

Richard sah seine Mutter an und fragte sich, ob sie jeden Bezug zur Realität verloren hatte. Dachte sie wirklich, es könne jemals wieder so werden wie zuvor? Offenbar hielt sie verzweifelt an dem Glanz längst vergangener Zeiten fest, in denen es klare Strukturen gab, Arm und Reich, Adel und Bürgertum klar unterschieden wurden, Strukturen, die nun aufgebrochen waren in einer Welt, in der nichts mehr so war wie zuvor.

Als Richard seine Mutter kurz darauf in die Eingangshalle begleitete, hörte er, wie jemand unbeholfen mit dem Schlüssel im Schloss hantierte, und ging, um die Tür zu öffnen.

»Noch eine Sekunde länger, und ich erstarre zur Eissäule«, sagte Elisabeth, als sie eintrat. »Lieber Himmel, ich glaube, mir wird heute überhaupt nicht mehr warm. Meine Finger sind ganz steif gefroren.«

»Der Ofen in der Küche ist noch an.«

»Gottlob.« Elisabeth legte ihren Mantel nicht ab, sondern ging direkt in die Küche, wo sie sich vermutlich vor dem Ofen zusammenkauerte. Diese unselige Nacht im Dezember stand zwischen ihnen allen, die stetige Angst, die wie ein Damoklesschwert über ihnen hing. Und ja, Richard hatte durchaus Angst, auch wenn er das den anderen gegenüber niemals zugegeben hätte.

Seine Mutter sah Elisabeth nach, schüttelte missbilligend den Kopf und gab Richard dann einen Kuss auf die Wange. »Werde sie los«, sagte sie zum Abschied.

Loswerden. Selbst wenn Richard wollte, wäre das nicht einfach. Vielleicht hätte er mit den Frauen noch fertigwerden können, aber nun war Georg ebenfalls hier, und den vermochte er nicht zu durchschauen. Die Kälte, mit der er die Leiche entsorgt hatte, das Schweigen über seine Vergangenheit, die Art, wie er Antonia ansah – und mochte sie es auch nicht bemerken, er, Richard, bemerkte es durchaus. Nun war es nicht ungewöhnlich, dass Männer Antonia ansahen, aber es war nicht nur Begehren, sondern etwas, das sich dahinter verbarg und das Richard nicht zu enthüllen vermochte.

Er ging in die Küche, wo Elisabeth wie vermutet vor dem Ofen saß, die Hände nahe an der Ofenklappe, als wolle sie jedes bisschen Wärme heraussaugen. Ihre Augen waren rot umrandet, die Lippen immer noch bläulich von der Kälte. »Hast du geweint?«, fragte er.

»Und wenn schon.«

Richard ließ sich auf einem Stuhl nieder. »Was ist passiert? Hat dein Stecher dich versetzt?«

Sie fuhr auf, packte ein Kohlebrikett, und noch ehe Richard »Wehe dir!« ausstoßen konnte, hatte sie es nach ihm geworfen. Es verfehlte ihn knapp, traf dafür Antonia, die eben zur Tür hereinkam.

»Was ist denn hier los?« Ihr Blick fiel auf Elisabeth, die erfolglos versuchte, ihre Tränen wegzublinzeln, und schließlich mit dem Ärmel wütend über die Augen fuhr. Weinen erschien Richard immer ein furchtbar würdeloser Zustand.

»Ich weiß es nicht«, antwortete er. »Ich habe freundlich gefragt, was los ist, und sie ist zur Furie geworden.«

Kurz wirkte es, als wolle Elisabeth auf ihn losgehen, dann jedoch lehnte sie sich erneut an den Ofen.

»Was ist denn?« Antonias Stimme war weich geworden und stand in krassem Gegensatz zu dem Blick, den sie ihm zuwarf, während sie zu Elisabeth ging. »Ist etwas passiert?«

»Jemand hat die Mappe mit meinen Lebensmittelmarken gestohlen.«

»Ach …« Antonia zögerte, schien nach den richtigen Worten zu suchen. »Hattest du alle dabei? Hast du nun überhaupt keine mehr?«

Richard seufzte angesichts der hilflosen Frage. Elisabeth hingegen schüttelte nur den Kopf. Das war übel, der Monat war zwar über die Hälfte um, aber gute elf Tage hungern war nicht ohne.

»Was siehst du mich so an?«, fragte Richard. »Bin ich euer Versorger?«

Bei Verlust der Karten gab es keine Erstattung, das war bekannt. Töricht genug, nicht ausreichend darauf zu achten. Abgesehen davon würde Elisabeth bei aller Tragik der Ereignisse nicht vor Hunger sterben, dafür würde ihr Liebhaber schon sorgen. Nun jedoch wandte Elisabeth sich ihm zu, und die Art, mit der sie ihn ansah, behagte ihm nicht. *Hilf mir, oder ich verrate alles.* Verzweifelt genug wirkte sie. Und dann? Was sollte er mit ihr machen?

»Du siehst krank aus«, bemerkte er und versuchte zu ergründen, ob sich ihr Blick angesichts seiner vermeintlichen Sorge änderte. Tat er nicht.

»Nur eine beginnende Erkältung.«

»So etwas kann schnell ernst werden. Von einem Moment auf den anderen, das kennst du doch sicher. Und dann liegt man im Bett, ringt nach Luft, hat die Situation unterschätzt und ist tot.«

»Was redest du da?«, fragte Antonia. »Hast du den Verstand verloren?«

Elisabeth jedoch schien zu verstehen, presste die Lippen zusammen und drehte sich wieder zum Ofen.

*

»Natürlich müssen wir ihr helfen«, sagte Katharina, während sie ihr Haar zu einem Knoten aufsteckte und sich kritisch im Spiegel betrachtete. »Aber wir haben doch selbst kaum etwas.« Irgendwie war es ein seltsames Gefühl, wie sie da stand und sich zum Ausgehen fertig machte, während Antonia auf ihrem Bett saß und sich mit ihr unterhielt. Als würde sich die Uhr zurückdrehen zu Katharinas Jungmädchenjahren. Im Gegensatz zu damals war mit ihrer Garderobe jedoch kein Staat zu machen, aber wer konnte derzeit auch schon dergleichen von sich behaupten?

»Aber wir können sie doch nicht hungern lassen.«

»So weit wird es nicht kommen.«

»Seine Lebensmittelmarken zu verlieren ist eine Katastrophe, du siehst doch selbst täglich, wie schlimm es mit dem Hunger ist.«

Natürlich sah Katharina das. Menschen, ausgemergelt zu Haut und Knochen, Kinder mit eingefallenen Wangen und riesigen Augen. »Elisabeths Offizier wird sie wohl kaum sterben lassen. Die Menschen, die ich täglich sehe, haben oft niemanden, der sich um sie kümmert. Aber Elisabeth kann meine heutige Abendration haben, ich esse ohnehin außerhalb. Falls das kein leeres Versprechen war ...«

»Ach? Ein Arbeitskollege?«

»Nein, ein Journalist.« Der Türgong war zu hören. »Das wird er sein.«

Katharina verließ ihr Zimmer, gefolgt von Antonia. Aus der Halle war Richards Stimme zu hören.

»Kleinen Augenblick, ich sage Fräulein *von* Falkenburg Bescheid.«

Irgendwann würde sie den Kerl umbringen, und das wäre eher früher als später. »Ich bin schon da, mach dir keine Umstände«, beschied sie ihn kalt, als sie die Treppe hinunterkam.

»Guten Tag«, begrüßte sie Carl von Seidlitz, der in seinem langen Mantel und dem Haar, das ihm in die Stirn fiel, wie ein mondäner Herumtreiber wirkte.

»Guten Tag, Fräulein Falkenburg.«

Katharina ging an Richard vorbei zur Tür. »Gehen wir.«

Carl trat galant zur Seite, und sie ging mit ihm gemeinsam die Treppe hinunter, wobei sie es Richard überließ, hinter ihr die Tür zu schließen.

»Und wo geht es hin?«, fragte sie.

»Lassen Sie sich überraschen.« Ein Herrenrad stand an den Zaun gelehnt, und Carl deutete mit einer übertriebenen Verneigung darauf. »Der Chauffeur steht zu Diensten, meine Dame.«

Zuerst stieg er auf, dann setzte Katharina sich hinter ihn seitlich auf den Gepäckträger und legte die Hände um den Sattel.

»Sie können sich gerne an mir festhalten, wenn Sie möchten.«

»Hätten Sie wohl gerne.«

»Ein Nein wäre beleidigend, ein Ja unverschämt.«

»Und ein ›Es ist mir gleich‹ fast noch schlimmer.«

»Eine fürchterliche Zwickmühle.« Er drehte den Kopf und zwinkerte ihr zu, wobei sein Blick keinen Zweifel daran ließ, welche Antwort ihm genehm gewesen wäre.

Katharina lachte. »Jetzt fahren Sie schon los.«

Während der Fahrt konnten sie sich nicht unterhalten, und so genoss Katharina es einfach, sich fahren zu lassen. Sie sah Frauen, die auf den Trümmern gemeinsam kochten, andere, die Ketten bildeten und Steine von Hand zu Hand reichten, Männer, die voll beladene Schubkarren durch die Straßen schoben. Kinder spielten lachend Fangen zwischen den Ruinen. Als Kind hätte sie es vermutlich herrlich gefunden, das Fehlen von Ordnung und Struktur, die Masse an abenteuerlichen Verstecken, bei denen sie sich nicht darum geschert hätte, dass diese jederzeit über ihren Köpfen zusammenstürzen konnten. Erst am Vortag hatte Katharina wieder ein Kind behandelt, dessen Bruder eine Granate in der Hand explodiert war. Das Kind hatte schwere Verbrennungen, aber wenigstens hatte es, im Gegensatz zu seinem Bruder, überlebt.

Der Dom kam in Sicht, um ihn herum verbrannte Erde. Carl verlangsamte die Fahrt, bremste ab, und Katharina stieg vom Fahrrad. An einem Baum, der traurig sein kahles Geäst in den Himmel reckte, stellte Carl das Fahrrad ab, legte eine Kette um die Räder. Dann schulterte er seine Tasche, und gemeinsam spazierten sie hinunter zum Rhein. Über ihnen wölbte sich das Gerüst der Hohenzollernbrücke. Aus dem von einem leichten Wind gekräuselten Wasser ragten Überreste der Brücke, ineinander verschlungener Stahl, der wirkte, als klammerte er sich ans andere Rheinufer. Oberhalb der zusammengebrochenen Deutzer Brücke führte eine hölzerne Pfahljochbrücke ans andere Ufer, die McNair-Brücke, eine behelfsmäßige Lösung, die längst an ihre Grenzen geraten war. Anfang des Jahres hatte man sie aufgrund der Auskolkung der Pfähle für den Fahrverkehr gesperrt.

Carl wischte Schnee von der Kaimauer und legte ein Tuch darauf. »Darf ich Sie bitten, Platz zu nehmen, meine Dame?«

»Aber nur zu gerne«, ging Katharina auf sein Spiel ein und ahmte den Tonfall jener Kreise nach, in denen sie beide offenkundig erzogen worden waren.

Nun setzte sich auch Carl und entnahm seiner Tasche ein in Papier gewickeltes Brot sowie eine Dose, die kalten Braten enthielt. Katharina traute ihren Augen nicht. »Wo, um alles in der Welt, haben Sie das her?«

»Berufsgeheimnis.« Mit einem Messer schnitt er eine dicke Scheibe Brot ab und belegte sie großzügig mit Braten. »Greifen Sie zu.«

Katharina nahm das Brot entgegen. »Grundgütiger, das gibt es doch nicht.«

»Sie brauchen nicht höflich zu warten.« Carl grinste.

»Noch habe ich meine Manieren nicht vergessen.« Aber es fiel ihr schwer, was vermutlich nicht zu übersehen war. Als sie schließlich hineinbiss, kam es ihr vor, als habe sie nie zuvor größeren Hunger gelitten als in diesem Moment. Und nie zuvor etwas gegessen, das köstlicher schmeckte. Sie hätte gerne langsam gekaut und jeden Bissen genossen, aber es war ihr einfach nicht möglich, und so schlang sie das Brot wenig damenhaft hinunter. Carl reichte ihr das nächste. Er schien es wenig eilig zu haben mit dem Essen, aber jemand, der so etwas zu verschenken hatte, kam sicher auch sonst nicht zu kurz. Der Braten reichte noch für eine dritte Scheibe Brot für sie und eine zweite für ihn.

»So gut habe ich seit Langem nicht gegessen«, sagte Katharina mit einem Seufzer. Carl reichte ihr eine Flasche Wasser, aus der erst sie und dann er trank.

»So, kommen wir zum gemütlichen Teil.«

Katharina hob die Brauen.

»Nein, *so* gemütlich nicht. Noch nicht.«

»*Noch* nicht?«

Er lächelte ein wenig anzüglich, dann stand er auf. »Mögen Sie Kaffee?«

»Ja, sehr.«

»Gut, dann hole ich uns einen, und danach unterhalten wir uns, ja?«

An einem Stand wurden Heißgetränke verkauft, und während Carl darauf zusteuerte, beobachtete Katharina ihn. Es war ein seltsames Gefühl, mit einem Mann auszugehen, eine Art von gesellschaftlichem Umgang, der ihr fremd vorkam. Vor dem Krieg war sie Männern innerhalb der eng gesteckten Kreise ihrer Schicht begegnet. Während des Krieges hatte sie alle Arten von Männern kennengelernt, hatte sie vor Schmerzen schreien gehört, weinend, während sie starben, hatte höfliche Männer kennengelernt und Männer, die fortwährend darin gehindert werden mussten, dass ihre Hände sich bei Untersuchungen auf verbotenen Pfaden bewegten.

Aber einfach zwanglos ausgehen, beisammensitzen – das war neu. Mit kumpelhafter Kameradschaft konnte sie umgehen. Auch diese Art versteckten Begehrens, die Sicherheit, mit der Carl von Seidlitz davon auszugehen schien, dass sie ihm über kurz oder lang erliegen würde – selbst damit hätte sie umgehen können. Nicht umgehen konnte sie jedoch mit den Gefühlsverwirrungen, in die sie das stürzte. Bei Richards Anzüglichkeiten konnte sie ein klares Nein vorbringen. Bei Carl fragte sie sich, ob sie sich bei einem Nein nicht selbst belog. Dabei kannte sie ihn doch gar nicht.

Er kam mit zwei Bechern zurück, aus denen der Dampf aufstieg. Vorsichtig reichte er ihr einen, ehe er sich wieder setzte. Katharina legte die Hände um den Becher, spürte die kribblige Hitze in den Fingerspitzen.

»Wie kamen Sie eigentlich dazu, Krankenschwester zu werden?«, fragte er.

Katharina nippte an dem Kaffee und verbrannte sich die Oberlippe. Nachdenklich sog sie sie zwischen die Zähne und sah auf den Rhein, als sei die Antwort dort zu finden. »Als der Krieg ausbrach, war ich zweiundzwanzig. In meinem Leben ging es immer nur um Oberflächlichkeiten, die richtigen Leute kennenlernen, den richtigen Mann finden …« Erneut nippte sie an dem Kaffee. »Ich wollte mich nicht damit abfinden, dass es nichts gab, das ich hinterlassen konnte. Wenigstens einen kleinen Fußabdruck meiner Existenz … Ich bin nicht sehr kreativ, es war also nicht zu erwarten, dass ich eine bedeutende Schriftstellerin würde. Und Musik … na ja, ein wenig auf dem Klavier klimpern. Eine Karriere als Komponistin oder Sängerin schied also auch aus.« Sie atmete den Dampf, der aus dem Becher aufstieg, spürte, wie ihre Nase warm wurde, spürte Feuchtigkeit auf der Oberlippe. »Und dann kam der Krieg.«

»Ihre Eltern waren so ohne Weiteres einverstanden?«

»Ohne Weiteres sicher nicht. Aber ich konnte es ihnen als dringend notwendigen Dienst am Vaterland verkaufen. Und sie würden sich für meine Brüder doch auch wünschen, dass sie von fähigen Krankenschwestern betreut würden. Mein Vater hatte schließlich keine Einwände mehr, und da musste meine Mutter mitziehen.«

»Und nach dem Krieg …«

»… wusste ich, dass ich in mein altes Leben nicht mehr zurückkehren konnte.«

»Das kann ich gut verstehen.«

»War es bei Ihnen ähnlich?«

»Nein, meine Eltern waren sehr regimekritisch.«

»Und was hat Sie nach Köln verschlagen?«

»Meine Familie lebt hier. Ursprünglich kommen wir aus Westpreußen, vor rund zweihundert Jahren ist die Familie in den Taunus gezogen, aus welchen Gründen auch immer. Und meine Urgroßeltern haben sich schließlich in Köln niedergelassen.«

Katharina trank den Kaffee aus und stellte den Becher auf die Mauer. »Ich komme aus Berlin.«

»Da sind Sie jetzt aber weit weg von zu Hause.«

»Ja, das ist mir recht.«

»Ich habe in letzter Zeit eher kleine Berichte geschrieben über Diebstähle und den Schwarzmarkt. Aber das ist nicht das, was ich machen möchte. Viel lieber würde ich die Missstände aufdecken, die dazu führen, dass Menschen Mundraub begehen. Wussten Sie, dass hier vornehmlich auf Wohngebiete gebombt wurde, um die Zivilbevölkerung zu demoralisieren? Es heißt, über den Wohngebieten seien siebenmal so viele Bomben abgeworfen worden wie über Wirtschaftsbetrieben. Die Menschen wollen nicht verhungern, also – was bleibt ihnen übrig?« Zwischen seinen Brauen hatte sich eine kleine Falte gebildet, fort war das tanzende Lachen in seinen Augen, das unbekümmert Dandyhafte. Er wirkte nun eher wie ein Mann, der sich mit geballten Fäusten den Kommunisten anschloss. Dann entspannte sich seine Haltung wieder, und ein Lächeln weichte die harten Konturen ein wenig auf. »Aber kommen wir auf das Krankenhaus zurück. Erzählen Sie mir doch ein wenig von Ihrer Arbeit.«

Das tat Katharina, so gut es ging, ohne auf einzelne Patienten einzugehen. Carl machte sich Notizen auf seinem Block, hob immer wieder den Blick und sah sie aufmerksam an, hakte mit der einen oder anderen Frage nach und schrieb in einer Schnelligkeit, dass Katharina sich fragte, ob er das Geschriebene überhaupt würde entziffern können. Sie würde es nicht können, stellte sie fest, als sie einen Blick auf den Block erhaschte.

»Stenographie«, erklärte er.

»Das wollte ich auch mal lernen, als ich noch dachte, Büroarbeit könne mein Ausweg sein.« Ein leises Kältezittern hatte sich in ihre Stimme geschlichen, und sie rieb sich die Oberarme.

»Gehen wir doch ein wenig spazieren«, schlug er vor. »Wenn wir hier noch lange sitzen, frieren wir vermutlich auf der Mauer fest.« Er stand auf, räumte Tuch und Dose in die Tasche zurück und nahm die Becher, um sie am Stand abzugeben.

»Arbeiten Sie mit Dr. Walter Hansen zusammen?«, fragte er, während sie in Richtung der nördlichen Altstadt gingen.

»Hmhm.«

»Er hatte ebenfalls eine sehr bewegte Vergangenheit.«

»Lassen Sie mich raten. SS-Offizier? KZ-Arzt?«

Carl von Seidlitz hob verblüfft die Brauen. »Wie kommen Sie denn darauf?«

»Passen würde es zu ihm.«

»Dann kennen Sie ihn wohl nicht sehr gut?«

»Ich habe das Vergnügen, mit ihm zu arbeiten. Das reicht.«

»Er war im Widerstand, ebenso wie ich.«

Damit hatte Katharina nun nicht gerechnet. »Sie kennen sich?«

»Einigermaßen gut.«

»Ach…« Im Geist überschlug sie, ob man ihr das, was sie gesagt hatte, irgendwie nachteilig auslegen konnte. Nazischerge war nicht gerade eine schmeichelhafte Bezeichnung für einen ehemaligen Widerstandskämpfer.

»Keine Sorge.« Carl von Seidlitz feixte. »Meine Lippen sind versiegelt.« Er zündete sich eine Zigarette an. »Ich vermute, es funktioniert nicht so gut mit Ihnen beiden?«

Katharina zuckte mit den Schultern und nahm die Zigarette, die er ihr reichte. Sie neigte den Kopf vor und ließ sich Feuer geben.

»Lassen Sie mich raten. Er denkt, Sie seien eine verwöhnte Adelstochter, die von zu Hause ausgebrochen ist und ihre romantischen Träume von Florence Nightingale in die Tat umsetzt.«

»Vermutlich so in der Art. Gesagt hat er das nie.« Nur spüren ließ er sie es.

»Mich mochte er auch nicht. Ich war für ihn ein verwöhntes adliges Bürschchen, das Abenteurer spielt. Und da war ich schon älter als Sie jetzt.«

»Das muss bitter gewesen sein.«

»War es.«

»Wenn Sie ihn kennen, warum sprechen Sie nicht mit ihm für Ihren Artikel?«

»Ich war tatsächlich auf dem Weg zu ihm, als ich Sie gesehen habe. Und da schien es mir mit Ihnen unterhaltsamer.«

»Ach?«

Er lächelte entwaffnend, was eine irritierende Wirkung auf ihren Herzschlag hatte. Sie verschränkte die Arme vor der Brust und ging schweigend weiter. Zu ihrer Rechten tobten Kinder, denen mitten auf den Trümmern ein Spielplatz errichtet worden war, indem man einen Eisenträger als Rutschbahn quer über einen Haufen Schutt gelegt hatte.

»Man kann sich kaum vorstellen, dass es hier jemals wieder normal aussehen wird«, sagte Carl.

»Zumindest haben wir den Trost, dass derart eindrückliche Bilder nie vergessen werden, ebenso wenig wie das, was dazu geführt hat.«

»Hoffen wir es.«

Schweigend gingen sie durch die Straßen, wo noch traurige Reste des kargen Weihnachtsschmucks hingen.

»Hier in der Nähe wohne ich übrigens«, sagte Carl. »Am Kaiser-Friedrich-Ufer.«

»Zu Ihren Gunsten lege ich das als reine Konversation aus und nicht als versteckte Einladung.«

Er lachte. »Nehmen Sie es als nützliche Information. Man kann nie wissen, wann Sie sie brauchen.«

Langsam schlenderten sie zurück zum Dom, und Carl stellte seine Tasche in den vorne am Fahrrad angebrachten Korb. Katharina nahm wie bereits auf dem Hinweg Platz auf dem Gepäckträger und ließ sich nach Hause fahren. Als sie am Eingangstor der Villa standen, dämmerte es bereits.

»Vielen Dank«, sagte sie. »Es war sehr schön.«

»Für mich auch. Auf bald, hoffe ich.«

Sie beließ es bei einem Lächeln, das offenließ, worauf er hoffen durfte. An der Tür drehte sie sich noch einmal um, winkte ihm zu und betrat das Haus.

Auf der Treppe kam ihr Richard entgegen. »Na, das selige Lächeln lässt vermuten, die Mühe hat sich für ihn gelohnt.«

Georg betrachtete Elisabeth kritisch. »Du hast Fieber«, diagnostizierte er.

»Ach?« Ihre bleichen Wangen waren fiebrig rot gefleckt, aber dennoch wirkte sie weniger elend als noch drei Tage zuvor. Der Zorn über den Diebstahl und den Verlust ihrer Lebensmittelkarten war inzwischen stärker als die Verzweiflung. Wieder stand sie dicht vor dem Ofen und schöpfte die Restwärme.

»Warst du arbeiten?«, fragte er.

»Natürlich. Immerhin bekomme ich dort eine heiße Suppe. Aber sie haben mich früher heimgeschickt, weil mir so schwindlig war.« Ihr blondes Haar war inzwischen schulterlang und ringelte sich in hübschen Locken um ihre Wangen. Resolut strich sie es zurück und band es mit einem Gummiband zusammen. »Ich ärgere mich über mich selbst. Mich so überrumpeln zu lassen. Diese Art von Diebstahl ist nun wahrhaftig nicht neu.«

»Niemand denkt bei einem Zusammenstoß sofort an einen Dieb.«

»Na ja, ich schon, aber eben zu spät.« Sie seufzte.

Georg verließ die Küche und ging die Treppe hinauf. Der Zeitungsbericht über den Leichenfund im Rhein drückte ihm aufs Gemüt. Man würde den Mann obduzieren, um die Todesursache herauszufinden. War er ertrunken? Erschlagen und dann im Rhein entsorgt? Oder beim Sturz in den Rhein mit dem Kopf unglücklich aufgeschlagen und dadurch gestorben?

Georg dachte an den Obdachlosen. Wenn sich die zweite Theorie erhärtete, konnte das Ärger für ihn und Richard bedeuten. Großen Ärger. Aber das war es nicht, was ihm am meisten Sorge bereitete. Was, wenn der Mann nicht tot gewesen war? Wenn er und Katharina sich geirrt hatten? Was, wenn er ertrunken war? Würde er damit leben können?

Die Tür zum Salon stand offen, und Georg sah Antonia auf dem Boden sitzen, um sich herum leinene Laken, die sie zerschnitt. Unwillkürlich hielt er Ausschau nach Marie, die ebenfalls auf dem Boden saß und hingebungsvoll Wolle auseinanderzog.

»Auch eine schöne Art der Beschäftigung«, sagte er und nickte dem Kind zu.

Antonia blickte auf und stieß einen Laut des Erschreckens aus. »Ach, Marie. Was soll das denn?« Sie ging zu dem Kind und wand ihm die Wolle aus den Fingern, was gar nicht so einfach war, denn Marie schien keineswegs einzusehen, dass sie das Spielzeug hergeben sollte. Antonia versuchte, die Finger auseinanderzubiegen und sie von der verhedderten Wolle zu befreien, während Marie schreiend dagegen ankämpfte.

»Soll ich es versuchen?«, bot er an.

Antonia ließ Maries Hände los, stand auf und trat einen Schritt zurück. »Bitte. Nur zu.«

Unter Maries argwöhnischen Blicken ging er in die Knie. »Na, was hast du da?«

So leicht ließ sie sich nicht überlisten, und Georg griff nach dem Wollknäuel, wickelte es auf, so weit es ging, und legte es dann neben sich ab. Entschlossen griff Marie danach. Georg setzte sich in den Schneidersitz und entwand es ihr, während er sie am Bauch kitzelte. Kichernd ließ Marie das Knäuel los. Spielerisch schaffte er es, die Fäden von ihren Fingern zu lösen. Als Marie klar wurde, dass sie gerade um ihr Spielzeug betrogen wurde, wollte sie danach greifen, aber Georg war schneller und brachte das Gewirr von Wolle aus ihrer Reichweite. Das Protestgebrüll ließ nicht lange auf sich warten.

»Du hast mehr Geduld als ich«, sagte Antonia.

»Nein, ich habe nur seltener mit Kindern zu tun, da ist es leicht, geduldig zu sein.«

Antonia nahm ihm die Wolle aus den Händen, wobei ihre Finger die seinen streiften. Wie jedes Mal löste es widerstreitende Gefühle in ihm aus, ihr so nahe zu sein. Und ein nicht geringer Teil davon war der Tatsache geschuldet, dass er so lange keine Frau mehr gehabt hatte. Das war ihm durchaus bewusst.

»Welcher Tätigkeit geht Richard eigentlich offiziell nach?«, fragte er übergangslos.

»Lug und Betrug.«

»Wird es nicht auffallen, wenn er nie Essen über Lebensmittelmarken bezieht? Und als junger Mann erwerbslos ist?«

»Oh, er macht das ganz geschickt. Offiziell lebt er als Kriegsversehrter bei seiner Mutter. Und die wiederum bekommt Karten als arbeitende Frau, weil sie eine Arbeit als Sekretärin bei Ford angenommen hat, allerdings ohne feste Arbeitszeiten. Meist geht sie für halbe Tage hin, entweder vormittags oder nachmittags.« Die Ford-Werke waren von den Alliierten verschont worden, lediglich einige abziehende deutsche Truppen hatten mit ihrer Artillerie ein paar rudimentäre Schäden angerichtet.

Georg nahm Maries Händchen und half ihr, sich auf die Beine zu stellen. Stehen konnte sie inzwischen ohne Hilfe, nur mit dem Laufen haperte es. Ein paar Schritte, dann plumpste sie hin, was sie jedoch nicht entmutigte. Sie stellte sich auf alle viere, hob das Hinterteil hoch, balancierte den Oberkörper in eine aufrechte Haltung und machte erneut Versuche, auf Antonia zuzulaufen. Dieses Mal schaffte sie es, sich in ihre Arme zu werfen, ehe sie hinfiel.

»Sie macht sich gut«, sagte er.

»Ja, ich bin auch froh darum.«

»Es muss schwer gewesen sein – die Flucht mit einem so kleinen Kind.« Er beobachtete, wie sich ihre Miene augenblicklich verschloss und Antonia eine Distanz zwischen sie brachte, als habe sie eine unsichtbare Mauer hochgezogen. »Ich befürchte oft, es wird viel zu wenig gewürdigt, was die Frauen durchgemacht haben.«

Antonia antwortete nicht, aber er bemerkte am Heben und Senken ihrer Brust, dass ihr Atem schneller ging.

»Es tut mir leid«, sagte er. »Ich wollte nicht taktlos sein.«

»Das bist du nicht.«

Er streckte die Arme nach Marie aus, und diese lachte ihn an und beugte sich ebenfalls zu ihm. Nach kurzem Zaudern ließ Antonia es zu, dass er sie ihr abnahm.

»Sie mag dich«, sagte sie, und noch immer kam Georg diese Vertrautheit zwischen ihnen ungewohnt vor. Aber ihnen allen wäre es seltsam vorgekommen, auf höflicher Distanz zu bleiben, wenn man neben dem täglichen Leben ein so großes Geheimnis teilte.

»Die Leiche wird obduziert«, sagte er übergangslos.

»Davon habe ich gehört.«

»Und wenn er nun ertrunken ist?«

Sie musterte ihn schweigend. »Dann wirst du feststellen müssen, dass es sich auch mit dieser Seelenpein irgendwie weiterleben lässt.«

Marie wurde zappelig, und er setzte sie auf den Boden.

Es gab einiges, mit dem er irgendwie weiterleben musste, aber bisher war nichts davon sein Verschulden gewesen. Nie zuvor war er leichtsinnig mit Menschenleben umgegangen. Und die Dinge, die ihn aus der Vergangenheit verfolgten – vor dem Gesetz mochten diese als Verbrechen interpretierbar sein, aber er hatte sie nie als solche betrachtet.

»Aber«, sagte Antonia schließlich in das Schweigen hinein, »vielleicht sind diese Überlegungen ja auch müßig.«

»Das hoffe ich. Und ich danke dir, dass du mir nicht gnadenlos unter die Nase reibst, wie vernünftig und überlegt wir die Sache hätten aus der Welt räumen können.«

Sie lächelte zaghaft. »Du hattest Gründe, nehme ich an.«

Georg senkte den Blick auf Marie, die sich an seinem Hosenbein hochzog. »Ja«, sagte er schließlich. »Ich hatte Gründe.«

Elisabeth fuhr sich mit der Hand über die fiebrige Stirn und fühlte sich auf dem Weg die Treppe hinunter etwas wacklig auf den Beinen. Sie hatte gehört, wie Katharina heimgekommen war, die leichten Schritte auf der Treppe. Georgs raschen Schritt, als er hinuntereilte, um das Haus zu verlassen. Wo Antonia war, wusste sie nicht, aber da es inzwischen auf sieben Uhr zuging, brachte sie vermutlich Marie zu Bett.

Als sie in der Eingangshalle stand, sah sie sich dennoch nach ihr um, suchte einen verräterischen Lichtschimmer unter dem Türspalt zum Salon und ging zur Kellertür, die sie vorsichtig aufzog. Im Vorbeigehen warf sie einen kurzen Blick in die Küche, aber auch dort herrschte dunkle Stille. Elisabeth tastete sich am Geländer entlang die Treppe hinunter. Sie hatte keine Ahnung, ob Richard überhaupt da war, aber da sie auch nicht gehört hatte, wie er das Haus verließ, standen die Chancen nicht schlecht.

Eine milchig gelbe Linie unter der Tür zeigte ihr, dass ihre Ahnung sie nicht getrogen hatte. Sie senkte die Türklinke langsam und drückte die Tür auf. Richard stand in der Mitte des Raumes. Und die Art, in der er sie ansah, ließ darauf schließen, dass sie nicht gerade den besten Zeitpunkt gewählt hatte, sein geheimes Reich zu betreten. Elisabeth schloss die Tür wieder und lehnte sich mit dem Rücken dagegen.

»Offenbar muss ich mein Verbot etwas nachdrücklicher formulieren«, sagte Richard.

»Ich möchte mit dir zusammenarbeiten«, antwortete Elisabeth.

Richard starrte sie ungläubig an, dann lachte er. »Für die Art, in der du bisher deinen Lebensunterhalt verdienst, habe ich derzeit keinen Bedarf, vielen Dank.«

»Die Trümmer deiner Existenz musst du schon selbst beseitigen, dabei kann ich dir leider auch nicht helfen«, entgegnete sie, ihn absichtlich missverstehend. »Ich will dir *hierbei* helfen.« Mit dem Kinn deutete sie in den Raum hinein.

»Wie willst du mir helfen? Lieferanten treffen? Verhandeln? Bei Nacht Fleisch aus Schwarzschlachtungen zu den Käufern schaffen?«

»Du machst doch nicht alles allein, oder?«

»Ich habe ausreichend Leute.«

»Und wer macht deine Buchhaltung?«

»Ich selbst.«

»Lass mich das übernehmen.«

Er maß sie mit einem abschätzigen Blick von Kopf bis Fuß. »Danke, aber dafür braucht es mehr als das Grundschuleinmaleins.«

»Ich habe Wirtschaften gelernt, und ich kann mit Zahlen umgehen.«

Richard hob die Brauen. »Ach, sag bloß?«

Wieder fuhr Elisabeth sich mit der Hand über die Stirn. Ihr war schwindlig. »Meine Eltern haben mich das alles lernen lassen, damit ich später einmal auf einen der reichen Bauernhöfe heiraten kann. Sie wollten, dass ich es mal besser habe.«

Richard sah sie voller Erstaunen an. »Na, da hast du ja in der Tat alle Erwartungen erfüllt. Ein englischer Liebhaber, Trümmerfrau und ein unbeheiztes Zimmer, das du mit Liebesdiensten bezahlst.«

Einen Moment lang schwieg Elisabeth, sah an Richard vorbei zur Wand. »Du weißt doch gar nicht, warum ich das getan habe.«

»Was erhoffst du dir davon, für mich zu arbeiten?«

Elisabeth blinzelte den Schwindel weg. »Ich möchte unabhängig sein.«

»Du wärst von mir abhängig.«

»Ja, aber auf eine andere Art und Weise.«

»Nicht unbedingt auf eine vorteilhaftere.« Richard ließ sich auf einem hohen Hocker nieder und betrachtete sie aufmerksam.

»Die Entscheidung kannst du mir überlassen.«

Richard nickte nur. »Ich bezahle nicht mit Essen.«

»Ich weiß.«

»Also falls du denkst, dass du dich hier durchfuttern kannst, wenn du wieder mal deine Lebensmittelkarten verlierst, sage ich dir direkt: Daraus wird nichts.«

»Hatte ich auch nicht vor. Fünf Tage noch, ich finde, ich habe es ganz gut geschafft bisher.«

»Viel länger dürfte es vermutlich nicht dauern, du kannst dich ja jetzt schon kaum noch auf den Beinen halten.«

»Mir geht es gut.«

»Hmhm, offensichtlich.«

Elisabeth hob das Kinn. »Also? Was ist?«

»Gib mir Zeit zum Nachdenken, ja? Bis April?«

Sie musste lachen. »Denkst du, bis dahin schaffe ich es ohnehin nicht?«

»Damit wäre das Problem vom Tisch, ohne dass ich mich mit deinem zweifellos lästigen Ärger herumplagen muss, wenn ich Nein sage.«

Sie taxierte ihn, so gut das eben ging, wenn man doppelt sah. »Du wirst nicht Nein sagen.« Dann knickten die Beine unter ihr weg, und das Letzte, was sie hörte, war Richards Fluchen.

Als sie die Augen wieder aufschlug, lag sie im Bett, Katharinas kühle Finger um ihr Handgelenk, Antonias auf ihrer Stirn, während Richard am Fußende stand und die Szene mit distanziertem Interesse beobachtete.

»Was ist…«

»Ganz ruhig jetzt«, wies Katharina sie an. »Du hast hohes Fieber und bist umgekippt.«

»Wie komme ich hierher?«

Richard hob die Brauen. »Na, rate mal.«

Elisabeth wollte sich aufrichten, aber Katharina drückte sie ins Kissen zurück. »Du bleibst jetzt liegen. Ich hätte nicht gedacht, es einmal zu sagen, aber gut, dass Richard zur Stelle war.«

Ihr Kopf fühlte sich an, als müsse er zerspringen, und so schloss Elisabeth die Augen wieder.

»Sieht so aus, als würde allein der Gedanke daran dafür sorgen, dass ihr die Sinne schwinden«, hörte sie Richard sagen.

»Danke für alles, aber du kannst jetzt gehen.« Katharina.

»Undank ist der Welten Lohn.«

»Geh einfach.« Antonia.

Elisabeth hörte, wie die Tür geöffnet und geschlossen wurde.

»Du ruhst dich aus und bleibst im Bett, bis es dir besser geht.«

Elisabeths Lider fühlten sich an, als reibe sie Sand in die Augen. »Aber ich muss arbeiten.«

»Die haben nicht viel von dir, wenn du dort in Ohnmacht fällst.«

»Aber…«

»Kein Aber«, widersprach Katharina energisch. »Georg wird dasselbe sagen.«

Elisabeth wollte widersprechen, wollte sagen, dass sie nicht einfach fernbleiben konnte. Schwieg dann jedoch. Einen Tag nur, dachte sie, einen Tag ausruhen. Nigel würde es richten, irgendwie.

6

April 1946

»Er ist ganz offensichtlich durch den Sturz gestorben«, sagte Katharina, als sie morgens mit dem *Kölnischen Kurier* in der Hand die Küche betrat. Seit die Leiche gefunden worden war, gingen sie morgens abwechselnd die Zeitung kaufen. Antonia nickte nur, während Elisabeth angesichts der Neuigkeit sichtlich erleichtert war, ebenso Georg. Nur Richard lehnte am Türrahmen wie ein unbeteiligter Beobachter des Geschehens und gab keine Regung preis.

»Was ist eigentlich mit seinem Begleiter?«, fragte Antonia und biss einen Faden ab.

Georg nickte nachdenklich. »Wenn er sich bisher nicht gemeldet hat, wird er es auch weiterhin nicht tun.«

»Die ganze Sache«, sagte Katharina, »war so unaussprechlich dumm, dass es mir bis heute unbegreiflich ist. Der Mann war schwarz vermummt, und er war so ohne jeden Zweifel ein Einbrecher, als sei es ihm auf die Stirn geschrieben. Und er hatte ein Messer! Jeder Polizist hätte uns geglaubt, dass es ein Unfall war.«

»Man hätte uns geglaubt, dass es ein Einbrecher war«, korrigierte Richard sie. »Man hätte auch sagen können, dass wir ihn zu fünft überwältigt und getötet haben.«

»Und das Messer?«, fragte Katharina.

»Stand sein Name drauf?«

»Nein, aber vermutlich waren seine Fingerabdrücke daran.«

»Und wenn schon.« So schnell gab Richard nicht klein bei. »Es hätte zu jeder Menge Ärger führen können.«

»Hätte.« Katharina zuckte mit den Schultern. »Aber sehr wahrscheinlich wäre das nicht gewesen. Wie auch immer, wir können jetzt ohnehin nur abwarten. Und uns dann irgendwie rausreden.«

Antonia folgte dem Disput schweigend. Sie hatte den für sie besten Weg gefunden, mit der Sache umzugehen, indem sie diese tief in sich einschloss, sie wegsperrte zu all den anderen düsteren und verstörenden Bildern. Während Katharina und Richard stritten, nähte sie den Saum eines Kleidchens um, das sie aus blauem Cordsamt gefertigt hatte. Elisabeth schwieg ebenfalls und verabschiedete sich. Georg folgte ihr kurz darauf, und Richard, dem der Streit offenbar über war, ging ebenfalls.

»Denkst du auch, wir haben nichts mehr zu befürchten?«, fragte Katharina, als sie mit Antonia allein war.

»Ich denke, das hatten zumindest wir beide von Anfang an nicht. Und Elisabeth muss sich vermutlich auch keine Sorgen machen, von ihrer Zustimmung weiß ja keiner was. Für Richard und Georg könnte es nur eng werden, falls jemand sie gesehen hat.«

»Um Georg täte es mir leid, auch wenn ich nach wie vor nicht verstehe, warum er Richards Plan zugestimmt hat.«

Antonia faltete das Kleid zusammen und legte es in den Korb zu ihren Füßen. Dann griff sie nach der Zeitung. Genau ein Jahr nach Kriegsende war am siebten März die Kölnische Stadtverfassung eingeführt worden, nach britischem Vorbild, das eine Teilung zwischen Oberstadtdirektor als Verwaltungschef und Oberbürgermeister als Ratsvorsitzendem vorsah. Antonia las einen Artikel zu der Ratssitzung vom elften April, in der der Oberstadtdirektor und die Beigeordneten gewählt wurden, und legte die Zeitung wieder beiseite. »Arbeitest du heute nicht?«

»Nein. Aber ich habe einiges zu waschen.«

»Das trifft sich gut, ich auch.«

Die Waschküche war ein Hort abenteuerlicher Entdeckungen für Marie, so dass sie ausreichend mit ihren Forschertätigkeiten beschäftigt war, während Antonia und Katharina die Zinkwanne zur Wasserpumpe brachten und dort füllten. Gemeinsam schleppten sie die Wanne hernach zurück, wobei das Wasser auf den Boden schwappte und Marie sich nicht lange bitten ließ, in die Pfützen zu krabbeln.

»Ach je«, seufzte Antonia.

»Lass sie, dann ist sie wenigstens beschäftigt.«

»Aber es ist kalt.«

»Sie ist ja nicht nass bis auf die Haut.« Katharina griff nach der Seife. Ein Paket Seifenpulver musste zwei Monate lang reichen, und so waren die drei Frauen übereingekommen, sich die ihre zu teilen und, wenn es ging, gemeinsam zu waschen. Georg wusch seine Sachen selbst, und Richard bezahlte eine Frau dafür, dass sie es tat.

Nachdem Katharina ausreichend Seife ins Wasser gegeben hatte, vermischte Antonia dieses mit den Händen, danach kam die Wäsche hinein. Zunächst bearbeiteten sie die Wäsche mit dem Wäschestampfer, um die Lauge ordentlich hineinzupressen. Danach gingen die beiden Frauen in die Knie und schrubbten am Waschbrett. Das Wasser war eiskalt, und schon bald schmerzten Antonia die Hände. Katharina, der es offenbar ähnlich ging, streckte die Finger, als wolle sie das Blut wieder zum Zirkulieren bringen.

»Wenn das Wasser wenigstens wärmer wäre«, stöhnte Katharina. »Wäschewaschen ist das, was ich seit meinem Auszug von zu Hause am meisten hasse.«

»Ich habe lange gebraucht, bis ich überhaupt genug Kraft hatte, die Wäsche entsprechend zu bearbeiten«, gestand Antonia. »Lieber Himmel, habe ich mich in den ersten Wochen hier geplagt.«

»Können wir wirklich keine Briketts entbehren?«

»Nein, soweit ich das überblicke, nicht.«

Antonia warf die geschrubbte Wäsche in einen Eimer. Da Katharina weniger zu waschen hatte, half sie ihr noch mit der Kinderkleidung.

»Bei den wollenen Sachen musst du aufpassen«, sagte Antonia.

»Ja, ich weiß.«

Marie hatte eine Kiste mit leeren Seifendosen gefunden und war beschäftigt. Antonia hatte keine Ahnung, warum ihre damalige Wäschefrau diese überhaupt aufbewahrt hatte, aber wenigstens erfreute sich das Kind nun daran.

»Wirst du diesen Journalisten wiedersehen?«, fragte sie.

Katharina hatte, abgesehen davon, dass es ein schöner Tag gewesen war, nicht mehr davon gesprochen. Verblüfft sah sie nun auf. »So eine Frage hätte ich von Elisabeth eher erwartet als von dir.«

»Ist doch schön, wenn man noch zu erstaunen weiß.«

Die Verblüffung wandelte sich in ein Lächeln. »Ich weiß es noch nicht, bisher habe ich ihn nicht wiedergesehen.«

»Würdest du gerne?«

Katharina hielt in ihrer Bewegung inne und wirkte nachdenklich. »Ich habe, ehrlich gesagt, keine Ahnung.«

Mit schmerzenden Schultern richtete Antonia sich auf und drückte den Rücken durch, dann arbeiteten sie schweigend weiter, schrubbten und warfen Wäsche in die Eimer. Schließlich schleppten sie die Zinkwanne mit der Seifenlauge zur Seite. Das Wasser konnte später zum Wischen genutzt werden. Als Nächstes musste die Wäsche mit viel Wasser gespült werden, bis die Seife restlos draußen war. Sie wrangen die größeren Wäschestücke, indem jeder eine Seite nahm und sie in die entgegengesetzte Richtung drehte. Antonia musste ständig einen Blick auf Marie haben, damit diese nicht in die Wanne fiel, aber glücklicherweise hielt ihr Interesse daran nicht lange an.

Als sie endlich das letzte Teil auf die Leine im angrenzenden Trockenraum gehängt hatten, fielen sie erschöpft auf eine an der Wand stehende Bank.

»Wie viel Uhr ist es eigentlich?«, fragte Katharina.

Antonia zog ihre Uhr hervor. »Gleich drei.«

»Ich darf nicht daran denken, dass ich diese Schufterei in spätestens zwei Wochen wiederholen muss.«

»Dann sprich bitte nicht davon.«

In Momenten wie diesen war Antonia glücklich über ihre Mitbewohner, insbesondere die beiden Frauen. Eine Nachbarschaft war in Zeiten wie diesen ein hohes Gut, und diese fehlte ihr. Es gab keinen Kontakt und keine gegenseitige Hilfe, die, wie sie mitbekommen hatte, bei den Nachbarn untereinander reibungslos funktionierte. Aber sie war die Frau mit dem unehelichen Kind, gezeugt, während ihr Mann für sein Vaterland kämpfte und fiel. Hätte sie Katharina und Elisabeth nicht, wäre sie gänzlich allein gewesen. Allein mit Richard. Eine schauderhafte Vorstellung.

»Sag mal …« Sie zögerte.

»Ja?«

»Du kennst doch sicher Mütter, die Neugeborene oder sehr kleine Kinder haben, ja?«

»Ja, ehemalige Patientinnen und Frauen, die bei uns entbunden haben.«

Antonia zupfte einen Faden aus ihrem Rock. »Ich möchte Kinderkleidung verkaufen. Was ich mit der Miete verdiene, wird auf Dauer nicht reichen, wenn Richard entscheidet, mir mehr Geld abzuknöpfen.«

»Verdienst du im Waisenhaus nichts?«

»Ich arbeite dort offiziell, damit ich mehr Bezugsmarken bekomme, aber Geld nehme ich nicht. Es käme mir falsch vor.«

»Und das funktioniert?«

»Ja, ich sage einfach, ich spende ihnen das Geld jeden Monat. Daher dachte ich daran, Kinderkleidung zu verkaufen.«

»Du kannst das doch als Geschäft anmelden.«

»Aber dann können die Leute das nur über Bezugsscheine für Kleidung kaufen.«

Katharina nickte langsam. »Verstehe.«

»Ich dachte, du könntest beiläufig erwähnen, dass ich Kleidung ohne Bezugsscheine verkaufe.«

»Auf dem schwarzen Markt.«

»Na ja, ich stelle mich da mit Marie natürlich nicht hin, ich würde das alles unter der Hand machen. Nur über … Kontakte. Aber«, fügte Antonia rasch hinzu, »ich möchte dich natürlich in nichts Illegales hineinziehen. Wenn du sagst, du machst das lieber nicht, habe ich volles Verständnis.«

»Nein, das ist kein Problem. Allein das Erwähnen ist gewiss nicht strafbar. Und wer sollte mir etwas nachweisen … Woher beziehst du Stoff und Wolle?«

Antonia gönnte sich ein kleines, spöttisches Lächeln. »Über Richard.«

Nun musste Katharina lachen. Und im nächsten Moment war ein lautes Platschen zu hören, als Marie in die Seifenlauge fiel.

»Du wolltest mir Bescheid geben«, sagte Elisabeth, als sie Richard abends in der Küche traf.

»Ah ja, richtig.«

»Tu nicht so, als hättest du es vergessen.«

»Habe ich nicht.«

»Und?« Elisabeth lehnte sich rücklings an den Tisch und stützte die Hände darauf.

»Ich weiß nicht, ob ich dir vertrauen kann.«

»Habe ich dich bisher verraten?«

»Nein«, musste er gestehen. »Gut, ich denke darüber nach.«

»Hast du das die letzten zweieinhalb Wochen nicht getan?«

»Ehrlich gesagt hatte ich vor, dir eine Absage zu erteilen. Aber ab jetzt werde ich darüber nachdenken.«

Elisabeth stöhnte auf.

»Sei froh, dass ich nicht jetzt schon Nein sage.« Richard belegte eine Scheibe Brot mit geräuchertem Fleisch, und Elisabeths Magen fühlte sich flau an. Sie atmete den würzigen Duft ein und schloss halb die Augen.

Als Richard sich an den Tisch setzte, rückte sie ein klein wenig zur Seite. Er griff nach der Zeitung und schlug sie auf.

»Was hättest du getan«, fragte sie, »wenn der junge Mann ertrunken wäre?«

»Ich habe vermieden, darüber nachzudenken.«

»Hast du schon einmal einen Menschen getötet?«

»Du meinst außer denen, die ich im Krieg erschossen habe? Nein. Was ist das überhaupt für eine Frage? Traust du mir das zu?«

Sie sah ihn nachdenklich an. »Ich weiß es nicht.«

»Sehr schmeichelhaft.«

»Möchtest du, dass ich dir schmeichle?«

Da er gerade kaute, konnte er nicht antworten, aber sein Blick war vielsagend. Grundgütiger, roch das verführerisch. Elisabeth zog sich der Magen zusammen. Sie hatte an diesem Tag nur zwei Scheiben Brot mit ein wenig Butter und eine Suppe gegessen, in der allerdings sogar ein wenig von einem Knochen gekochtes Fleisch gewesen war.

»Du könntest es ja wenigstens versuchen«, fuhr sie fort. »Einen Monat lang. Und wenn du nicht zufrieden bist, arbeite ich eben nicht mehr für dich.«

»Mehr als zwei Wochen zur Probe gebe ich dir ohnehin nicht.« Richard erhob sich, das letzte Stück Brot in der Hand. »Ich gebe dir im Laufe des Monats Bescheid. Und nun entschuldige mich.«

»Wartet eine Frau auf dich?«

»Wartet jemals keine auf mich?« Er zwinkerte ihr zu, und als sie den Mund zu einer Antwort öffnete, schob er ihr im Vorbeigehen das Stück Brot zwischen die Lippen.

Überrascht sah Elisabeth ihm nach, dann schloss sie die Augen und ließ einen Moment lang das Fleisch auf ihrer Zunge liegen. Es schmeckte so köstlich, wie es geduftet hatte, und ihr lief das Wasser im Mund zusammen, während sie kaute. Tief seufzend kaute sie lange darauf herum, um den Geschmack auszukosten, und als sie es herunterschluckte, schien ihr Hunger größer als je zuvor.

Der Gedanke daran, ihren Plan zumindest ansatzweise in die Tat umgesetzt zu haben, hatte etwas Beruhigendes. Jetzt musste es nur noch funktionieren. Aber angesichts dessen, dass Kleidung für Kinder immer benötigt wurde, konnte Antonia wohl einigermaßen zuversichtlich sein. Und dass sie sich damit auf den Weg in die Schattenwelt begab, machte ihr weniger zu schaffen als der Gedanke an eine drohende Geldnot. Bisher verhielt Richard sich zwar erstaunlich zurückhaltend, was seine finanziellen Forderungen anging, aber sie traute ihm nicht.

Als sie Marie abends ins Bett gebracht hatte, stand sie im dunklen Salon und sah in den Garten, der still unter seiner Decke aus verharschtem Schnee lag. Würde sie je wieder unbefangen Schnee ansehen können? Schneeflocken beobachten, ohne daran zu denken, wie sie in offene Augen fielen und dort nicht schmolzen? Ein Schauer durchlief sie, und sie wandte sich ab.

Aus der Küche waren Stimmen zu hören, und da heute alle recht zeitig daheim waren, hatte man sich offenbar zum gemeinsamen Abendessen eingefunden. Als sie den Raum betrat, war Katharina eben dabei, Brot zu schneiden, während Elisabeth am Herd stand.

»Ich koche Kunsthonig«, sagte sie über die Schulter zu Antonia.

»Auf wundersame Weise kam heute ein Paket Zucker in unseren Haushalt«, erklärte Katharina.

»Nigel hat mir ein halbes Pfund geschenkt. Also habe ich Molke dazu gekauft und mache daraus Honig.«

Interessiert trat Antonia näher und sah ihr über die Schulter, während Elisabeth stetig die sich eindickende weiße Masse rührte. »Und das wird wirklich Honig?«

»Na ja, es schmeckt ein wenig anders, aber ja, es funktioniert. Wir haben das bei mir zu Hause damals oft gemacht. Es gibt also heute Honigbrote.«

»Kann ich helfen?«, fragte Antonia.

»Setz dich zu Georg«, antwortete Katharina, »dann ist er nicht so einsam beim Nichtstun.«

»Ich habe angeboten, Kaffee zu kochen«, verteidigte dieser sich.

»Das geht aber nicht, während Elisabeth am Herd steht. Bleib ruhig sitzen, ich mache das schon.« Katharina zwinkerte ihm zu, und Antonia ließ sich auf dem Stuhl ihm gegenüber nieder.

»Heute mal ohne Näharbeit oder Stricknadeln?«, fragte er.

»Ja, mir war nach einem freien Abend«, antwortete Antonia und sah auf ihre Hände, die ungewohnt untätig in ihrem Schoß lagen. Dann wandte sie den Blick zu dem breiten Fenster, das zur Straße führte. Die Läden standen noch offen, und jeder, der vorbeikam, konnte durch den von einem schmiedeeisernen

Zaun umgebenen Vorgarten direkt in die Küche schauen. Antonia erhob sich, öffnete das Fenster und zog die Läden zu. Dabei kam ein Schwall kalter Luft in die Küche, der frisch und belebend wirkte. Die eisige Kälte draußen war erträglicher als die klamme im Haus.

»Ich würde gerne einfach nur spazieren gehen«, sagte sie unvermittelt. »Ohne auf dem Weg irgendwohin zu sein oder von irgendwoher zurückzukehren und dabei immer den Wagen zu ziehen. Es muss sich wunderbar anfühlen.«

Katharina und Elisabeth sahen sie erstaunt an, und sie zuckte mit den Schultern. Kalte Luft atmen, über Schnee laufen, der nicht ihr Feind war und keine bösen Geheimnisse barg.

»Dann gehen wir doch ein wenig raus«, ließ sich Georg nun vernehmen. »Ich begleite dich gerne.«

Nun war es an Antonia, erstaunt die Brauen zu heben. »Aber Marie …«

»Wir sind hier«, sagte Elisabeth.

»Ja, aber ihr wolltet doch essen …«

»Der Honig braucht noch eine gute halbe Stunde. Also geht ruhig.« Elisabeth tauschte einen raschen Blick mit Katharina, einer von der Art, wie Antonia ihn in jungen Jahren mit Freundinnen gewechselt hatte, wenn sich vor ihnen eine Liebesbeziehung angebahnt hatte. Und das war nun tatsächlich absurd. Als sie jedoch Georg ansah, der sich bereits erhoben hatte, konnte sie auch nicht mehr gut ablehnen, ohne ihn vor den Kopf zu stoßen.

»Also gut«, sagte sie. »Eine halbe Stunde. Und geht bitte gelegentlich in die Halle, um nach Marie zu hören. Hier bekommt man nicht mit, wenn sie weint.«

»Keine Sorge«, erwiderte Katharina.

Auf einmal fühlte Antonia sich seltsam befangen, während sie mit Georg in die Halle ging, wo sie sich trennten, um ihre Mäntel zu holen. Es war nur ein Spaziergang. Und doch schlug ihr das Herz bis zum Hals, und das leise Beben in ihr schien auch ihre Hände erfasst zu haben, denen fahrig der Schal entglitt. Sie schlang ihn sich um den Hals und zog ihn als Schutz vor der Kälte über den Kopf. Nach kurzem Suchen fand sie ihren Muff, den sie anstelle dicker Handschuhe mitnahm. Die Knöpfe ihres Mantels schloss sie auf dem Weg die Treppe hinunter.

In der Halle wartete Georg auf sie, und unvermittelt stieg vor ihr das Bild auf, wie sie in ihrem Mantel elegant die Treppe hinunterkam, während Friedrich auf sie wartete. Draußen stand der Wagen bereits, und Friedrich würde ihr den Arm reichen, um sie hinauszugeleiten. Energisch schob sie die Erinnerung beiseite. Sie war nicht mehr seine Frau, und die Zeiten des unbeschwerten, mondänen Feierns waren vorbei, vielleicht sogar unwiderruflich.

Als sie mit Georg das Haus verließ, fragte Antonia sich, wie es für ihn sein mochte. Gab es eine Frau in seinem Leben? Wenn er Affären hatte wie Richard, wusste er es gut zu verbergen. War er verwitwet? Verlobt? Aber dann hätte er gewiss einmal eine Verlobte erwähnt. Sie zog die Tür hinter sich ins Schloss, und gemeinsam spazierten sie über den Bürgersteig. Unter ihren Füßen knirschte der Schnee, und es knackte, wenn sie über dünn vereiste Pfützen liefen. Geräusche des Winters, mit denen Antonia einmal Heimeligkeit verbunden hatte, die Erwartung an ein Kaminfeuer und heiße Schokolade.

»Hast du Familie?«, fragte sie.

Georg antwortete so lange nicht auf die Frage, dass sie vermutete, sie sei zu weit gegangen.

»Meine Mutter lebt bei Verwandten in Berlin, mein Vater ist auf der Flucht erfroren.« Er verstummte. »Meine Frau ist ebenfalls tot«, fügte er schließlich hinzu.

Also hatte es doch eine Frau gegeben. »Das tut mir leid«, antwortete Antonia.

Er holte Luft, als wolle er zu einer Antwort ansetzen, und auf einmal veränderte sich etwas zwischen ihnen, als ginge von Georg eine zornige Spannung aus, etwas Dunkles, Aggressives. Antonias Schritte verlangsamten sich, indes Georg weiterging. Unvermittelt blieb er stehen und drehte sich um.

»Was ist los?« Seine Haltung hatte sich auch in seine Stimme geschlichen.

»Nichts, ich …«

Er tat einen tiefen Atemzug. »Schon gut. Ich … Sie hat mich gebraucht. Und ich war nicht da.«

»Das tut mir leid«, wiederholte Antonia.

»Ja, mir auch.« Nun war es wieder Georg, der sprach, jener Georg, den sie zu kennen glaubte.

Schweigend gingen sie weiter, und Antonia verspürte einerseits eine lange entbehrte Freiheit, andererseits fühlte es sich ungewohnt an, Marie nicht in Hörweite zu wissen. Ehe die inzwischen so vertraute Unruhe wieder in ihr aufsteigen konnte, lenkte sie ihre Gedanken auf die kommenden Tage, auf ihre Hoffnung auf mehr Unabhängigkeit. Katharina war zuversichtlich gewesen, was ihre Pläne zum Verkauf von Kinderkleidung anging.

»Ich war lange nicht mehr mit einer Frau spazieren«, sprach Georg in die Stille hinein.

»Und ich lange mit keinem Mann mehr.« Ein kleines Lächeln färbte Antonias Stimme.

Drei Männer kamen ihnen entgegen, entweder auf dem Weg nach Hause oder zur Arbeit. Sie grüßten und gingen weiter. In einigen Häusern konnte man durch das Fenster Familien sehen, die sich zu einem kargen Mahl zusammenfanden.

»Seit wann ist dein Mann vermisst?«, fragte Georg.

»Seit 1941.« Dass Marie nicht seine Tochter sein konnte, war ein offenes Geheimnis, das sicher auch ihm nicht entgangen war. Man musste nicht lange rechnen, um zu wissen, dass ein Kind, das drei Jahre nach dem Vermissen seines angeblichen Vaters geboren wurde, unmöglich von ihm gezeugt worden war. Sie fragte sich, was wäre, wenn er zurückkäme und Marie vorfände. Er würde sie lieben, zweifellos. *Und er würde mich verstehen.* Daher kamen ihre weiteren Worte ihr wie ein Verrat vor, aber es widerstrebte ihr, Georg in dem Glauben zu lassen, sie verzehre sich vor Sehnsucht. »Uns verband nicht viel mehr als die Liebe zu einem geselligen Leben. Wir waren beide jung, und es lag in der Natur der Sache, dass es irgendwann auch andere Zeiten gegeben hätte. Wenn das, was uns verband, nicht mehr da gewesen wäre, was wäre geblieben?«

»Oft entsteht eine Freundschaft.«

»Ja, aber reicht das? Uns war kurz vor Kriegsbeginn schon klar gewesen, dass es womöglich nicht funktioniert, dass die Ehe ein Fehler gewesen war. Aber dann kam der Krieg und mit ihm der Gedanke, durch den Tod auseinandergerissen zu werden, das änderte dann wieder alles. Denn auf diese Weise sollte es auch nicht enden.« Was es letzten Endes jedoch getan hatte.

Georg sprach nicht von seiner Frau, und Antonia vermutete, dass seine Ehe gänzlich andersgeartet gewesen war. Oder vielleicht dachte er das nur, weil seine Ehefrau es ihn nicht hatte merken lassen, dass sie andere Erwartungen gehabt hatte. Es gab viele Arten von Freiheit, wenn man sein Elternhaus verließ, und an den falschen Mann gebunden zu sein war sicher nicht die beste davon.

Sie waren links in den Schillingsrotter Weg gebogen und gingen am früheren Festungsring entlang. Hier hatte man aus den Trümmerstücken des nach dem großen Krieg gesprengten Infanterie-Stützpunktes Hermannshof einen Felsengarten errichtet. Der darum herum verlaufende Fußweg entsprach den früheren Geschützstellungen. Antonia hatte gehört, dass geplant war, auf dem Gelände einen botanischen Garten anzulegen. Man sprach im Zusammenhang damit sogar über die Eingemeindung von Rodenkirchen und Sürth. Antonia versuchte sich vorzustellen, wie es wohl aussehen würde, wenn alles grün und blühend war inmitten einer lebenden Stadt.

»Ich bin hier früher oft mit Friedrich spazieren gegangen«, erzählte sie. »Er hatte eine Schwäche für Schlachten und Kriege. Manchmal frage ich mich, ob er den letzten nicht regelrecht herbeigesehnt hat.«

»Viele haben in dem Krieg nur Ruhm und Ehre fürs Vaterland gesehen. Den Dreck und die schäbige Art zu sterben kannte niemand von ihnen.«

Dabei war der letzte Krieg noch gar nicht lange her gewesen.

»Die Schlucht dort kann man im Dunkeln nicht sehen«, Antonia deutete auf das Gelände, »aber da war die ehemalige Kehlfront. Neben dem Fußweg nach Hochkirchen liegen noch einige Vorfeldstreiche. Friedrich hat mir alles bis ins letzte Detail erläutert.« Ein Anflug von Belustigung hatte sich in ihre Stimme geschlichen, als sie an seine Begeisterung dachte, mit der er ihr die ermüdend langweiligen Fakten der Kriegsführung dargelegt hatte.

Als sie sich umdrehen wollte, um weiterzugehen, bemerkte sie, wie dicht Georg bei ihr stand. In der Dunkelheit, die in seinem Gesicht aus Schatten Konturen formte, konnte sie seine Augen nur als Glanz ausmachen. Aber sie kannte diese Haltung, wusste, was diese aussagte, die leichte Neigung des Kopfes, die Nähe. Ihr Atem ging rascher, wie angetrieben von dem wilden Schlag ihres Herzens. Anstatt jedoch zurückzuweichen, blieb sie stehen, wie unfähig, sich zu rühren.

»Ich halte das für keine gute Idee«, sagte sie kaum hörbar.

»Und ich denke, ich hatte schon schlechtere.«

»Ich bin zerbrochen, Georg. Und was ich von mir inmitten der Scherben entdeckt habe, ist nicht die Frau, die du an deiner Seite haben willst, glaub mir.«

Georg antwortete nicht, aber er hielt inne, das Gesicht nur ein winziges Stück von dem ihren entfernt. Ein kleines bisschen Nähe, dachte sie. Sie war so lange keinem Menschen mehr so nahe gewesen. Und so hob sie ihm das Gesicht entgegen, spürte seine Lippen auf den ihren, verharrte reglos, sein Atem an ihrer Wange. Dann wich sie zurück, ehe er den Kuss vertiefen konnte.

»Das ist Irrsinn.«

»Und wenn schon.« Seine Hände schlossen sich um ihre Oberarme. Erneut senkte er den Kopf, und dieses Mal küsste er sie richtig, spielte mit ihrem Mund, liebkoste, trank Atem aus ihrer Kehle. Im nächsten Moment ließ er sie unvermittelt los, und sie hob die Finger an die Lippen, war den Tränen nahe. Weil es sich falsch angefühlt hatte. Und weil es doch so schön gewesen war. Abrupt wandte sie sich ab.

»Wir sollten zurückgehen.«

Schweigend ging er an ihrer Seite, eine Stille, die nun schwer lastete, und sie fragte sich, ob er es bereute, ob er beim Küssen die Fremde in ihr gespürt hatte. Die andere Frau, die in ihr verborgen war und die sie am liebsten nie kennengelernt hätte. Sie bogen nach links in die Leyboldstraße ein, kurz darauf erneut nach links in die Lindenallee. Als sie vor dem Haus standen, suchte Antonia nach dem Schlüssel, aber Georg war schneller. Er schloss auf, doch ehe er die Tür öffnete, zögerte er, schien etwas sagen zu wollen. Sie jedoch ging an ihm vorbei in die Halle und zog ihren Mantel aus. Nachlässig legte sie ihn über das Treppengeländer.

Als sie die Küche betraten, schienen Katharina und Elisabeth ihnen anzusehen, dass sich etwas zwischen ihr und Georg verändert hatte. Von welcher Natur die Veränderung war, konnte Antonia jedoch noch nicht recht benennen.

»Marie hat sich nicht gemeldet«, sagte Elisabeth und legte ein großes Brett mit bestrichenen Broten in die Mitte des Tisches. »Bitte, nehmt Platz. Das Festmahl ist angerichtet.«

Katharina stellte vier Becher mit Zichorienkaffee vor ihnen ab. »Ich habe von jedem etwas genommen, ich hoffe, das war in Ordnung.«

»Natürlich«, antworteten Antonia und Georg gleichzeitig.

Der künstliche Honig schmeckte tatsächlich, und Antonia kaute langsam, kostete Bissen für Bissen aus, den Blick auf das dunkle Viereck des Fensters gerichtet, in dem sich der Ofen und einer der oberen Schränke verzerrt spiegelten. Sie spürte Georgs Kuss noch auf den Lippen, spürte den Widerhall an Gefühlen, die dieser Moment der Nähe freigesetzt hatte. Wieder fragte sie sich, ob er es bereute, ob das abrupte Beenden des Kusses offenbarte, dass er erkannt hatte, was sie war – zersprungenes Glas, an dem sich jeder schnitt, der ihr zu nahe kam.

*

»Es war … Oh, es war so …« Luisa suchte nach den richtigen Worten, *»überwältigend.«*

Nun ja, etwas musste er an sich haben, dachte Katharina, sonst würden ihm die Frauen nicht der Reihe nach verfallen. Da sie jedoch nicht wusste, was sie auf Luisas Schwärmereien antworten sollte, nickte sie nur.

»Ich weiß, du denkst, er sei nur auf ein wenig Tändelei aus. Aber ich meine, er wusste ja, dass ich noch Jungfrau war.«

»Ich will hier nicht den Moralapostel spielen«, sagte Katharina, während sie die sterilen Instrumente einräumte. »Aber bist du dir wirklich sicher? Ich meine, einiges mag sich geändert haben, aber alles eben nicht.«

»Meine Mutter sagt dasselbe.«

»Ach, sie weiß es?«

»Nein.« Luisa kicherte. »*Das* natürlich nicht. Sie dachte, ich sei im Krankenhaus und arbeite. Aber er hat mich mit zu sich genommen, weil wir dort ungestört sind.«

Katharina seufzte angesichts von so viel Naivität. Am Alter konnte es nicht liegen, sie selbst war schon mit achtzehn weniger leichtgläubig gewesen. Ohne weiter darauf einzugehen, heftete sie sich die Uhr, mit deren Hilfe sie den Puls maß, an die Brusttasche und ging ins Schwesternzimmer, von wo aus sie später mit Dr. Hartmann die Visite starten würde. Dank Luisa würde sie nun die ganze Zeit seine *überwältigenden* Qualitäten als Liebhaber im Hinterkopf haben.

»Ah, Fräulein Falkenburg, da sind Sie ja«, begrüßte er sie mit einem liebenswürdigen Lächeln. »Sie gehen heute in den Kreißsaal. Zwei unserer Hebammen sind krank geworden, und Schwester Helene braucht Hilfe.«

»Gut.« Katharina legte das Klemmbrett mit den Patientenkarten auf die Ablage. Geburtshilfe war nicht gerade ihr Lieblingsfach, aber sie beherrschte es, da sie sich während ihrer Schwesternausbildung auch darin hatte unterweisen lassen. Zwar war sie keine ausgebildete Hebamme, hatte aber in Kriegszeiten etlichen Babys auf die Welt geholfen, so dass sie sich als durchaus erfahren bezeichnen konnte.

Wenigstens musste sie dann nicht mit dem Chirurgen arbeiten, den sie zwar als kompetenten Arzt schätzte, aber dessen Umgang mit Frauen ihr ein ständiges Ärgernis war, wenngleich er rasch erkannt hatte, dass sie nicht zu haben war, und es daraufhin kein zweites Mal versuchte. Er machte keine anzüglichen Witze, riss keine Zoten, war nie zudringlich, sondern stets ausgesucht charmant, was ein weiterer Grund dafür sein mochte, dass er die Frauen, die er wollte, in der Regel bekam.

Sein sozialer Status spielte ebenfalls eine Rolle, zudem sah er nicht schlecht aus. Aber er hatte die fünfzig weit überschritten, und Katharina fragte sich, welche junge Frau einen Liebhaber wollte, der alt genug war, um ihr Vater zu sein.

Die Frau stöhnte gerade unter einer Wehe, als Katharina den Kreißsaal betrat. »Das wievielte Kind ist es?«, fragte sie die Schwester.

»Das sechste.«

Eine erfahrene Mutter, das war gut.

»Ich muss heute Abend wieder zu Hause bei den Kindern sein, Schwester«, sagte die Gebärende. »Also halten wir uns ran.« Die letzten Worte gingen in einem Schnaufen unter, als sie die nächste Wehe wegatmete.

»Lage?«

»Normal«, antwortete Schwester Helene. »Dürfte alles unkompliziert über die Bühne gehen.«

»Ich hab dem Kerl gesagt, wenn er mir noch eins macht, kann er sich die Radieschen von unten ansehen«, sagte die Frau und lachte. »Aber er sagte, was für fünf Kinder reicht, reicht auch für sechs.«

Das Warten war ein wenig ermüdend, denn abgesehen davon, dass Schwester Helene ab und zu nach dem Muttermund tastete und gelegentlich ein paar aufmunternde Worte sagte, bestand Katharinas Tätigkeit lediglich darin, die Wehentätigkeit zu überwachen. Im Grunde genommen wurde sie gar nicht benötigt. Sie unterdrückte ein Gähnen und sah aus dem Fenster in den geschäftigen Hof.

Dann jedoch kam Bewegung in den Kreißsaal, als eine junge Lernschwester den Raum betrat. »Schwester Katharina, eine Zwillingsgeburt.«

Katharina folgte ihr hinaus und hörte die Schreie schon im Korridor. Im Kreißsaal waren eine Schwester und eine Lernschwester mit der Frau beschäftigt. »Warum ist hier keine Hebamme?«

»Keine verfügbar.«

»Warum ist hier kein Arzt?«

»Dr. Lohmann wurde bei einer Gebärenden mit Steißlage gebraucht.«

Katharina sprach beruhigend auf die Frau ein und tastete nach den Kindern.

»Da stimmt etwas nicht«, sagte die Frau. »Ich habe schon einmal zwei auf einmal bekommen, da war es anders.«

»Bei Zwillingen ist es nie einfach«, entgegnete Katharina. »Aber Sie machen das großartig.« Sie tastete erneut nach dem Kind, das vorne lag und festzustecken schien. Es wurde ein Stück hervorgepresst und schien wieder zurückzuweichen. Sie tastete den Bauch der Frau ab und glitt mit der Hand an dem vorderen Kind vorbei zur Nabelschnur. Für das zweite Kind schien die Sache lebensgefährlich zu werden. »Hol einen verfügbaren Arzt«, rief sie der Krankenschwester zu. »Rasch!«

Die Krankenschwester eilte hinaus und kam kurz darauf mit Dr. Hansen zurück, der die Frau mit geübten Handgriffen untersuchte.

»Das Kind erwürgt mit seiner Nabelschnur das andere Kind«, bestätigte er Katharinas Vermutung. »Wir müssen einen Kaiserschnitt machen.«

Die Lernschwester war bereits hinausgelaufen, um den Anästhesisten zu holen, während Katharina half, das Bett in den OP zu schieben. Ab da ging es schnell, und der Frau wurde eine Maske mit Lachgas auf das Gesicht gelegt.

»Sie assistieren«, befahl Dr. Hansen, und Katharina bereitete sich auf die OP vor. Noch ehe das Lachgas wirkte, hatte Dr. Hansen bereits das Skalpell über den Bauch gezogen und öffnete die Bauchdecke sowie die Gebärmutter. Katharina nahm das erste Kind von ihm entgegen, wartete, bis es abgenabelt war, und reichte es der Schwester neben ihr. Das Kind tat einen kräftigen Schrei, und Katharina spürte das kollektive Aufatmen um sie herum. Dann jedoch gab Dr. Hansen ihr das zweite, und seine Miene bestätigte ihre Vermutung. Schlaff hing das kleine Wesen in ihren Händen, blau-violett angelaufen.

»Ein kleines Mädchen«, sagte die Schwester und gab der Mutter das erste Baby in die Arme. Dann wandte sie sich an Katharina, wickelte das zweite Kind in ein Tuch, massierte es, versuchte, es zu beatmen. Unterdessen assistierte Katharina beim Vernähen der Bauchwunde. Ein Blick auf das Baby hatte gereicht, um zu wissen, dass es nicht zu retten war, aber die Schwester versuchte es weiterhin.

»Was ist mit meinem Kind?«, fragte die Frau. »Schwester? Schwester?«

Niemand antwortete, und so war nichts zu hören außer dem Schreien des Kindes in den Armen der Mutter.

Schließlich gab die Schwester es auf und legte dem Totgeborenen einen Zipfel des Handtuchs über das Gesicht. »Es tut mir leid«, sagte sie.

Katharina blendete alles aus, das Wehklagen der Mutter, das Weinen des überlebenden Kindes, und konzentrierte sich auf die Handgriffe, die zu tun waren. Sie hatte im Krieg etliche tote Kinder gesehen, und es war reiner Selbstschutz, keines davon an sich heranzulassen. Als sie fertig waren, verließ sie mit den Ärzten den OP und zog sich den Kittel aus.

Sie ging zurück in den Kreißsaal, wo die Geburt, die sie ursprünglich hatte begleiten sollen, in vollem Gang war. Die Mutter lag in den Presswehen, und Katharina beobachtete, wie die Krankenschwester das Kind holte. Es war ein gesunder Junge.

»Der fünfte Sohn nach einer Tochter«, rief die glücksstrahlende Mutter. »Sind so wenig zurückgekommen von unseren Männern.« Sie drückte das Kind an sich.

Katharina stellte sich neben sie, lächelte und fuhr dem Kind mit dem Finger über die Wange. »Benötigen Sie Kinderkleidung?«, fragte sie leise.

»Ja, ständig. Die wachsen so schnell, und ich komme mit dem Ausbessern kaum nach. Vieles ist auch einfach hinüber.«

»Meine Freundin verkauft Kleidung«, sagte Katharina.

»Ich hab nicht genug Bezugsscheine.«

Katharina sah sie an, schenkte ihr ein verschwörerisches Lächeln.

»Sie kann mich gerne mal besuchen«, sagte die Frau. »Und zeigen, was sie anzubieten hat.«

Als Katharina den Kreißsaal verließ, kam ihr eine der Schwestern entgegen. »Komm lieber mit. Dr. Hansen geht schon die Wände hoch, weil du einfach verschwunden bist.«

Seufzend folgte Katharina ihr. Er wartete im Ärztezimmer, die Hände hinter dem Rücken verschränkt.

»Sie haben nicht gesagt, dass ich nicht gehen darf«, sagte sie, ehe er zu Wort kommen konnte.

»Und ich sagte auch nicht«, gab er eisig zurück, »dass Sie es dürfen.«

Während er ihr einen langen und ermüdenden Vortrag über Disziplin und Krankenhaushierarchie hielt, sah Katharina an ihm vorbei zum Fenster, und ihr Blick verlor sich im bleigrauen Nachmittag.

Herrje, war die lästig. Richard versuchte, Hedda zu ignorieren, aber die blieb an seiner Seite, klammerte sich schließlich gar energisch an seinen Arm, grub ihre Fingernägel hinein. Abrupt blieb er stehen.

»Was unterstehst du dich?«

»Du hörst mir ja nicht zu«, fauchte sie.

»Dazu sehe ich auch keine Veranlassung.« Richard befreite seinen Arm mit einem Ruck und ging weiter. Seit Tagen ließ Andreas sich nicht blicken, und da er bisher kaum mehr als eine Rate der Rückzahlung geleistet hatte, war es wohl angebracht, ihm einen Besuch abzustatten. Andreas arbeitete für ein Bauunternehmen, und in der Regel saß er nach der Arbeit in seiner Lieblingsgaststätte, wo er sich zwar nichts leisten konnte – zumindest hoffte Richard in seinem Interesse, dass er sein Geld nicht dort ausgab, anstatt seine Schulden zu bezahlen –, aber die Gäste kannte und somit meist jemanden fand, mit dem er sich unterhalten konnte. Damit er ihm nicht wieder auswich, hatte Richard nichts davon erzählt, dass er kam. Unglücklicherweise war er nun jedoch Hedda über den Weg gelaufen. Gerade erst hatte er ein entnervendes Gespräch mit seiner Mutter hinter sich, und nun das. Ob es einen Grund dafür gab, dass es jeder Hedwig in seinem Leben gefiel, ihm irgendwie lästig zu werden?

Sie beschleunigte ihren Schritt, griff erneut nach seinem Arm, und er fuhr zu ihr herum. »Wag es, mich noch einmal anzufassen, dann bekommst du von mir eine verpasst.«

»Du schlägst Frauen?«

»Ja. Und nun pack dich.« Er eilte die letzten Schritte die Straße hinunter zur Gaststätte und riss die Tür auf. Das teigige Licht der Lampen vermochte kaum mehr, als Konturen aus dem verqualmten Dämmerlicht zu schälen. Richard blinzelte, und ihm brannten die Augen. Dann entdeckte er Andreas an einem Tisch in der Ecke, vor sich ein gefülltes Glas, ihm gegenüber ein Blondschopf. *Na warte, Freundchen.*

Als Andreas vom Glas aufblickte und ihn entdeckte, veränderte sich sein Gesichtsausdruck, wechselte von Erstaunen zu Erschrecken, dann zu Furcht und schließlich zu trotziger Abwehr. Richard ging zu dem Tisch, setzte bereits zu einer Drohung an, als die blonde Frau sich umdrehte, und er erstarrte. »Du?«

Sonja hob die Brauen. »Ja, ich. Passt dir nicht, oder was?«

»Sie sagte, es sei aus zwischen euch«, verteidigte Andreas sich, als befürchte er Ärger, weil er Richard die Frau abspenstig machte.

»Nimm sie, mir ist es gleich. Ich will endlich mein Geld.« Richard zog sich einen Stuhl heran und stützte sich mit einem Knie auf die Sitzfläche, die Hände in die Seiten gestemmt, so dass Andreas weiterhin zu ihm aufblicken musste.

»Ich habe es derzeit noch nicht, aber ich …«

»Aber Geld zum Trinken hast du, ja?«

»Man muss schließlich von etwas leben.«

Richard stieß einen verächtlichen Laut aus.

»Warum verschwindest du nicht einfach?« Hedda hatte offenbar beschlossen, nicht klein beizugeben.

»Kümmere dich um deinen eigenen Kram.« Richard machte sich nicht einmal die Mühe, sich zu ihr umzudrehen, während er mit ihr sprach. »Und was dich angeht …« Er zeigte mit dem Finger auf Andreas, aber Sonja ging dazwischen.

»Er sagte bereits, er hat nichts. Und an deiner Stelle wäre ich sehr zurückhaltend mit Forderungen.«

Richard hob die Brauen, sah sie ungläubig an. »Wie war das?«

»Du hast doch selbst so einiges zu verbergen, nicht wahr?«

Ein schneller Blick zu Andreas überzeugte Richard davon, dass dieser ebenso verblüfft war wie er. Von dem Lager im Keller konnte Sonja nichts wissen, sie war nie ohne ihn im Haus gewesen. Hatte sie herumgeschnüffelt, während er schlief? Aber dafür hätte sie die Schlüssel haben müssen, und die verwahrte er gut.

»Was ist eigentlich«, fuhr Sonja fort, »mit diesem Jungen, der im Rhein gefunden wurde?«

Richard wurde eiskalt, und er taxierte Sonja, versuchte auszuloten, was sie wusste. Aber sie lächelte nur.

»Ich weiß nicht, wovon du sprichst«, sagte er schließlich.

»Du hast die Zeitung nicht gelesen?«

»Gelesen habe ich von dem Fall. Aber was hat das mit mir zu tun?«

Sie zuckte mit den Schultern und lächelte weiterhin. Richard beschloss, sie vorerst zu ignorieren.

»Um noch einmal auf dich zurückzukommen«, sagte er zu Andreas. »Wann bekomme ich mein Geld?«

»Sobald ich es habe. Ich verdiene nicht genug, schaffe es kaum, meinen Lebensunterhalt zu bestreiten.«

»Du erwartest ja wohl nicht, dass er verhungert«, warf Hedda aggressiv ein.

»Dann arbeite mehr oder mach sonst was, aber zahl deine Schulden.«

»Und wenn publik würde, was du so treibst?«, fragte Hedda.

Langsam drehte sich Richard zu ihr um. »Willst du mir allen Ernstes jetzt so kommen?«

»Dass deine *Geschäfte* nicht öffentlich gemacht werden sollten«, mischte sich nun auch Sonja ein, »wäre doch ein Argument zu Andreas' Gunsten, nicht wahr?«

»Er würde es nicht wagen.«

Andreas schwieg, und Richard konnte nicht so recht entscheiden, ob er das beunruhigend finden sollte oder nicht.

»Und wenn man überlegt, was du sonst noch für Dreck am Stecken hast«, fuhr Sonja fort. »Etwas, von dem du dir sicher wünschst, es käme nie ans Licht der Öffentlichkeit. Was würdest du dich das kosten lassen?«

Richard verengte die Augen. »*Das* tust du besser nicht.«

Sie behielt dieses entnervend überlegene Lächeln auf den Lippen. »Du solltest über das nachdenken, was ich gesagt habe.«

»Was hast du denn gesagt, abgesehen von seltsamen Andeutungen?«

»Dass du es dich was kosten lassen sollst«, erklärte sie, als habe sie ein begriffsstutziges Kleinkind vor sich, »wenn du willst, dass ich schweige.«

»Schweigen worüber?«

»Über die Dinge, die du zu verbergen hast.«

»Als da wären?«

Sie sah sich um. »Möchtest du wirklich, dass ich sie aufzähle? Hier? Vor den Leuten?«

»Ganz recht. Nur heraus damit.«

Sie schwieg, lächelte wieder, wobei ihr der Ausdruck der Überlegenheit ein wenig verrutschte. »Du weißt doch um deine Geheimnisse. Auf Spielereien habe ich keine Lust. Lass mich wissen, was dir mein Schweigen wert ist.«

Im Zweifelsfall setzte Richard auf Risiken, und er beschloss, dass er das auch in diesem Fall nicht anders handhaben würde. Er ließ sich von dieser dahergelaufenen Dirne nicht erpressen. Sonja würde es noch leidtun, dergleichen versucht zu haben.

»Also.« Er wandte sich an Andreas. »Wann bekomme ich mein Geld?«

Andreas ließ seinen Blick nervös zwischen Sonja und Hedda hin- und herhuschen. »Ich hab dein Geld nicht. Und ich weiß nicht, wann ich es haben werde. Sei froh, dass ich dich nicht verrate.«

Hedda stieß einen triumphierenden Laut aus, und auch Sonja wirkte zufrieden, obschon es sie zu irritieren schien, dass Richard sie nun gänzlich links liegen ließ.

»Dein letztes Wort?«, fragte er sehr ruhig.

Andreas wirkte wieder unschlüssig.

»Ja«, sagte Hedda nun an seiner Stelle. »Sein letztes. Und jetzt gehst du besser.«

Richard sah Andreas lange an, dann lächelte er. »Nun gut, mein Freund.« Er nickte ihm zu. »Dann lass es dir gut gehen.«

Andreas starrte ihn an. »Einfach so?«

»Überleg dir, wie gut du mich kennst«, sagte Richard, ehe er sich abwandte. »Und dann beantworte dir die Frage selbst.«

»Welch unerwarteter Besuch«, sagte Walter Hansen, während er sich die Hände wusch. »Möchtest du einen weiteren Artikel schreiben?«

Carl sah auf den Korridor, versuchte, einen Blick auf die Schwestern zu erhaschen, in dem Wunsch, Katharina Falkenburg zu entdecken. »Nein, ich würde mich über etwas ernsthaftere Themen freuen.«

»Ernsthafter als die Arbeit, Kranken zu helfen?«

»Du weißt, was ich meine.«

»Du hast verschiedene Seiten zu Wort kommen lassen?«

»Ja. Es ergab sich, dass ich ein Gespräch mit einer der Krankenschwestern führen konnte, und da habe ich natürlich nicht Nein gesagt.«

»Ah ja. Nur gesprochen?« Walter trocknete sich die Hände ab und krempelte die Ärmel seines Kittels wieder hinunter.

»Ja.«

»Dann ist ja gut.«

Carl hob die Brauen.

»Ich brauche die Krankenschwestern bei klarem Verstand«, erklärte Walter.

Carl suchte seine Taschen nach Zigaretten ab. »Derzeit haben wir ganz andere Probleme, da ist keine Zeit für amouröse Abenteuer.«

»Von einem Widerstand gegen die Besatzung kann ich nur abraten. Letzten Endes baden wir das aus, was wir uns eingebrockt haben. Aber wenigstens kann ich guten Gewissens von mir behaupten, unter Einsatz meines Lebens Nein gesagt zu haben.«

»Schmerzt es immer noch?«

Walter verzog das Gesicht, als spüre er die Folgen der Misshandlungen im Arbeitslager erneut in allen Details. »Das wird es vermutlich für den Rest meines Lebens.«

»Dennoch, es ist auch jetzt nicht optimal. Ich muss dir doch nicht erzählen, dass ein gravierender Mangel an Medikamenten herrscht.« Während die US-Militärregierung den Pharmaherstellern eine generelle Betriebserlaubnis erteilt hatte, waren die Engländer deutlich rigider. Inzwischen musste jeder einzelne Betrieb genehmigt werden, ehe ihm ein »Permit to reopen« erteilt wurde. Dazu gehörten umfangreiche Fragebögen, das Offenlegen der Vorräte und Arbeitskräfte ebenso wie ein aufwendiges Verfahren, um jeden einzelnen Rohstoff zu beantragen. »Und die Apotheken wiederum bekommen sechs Kilo feinstes Tafelöl im Monat, wo sich der gewöhnliche Bürger mit zweihundert Gramm Fett zufriedengeben muss.«

»Das Öl wird für Salben gebraucht.«

Carl schnaubte verächtlich. »Erzähl mir nicht, dass nicht etliches davon auf dem Schwarzmarkt landet. Oder privat verwendet wird. Gibt es irgendeinen Nachweis, dass das Öl im Interesse der Gesundheit des Volkes verwendet wird?«

»Nein«, gestand Walter.

»Sie erhalten fünfzig Pfund Zucker im halben Jahr, ständig Sonderzuteilungen an Seifenpulver – *ohne* Bezugsschein. Und daneben kaufen sie von den Dalli-Werken einen Zentner schwarze Seife ein.« Carl hatte sich in Rage geredet. »Im Monat bekommen sie zehn Zentner Briketts. *Zehn*! Während die Familien sich hier durch den Winter zittern, alte Leute erfrieren und die Kinder Frostbeulen an Händen und Füßen haben.«

Walter schwieg. »Sie haben Adenauer letzten Herbst wegen vermeintlicher Unfähigkeit entlassen«, sagte er schließlich.

»Ist mir nicht entgangen«, antwortete Carl.

»Weil er sich permanent mit den Briten gestritten hat. Aber was ist jetzt die Alternative? All das Kompetenzgerangel zwischen unserer neuen Verwaltung, die alle Hände voll zu tun hat, überhaupt etwas auf die Beine zu stellen, und den britischen Genehmigungsbehörden.«

»Du weißt, dass ich kein Anhänger der Christdemokraten bin«, entgegnete Carl schulterzuckend.

»Aber Adenauer ist einer von uns.«

»Ist er eben nicht. Er ist *keiner* von uns. Er hat jede Beteiligung am Widerstand abgelehnt, obwohl er mehrfach angesprochen wurde. Sagte, er schätze unsere Erfolgsaussichten als zu gering ein.«

»Aber er war auch keiner von *ihnen.* Du gehst mit den Leuten zu hart ins Gericht, Carl. Das ist auch nicht zielführend.« Adenauer war 1944 ins Gestapo-Gefängnis gebracht worden, obwohl man ihm keine Teilnahme am gescheiterten Aufstand gegen Hitler nachweisen konnte. Er war kein Freund der Nationalsozialisten gewesen, war von ihnen seines Amtes enthoben worden, hatte gar einem ihrer Führer den Handschlag verweigert. »Es gibt verschiedene Arten des Widerstands.«

Carl nickte nur. Er war in seinen Mitteln immer schon radikaler gewesen als Walter, der sich seinerzeit dem sozialdemokratischen Widerstand angeschlossen hatte. Carl hingegen gehörte dem kommunistischen Widerstand an und war Anhänger der KPD gewesen. Mochte er mittlerweile nicht mehr alle Ziele teilen, so waren ihm die Kommunisten immer noch näher als die Sozialdemokraten. Er war 1937 – ehe er zum überzeugten Pazifisten wurde – nach Spanien gegangen und hatte dort in den Internationalen Brigaden gekämpft.

All dem ging voraus, dass Freunde von ihm damals von den Straßen weg verhaftet worden waren und in den Konzentrationslagern illegale Häftlingsstrukturen aufgebaut hatten, was Carl zutiefst bewundert hatte. Und so war in ihm der Wunsch gewachsen, ebenfalls mehr zu leisten als den stillen Widerstand, und er war mit den Kommunisten nach Spanien gegangen. Dort jedoch hatte er festgestellt, dass der Krieg nicht seins war. Und hernach war ihm klar geworden, dass eine spitze Feder mehr Schaden anrichten konnte als so manches scharfe Geschoss.

Er hatte sich dem Journalismus zugewandt, hatte Artikel und Flugblätter geschrieben, die stets hart am Rande der Legalität rangierten, war etliche Male im Gefängnis gelandet und hatte sich 1941 nach dem deutschen Überfall auf die Sowjetunion verstärkt dem Kommunismus gewidmet und der KPD angeschlossen, die sich als revolutionäre Alternative zur SPD empfand.

»Es ist halt die Frage«, fuhr Walter fort und zündete sich eine Zigarette an, »inwieweit der Kommunismus in der heutigen Gesellschaft mehrheitsfähig ist.«

»Gerade heute wäre die Lösung einer sozialen Gleichheit aller Gesellschaftsschichten optimal, eine gerechte Verteilung der Güter, Gemeineigentum, kollektive Problemlösungen.«

»Das sind Utopien, keine Lösungen.«

»Es ist aber ein Ideal, das anzustreben ist.«

»Man strebt Lösungen an, die realistische Chancen haben, umgesetzt zu werden. Für soziale Gerechtigkeit sind wir auch, aber wir sehen die Lösung nicht in einer Revolution der Arbeiterklasse, sondern in demokratischen Reformen.« Walter nahm einen sauberen Arztkittel aus dem Schrank und zog ihn an. »Warum gehst du nicht nach Berlin?«, fragte er. »In jenen Teil, den die Sowjets besetzen?«

»Ich habe es tatsächlich überlegt. Die Idee eines neuen, kommunistischen Deutschland ist durchaus reizvoll.«

»Aber?«

Carl zuckte die Schultern. »Aber ich merke, dass meine Ideale zu bröckeln beginnen, auch wenn ich das ungern eingestehe. Nicht weit genug, um Sozialdemokrat zu werden, aber eben auch kein hundertprozentig überzeugter Kommunist mehr.«

Walter lächelte. »Das freut mich zu hören.«

»Mich eher nicht. Ich werde in zwei Jahren vierzig, und ich habe das Gefühl, die Welt ordnet sich um mich herum neu. In meinem Alter sollte ich wissen, wohin ich gehöre, und ein Häuschen mit Frau und Kindern haben.«

Nun grinste Walter ganz offen. »Nun ja, noch bleiben dir zwei Jahre.«

Carl wollte antworten, dann jedoch bemerkte er Katharina Falkenburg, die in der Tür des Ärztezimmers stand. »Oh, welch zauberhafter Anblick!«

Sie warf Carl einen raschen Blick zu. »Guten Tag, Herr von Seidlitz. Dr. Hansen, entschuldigen Sie die Störung, aber wir haben einen Notfall.«

Walter nickte. »Auf bald, mein Freund.« Er klopfte Carl im Vorbeigehen auf die Schulter und folgte Katharina hinaus. Carl sah ihnen nach, dann wandte er sich ab und ging zum Treppenhaus. Er wollte sie wiedersehen, so bald wie möglich. Sein Verstand mochte ihm sagen, dass es nicht die Zeit war für amouröse Abenteuer, seine Instinkte jedoch trieben ihn zu dieser Frau.

*

Antonia öffnete die Schränke mit dem Hausrat. Sie hatte gelernt, einen Haushalt zu führen, aber von praktischen Dingen wie Kochen hatte sie kaum Ahnung, das hatten immer andere übernommen. Mit dem Wenigen an Nahrung, das sie zur Verfügung hatten, bereitete sie etwas zu, das zwar einigermaßen sättigte, aber nicht schmeckte. Glücklicherweise war Marie da noch nicht wählerisch.

Katharina hatte ihr die Adresse einer Frau in einer Notunterkunft gegeben, und Antonia hatte für diesen Morgen einen Besuch dort geplant. Sie packte Marie warm ein und setzte sie in den Bollerwagen. Nachdem sie sie mit dem Gurt festgeschnallt hatte, gab sie ihr einen Kanten Brot in die Hand und zog den Wagen zur Haustür. Sie hatte sich eine große Tasche umgehängt, in der sich gestrickte Babyhosen, Stulpen für Krabbelkinder und warme Pullover befanden. Ihre Wollvorräte waren zur Neige gegangen, aber glücklicherweise konnte sie über Richard – der ihre vermeintliche Wohltätigkeit spöttisch belächelte – mehr beziehen, wenn auch zu königlichen Preisen.

Während sie durch die Straßen ging, plapperte Marie vor sich hin und fing den einen oder anderen freundlichen Blick von Frauen auf, die ihnen begegneten, bekam hier und da ein nettes Wort zugeworfen, und eine Frau im Großmutteralter erklärte Antonia mit Tränen in den Augen: »So waren meine auch. Es waren so viele.«

Es mangelte an fast allem, aber momentan kam es Antonia vor, als sei der größte Mangel warme Stiefel. Ihre Füße waren so kalt, dass sie ihre Zehen nicht mehr spürte. Undicht waren die Stiefel zudem, und der Schnee, der durch die Nähte drang, gluckerte nun als eisiges Schmelzwasser bei jedem Schritt.

Zwischen den Überresten von Häusern sah sie Kinder in Löchern spielen, wo der Boden in verschüttete Keller eingebrochen war. Auf der nach hinten offenen Ladefläche eines Lkw saßen zwei kleine Jungen, Trümmerkinder, in hellgrauen Hosen, dunkelgrauen Jacken und mit Schirmmützen. All diese Kinder, dachte Antonia, die vielleicht in Luftschutzbunkern geboren worden waren und die ihre Väter nicht kannten. Kinder, die trotz ihrer Angst niemand aus der Dunkelheit befreit hatte, in der sie Tag für Tag hatten verharren müssen, weil ihre Häuser eingestürzt waren und die Stadt bombardiert wurde. Kinder, die Hunger und Kälte kannten und den Anblick von zerrissenen Körpern inmitten von Ruinen. Kinder, die Todesangst kannten und denen niemand Trost oder Geborgenheit gab.

Es dauerte über drei Stunden, bis Antonia bei den Notunterkünften in Lindweiler ankam. Mehrmals musste sie stehen bleiben und sich durchfragen, da sie sich in diesem Teil der Stadt nicht auskannte. Wenn sie künftig öfter so lange Strecken zurückzulegen hatte, würde sie sich ein Fahrrad anschaffen müssen. Da sie das einzige, das in ihrem Haushalt übrig geblieben war, Katharina überlassen hatte und es nun schlecht zurückfordern konnte, würde sie sich anderweitig umsehen müssen. Zudem musste sie eine Erlaubnis beantragen.

Die Notunterkünfte bestanden aus Steinbaracken, die im Vorjahr zwischen Unnauer und Marienberger Weg errichtet worden waren. Antonia zog den Bollerwagen zu dem Gebäude, das ihr genannt worden war. Zögernd klopfte sie an und wartete. Früher einmal war ein Teil der Landfläche vom städtischen Liegenschaftsamt an bedürftige Familien verpachtet worden, alles darauf ausgelegt, damit diese sich selbst versorgen konnten – ein Teil der Stadt, der weit entfernt gewesen war von Antonias Lebenswirklichkeit vor dem Krieg. Friedrich hatte ihr damals erzählt, dass man hier Holzhäuser errichtet hatte aus dem Baumaterial der abgerissenen Militärbaracken. Wobei ihn Letztere deutlich mehr interessiert hatten als die Verwendung des Materials.

Da keine Reaktion erfolgte, klopfte Antonia ein weiteres Mal, nun etwas nachdrücklicher. Dann trat sie einen Schritt zurück und zählte die Baracken durch. Es musste die richtige sein, wenn Katharina sich nicht mit der Adresse vertan hatte.

Hoffentlich war sie nicht den ganzen Weg umsonst gelaufen. Sie wollte gerade die Hand heben und ein wenig entmutigt ein drittes Mal klopfen, als sie Schritte hörte, dann riss ein Mädchen die Tür auf und starrte sie aus großen Augen an.

»Hallo, ist deine Mutter da?«

Das Mädchen nickte.

»Wer ist da?«, kam eine Frauenstimme aus dem Innern der Baracke.

»Eine Frau!«, rief das Mädchen zurück.

»Was möchte sie?«

»Kinderkleidung verkaufen«, antwortete Antonia anstelle des Mädchens.

»Lass sie rein, Anne.«

Das Mädchen trat zurück, und Antonia betrat mit dem Bollerwagen den Raum, ging durch Girlanden von Wäsche, die an quer durch das Zimmer gespannten Leinen hing, und betrat schließlich den Wohnbereich. Ein geblümter Vorhang teilte das Zimmer, in dem sich ein Ofen, ein Regal, eine Zinkwanne, einige Stühle und ein Bett an der rechten Wand befanden. Zwischen den beiden Fenstern waren Matratzen zu Stapeln gelegt worden, so dass man sie als Sitzgelegenheit benutzen konnte.

»Guten Tag«, sagte Antonia zu der Frau, die auf dem Bett lag und sich mit einem Ellbogen aufstützte. »Fräulein Falkenburg hat mir gesagt, Sie hätten Bedarf an Kinderkleidung.«

»Das stimmt.« Die Frau hatte eine dunkle, warme Stimme und wirkte weniger verwahrlost, als Antonia sich das angesichts der Umgebung vorgestellt hatte.

»Ich hoffe, ich komme nicht ungelegen.«

Die Frau lachte. »Sie sind ja ne richtige Dame.«

Antonia wusste nicht, was sie darauf antworten sollte, und nickte nur unbestimmt.

»Setzen Sie die Kleine doch zu den Pänz, dann können sie

zusammen spielen.« Die Frau deutete auf eine Gruppe von Kindern, die in einer Ecke saßen und sich um Bauklötze balgten.

»Ich lasse sie lieber im Wagen. Sie ist noch so klein.«

»Ach, das können die ab, der Kleine von meiner Nachbarin ist auch nicht älter.« Die Frau lächelte freundlich. »Mögen Sie Zichorienkaffee? Ich hab noch was da.«

»Machen Sie sich keine Umstände.«

»Oh, das tue ich gerne. Hab so selten mal jemanden hier zum Plaudern.« Die Frau schob die Beine aus dem Bett und verzog das Gesicht. »Bin gerissen, wieder einmal. Na ja, Sie kennen das bestimmt. Rein kommen se leichter als raus.« Die Frau lachte und schnaufte ein wenig, als sie sich hochstemmte.

»Soll ich das machen?«, bot Antonia an.

»Gerne. Zündhölzer finden Sie in der Schublade.«

Antonia ging zum Ofen, und nach einigen Versuchen gelang es ihr, das Feuer zu entfachen. Inzwischen gingen ihr diese Dinge besser von der Hand als noch im Winter zuvor.

»Wasser ist in der großen Kanne. Aber gießen Sie vorsichtig ab, sonst muss ich meinen Großen wieder zum Hydranten schicken.«

Behutsam goss Antonia Wasser in einen zerbeulten Topf, stellte diesen auf die Ofenplatte und drehte sich wieder zu der Frau um. »Eine große Kinderschar«, sagte sie und hoffte, dass es anerkennend klang.

Die Frau lachte wieder. »Sind nicht alles meine. Drei sind von der Nachbarin, wir wechseln uns ab.« Ihr Baby, das neben ihr geschlummert hatte, fing an zu greinen, und sie stieß einen beruhigenden Laut aus, zog schließlich ihr ausgeleiertes Hemd hinunter, entblößte eine blasse, blau geäderte Brust und legte das Kind an. Antonia drehte sich wieder zum Topf, beobachtete die kleinen Blasen, die im Wasser aufstiegen.

»Kaffee ist in der Dose.«

Antonia griff nach einer Blechdose, fand nach kurzem Suchen einen Löffel und bereitete den Kaffee zu. Dann goss sie ihn in zwei Becher und brachte der Frau einen davon, den sie vorsichtig auf dem Boden neben dem Bett abstellte.

»Nehmen Sie sich doch einen Stuhl«, bot die Frau an und schnalzte beruhigend, da das Kind nicht so recht Lust hatte zu trinken. Sie legte es wieder neben sich, zog ihr Kleid zurecht und bückte sich nach dem Becher.

Nachdem sie sich vergewissert hatte, dass Marie zufrieden war, setzte Antonia sich und nippte an dem heißen Getränk. Das Mädchen, das ihr die Tür geöffnet hatte, kam neugierig näher.

»Wie heißt sie?«

»Marie.«

»Darf sie mit uns spielen?«

»Lieber nicht, sie ist noch so klein.«

»Meine Anne kann gut mit Kindern«, sagte die Frau stolz. »Passt auf die kleinen Brüder auf, wenn ich mal wegmuss.«

Antonia wollte nicht, dass Marie auf dem schmutzigen Boden spielte, wollte sie nicht mit Kindern zusammen lassen, die vielleicht krank waren.

»Alle acht kerngesund«, sagte die Frau, als könne sie Antonias Gedanken lesen.

Antonia war unsicher. Einerseits wollte sie die Frau nicht vor den Kopf stoßen, andererseits bereitete ihr der Gedanke, Marie zu den Kindern zu setzen, Unbehagen. Sie wollte schon ablehnen, als sich Marie meldete. Sie mochte Kinder, wollte auch immer im Waisenhaus zwischen ihnen herumkrabbeln. Und so machte sie nun vehemente Versuche, sich aus dem Gurt zu befreien. Zögernd stellte Antonia die Tasse ab, löste den Gurt und hob sie aus dem Wagen.

»Gib gut auf sie acht, ja?«

Das Mädchen nahm Marie an die Hand und führte sie zu den Kindern.

»Aber nicht rüber zu den Nachbarn, ja?«

»Sind doch eh nicht da«, sagte das Mädchen.

Antonia sah zur Tür. »Aber sie gehen doch gewiss nicht raus, oder?«

»Nein, ich meinte die Nachbarn, die hinter dem Vorhang wohnen.«

Sie hatte gehört, dass sich viele Familien ein Zimmer teilten, gesehen hatte sie dies gleichwohl noch nicht. Antonia nahm einen weiteren Schluck Kaffee und schwieg, sah zu den Kindern und wieder zu der Frau.

»Wir hatten mal ein hübsches Häuschen in Rodenkirchen«, erzählte diese. »Aber das steht nicht mehr. Hier haben wir immerhin ein Dach über dem Kopf, und die Nachbarn sind nett. Wüsste nicht, was ich ohne sie machen sollte. Mein Mann ist ja den ganzen Tag fort, hat eine Stelle bei Hochtief bekommen. Wir hatten einfach großes Glück«, fügte sie hinzu. Hochtief bot derzeit mit die besten Arbeitsstellen und war daran beteiligt, die Stadt wieder aufzubauen.

»Mein Mann ist vermisst«, antwortete Antonia. Dies war ein Thema, über das man sich mit jeder Frau in Köln unterhalten konnte. Alle wussten Bescheid, kannten die Ängste, kannten Frauen, deren Männer tot oder vermisst waren. Es gab keine peinlichen Schweigepausen, keine Klassenunterschiede, wenn es um tote Ehemänner ging. Mochte sein, dass Antonia besser lebte als sie, aber dafür hatte sie im Grunde genommen niemanden mehr, ein Gedanke, der ihr in letzter Zeit oft gekommen war.

»Das tut mir leid. Es sind zu viele…« Die Frau seufzte. Dann lächelte sie aufmunternd. »Mögen Sie mir zeigen, was Sie dabeihaben?«

»Sehr gerne.« Antonia nutzte den Moment, in dem sie nach ihrer Tasche griff, um den Kindern einen Blick zuzuwerfen. Sie hatten Marie in die Mitte genommen und stapelten Holzklötze, die die Kleine unter Getöse zum Einsturz brachte. Ein kleiner Junge in Maries Alter lief mit wackligen Schritten durch den Raum und kam auf Antonia zu.

»Paul«, rief das Mädchen. »Hiergeblieben.«

»Ich sag doch, meine Anne passt auf alle Kinder auf«, sagte die Frau lachend.

Antonia rückte den Stuhl ein klein wenig herum, so dass sie Marie im Auge behielt und sich dennoch mit der Frau unterhalten konnte. »Ja, sie macht es wirklich gut.«

»Nun zeigen Sie mir doch mal, was Sie haben.«

Entzückt klatschte die Frau in die Hände, als sie die Dinge sah, die Antonia vor ihr auf dem Bett ausbreitete. Gestrickte Pullover für Babys und Kleinkinder, warme Stulpen, Strümpfe und Strickhosen in Säuglingsgröße. »Ach, das ist ja hinreißend. So richtig warme Sachen haben meine gar nicht, ich ziehe ihnen immer mehrere Teile übereinander an, und auch da wird's langsam eng. Wie viel möchten Sie denn für die Pullover?«

Antonia nannte ihr den Preis, bei dem sie sich an Auslagen in Schaufenstern und dem Preis, den sie für die Wolle gezahlt hatte, orientierte. Das Leuchten auf dem Gesicht der Frau erlosch. »Da kann ich mir leider höchstens einen leisten. Und die Stulpen?«

Antonia nannte den Preis, und die Frau überlegte, dass dann immerhin neben den Stulpen für den Drittjüngsten noch eine Hose für das Baby drin war. »Meine Anne ist so ein Vögelchen, der passt nichts. Ich habe meine Kleider kürzer und enger gemacht, damit sie im Winter was hat. Ich bin froh, dass es bald wieder wärmer wird.«

Antonia sah zu den Kindern, sah die Kleinen in ihren ausgefransten Pullovern und Hosen, in den löchrigen Strümpfen. Blickte wieder zu der Frau, die gedankenverloren über einen Pullover strich. Sie schloss für einen Moment die Augen, dann traf sie eine Entscheidung.

Eine Stunde später stand sie mit Marie auf der Straße, hatte den leeren Beutel in den Wagen zu den Füßen des Kindes gestopft und war auf dem Weg nach Hause. Was für eine erbärmlich schlechte Geschäftsfrau war sie doch. Richard würde sich biegen vor Lachen, wenn er um ihre Schwarzmarktversuche wüsste. Und nun hatte sie auch noch über drei Stunden Weg vor sich.

Nachdem sie eine gute halbe Stunde unterwegs war, sah sie einen Lkw am Straßenrand stehen. Der ältere Fahrer unterhielt sich mit einem Mann, der eine Schubkarre voller Schutt vor sich abgestellt hatte und auf seine Schaufel gestützt dastand. Es dämmerte bereits, und Antonia beschleunigte ihren Schritt. Der Lkw hatte Kohlebriketts geladen.

»Entschuldigung«, sagte sie, und beide Männer sahen sie interessiert an.

»Jo? Wat jitt et?«, fragte der Fahrer freundlich.

»Ich muss nach Marienburg. Ist das vielleicht Ihre Richtung?«

»Ich fahren bes en de Stadt. Bes dohin kann ich Üsch mitnemme.«

»Oh, das wäre wirklich reizend.«

»Fritzemann, packste ens d'r Kinderware hinge eren?«

Der am Wegrand stehende Mann nickte und legte die Schaufel weg. Antonia nahm Marie aus dem Bollerwagen, und der Fahrer stieg aus, um ihr auf die Beifahrerseite zu helfen.

»Vielen Dank«, sagte Antonia.

»…Jood Frau, dovür mütt'r Üsch doch nit bedanke.« Der Mann startete den Wagen, und das Gefährt setzte sich rumpelnd in Bewegung.

Elisabeth schob die Hände in die Taschen ihres Mantels und zog die Schultern gegen den eisigen Wind hoch. In Momenten wie diesen fühlte es sich an, als würde ihr nie wieder warm werden. Es ging auf acht Uhr zu, und vermutlich würde es noch eine gute Stunde dauern, ehe sie daheim war. Nigel war mit ihr in den Garten gegangen, in dem sie sich im Sommer oft getroffen hatten. Mangels anderer Möglichkeiten, wie er ihr erläutert hatte. Ihm Gefühle vorzuheucheln war nicht weiter schwer gewesen, da sie vor Kälte gekeucht hatte. Um dergleichen auch nur erträglich zu finden, musste man schon sehr verliebt sein. Oder von heftigem Verlangen getrieben.

Hernach lud er sie zu einem Teller Fleischbrühe ein und verabschiedete sich, noch während sie aß, weil er zurück zum Dienst musste. Es waren Augenblicke wie diese, in denen Elisabeth sich benutzt und schäbig fühlte. Es war klar, woran sie an ihm war, aber musste er sie das so deutlich spüren lassen? Wobei sie vermutete, dass ihm das nicht einmal bewusst war, geschweige denn in seiner Absicht lag, dass sie sich schlecht fühlte. Auf seine Art mochte er sie vermutlich sogar.

Elisabeth war noch ein wenig in der Gaststätte sitzen geblieben, nachdem sie die Suppe gegessen hatte, aber so richtig warm war ihr dennoch nicht geworden. Als sie schließlich ging, dachte sie an ihr Elternhaus, an den hohen gemauerten Kamin in der großen Stube. Es war ein hübsches Haus, fast zweihundert Jahre altes Fachwerk und große Stallungen mit einer Scheune, in der es selbst im Winter herrlich warm im Stroh gewesen war. Im Sommer hatte Elisabeth sich gerne in das duftende Heu gelegt, in die Balken geschaut und geträumt. Von einem Leben als gefeierte Bühnenschauspielerin. Oder vom mondänen Leben in der Stadt.

Als sie endlich vor der Haustür stand, waren ihre Finger so steif, dass ihr der Schlüssel mehrmals entglitt, ehe sie ihn ins

Schloss bekam. Obschon das Haus ungeheizt war, erschien es ihr im ersten Moment heimelig warm. Sie nahm ihren Schal ab und ging in die Küche, in der Hoffnung, dass der Ofen an war.

»Wie ich sehe, hatten wir denselben Gedanken«, sagte Katharina, während sie sich am Ofen wärmte. »Antonia hat vorhin für Marie Essen zubereitet.« Sie rückte ein wenig zur Seite, damit Elisabeth auch noch Platz fand.

Schritte näherten sich der Küche. »Guten Abend, die Damen.« Richard betrat den Raum und öffnete die Tür zur Speisekammer. »Elisabeth, ich hörte, du hast dich an der Theaterbühne beworben?«, fragte er beiläufig.

Wärme kroch Elisabeth vom Hals her langsam in die Wangen, als Richard ihr sorgsam gehütetes Geheimnis zur Sprache brachte. »Woher weißt du davon?«

»Ich kenne jemanden, der dort arbeitet. Stimmt es, dass sie gesagt haben, deine Fähigkeiten wären allenfalls gut genug für ein Provinztheater in Kriegszeiten?«

Diese Worte, von Elisabeth rasch verdrängt, schmerzten nicht weniger, als Richard sie aussprach. Sie wandte sich von ihm ab und starrte auf die Ofenplatte. »Ich hatte ja nicht einmal die Möglichkeit zu zeigen, was ich kann. Sie haben mich schon nach fünf Sätzen abgewürgt.«

»Zu Recht, möchte ich meinen.«

»Warst du dabei?«, fragte Katharina aggressiv.

»Nein, aber es wurde sehr plastisch vorgeführt.«

Elisabeth biss sich auf die Lippen, schwieg.

»Mach dir nichts draus«, sagte Katharina. »Mir hat ein Arzt gesagt, meine Fähigkeiten hätten vermutlich nur für das Lazarett-Gemetzel gereicht. Später musste er seine Meinung allerdings ändern.«

Ein zögerliches Lächeln zupfte an Elisabeths Mundwinkeln. »Tatsächlich?«

»Na.« Richard konnte keine Ruhe geben. »Das macht ja Hoffnung. Erwarte allerdings nicht, dass ich in irgendeiner Weise darauf einwirke, dass man dich noch einmal vorsprechen lässt. Nachher bin ich schuld, wenn faule Eier und Tomaten auf die Bühne fliegen.«

»Ehe ich *dich* frage, würde ich eher …« Elisabeth stockte kurz, da ihr nicht einfiel, was sie eher tun würde.

»Für Geld mit einem Mann schlafen?«, ergänzte Richard hilfsbereit. »Mich um Arbeit bitten?«

Elisabeth bückte sich nach einem Brikett, aber noch ehe sie es werfen konnte, hatte Richard lachend den Raum verlassen. »Ich … ich …« Sie suchte nach den richtigen Worten.

»Ja, ich weiß«, antwortete Katharina. »Ich auch. Aber ignorier ihn, selbst wenn's schwerfällt.«

Ein paar Minuten blieb Elisabeth am erkaltenden Herd stehen, dann verabschiedete sie sich von Katharina und ging zur Treppe. Sie war müde, und ihr taten die Schultern und der Rücken weh. Oben angekommen hob sie die Arme über den Kopf, streckte sich, bog den Oberkörper einmal nach rechts und einmal nach links. Dass Richard ihre Versuche, am Theater Fuß zu fassen, verächtlich machte, hatte sie mehr getroffen, als sie sich eingestehen mochte. *Gut genug für ein Provinztheater in Kriegszeiten. Da reicht's, hübsch auszusehen.* Eine Antwort auf ihre Frage hatte Richard ihr zudem bisher nicht gegeben, und Elisabeth würde ihn nicht noch einmal fragen. Zwei Vorhaben, finanziell auf eigenen Füßen zu stehen, waren zusammengebrochen. Sie würde sich etwas anderes überlegen müssen. Aber nicht mehr an diesem Abend. Irgendwann, wenn sie nicht mehr so elend müde war.

7

Mai 1946

»Hast du einen Moment Zeit?«

Richard war eben dabei, sein Hemd zuzuknöpfen, und sah Antonia erstaunt an. »Ja, komm nur rein.«

Antonia betrat sein Zimmer, das sie noch aus der Zeit kannte, ehe sie und Friedrich geheiratet hatten. »Es geht um Marie.«

Eine Spur von Argwohn hatte sich in Richards Blick geschlichen.

»Es geht nicht um das leidige Thema, dieses Mal nicht«, entgegnete Antonia.

»Dann ist ja gut.«

Antonia ging an ihm vorbei zum Fenster, sah in den Garten, wo das zart knospende Grün die Hoffnung auf den baldigen Sommer trug. »Wie du weißt, habe ich keine Familie. Meine Mutter war ein Einzelkind, und von den beiden Brüdern meines Vaters lebt nur noch einer, und den habe ich als Sechsjährige das erste und einzige Mal gesehen.«

»Der in Amerika?«

Antonia nickte. »Ich habe keine Geschwister, keine Großeltern, es gibt tatsächlich niemanden.«

»Was dich zu der Frage führt, was aus Marie wird, solltest du in jungen Jahren dahinscheiden.«

Antonia drehte sich zu ihm um. »Genau das.«

»Die einzigen Verwandten – zumindest offiziell – sind meine Mutter und ich. Das ist in der Tat ein Problem, das dich zu

Recht bekümmert. Meine Mutter grollt dir ohnehin, weil du Friedrichs Andenken entehrt und dir ein Kind von einem anderen hast machen lassen. Sie würde Marie ohne Zögern in ein Waisenhaus stecken und zur Adoption freigeben.«

Obschon Antonia das geahnt hatte, verursachte ihr der Gedanke daran Übelkeit. »Und du?«, fragte sie kaum hörbar.

»Mit meiner Geduld gegenüber Kindern ist es nicht ums Beste bestellt. Ich bin mir nicht sicher, ob du Marie das antun möchtest.«

»Welche Alternativen habe ich denn?«, fragte Antonia heftiger als beabsichtigt.

»Keine. Wäre ich an deiner Stelle, würde mir der Gedanke schlaflose Nächte bereiten. Gottlob bin ich nicht an deiner Stelle.« Richard sah zur Tür, als habe er es eilig.

Langsam ging Antonia zu ihm, blieb einen Schritt weit von ihm entfernt stehen und sah ihm in die Augen. Unwillkürlich fragte sie sich, ob seine Lippen noch so schmeckten wie in ihrer Erinnerung. Oder ob diese ihr nur etwas vorgaukelte, das der Wirklichkeit nicht mehr standhielt. Mochte sie die Vergangenheit auch noch so sehr zu verdrängen suchen, in manchen Momenten brach sich die Vertrautheit Bahn, der Gedanke daran, was sie alles von ihm wusste und er von ihr. Und wie alles hätte werden können. Vielleicht dachte er dasselbe, denn sein Blick veränderte sich, dann jedoch schob sich der altbekannte Ausdruck mokanter Belustigung davor.

»Der Moment, mich zu küssen, war nie günstiger als jetzt.«

Die Erinnerungen zerstoben. »Ich werde das Haus nicht Marie vererben«, sagte Antonia.

»Es wird aller Wahrscheinlichkeit nach nichts geben, das du vererben kannst.«

»Hör auf mit den Spielchen, Richard. Du weißt, dass das Testament, das deine Mutter angeblich ausgegraben hat, gefälscht ist. Aber hör mir bis zum Ende zu. Ich werde es dir vererben, dir allein.«

Seine Augen verengten sich misstrauisch.

»Dafür wirst du Maries Vormund, und du wirst ein guter Vormund sein, du wirst ihr ein Kindermädchen besorgen, sie lernen lassen und dafür sorgen, dass es ihr an nichts fehlt.«

Das Misstrauen wich Anerkennung. »Eine gute Idee. Keine, der ich folgen werde, aber nichtsdestotrotz gut. Du lernst dazu.«

»Aber …«

»Meine Liebe, fügen wir deiner Überlegung den Umstand hinzu, dass du drei Jahre jünger bist als ich und es um die Überlebenschancen von Männern derzeit eher schlecht bestellt ist, können wir vermutlich davon ausgehen, dass ich noch vor dir abtrete.«

»Wenn Marie bis dahin erwachsen ist, wäre mir das gleich.«

Richard lachte schallend. »Na, wenigstens bist du ehrlich. Also bleiben wir bei der bisherigen Methode, das Haus in meinen Besitz zu bringen.«

Mit einem langen, resignierten Seufzer stieß Antonia den Atem aus und strich sich gelöste Haarsträhnen aus dem Gesicht. »Du müsstest dich nicht einmal selbst um sie kümmern. Biete ihr nur ein Zuhause.«

»Und halte ihr die Kerle vom Leib, wenn sie einmal alt genug ist«, führte Richard den Satz zu Ende.

»Damit es ihr nicht ergeht wie ihrer Mutter.«

»Die sich für ihre erste Liebesnacht einen schlechteren Liebhaber hätte wählen können.«

Erneut strömte eine Flut Erinnerungen auf sie ein, als hätten Richards Worte den mühsam errichteten Damm gebrochen. Die Verschwiegenheit, das Versteckspiel, das Gefühl, Teil von etwas Großartigem zu sein. Ihre grenzenlose Verliebtheit. Das harte Erwachen. Und die Erinnerung daran war es schließlich, die Antonia half, all die unliebsame Vergangenheit wieder dort zu verschließen, wo sie hingehörte – in den Hort des Vergessens.

»Also gut.« Richards Worte kamen so unvermittelt, dass Antonia einen Moment nicht wusste, worauf er antwortete. Und dann konnte sie es nicht so recht glauben.

»Du meinst …«

»Ja. Ich mach's. Ich setze doch kein elternloses Kind auf die Straße.«

»Und warum dann die Spielchen?«

»Ich wollte sehen, wie weit du gehst.«

Antonia biss sich in die Unterlippe, spürte den vertrauten Zorn in sich aufsteigen. »Was dachtest du? Dass ich mit dir ins Bett gehe?«

»Ich wollte zumindest wissen, ob du es anbietest.«

»Und dann?« Ein sarkastisches Lachen kam ihr in einem kurzen Laut über die Lippen.

»Dann hätte ich gesagt, dass daraus leider nichts wird, so verlockend der Gedanke auch sein mag. Aber wir wissen beide, wie das enden würde.«

Nun loderte der Zorn so heftig in ihr empor, dass sie an sich halten musste, um nicht auf ihn loszugehen. »Du bist … Du bist …«

»Bemüh dich nicht. Ich habe noch jede Beschimpfung, mit der du mich seinerzeit belegt hast, im Kopf.« Richard sah auf seine Uhr. »Wenn du mich nun entschuldigst, ich habe einen Termin und bin schon spät dran.« Er wartete, bis sie an ihm vorbei hinausgegangen war, folgte ihr, dann zog er die Tür hinter sich zu und schloss ab. Ehe er ging, fasste er Antonia unters Kinn und sah ihr in die Augen. »Ich wäre ein unerträglich strenger Vormund. Bete lieber darum, dass sie dich als Mutter behält.« Damit drehte er sich um und ging.

»Das Schicksal meint es gut mit mir.« Carl von Seidlitz stand am Haupteingang des Krankenhauses und wartete, die Hände in die Taschen geschoben.

Katharina hielt inne. »Sie stehen hier und warten auf mich? Den ganzen Tag?«

»Sagen wir – jemand hat mir einen Tipp gegeben, wann ich mit Ihnen rechnen kann.« Ein schiefes Lächeln, bei dem er nur einen Mundwinkel hob, trat auf seine Lippen.

Es war seltsam, wie leicht das Lächeln auf sie überzuspringen schien. »Und worauf haben Sie gehofft?«

»Auf ein klein wenig Ihrer Zeit.«

»Und wie gedenken Sie, das kostbare Gut meiner Zeit zu nutzen?«

»Ein kleiner Spaziergang?«

Den ganzen Tag über hatte Katharina sich auf den Moment gefreut, wo sie heimgehen und sich ins Bett legen konnte. Und nun erschien ihr nichts reizvoller, als den Nachmittag an der Seite dieses Mannes zu verbringen.

»Ich hole nur rasch mein Fahrrad«, antwortete sie und eilte zu dem Abstellplatz. Mittags hatte es geregnet, nun jedoch wirkte der Himmel wie ein verrußtes Tuch, das hier und da in Fetzen hing, so dass gelegentlich ein Stück Blau zu sehen war und sich ab und zu sogar ein vorwitziger Sonnenstrahl hervortastete.

Carl hatte sein Fahrrad ebenfalls geholt, und gemeinsam fuhren sie in die Innenstadt, dorthin, wo sie beim letzten Mal gesessen hatten. Sie wichen einigen Jungen aus, die johlend mit einer Blechdose Fußball spielten. Nun, da der Winter die Stadt aus seiner Umklammerung entlassen hatte, schien diese ihr resigniertes Verharren abzuschütteln.

Wann immer Katharina den Dom sah, erschien es ihr nahezu unmöglich, dass er nach den zweihundertzweiundsechzig Bombardierungen, die ganz Köln in Schutt und Asche gelegt hatten, immer noch stand. Sie hatte ein Bild gesehen, das die Stadt von oben zeigte mit der Kathedrale inmitten eines Trümmermeers. Dabei hatte der Dom durchaus gelitten, das konnte man sehen, wenn man unmittelbar davorstand. Katharina lehnte ihr Fahrrad neben Carls an den Baum und sah sich das Gemäuer an.

»Die Wehrmacht hat ihn mit Granaten beschossen«, erzählte Carl, »als die Alliierten die Linksrheinische bereits erobert hatten.«

Der Pfeiler des Nordturms war weggesprengt worden, einige Gewölbe ganz eingestürzt. Und obwohl die Kirche nicht das Ziel der Alliierten gewesen war – warum, wusste man nicht –, hatte sie doch zahlreiche Treffer abbekommen durch Luftminen und Brandbomben.

»Stünde der Dom nicht so dicht am Bahnhof«, erklärte Carl, »hätte man ihn vermutlich überhaupt nicht beschossen. Aber so hat er eben das mitgekriegt, was dem Bahnhof und der Hohenzollernbrücke zugedacht gewesen war. Irgendwie musste man den Nachschub der Deutschen ja stoppen.«

Es war ein schöner Frühlingstag, und Katharina sah Menschen an kleinen Tischen an den Straßen sitzen, Pärchen, die zusammen auf den Rhein blickten, Kinder, die auf dem Boden hockten und mit Murmeln spielten. Kleine Inseln der Normalität.

»Wie hat Ihnen mein Artikel gefallen?«, fragte Carl.

»Sehr gut.«

Sie setzten sich an den Rhein und sahen der Fähre zu, die zwischen den beiden Ufern kreuzte. »Ich würde gerne über die Probleme der Stadt sprechen, ernsthafte Probleme. Man macht es sich leicht, wenn man Maggeln schlicht als Störung der Lebensmittelversorgung bezeichnet.«

»Maggeln?«

»Hamstern. Haben Sie hier nie den Spruch ›Wer nicht maggelt, der waggelt‹ gehört?«

Katharina musste lachen. »Nein. Vergessen Sie nicht, ich komme nicht von hier.«

»Hamsterfahrten sind oft der einzige Weg, an ausreichend Nahrungsmittel zu kommen.«

Von diesen Schwarzfahrten in andere Zonen hatte Katharina natürlich gehört. Dabei waren es vor allem die Kinder, die bei diesen sogenannten Hamsterfahrten als Träger unentbehrlich waren. Kinder und Jugendliche, die sich als Autospringer betätigten, auf Lkw und Züge aufsprangen und alles klauten, was sie tragen konnten, um es dann ihren Kumpanen am Wegesrand zuzuwerfen. Hier jedoch schien alles für einen Moment weit weg zu sein.

»Dreihundert Mark Strafe zahlt man dafür, wenn man Gemüse direkt beim Erzeuger kauft«, fuhr Carl fort. »Dabei ist es doch kein Wunder bei dieser miserablen Versorgungslage. Wussten Sie, dass man für den Trümmerhaufen, den man einstmals als Haus erworben hat, immer noch die Hypothek bezahlen muss?«

Nein, das hatte Katharina nicht gewusst, aber es klang schlüssig. »Nun ja, der Kredit besteht weiterhin, und irgendwer muss ihn ja bezahlen.«

»Es zeigt vielmehr, dass unser bisheriges System nicht funktioniert. Die Situation hat sich geändert, man kann nicht einfach weitermachen wie bisher. Es muss eine gerechtere Verteilung von Gut und Geld geben.«

Katharina dachte nach, während sie beobachtete, wie die Fähre am gegenüberliegenden Ufer anlegte. »Davon, bestehendes Vermögen umzuschichten, halte ich nichts. Ich halte nicht viel vom Kommunismus. Wenn ich mich politisch einordnen sollte, würde ich sagen, ich bin Sozialdemokratin.«

»Wie Walter Hansen.«

»Den hätte ich tatsächlich eher für einen stockkonservativen Christdemokraten gehalten.«

»Das Problem ist«, Carl nahm eine Handvoll kleiner Steinbröckchen und ließ sie ins Wasser rieseln, »dass ich damals überzeugter Kommunist war, ganz und gar überzeugt. Und nun beginne ich zu zweifeln, ein klein wenig, aber ausreichend, um nicht mehr mit vollem Herzblut dahinterzustehen.«

»Und woran genau zweifeln Sie?«

»Nicht an den grundlegenden Dingen, ich bin nach wie vor für die Freiheit des Einzelnen und soziale Gerechtigkeit. Aber ich teile die Kritik an der Mehrwertproduktion nicht mehr.«

»Wenn ich ehrlich sein soll, habe ich mir über den Kapitalismus nie Gedanken gemacht.«

»Das tun die wenigsten, die in unseren Kreisen aufwachsen. Ich hatte schon als Junge Probleme mit der Frage, wie menschliches Handeln ökonomisch begründet werden kann, und bin später überzeugter Gegner des Kapitalismus geworden. Unsere alte Klassengesellschaft folgt dem Prinzip der Ausbeutung, wenige Reiche auf Kosten vieler Armer. Es …«, er hielt inne, sah sie forschend an, als wolle er ausloten, ob sie ihm überhaupt noch folgte.

»Ja, fahren Sie fort. Ich bin nicht in allem Ihrer Meinung, aber fahren Sie fort.«

»Arbeit dient nicht der Selbstverwirklichung und nicht in erster Linie dem Aspekt, nützliche Dinge für die Gesellschaft herzustellen, sondern sie wird verkauft, wird also zur Ware. Der Kapitalist wird durch den Verkauf einer Ware immer mehr Gewinn erzielen als der Arbeiter mit der Herstellung derselben.«

»Arbeit als reine Selbstverwirklichung und eine klassenlose Gesellschaft. Es klingt in der Theorie alles großartig«, antwortete Katharina, »aber bisher hat noch kein Staat es so umgesetzt, dass ich behaupten würde, es sei gelungen.«

»Jede gesellschaftliche Umwälzung braucht Zeit. Und ich muss gestehen, mich überzeugt inzwischen die Vorstellung einer Sozialökonomie, also einer Wechselwirkung zwischen Wirtschaft und Gesellschaft. Gerade in diesen Zeiten wird mir das mehr denn je klar. Und ich bin auch nicht der Meinung, dass es mit dem Zerfall der Klassengesellschaft mehr Rechte für die Frauen gibt, das hat sich bisher nicht bewahrheitet, und ich denke, das wird in Zukunft nicht anders sein. Ebenso widerstrebt mir eine rein gesellschaftliche Erziehung der Kinder.«

»Also sind Sie derzeit ein Kommunist auf Abwegen.«

Er lachte. »Ja, so könnte man es nennen.«

Während die Fähre ablegte und den Rhein überquerte, schwiegen sie, jeder den eigenen Gedanken nachhängend. Katharina fragte sich, wie es wohl gewesen wäre, wären sie sich auf dem gesellschaftlichen Parkett begegnet. Sie ein in ein Kleid gezwängtes Modepüppchen, er der überzeugte Gegner der Standesgesellschaft, von der ihre Eltern so überzeugt waren.

»In meinem Leben«, sagte sie, »ging es im Grunde genommen immer nur um Flucht. Als Heranwachsende in mein Zimmer und später in den Krieg. Ich wollte nur fort aus dieser Enge, die mir keine Luft zum Atmen gegeben hat.«

»Waren Ihre Eltern politisch?«

»Nicht so besonders. Sie waren keine Anhänger von Hitler, aber sie waren auch keine wirklichen Gegner. Mein Vater hielt nicht viel von ihm, offen gezeigt hat er das jedoch nie. Der einzige Akt des Widerstands, den er je öffentlich gemacht hat, war, als er meinem jüngsten Bruder verboten hat, in den Krieg zu ziehen. Aber schließlich konnte er ihn nicht mehr halten, und mein Bruder ist mit wehenden Fahnen in die feindlichen Kugeln gelaufen. Ich frage mich, ob er es im letzten

Moment noch bereut hat, oder ob er dachte, die Sache sei es wert.«

»Ich habe eine jüngere Schwester, die mit einem russischen Offizier verheiratet ist. Unsere Familien kannten sich seit dem Großen Krieg.«

»War das nicht ungeheuer schwierig?«

»Ja, vor allem, weil ich mich so offen dem Widerstand angeschlossen habe. Aber meine Eltern standen voll und ganz hinter uns. Nichtsdestoweniger sind sie damals sicherheitshalber in die USA geflohen und haben dort den Krieg ausgesessen, während ich meine Odyssee durch die deutschen Gefängnisse angetreten habe.«

»Sie hätten auch fliehen können.«

»Hätte ich, ja.«

Das Schweigen veränderte sich, wob eine neue Vertrautheit zwischen sie. Katharina stützte die Arme auf die Knie und beobachtete das Sonnenlicht, das auf den Wellen tanzte.

*

Richard hatte Antonia nicht gefragt, was mit Maries leiblichem Vater war, da er davon ausgegangen war, darauf ohnehin keine Antwort zu erhalten. Wenn Antonia allerdings *ihm* den Vorzug vor dem Erzeuger des Kindes gab, war dieser entweder tot, vermisst oder aber er war ihr noch mehr zuwider als Richard. Vielleicht hatte er ihr Gewalt angetan oder sie einfach verlassen und sich nicht um das gemeinsame Kind geschert. Aber wie dem auch war – da Richard, dem natürlichen Verlauf der Natur folgend, eher damit rechnete, dass Antonia ihn überlebte, machte er sich um Marie derzeit keine weiteren Gedanken. Sollte es doch dazu kommen, dass Antonia in jungen Jahren verstarb, würde sich irgendwie alles finden. Und wenn er sich vorstellte, wie seine Mutter reagieren würde, wenn er das Von-Brelow-

Haus verkaufte, keine eigenen Kinder zeugte und Vormund für den Bastard seiner Schwägerin wurde, dann erschien ihm dieses Erbe sogar ganz reizvoll.

Eigentlich wollte Richard noch einmal ausgehen, aber als er am Salon mit der offen stehenden Verandatür vorbeikam, blieb er stehen. Die laue Luft trug den Duft nach Gras und Erde in den Raum, während das rotgoldene Licht des frühen Abends sich auf dem Parkett aufgefächert hatte. Für einen Moment war es Richard, als hätte es den Krieg nie gegeben, als sei alles Böse der letzten Jahre außerhalb dieser schützenden Mauern geblieben.

Er betrat den Salon und ging zur Veranda, wo Elisabeth und Antonia in den alten Korbsesseln saßen und Katharina sich auf der obersten Stufe der in den Garten führenden Treppe niedergelassen hatte. Georg stand unter einem Baum, hatte die Hände in die Seiten gestemmt und sah hoch in die Zweige, als suche er dort etwas. Zu seinen Füßen spielte Marie auf dem weißen Kirschblütenteppich im Gras. Jeglicher Spott über die Idylle erstarb Richard auf den Lippen, und er trat schweigend hinaus.

Antonia wandte träge den Kopf, und sie wirkte, als läge auch ihr eine mokante Bemerkung auf der Zunge, aber auch sie schien sich dagegen zu entscheiden. Und so fügte Richard sich in das Bild ein, als sei er ein Teil davon. Er ging zum Rand der Veranda, verschränkte die Arme hinter dem Rücken und sah über das verwilderte Beet in den Garten, den eine verwitterte Backsteinmauer umgab. Vögel zwitscherten, und Marie lachte glucksend.

Der Türgong schlug eine Bresche in das Bild abendlicher Harmonie, und alle regten sich, wandten den Blick zur Verandatür.

»Erwartet ihr jemanden?«, fragte Richard, der keine Lust verspürte, die Tür zu öffnen.

Der Gong ertönte ein zweites Mal, und Antonia erhob sich seufzend. »Vielleicht hat sich jemand in der Tür geirrt.«

»Oder es sind dieses Mal Elisabeths Eltern«, witzelte Richard.

»Das verhüte Gott«, murmelte Elisabeth.

Antonia verschwand im Haus. Kurz darauf waren Männerstimmen zu hören, dann näherten sich vielfache Schritte, und Antonia erschien an der Verandatür, ein Ausdruck von Verstörtheit und Furcht auf dem Gesicht. Ihr folgten sechs Polizeibeamte in den dunkelblauen Uniformen der britischen Besatzungszone.

»Entschuldigen Sie bitte die Störung, meine Damen und Herren«, sagte einer von ihnen. »Mein Name ist Kommissar Bauer. Uns wurde zugetragen, dass am Tag vor Heiligabend die Leiche eines Mannes aus diesem Haus geschafft wurde und ein Zusammenhang besteht zu dem toten Albert Bruhn.«

Betroffenes Schweigen. Elisabeth und Katharina wirkten so erschrocken und schuldbewusst, dass sie sich gleich »Mordgehilfin« auf die Stirn hätten schreiben können. Richard schritt ein, lenkte die Aufmerksamkeit von ihnen fort. »Das ist nichts weiter als eine Verleumdung«, sagte er. »Da könnte jeder kommen und dergleichen behaupten.«

»Tja nun, das haben wir uns auch gesagt«, antwortete Kommissar Bauer. »Aber die Personen konnten sehr dezidierte Angaben machen über den Ort, wo der junge Mann zu Tode gekommen ist, sowie über den Wagen, mit dem er transportiert wurde.«

»Warum sollten wir Albert Bruhn ermorden? Und was hätte er überhaupt in diesem Haus zu suchen gehabt?«, fragte Richard.

»Er ist illegalen Aktivitäten auf die Spur gekommen und wurde dabei erschlagen.«

Antonias Augen weiteten sich. »Es gibt in diesem Haus nichts Illegales. Ich vermiete die Zimmer offiziell. Falls angedeutet werden soll, ich würde hier etwas moralisch Verwerfliches betreiben, dann …«

Ach, sie war großartig, dachte Richard, auch wenn sie mitnichten schauspielerte.

»Das wollen wir Ihnen keineswegs unterstellen«, antwortete der Polizist rasch. »Aber wir müssen uns natürlich vom Wahrheitsgehalt überzeugen, und was die Personen sagten, klang sehr glaubhaft. Wir werden uns hier also umsehen.«

»Das dürfen Sie doch gar nicht einfach so«, wandte Antonia ein. Sie war so blass geworden, dass zu befürchten stand, sie werde ohnmächtig. Vom Garten her näherte sich Georg mit dem Kind auf dem Arm.

»Doch, gnädige Frau, das dürfen wir durchaus. Wenn Sie mich bitte zur Treppe führen möchten?« Er wandte sich an die anderen Polizisten. »Ihr sucht nach dem Karren und nach einem Lager mit illegalen Waren.«

Richard stockte der Atem. Seine Hand glitt in die Tasche, ertastete die Schlüssel, die er stets bei sich trug, und vor ihm tat sich ein Schlund auf, der aus Geldstrafen und Gefängnis bestand. Das Geld war ihm gleich, aber seiner Freiheit beraubt zu werden? Er ging zu dem Polizisten, der sich auf den Weg in den Garten machte. »Kann ich helfen?«

»Wo bewahren Sie Fahrzeuge und Geräte auf?«

»Im Schuppen.« Richard ging ihm voraus. Er öffnete die Tür zum Schuppen und ließ den Polizisten eintreten. Da dieser den Wagen ohnehin finden würde, galt es, den Vorgang zu beschleunigen. Je eher sie damit durch waren, desto besser. Und dann wurde Richard ein frappierender Fehler in seiner Planung bewusst. Der Polizist fand den einzig infrage kommenden Wagen recht bald und zog ihn in den Garten ans Licht.

»Ist das Blut?«, fragte er und deutete auf den rostbraunen Fleck, der ins Holz gesickert war, nicht sonderlich groß, da die Lumpen das meiste aufgesogen hatten, aber doch deutlich sichtbar. Richard hatte alles gereinigt und reinigen lassen. Hatte die Kleidung und Lumpen verbrannt, Fingerabdrücke beseitigt. Aber den Wagen hatte er vergessen. »Früher einmal wurde geschlachtetes Vieh damit transportiert«, entgegnete er.

Der Polizist nickte. »Gut. Das lässt sich sicher feststellen. Gehen wir zurück ins Haus.«

Dort sah es ähnlich unerfreulich aus, denn unter Antonias Blick beugte sich der Kommissar mit einer Lupe über die unterste Treppenstufe, indes einer der Polizisten mit einer Taschenlampe darauf leuchtete. Kommissar Bauer richtete sich auf, zückte ein Taschenmesser, kratzte etwas aus dem Spalt und zog ein weißes Tuch hervor, auf dem er begutachtete, was er dort hervorgeholt hatte. »Auf den ersten Blick nicht erkennbar.« Er sah auf, blickte Richard an. »Aber wir können feststellen, ob das Blut ist.«

»In dem Wagen ist auf jeden Fall welches«, erklärte der Polizist, der im Schuppen gewesen war.

Kommissar Bauer klappte das Taschenmesser zu und steckte es ein. »Sieht nicht gut aus für Sie.« Er nickte Richard zu. »Ebenso wenig für Ihren Komplizen.«

Antonia schnappte nach Luft.

»Keine Sorge, gnädige Frau, es war von einem zweiten Mann die Rede. Wenngleich ich vermuten muss, dass zumindest eine Mitwisserschaft Ihrerseits im Raum steht.«

Richard wandte sich abrupt ab und ging in die Küche, wo Elisabeth und Katharina saßen, beide kalkweiß im Gesicht, was bei Elisabeth wirkte, als sei ihre Haut durchscheinend. In diesem Augenblick erschien sie ihm so fragil, als könne man sie mit einem falschen Griff durchbrechen. Und dann bemerkte er die Angst, die in ihrem Blick lauerte, panische Angst davor, die falschen Entscheidungen getroffen zu haben. Sie hatte zu ihm gehalten, und es war nicht *sie* gewesen, die ihn verraten hatte. Aber er würde herausfinden, wer es war.

»Wo ist Georg?«, fragte er.

»Noch im Garten mit Marie«, antwortete Katharina.

Richard nickte und griff wieder nach den Kellerschlüsseln. Dann hockte er sich vor die Ofenklappe und öffnete sie, stocherte in der kalten Asche.

»Das ist doch wohl kaum der richtige Moment für eine Tasse Tee«, sagte Katharina.

Er ignorierte sie und ließ die Schlüssel in die Asche fallen. Dann schloss er die Klappe wieder und richtete sich auf.

»Richard?« Antonia erschien an der Tür. »Kommst du bitte? Lass mich nicht mit ihnen allein.«

Er nickte und ging mit ihr. Gemeinsam standen sie in der Halle, während die Polizisten das Erdgeschoss absuchten, in jeden Raum schauten. Schließlich stießen sie auf die Kellertür.

»Wo führt die hin?«, fragte Kommissar Bauer und versuchte vergeblich, die Tür zu öffnen.

»In den Keller«, antwortete Antonia.

»Wo ist der Schlüssel?«

Antonia wirkte so ratlos, dass jeder Idiot sehen musste, dass das unmöglich gespielt sein konnte. »Ich weiß es nicht. Früher einmal wurde dort geräuchert, aber das ist schon seit Kriegsbeginn vorbei. Ansonsten wurde der Keller nicht mehr genutzt.«

»Auch nicht für Vorräte?«

»Meine Schwiegermutter hat dort damals leicht verderbliche Nahrungsmittel gelagert, aber mein Mann und ich haben uns einen Kühlschrank gekauft, daher benötigten wir ihn nicht mehr. Den Schlüssel hatte meine Haushälterin, ich war nie dort unten.«

»Haben Sie ihn nicht als Schutzraum genutzt, während der Bombardierungen?«

»Da war ich nicht in Köln.« Antonia sah Richard an, und der hätte die Frage nach dem Schutzkeller eigentlich kommen sehen müssen.

»Ich war in der Zeit bei meiner Mutter. Ich kam verletzt aus dem Krieg, und sie war allein, also bot es sich an.«

»Also hat hier nur das Personal gewohnt?«

»Ja, eine Zeit lang schon. Ich weiß nicht, wann sie alle fortgegangen sind«, antwortete Antonia. »Unsere Haushälterin ist gegangen, als ich zurückgekommen bin. Ich habe keine Ahnung, ob sie den Keller genutzt hat.«

Kommissar Bauer nickte nachdenklich. »Es gibt also keine Möglichkeit, diese Tür zu öffnen?«

»Wenn wir den Schlüssel nicht finden, dürfte es schwierig werden.«

»Also gut.« Der Polizist nickte den Übrigen zu. »Brechen wir sie auf.« Er wartete Antonias Reaktion ab, die zuckte jedoch nur resigniert mit den Schultern. Richard hingegen schlug das Herz bis zum Hals.

»Oder gibt es eine andere Möglichkeit, Zugang zu den Räumen zu erhalten?«

Antonia überlegte kurz, aber sie kannte den Keller nicht, und so schüttelte sie zögernd den Kopf.

»Es gibt«, sagte Richard, »noch eine Tür, die von draußen her direkt in den Keller führt.«

»Tatsächlich?«, fragte Antonia.

»Sie wissen nicht, welche Zugänge Ihr Haus hat?«, fragte Kommissar Bauer.

»Ich habe hier nur ein paar Jahre gewohnt und den Keller nie genutzt. Herr von Brelow ist hier mit meinem Mann zusammen aufgewachsen.«

Der Polizist nickte. »Gut, können Sie mir den anderen Eingang zeigen?«

Richard deutete zur Haustür. »Wenn Sie mir bitte folgen wollen?« Er verließ das Haus, ging zur linken Seite, vorbei am Dienstboteneingang und deutete auf eine alte, moosbewachsene Steintreppe, die hinter wucherndem Unkraut und Efeu verborgen lag. Kommissar Bauer ging hinab und untersuchte die Umgebung der Tür.

»Der Eingang wurde bereits benutzt«, sagte er. »Das Efeu ist an der Türkante durchtrennt worden.« Er schob das Unkraut beiseite und ging in die Hocke.

»Soll das heißen«, Antonia konnte die Panik in ihrer Stimme nur schwer verbergen, »dass jemand durch diesen Eingang ins Haus gekommen ist?«

»So scheint es.« Der Polizist versuchte, die Tür zu öffnen, aber auch diese war verschlossen, wie Richard nur zu gut wusste. »Ich brauche ein Brecheisen. Selbert«, wandte er sich an einen seiner Kollegen, »holen Sie es bitte aus dem Wagen?«

Richard stieß die Luft aus und versuchte, sich gelassen zu geben, vielleicht ein wenig besorgt, was angesichts der Tatsache, dass ein Fremder im Haus gewesen war, sicher verständlich erschien. »Wie sollte denn ein Fremder hier ein und aus gehen?«, fragte er dennoch. »Man braucht einen Schlüssel.«

»Sie sagten doch, Ihr ehemaliges Personal hatte Zugang zu den Schlüsseln.«

Antonia zuckte mit den Schultern. »Ja, natürlich. Aber ich bezweifle, dass sie hier heimlich hereinkommen. Warum auch?«

»Das wird sich zeigen.«

Der Polizist kam mit der Brechstange zurück, ging die Treppe hinunter, setzte sie an, und mit einem berstenden Geräusch ging die alte Tür auf. Mit Taschenlampen leuchteten die beiden Polizisten den Keller aus, sahen in den alten Vorratsraum, in die ehemalige Räucherkammer und kamen endlich an Richards verschlossenem Lager an.

»Wieder verschlossen.« Der Kommissar wirkte wie ein Bluthund, der die Fährte witterte. »Ich vermute, auch hier gibt es keinen Schlüssel?«

Antonia und Richard nickten gleichzeitig, und so wurde auch mit dieser Tür kurzer Prozess gemacht. Dann jedoch stieß Antonia einen Laut des Unglaubens aus und drängte sich an dem Polizisten vorbei in den Raum, drehte sich darin, sah die Salami von der Decke hängen, gepökeltes Fleisch, Kisten mit Briketts, amerikanische Zigaretten und jede Menge anderer Dinge, die ihr Herz vermutlich schneller schlagen ließen.

»Aber …«, stieß sie aus, »aber das gibt es doch nicht. Mein Kind hungert, und hier …« Sie hob die Hände, schien nach der Salami greifen zu wollen, doch Kommissar Bauer hielt sie zurück.

»Das wird alles beschlagnahmt.«

Antonia starrte ihn an, senkte die Hand langsam wieder. »Ich …«

»Verlassen Sie bitte den Raum.«

Zögernd kam Antonia seiner Forderung nach, drehte sich dabei immer wieder um, fassungslos, ungläubig.

»Sie wirken weniger erstaunt?«, wandte sich einer der jüngeren Polizisten an Richard.

»Nur weil ich nicht in lautstarke Überraschung ausbreche?«

Antonias Blick flog zu ihm, und die Fassungslosigkeit wich kaltem Zorn. Angesichts dessen, dass sie alle Hunger litten und den ganzen Winter hindurch gefroren hatten, konnte er das durchaus verstehen. Allerdings hatte er auch nichts zu verschenken.

»Was haben Sie hierzu zu sagen?«, fragte Kommissar Bauer an Richard gewandt.

»Das wüsste ich auch nur zu gern«, fügte Antonia hinzu, die Hände in die Seiten gestemmt.

Richard sah in den Raum, spürte, wie ihm flau im Magen wurde. »Damit habe ich nichts zu tun.«

»Und jetzt?«, fragte Antonia, als sie Stunden später in der Küche standen. »Was machen wir jetzt? Blutspuren und ein Keller voller illegaler Waren. Das macht einen Mord, weil ein Geheimnis gewahrt werden muss, natürlich umso glaubhafter.«

Richard stand schweigend am Fenster und sah in die Dunkelheit. Die Polizei hatte das Lager leer geräumt, und er konnte froh sein, dass sie ihn nicht gleich mitgenommen hatten. Man konnte ihm die Waren nicht zuordnen, in seinen Räumen gab es nichts, was gegen ihn sprach. Offiziell lebte er hier ja nicht einmal, er hatte zwar noch sein altes Zimmer, war aber als Kriegsversehrter bei seiner Mutter gemeldet, über deren Marken er mitversorgt wurde. Hedwig von Brelow würde nichts anderes behaupten.

»Wie hast du eigentlich begründet, dass dein Zimmer so offensichtlich bewohnt ist?«

»Mit weiblichem Besuch, von dem meine Mutter nichts erfahren darf. Dafür hatte man Verständnis.«

»Ah, und in welchem Licht mich das dastehen lässt, hast du dir nicht überlegt, ja?«, wandte Antonia ein.

»Deine vermieteten Zimmer liegen in einem ganz anderen Korridor. Ich habe ihnen gesagt, dass die Besitzverhältnisse unklar sind.«

Antonia rieb sich mit den Fingerspitzen über die Nasenwurzel. »Großartig.«

Georg hatte zum Dienst gemusst, Katharina war auf ihrem Zimmer, und Elisabeth saß schweigend in der Küche und verfolgte den Disput.

»Was ich vor allem nicht glauben kann«, rief Antonia, »ist, dass du uns beim Hungern zusiehst und solche Schätze hütest.

Wie ist es dir überhaupt gelungen, all das vor uns zu verbergen?« Sie warf Elisabeth einen Blick zu, denn diese verhielt sich auffallend ruhig. Aber in diesem Fall wünschte sie sich ein wenig Unterstützung, immerhin hatte es sie letztes Jahr mit dem Verlust ihrer Wertmarken am härtesten getroffen. Elisabeth jedoch wich ihrem Blick aus und wirkte – Antonia forschte in ihrer Miene – regelrecht schuldbewusst.

»Was ist los, Elisabeth?«

»Nichts, ich … ich weiß lediglich nicht, was ich sagen soll.«

Die ganze Zeit über hatte Elisabeth eher ängstlich gewirkt als erstaunt. Dann bemerkte sie, wie Richard sie ansah, registrierte Elisabeths Blick, der kurz zu ihm zuckte und sich wieder auf den Tisch senkte.

»Also, das glaube ich nicht«, sagte Antonia kaum hörbar. »Du hast es gewusst?«

»Sie hat es zufällig herausgefunden«, antwortete Richard, ehe Elisabeth etwas sagen konnte. »Und nach dem, was ich ihr angedroht habe, war nicht zu erwarten, dass sie reden würde.«

Antonia neigte den Kopf leicht, taxierte die junge Frau. »Und als du die Wertmarken verloren hattest? Hat *er* dich da versorgt?« Während sie und Katharina ihre Rationen verringert und an Elisabeth abgegeben hatten.

»Nein.«

»Du wusstest, dass er dieses Lager hat, und du hast lieber gehungert, als dir etwas davon zu nehmen?«

»Ganz recht«, sagte Richard nun. »Hätte sie etwas genommen, hätte ich ihr die Finger gebrochen.«

Mit einem langen Seufzer stieß Antonia den Atem aus. »Wir stecken wirklich in Schwierigkeiten. Und alles nur deinetwegen«, sagte sie an Richard gewandt.

»Ich habe den Kerl nicht getötet. Und dazu gezwungen, in unser Haus einzudringen, habe ich ihn ebenfalls nicht.«

»*Mein* Haus. Du bist ein ungewollter Gast, mehr nicht. Noch dazu einer, der mein Haus als Warenlager für den Schwarzmarkt missbraucht hat und wegen dem uns vielleicht ein Mordprozess droht.«

»Es war von zwei Männern die Rede. Wenn überhaupt, droht er Georg und mir.«

»Und wird man uns nicht der Mitwisserschaft anklagen?«

»Das wird sich zeigen.«

Antonia massierte sich die Schläfen. Sie hatte selten Kopfschmerzen, aber wenn, waren sie heftig. Und genau jene schienen nun einzusetzen. »So viel Ärger«, sagte sie. »Hättet ihr bloß den Toten offiziell gemeldet.«

Elisabeth schwieg, ebenso wie Richard.

*

Zwei Männer, Blutspuren im Karren – die an der Treppe waren nicht eindeutig als solche erkennbar –, belastende Zeugenaussagen. Es sah nicht gut aus für Richard und Georg. Der Meinung war auch die Polizei, als sie am nächsten Tag auftauchte und Richard mitnahm. Die Frauen ließ man in Ruhe – noch. Beruhigt waren diese jedoch nicht, ganz im Gegenteil. Antonia und Katharina waren daheim, als die Polizei kam, um Richard abzuholen. Georg sei noch im Krankenhaus, sagte Antonia. Und fragte, ob man nicht aus Rücksicht auf seinen Leumund warten könne, bis er daheim sei, immerhin sei ja noch nichts bewiesen. Aber diesbezüglich ließen die Polizisten nicht mit sich reden, denn er sei eindeutig erkannt worden, und es drohe Fluchtgefahr, wenn man ihn warnte.

»Und jetzt?«, fragte Katharina. »Sollen wir sie sich selbst überlassen?«

»Hast du eine Idee?«

»Kennst du einen Anwalt? Jemanden, der helfen kann?«

»Friedrich hatte einige Freunde, die als Juristen tätig waren, aber von denen lebt keiner mehr, oder sie sind in Gefangenschaft. Der Einzige, der zurückgekehrt ist, setzt nur Verträge auf, mit Strafrecht kennt er sich nicht aus.« Und auch das wusste Antonia nur, weil sie seine Frau auf der Straße getroffen hatte. Dass der »gute, liebe Friedrich« nicht heimgekehrt sei, sei ein großer Verlust. Und dass Antonia ihm seinen Einsatz fürs Vaterland dankte, indem sie sich von einem anderen Mann schwängern ließ, war unverzeihlich. Natürlich war Letzteres nicht ausgesprochen, sondern nur zwischen die Zeilen geträufelt worden.

»Im Grunde genommen ist mir Richard gleichgültig, vermutlich hat er uns das alles eingebrockt mit seinem Schwarzhandel im Keller. Aber Georg hängt mit drin. Und wenn es ganz übel kommt, sind wir als Mitwisser auch dran.«

Während Antonia eine dünne Scheibe Brot für Marie in Stücke schnitt und Milch in einen Becher goss, gingen ihre Sorgen in eine gänzlich andere Richtung. Wie sollte sie die Kleine satt bekommen, wenn Richard nicht mehr da war? Im nächsten Moment schämte sie sich für ihren Egoismus. »Ich spreche mit Hedwig«, sagte sie schließlich. »Vielleicht kennt sie jemanden.«

»Viel Glück.« Katharina setzte ihr Häubchen auf und zog ihre Strickjacke über die Uniform. »Ich muss los. Wir sehen uns später.« Sie nahm eine in Papier eingeschlagene Stulle von der Anrichte und verließ die Küche.

Nichts wollte Antonia weniger, als Hedwig zu sehen, aber eine andere Möglichkeit fiel ihr nicht ein. Es ging ja nicht nur um Richard, sondern auch um Georg. Sie hatte sich nie die Zeit genommen, über ihre Gefühle für ihn nachzudenken, darüber, was sie nach dem Kuss empfand. Es war einfacher, ihn auf Distanz zu halten. Dass man ihn wegen Mordes verurteilen könnte, erschien ihr so absurd, dass sie sich nicht einmal richtige Sorgen um ihn machte, wenngleich ihr natürlich bewusst war, dass die Situation durchaus ernst war.

Hedwig würde Maries Anwesenheit als Affront betrachten, aber sie allein daheim zu lassen, kam nicht infrage, also setzte Antonia sie am späten Nachmittag in den Bollerwagen und ging die zwei Kilometer bis zur Wohnung ihrer Schwiegermutter. Hier war sie das letzte Mal vor ihrer Abreise nach Königsberg gewesen, als sie noch Friedrichs Ehefrau und kinderlos gewesen war. Hedwig war ihr freundlich begegnet, hatte über Friedrich geredet und über ihre Hoffnung, dass dieser heil zurückkehre. Bei Antonias Abreise hatte sie sie auf die Stirn geküsst und ihr gesagt, sie hoffe, der Krieg sei bald vorbei und alle gesund daheim. Dann war Antonia mit Marie heimgekommen, und von dem Moment an war alles anders.

Das Haus hatte einen Treffer abbekommen, aber glücklicherweise stand es noch so weit, dass Hedwig in ihrer Wohnung hatte bleiben können. Nicht auszudenken, wenn Richard sie im Haus einquartiert hätte. Antonia zog den Wagen durch den türlosen Eingang, und unter ihren Füßen sowie unter den Rädern des Wagens knirschten Geröll und Staub. Sie stellte den Bollerwagen zu zwei Kinderwagen unter der Treppe, nahm Marie heraus und stieg die Treppe hoch in den zweiten Stock.

Einen Augenblick lang hoffte sie, es sei niemand da, als sich auf ihr Klopfen hin zunächst nichts regte. Dann jedoch waren Schritte zu hören. Die Tür wurde entriegelt, und Hedwig von Brelow öffnete sie einen Spaltbreit, als befürchte sie einen Sittenstrolch. Ihre Augen weiteten sich überrascht. »Du?«

»Guten Tag, Hedwig. Darf ich reinkommen?«

Hedwig schwieg, trat jedoch einen Schritt beiseite, so dass Antonia an ihr vorbei in die Wohnung konnte. Obwohl ihre Schwiegermutter sich bemühte, den Schein zu wahren, ging auch hier die Zeit der Entbehrungen nicht spurlos vorüber.

Antonia ließ den Blick durch den Flur gleiten, bemerkte einen Wasserschaden an der rechten Wand und spinnwebenfeine Risse.

»Was gibt es?«, fragte Hedwig schließlich. »Ich komme gerade erst heim und bin müde.«

»Es geht um Richard. Ich würde nicht kommen, wenn es kein Notfall wäre.«

Hedwig hob fragend die Brauen, gab sich gelassen, aber Antonia konnte eine winzige Spur Besorgnis in ihren Augen erkennen.

»Er ist im Gefängnis.«

Die Maske zurückhaltender Gleichgültigkeit fiel. »Im Gefängnis?« Unglaube gepaart mit einem Tonfall der Resignation, als sei eingetroffen, was Hedwig insgeheim erwartet hatte.

»Ja. Man wirft ihm vor, den Sohn von Bruhns ermordet zu haben.«

»Aber …« Hedwig war blass geworden, »aber das ist doch absurd!«

»Er und Dr. Rathenau werden verdächtigt, ihn ermordet und in den Rhein geworfen zu haben. Außerdem hat man ein Lager mit illegalen Waren im Keller gefunden. Das gehört nun zweifellos Richard, auch wenn er das abstreitet.«

»Was für Waren?«

»Nahrungsmittel, Heizmaterial …« Antonia zuckte mit den Schultern. Sie setzte Marie, die allmählich zappelig wurde, auf dem Boden ab.

»Es wäre reizend, wenn du das lassen könntest. Das Kind wird mir hier alles verwüsten.«

Angesichts des Anblicks, den die Stadt bot, war das ja schon fast zynisch, dachte Antonia. »Ich achte auf sie.«

Hedwig runzelte die Stirn und bedachte die Kleine mit wenig freundlichen Blicken. Antonia beschloss, ihren Ärger noch ein klein wenig auf die Spitze zu treiben. »Marie, sag *Oma*.«

»Untersteh dich!«

Marie sah erst Antonia, dann Hedwig an. »Mama«, sagte sie, das einzige Wort, das sie konnte, und das auch erst seit Kurzem. Zumindest das einzige verständliche Wort in einem Wust an Kauderwelsch. Katharina hatte ihr versichert, das sei normal, die einen lernten früher sprechen, die anderen später.

»Nun«, sagte Hedwig. »Du hast mich in Kenntnis gesetzt. Ist sonst noch was?«

Nun war es an Antonia, die Stirn zu runzeln. »Ist das alles, was du dazu meinst?«

»Ich kann schlecht ins Gefängnis gehen und ihn befreien. Bisher ist er immer allein zurechtgekommen, also wird ihm das gewiss nun auch gelingen. Vor allem, wenn er unschuldig ist.«

»Kennst du keinen Anwalt?«

Hedwig überlegte einen Moment lang. »Die, die ich kannte, sind entweder im Gefängnis, tot oder praktizieren nicht mehr.«

Im Grunde genommen hatte Antonia sich nicht viel von dem Besuch versprochen, aber ein wenig enttäuscht war sie trotzdem.

»Hatte er viele Nahrungsmittel im Keller?«, fragte Hedwig.

»Ja, jede Menge.«

Hedwig schwieg, und Antonia wandte sich zum Gehen. Sie nahm Marie auf den Arm und öffnete die Tür.

Es war eine seltsame Mischung aus Resignation und Hoffnung, die die Frauen zum Weitermachen anzutreiben schien. Elisabeth wusste, dass viele von ihnen auf ihre Ehemänner warteten, die in russischer Gefangenschaft waren. Andere warteten auf ein Lebenszeichen, während die Ungewissheit an ihnen zehrte. Gemeinsam räumten sie die Straßen frei, standen auf den Trümmern und kochten Brotsuppe und plauderten die Angst und die Verzweiflung weg.

Männer schoben Schubkarren mit Schutt, hämmerten, sägten. Elisabeth stand in der Mitte einer Kette, in der große Steine von Hand zu Hand gereicht wurden, um am Ende in einen alten Pferdekarren geworfen zu werden, den Männer und Frauen dann mit vereinten Kräften fortzogen. Elisabeths Hände waren rau und rissig, die Fingernägel schrundig, aber wenigstens sorgte die Hornhaut dafür, dass sie sich an den schroffen Steinen nicht ständig die Haut blutig riss.

»Wie geht es deinem Mann?«, fragte sie die Frau zu ihrer Rechten, Marianne Hölscher, mit der sie während der Arbeit gelegentlich ins Gespräch gekommen war und die ihr vor einigen Tagen erzählt hatte, dass ihr Ehemann wieder daheim war.

»Es ist seltsam«, antwortete die junge Frau. »Wir haben uns das letzte Mal vor sieben Jahren gesehen, da war er ein junger, schmucker Bursche. Und jetzt ist er verhärmt und grau, er sieht ganz anders aus als in meiner Erinnerung. Das klingt furchtbar, ich weiß, er hat so viel durchgemacht, der Ärmste, aber …« Marianne nahm einen Ziegel von Elisabeth entgegen, reichte ihn weiter und griff nach dem nächsten Stein, während sie nach den richtigen Worten zu suchen schien. »Wir haben uns überhaupt nichts zu sagen. Ich erkenn ihn nicht und er mich nicht.«

»Das ist nach so langer Trennung sicher normal.«

»Ja, natürlich. Aber man hält die ganzen Jahre ein Bild aufrecht, und dann kommt die Wirklichkeit, und alles zerfällt zu Staub. Da ist nichts Vertrautes mehr, weder darin, wie er aussieht, noch wie er mich ansieht. Als wären wir Fremde.«

»Geht mir ähnlich«, sagte die Frau zu Mariannes anderer Seite. »Der Fritz ist seit einem halben Jahr wieder da, der arme Kerl. Hat irgendwie einen Hau weg seit dem Krieg, sieht die Kinder an, als wären's Fremde. Sind halt nicht mehr das Baby und das Kleinkind.«

Elisabeth war froh um die Gespräche, die sich um eine völlig andere Lebenswelt drehten als die ihre. Seit die Polizei da gewesen war, nagte in ihr die Angst. Mitwisserschaft bei Richards Schwarzhandel wäre schon schlimm genug, aber da könnte sie sich sicher herausreden, und Richard würde sie wahrscheinlich nicht ans Messer liefern. Aber ein Mord? Sie rieb sich die Augen, in denen Schweiß und Mörtelstaub brannten, und wischte sich den Schweiß von der Stirn.

»Na ja«, sagte Marianne, »ich bin wohl auch nicht mehr das lustige Ding, das der Peter mal geheiratet hat.«

Erneut wischte sich Elisabeth mit dem Arm übers Gesicht. Ihr Haaransatz juckte, und überhaupt täte sie derzeit nichts lieber, als sich die Kleider vom Leib zu reißen und sich irgendwo ins Wasser fallen zu lassen. Und wenn die Beweislast gegen Richard nun erdrückend war? Wenn man nachweisen konnte, dass der Tote wirklich in ihrem Haus gewesen war und Richard ihn mit Georg entsorgt hatte? Sie könnte sich ohrfeigen dafür, sich für das Wegschaffen der Leiche ausgesprochen zu haben. Hätten sie direkt die Polizei geholt, hätten sie diese Probleme jetzt nicht.

Am frühen Abend legten sie die Arbeit nieder, und Elisabeth plauderte noch ein wenig mit Marianne, die keine Kinder daheim und es deshalb auch nicht eilig hatte. »Ich hatte mir alles so schön ausgemalt«, sagte sie. »Und wenn ich den Peter jetzt anschaue, denke ich mir: ›Soll das wirklich der Mann sein, mit dem ich den Rest meines Lebens verbringen werde?‹ Ist das nicht furchtbar, wo der arme Kerl so viel mitgemacht hat?«

»Ihr müsst euch neu kennenlernen«, antwortete Elisabeth. »Tut das, was ihr damals getan habt, als ihr euch noch fremd wart.«

Marianne nickte verzagt.

Als Elisabeth den Mund zu einer weiteren Ermutigung öffnete, bemerkte sie Katharina, die mit ihrem Fahrrad auf sie zugefahren kam. »Nanu? Arbeitest du nicht?«

»Ich hab gerade frei.« Katharina bremste und stieg ab.

»Nimmst du mich mit?«

»Ich bin auf dem Weg in die Altstadt, ich wollte nur vorher kurz mit dir sprechen.«

Marianne lächelte ihnen zu. »Dann bis morgen.«

»Bis morgen«, antwortete Elisabeth, während Katharina höflich nickte.

»Georg und Richard wurden heute Morgen von der Polizei abgeholt.«

Ein Schauer überlief Elisabeth. »Wann?«

»Kurz nachdem du gegangen bist.«

»Und jetzt?«

»Antonia spricht mit ihrer Schwiegermutter, vielleicht fällt ihr was ein. Und ich suche Carl von Seidlitz auf.«

»Denkst du, er kann uns helfen?«

»Er ist der Einzige, den ich fragen kann.«

Elisabeth krempelte ihre Ärmel runter und schloss die Knöpfe am Handgelenk. »Kann ich etwas tun?«

»Nein.«

Angesichts des schroffen Tonfalls hob Elisabeth den Blick und sah Katharina an. »Du denkst, ich bin mit schuld, ja?«

»Die Konsequenzen hast du sicher nicht vorausahnen können. Aber deshalb muss mich deine damalige Entscheidung ja trotzdem nicht begeistern, nicht wahr? Und alles nur, um Richard zu beeindrucken.«

»Das war nicht der Grund.«

Katharina wirkte müde. »Ach nein? Wie auch immer, ich muss jetzt weiter, ich wollte nur, dass du Bescheid weißt.« Sie stieß sich ab und fuhr fort. Elisabeth sah ihr nach. Dann schlug sie, anstatt heimzugehen, den Weg zu Nigels Lieblingsgaststätte ein.

Als Katharina am Kaiser-Friedrich-Ufer ankam, hielt sie an, stieg vom Fahrrad und schob es langsam an den zum Teil noch erhaltenen Villen entlang. Er wohne in der Nähe der früheren Kunibertskirche, hatte Carl gesagt. Auch hier waren weder Straße noch Promenade vom Krieg verschont geblieben. Katharina sah sich um, als könnten ihr die Häuser Aufschluss über den Charakter ihrer Bewohner geben. Warum hatte sie Carl nicht gefragt, wo genau er wohnte? Die Antwort war klar: Weil sie nicht wollte, dass er glaubte, sie sei daran interessiert, ihn zu besuchen. Wer konnte schon wissen, worauf er dann hoffte? Schließlich gab sie die Sucherei auf und sprach einen Mann auf der Straße an.

»Carl von Seidlitz? Jo, do han Se et nit mieh wigg.« Er deutete auf das, was von einer einstmals sicher prachtvollen Villa übrig war. »Do wunnt dä.«

»Danke.« Katharina schob das Fahrrad auf die Reste des Eingangstors zu, das schief in der Angel hing, während von dem einstmals das Grundstück umgebenden schmiedeeisernen Zaun nicht mehr viel übrig war. Sie lehnte das Fahrrad an den morschen Stamm einer Birke und ging den Weg hoch zu dem Haus, dessen Mauern wirkten, als wollten sie noch ein klein wenig an ihrem alten Glanz festhalten, indes ihnen das Dach fehlte und Teile von ihnen in traurigen Trümmerhaufen lagen. Der Eingangsrisalit stand noch, und die Überreste eines Balkons klammerten sich an die linke Wand, die den offenbar intakten Teil des Hauses umgab.

Obschon sie ahnte, dass er nicht mehr funktionierte, drückte Katharina auf den Klingelknopf. Erwartungsgemäß tat sich nichts, und so betätigte sie den Türklopfer. Sie wartete, klopfte erneut, und als sich wieder nichts rührte, seufzte sie und ließ sich auf dem Überrest einer Säule nieder. Hoffentlich kam er nicht erst spätnachts zurück oder gar am nächsten Tag. Katharina lehnte sich mit dem Rücken an die Mauer und beobachtete graue Wolkenfetzen, die wie Schleier über dem weißen Himmel lagen und stetig ihre Form änderten. Ihr wurden die Lider schwer. Einen Moment die Augen schließen, dachte sie, nur einen Moment lang.

Sie fuhr auf, als jemand ihre Schulter berührte, wusste im ersten Moment nicht, wo sie war. Die Konturen verschwammen bereits in der abendlichen Dämmerung.

»Immer mit der Ruhe.« Carl von Seidlitz.

Katharina atmete auf. »Meine Güte, haben Sie mich erschreckt.«

»Worauf darf ich angesichts dessen, dass Sie zu später Stunde auf mich warten, hoffen?« Die Erheiterung in seiner Stimme war nicht zu überhören.

»Ich möchte Sie um etwas bitten.«

»Wie ernüchternd.« Er kramte in seiner Tasche. »Warten Sie schon lange?«

»Wie viel Uhr haben wir?«

»Kurz nach neun.«

»Ja, tue ich.«

Carl lachte und schob den Schlüssel ins Schloss. Er musste ein wenig darin herumruckeln, hob die Tür leicht an und öffnete sie schließlich. »Das hat alles schon mal besser funktioniert. Na dann«, er trat beiseite und wies mit der Hand ins Haus, »herzlich willkommen im Familiensitz der von Seidlitz.«

Katharina betrat die von fahlem Dämmerlicht erhellte ehemalige Eingangshalle. Sie hob den Kopf und bemerkte, dass es kein Dach gab. Die Wände umgaben einen Raum, der wie ein Atrium nach oben hin offen war. Eine geschwungene Marmortreppe führte ins Nichts, und bis auf eine Tür zu ihrer Linken waren alle mit Brettern vernagelt, ebenso die Fenster. »Kann man hier nicht ohne Weiteres einsteigen?«

»Hier gibt es nichts mehr, das sich zu stehlen lohnt. Kommen Sie.« Er ging ihr voran zur Tür. »Im hinteren Teil des Hauses ging es runter zum Keller, aber der Zugang liegt unter Schutt begraben. Nach der letzten Bombardierung musste ich mich wie ein Maulwurf hinausgraben.« Er schloss auf und ließ Katharina erneut den Vortritt. Der Korridor, den sie betrat, war stockfinster. Sie hörte ein Ratschen, dann flammte ein kleines Licht auf, und Schatten tanzten über die Wände. Carl nahm einen Kerzenleuchter von der Anrichte und zündete zwei Kerzen darauf an. »Das hier waren früher einmal die Wirtschaftsräume. Hat schon fast etwas Ironisches, dass ausgerechnet die noch stehen.« Er ging ihr voran in die Küche und stellte den Kerzenleuchter auf den Tisch.

»Wohnen Sie hier allein?«

»Ja.« Er schenkte ihr sein schiefes Lächeln. »Es gibt niemanden, der uns stört.«

»Klingt beunruhigend.«

Er lachte. »Das kommt auf den Standpunkt an.«

Katharina ließ sich auf einem der Stühle nieder. Die Küche war größer als in Antonias Haus.

»Möchten Sie etwas essen?«

Obwohl Katharinas Magen sich bei dem Gedanken an Essen zusammenzog, lehnte sie ab. Es widerstrebte ihr, sich jedes Mal von ihm einladen zu lassen. Auf ihr Nein hin schnitt er dennoch zwei Scheiben Brot ab und bestrich sie mit Butter. Als er ihr eine reichte, zögerte sie.

»Ich werde nicht essen, ehe Sie es tun«, sagte er. »Und sicher möchten Sie nicht an meinem Hungertod schuld sein.«

»Ein furchtbarer Gedanke.« Katharina nahm das Brot von ihm entgegen. »Sie sind der einzige Mensch, den ich kenne, der derzeit etwas zu verschenken hat.«

Er pumpte Wasser in eine Karaffe und goss es in zwei Gläser.

»Ich bin vermögend, sonst könnte ich mir die Schwarzmarktpreise nicht leisten.«

»Und wie passt das zu Ihrem Hang zum Kommunismus?«

Er schwenkte das Glas leicht hin und her, so dass das Wasser darin fast bis an den Rand schwappte. »Ich teile, was ich habe. In meinem Freundeskreis gibt es Familien mit Kindern, die nicht genug haben. Dafür gehe ich das Risiko ein, mich erwischen zu lassen, da ich weit mehr kaufe, als ich zum Leben benötige. Aber ich behalte nur wenig davon.«

»Sie sind ein nobler Mensch.«

»Nein, ich sehe nur die Zukunft nicht darin, dass einige viel haben und andere gar nichts.«

»Sind Ihre Eltern immer noch in den USA?«

»Sie sind zu Verwandten nach Leipzig gegangen. Das Gebiet ist sowjetische Besatzungszone.«

»Der Teil Berlins, in dem meine Eltern leben, auch.«

Nachdem sie aufgegessen hatten, reichte Carl ihr eine Zigarette, gab erst ihr Feuer, dann sich selbst und sah sie durch den Rauch, den er ausstieß, an. »Also, meine Liebe, was führt Sie zu mir?«

»Wir sind in Schwierigkeiten, das heißt, wir Frauen wohl etwas weniger als die beiden Männer.«

Er nickte ihr aufmunternd zu.

»Sie haben vermutlich von dem Vorfall gelesen, als man den jungen Mann im Rhein gefunden hat?«

Wieder nickte er.

»Tja, und nun sitzen Dr. Rathenau und Herr von Brelow mit dem Vorwurf des Mordes im Gefängnis.«

An der Art, wie er sich leicht vorneigte, sie ansah, die Augen leicht verengt, konzentriert, erkannte sie, dass sie seine Aufmerksamkeit ganz und gar besaß.

»Was ich Ihnen nun sage, muss unter uns bleiben, ja? Ich

weiß, Sie sind Journalist, und ich muss eigentlich verrückt sein, aber ich weiß nicht, an wen ich mich sonst noch wenden könnte.«

»Nichts von dem, was Sie mir sagen, verlässt diesen Raum, wenn Sie es nicht möchten.«

»Ich würde alles leugnen und Sie als Rufmörder darstellen, wäre es anders. Meine Familie ist einflussreich.«

Er lächelte anerkennend. »Meine ebenfalls. Das wäre ein interessantes Kräftemessen. Aber wie auch immer, ich werde schweigen.«

»Gut.« Katharina nahm einen tiefen Zug von der Zigarette, schloss für einen Moment die Augen, dann sah sie ihn an und fuhr fort, erzählte von dem nächtlichen Überfall, von dem idiotischen Entschluss, die Leiche zu entsorgen, von dem Besuch der Polizei Monate später, von Richards geheimem Lager. Und schließlich von der Verhaftung der beiden Männer.

Als sie geendet hatte, schwieg Carl zunächst, zündete sich eine weitere Zigarette an und atmete den Rauch in einem langen Zug aus. »Wissen Sie, wer die Polizei auf den angeblichen Mord gebracht hat?«

»Nein.«

Er stand auf, entnahm seiner Tasche einen Block und einen Kugelschreiber, setzte sich wieder und machte sich Notizen. »Gut, also das wäre der erste Punkt, der zu klären ist. Durch den in der Tat idiotischen Einfall, nicht sofort die Polizei zu rufen, kann natürlich auch im Nachhinein nicht behauptet werden, dass der Junge tatsächlich eingebrochen ist. Glaubhafter werden die beiden dadurch nicht. Und das Lager?«

»Gehört definitiv Herrn von Brelow.«

Eine erneute Notiz. »Und Sie werden als Mitwisser behandelt?«

»Derzeit noch nicht. Aber vermutlich kommt das noch. Im

Grunde genommen hat uns Herr von Brelow die ganze Sache eingebrockt, es ging ganz sicher um sein geheimes Lager. Und Dr. Rathenau ist zufällig hineingeraten, weil er genau dann nach Hause gekommen ist.«

»Gleich, wer letzten Endes schuld ist, es darf natürlich nicht sein, dass ein Unschuldiger an den Galgen kommt.«

Katharina nickte nur und trank den letzten Rest Wasser aus.

»Wir müssen also herausfinden, wer die Zeugen sind, die alles beobachtet haben wollen. Und woher sie wussten, wo der Unfall passiert ist. Das schränkt den Kreis der Leute ja nun ein. Sie sagten, die Einbrecher waren zu zweit?«

»Ja.«

»Dann müssen wir erfahren, wer der andere ist.« Carl schlug den Block zu. »Haben die beiden einen Anwalt?«

»Nein, bisher wohl nicht. Es sei denn, Frau von Brelow hatte Erfolg bei ihrer Schwiegermutter.«

»Wenn nicht, lassen Sie es mich wissen. Ein Freund von mir macht Strafrecht, was uns in unserer Vergangenheit im Widerstand das eine oder andere Mal den Hals gerettet hat.«

»Vielen Dank.« Katharina atmete auf und erhob sich. »Ich will Sie nicht länger aufhalten.«

»Sie halten mich nicht auf.« Carl stand ebenfalls auf. »Ich begleite Sie nach Hause.«

»Das ist nicht nötig. Sie vergessen offenbar, dass ich im Krieg war und auf mich selbst aufpassen kann.«

»Es ist nach zehn und stockfinster. Ich denke doch, dass es nötig ist.«

Katharina kniff die Lider leicht zusammen und taxierte ihn. »So, denken Sie, ja? Und ich denke, Sie sind zu jung, um meinen Vater zu spielen.« Sie hob das Kinn und ging zur Tür.

»Warten Sie. Bitte.«

Sie hielt inne, drehte sich zu ihm um, und er kam zu ihr,

umfasste ihr Gesicht, und ehe sie sichs versah, hatte er seinen Mund auf den ihren gesenkt. Sie erstarrte, zuckte im ersten Moment zurück, aber ehe er darauf reagieren und sie loslassen konnte, kam sie ihm entgegen, öffnete die Lippen unter den seinen, ließ zu, dass er den Kuss vertiefte. Ihre Hände glitten in sein Haar, streichelten über seinen Nacken, seine Schultern, während er Katharina enger an sich zog. Schließlich löste er sich von ihr, brachte gerade genug Abstand zwischen ihre Münder, um sprechen zu können.

»Bleib hier«, bat er.

»Nein.« Sie nahm die Hände von seinen Schultern, und er gab sie aus seiner Umarmung frei. »Dass ich ein wenig unkonventioneller bin als andere Frauen, heißt mitnichten, dass ich leicht zu haben bin.«

»Wir müssen nicht miteinander schlafen. Bleib einfach.«

»Aber wir kennen uns doch gar nicht.« Sie nestelte an den Knöpfen ihrer Jacke. »Und ich muss morgen früh zur Arbeit.« Sie hob die Hand an seine Wange, stellte sich auf die Zehenballen und gab ihm einen Kuss auf den Mund. Dann ging sie an ihm vorbei zur Tür.

»Ich bringe dich heim«, sagte er. »Wenn du mich lässt.«

Sie lächelte. »Nun, das klingt doch schon ganz anders. Ja, bring mich heim. Ich würde mich freuen.«

*

»Willst du ein Loch in den Boden laufen?«, fragte Georg, der auf seiner Pritsche lag und die Augen geschlossen hatte.

Man könnte glauben, der Kerl sei die Ruhe selbst. »Wenigstens einer von uns sollte nicht wirken wie ein resignierter Verbrecher.«

»Ich bin mir sicher, die Polizei ist unglaublich beeindruckt von deinem raubtierhaften Hin- und Hergelaufe.«

»Ich muss nachdenken, und das kann ich besser, wenn ich in Bewegung bin.«

»Lass es mich wissen, wenn du zu einer Lösung gekommen bist.«

»Machst du dir überhaupt keine Sorgen?«

Georg öffnete die Augen. »Doch, tue ich. Aber leider fällt mir im Moment nicht ein, wie ich die Situation ändern sollte. Bisher hat man uns nicht einmal befragt.«

»Sie lassen uns schmoren.«

»Ich denke eher, sie sind unterbesetzt.«

Richard ließ sich auf seine Pritsche fallen, lehnte sich mit dem Rücken an die Wand und streckte die Beine aus. »Ich werde den Eindruck nicht los, dass du mir die Schuld an der ganzen Sache gibst.«

»Nicht *die* Schuld, aber doch eine Mitschuld.«

Richard warf einen raschen Blick zur Tür und schwieg.

Nun drehte Georg den Kopf zur Seite und sah ihn an. »Letzten Endes hast du von dem Leid der kleinen Leute profitiert, nicht wahr?«

Das Leid der kleinen Leute. Richard hätte am liebsten gelacht. Hatte Georg vergessen, wie es vor dem Krieg gewesen war? Dass alles anders hätte kommen können, hätten die *kleinen Leute* nicht einfach weggeschaut? Richard kannte die Stadt, kannte den Frohsinn und die Offenheit der Rheinländer. Und doch war es das leicht verführbare Herz dieser einstigen Metropole gewesen, welches das Wegschauen überhaupt erst ermöglicht hatte.

Er erinnerte sich an das versteinerte Gesicht seiner Mutter, als man ihre unmittelbaren Nachbarn abgeholt hatte, wie sie aus dem Fenster gestarrt und »Furchtbar, einfach nur furchtbar« gemurmelt hatte. Dennoch hatte sie nach dem nächsten Kirchgang mit den anderen Nachbarn geplaudert, als sei nichts geschehen. Richard war in gewisser Weise Opportunist, das stritt er gar nicht ab. Aber es gab auch für ihn Grenzen, wenngleich er nie dem Widerstand beigetreten war. Er hatte Geld damit verdient, illegale Ausreisedokumente zu beschaffen, hatte später während der Rationierungen sein Schwarzmarktnetz aufgebaut, hatte also auf seine Weise durchaus gegen die Regierung gearbeitet.

Der Schlüssel wurde gedreht und die Tür aufgestoßen. »Herr von Brelow. Besuch für Sie.«

»Na, das wurde auch Zeit.« Richard hatte an einen Freund geschrieben und ihn darum gebeten, einen Anwalt zu besorgen. Inzwischen jedoch keimte in ihm die Befürchtung, dass der Brief entweder nicht angekommen oder sein Freund beschlossen hatte, dass ihn die Sache nichts anging. Als er in einen kleinen Raum geführt wurde und seine Mutter antraf, war er versucht, Letzteres zu vermuten. Ihr Blick fiel auf die Handschellen an seinen Handgelenken, und als der Wachmann eine löste und am Stuhl befestigte, senkte sie die Lider.

»Antonia war bei mir«, sagte sie, ehe er fragen konnte, woher sie von seinem wenig rühmlichen Aufenthalt wusste. »Sie fragte, ob ich einen Anwalt kenne.«

»Antonia?« Damit hatte er nicht gerechnet.

»Ja. Es muss ihr schwergefallen sein, das ist ihr durchaus anzurechnen.«

Wobei es ihr vermutlich eher um Georg ging als um ihn, aber sei's drum. »Und?«

»Ich kenne niemanden, der dir helfen kann. Du bist also auf dich gestellt.«

Wie immer. »Gut. Und warum bist du gekommen?«

»Weil ich trotz allem immer noch deine Mutter bin.« Hedwig von Brelow kniff die Lippen zusammen. »Diese Schande. Ich hoffe, niemand, der mich kennt, hat mich beim Betreten dieser … Örtlichkeit gesehen. Du warst immer der missratene Sohn, Richard, und inzwischen habe ich die Hoffnung aufgegeben, dass aus dir noch was Rechtes wird.«

Nachdem das nun geklärt war, hätte sie eigentlich gehen können, aber weit gefehlt.

»Ich weiß wahrhaftig nicht, was ich bei dir falsch gemacht habe. Wie kann mir ein Sohn so trefflich gelingen und der andere von einer Misere in die andere stolpern? Aber zu deinen Gunsten will ich annehmen, dass an den Mordvorwürfen nichts dran ist.«

»Du nimmst richtig an.«

»Und das Lager für den schwarzen Markt?«

Richard bemerkte aus den Augenwinkeln, wie der Polizist, der in einer Ecke stand und sie beobachtete, sich rührte. War seine Mutter denn närrisch? »Ich bin mir sicher, die Vorwürfe werden sich alle als haltlos erweisen.«

Hedwig von Brelow taxierte ihn und fragte glücklicherweise nicht weiter nach. Stattdessen erhob sie sich. »Ich werde in ein paar Tagen noch einmal kommen. Lass es mich wissen, wenn du etwas brauchst.«

Richard nickte und verabschiedete sich. Als der Wachmann die Handschelle vom Stuhl löste und diese sich mit einem Klicken um sein Handgelenk schloss, zuckte seine Mutter zusammen. Ein Anflug von Mitleid überkam ihn.

Katharina war froh um ihre Arbeit, die sie davon abhielt, fortwährend an Carl zu denken, daran, was sein Kuss bedeutet haben mochte. Nachdem er sie nach Hause gebracht hatte, hatten sie sich wie Freunde voneinander getrennt. Waren sie nun ein Paar? Hatte der Kuss nur darauf abgezielt, mit ihr zu schlafen – wenngleich Carl etwas anderes behauptet hatte? Sie hatten sich jetzt fast eine Woche nicht gesehen, und gehört hatte Katharina ebenfalls nichts von ihm. Das musste nichts heißen, immerhin hatten sie beide viel zu tun.

Luisa trat ins Schwesternzimmer, und es schien eingetroffen zu sein, was Katharina von Anfang an erwartet hatte: Die hehren Träume von einem Leben als Arztgattin hatten sich in nichts aufgelöst. Zurück blieb eine verheulte Luisa, die sich betrogen und verraten fühlte.

»Er hatte nicht einmal den Anstand, es zu beenden, *ehe* er sich eine andere genommen hat.« Luisa zog ein Taschentuch hervor, das an diesem Morgen offensichtlich bereits ausgiebig benutzt worden war, und putzte sich die Nase. »Ich war so dumm.«

Dem hätte Katharina gerne widersprochen, was sie jedoch nicht guten Gewissens tun konnte, und so setzte sie lediglich eine mitfühlende Miene auf.

»Er sagte, ich sei entzückend und würde gewiss einen Mann finden, der zu mir passt und zum Ehemann geeignet sei.« Wieder putzte Luisa sich die Nase.

Das stumme Leiden durchzog den gesamten Vormittag, bis Luisa schließlich während der Visite schluchzend davonlief, weil Dr. Hartmann sie beim Vorbeieilen lediglich mit einem freundlichen Nicken bedachte. Dr. Hansen sah ihr nach und wirkte wenig erfreut.

»Ich werde wohl mal ein Wort mit dem werten Kollegen Hartmann sprechen müssen. In Zukunft soll er ausschließlich Krankenschwestern beglücken, die hernach *nicht* mit mir zusammenarbeiten müssen.«

Eine Lernschwester, eine hübsche Frau von Anfang zwanzig, lief rot an. Dr. Hansen bemerkte es, warf ihr einen warnenden Blick zu und fuhr mit der Arbeit fort.

Da den ganzen Tag über viel zu tun war, hatte Katharina nicht viel Zeit zum Nachdenken. Weil eine Krankenschwester ausfiel, blieb sie noch ein wenig länger und half beim Einräumen von Verbandsmaterial. Als sie eine Stunde später vor dem Krankenhaus stand, tat ihr Herz einen wilden Satz, da sie die schlanke Gestalt jenes Mannes, an den sie fortwährend dachte, auf einer Bank sitzen und mit geschlossenen Augen in den letzten Strahlen der Sonne dösen sah. Sie ging zu ihm, und obwohl er ihre Schritte auf dem Geröll knirschen hören musste, blieben seine Augen geschlossen.

»Hallo, Fremder«, sagte sie.

Er öffnete träge die Lider, blinzelte im Sonnenlicht, und ein Mundwinkel hob sich. »Hallo, Florence Nightingale.«

»Wartest du auf mich?«

»Nein, ich bin krank und trau mich nicht hinein.«

Sie ließ sich neben ihn auf die Bank fallen. »Du hast dir die Haare geschnitten?«

»Ja, der Redakteur meinte, ich müsse etwas seriöser auftreten.«

Katharina grinste. »Steht dir.«

»Danke.« Er fuhr sich durchs Haar. »Fühlt sich ein bisschen ungewohnt an.«

Auf der einen Seite war Katharina erleichtert, weil sich alles sehr unkompliziert anließ, andererseits jedoch wusste sie immer noch nicht, wo sie nun eigentlich standen.

»Ich habe mit meinem Freund gesprochen«, sagte Carl. »Er wird deine beiden Mitbewohner als Anwalt vertreten.«

»Das ist großartig. Vielen Dank!«

In das folgende Schweigen hinein fragte Katharina sich, ob er wohl genauso unsicher war, was ihre Beziehung zueinander anging. Im Grunde genommen kannten sie sich tatsächlich überhaupt nicht, hatten sich nur wenige Male gesehen. Ging das nicht alles sehr schnell? Oder war auch das in diesen Zeiten normal? Das Streben danach, wieder ein normales Leben zu führen, sich zu verlieben …

»Wie sieht deine Abendplanung aus?«, fragte er.

»Bisher habe ich noch keine Pläne.« Katharina zögerte einen Augenblick. »Möchtest du mit zu mir?«

Er hob die Brauen. »Ach?«

»Ich könnte dich meinen Mitbewohnerinnen vorstellen. Und danach könnten wir uns in den Garten setzen, dort ist es sehr schön abends ...« Ihre Stimme erstarb.

Ein Lächeln erschien auf seinen Lippen. »Eine Nacht mit dir im Garten – das klingt in der Tat reizvoll.«

»Du schaffst es, auch in die harmlosesten Worte etwas Anzügliches zu bringen, nicht wahr?«

Er erhob sich. »Man tut, was man kann.«

Sie holten die Fahrräder und machten sich auf den Weg nach Marienburg. Wann immer es möglich war, fuhren sie nebeneinander her, unterhielten sich über Allgemeines, über die Politik, über Katharinas Arbeit, über die seine.

»Im Grunde genommen war für diesen Umbruch im Arbeitsleben die Zeit schon lange überfällig«, sagte Katharina. »Es ist nur traurig, dass man uns Frauen erst jetzt, wo die Männer fehlen, als fähige Arbeitskräfte anerkennt.«

»Wobei ich fast ahne, dass die Frauen wieder an den Herd geschickt werden, wenn die Aufbauphase vorbei ist, die Männer heimgekehrt und die alte Ordnung wiederhergestellt ist.«

»Abwarten. Wir lassen uns nicht so einfach wieder aus dem Arbeitsleben drängen. Krankenschwestern wird man immer brauchen.«

»Ärztinnen ebenso.«

Katharina musste lächeln. »Ja, das wäre dann der nächste Schritt. Für mich vielleicht nicht mehr, aber ich bin glücklich, wenn ich Wegbereiterin für eine neue Generation bin. Sollte ich jemals eine Tochter bekommen, möchte ich, dass sie alle Möglichkeiten hat.«

»Und wenn sich deine Tochter dafür entscheiden sollte, zu heiraten und Hausfrau zu werden? Soll es ja auch geben.«

»Es geht mir nicht darum, sie in einen Beruf zu zwingen, sondern ihr die Möglichkeit der Wahl zu geben. Wenn sie lieber daheim hockt und Kinder bekommt, soll sie dafür ebenso wenig verurteilt werden, wie wenn sie sich dafür entscheidet, zum Lebensunterhalt beizutragen. Allerdings bin ich nach wie vor der Meinung, es ist falsch, sich von einem Mann finanziell abhängig zu machen.«

Sie bremsten vor dem Tor des Von-Brelow-Hauses ab, schoben die Fahrräder in das, was vom Vorgarten übrig war, und während Katharina ihres in die alte Remise brachte, lehnte Carl seines an einen Baum. Ein wenig nervös war Katharina trotz allem, als sie den Schlüssel ins Schloss steckte. Es fühlte sich absurderweise an, als stellte sie ihn ihren Eltern vor.

Stille empfing sie, als sie die Halle betraten. Katharina ging Carl voran in die Küche, aber hier war niemand. »Vermutlich sind sie noch unterwegs.« Sie drehte sich zu Karl um. »Ich würde dir gerne etwas anbieten. Zur Wahl stehen Tee, Tee und Tee.«

Er grinste. »Ich nehme Tee.«

»Dachte ich es mir doch.« Katharina füllte Wasser in den Kessel, nahm ihren sorgsam gehüteten Teevorrat und heizte den Ofen an. Um mit ihren Vorräten länger hinzukommen, verzichtete sie darauf, abends etwas zu essen, und trank stattdessen Tee und Zichorienkaffee. Sie hätte Carl gerne etwas angeboten, aber Essen war teuer geworden. Für fünf Kilo Kartoffeln zahlte man 0,95 Reichsmark, für Vollmilch 0,24 den Liter – wenn denn überhaupt welche zu kriegen war –, Margarine lag bei stolzen 1,96 pro Kilo, Brot bei 0,60 Reichsmark, und Fleisch kam mit 1,90 pro Kilo nur sehr selten auf den Tisch. Zum Verschenken blieb nichts mehr übrig.

»Sehr hübsch«, sagte Carl und sah sich um. »Man könnte fast glauben, die Zeit sei stehen geblieben.«

»Gelegentlich kommt es mir auch so vor.« Katharina streute Teeblätter in die Kanne und beobachtete im letzten Tageslicht, wie sich das Wasser langsam verfärbte. »Im Schrank links neben dir sind Tassen«, sagte sie. »Bringst du mir bitte zwei?«

Er tat wie geheißen, und als er ihr die Tassen reichte, streiften ihre Finger die seinen, und für einen Moment hätte sie gerne innegehalten, die Wärme seiner Hände an den ihren gefühlt, indes sie den Herzschlag in der Kehle spürte. Behutsam goss sie Tee in die Tassen.

»Komm«, sagte sie und ging ihm voran aus der Küche hinaus in den Salon und von dort aus in den Garten.

»Du hast recht«, sagte Carl, während er in einem der Korbsessel Platz nahm. »Es ist wirklich hübsch.«

Katharina hatte ihren Tee gerade ausgetrunken, als Antonia aus dem Salon in den Garten trat. Inzwischen war es dunkel geworden, und von einem klaren Himmel spendete der sichelförmige Mond blausilbriges Licht, das kaum ausreichte, Konturen auszumachen.

»Ich hatte mich schon gewundert, warum die Verandatür geöffnet ist«, sagte Antonia. Sie sah Carl an, Katharina konnte ihr Gesicht jedoch nur schemenhaft ausmachen, so dass nicht zu erkennen war, was sie dachte. »Guten Abend. Antonia von Brelow.«

Carl erhob sich und reichte ihr die Hand. »Carl von Seidlitz.«

»Ah ja, verstehe. Jetzt kenne ich also das Gesicht zu dem Namen.«

»Carls Freund ist Anwalt und wird Georg und Richard vertreten.«

»Das sind endlich mal gute Neuigkeiten.« Antonia schlang

sich die Arme um den Oberkörper und schien in der Abendluft zu frösteln. Zwar hatte es sich abgekühlt, aber so kalt war es dennoch nicht, fand Katharina. Allerdings sah Antonia ohnehin elend aus, schon seit Tagen, bleich und übernächtigt.

»Warum besuchst du ihn nicht?«, fragte sie.

Antonia antwortete nicht direkt. »Georg? Ich weiß nicht… Ich… Ja, vielleicht sollte ich das tun.« Sie wandte sich ab. »Ich sehe mal nach Marie und gehe schlafen. Gute Nacht.«

»Gute Nacht«, antworteten Katharina und Carl.

»Marie?«, fragte Carl.

»Ihre Tochter.«

»Ich wusste gar nicht, dass ein Kind in eurem Haushalt wohnt.«

»Marie läuft eher so mit, sie ist noch sehr klein.«

»Für die Mütter ist es am schwersten, vor allem, wenn sie die Kinder allein durchbringen müssen.«

»Ja, wobei Antonia es noch gut getroffen hat, da habe ich ganz andere gesehen.«

»Läuft da etwas zwischen ihr und diesem Arzt?«

»Das werde ich dir natürlich nicht erzählen.«

Er lachte leise. »Sie kann es nicht gut verbergen.«

»Sie hat doch gar nichts gesagt.«

»Es war auch vielmehr das Wie, nicht das Was.«

Katharina stellte die Tasse ab und erhob sich. »Komm«, sagte sie und ging die Stufen hinab in den Garten. Es roch herrlich nach Frühjahr, frischem Gras, und in der Luft schmeckte man jenes Aroma, das nur Nächte nach sonnenwarmen Tagen trugen. Sie hörte Carls Schritte und drehte sich zu ihm um.

»Was ist anders zwischen uns geworden?«, fragte sie.

»Sag du es mir.«

»Du hast mich geküsst.«

»Ja, das habe ich.«

»Bedeutet es dir etwas?«

Für die Dauer eines Wimpernschlags war Schweigen. »Ja«, antwortete er schließlich.

»Ich bin nicht leichtfertig, was Männer angeht, das war ich nie.«

»Ich bin es auch nicht in Bezug auf Frauen.«

Katharina stieß den angehaltenen Atem aus. »Dann ist es ja gut.« Sie umfasste sein Gesicht mit beiden Händen, zog es zu sich herunter und küsste ihn.

8

August 1946

Es war nur eine Frage der Zeit, wann *dieses* Thema aufkommen würde. Georg ahnte, dass man in seiner Vergangenheit forschen würde, dass man schlafende Hunde weckte, dass man aus etwas ein Verbrechen machen würde, das er mitnichten als solches empfand. Das Warten zermürbte ihn und Richard, wobei Letzterer wirkte, als stünde er kurz vor einer Explosion. Ruhelos tigerte er in der Zelle umher und ertrug die Enge noch schwerer als Georg.

Vor einigen Wochen war Antonia hier gewesen, hatte vor ihm gesessen, befangen gewirkt und ein wenig unruhig, weil sie Marie das erste Mal für so lange Zeit allein ließ. Sie hatte sie in die Obhut der Schwestern im Waisenhaus gegeben, aber der Gedanke an die Entführung ließ sie nicht los.

Sie hatte ihn gefragt, wie es ihm ging, hatte nervös in Gegenwart des Wachmanns ein Taschentuch zwischen den Fingern zerknüllt, glatt gestrichen, wieder zerknüllt. Katharina hatte einen Anwalt aufgetrieben, das war immerhin eine gute Nachricht nach Richards ernüchternder Mitteilung, dass seine Mutter ihn sich selbst überließ und sein Freund sich nicht meldete. »Tolle Freunde hast du«, hatte Georg bemerkt und dafür einen wütenden Blick geerntet.

Antonia wirkte bleich und mitgenommen, und Georg wäre gerne aufgestanden, um sie in die Arme zu nehmen, aber er verbot sich diese Gefühle, verbot sich alles, was über reines Begehren hinausging. Er dachte an ihren Kuss, an den kurzen Moment, in dem sie sich öffnete und dann wieder verschloss. Während er auf seiner Pritsche lag, fragte er sich, wie es sein mochte, sie dazu zu bringen, ihre Zurückhaltung aufzugeben, die kalte Distanz. Und welche Frau dann zum Vorschein käme, wenn man sie so weit hatte, sich rückhaltlos hinzugeben. Sein Blick fiel auf Richard, der den Blick zu dem vergitterten kleinen Fenster gehoben hatte, die Hände in die Seiten gestemmt. Richard, der ohne jeden Zweifel das genossen hatte, wonach Georg sich nun verzehrte.

»Hast du mit ihr geschlafen?«, fragte er unvermittelt.

Richard drehte sich um, runzelte die Stirn. »Hm?«

»Antonia.«

Mit einem flüchtigen Schulterzucken wandte Richard sich wieder zum Fenster, hob sein Gesicht den zögerlichen Strahlen der Sonne zu. »Ja, habe ich.«

»Vor ihrer Ehe?«

»Natürlich davor. Ich teile mir doch keine Frau mit meinem Bruder.« Abrupt wandte Richard sich ab. »Und jetzt frag nicht weiter, ich habe schon mehr gesagt, als ich sollte. Diese Warterei macht einen ja stumpfsinnig.« Seiner Stimme war anzuhören, dass es nur eines winzigen Funkens bedurfte, damit er in die Luft ging. Georg überlegte gerade, es auszuprobieren und ihn ein klein wenig zu provozieren, damit es nicht mehr gar so langweilig war, als die Tür aufgeschlossen wurde.

»Dr. Rathenau.« Der Wachmann erschien. »Mitkommen.«

Georg erhob sich, bekam Handschellen verpasst und wurde den Gang entlanggeführt. Er wurde jedoch nicht in Richtung des Besucherzimmers geführt, sondern in einen grau getünchten Raum, in dessen Mitte ein Tisch sowie vier Stühle standen, jeweils zwei auf den gegenüberliegenden Seiten. Auf einem der Stühle saß sein Anwalt, Dr. Heinrich Walz, ein hagerer Mann um die fünfzig, mit dem Georg bisher einmal gesprochen hatte. Er erhob sich und reichte Georg die Hand.

»Man hat mich gestern informiert, dass heute die erste Befragung ansteht. Ich hab bei meinem letzten Besuch gesagt, dass Sie ohne meine Anwesenheit kein Wort sagen werden.«

Georg nickte, und ihm wurde angesichts des anstehenden Gesprächs flau im Magen. Auch hier ließ man ihn zunächst warten, was ihn nervös machte und den Anwalt offenbar ein wenig ungeduldig, denn dieser tippte mit seinem Stift auf die Mappe, die vor ihm lag. Schließlich ging die Tür auf, und ein Mann betrat den Raum, rothaarig, schlank, hochgewachsen und vielleicht ein paar Jahre älter als Georg.

»Guten Tag, die Herren, ich bin Kommissar Radner.« Er warf eine Akte vor sich auf den Tisch, schlug diese jedoch nicht auf. »Kommen wir ohne Umschweife zur Sache.«

Georg nickte lediglich. Gleich zur Sache kommen klang angesichts einer Wartezeit von über zwei Monaten fast schon sarkastisch.

»Wir haben ein paar Nachforschungen über Sie angestellt. Sie sind seit Sommer 1945 Mieter bei Frau von Brelow. Ehe Sie nach Köln gekommen sind, waren Sie an verschiedenen Standorten stationiert, im letzten Kriegsjahr nahe der polnischen Grenze.«

Wieder nickte Georg, obgleich dies keine Frage war. Er ahnte, worauf der Kommissar hinauswollte, und tat einen tiefen Atemzug, als könne er sich wappnen.

»Und dort war es auch, wo Sie illegale Abtreibungen an polnischen Frauen vorgenommen haben, in einem Fall sogar unter Zwang?«

Georg stieß den angehaltenen Atem aus und bemerkte, wie sein Anwalt erstarrte. »Entschuldigung«, sagte dieser. »Könnte ich mit meinem Mandanten für einen Moment allein sein?«

Kommissar Radner wusste, dass er zielgenau getroffen hatte, und beschloss offenbar, den Großmut des Siegers zu zeigen. »Fünf Minuten.« Er erhob sich und verließ den Raum.

Dr. Walz wandte sich Georg zu. »Stimmt das?«

»Nicht so, wie es erzählt wird. Aber ja, ich habe Abtreibungen vorgenommen, und ja, einmal konnte man es durchaus als Zwang bezeichnen.«

»Das wäre eine sehr wichtige Information gewesen. Wieso weiß ich das nicht?«

»Weil es mit dem aktuellen Fall nichts zu tun hat.«

»Haben Sie mir da wenigstens die Wahrheit gesagt?«

»Ja, es war ein Unfall.«

Dr. Walz tippte mit seinem Stift auf den Tisch und wirkte wie ein Lehrer, der einen begriffsstutzigen Schüler schalt. »Wenn ich Ihnen helfen soll, muss ich *alles* wissen, verstehen Sie?«

»Ja.«

»Also, was ist vorgefallen an der polnischen Grenze?«

»In Kurzform: Ich habe Abtreibungen bei polnischen Frauen vorgenommen, die von Wehrmachtssoldaten vergewaltigt worden waren. Eine Krankenschwester hat mir assistiert und mich dann verraten.«

»Und die unter Zwang?«

»Bei der Frau bestand die Gefahr einer Plazentaablösung, also habe ich das Kind geholt. Da sie erst im fünften Monat war, hat es die Geburt nicht überlebt. Und dann war da noch ein Mädchen, das von seiner Mutter zu einer Pfuscherin geschickt worden war und später zu mir kam, aber das Mädchen ist dennoch gestorben.«

Dr. Walz nickte, und kurz darauf betrat der Kommissar den Raum wieder. »Aussprache gehalten?«

»Ja.«

»Gut. Fahren wir fort. Dr. Rathenau, wie stellt sich die Sache aus Ihrer Sicht dar?«

Georgs Blick zuckte zu seinem Anwalt, dieser nickte ihm

auffordernd zu. »Eine Reihe von Frauen ist von Wehrmachtssoldaten vergewaltigt worden.«

»Das ist uns bekannt. Beide Seiten waren nicht gerade zimperlich.«

Angesichts dessen, was Georg während des Krieges gesehen hatte, lag ihm eine bissige Antwort auf der Zunge, aber er hielt sich zurück. »Es waren vier Frauen, die schon viele Kinder hatten, zwei junge Mädchen von kaum zwanzig und ein halbes Kind, das gerade mal fünfzehn Jahre alt war.«

»Es war die Fünfzehnjährige, die nicht überlebt hat?«

Georg nickte.

»Der tote Albert Bruhn ist also nicht der erste Mord, in den Sie verwickelt sind.«

»Augenblick«, mischte sich Dr. Walz ein. »Von einem Mord kann man im Fall des Mädchens mitnichten sprechen.«

»Ihr Mandant bekam die Abtreibungen vermutlich gut bezahlt und hat den Tod der Patientin billigend in Kauf genommen.«

»So war es nicht«, widersprach Georg. »Ich habe kein Geld dafür genommen ...«

»Das macht es natürlich besser«, fiel ihm der Kommissar ins Wort. »Aber ich habe Sie unterbrochen. Bitte, sprechen Sie weiter.«

»Die Mutter des Mädchens hatte es zu einer Stümperin geschickt, einer ehemaligen Hebamme, die mit unsterilen Geräten ans Werk ging. Die Gebärmutter war perforiert, und das Mädchen bekam hohes Fieber. Ich habe die begonnene Abtreibung beendet und versucht, den angerichteten Schaden zu beheben. Leider waren meine Mittel begrenzt. Das Mädchen starb, und dadurch ermutigt meldete sich dann auch besagte Krankenschwester und klagte mich weiterer Abtreibungen an. Sie hatte mir assistiert, und das Gewissen plagte sie. Die Menschen im Dorf waren natürlich wütend, und die betroffenen Frauen schwiegen – aus gutem Grund. Ihnen ist sicher kein Vorwurf zu machen.«

Kommissar Radner nickte. »Gibt es dafür Beweise? Soweit ich weiß, wurden *Sie* von der Mutter angeklagt.«

»Die Hebamme war eine angesehene Frau und noch dazu eine entfernte Verwandte. Natürlich hat sie ihr nicht offiziell die Schuld gegeben.«

»Natürlich.« Der Polizist wirkte nicht überzeugt. »Und die Abtreibung, die unter Zwang vorgenommen wurde?«

»Medizinisch indiziert. Die Plazenta hatte sich gelöst.«

»Und das bedeutet?«

»Die Frau hatte einen Blutsturz, und es bestand die Gefahr eines hämorrhagischen Schocks für die Mutter.«

»Das bedeutet?«

»Schock durch Blutverlust. Der Ehemann wollte, dass ich der Frau helfe, er war jedoch ganz klar gegen einen Abbruch der Schwangerschaft. Zu einem späteren Zeitpunkt und unter anderen medizinischen Bedingungen hätte man das Kind durch einen Kaiserschnitt retten können. So jedoch standen die Überlebenschancen für das Kind überaus schlecht, da die Gefahr einer Hypoxie bestand und das Ungeborene an akutem Sauerstoffmangel gestorben wäre. Das Leben der Mutter war also nur zu retten, wenn ich das Kind holte.«

»Gegen den Willen beider Eltern?«

»Die Mutter stand unter Schock und war mitnichten imstande, eine vernünftige Entscheidung zu treffen, noch dazu, da ihr Ehemann die ganze Zeit daneben stand und dagegen wetterte, dass ich die Schwangerschaft abbrach.«

»Sie entschieden also allein und gegen den ausdrücklichen Wunsch der Eltern.«

»Ja.«

»Gut.« Kommissar Radner wirkte zufrieden.

»Sie verstehen nicht. Die Frau wäre gestorben.«

»Sagen Sie, ja. Nach allem, was ich gehört habe, stellt der Ehemann das etwas anders dar. Ein Nazi-Arzt, der polnische Ungeborene tötet.«

Georg spürte, wie ihm das Blut ins Gesicht stieg. »Das ist doch absurd!«

»Das wird sich zeigen. Mich wundert, ehrlich gesagt, dass man Ihnen nach diesen Vorfällen nicht die Zulassung entzogen hat. Aber es wurden ja so manche Schweinereien unter den Teppich gekehrt.«

Georg setzte zu einer zornigen Antwort an, doch sein Anwalt legte ihm beruhigend die Hand auf den Arm. »War das alles?«, fragte Dr. Walz.

»Für heute ja.« Kommissar Radner erhob sich, und Georg wurde in seine Zelle zurückgebracht.

Dafür führte man Richard ab, was Georg nur recht war, er war nicht in Stimmung für Gespräche. Stattdessen standen ihm wieder jene Monate an der polnischen Grenze vor Augen, die Kälte, die Schreie, das sterbende Mädchen.

Richard ging direkt zum Angriff über. »Dr. Rathenau und ich kennen uns kaum, und wir mögen uns nicht einmal besonders. Warum sollten wir gemeinsam einen Mann ermorden?«

»Halten Sie sich zurück«, mahnte sein Anwalt.

Kommissar Radner hatte die Hände vor dem Bauch gefaltet und sah ihn interessiert an, während Richard die besänftigenden Gesten des Anwalts ignorierte. Ihm war danach, die Wände hochzugehen. Zweieinhalb Monate hielt man sie hier fest, seine Nerven waren zum Zerreißen angespannt, und er sah es gar nicht ein, jetzt Ruhe zu bewahren.

»Sie wollten Ihr illegales Warenlager schützen«, sagte Kommissar Radner. »Albert Bruhn kam dahinter, und Sie haben ihn dafür getötet.«

»Und selbst wenn das Lager mir gehörte, was hat Dr. Rathenau damit zu tun? Warum sollte er mit mir zusammen einen Mann ermorden und dann auch noch die Leiche beseitigen, was ein großes Risiko für ihn dargestellt hätte?«

»Vielleicht geriet er zufällig hinein. Und dann half er Ihnen, weil er eine Konfrontation mit der Polizei lieber vermieden hätte.«

Das kam der Sache so nahe, dass es Richard kalt überlief. Offenbar war der Kommissar nicht ganz so unfähig, wie Richard es gerne gehabt hätte. »Unsinn«, sagte er dennoch. »Warum sollte Dr. Rathenau Angst vor der Polizei haben?«

Der Kommissar wirkte, als habe er auf diese Frage gewartet. »Er hat Abtreibungen vorgenommen, mindestens einmal erzwungen. Und er hat dabei ein Mädchen getötet.«

Richard starrte ihn an. »Georg? Nie im Leben.«

»Wie Sie selbst sagten: Sie kennen ihn nicht.«

»Ganz recht. Dennoch behaupte ich, er würde dergleichen nicht tun. Er ist so anständig, dass es einen ärgerlich machen kann.«

»Er hat es bereits gestanden.«

»Nein«, widersprach Dr. Walz, der es offenbar leid war, übergangen zu werden, »hat er nicht. Und Herr von Brelow, ich rate Ihnen, sich nicht weiter um Kopf und Kragen zu reden.«

Richard nickte.

»Also«, nahm Kommissar Radner den Faden wieder auf, »was ist am Abend des dreiundzwanzigsten Dezember 1945 geschehen?«

Richard tat, als müsse er überlegen. »Das war eine Nacht vor Heiligabend. Vielleicht habe ich mit einer Frau im Bett reingefeiert.«

Kommissar Radner lief rot an. »Halten Sie das hier für einen Scherz?«

Richard zuckte mit den Schultern.

»Ich frage Sie noch einmal: Was haben Sie an dem Abend getan? Und falls eine Frau bei Ihnen war, würde ich Ihnen empfehlen, mir ihren Namen zu nennen, damit wir sie fragen, ob sie bestätigt, mit Ihnen zusammen gewesen zu sein. Das wiederum führt zu der Frage, warum Sie die entlastende Zeugin nicht früher genannt haben.«

Richard schwieg.

»Ah, fangen wir nun so an?«

Schweigen.

»Was ist mit den Frauen, die außer Ihnen noch in dem Haus leben?«

»Was soll mit ihnen sein?«

»Wussten sie davon? So etwas geht doch nicht unbemerkt vonstatten.«

»Da ich niemanden ermordet habe, wüsste ich nicht, was sie hätten mitbekommen sollen.« Hernach verfiel Richard wieder in Schweigen, ging weder auf Finten noch auf Versuche ein, ihn in eine Falle tappen zu lassen. Irgendwann gab Kommissar Radner auf und ließ ihn mit einer knappen Geste wieder abführen.

Richard rieb sich die Handgelenke und streckte sich. »Endlich konnte ich mal mehr als drei Schritte am Stück laufen.«

Georg lag wieder auf seiner Pritsche und antwortete nicht.

»Dass du Abtreibungen vorgenommen hast – geschenkt. Aber hast du tatsächlich ein Mädchen getötet?«

»Nein.«

Richard taxierte ihn. »Das hoffe ich. Ich paktiere nicht mit Mädchenmördern.«

»Und ich nicht mit opportunistischem Gesindel. Springen

wir also einfach über unseren Schatten. Und nun geh mir nicht auf die Nerven, ich habe wahrhaftig andere Sorgen als deine Befindlichkeiten.«

Richard ließ sich seinerseits auf die Pritsche fallen und verschränkte die Hände hinter dem Kopf.

»Ich hoffe, das ist die richtige Taktik«, sagte Antonia. »Vielleicht sollten wir doch von dem Einbruch erzählen.«

Carl von Seidlitz war gerade gekommen und berichtete von den ersten Befragungen. »Nein, damit machen Sie sich erst recht unglaubwürdig. Es wäre wichtig zu wissen, wer die Zeugen sind, die Herrn von Brelow und Dr. Rathenau belasten.«

Seine und Katharinas Finger fanden sich auf der Tischplatte, schlossen sich umeinander, lösten sich wieder. Antonia hatte schon am Abend auf der Veranda vermutet, dass die beiden ein Paar waren. Inzwischen kam Carl von Seidlitz oft zu Besuch, blieb manchmal sogar bis in den späten Abend hinein.

»Wenigstens kommt so langsam Bewegung in die Sache«, sagte sie.

»Warum hat der Anwalt nicht schon früher versucht, die angeblichen Zeugen ausfindig zu machen?«, fragte Katharina.

»Weil er«, antwortete Carl, »die Befragungen abwarten wollte und Richard wohl auch nur Vermutungen äußern kann.«

Für Antonia ging mit Richards Verhaftung noch eine ganz andere Problematik einher – sie kam nicht mehr an zusätzliche Essensrationen für Marie. Glücklicherweise war Elisabeth kreativ, wenn es darum ging, aus kargen Essensresten noch Mahlzeiten zu kochen. Sie hatte bereits überlegt, Carl zu fragen, ob er Kontakte zu schwarzen Märkten hatte, aber sie konnte unmöglich von ihm verlangen, dass er ein solches Risiko für sie auf sich nahm. Gelegentlich spielte sie mit dem Gedanken, selbst einen der Märkte an den bekannten Stellen aufzusuchen, aber die Angst vor Razzien hielt sie zurück. Außerdem fehlten ihr die Einnahmen Georgs für das Zimmer, daher wäre es ohnehin schwierig, die horrenden Summen auf dem Schwarzmarkt zu zahlen.

»Sobald ich mehr weiß«, sagte Carl von Seidlitz, »werde ich entsprechende Erkundigungen vornehmen.«

Die Frauen nickten, und Antonia beobachtete, wie sich seine und Katharinas Finger erneut fanden. Katharina wirkte sehr verliebt, und Antonia konnte nur hoffen, dass es ihm ernst war. Andererseits wirkte Carl von Seidlitz nicht wie ein Mann, der Spielchen mit einer Frau trieb. Er wirkte abgeklärt und im Leben stehend. Kein Hansdampf in allen Gassen wie Richard.

»Was Dr. Rathenau angeht …«

Antonia wandte sich bei diesen Worten wieder Carl von Seidlitz zu, neigte den Kopf, wartete darauf, dass er fortfuhr.

»Um ihn steht es offenbar ein klein wenig schlimmer als um Herrn von Brelow.«

»Wie das?«, fragte Antonia.

»Man wirft ihm … unethisches Verhalten während des Krieges vor.«

Antonia hob eine Braue, forderte ihn wortlos auf fortzufahren.

»Er soll Abtreibungen vorgenommen haben.«

»Kommt vor, oder?«, antwortete Katharina. »In der Regel wird das nicht an die große Glocke gehängt.«

»Infolge einer der Abtreibungen soll ein Mädchen gestorben sein.«

Antonias Herz schlug rascher. Sie bemerkte in Katharinas Augen Fassungslosigkeit, in Elisabeths ungläubiges Zweifeln. Sie selbst war weder erschrocken noch fassungslos, vielmehr verspürte sie das erste Mal seit Langem das Gefühl, nicht allein zu sein. Vielleicht war die Vergangenheit, vor der sie sich so fürchtete, nicht ihr auf den Fersen, sondern ihm. *Vielleicht hat er sich gar nicht vor mir erschreckt, als er mich geküsst hat, sondern darin, sich selbst in mir zu erkennen.*

»Und er hat gestanden?«, fragte Katharina.

»Nein«, antwortete Carl. »Er hat jede Straftat abgestritten.«

Antonia senkte den Blick auf ihre Hände, die in ihrem Schoß ruhten. Sie war wieder allein.

*

Im Grunde genommen stand die ganze Anklage auf tönernen Füßen und wäre letzten Endes nicht mehr als eine Unannehmlichkeit, wenn alles seinen gesetzmäßigen Weg ging. Und der lautete nun einmal, dass man Menschen nicht ohne entsprechende Beweise rechtmäßig verurteilen konnte. Was Richard Sorgen bereitete, war die Vorstellung, man suche einfach ein Bauernopfer und würde ohne viel Federlesens kurzen Prozess mit ihnen machen. Ein toter Junge wurde gefunden, zwei Mörder kamen an den Galgen – einer ein Schwarzhändler, der andere ein Nazi, der unwertes Leben tötete –, und alle wären zufrieden. Angesichts dieser Aussichten konnte einem jetzt schon die Kehle eng werden.

Er saß mit Georg und Dr. Walz zusammen, und da sie sich mit ihrem Anwalt besprachen, stand dieses Mal kein Wachmann dabei. Richard musste gestehen, dass Georg ein klein wenig tiefer in der Scheiße steckte als er. Dr. Walz hatte die Vorgänge detailliert notiert und schrieb gerade die Namen von Leumundszeugen auf.

»Ich werde mich mit den entsprechenden Stellen in Verbindung setzen«, sagte er, dann wandte er sich an Richard. »Wer konkret könnte Bescheid wissen über den Unfall in Ihrem Haus?«

»Eine frühere Geliebte hat mir gedroht, sie hätte etwas gesehen, das ich lieber verbergen würde. Zusammen mit einem früheren Freund, der mal mit mir zusammengearbeitet hat. Erst habe ich sie nicht ernst genommen, dann dachte ich, sie ist vielleicht wirklich gestört genug, mein Haus zu beobachten. Aber auch dann hätte sie mich und Georg nur mit dem Karren weggehen sehen. Und gefolgt ist uns niemand, da bin ich mir sicher. Außerdem hätte sie dann wissen müssen, wo der Unfall sich im Haus ereignet hat.«

Dr. Walz nickte zustimmend.

»Doch dann«, fuhr Richard fort, »dachte ich an den zweiten Einbrecher, der klein und zierlich war, entweder ein Junge oder eine Frau.«

»Und darauf kommen Sie erst jetzt?«

»Ich hatte sie mit dem Einbruch einfach nicht in Verbindung gebracht. Aber je länger ich darüber nachgedacht habe, umso besser passt alles.«

»Sie war ohnehin schon vorher wütend auf ihn und Frau von Brelow«, ergänzte Georg.

»Warum?« Dr. Walz machte sich eine Notiz.

Richard erzählte die Geschichte von der gestohlenen Milch, Antonias öffentliche Anschuldigung des Diebstahls und den Kinderraub.

»Sie haben den Kinderraub angezeigt?«

»Nein.«

Dr. Walz hob fragend die Brauen.

»Da ich sie kurz vorher aus dem Gefängnis geholt hatte und sie mir irgendwie leidtat, habe ich darauf verzichtet. Außerdem wollte ich keine Verwicklungen mit der Polizei, was überhaupt erst der Grund dafür war, sie aus dem Gefängnis zu holen.«

»Also gut.« Der Anwalt sah ihn an. »Sie denken also, dass diese Frau bei Ihnen eingebrochen ist, um es Ihnen heimzuzahlen. Und als das schiefging, hat sie sich mit Ihrem ehemaligen Freund – woher kannte sie ihn eigentlich?«

»Über gemeinsame Bekannte.«

»Sie hat mit Ihrem ehemaligen Freund also erst versucht, Sie zu erpressen, und als das nicht funktionierte, ist sie zur Polizei gegangen.«

»Vielleicht hat sie einfach einen anonymen Brief geschrieben.«

Dr. Walz schüttelte den Kopf. »So, wie es sich anhörte, waren tatsächlich zwei Zeugen hier und haben die Sache angezeigt.« Er erhob sich. »Ich werde sehen, was ich tun kann.«

Richard und Georg wurden in ihre Zelle zurückgeführt.

»Im Grunde genommen«, sagte Richard, »könnte man ihr das Lager auch noch unterschieben.«

»Ohne mich«, antwortete Georg. »Dann wäre ich wohl kaum besser als sie.«

Richard verdrehte die Augen.

»Abgesehen davon sollten wir vermeiden, uns in Lügen zu verstricken.«

»Man kann das durchaus subtil machen, weißt du.« Richard lehnte sich unter dem Fenster mit dem Rücken an die Wand und verschränkte die Arme vor der Brust. »Ich könnte sagen, sie sei oft bei mir gewesen, ich hätte ihr helfen wollen. Na ja, und rein theoretisch hätte sie die Möglichkeit gehabt, an die Schlüssel zu gelangen. Und Andreas hat sich mit dem Lkw voller gestreckter Waren erwischen lassen. Vielleicht ist er davongekommen, und man hat die Sachen nicht mit ihm in Verbindung gebracht, aber diesen Zusammenhang kann man durchaus herstellen, die Polizei muss nur auf die richtige Spur gesetzt werden.«

Georg zuckte mit den Schultern. »Na dann, viel Glück.«

»Ist ja nicht so, als beträfe es dich, nicht wahr?«

»Ich habe ganz andere Sorgen momentan. Meine Befürchtung, ich könne wegen Mordes hängen, sind in der Tat eher gering, ich glaube nicht, dass es so weit kommt. Aber wenn ich meine Zulassung verliere und womöglich ein Verfahren am Hals habe, das ich gar nicht gewinnen kann, bin ich wirklich in Schwierigkeiten.«

»Tja, das glaube ich dir aufs Wort. An deiner Stelle wäre ich tatsächlich nicht gerne.«

»Danke für die Anteilnahme.«

Richard antwortete nicht, aber er gestattete sich ein kleines Lächeln. Dieser Riss in Georgs anständiger Fassade gefiel ihm.

»Und du hast damit wirklich nichts zu tun?« Nigel sah Elisabeth im Halbdunkel des Schuppens forschend an.

»Nein.« Sie zog ihn an sich und küsste ihn, eine Ablenkung, die vorübergehend funktionierte. Sie hatte bis jetzt gewartet, ehe sie ihm davon erzählte. Einerseits, weil sie eine schlechte Lügnerin war und ihm von dem Unfall im Haus nichts erzählen durfte, ebenso wenig wie von ihrer Zustimmung, die Leiche zu beseitigen. Andererseits, weil sie warten wollte, bis eine echte Hoffnung bestand, dass sie nicht als Mittäterin angeklagt wurde.

»Wenn die Sache schon fast drei Monate her ist, warum hast du mir nicht früher davon erzählt?«

»Ich wusste nicht, wie du reagieren würdest.«

»Wenn dich keine Schuld trifft, musst du deswegen nicht besorgt sein.«

Elisabeth hob in einer kurzen Geste die Schultern.

»Hat er euch mit Essen versorgt?«, fragte Nigel.

»Er hat mir nicht einmal etwas angeboten, als ich meine Essensmarken verloren habe.«

»Also kein feiner Mann«, folgerte Nigel.

»Ich weiß nicht, was er ist, ich kenne ihn ja kaum.« Elisabeth fragte sich, ob Nigel das leise, sehnsüchtige Vibrieren in ihrer Stimme bemerkte. Mehrfach hatte sie daran gedacht, Richard zu besuchen, es jedoch nie getan.

Nachdem Nigels Verlangen nach ihr gestillt war, verließen sie den Garten, gingen noch ein wenig spazieren, und Nigel erzählte ihr von seiner Heimat in Essex. Es klang reizend, und ein wenig bedauerte sie, dass sie all diese fernen Orte nie zu Gesicht bekommen hatte. Antonia und Katharina hatten ihr erzählt, sie seien gelegentlich in London gewesen, in Paris, an der Küste von Cornwall, das Elisabeth nicht einmal vom Namen her kannte. Ihre Welt war so erschreckend eng gewesen.

Nigel nahm ihre Hand, und es war ein wenig, als gingen sie als verliebtes Paar spazieren. Es war so viel leichter, hoffnungsvoll in die Zukunft zu schauen, wenn das weiche Licht der Sonne auf allem lag. Man konnte auf einmal davon überzeugt sein, dass die Stadt irgendwann wieder stand, dass das Leben durch die Straßen pulsierte.

»Sieh mal, dort.« Sie waren am Heumarkt angekommen, wo sich eine große Menschenmenge versammelt hatte. Und alle hatten die Blicke gehoben in jene Richtung, in die Nigel nun zeigte. Elisabeth sah hinauf, und ihr stockte der Atem.

Ein Seil war hoch oben über die Stadt gespannt, und darauf balancierte eine Frau, die das Gleichgewicht nur mithilfe einer langen Stange hielt: die Traber-Familie – Elisabeth hatte davon gelesen, dass Hochseilartisten in die Stadt kommen würden, es aber in dem ganzen Chaos um Richard und Georg vergessen. Nigel jedoch offenbar nicht, dass sie ihm von dem Wunsch erzählt hatte, sie zu sehen.

»Oh«, sagte sie staunend. »Das ist …« Ihr fielen keine Worte ein, die ausdrückten, was sie dabei empfand, als diese Frau ohne jede Sicherung filigran über die Stadt zu laufen schien. Über zerborstene Mauern, gezackte Ruinen, Schuttberge, die in der Hitze nach vergorenem Unrat stanken. Aber sie schwebte hoch oben über allem. Es war phantastisch.

Elisabeth umfasste Nigels Hand mit beiden Händen und drückte sie an ihre Brust. Mit einem Mal war alles fort, die Angst vor einer Verhaftung, die Enttäuschung über ihre vergeblichen Versuche, es auf die Bühne zu schaffen, ihre verzweifelte Verliebtheit in Richard. Ihr Elternhaus. Und jene dunklen Augen, die sie oft bis in ihre Träume verfolgten. Diese Frau auf dem Seil drückte das aus, was Elisabeth Tag für Tag vorantrieb – Überlebenswille und Lebensmut.

Sie sahen sich den Auftritt bis zum Schluss an. Als Nigel sich mit einem Kuss von ihr verabschiedet hatte, schlenderte sie noch ein wenig umher, genoss die Wärme des Sommernachmittags, der sie Hunger und die Anstrengungen des Tages vergessen machte. Das waren auch in ihrem Elternhaus immer die schönsten Tage gewesen, wenn alles nach Gras und Heu duftete, einem Eiskrem über die Finger schmolz und über der Welt ein flirrender goldener Schimmer lag.

Elisabeth hob ihr Gesicht der Sonne zu, und für einen Moment war sie nicht mehr in Köln, sondern stand auf dem Feld hinter dem Haus ihrer Eltern. In der Luft lag der süße Duft von Jasmin und Wacholder, Gras kitzelte ihre Beine, unter ihren Füßen war sonnenwarme Erde. Arme umschlossen sie, und sie wandte den Kopf, blickte in Augen, so dunkel, dass sich die Iris nicht von der Pupille unterscheiden ließ.

Wartest du auf mich, Prinzessin?

Viel zu lange schon.

Eine Träne quoll zwischen ihren geschlossenen Lidern hervor, und Elisabeth öffnete die Augen, wischte sich mit einer zornigen Geste über die Wangen. Sie setzte ihren Weg fort, rasch, als brächte jeder Schritt sie weiter weg von ihrer Vergangenheit.

*

Die Schuld auf die junge Frau und Richards ehemaligen Freund, Andreas Weinert, abzuwälzen, klappte tatsächlich. Carl von Seidlitz hatte einige Zeugen ausgemacht, die mitbekommen hatten, dass Richards frühere Geliebte Drohungen gegen ihn ausgestoßen hatte, irgendetwas Vages darüber, dass sie Dinge über ihn wisse, sich zu diesen aber nicht äußern wolle. Drohungen, auf die Richard nach außen hin gelassen reagiert, ja, die junge Frau gar aufgefordert hatte, diese laut und offen auszusprechen. Und Andreas Weinert schuldete ihm offensichtlich Geld. Den vor Monaten beschlagnahmten Lkw konnte man ihm noch nicht zuordnen, aber Richard gab ausreichend Hinweise, damit auch diese Ermittlung ihren Weg nehmen konnte. Nun sahen sich die beiden im Visier der Verfolgung. Vor allem, da ein Zeuge meldete, er habe Sonja Schmitz zusammen mit Albert Bruhn gesehen, eine Woche vor dessen Verschwinden.

»Tja, mein Lieber«, sagte Richard, der abgeholt wurde, um die Entlassungspapiere zu unterschreiben, »dann hoffe ich das Beste für dich.«

Georg nickte nur. Diese Angelegenheit war vom Tisch, aber damit hatte er über kurz oder lang ohnehin gerechnet. Der Fleck im Wagen war durchaus kritisch, denn mithilfe des Uhlenhut-Tests konnte man feststellen, dass es sich nicht um Tierblut handelte. Man hatte eine Blutgruppenbestimmung vorgenommen, aber die allein reichte nicht als Beweis für etwas so Schwerwiegendes wie eine Mordanklage.

Anhand des eingetrockneten Rests konnte man mit einer gewissen Wahrscheinlichkeit davon ausgehen, dass das Blut von Albert Bruhn stammte, aber hundertprozentig sicher war man sich nicht. Und diese Wahrscheinlichkeit war laut Dr. Walz mitnichten ausreichend, wenn es sonst keine belastenden Beweise gab. Die Spuren im Flur waren nicht verwertbar, dort hatte Richard eigenhändig jede Ritze an der Treppenstufe ausgekratzt. Man war überarbeitet, hatte zu wenig Leute, zu wenig Kapazitäten. Ohnehin war man zunächst von einem Unfall ausgegangen, und erst die Intrige einer abservierten Geliebten und eines verschuldeten Freundes hatten zu der Verhaftung geführt. Dr. Walz schaffte es sehr routiniert, die junge Frau und den Mann in einem äußerst ungünstigen Licht dastehen zu lassen.

Obschon Georg ebenfalls entlassen wurde – wie man ihm zu seiner Erleichterung mitteilte –, hing die Anschuldigung aus seiner Vergangenheit wie ein Damoklesschwert über ihm. Es mochte nicht genug sein, um ihn weiterhin festzuhalten, aber er konnte jederzeit erneut verhaftet werden, wenn sich die Anschuldigung erhärtete. Er würde selbst seine ehemaligen Vorgesetzten kontaktieren und jeden, der damals mit dem Fall befasst gewesen war. Damals hatte man die Sache beigelegt, aber aus irgendeinem Grund hatte es sich Kommissar Radner zum Anliegen gemacht, sie erneut aufzurollen und zu verfolgen. Somit war das eingetreten, was Georg um jeden Preis hatte vermeiden wollen.

»Wenn Sie tatsächlich unschuldig sind«, sagte ihm Radner zum Abschied, »haben Sie ja nichts zu befürchten.«

Als hätte das jemals ausgereicht, wenn die Tatsachen so offensichtlich gegen einen sprachen. Und eine Lüge war eben nicht leicht zu enttarnen, wenn man gewillt war, sie zu glauben.

Als er mit Richard aus dem Gebäude trat, fuhr ein Polizeiwagen vorbei, dunkelgrün mit weißer Aufschrift. Die Farbe der Uniform mochte sich geändert haben, die Fahrzeuge hatten es nicht.

»Ein Sommer meines Lebens, den mir keiner zurückgeben wird«, sagte Richard, während sie sich auf den Weg nach Hause machten.

»Ja, das ist natürlich die größte Tragik an der ganzen Geschichte.«

»Abgesehen davon habe ich ein Vermögen verloren«, fuhr Richard unbeirrt fort. »Aber dafür zahlen die beiden noch.«

»Haben sie nicht ohnehin derzeit jede Menge Probleme am Hals wegen Irreführung der Polizei?«

»Vermutlich.«

Kommissar Radner würde die Sache mit den Abtreibungen zwar weiterverfolgen, aber ehe seine Schuld zweifelsfrei bewiesen war, würde er zumindest dem Krankenhaus gegenüber nichts verlautbaren lassen. Das war immerhin etwas. Dennoch wusste Georg, dass der Schlag jeden Tag kommen konnte. Zudem war nicht abwegig, dass doch etwas durchsickerte. Ob er seinem Vorgesetzten die ganze Geschichte von sich aus erzählen sollte? Allerdings stand zu befürchten, dass dieser ihn dann direkt vor die Tür setzte, und war die Sache erst einmal publik geworden, wäre es mit einer erneuten Anstellung vermutlich schwer.

»Wenn das stimmen würde, was man dir vorwirft«, sagte Richard, »wäre es ein Kriegsverbrechen, nicht wahr?«

»Ja, wahrscheinlich. Aber in der Sache wurde ja bereits ermittelt.«

»Im Kriegschaos. Man könnte sagen, dass die Sache einfach fallen gelassen wurde, weil es sich um polnische Frauen gehandelt hat.«

»Ja, könnte man. Aber so war es nicht, das wird jeder, der seinerzeit dabei war, bestätigen können.« Abgesehen von der Krankenschwester.

»Immerhin haben sie dich gehen lassen.«

»Da sie derzeit nicht mehr als Behauptungen haben und es keine schriftlichen Belege über die Angelegenheit gibt, haben sie nichts Konkretes in der Hand.«

Georg kam der Weg nach Hause übermäßig lang vor, und die mangelnde Bewegung der letzten Wochen ließ ihn rasch ermüden. Als sie das Haus betraten, ging Richard direkt zur Treppe und eilte hinauf. Georg wollte ebenfalls nichts mehr, als sich die Kleidung vom Leib reißen, den Gefängnisgestank abwaschen und schlafen. Da er jedoch Maries Gebrabbel aus dem Salon hörte, schlug er zunächst den Weg dorthin ein.

Antonia hatte offenbar etliche Fenster von ihren Vorhängen befreit, denn sie saß zwischen staubigen Stoffbahnen aus schwerem Samt, die sie niesend zerschnitt. Dann blickte sie hoch und zuckte zusammen.

»Grundgütiger, hast du mich erschreckt.« Sie erhob sich, nieste ein weiteres Mal und strich sich Haarsträhnen aus dem Gesicht, wobei sie eine graue Spur auf ihrer Wange hinterließ.

»Ich habe die Tür gehört und dachte, es sei Katharina oder Elisabeth.«

»Man hat uns gehen lassen«, sagte Georg überflüssigerweise. Er hob die Hand, wollte ihre Wange berühren, zögerte dann jedoch und senkte den Arm wieder. Antonia war die Geste nicht entgangen, ihr Blick folgte der Bewegung, aber sie blieb reglos stehen, machte keine Anstalten, ihm entgegenzukommen.

»Ich nehme an, du hast davon gehört, was sie mir vorwerfen?«

»Ja.« Nun zeigte sich eine kleine Regung in ihren Augen, Erwartung, Zurückhaltung.

»Nichts davon ist wahr.«

Sie nickte kaum merklich.

Marie hatte nun offenbar genug davon, Garnrollen in allen Ecken des Raumes zu verteilen, und kam zu ihnen gelaufen.

Sie war gewachsen, wirkte schmaler, und ihre Wangen waren nicht mehr so rund.

»Wie kommst du zurecht?«, fragte er mit Blick auf das Kind.

»Ich werde aus den Vorhängen Kindermäntel und -röcke für den nächsten Winter nähen. Und dann schaue ich, wo ich neue Märkte auftun kann. Ich hätte nicht gedacht, dass ich es mal sage, aber mit Richard war das Leben einfacher.«

»Das wird er sicher gerne hören.« Georg gestattete sich ein kleines Grinsen.

»Untersteh dich!« Antonia lächelte jedoch ebenfalls. »Vermutlich wird es mir schon in einer Woche wieder zu viel sein, mit ihm im selben Haus zu leben.«

»Wem sagst du das? Ich war fast drei Monate mit ihm auf engstem Raum eingesperrt. So schnell, wie er vorhin vor mir geflüchtet ist, hat er mich vermutlich ebenso über wie ich ihn.«

Nun musste Antonia lachen. »Da wäre ich lieber an seiner Stelle gewesen als an deiner.«

Wieder hob Georg die Hand, zögerte und berührte ihre Wange. Antonias Lider senkten sich zitternd, und ihre Brust hob sich in einem tiefen Atemzug. Er wollte sie an sich ziehen, sie küssen, sehen, was geschah, wenn er ihre Zurückhaltung brach. Als sie ihn ansah, wusste er, dass sie seinen Kuss erwartete, gleich, wie verschwitzt und heruntergekommen er nach den Wochen in der Zelle war. Mit den Fingerkuppen strich er über ihre kühle Haut, atmete den leichten Duft nach Lavendel. Dann zog er die Hand zurück.

Sie sagte nichts angesichts dieser Zurückweisung, aber ihr Blick verschloss sich wieder, und sie wandte sich ab. »Marie«, rief sie harscher als nötig. Mit einer knappen Handbewegung winkte sie das Kind heran. »Komm jetzt.«

Katharina hatte einen Brief von ihrer Mutter erhalten, in der diese, wie so oft, anklingen ließ, dass sie sich nichts sehnlicher wünschte als die Heimkehr ihrer Tochter. Vor allem, da Wilhelm immer noch in Gefangenschaft war. Und überhaupt, wofür musste sie denn als Krankenschwester arbeiten, in all dem Dreck und dem Elend. Seufzend faltete Katharina den Brief zusammen und schob ihn in die Schublade. Ihre Mutter würde sie nie verstehen, und inzwischen hatte sie aufgegeben, sie von ihrem Standpunkt überzeugen zu wollen.

Sie würde ihr im nächsten Brief von Carl erzählen. Carl von Seidlitz, preußischer Adel, das würde ihre Mutter beeindrucken. Aber mit dieser Beschreibung würde sie ihm nicht gerecht, und sie wollte, dass ihre Eltern von Anfang an wussten, wer der Mann war, den sie liebte. Kommunist, Journalist, Widerstandskämpfer, Pazifist. Dass er mehrmals im Gefängnis gesessen hatte, würde ihr Vater nach ein paar Nachforschungen – die er unweigerlich anstellen würde – selbst herausfinden. Allerdings war dies im Nachhinein keine Schande, sofern man auf der richtigen Seite gestanden hatte. Ihr Vater würde das sofort bestätigen. Ihre Mutter würde in Ohnmacht fallen.

Da sie an diesem Tag frei hatte, hatte sie den ganzen Vormittag damit zugebracht zu waschen. Außerdem hatten sie und Elisabeth Antonia versprochen, ihr am kommenden Morgen beim Waschen der Vorhänge zu helfen, sobald diese in handlich große Stücke zerkleinert worden waren. An diesem Tag jedoch würde sie nichts anderes mehr tun, als den Sommer zu genießen. Carl würde abends kommen, und sie würden den Abend im Garten ausklingen lassen. Diese Vorstellung war so herrlich, dass Katharina am liebsten die Arme ausgebreitet und durch den Flur getanzt hätte. Sie beschloss, etwas von der Hochstimmung weiterzugeben und Antonia ein wenig beim Zerstückeln ihrer Vorhänge zur Hand zu gehen.

Auf dem Weg zur Treppe kam sie an Richards Zimmer vorbei und bemerkte, dass die Tür nur angelehnt war. Dahinter hörte sie es rumoren, hörte, wie Schubladen geöffnet und geschlossen wurden, etwas fiel zu Boden, gefolgt von einem Fluch. Sie tippte die Tür an, so dass diese nach innen aufschwang.

Richard stand im Raum, nur bekleidet mit einer Hose, barfuß und mit feuchtem Haar. Er hatte ein Hemd in der Hand und war eben im Begriff, es anzuziehen, als er innehielt und sie erstaunt ansah. »Nanu? Darf ich auf eine unerwartete Sehnsucht hoffen?«

»Ich fürchte, nein.«

»Bedauerlich. Die Aussicht auf eine Liebesnacht mit dir erschien mir nie reizvoller als jetzt.«

Katharinas Mundwinkel zuckten spöttisch. »Es ist helllichter Tag.«

»Ich ziehe die Vorhänge zu, wenn dir das lieber ist.«

»Nun, wenn das so ist.« Katharina öffnete den Kragenknopf ihrer Bluse, dann den nächsten.

Richard starrte sie ungläubig und sogar ein klein wenig fassungslos an. »Ist das dein Ernst?«

»Nein, Idiot.« Katharina verschloss die Knöpfe wieder. »Ich wollte eigentlich nur ganz freundlich fragen, wie es dir geht. Aber für dich bedeutet das Erscheinen einer Frau offenbar nur eines.«

»Das Erscheinen in meinem Zimmer, meine Liebe, ist für dich höchst ungewöhnlich.«

Katharina lehnte sich mit einer Schulter an den Türrahmen. »Ich bin mit Carl von Seidlitz zusammen.«

»Schläfst du mit ihm?«

Sie spürte, wie ihr das Blut in die Wangen stieg. »Das geht dich überhaupt nichts an. Aber nein, tue ich nicht.«

»Demnach ist es ihm ernst mit dir. Das freut mich für dich.

Für mich weniger, aber ich glaube, die Chance, dein Liebhaber zu werden, bestand nie wirklich.«

Gegen ihren Willen musste Katharina lachen. »Nein, tatsächlich nicht.«

Er zwinkerte ihr zu und zog sein Hemd an. »So, das Leben hat mich wieder. Es wird Zeit, mich nach neuen Märkten umzusehen.«

»Heute schon? Du bist doch gerade erst entlassen worden.«

»Der Zeitpunkt war nie günstiger. Sie werden denken, dass ich nun erst ein wenig Zeit verstreichen lasse, um den Eindruck zu erwecken, dass ich in der Tat nichts zu verbergen habe.«

»Na dann, viel Erfolg.«

»Vielen Dank.« Richard fuhr sich mit einer Bürste durch das Haar und betrachtete sich kritisch im Spiegel.

»Ich war es übrigens, die dafür gesorgt hat, dass du einen Anwalt bekommst.«

»Das weiß ich.«

»Man könnte also fast schon sagen, ich hätte dir den Hals gerettet.«

Sein Blick traf den ihren im Spiegel, und ein kleines Lächeln umschattete Richards Mundwinkel, hintergründig und schwer zu deuten. »Ich werd's nicht vergessen.«

TEIL 3

»Weißer Tod«
»Schwarzer Hunger«

Redewendungen 1947

9

November 1946

Einem heißen und trockenen Sommer folgten ein kurzer Herbst und ein früher Winter. Die Temperaturen sanken im November bereits auf unter null Grad, was Carl in den Trümmern seiner Behausung vor allem bei Nacht zu spüren begann. Sah er jedoch die Menschen in den Kellern und Notunterkünften, wusste er, dass er sich wahrhaftig nicht beklagen durfte. Menschen hockten in zugigen Zimmern, in die durch alle Ritzen der Wind kroch. Die regennasse Pappe vor den Fenstern vereiste, und die klägliche Ration von einer Handvoll Briketts half nicht ansatzweise, die Kälte zu vertreiben – von warmen Mahlzeiten ganz zu schweigen. Diesbezüglich herrschte jedoch nicht nur aufgrund der fehlenden Möglichkeiten zu kochen Mangel. Die Ernteerträge waren wegen Hitze und Trockenheit weit hinter den Erwartungen zurückgeblieben, und hinzu kam, dass es in der Landwirtschaft an Arbeitskräften fehlte.

Carl schrieb derzeit nebenbei für die kommunistische Tageszeitung *Volksstimme*, und in der aktuellen Ausgabe hatte man bezüglich der Nahrungsmittelzuteilung geschrieben, achthundert Kalorien seien auch ungefähr der Satz, den die Nazis als hinlänglich erachtet hatten, um die Menschen in den Gefangenenlagern langsam dem Hungertod entgegenzutreiben. Bis heute hatte man es nicht geschafft, die Versorgung neu zu organisieren, so dass es bei den von den Nationalsozialisten eingerichteten Ernährungsperioden blieb, obwohl die Rede davon gewesen war, eine Tagesration an Kalorien im Bereich tausend bis tausendfünfhundert pro Person zu halten.

»Es ist keine Spur von Aufschwung in Sicht«, sagte Katharina, die dick eingemummt neben ihm herging. »Seit über einem Jahr ist der Krieg nun vorbei, und ich hätte erwartet, dass es mit dem Aufbau nicht gar so schleppend voranging.«

Wenn Carl sich so umsah, bezweifelte er ernsthaft, dass hier überhaupt wieder etwas aufgebaut werden konnte, abgesehen davon, dass der Aufbau teuer war und vermutlich mehr Geld verschlang, als zur Verfügung stand. Nichts funktionierte, das war jetzt mehr zu spüren als je zuvor. Es gab kaum Heizmaterial – und der frühe Wintereinbruch ließ Schlimmes befürchten. Die Verteilung der Nahrungsmittel – so überhaupt vorhanden – funktionierte kaum. Da die Infrastruktur zudem weitgehend zerstört war, konnten die Städte nur schlecht versorgt werden.

»Und es ist erst November«, sagte Carl. Er begleitete Katharina auf Hausbesuche und trug eine Tasche, in der Mäntel, Röcke und Hosen für Kinder steckten, die Antonia aus den schweren Vorhängen genäht hatte.

»Ich habe das Gefühl, ich tauge nicht fürs Geschäft«, hatte Antonia halb spöttisch, halb resigniert bemerkt. »Sobald ich diese armen Frauen sehe, komme ich mir schäbig vor, ihnen für das Nötigste auch noch Geld abzuknöpfen.«

»Wir tauschen die Sachen ein, das ist derzeit sinnvoller, als Geld zu nehmen«, antwortete Carl.

»Meine Mutter hat mir geschrieben, dass bei ihnen in der sowjetischen Zone Maschinen und intakte Anlagen demontiert werden. Nur für den Fall, dass du immer noch darüber nachdenkst, dort könnte eine Zukunft für dich liegen.«

»Sie decken damit ihren Reparationsbedarf.«

»Und das findest du gut?«

»Wer hat diesen Krieg denn angezettelt?«

»Muss deshalb das bisschen, das hier überhaupt noch heile geblieben ist, auch noch weggenommen werden? Sie bauen ja nicht nur kriegswichtige Industrie ab, sie transportieren Eisenbahngleise und Lokomotiven ab. Ganze Fabrikanlagen haben sie abgebaut und weggeschafft, Stahlindustrie, chemische Industrie ...«

»Die Sowjetunion hat immense Kriegsschäden, irgendwer muss dafür bezahlen, und das sind eben die, die schuld an dem Ganzen sind. Im Übrigen macht Frankreich es ähnlich, die USA und England auch.«

Katharina schnaubte. »Aber sie haben nicht fast dreitausend Betriebe demontiert und nicht fast zwölftausend Kilometer Gleise abgebaut.«

Straf- und Sühnepolitik. Carl fand das durchaus angebracht, wenngleich er auch Katharinas Standpunkt verstehen konnte. Es war nun einmal nicht einfach, ein Gebiet, das in vier Besatzungszonen aufgeteilt war, zu verwalten. Zwar hatte man den Deutschen die Verantwortung übertragen, aber es gab keine eingespielte Verwaltung, und so fand nur ein sehr eingeschränkter Ausgleich zwischen den gut und schlecht versorgten Gebieten statt. Die alten Lieferwege gab es nicht mehr, und mochte schon der verwaltungstechnische Aufwand zwischen den Zonen schwierig sein, so war die Lebensmittelversorgung zonenübergreifend deutlich erschwert. Nahrungsmittel konnten nicht gut verteilt werden, weil die Infrastruktur fehlte. Angesichts dessen war Katharinas Zorn auf Maßnahmen wie Demontage der Gleisanlagen durchaus verständlich. Aber irgendjemand musste nun einmal den Preis für den Krieg zahlen. Und in Köln spielten diese Demontagen ohnehin keine große Rolle, es waren gerade mal elf Firmen beschlagnahmt worden. Ein überschaubarer Schaden.

»Bist du mir böse?«, fragte er, denn dass sie ihm grollte, wollte er nun auch wieder nicht.

»Nein. Ich teile nur deine Ansichten nicht.«

»Dann haben wir wenigstens ein Thema zum Streiten.«

Katharina lachte. »Du streitest gerne, nicht wahr?«

»Noch lieber versöhne ich mich danach ausgiebig mit dir.«

Sie stieß ihn in die Rippen. Carl überzeugte sich mit einem raschen Blick, dass niemand sie sah, dann zog er Katharina in eine Ruine und küsste sie, ehe sie protestieren konnte. Als er sich von ihr lösen wollte, hielt sie ihn am Schal fest und zog ihn wieder an sich. Ihr Arm schob sich um seinen Nacken, und sie küsste ihn, bis sein Atem schneller ging, dann ließ sie ihn los.

»So, weiter geht's.« Sie duckte sich unter seinem Arm weg und war wieder auf der Straße, ehe er sie eingefangen hatte.

Sie kamen bei ihrem ersten Patienten an, einem alten Mann mit Geschwüren an den Beinen. Er lebte in einem ehemaligen Schutzkeller. Brackiges Licht fiel durch das Fenster des Kellerschachts in den Raum, und Katharina musste zusehen, dass ihr dieses genügte, denn eine Lampe wollte der Alte aus Sparsamkeit nicht einschalten. Hernach kamen sie zu einer Großfamilie, die ein zugiges Zimmer bewohnte. Hier tauschten sie eine warme Jacke und eine Hose gegen amerikanische Zigaretten, die Carl sorgsam verwahrte. Lucky Strike, Stuyvesant – das war die neue Währung.

Es waren deprimierende Szenen, in die sie traten, und gelegentlich – das musste Carl im Stillen eingestehen – waren die Frauen, deren Ehemänner nicht zurückgekehrt waren, besser dran. Viele Männer kamen nicht nur körperlich, sondern auch seelisch zerstört aus dem Krieg zurück und hatten große Schwierigkeiten, sich in das neue Gefüge einzugliedern – eine Familie, die ihnen fremd geworden war, und eine Stadt, die ebenfalls nicht mehr die war, die sie verlassen hatten. Hier trafen sie auf Frauen, die unabhängig geworden waren, was vermutlich nicht wenig an ihrem männlichen Selbstverständnis zehrte. Sie wurden zur Last und waren nicht mehr der Halt, der sie zu sein wünschten. Katharina versorgte ihre Wunden, während Carl mit den Frauen verhandelte.

»Mit diesen Frauen möchte ich nicht tauschen«, sagte Katharina später.

»Sie gehen ihren Weg, genau wie du.«

Katharina hakte sich bei ihm ein. »Das war der letzte Patient.« Sie schlenkerte ihre Tasche leicht vor und zurück.

»Kommst du noch mit zu mir?«

Sie sah auf ihre Uhr. »Ja, aber ich kann nicht ganz so lange bleiben, morgen muss ich früh raus.«

»Hat deine Mutter eigentlich noch mal etwas über unsere Beziehung geschrieben, abgesehen von ihrem Fragenkatalog?«

»Nein.« Ein Lachen klang in Katharinas Stimme mit. »Vermutlich malt sie sich gerade aus, wie ich irgendwann hochherrschaftlich in deinem Familiensitz residiere.«

»Ich vermute eher, sie steht irgendwann überraschend vor der Tür und möchte sich selbst von allem überzeugen.«

Katharina stöhnte auf. »Das hoffe ich nicht, befürchte aber, du könntest recht haben.«

»Dann lerne ich sie wenigstens direkt kennen.« Er feixte. »Das wird sicher eine spannende Begegnung.«

»Das ist anzunehmen.«

Ein Windstoß nahm Carl für einen Moment den Atem. »Wie kommst du mittlerweile mit Walter klar?«

»Dr. Hansen? Einigermaßen gut. Weiß er von uns?«

»Bisher nicht.«

»Dann belass es bitte erst einmal dabei.«

Ein Junge rannte in ihn hinein, entschuldigte sich und wollte weiterlaufen, aber Carl hielt ihn am Handgelenk fest.

»Moment, Bürschchen.« Er bog die Finger des widerstrebenden Kindes auseinander und entnahm ihnen die Zigaretten, die es aus Carls Tasche gezogen hatte. Im nächsten Moment hatte der Junge sich losgerissen und flitzte um die nächste Häuserecke.

»Ich habe übrigens beantragt, für eine Weile aus Nürnberg berichten zu dürfen«, sagte Carl. Im Vormonat waren die Urteile des ersten Prozesses aus dem Nürnberger Justizpalast bekannt geworden, und im Dezember ging es weiter mit dem Prozess gegen die Ärzte.

»Tatsächlich? Für wie lange?«

»Das kommt darauf an.« Die Prozesse erfuhren eine große Aufmerksamkeit durch die Öffentlichkeit. »Es ist die Art von Journalismus, die ich machen möchte.« Der Gedanke an die Ärzteprozesse brachte ihn zu dem Fall von Katharinas Mitbewohner. »Dieser Arzt, der bei euch wohnt, legst du deine Hand für ihn ins Feuer?«

»Ich lege meine Hand für niemanden ins Feuer, außer für mich selbst. Aber ich bin mir sehr sicher, dass man ihm was angehängt hat.«

»Falls es so ist, würde ich gerne darüber berichten, sobald mehr bekannt ist. Ein Arzt, der Frauen helfen möchte, die Opfer unserer Wehrmacht geworden sind, und dafür um eine Zukunft fürchten muss. Angesichts der Prozesse, die jetzt anstehen, könnte das sehr interessant werden.«

»Falls man dich nicht nach Nürnberg schickt.«

»Ich kann durchaus an mehr als einer Sache schreiben.«

»Soweit ich weiß, hält Georg die Sache derzeit noch unter Verschluss.«

»Verständlich. Aber gelegentlich kann Angriff die beste Verteidigung sein. Ich werde mich mal umhören, wer damals dabei war.«

Elisabeth kauerte sich am Küchenofen zusammen und zitterte. Sie war vor einer halben Stunde heimgekommen, und die Kälte steckte ihr in den Knochen, schien sich wie eine Eisschicht darum gelegt zu haben, die sie von innen heraus frieren ließ. Sie schlang sich die Arme um den Oberkörper, als könne sie auf die Weise das bisschen Wärme, das sie vom Herd schöpfte, in sich behalten.

»Kalt, nicht wahr?« Richard betrat die Küche, und es war ihm offenbar ein Anliegen, das Offensichtliche festzustellen. Daher ersparte Elisabeth sich eine Antwort darauf.

»Ich habe Briketts gekauft, sie erreichen derzeit horrende Preise auf dem schwarzen Markt, aber wenn man weiß, wo man sich umhören muss, bekommt man welche.«

»Wie schön für dich.«

»Ich habe eben den Ofen in meinem Zimmer beheizt.«

Elisabeth warf ihm einen finsteren Blick zu. Währenddessen öffnete Richard die Vorratskammer, der eine eisige Kälte entströmte, und entnahm ihr Brot und Butter. Nachdem er zwei Scheiben bestrichen und mit Salz bestreut hatte, ging er mit dem Teller in der Hand zur Tür. Dort hielt er inne, drehte sich zu Elisabeth um und fragte: »Möchtest du mitkommen?«

Sie starrte ihn an. »Wie bitte?«

»Die Frage war doch nun eindeutig, nicht wahr?«

»Meinst du das ernst?«

Er verdrehte die Augen. »Was mein Zimmer und meinen Ofen angeht, mache ich keine Scherze. Du kannst dich aufwärmen, wenn du möchtest. Ausnahmsweise.«

Rasch erhob sich Elisabeth, blieb jedoch argwöhnisch, da sie erwartete, dass er sie jeden Moment auslachte und verspottete. Er ging jedoch schweigend an ihrer Seite die Treppe hoch und schlug den Weg zu seinem Zimmer ein. Als er die Tür öffnete, sah Elisabeth seine privaten Räumlichkeiten das erste Mal. Auch von der Einrichtung dieses Zimmers war offenbar vieles zu Geld gemacht oder als Feuerholz verwendet worden. Aber dennoch wirkte es gemütlich mit dem bollernden Ofen und dem breiten Bett, auf dem ein dickes Plumeau lag. Unter einem solchen hatte Elisabeth das letzte Mal in ihrem Elternhaus gelegen, jetzt hatte sie nur die Wolldecken, die Antonia ihren Bewohnern zur Verfügung stellte. Sie wollte sich nicht beklagen, die Decken erfüllten ihren Zweck, aber das hier war doch etwas anderes.

Zögernd trat Elisabeth ein, und weil Richard immer noch keine Anstalten machte, das alles als schlechten Witz zu enttarnen, ging sie zum Ofen und ließ sich davor nieder. Es war so herrlich, dass sie am liebsten die Augen geschlossen und wie eine Katze geschnurrt hätte. »Himmel, ist das wunderbar«, seufzte sie.

Richard hatte den Teller auf dem Nachtschränkchen abgestellt und beobachtete sie mit einem Ausdruck verhaltener Erheiterung. »Ich habe einige neue Möglichkeiten aufgetan. Anstatt in Nahrungsmittel werde ich in Zigaretten investieren. Zunächst zumindest.«

»Und warum erzählst du mir das?«

»Weil du dich als verschwiegen erwiesen hast. Von meinen angeblichen Freunden hatte ich im Gefängnis nicht viel, ganz zu schweigen von meinem alten Schulfreund, der mich überhaupt erst hineingebracht hat.«

»Tja, an wem das wohl liegen mag?«

»Ich vermute, du bist nachtragend, weil ich deine Mitarbeit seinerzeit abgelehnt habe?«

»Du hast sie nicht abgelehnt, sondern mir einfach keine Antwort mehr gegeben.«

»Ich war im Gefängnis und hatte andere Sorgen.«

Elisabeth lehnte sich mit dem Rücken an den Ofen und zog die Knie an. »Im Mai, ja. Eine Antwort hast du mir für April versprochen.«

Richard schwieg, nahm eine Scheibe Brot und biss hinein, was Elisabeth an ihren eigenen Hunger erinnerte. Irgendeine perfide kleine Gemeinheit musste offenbar immer hinterhergeschoben werden.

»Möchtest du auch?«, fragte Richard, und Elisabeth sah ihn überrascht an.

»Warum bist du heute so freundlich?«

»Mir ist danach, also nutze es aus.«

Nach kurzem Zaudern erhob Elisabeth sich und griff nach der zweiten Scheibe Brot, dann ließ sie sich wieder vor dem Ofen nieder. Die Wärme brachte ihre Wangen zum Glühen, und ihre Augen wurden glasig. Sie aß das Brot in kleinen Bissen, kaute lange, wickelte sich gedankenverloren eine Strähne um den Finger, die sich aus ihrem Zopf gelöst hatte. Vielleicht sollte sie sich das Haar wieder abschneiden. Andererseits war es schon praktisch, es einfach nur zurückbinden zu müssen. Als sie aufgegessen hatte, verschränkte sie die Hände im Schoß und überlegte, ob sie nun einfach gehen oder warten sollte, bis Richard sie fortschickte.

»Wie kommst du gerade auf Zigaretten?«, fragte sie.

»Das ist derzeit die beste Währung auf dem Schwarzmarkt.« Er stand auf und löschte eine der beiden Kerzen, so dass in dem Zimmer nur mehr ein gelblicher Schimmer war, der mehr Schatten als Helligkeit schuf.

»Und du hast noch genügend Mittel, um zu investieren?« Die Wärme und das dämmrige Licht ließen eine matte Schläfrigkeit in Elisabeths Stimme mitschwingen.

»Ja, mein Bargeld hat niemand angerührt.«

Elisabeth streckte sich und zog die Schultern hoch. »Ich mag gar nicht daran denken, gleich in mein kaltes Zimmer zurückzumüssen.«

»Musst du nicht.«

Sie sah ihn an, runzelte die Stirn. »Ah ja? Und warum nicht?«

»Streng deine Phantasie ein wenig an.«

Elisabeth stand auf, etwas zu schnell, denn ihr wurde schwummrig, und sie musste sich einen Moment an der Wand abstützen. Dann wollte sie Richard eine vernichtende Antwort geben und gehen. »Daher also die freundliche Einladung in dein Zimmer?«, fragte sie stattdessen.

»Nein, die erfolgte in der Tat ohne Hintergedanken. Aber wo du nun einmal hier bist und es dich ebenso wenig in dein Zimmer zieht, wie mir danach ist, die Nacht allein zu verbringen, dachte ich, das sei eine ganz gute Idee.«

Elisabeth presste sich eine Hand auf die Brust, als könnte sie den wilden Schlag ihres Herzens damit beruhigen. Sie sah Richard an, spürte das Flattern in ihrem Bauch, all die trügerischen Hoffnungen, die wieder in ihr aufkeimten. *Mit mir wird es anders. Für mich wird er sich ändern.* Würde er nicht, das ahnte sie, aber die Vernunft war leichter zum Schweigen zu bringen als die Hoffnung.

Vielleicht erriet Richard ihre Gedanken, denn er kam zu ihr und beschloss wohl, dass jetzt nicht der rechte Zeitpunkt war für viele Worte und lange gedankliche Kapriolen. Er zog sie an sich, und unter seinem Kuss verstummte selbst das letzte Aufbegehren von Vernunft. Elisabeth schloss die Augen, schlang die Arme um seinen Nacken, genoss die kribbelige Erwartung.

Richards Hände suchten sich zielstrebig den Weg unter ihre Kleidung, während er Elisabeth zum Bett lotste, ohne den Kuss zu unterbrechen. Wärme stieg in ihr auf, Verlangen, Gier – neue, unvertraute Empfindungen, unter denen sich ihr Körper bog. Und in all das verwoben sich Staunen und Hingabe, ein Rausch, der sie wie ein Strom mit sich riss und in einen wilden Strudel zog, sie mit demselben Ungestüm ausspie und gänzlich atemlos zurückließ.

Richard erschauerte, umfasste sie enger, ehe sein Griff sich löste, entspannt wurde. Er küsste sie und ließ sich in das Kissen sinken, wo er mit geschlossenen Augen liegen blieb, während seine Brust sich in raschen Atemzügen hob und senkte. Es dauerte einige Minuten, ehe Elisabeth wieder zusammenhängend denken konnte. Sie streckte sich und stieß einen langen Seufzer aus. »Ich wusste gar nicht, dass es so schön sein kann. Und wehgetan hat es auch nicht.«

Richard öffnete die Augen, in seinem Blick mischten sich Unglaube und Erstaunen. »Nicht gerade ein Frauenkenner, dein Engländer, ja?«

»Ich weiß nicht, ob es an Nigel lag.«

»Nun, an dir offenbar nicht, wie wir eben feststellen durften.«

Vielleicht, dachte Elisabeth, lag es daran, dass es ihr mit Nigel von Anfang an widerstrebt hatte. Es war nicht das, was sie wollte, was sie für sich gewünscht hatte. Sie drehte sich auf den Bauch und umschlang das Kissen mit den Armen, fühlte sich angenehm erschöpft. »Hat sich etwas zwischen uns geändert?«, fragte sie

»Nun, angesichts dessen, dass du gerade in meinem Bett liegst, möchte ich das fast annehmen.«

Elisabeth drehte sich auf die Seite und sah ihn an. »Ich meinte nicht nur heute Nacht.«

»Ah, verstehe.« Richard richtete sich auf, drückte sie in das Kissen zurück und neigte sich über sie. »Meine Liebe, wir haben eben erst angehoben.«

*

Mist, dachte Katharina, während sie über den Flur eilte und ihr Häubchen auf dem Haar befestigte. So ein blöder Mist. Sie verschlief sonst nie. Und dann geschah es ausgerechnet an einem Tag, wo sie morgens Dr. Hansen zugeteilt war. Wenn der Herd beheizt war, schaffte sie es vielleicht noch, einen Kaffee zu trinken, aber Frühstück würde ausfallen müssen. Als sie eben die Hand nach dem Treppengeländer ausstreckte, blieb sie abrupt stehen. Elisabeth verließ Richards Zimmer, stand an der offenen Tür, zog Richard, der offenbar nur einen Morgenmantel trug, am Kragen zu sich und küsste ihn. Dann wandte sie sich ab, Richard schloss die Tür, und Elisabeth lief in Richtung ihres Zimmers. Sie bemerkte Katharina und warf ihr ein fröhliches »Guten Morgen« zu.

»Guten Morgen«, antwortete Katharina lahm und sah ihr nach, wie sie im Zimmer verschwand. Dann ging sie die Treppe hinunter in die eiskalte Halle. Frierend zog sie ihre Strickjacke vor der Brust zusammen. In der Küche war es kaum wärmer, sie mussten sparsam mit Briketts umgehen. Offenbar wurde nichts aus ihrem Kaffee.

»Was ist dir denn über die Leber gelaufen?«, fragte Antonia, die gerade dabei war, Marie zu füttern. Die Kleine war quengelig und sträubte sich.

»Elisabeth ist vorhin aus Richards Zimmer gekommen. Und so, wie sie ihn geküsst hat, war sie sicher nicht nur kurz zum Guten-Morgen-Sagen darin.«

Marie stieß ein Protestwimmern aus, als Antonia ihr ein Stück Brot zwischen die Lippen schob.

»Was hat sie?«, fragte Katharina.

»Keine Ahnung, sie war schon gestern Abend weinerlich.« Antonia bot der Kleinen Milch an. »Elisabeth und Richard, ja? Ich hatte zwar gehofft, dass ihr das erspart bleibt, aber es war zu erwarten. Sie ist hübsch, und Richard ist kein Kostverächter.«

Katharina ging zu Marie und legte ihr die Hand auf die Stirn. »Sie hat ein wenig erhöhte Temperatur.«

»Das dachte ich mir heute Morgen auch schon. Leider finde ich das Thermometer nicht mehr.«

»Ist Georg nicht da?«

»Ich glaube, er ist heute Nacht gar nicht heimgekommen.« Antonia wandte sich wieder Marie zu und steckte ihr ein weiteres Stück Brot in den Mund.

»Ist eigentlich etwas zwischen euch vorgefallen?«, fragte Katharina, während sie sich rasch ein Brot machte, das sie in der Pause essen wollte. Sie hätte so gern wenigstens einen Kaffee gehabt und warf noch einen Blick auf die Uhr. Keine Chance.

»Nein, wie kommst du darauf?«

»Ihr geht so seltsam miteinander um.«

Antonia zuckte nur matt mit den Schultern, war jedoch abgelenkt von Marie, die weinte und sich die Augen rieb. Sie nahm das Kind auf den Schoß, sprach beruhigend auf die Kleine ein und wiegte sie in den Armen.

»So, ich muss los. Bis später.« Katharina ging zur Garderobe, nahm ihren warmen Mantel, Schal und Handschuhe, die bereits bessere Tage gesehen hatten. Die Stiefel hatte sie beim Schuster reparieren lassen und hoffte, dass sie diesen Winter noch durchstanden. Im nächsten sah die Situation hoffentlich erfreulicher aus. Andererseits hatte sie das letzten Winter schon gedacht.

Während sie ihr Fahrrad aus der Remise holte, dachte sie an ihr Gespräch mit Richard im letzten Sommer.

»Schläfst du mit ihm?«

»Das geht dich überhaupt nichts an. Aber nein, tue ich nicht.«

»Demnach ist es ihm ernst mit dir.«

Katharina sah zum Haus, hoch zu Elisabeths Fenster, das wie ihres zur Straße hin lag. Hoffentlich schmerzte das böse Erwachen nicht zu sehr.

Georg kam nach Hause, während Antonia gefilzte Wolldecken einweichte – vermutlich Pferdedecken aus der Zeit von Friedrichs Großeltern. Es war fraglich, ob sich der ekelhafte Gestank nach Mottenkugeln überhaupt aus dem Gewebe entfernen ließ. Aber die Decken waren warm und geeignet, um daraus Stulpen und Ponchos zu fertigen, die man über Mänteln und im Haus tragen konnte, wenn es gar zu kalt wurde. Da Marie bei der Arbeit störte, ständig mit den Fingern in der Lauge war und die nassen Decken über den Boden schleifte, war Antonia recht bald so genervt, dass sie die Kleine rüde anfuhr.

»Scheint, als bräuchtest du Hilfe«, stellte Georg fest und ging in die Hocke, auf Augenhöhe mit Marie. »Wie gut, dass ich jetzt da bin.«

Antonia wusste nie, wie sie mit ihm umgehen sollte. Wies er sie zurück, weil er sie durchschaut hatte? Oder weil er schuldig war und Angst hatte, dass sie es tat? Jetzt jedoch war nicht der rechte Zeitpunkt, darüber nachzudenken, während ihr die Hände im eisigen Wasser schmerzten. Sie hatte das Wasser am Vorabend bereits mit Katharinas Hilfe in den Zuber gepumpt und auch zwei Eimer gefüllt und alles in der Waschküche vorbereitet. An diesem Morgen war eine dünne Eisschicht auf dem Wasser gewesen.

»Ich hoffe, die Leitungen frieren nicht zu, sonst müssen wir das Wasser von einer der öffentlichen Pumpen holen«, sagte Antonia und hauchte in ihre nassen, steifen Finger.

Georg hob Marie hoch. »Sie wirkt, als brüte sie was aus.«

»Katharina sagte heute Morgen schon, sie wirke fiebrig. Essen wollte sie auch nicht richtig.« Der Gedanke an Essen genügte bereits, damit sich Antonias Magen bemerkbar machte.

»Die Lymphknoten am Hals sind leicht angeschwollen.« Georg betrachtete das Kind kritisch, dann sah er Antonia an. »Soll ich sie mitnehmen in die Küche? Dann stört sie dich nicht.«

»Würdest du das tun? Das wäre lieb.«

»Aber nur zu gerne, nicht wahr, Prinzessin?« Er kitzelte Marie und entlockte ihr ein glockenhelles Lachen.

Antonia sah ihnen nach, dann fuhr sie mit der Wäsche fort. Nach einer Stunde war sie erschöpft, ihre Hände waren steif vor Kälte und taten weh, ihre Schultern schmerzten, und geschafft hatte sie erst eine Decke. Sie hängte sie auf und beschloss, eine Pause zu machen. Später würde sie die nächste waschen, und dann wollte sie ins Waisenhaus.

Sie fand Georg mit Marie in der Küche, dem einzigen Ort im Haus, in dem es nicht ganz so kalt war. Er fütterte sie mit einer Scheibe Brot, die papierdünn mit Fleisch belegt war. »Woher hast du das?«, fragte sie irritiert.

»Aus meinem Vorrat.«

»Aber …« Sie wollte ihm sagen, er müsse Marie nicht mitversorgen, fand aber keine Worte, die nicht egoistisch klangen. Immerhin ging es um das Wohlergehen des Kindes, nicht um ihres. »Du musst das nicht«, sagte sie schließlich.

»Ich weiß.«

Antonia ließ sich auf einem Stuhl ihm gegenüber nieder und sah ihm zu, wie er Marie geduldig Bissen um Bissen fütterte. »Von dir nimmt sie es. Ich hatte heute Morgen meine liebe Not.«

»Der Kampf hat hungrig gemacht, nicht wahr?«, scherzte er mit der Kleinen.

Während Antonia ihn beobachtete, musste sie an Elisabeth und Richard denken. Ob sie wirklich mit ihm schlief? Und was war dann mit ihrem Engländer? Sie würde ja wohl nicht mit beiden eine Beziehung führen. Oder ließ sie sich von dem Engländer weiterhin das Zimmer bezahlen, während sie es mit Richard tat, weil sie in ihn verliebt war? Nein, dachte Antonia, das passte nicht zu Elisabeth. Sie hatte Richard morgens nur für wenige Minuten gesehen, ehe er das Haus verließ. Kurz darauf war Elisabeth in die Küche gekommen, hatte gesummt, sich Frühstück gemacht und war dann ebenfalls gegangen. Hoffentlich würde das böse Erwachen nicht allzu schmerzhaft werden.

Antonia krümmte und streckte die Finger, in denen langsam das Blut wieder zirkulierte. Ihre Hände waren rot und rissig, und sie hätte gern ein wenig Fettcreme gehabt. Gerade jetzt bei der Kälte bluteten die feinen Risse in der rauen Haut gelegentlich und brannten.

»Hat sie nicht bald Geburtstag?«, fragte Georg.

Antonia blickte auf. »Ja, kurz vor Weihnachten.« Zwei Jahre. *Und ich dachte, wir schaffen nicht einmal das erste.*

Nachdem Marie aufgegessen hatte, stellte Georg sie auf den Boden. »Ich weiß immer noch nicht, wie es wegen der Sache mit den Abtreibungen weitergeht. Bisher habe ich nichts gehört. Vielleicht haben sie die Sache einfach fallen lassen, aber ich möchte nicht nachfragen, weil ich Sorge habe, dass sie sich dann wieder daran erinnern. Jeden Tag befürchte ich, dass die Polizei auf einmal vor mir steht.«

»Warum sprichst du nicht mit Carl? Vielleicht weiß er eine Möglichkeit.«

»Er ist Journalist, kein Anwalt.«

»Gerade als Journalist hat er Möglichkeiten, die ein Jurist oft nicht hat.«

Georg sah sie an, nickte dann zögernd und wandte sich wieder Marie zu. »Wenn ich meine Zulassung verliere, stehe ich mit nichts auf der Straße. Die Medizin ist das Einzige, was ich kann.«

»Es gibt immer andere Möglichkeiten.«

»Das weiß ich.« Ein Anflug von Zorn hatte sich in seine Stimme geschlichen. »Aber ich habe mir nichts zuschulden kommen lassen. Es ist ungerecht, mich jetzt für ein Verbrechen zu bestrafen, das ich nicht begangen habe. Zudem wäre in dem Fall der Verlust meiner Zulassung wohl noch mein geringstes Problem.« Er stellte Marie auf den Boden und erhob sich. »Aber hilft ja nichts, also warte ich jetzt einfach ab.«

Antonia stand ebenfalls auf und ging zu ihm, hob ihre Hand an seine Wange, eine tröstende Geste und eine, in der sie dem Drang nachgeben konnte, ihn zu berühren, zu sehen, wie er auf sie reagierte. Er zuckte nicht zurück, sondern verharrte regungslos, dann wandte er ganz leicht den Kopf, gerade genug, um ihr in die Augen blicken zu können, umfasste ihr Gesicht und küsste sie.

*

»Richard?«

»Ja?«

Elisabeth mochte den trägen Klang, den seine Stimme bekam, wenn er mit ihr geschlafen hatte. »Denkst du, es ist möglich, irgendwo von außerhalb Essen zu beziehen?« Sie konnte an kaum etwas anderes denken als ans Essen.

»Möglich ja, aber schwierig.« Seine Finger glitten in einer beiläufigen Liebkosung über ihren Rücken, und Elisabeth erschauerte. Ihm entging das nicht, wie man an dem angedeuteten Lächeln bemerkte, das sich in seine Mundwinkel grub.

Der Wind peitschte Graupelschauer gegen das Fenster, und weil auch Richard mit Briketts nicht gar zu verschwenderisch sein durfte, war es im Zimmer eiskalt. Elisabeth war froh um das Plumeau, unter dem es warm und behaglich war. Allerdings musste sie zur Toilette, und dafür würde sie hinaus auf den noch kälteren Flur müssen. Nun gut, es half ja doch alles nichts, vor allem, da Richards Zärtlichkeiten darauf hindeuteten, dass er bereits eine Fortsetzung des Liebesspiels anstrebte, und so lange konnte Elisabeth den Gang auf keinen Fall aufschieben. Sie löste sich von ihm und schob schaudernd die Decke zurück.

»Entschuldige mich einen Moment.« Sie hob Richards Pullover vom Boden auf und zog ihn über, während ihr vom Boden her die Kälte von den Füßen in die Beine kroch. Eine Gänsehaut überzog ihren Körper, und Elisabeth musste an sich halten, nicht mit den Zähnen zu klappern. Sie huschte aus dem Zimmer hinaus in den dunklen Korridor. In ihrem Magen saß ein anhaltender Hungerschmerz, der ihr fortwährende Übelkeit verursachte. Als sie die Tür zum Bad öffnete, hörte sie Marie weinen. Elisabeth ging zur Toilette, und als sie wieder in den Flur trat, hörte sie die Kleine immer noch. Sie schlug den Weg zu Antonias Zimmer ein, dessen Tür halb geöffnet war, und klopfte zögernd an den Türrahmen. Marie schluchzte, und kein tröstendes Wort war zu hören.

»Antonia?« Elisabeth klopfte nachdrücklicher, dann trat sie in den Raum und sah Marie im Bettchen stehen. Antonias Bett war leer, das Bettzeug zerwühlt. Marie streckte ihr die Ärmchen entgegen, und Elisabeth nahm sie hoch.

»Schsch«, murmelte sie, »ist ja gut.« Ein wenig hilflos wiegte sie die Kleine, die sich nicht beruhigen lassen wollte. Ob Antonia bei Georg war? Aber der war ja gar nicht da, erinnerte sie sich im nächsten Moment. Antonia hätte Marie zudem nicht allein gelassen. Und im Musikzimmer war sie ebenfalls nicht, das hätte sie auf dem Weg zum Bad bemerkt. Sie ging mit Marie auf dem Arm in Richards Zimmer zurück.

Richard richtete sich im Bett auf. »Was machst du mit dem Kind?«

»Sie hat geweint, und Antonia ist nicht da.«

»Was heißt, sie ist nicht da? Vielleicht ist sie unten in der Küche.«

»Was soll sie da um diese Zeit? Außerdem ist alles dunkel.«

Marie hatte sich beruhigt, und Elisabeth setzte sie auf Richards Bett ab. »Ich gehe mal kurz runter und schaue nach.«

Richard erhob sich seufzend, griff nach seiner Hose und zog einen Pullover über. »Warte, ich komme mit. Nach dem Einbruch damals sollten wir lieber vorsichtig sein.«

Elisabeth warf einen kurzen Blick auf das Kind, das sich schniefend auf Richards Kissen zusammenrollte. Ein paar Minuten konnten sie die Kleine gewiss allein lassen. Gemeinsam verließen sie das Zimmer, und Elisabeth bereute bereits in diesem Moment, sich nicht ebenfalls was Warmes übergezogen zu haben. Ihre Zähne schlugen aufeinander, als sie auf bloßen Füßen die Treppe hinunterging. In der Halle wurde es noch einmal erheblich kälter, und sie spürte an den Füßen feuchtkalte Luft. »Ist irgendwo eine Tür auf?«

Richard wandte den Kopf. »Im Salon. Bleib hinter mir.«

»Nützt nicht viel, wenn sie schon im Haus sind.« Elisabeth dachte an Marie, die oben allein in Richards Bett saß. Sie schlang sich die Arme um den Oberkörper und ging in den bitterkalten Salon, spürte den Wind und die Nässe auf dem Boden. Dann schnappte sie nach Luft und umfasste Richards Arm. Eine Gestalt stand auf der Veranda, schmal und weiß, bebend, als könne sie jeden Moment davongeweht werden. Richard lief zur offenen Tür, und Elisabeth, die ihm auf dem Fuß folgte, erkannte Antonia, an der der Wind zerrte, während Schauer auf sie niedergingen. Und im Pfeifen des Windes klangen die Schluchzer, die sie schüttelten, geisterhaft.

»Antonia!« Elisabeth wollte auf sie zustürzen, doch Richard hielt sie fest.

»Nicht. Sie schlafwandelt.« Er ging zu Antonia, nahm ihren Arm und führte sie zurück in den Salon. Antonia klebte das Haar im Gesicht und im Nacken, das Nachthemd lag nass wie eine zweite Haut an ihrem Körper, und sie weinte fortwährend, ein seltsam trockenes Nach-Luft-Schnappen. Elisabeth verschloss die Verandatür, während Richard Antonia über die Treppe in ihr Zimmer führte.

»Wo sind Katharina und Georg?«, fragte er.

»Beide über Nacht im Krankenhaus.«

»Klar«, murmelte er, »wenn man sie schon mal braucht.«

Antonia verstummte abrupt und riss die Augen auf, starrte sie an. »Ich … Was …«

»Ganz ruhig.« Richard knöpfte ihr das Nachthemd am Hals auf und wollte es ihr ausziehen, aber Antonia wehrte sich zitternd und zähneklappernd dagegen.

»Lass das«, kam es ihr in abgehackten Silben über die Lippen.

Richard hob die Hände. »Ist gut, Elisabeth soll das machen, ich sehe nicht hin, ja?« Er wandte sich ab und ging zu ihrem Schrank, während Elisabeth Antonia aus dem nassen Nachthemd schälte. Antonias Haut war eiskalt und hatte einen bläulichweißen Schimmer. Rasch nahm Elisabeth eine Wolldecke von Antonias Bett und wickelte sie hinein. Mit einem Zipfel der Decke rieb sie ihr das Haar trocken. Währenddessen brachte Richard warme Kleidung und warf sie aufs Bett.

»Was ist passiert?« Es war schwierig, Antonias Worten zu folgen.

»Du bist geschlafwandelt«, erklärte Elisabeth.

Antonias Blick flog zum Kinderbett. »Marie!«, schrie sie. »Marie!«

»Sie ist in meinem Zimmer«, antwortete Richard und umfasste ihre Schultern. »Beruhige dich.«

Antonias Atem ging stoßweise, und ihr Blick wirkte gehetzt.

»Ich hole sie, ja?« Richard sprach langsam und deutlich. »Zieh sie an«, sagte er in Elisabeths Richtung, dann verließ er das Zimmer.

Es war mühsam, Antonia die Kleidung überzustreifen, da deren Bewegungen eckig und seltsam kraftlos waren. »Leg dich ins Bett.« Eine Aufforderung, der Antonia nur zaudernd nachkam, den Blick auf die Tür gerichtet.

Richard kam mit Marie auf dem Arm wieder ins Zimmer, und Antonia streckte die Arme nach ihr aus. Gemeinsam mit Richard deckte Elisabeth sie mit zwei Wolldecken zu und legte Maries Plumeau oben drauf. Antonia hielt das Kind im Arm, und ihr Atem ging immer noch sehr schnell. Richard legte ihr die Hand auf die Stirn. »Immer noch eiskalt. Ich heize den Ofen.«

»Nein«, widersprach Antonia, die nun besser zu verstehen war.

»Ist ja nicht so, als hätten wir jetzt die Wahl, wenn du dir nicht den Tod holen sollst.«

»Seit wann liegt dir an mir?«

»Aus sehr eigennützigen Gründen. Und nun hör auf zu widersprechen. Ich würde ja sagen, Elisabeth soll sich zu dir ins Bett legen, damit sie dich wärmt, aber sie sieht selbst aus, als würde sie in Kürze zum Eiszapfen.«

Tatsächlich zitterte Elisabeth vor Kälte, denn sie trug nach wie vor nichts als Richards Pullover.

Richard verließ das Zimmer, und Elisabeth setzte sich zu Antonia aufs Bett. »Du hast schlimm geträumt, nicht wahr?«

Antonia schloss die Augen. »Ich erinnere mich nicht.«

»Du standest draußen und hast geweint.«

Als Antonia nicht antwortete, schwieg auch Elisabeth. Sie wusste, dass Antonia aus Königsberg geflohen war, aber was auf der Flucht passiert war, darüber schwieg sie. Elisabeth hatte jedoch genug Geschichten darüber gehört, um sich ihren Teil denken zu können.

Kurz darauf kehrte Richard zurück und heizte den Ofen. »So, das sollte zumindest eine Zeit lang brennen.«

»Soll ich bleiben?«, fragte Elisabeth.

»Nein. Ich möchte lieber allein sein.« Antonia wandte den Blick und sah Elisabeth an. »Vielen Dank, dass du dich um Marie gekümmert hast.« Ihre Wangen hatten immer noch keine Farbe, aber ihre Stimme klang fester.

»Gute Nacht«, sagte Elisabeth.

»Ja, gute Nacht«, fügte Richard hinzu.

»Und danke, Richard, dass du mich aus dem Garten geholt und deine Brikettvorräte für mich geplündert hast.«

»Bitte, meine Liebe, habe ich gern gemacht.«

Falls Antonia darauf antwortete, hörten sie es nicht mehr. Als sie in Richards Zimmer zurückgekehrt waren, schloss dieser die Tür und sah Elisabeth an. Sie rieb sich die Oberarme und hob frierend die Schultern. »Ich glaube, mir wird heute gar nicht mehr warm.«

»Lass mich nur machen.« Richard zog sie an sich, küsste sie und hob sie hoch, um sie ins Bett zu tragen. Elisabeth vergaß die Kälte, während die Welt auf das schrumpfte, was unter Richards Händen und seinen Küssen war.

Antonia sprach nicht über die letzte Nacht, wenngleich sie ihr zu schaffen machte. Sie hatte bis in die Morgenstunden wach gelegen aus Angst, die Augen zu schließen und keine Kontrolle über das zu haben, was sie tat oder sagte. Zudem hatte sie erbärmlich gefroren.

Als Richard und Elisabeth ihr am kommenden Morgen in der Küche begegneten, sahen beide sie prüfend an, schwiegen jedoch zur letzten Nacht. Antonia ihrerseits beobachtete den Umgang der beiden miteinander, versuchte herauszulesen, ob es eine neue Vertrautheit gab, die über eine Bettgeschichte hinausging.

»Schläft Marie noch?«, fragte Elisabeth.

»Ja, sie ist erst spät wieder eingeschlafen.«

Richard heizte den Ofen und setzte Wasser auf.

»Kochst du Kaffee für uns alle?«, fragte Antonia.

Er drehte sich zu ihr um, taxierte sie prüfend, dann nickte er, als wollte er sagen, sie sehe aus, als habe sie welchen nötig. Schweigend wartete Antonia, legte die Arme auf den Tisch und den Kopf darauf, fühlte sich müde und zerschlagen. Sie hob den Kopf erst, als sie hörte, wie Richard einen Becher neben ihr abstellte, aus dem der Duft von Kaffee stieg. Echtem Kaffee.

Im Herbst war sie mit Elisabeth und Katharina durch den Wald gestreift, um Bucheckern und Eicheln zu sammeln, aus denen sie Kaffeeersatz geröstet hatten. Aber der schmeckte so scheußlich, dass sie ihn nur im Notfall tranken. Von Elisabeth hatte sie gelernt, aus Brennnesseln Suppe zu kochen und Brot aus Kartoffeln zu backen. Überhaupt war Elisabeth ein unerschöpflicher Quell an Ideen, wenn es darum ging, aus wenig eine Mahlzeit zu bereiten. Ihre Mutter, so Elisabeth, war zu Kriegszeiten sehr kreativ gewesen.

»Allerdings eher aus Gründen der Sparsamkeit«, hatte Elisabeth erklärt, »als dass wir wirklich Not gelitten hätten. Unser Bauernhof warf genug ab.«

Richard verabschiedete sich und verließ die Küche, und kurz darauf hörte Antonia die Haustür ins Schloss fallen. Elisabeth, die sich ihr gegenüber niedergelassen hatte und bereits übermäßig lange an einer Brotkruste knabberte, machte keine Anstalten, sich zu erheben.

»Bist du glücklich?«, fragte Antonia.

Elisabeth sah sie an, dann nickte sie. »Ich weiß, dass du und Katharina denkt, ich mache einen Fehler.«

»Tja, ich weiß nicht, ob Katharina nicht die Einzige von uns ist, die keinen macht.«

»Welchen machst du denn derzeit?«

Antonia senkte den Blick auf ihren halbvollen Kaffeebecher. »Ich habe Georg geküsst. Vor einigen Monaten das erste Mal. Aber ich weiß nicht, ob sich etwas zwischen uns verändert hat oder nicht.«

Elisabeths Augen weiteten sich erstaunt, aber sie schwieg. Eigentlich hatte Antonia nicht darüber reden wollen, aber nun war es aus ihr herausgebrochen. Sie und Georg hatten hier in der Küche gestanden und sich geküsst, bis sie um Atem gerungen hatten. Danach hatte Georg ihr in einer zärtlichen Geste das Haar aus dem Gesicht gestrichen und sich hernach Marie zugewandt, die ungeduldig an seinem Hosenbein zerrte. In Antonia hatte eine wilde Sehnsucht getobt, deren Spiegelbild sie in Georgs Augen gesehen hatte. Aber es war zu keinem weiteren Kuss gekommen, und wenn sie sich begegneten, sah Georg sie auf eine Weise an, in der sie blankes Begehren las gemischt mit etwas, das Antonia nicht anders als Bestürzung nennen konnte. Was hielt ihn zurück?

»Warum sprichst du nicht mit ihm?«, brach Elisabeth nun das Schweigen.

»Weil ich Angst vor der Antwort habe.«

Elisabeth nickte. »Das kann ich verstehen.«

Vermutlich ging es ihr ähnlich, dachte Antonia. Richard war unbeständig, und den Fehler zu denken, man hätte ihn fest in den Fängen, weil man selbst es als so einzigartig empfand, hatte Antonia sicher nicht als Einzige gemacht. Man berauschte sich an ihm und wachte mit üblen Kopfschmerzen auf.

»Ich muss los.« Elisabeth warf einen Blick auf die Uhr. »Bis später.« Sie verließ die Küche, und Antonia war wieder allein. Unwillkürlich drängten sich ihr die Erinnerungen an jenen Traum auf, den sie nur vergessen wollte. An weit offene Augen, in denen nicht mehr genug Wärme war, damit die Schneeflocken darauf schmolzen. An ein weinendes Kind und Spuren, die sich mit Schnee füllten, als seien sie nie da gewesen.

Das Überleben, so befand Elisabeth, stand über dem Gesetz. Sie hatte nie gestohlen, hatte es nicht einmal in Erwägung gezogen. Aber inzwischen war der Mangel an Kohle beinahe ebenso schlimm wie der Mangel an Essen. Vor einigen Tagen war Elisabeth aufgebrochen, um Holz zu sammeln, aber andere waren schneller gewesen als sie, und sie hatte nichts finden können, keine Zweige, keine Holzstücke im Schutt. Die magere monatliche Zuteilung von Kohle reichte kaum eine Woche, selbst bei sparsamem Heizen. Was sollte sie tun? Erfrieren?

Dennoch hatte Elisabeth ein ungutes Gefühl, als sie zum Bahndamm ging. Ihr war, als müsse ihr jeder ansehen, dass sie im Begriff war, etwas Unredliches zu tun. Stehlen. Sie hatte Diebe immer verachtet. An den Stellen, wo die Zugfracht gelöscht wurde, fielen häufig Kohlen daneben, davon hatte Elisabeth gehört, aber das war zu weit, und sie ahnte, dass sie nicht die Einzige wäre, die dort Kohlen aufklauben würde. In der Regel duldeten die Eisenbahner dies stillschweigend, denn es war für viele oft die einzige Möglichkeit, überhaupt an ausreichend Heizmaterial zu kommen.

Ein klein wenig milderte es ihre Angst, als sie die vielen anderen Frauen und Kinder sah, die ebenfalls mit Eimern, Taschen und Rucksäcken auf den Bahndamm zustrebten. Dennoch schlug ihr das Herz bis zum Hals, während sie auf den Zug wartete. Jungen und Männer standen nahe den Gleisen, einige schmierten die Schienen mit Seife ein. Elisabeth hatte davon gehört, eine Maßnahme, damit die Räder durchdrehten und der Zug langsamer wurde.

Schließlich war das Rauschen und Rattern zu hören, mit dem sich der Kohlezug näherte. Jungen und Männer rannten los, kletterten auf die Waggons, und kurz darauf regnete es Briketts.

Das schlechte Gewissen und die Angst verflogen wie von selbst, als sich Elisabeth mit den anderen Frauen auf die Beute stürzte. Sie klaubte auf, was ihr vor die Finger kam. Einmal glitt sie aus, und ihr wäre fast der Eimer aus der Hand gefallen.

Dann hörte sie Trillerpfeifen, und jemand schoss in die Luft. Eilig stoben die Menschen auseinander, und nun war die Angst wieder da. Kinder schrien, Polizisten versuchten, sich Gehör zu verschaffen, schossen erneut in die Luft. Jemand versuchte, Elisabeth den Eimer mit den Kohlen aus den Händen zu reißen, und mit einer Kraft, von der sie nicht geahnt hatte, dass sie sie besaß, schlug Elisabeth zu. Dann rannte sie weiter.

Schwer atmend kam sie schließlich zum Stehen, hörte noch von Weitem die Rufe, sah vereinzelt Menschen vorbeilaufen. Sie warf einen Blick in ihren Eimer. Zwar hatte sie etliche Briketts auf der Flucht verloren, aber die Ausbeute war dennoch ansehnlich. Vielleicht war es verwerflich, was sie tat, aber sie würde in den nächsten drei Tagen abends nicht frieren und sich etwas zu essen zubereiten können.

»Wie siehst du denn aus?«, fragte Katharina, als Elisabeth das Haus betrat.

Ein Blick in den Spiegel offenbarte ihr, welchen Anblick sie bot – verschmiert und verdreckt mit schwarzen Wangen. Elisabeth musste lachen. »Ich habe Briketts vom Zug gestohlen«, sagte sie und lachte noch mehr.

»Gestohlen?« Katharina sah sie ungläubig an. Carl von Seidlitz, der nun ebenfalls in die Halle trat, sah sie an und grinste.

»Na, alle Achtung.«

Elisabeth wischte sich mit dem Ärmel über die Wangen und machte es damit noch schlimmer. »Die Polizei hat uns verfolgt.«

»Kein Wunder«, murmelte Katharina.

»Auf dem Schwarzmarkt bekommt man den Zentner für fünfundzwanzig Reichsmark«, sagte Carl. »Und der Preis steigt.«

»Eben. Wer soll sich das denn leisten können?« Elisabeth kramte ein Taschentuch hervor und nieste hinein. »Von meinem monatlichen Vorrat ist nichts mehr übrig. Ich muss also bis zum Monatsende noch mindestens dreimal Kohlen sammeln gehen.«

Elisabeth brachte den Eimer in die Küche und nieste erneut.

»Was sehen meine müden Augen?«, hörte sie Richard sagen und drehte sich zur Tür um.

»Ich habe Briketts vom Zug gestohlen.«

Richard hob die Brauen.

»Also ich bin nicht selbst draufgeklettert, das haben die Männer gemacht.«

»Ich weiß, ich bezahle einen Jungen dafür, mir Kohlen zu besorgen.«

»Du könntest natürlich auch selbst auf die Waggons klettern.«

»Hmhm, damit ich am Ende so aussehe wie du jetzt?« Er grinste, und sie warf mit einem Brikett nach ihm, das er geschickt auffing und zurückwarf.

Elisabeth rieb sich die brennenden Augen. »Ich muss mich unbedingt waschen.«

»Ja, dem kann ich nicht widersprechen.«

»Gehst du heute aus?«

Er zuckte mit den Schultern. »Ich muss jemanden treffen, aber bis heute Abend sollte ich wieder zurück sein und gehöre ganz und gar dir.«

Ein wilder Schwarm Schmetterlinge tobte durch Elisabeths Bauch. Die ganze Zeit über befürchtete sie insgeheim, dass Richard sich wieder anderen Frauen zuwenden würde, dass es ihm mit ihr zu langweilig würde. Aber bisher verbrachten sie nahezu jede Nacht miteinander, und er schien keineswegs übersättigt zu sein. Sie hätte nur zu gerne gewusst, ob sich auch seine Gefühle für sie geändert hatten, oder ob sie einfach nur ein angenehmer Zeitvertreib für ihn war.

10

Dezember 1946

»Deutschland, Deutschland ohne alles. Ohne Butter, ohne Speck. Und das bisschen Marmelade frisst uns die Besatzung weg.«

Richard hörte das Spottlied allerorten, und er konnte den Menschen ihre Verbitterung nicht verdenken. Er selbst war ebenfalls nicht gerade bester Stimmung. Im Grunde genommen ließ sich nichts so an, wie er sich das vorgestellt hatte. Seine Kontakte hatten sich in den Monaten, in denen er im Gefängnis saß, anderweitig orientiert, und er musste zudem überaus vorsichtig sein, denn ein weiteres Mal würde er sich nicht herausreden können.

Zunächst jedoch hieß es Schulden eintreiben. Er hatte mitbekommen, dass Andreas und Sonja Geldstrafen hatten zahlen müssen wegen ihrer gezielten Irreführung der Polizei. Konkrete Beweise, dass das Lager unter dem Haus ihnen gehörte, gab es zwar nicht, aber die Befragungen waren wohl dennoch nicht sehr erfreulich verlaufen. Nach allem, was Richard gehört hatte, war Sonja irgendwann eingeknickt, nachdem sie sich in Widersprüche verwickelt hatte.

Erst war die Rede davon gewesen, dass sie ihn beim Wegschaffen der Leiche beobachtet hatte. Woher sie denn gewusst habe, dass eine Leiche in dem Wagen war? Sie hätte den Dieb kurz zuvor einsteigen sehen. Und woher wusste sie, dass es Albert Bruhn war? Schweigen. Warum hatte sie nicht die Polizei gerufen, als sie den Einbruch beobachtet hatte? Schweigen.

Andreas' Rolle in dem Ganzen war noch verwirrender, und er konnte nicht erklären, woher er überhaupt von all dem wusste. Er hatte es beobachtet. Mit Frau Schmitz? Ja, mit ihr. Und nicht die Polizei gerufen? Nein, eigentlich hatte er es nicht beobachtet, aber sie hatte es ihm erzählt. Und er hatte ihr geglaubt und nur auf ihr Wort hin versucht, seinen alten Schulfreund ins Gefängnis zu werfen? Nein, das nun auch nicht. Und was hatte es überhaupt mit dem Schwarzmarkt auf sich, war er da beteiligt? Vehementes Leugnen. Richard erfuhr alles nach und nach über seinen Anwalt, wobei ihn die Details nicht interessierten. Wichtig war nur, dass er und Georg in dieser Sache aus dem Schneider waren.

Anfang Dezember war eine zweite Frostwelle über das Land gerollt. Richard erinnerte sich nicht einmal aus Kriegszeiten an eine solche Kälte – und da hatte er so manches Mal wahrhaftig gefroren. Bislang war es ihm stets gelungen, aus der Situation noch Profit zu schlagen, ganz zu schweigen davon, dass er sich selbst versorgt wusste. Nun jedoch musste Richard sich nicht nur der Möglichkeit stellen, dass seine Einnahmequellen immer weniger wurden, es kam darüber hinaus immer öfter vor, dass er Hunger litt wie alle anderen. Und mit dem Hunger sank die Moral. Richard würde rauben und plündern, um zu überleben, aber das war auf Dauer keine Strategie, und so hatte er sich bei einer Baufirma beworben, um zumindest auf legalem Weg dank Arbeitspass an Lebensmittelmarken zu kommen. Damit war der erste Schritt getan.

An diesem Abend standen noch einige Dinge an, die erledigt werden mussten. Vor allem galt es, Sonja den längst überfälligen Besuch abzustatten. Er ging zu ihrem Haus, stieg über einen Rattenkadaver hinweg die Treppe hoch und öffnete mit einem Stück Draht das Schloss zu ihrer Wohnung, nachdem er sich durch vergebliches Anklopfen vergewissert hatte, dass sie nicht daheim war. Falls sie keinen neuen Liebhaber aufgetan hatte, war sie sicher irgendwann zurückzuerwarten. Und wenn nicht, würde er es an einem anderen Tag versuchen, so lange, bis er sie antraf.

Richard ging durch das kleine Wohnzimmer, warf einen Blick in die Küche, die leeren Vorratsschränke, fand schließlich einen Rest Kaffee, den er ohne jedes schlechte Gewissen aufbrühte. Dann setzte er sich neben den warmen Ofen und wartete. Es dauerte nicht lange, da hörte er den Schlüssel, kurz darauf wurde die Tür geöffnet und wieder geschlossen. Sonja war tatsächlich kein bisschen auf der Hut. Der Kaffeeduft müsste sie eigentlich misstrauisch machen. Sie jedoch lief in der Wohnung herum und betrat schließlich arglos die Küche. An der Tür blieb sie wie angewurzelt stehen und stieß einen Schrei aus.

»Richard!«

»Was denn? Dachtest du, ich lasse die ganze Sache auf sich beruhen?«

Sonja war sehr dünn geworden, und wie sie dastand, ihn gehetzt anstarrte, tat sie Richard fast ein wenig leid. Ihr Blick fiel auf die Tasse in seiner Hand. »Was trinkst du da?«

»Ich habe noch einen Rest Kaffee gefunden.«

Sie stürzte an den Schrank, riss die Türen auf und schaute in ihre Kaffeedose. »Du Mistkerl! Und hast du etwa meine Briketts verheizt?«

»Wessen sonst?«

Mit geballten Fäusten wollte sie auf ihn los und hielt dann inne, einen Schritt von ihm entfernt. Richard hatte sich aufgerichtet, und sein Blick ließ keinen Zweifel daran, dass er jeden Schlag vergelten würde. Sie senkte die Fäuste wieder. Kluges Kind.

»Wie soll ich heute Abend heizen?«

»Hat es dich gekümmert, ob ich am Galgen ende? Angesichts dessen, was ich dafür eigentlich mit dir machen sollte, kannst du von Glück sagen, nur keine Briketts mehr zu haben.«

Sie presste trotzig die Lippen zusammen.

»Du brichst mit diesem Kerl in mein Haus ein, hast den Nerv, mich danach zu erpressen, und rennst dann zur Polizei?«

»Ich muss eine Strafe zahlen, und an der zahle ich vermutlich noch Monate.«

Richard zuckte mit den Schultern. »Tja, mein Mitleid hält sich in Grenzen. Tatsächlich werde ich die Sache allerdings, was dich angeht, auf sich beruhen lassen. Ich könnte dich verprügeln, aber das bringt ja nichts, nicht wahr?«

Sonja schwieg.

»Wo ist Andreas?«

Sie schwieg immer noch.

»Ich vermute, ihr habt noch Kontakt?«

Schulterzucken.

Richard seufzte, stand auf und verpasste ihr eine Ohrfeige, die sie fast in die Knie gehen ließ. Sie schrie auf.

»Du hast gesagt, du schlägst mich nicht!«

»Ich hab's mir anders überlegt. Also, wo ist er?«

»In seiner Lieblingsgaststätte.«

»Da ist er nicht, dort war ich ein paarmal.«

»Dann weiß ich es auch nicht.«

Richard hob erneut die Hand, und Sonja duckte sich rasch. »Versuch es bei Hedda. Da verkriecht er sich meistens.«

»Wo ist das?«

Sonja nannte ihm eine Adresse in Deutz. »Aber da wohnen einige komische Gestalten, ich würde dort keinen Streit anzetteln.«

»Danke für deine Besorgnis.«

»Ich bin nicht besorgt, ich möchte nur nicht, dass du hier demnächst wieder stehst, weil ich dich nicht gewarnt habe.«

Richard gestattete sich ein sardonisches Lächeln, dann ging er um Sonja herum aus der Küche und verließ die Wohnung. Eine Gruppe Kinder hockte auf einem Schuttberg und versuchte, Trümmerholz zum Brennen zu bringen. Ein paar Schritte weiter brachte eine Frau einen Aushang an einem Pfahl an.

Es war ein langer Fußmarsch bis zu Heddas Unterkunft, die Straßen waren finster und zugeschneit, und Richard fror erbärmlich. Da Hedda jedoch, wie er bei seiner Ankunft feststellte, eine intakte kleine Wohnung hatte, war verständlich, dass Andreas lieber dort lebte anstatt in dem Keller, der von seiner Behausung übrig geblieben war. Richard trat an das Fenster und sah, dass Andreas und Hedda im Bett lagen, allerdings eher aus Schutz vor der Kälte, als dass darüber hinaus etwas geschah. Was sich angesichts der dicken Kleiderschichten, in die sie gehüllt waren, auch als eher schwierig erweisen würde.

Richard klopfte und wartete darauf, dass ihm jemand die Tür öffnete. Es sprach für Andreas, dass er Hedda nicht vorschickte. Die Tür wurde einen Spaltbreit geöffnet, und ein erschrockenes Augenpaar starrte Richard an. Ehe die Tür wieder zugeknallt werden konnte, hatte Richard bereits einen Fuß im Spalt. Und obschon sich Hedda, die eilig hinzugekommen war, gemeinsam mit Andreas gegen die Tür stemmte, war Richard – besser genährt als die beiden und zudem von der Kraft des Zorns beseelt – stärker. Er drückte die Tür auf, und Hedda verlor das Gleichgewicht. Im nächsten Moment verpasste er Andreas einen kräftigen Fausthieb ins Gesicht, dann einen weiteren.

»Lass ihn in Ruhe.« Hedda sprang Richard von hinten an, und dieser drehte sich um und verpasste ihr eine Ohrfeige, von der sie vermutlich Sterne sah.

Inzwischen hatte Andreas sich aufgerappelt, wollte auf Richard los und lief direkt in dessen Faust. Ein knirschendes Geräusch legte nahe, dass bei diesem Ansturm zumindest seine Nase gebrochen war. Andreas schrie auf, presste sich die Hände vors Gesicht, und zwischen seinen Fingern quoll Blut hervor.

Wieder wollte Hedda auf Richard los, und wieder fing sie sich eine Ohrfeige ein. Sie hob die Hände, versuchte, ihm die Fingernägel ins Gesicht zu schlagen, aber Richard war stärker, bog ihre Arme nach unten und schleuderte Hedda von sich. »Noch ein Versuch«, warnte er, »und ich bin nicht mehr so zimperlich.«

»Frauenschläger«, zischte sie.

»Ach, komm schon, Hedda, du gehst locker als Kerl durch.«

Das traf sie, auch wenn sie versuchte, mit einem Fauchen darüber hinwegzugehen.

»Und nun zu uns.« Richard stieß Andreas zu Boden und stellte ihm einen Fuß ins Kreuz. »Wo ist mein Geld?«

»Ich hab keins«, heulte Andreas.

»Ich habe deinetwegen ein Vermögen verloren.«

»Wir haben dir die Wahl gelassen, oder?«, blaffte Hedda.

Richard ignorierte sie. »Mein Geld?«

»Ich hab's nicht.«

»Gut, dann arbeitest du es ab. Essen und Briketts, einmal die Woche, abgeliefert in meinem Haus.«

»Du spinnst ja«, kam es nasal von Andreas. »Wo soll ich das hernehmen?«

»Mir gleich. Ersatzweise nehme ich auch Zigaretten. In einer Woche die erste Lieferung. Wenn du nicht kommst, suche ich dich erneut auf. Und das wird weniger erfreulich als heute.«

Richard nahm ihm den Fuß aus dem Kreuz, und Andreas rappelte sich auf. Seine Nase verfärbte sich bereits blauschwarz und schwoll auf das Dreifache an. Schade um sein eigentlich recht ansehnliches Gesicht.

Als Richard die Wohnung verlassen wollte, ging Hedda tatsächlich ein weiteres Mal auf ihn los. Dieses Mal schlug er so fest zu, dass sie aufheulte. »Das dürftest du fürs nächste Mal begriffen haben, ja?«, fragte er freundlich und verließ das Haus.

Elisabeth hatte mit Nigel Schluss gemacht, nachdem sie das erste Mal mit Richard geschlafen hatte. Allerdings hatten sie sich da schon länger nicht mehr gesehen, und Elisabeth vermutete bereits, dass es eine andere Frau gab. Wahrscheinlich hatte Nigel die Sache nicht einfach beenden wollen, weil er wusste, dass sie auf ihn angewiesen war. Als sie ihm erklärte, dass sie mit einem Mann zusammen war, den sie liebte, hatte er gelächelt und ihr alles Gute gewünscht. Nun würde sie endlich auf eigenen Beinen stehen.

Richard hatte sie nicht danach gefragt, ob sie noch mit Nigel zusammen war. Entweder setzte er voraus, dass sie nicht zweigleisig fuhr, was bedeutete, er nahm ihre Gefühle ernst. Oder aber es war ihm gleich – ein Gedanke, den Elisabeth umgehend wieder verdrängte.

Sie saß mit dem Rücken ans Kopfende des Bettes gelehnt, bis an den Hals in die Decke gekuschelt, und sah Richard zu, wie er Zigarettenschachteln im Schrank stapelte. »Ist das nicht zu unsicher?«

»Es hat sich herausgestellt, dass nicht ihr es seid, vor denen ich meine Ware verstecken muss. Darüber hinaus gibt es nicht mehr viele Alternativen. Im Keller kann ich nichts mehr lagern, den behält die Polizei möglicherweise im Auge, also ist es hier am sichersten.« Richard verschloss den Schrank.

»Und es bringt wirklich was, nur auf Zigaretten zu setzen?«

»Die Wertsteigerung ist enorm. 1943 hat das Dutzend noch neun Reichsmark gekostet, jetzt zahlt man für *eine* bereits vier Reichsmark. Sieh dir die Schwarzmarktpreise an. Für ein Kilo

Butter zahlt man regulär 3,20 Reichsmark, auf dem Schwarzmarkt sind wir inzwischen bei über zweihundert Reichsmark angekommen, dabei waren es im letzten Jahr noch dreißig. Geld ist nichts wert, Zigaretten sind derzeit die beste Währung, wenn man nicht verhungern möchte.«

»Warum hast du dich eigentlich bei einer Baufirma beworben?«

Richard kam zurück ins Bett. »Weil die Bauindustrie von den Kriegszerstörungen am meisten profitiert.«

»Und was machst du dort? Schutt wegräumen?«

»Ich bin Bauingenieur, meine Liebe. Auch wenn es mich zu dieser Profession nicht gezogen hat, das war eher, damit meine Mutter mir nicht weiter auf die Nerven geht.«

Elisabeth starrte ihn ungläubig an. »Du bist Ingenieur?«

»Ja.«

Sie umfasste seine Hand und strich mit dem Finger über seine aufgeschürften Knöchel. »Was hast du eigentlich gemacht? Das wollte ich vorhin schon fragen.« Wozu sie dann nicht gekommen war, weil Richard ihr schlicht keine Zeit zum Sprechen ließ, kaum, dass sie sein Zimmer betreten hatten.

»Jemandem eine längst fällige Abreibung verpasst.«

»Die beiden, die dich ins Gefängnis gebracht haben?«

»Hmhm.«

»Warum hast du so lange gewartet?«

»Um sie in Sicherheit zu wiegen.«

Das passte zu ihm. Elisabeth dachte an ihre Eltern, an ihren Vater. *Metze. Soldatenhure.* Sie hatte auch lange gewartet, aber nicht, um ihn in Sicherheit zu wiegen, sondern weil ihr nicht eingefallen war, womit sie ihn am schlimmsten treffen konnte. Sie fragte sich, was er denken würde, wenn er sie nun sähe.

Als Richard das Licht löschte, legte sie sich hin und schloss die Augen. Es war so angenehm warm unter der dicken Decke, dass sie vermutlich sofort eingeschlafen wäre, hätte der Hunger sie nicht wach gehalten. Sie musste sich überlegen, wie sie künftig das Zimmer bezahlte. Für ihre Arbeit bekam sie sechzig Pfennig pro Stunde. Aber es war nicht allein das Geld, das würde sie schon irgendwie schaffen, solange sie auf dem regulären Weg an Nahrungsmittel käme. Ein Kilo Fleisch kostete auf dem Schwarzmarkt um die hundert Reichsmark und nicht knapp zwei wie im Handel. Brot, Fett, alles war unerschwinglich. Und dann natürlich noch die Briketts. Die Zuteilung reichte vorne und hinten nicht, und die einzigen Momente, in denen Elisabeth nicht fror, waren die Stunden in Richards Bett. Aber sie würde einen Weg finden, das tat sie immer.

*

Der Rhein war auf fast sechzig Kilometer zugefroren, und die Binnenschifffahrt kam komplett zum Erliegen. Damit fiel ein wichtiger Transportweg für Kohle und Nahrungsmittel weg. Katharina war täglich damit beschäftigt, Erfrierungen und Krätze zu behandeln. Vor allem Kinder litten an Hungerödemen. Hinzu kamen Mangelerkrankungen, die nicht selten tödlich endeten, und viele Fälle von Tuberkulose. Katharina starben im Krankenhaus Kinder unter den Händen weg, alte Menschen lagen morgens erfroren in den Straßen, und über der Stadt lag eine Art Apathie und Desinteresse an allem, was über das tägliche Überleben hinausging.

Sie selbst war an diesem Tag ebenfalls frustriert, da sie stundenlang erst an der Bäckerei und dann beim Fleischer angestanden hatte, um schließlich zu erfahren, dass alles bereits ausverkauft war, als sie immer noch zwanzig Menschen vor sich stehen hatte. An solchen Tagen packte sie die kalte Wut auf alles und jeden. Die Menschen waren schwach und ausgezehrt, wie sollten sie einen Hungerwinter überleben, in dem es an allem fehlte?

Sie tastete nach den Zigaretten in ihrer Tasche und schlug den Weg zu Carl ein. Sie hatte frei und hoffte, ihn anzutreffen, da er oft von zu Hause aus arbeitete und seine Artikel dort auf der Schreibmaschine tippte. Auf dem Weg zu ihm sah sie Aushänge, in denen Tauschgeschäfte angeboten wurden, der sogenannte Graue Markt. Zigarettenrationen gegen Kohlebriketts. Dinge des alltäglichen Bedarfs gegen Essen. Jede Chance wurde genutzt, um an Nahrungsmittel zu kommen.

Der Wind blies ihr schneidend kalt ins Gesicht, und als sie auf halbem Weg war, fiel Schneeregen in dicken, schweren Flocken. Katharina zog sich den Schal bis in die Stirn und trat schneller in die Pedale. Als sie endlich bei Carls Haus eintraf, war sie durchgefroren, Schal und Mantel rochen nach nasser Wolle, und durch eine undichte Naht an der Schulter war Wasser eingedrungen. Katharina stellte das Fahrrad ab und ging zur Haustür. Nachdrücklich bediente sie den schweren Türklopfer, und zu ihrer Erleichterung waren kurz darauf Schritte zu hören.

»Du«, sagte Carl erfreut und erstaunt zugleich.

»Lass mich schnell rein, ich werde zum Eisklotz.« Katharina huschte an ihm vorbei, stellte jedoch fest, dass es im Haus kaum wärmer war als draußen. Sie nahm den Schal ab und zog den Mantel aus, während Carl sie in seine Küche führte, wo er die Schreibmaschine auf dem Tisch aufgebaut hatte. »Himmel, ist das kalt hier«, sagte Katharina zähneklappernd.

»Ich habe vor einigen Stunden den Ofen beheizt, aber inzwischen merkt man davon nicht mehr viel.«

Katharina rieb sich die Hände und hauchte hinein. »Die Küche ist viel zu groß, um vernünftig beheizt zu werden.«

»Die anderen Wirtschaftsräume erst recht.«

Immer noch zitternd ließ Katharina sich auf einem Stuhl nieder, und Carl legte ihr eine Decke um die Schultern. »Woran arbeitest du?«

»Schlemmerlokale. Die reine Provokation. Zweihundert bis dreihundert Reichsmark für ein hervorragendes Essen, während andere nicht wissen, wie sie ihre Kinder satt bekommen sollen. Kennst du die Atlanticstuben?«

Katharina nickte. Das Haus in der Waisenhausgasse kannte im Grunde jeder. Als gewöhnlicher Sterblicher war es jedoch unmöglich, dort zu verkehren.

»Sie verfügen über eine eigene Bäckerei und ein großes Kontingent an Lebensmitteln. Die Bevölkerung wird um Mehl betrogen, das direkt von der Bäckerei auf den Schwarzmarkt geschoben wird. Und in den Etagen darüber hausen Menschen im Elend.« Er griff nach der *Neuen Illustrierten* vom fünfzehnten November und warf sie ihr zu.

Katharina überflog die Bilder von einem eleganten Paar, das die Atlanticstuben betrat, während ein Piccolo sich verbeugte. Daneben waren Bilder von Familien, die sich ein Zimmer teilten, Fenster, die teilweise mit Pappe vernagelt waren, Räume ohne Stromversorgung, geplatzte Ofenrohre, Kinder, die auf einem Speicher spielten, in dessen Ecken sich Abfall und Gerümpel stapelten. Alles im selben Gebäude »Greifst du das Thema jetzt selbst auf?«

Carl zündete sich eine Zigarette an. »Kabaretts und Bars werden eröffnet, während wir nicht einmal Baustoffe für Schulräume haben. Es darf nicht sein, dass die Schieber sich ein schönes Leben machen, während unsere Kinder nicht einmal in die Schule gehen können. Für viele Kinder stellt die Schulspeisung die einzige vernünftige Nahrung am Tag dar.« Er nahm einen langen Zug, und die Zigarettenspitze glomm rot auf. »Kann es denn sein, dass ein Gaststättenbetreiber mehr als zwanzigtausend Reichsmark Gewinn am Tag erzielt, weil er sich ein Wurstschnittchen mit zwanzig Reichsmark bezahlen lässt? Vierhundert Reichsmark für eine gebratene Ente. Wer kann denn solche Preise bezahlen, abgesehen von Kriminellen und Schiebern?«

»Ist das nicht strafbar?«

»Anzeigen werden von der Staatsanwaltschaft meist nicht weiter verfolgt, weil angeblich das öffentliche Interesse fehlt. Erzähl das mal einer Mutter, die allein ihre sechs Kinder durchbringen muss.« Zorn vibrierte in seiner Stimme.

Katharina hüllte sich in die Decke und stellte fest, dass ihr der Atem vor dem Mund stand. »Es ist zu kalt hier, Carl, du holst dir den Tod.«

Carl öffnete die Ofenklappe und heizte erneut. Er hatte sich eine Matratze in die Küche gelegt, weil dies der einzige Raum war, der überhaupt einigermaßen beheizt werden konnte. Katharina warf einen Blick auf den Artikel, den er schrieb.

»Und?«, fragte er. »Ist es gut?«

»Ja. Mit viel Sarkasmus auf den Punkt gebracht. Was ist eigentlich mit Nürnberg?«

»Absage.« Carl zündete sich eine weitere Zigarette an. »Ich verqualme hier gerade ein Vermögen.« Er reichte ihr eine Zigarette.

»Dieses Laster verdanke ich dir.« Katharina ließ sich Feuer geben.

»Wenn es nach mir ginge, würde ich dir noch einige andere Laster beibringen.« Sein anzügliches Grinsen ließ keinen Zweifel an dem Charakter dieser Laster.

»Der Erfolg gehört dem Geduldigen.«

Er beugte sich vor, küsste sie und ließ sich wieder an seiner Schreibmaschine nieder. »Meine Eltern haben geschrieben. Wenn du magst, können wir im Sommer nach Leipzig fahren.«

»Gerne.« Katharina stellte die Füße auf den Stuhl vor sich und lehnte sich zurück. Langsam wurde es wärmer. »Ich bin schon gespannt auf sie.«

»Du wirst sie mögen. Und sie dich.«

Katharina dachte an ihre Eltern und wünschte, sie könnte dasselbe behaupten.

Georg schlug die *Volksstimme* auf. Im Grunde genommen bevorzugte er die *Rheinische Zeitung*, aber dank Katharina lag das von der KPD gegründete Kommunistenblättchen hier auch gelegentlich herum. Ein Jahr Gefängnis für Schwarzschlachtung und eine saftige Geldstrafe, las er. Das war happig. Er überflog einige weitere Berichte zu Gerichtsurteilen über Ernährungssaboteure und kam zu der Rubrik »Finden Sie es richtig …«, der stets Fragen folgten, die zum Nachdenken anregten und Missstände aufzeigten. Er überflog sie und stieß dann auf eine Frage, die ihn innehalten ließ. Er las die Frage wieder, dann noch einmal.

Finden Sie es richtig …?

… dass ein Arzt, der von Wehrmachtssoldaten geschändeten Frauen hilft, für diese Taten nun verurteilt werden soll?

»Was um alles in der Welt …«, murmelte er. Er erhob sich und eilte die Treppe hoch. Katharina war jedoch nicht da.

»Was möchtest du von ihr?«, fragte Antonia, die aus ihrem Zimmer trat.

Georg reichte ihr die Zeitung.

»Oh«, sagte sie nur und gab sie ihm zurück.

»Ja, genau.«

»Na ja, es ist nur eine Frage, und niemand käme dabei auf dich.«

»Das war aber nicht abgesprochen.«

»Carl ist Journalist, es war zu erwarten, dass irgendwas kommt.«

Antonia trug ihren Mantel, einen warmen Schal, den sie über das Haar gezogen hatte, und ihre Handschuhe steckten in den Manteltaschen. Hinter ihr tappte eine dick verpackte Marie aus dem Zimmer.

»Wohin geht ihr?«

»Ins Waisenhaus.« Sie hob Marie hoch. »Arbeitest du heute nicht?«

»Erst heute Abend.«

Sie tippte auf die Zeitung. »Ärgere dich nicht. Immerhin hat er keinen ganzen Artikel verfasst.«

Na, immerhin.

»Wie hat man im Krankenhaus eigentlich auf deine lange Abwesenheit reagiert?«, fragte Antonia.

»Ich habe es mit irrtümlicher Verdächtigung und Behördenwillkür begründet. Dergleichen kommt in diesen Tagen vor, man wird mich deshalb nicht entlassen, Ärzte werden gebraucht.«

Wie sie vor ihm stand, die Lippen leicht geöffnet, konnte Georg trotz seines Ärgers für einen Moment an nichts anderes denken als daran, sie zu küssen. Er wollte sie so sehr, dass er bei Nacht wach lag und sich vorstellte, zu ihr ins Bett zu gehen. Sie berührte ihn mehr, als er sich eingestehen wollte, und er verbot sich nachdrücklich jedes Gefühl für sie, das über reines Begehren hinausging. Das Verlangen nach ihr würde er stillen, sobald die Zeit dafür da war. Aber mehr nicht, dachte er. Keine Sinnesverwirrungen. Er umfasste ihr Gesicht und küsste sie. Sich einen kleinen Vorgeschmack auf das Kommende zu holen, konnte nicht schaden, auch wenn es den Hunger eher anfachte als stillte. Sie erwiderte seinen Kuss, aber schließlich war sie es, die ihn beendete. Langsam ließ sie Marie auf den Boden sinken, als seien ihre Arme auf einmal zu kraftlos, sie zu halten. Sie räusperte sich.

»Begleitest du mich?«, fragte sie mit belegter Stimme. »Die Kinder sind nicht gesund, haben Hungerödeme, und einige husten schlimm.«

Er überlegte nicht lange. »Warte unten auf mich, ich hole meinen Mantel.«

Als er wenige Minuten später warm angezogen zurückkehrte in die Halle, hockte Antonia vor Maries Wagen und entlockte der Kleinen ein helles Lachen, während sie den Gurt schloss. Sie erhob sich, sah zu ihm auf, und in ihren Augen lag ein warmer Glanz, der Nachhall ihrer Küsse. Georg trat zu ihnen und legte Antonia den Arm um die Taille. Ehe sie das Haus verließen, küsste er sie wieder, spürte die Zerbrechlichkeit hinter dieser kalten Fassade, die Wärme und zögernde Hingabe.

*

Sie hatten alle zusammengelegt, um einen Kuchen zu backen, der sowohl für Maries Geburtstag als auch als Weihnachtskuchen gedacht war. Der Geburtstag war kurzerhand auf Heiligabend gelegt worden. Elisabeth backte den Kuchen aus Mehl, Kartoffelmehl, Milch und Backpulver. Für den Geschmack rührte sie Puddingpulver darunter, das Carl aufgetrieben hatte. Zu guter Letzt steuerte Katharina ein paar kleine, schrumpelige Äpfel bei, für die sie bis an den Stadtrand von Köln gefahren war, um sie dort gegen Zigaretten einzutauschen. Elisabeth schälte die Äpfel, entkernte sie und belegte mit den Schnitzen den Kuchen. Die Schalen und Kerngehäuse bekam Marie.

Carl würde später kommen, Georg arbeitete noch, und so standen die Frauen morgens allein in der Küche. Kurz darauf gesellte sich Richard zu ihnen, der in letzter Zeit erstaunlich zahm war. Er beobachtete Elisabeth, während diese den Kuchen backte, und als Katharina ihn fragte, ob er Kaffee erübrigen könne, zeigte er sich spendabel. Wenn sie alle etwas beisteuerten, wäre das ein sehr nettes Essen zu Heiligabend.

Die einfallsreiche Elisabeth machte aus Mehl, Majoran und Hefe etwas, das annähernd nach Leberwurst schmeckte. Das Brot dazu backte sie aus Kartoffeln und aus den Schalen Knäckebrot. Fleisch war nicht zu bekommen, Antonia hatte tagelang angestanden, aber stets war alles ausverkauft gewesen.

Im Grunde genommen hätte Katharina es sich denken können, dass ihre Eltern auch dieses Weihnachten nicht verstreichen lassen konnten, ohne sie zu besuchen. Und so seufzte sie nur resigniert, als der Türgong angeschlagen wurde, und hoffte, sie läge falsch. Vielleicht war es Carl, der doch früher kam.

»Ich gehe schon«, sagte sie, als Richard sich erheben wollte. Sie ging in die Halle und öffnete die Tür.

»Frohe Weihnachten, mein Kind!« Ihre Mutter drückte sie an sich, und die winterliche Kälte, die sie umgab und mit ihr ins Haus geweht kam, ließ Katharina erschauern. Ihr Vater gab ihr einen Kuss und schloss die Tür.

»So eine Überraschung«, sagte Katharina lahm.

»Ja, nicht wahr?«, strahlte ihre Mutter. »Wir dachten uns, ehe wir noch ein Weihnachten allein verbringen, besuchen wir dich.«

»Wie geht es Wilhelm?«

Das Strahlen wurde ausgeknipst. »Du kannst es dir sicher denken. Der Winter ist hart, umso härter in einem sibirischen Arbeitslager. Wir können froh sein, wenn wir ihn lebend wiedersehen.«

Katharina nickte. »Hoffen wir einfach das Beste.« Sie führte ihre Eltern in Richtung Küche. »Ihr habt Glück, dass ich daheim bin. Morgen habe ich Dienst.«

»Du arbeitest an Weihnachten?« Ihre Mutter klang pikiert.

»Tja, Menschen werden auch an Feiertagen krank.«

»All das Blut, der Dreck, die ansteckenden Krankheiten – Katharina, du hast uns deutlich genug gezeigt, dass du dazu imstande bist, auf eigenen Beinen zu stehen. Jetzt ist es an der Zeit heimzukehren.«

Katharina schüttelte den Kopf, und ihre Mutter blieb stehen.

»Hör mir zu. Ich bin nicht hier, um zu feiern. Wir müssen reden.«

»Hat das nicht Zeit, Freya?«, fragte Katharinas Vater.

»Nein. Geh schon vor. Wohin eigentlich?«, fragte sie an Katharina gewandt.

»Die Küche ist warm.«

»Gut.« Freya von Falkenburg winkte ihren Mann gebieterisch fort und wandte sich an Katharina. »Lass uns in euren Salon gehen.«

»Dort ist es eiskalt.«

»Das ist mir gleich.«

Katharina seufzte und schlug den Weg zum Salon ein. Dort wartete sie mit vor der Brust verschränkten Armen darauf, dass ihre Mutter sagte, was sie auf dem Herzen hatte.

»Dieser Carl von Seidlitz«, begann Freya von Falkenburg auch sogleich, »kommt überhaupt nicht für dich infrage.«

»Ach, tatsächlich? Gut, dass das allein meine Entscheidung ist.«

Freya von Falkenburg lief auf und ab, dann blieb sie stehen und rang die Hände. »Er ist Kommunist!« Hätte sie gesagt, er sei ein verurteilter Triebtäter, hätte ihre Stimme nicht entsetzter klingen können.

»Ach, Mutter ...« Katharina seufzte.

»Er begeht Verrat an unserer Klasse.«

»Mutter, es gibt unsere Klasse nicht mehr.«

»Was ist denn mit dem netten jungen Mann, der hier wohnt?«

Der nette junge Mann, der vor einem Jahr eine Leiche im Rhein versenkt hatte, aus Angst um sein Schwarzhandelsnetz. »Denk nicht einmal daran«, antwortete sie.

»Aber dieser Herr von Seidlitz … Sogar im Gefängnis soll er gewesen sein.«

»Ist Wilhelm doch auch, nicht wahr?«

Das Gesicht ihrer Mutter lief dunkelrot an. »Dein Bruder hat im Krieg das Land verteidigt, in dem du lebst.«

»Mein Bruder hat in einem Krieg gekämpft, den Menschen *eurer* Denkart angefangen haben. Legst du deine Hand dafür ins Feuer, dass er keine Kriegsverbrechen in Russland begangen hat? Nicht im Blutrausch gemordet und vergewaltigt hat?«

Ihre Mutter schlug sie so heftig ins Gesicht, dass Katharina fast das Gleichgewicht verlor. »Du kannst unmöglich das Kind sein, das ich großgezogen habe«, schrie sie. Dann eilte sie aus dem Raum, und Katharina hörte ihre eiligen, sich entfernenden Schritte.

»Na, hoppla«, kam Richards Stimme aus der Halle. Kurz darauf erschien er im Salon, und Katharina, die weder die rote Wange verbergen konnte, noch, dass ihr die Tränen in die Augen getreten waren, wandte sich ab.

»Mach dir nichts draus«, sagte er. »Meine Mutter hätte auch lieber gesehen, dass mein Bruder überlebt und nicht ich.«

Sie drehte sich zu ihm um. »Das ist sehr tröstlich, danke«, spottete sie.

»Du liebst diesen Kerl doch, also wirst du dich schon durchsetzen.«

Katharina rieb sich die Nasenwurzel. »Ist mein Vater in der Küche?«

»Ja, er unterhält sich mit Antonia.«

»Gut.« Katharina straffte sich und verließ den Salon.

Ihr Vater hatte in der Küche Platz genommen, während ihre

Mutter steif neben der Tür stand, so gerade, als habe sie einen Stock im Rücken.

»Ach, Freya«, sagte Wilhelm von Falkenburg. »War das nötig?« Er erhob sich und betrachtete Katharinas Gesicht.

»Sie hat Wilhelm einen Vergewaltiger genannt«, antwortete Katharinas Mutter mit zitternder Stimme.

»Das habe ich nicht«, widersprach Katharina. »Ich habe nur gesagt, die Möglichkeit besteht.«

»Als wäre das weniger schlimm!«

Wilhelm von Falkenburg hob besänftigend die Hand. »Beruhige dich.«

»Dass du dich nicht darüber aufregst!«, ereiferte sich seine Frau. »Aber bei Katharina warst du ja immer über die Maßen nachgiebig. Daher ist sie dort gelandet, wo sie jetzt steht – Krankenschwester und praktisch verlobt mit einem Kommunisten!«

Antonia und Elisabeth hielten sich reglos im Hintergrund; ihr Unbehagen, Zeugen dieser peinlichen Szene zu sein, war beinahe mit Händen zu greifen. Katharina ließ sich am Tisch nieder und schloss resigniert die Augen. Offenbar war ihr auch an diesem zweiten Weihnachten nach Kriegsende keine ruhige Zeit vergönnt.

»Na, mein Lieber, Sie kommen ja gerade recht.« Richard von Brelow wirkte unangemessen erheitert, als er Carl die Tür öffnete.

»Ist etwas passiert?«

»Katharinas Eltern sind zu Besuch.«

Carl schloss die Tür und stellte den Korb ab, den er in der Hand trug.

»Spielen Sie Rotkäppchen?«, fragte Richard.

»Ja. Leider ist meine rote Haube nicht auffindbar.« Carl öffnete seinen Mantel. »Wo ist Katharina?«

»Mit ihren Eltern in der Küche und betreibt Schadensbegrenzung. Ihre Mutter ist wohl wenig erfreut.«

Das war zu erwarten gewesen, aber Carl hätte sich dennoch gewünscht, dass es etwas glimpflicher ablief. Und dass sie nicht ausgerechnet Weihnachten hier aufschlugen. »Also gut. Dann bringe ich es mal hinter mich.«

Richard beugte sich neugierig über den Korb, und Carl schnappte ihn ihm vor der Nase weg. »In der Geschichte vom Rotkäppchen hat der böse Wolf leider das Nachsehen.« Er ging in die Küche, in der ihm behagliche Wärme entgegenschlug. Offenbar waren sie an dem Tag nicht sparsam mit Briketts. Antonia hockte mit Marie auf einem großen Kissen vor dem Ofen und las ihr vor, während Katharina mit ihren Eltern am Tisch saß.

»Carl!« Katharina erhob sich und kam zu ihm, nahm seine Hand. »Vater, Mutter, das ist Carl von Seidlitz.«

Carl reichte ihren Eltern die Hand. »Sehr erfreut.«

»Ganz meinerseits«, antwortete Wilhelm von Falkenburg, während seine Frau Carls Gruß mit starrem Blick erwiderte.

»Ich hoffe, ich komme nicht ungelegen?«, fragte Carl an Katharina gerichtet.

»Nein, gar nicht. Setz dich doch.«

Ehe Carl sich hinsetzte, stellte er den Korb auf den Tisch und entnahm ihm ein Päckchen Tee, ein Kilo geräuchertes Fleisch und ein ganzes Brot. »Frag nicht«, sagte er, als Katharina gerade den Mund öffnete. Er zwinkerte ihr zu, was ihren Eltern nicht entging. Die Haltung ihrer Mutter wurde, wenn überhaupt möglich, noch steifer, während ihr Vater ihn interessiert musterte.

»Bei uns ist es inzwischen schwierig, etwas auf dem Schwarzmarkt zu erwerben.«

Antonia wollte sich erheben, aber Katharina wandte sich zu ihr um. »Bleib ruhig.«

»Aber ihr wollt euch sicher in Ruhe unterhalten.«

»Dafür vertreiben wir dich sicher nicht aus dem einzig warmen Raum im Haus. Wenn, dann gehen wir. Da wir aber die Szene«, sie sah ihre Mutter an, »bereits hinter uns haben, hoffe ich auf ein zivilisiertes Miteinander.«

»Es wird doch wohl auch in diesen Zeiten noch erlaubt sein, seinen Unmut auszudrücken«, antwortete ihre Mutter. »Und nichts für ungut, junger Mann, aber Sie scheinen mir nicht gerade der Umgang zu sein, der mir für meine Tochter vorschwebte.«

»Das bedaure ich«, sagte Carl. »Aber da Ihre Tochter alt genug ist, um ihre Wahl zu treffen, wird Ihnen wohl nichts anderes übrig bleiben, als sich mit mir zu arrangieren. Meine Eltern begrüßen die Verbindung im Übrigen sehr.«

»Ja, das kann ich mir vorstellen. Angesichts Ihrer Vergangenheit haben sie vermutlich jede Hoffnung auf eine gute Partie aufgegeben«, antwortete Freya von Falkenburg bissig.

Carl lachte schallend. »Lassen Sie das bloß nicht meine Mutter hören. Sie ist der Meinung, dass ich unter den Frauen Deutschlands nur zu wählen brauche.«

Die Lippen der Frau wurden zu einem schmalen Strich. In diesem Moment betrat Elisabeth die Küche, und wie auch immer sie es machte, sie brachte stets die Illusion von Leichtigkeit mit sich. »Oh, Carl, haben Sie das mitgebracht?«

»Ja, mein bescheidener Beitrag.«

»Stellen Sie Ihr Licht mal nicht so unter den Scheffel. Sie sind heute mein Lebensretter.« Sie schnupperte. »Herrlich. Ich kann es kaum erwarten.«

Richard kam nun ebenfalls. »Zwei Männer für jedes deiner Bedürfnisse. Du könntest es schlimmer treffen.«

Freya von Falkenburg richtete sich mit einem Ruck auf und starrte Richard an. Elisabeth hingegen war tiefrot geworden.

Mit einem entwaffnenden Lächeln neigte Richard den Kopf. »Ein kleiner Scherz. Ich entschuldige mich vielmals.«

Ohne darauf einzugehen wandte Elisabeth sich ab und ging zum Herd. »Ich mache Sahne.«

»Tatsächlich?«, fragte Katharinas Vater. »So was hatte ich ja schon lange nicht mehr.«

»Das ist ganz einfach. Milch aufkochen, dann Mehl einlaufen lassen und stetig glatt rühren. Ein wenig Zucker, und schon ist die Sahne fertig.«

Richard hatte offenbar vor, sich von der besten Seite zu zeigen. »Herr von Seidlitz hat sich für uns im Übrigen als wahrer Glücksfall erwiesen. Als ich Mitte des Jahres wegen Mordverdachts im Gefängnis saß, war er es, der mir den passenden Anwalt besorgt hat.«

Freya von Falkenburg sah aus, als falle sie in Ohnmacht, und konnte wohl nur noch daran denken, in welche Lasterhöhle ihre Tochter da geraten war. Offenbar dachte Katharina ähnlich, denn sie warf Richard einen wütenden Blick zu und setzte sich ihren Eltern gegenüber auf einen Stuhl. »Es war ein Missverständnis, mehr nicht. Aber da Herr von Brelow nicht viel hat, mit dem er aufwarten kann, gibt er mit dieser Geschichte gerne ein wenig an.«

Das quittierte Richard lediglich mit einem spöttischen Lächeln.

Carl wandte sich an Wilhelm von Falkenburg, der ihm freundlicher gesinnt schien als seine Ehefrau. »Katharina erzählte, Sie wohnen in dem Teil Berlins, der von den Sowjets besetzt ist?«

»Ja. Und es ist in der Tat nicht einfach. In unserem Haus sind russische Soldaten einquartiert.«

Katharina sah erstaunt auf. »Tatsächlich. Davon wusste ich nichts.«

»Woher auch?«, antwortete ihre Mutter spitz.

»Sie benehmen sich einigermaßen anständig«, sagte Wilhelm von Falkenburg. »Da gibt es ganz andere Geschichten. Aber im Grunde genommen bin ich ganz froh, Katharina nicht in ihrer Nähe zu wissen.«

»Wie kannst du sie noch ermutigen?«, zischte seine Frau.

»Du weißt, wie es mit Hannelores Tochter war«, entgegnete Katharinas Vater.

»Was ist mit Anne?«, fragte Katharina.

»Ich möchte nicht ins Detail gehen«, antwortete Wilhelm von Falkenburg, »aber sie haben sie offenbar zu mehreren … nun, wie gesagt, ich möchte nicht ins Detail …«

»Hat sich einen Offizier von ihnen genommen und ist seine Geliebte, damit er sie vor den anderen beschützt«, fiel seine Frau ihm ins Wort. »Aber die Männer, die bei uns sind, sind anständig, da können wir nicht klagen.«

»Bei uns lebt auch keine junge Frau mehr.«

»Meine Familie lebt in Leipzig«, erzählte Carl, »aber bisher sind sie von Übergriffen verschont geblieben.«

»Nun«, Freya von Falkenburg klang etwas verschnupft, »da Sie dem Kommunismus nahestehen, sind Sie vermutlich mit Ihren Ansichten von den Sowjets gar nicht so weit entfernt.«

Carl zuckte mit den Schultern. »Ich bezweifle nicht, dass es auch unter denen Verbrecher gibt. Aber letzten Endes haben sich die Deutschen in Russland vermutlich auch nicht gerade anständig aufgeführt. Und ich finde es darüber hinaus etwas bedauerlich, dass für Sie nur meine derzeitige politische Haltung wichtig ist. Wo waren Sie selbst denn, als ich gegen das Regime protestiert habe und im Gefängnis misshandelt wurde? Haben Sie Tee in Ihren Salons getrunken, während Ihre Nachbarn geholt wurden? Weil Sie ja nicht betroffen waren? Vielleicht mal bedauernd den Kopf geschüttelt?«

»Also das ist…« Freya von Falkenburg lief rot an, »das ist ungeheuerlich.«

»Aber im Grunde genommen hat er recht«, sagte ihr Mann.

»Wilhelm!«

»Was haben wir getan? Unsere Söhne in den Krieg ziehen lassen, damit sie für Hitler-Deutschland sterben. Vielleicht wird auch Wilhelm es nicht überleben. Die Einzige, die richtig gehandelt hat, ist Katharina.«

»Wie kannst du das sagen?« Freya von Falkenburg traten Tränen in die Augen. »Und natürlich kehrt Wilhelm zu uns zurück.«

Katharinas Vater schien seine Worte zu bereuen, denn er legte seine Hand über die seiner Frau. »Schon gut, Liebes. Natürlich kommt er zurück zu uns.«

»Und Sie meinen es ernst mit unserer Katharina?«, fragte Freya von Falkenburg an ihn gewandt.

»Ja.«

»Nun.« Sie wischte sich mit der Hand über die Augen. »Vermutlich bekommt sie nichts Besseres mehr.«

Carl hörte Richard leise lachen und drehte sich zu ihm um. »Erheitert?«

»Wie könnte ich?«

Katharina lehnte sich in ihrem Stuhl zurück und wirkte entspannt. »Mag sein, Mutter, aber es ist für mich nicht relevant, wen ich *nicht* bekomme, solange ich den Mann haben kann, den ich möchte.«

Carl sah sie an, und sie griff nach seiner Hand und drückte sie.

Wilhelm von Falkenburg nickte. »Dann soll es so sein.«

»Danke, Papa.« Katharina erhob sich, ging um den Tisch herum und schloss ihn in die Arme. Unschlüssig stand sie dann vor ihrer Mutter, die sich schließlich dazu durchrang, ihr den Arm zu tätscheln.

»Ich bin nicht glücklich mit deiner Wahl, aber das war ich schon nicht, als du fortgegangen bist. Belehre mich also eines Besseren.«

Elisabeth stellte den Kuchen auf den Tisch. »Frohe Weihnachten!«, rief sie.

Nachdem Katharinas Eltern sich zu Bett begeben hatten, fanden sich die anderen im Musikzimmer ein. Antonia hatte den Ofen befeuert und hoffte, dass sie diese Verschwendung nicht in den nächsten Tagen bereute. Aber einen Tag wollte sie es in diesem Winter richtig warm haben. Sie hatten in der Küche gesessen, bis der letzte Rest Asche verglommen war. Jetzt saß Antonia am Klavier und spielte einige Takte. Carl ließ sich auf einem Sessel nieder und Katharina auf dessen Armlehne, Richard blieb an den Türrahmen gelehnt stehen, als sei er nicht sicher, ob er hereinkommen sollte oder nicht. Elisabeth hatte sich in einen Sessel fallen lassen, und Georg, der erst vor zwei Stunden übermüdet von der Arbeit zurückgekehrt war, stand mit seinem Kuchenteller am Fenster und sah in die Dunkelheit hinaus.

»Danke, dass ihr mir so ein Festmahl übrig gelassen habt«, sagte er.

»Das verdanken wir Herrn von Seidlitz …«, kam es von Richard.

»Carl«, wandte dieser ein. »Keine Förmlichkeiten bitte.«

»… und unserer Elisabeth.«

Diese warf Richard nur einen kurzen Blick zu und wandte sich hernach einem Knopf zu, an dem sie herumzupfte.

»Die außerdem böse auf mich ist und heute ausgiebig versöhnt wird«, fuhr Richard fort.

»Erspar uns die Details, ja?«, sagte Katharina.

»Findest du Tanzen anstößig?«, fragte Richard mit unschuldigem Blick.

Katharina verdrehte die Augen.

»Spiel etwas Nettes, Antonia«, bat Richard und erhob sich. »Darf ich bitten, meine Schöne?« Er verneigte sich galant vor Elisabeth.

»Du kannst tanzen?«, fragte sie ein wenig ungnädig, aber sichtlich auf dem Weg zur Versöhnung.

»Glaubst du, meine Mutter hätte erlaubt, dass ich es *nicht* kann?«

Elisabeth stand auf und legte ihre Hand auf seine Schulter, während er den Arm um ihre Taille schob. Während Antonia spielte, stellte sie fest, dass auch Carl eine sehr standesgemäße Erziehung genossen hatte und überaus elegant mit Katharina tanzte. Sie wirkten, wie aus alten Zeiten in dieses Bild gefallen.

Georg stand nach wie vor am Fenster und hatte den leeren Teller nun aufs Fensterbrett gestellt. Irgendwann kam Elisabeth zu ihm, drehte sich vor ihm und ergriff seine Hand, um ihn in die Mitte des Raumes zu ziehen. Richard stellte sich ans Klavier und sah den beiden beim Tanzen zu.

»Was ist mit dir?«, fragte er.

»Und das Klavier spielt sich selbst?«, antwortete Antonia.

»Wo ist eigentlich das alte Grammophon?«

»Das hatte ich schon ganz vergessen. Es stand damals mal im Salon.«

»Nein, da hatte es eure Haushälterin rausgeräumt, damit es nicht gestohlen wird.«

Antonias Finger glitten über die Tasten. »Willst du es suchen gehen?«

»Auf dem eiskalten Speicher womöglich? Nein, ich kann mich bremsen.«

»Dann lös mich hier ab.«

»Ich habe vor Kriegsbeginn das letzte Mal gespielt.«

Antonia rückte beiseite. »Das verlernt man nicht.«

Als Richard sich neben sie setzte, berührten sich ihre Schultern und Arme. Sie spielten ein Duett, das erstaunlich gut funktionierte und bei dem Richard nur einige Male danebengriff. Dann nahm Antonia ihre Hände von den Tasten und ließ ihn allein spielen. »Siehst du«, sagte sie, »man verlernt es nicht.«

»Ebenso wenig wie die Liebe«, entgegnete er.

»Musst du immer gleich schlüpfrig werden?«

»Nein. Ich will dir Mut machen.« Er warf einen kurzen Blick zu Georg, der sich gerade aus Elisabeths Armen gelöst hatte und nun mit Katharina tanzte. »Na los, trau dich endlich.«

Antonia blinzelte und erhob sich zögernd. Sie ging zu Georg, und Katharina, die sie bemerkte, ließ ihn los und trat beiseite. Zögernd legte Antonia ihm die Hand auf die Schulter, spürte, wie sein Arm um ihre Taille glitt, ihre Hände schlossen sich umeinander, und sie begannen zu tanzen. Es war seit Jahren der erste Tanz, und Antonia brauchte keine drei Schritte, um wieder in den einstmals so vertrauten Takt zu finden. Richard beendete den Walzer und spielte etwas Langsameres, und Antonia bemerkte, dass Katharina zu Carl ging und Elisabeth sich zu Richard ans Klavier stellte. Georg zog sie enger an sich, und sie tanzten wortlos weiter, die Gesichter so dicht beieinander, dass es wirkte, als würden sie sich jeden Moment küssen, taten es jedoch nicht. Genau das aber war es, was eine stetige Spannung in Antonia aufrechterhielt, ein leises Vibrieren in ihrem Innern, Wärme, die in ihrem Bauch aufstieg, ein Kribbeln in den Lippen.

Als sie Richard am Klavier ablöste, spürte sie immer noch die Wärme von Georgs Hand an ihrem Rücken, die sanfte Berührung seines Mundes, die nur in ihren Gedanken stattgefunden hatte. Es verlangte sie so unbändig nach ihm, nach dem

Gefühl, lebendig zu sein, zu lieben und wiedergeliebt zu werden. In ihr keimte sogar die Hoffnung, dass er imstande wäre, die Bilder zu vertreiben. Und vielleicht … vielleicht konnte sie es ihm irgendwann erzählen, von jenem Moment, von dem an alles anders geworden war.

Sie sah Richard mit Elisabeth tanzen, und die beiden waren es auch, die sich als Erste verabschiedeten. Als wäre dies das Zeichen zum Aufbruch, wollte Carl ebenfalls gehen.

»Jetzt raus in die Kälte?«, fragte Antonia. »Du bist heute natürlich unser Gast. Du kannst das Sofa dort nehmen, ich bringe dir Decke und Kissen.«

Carl sah sie überrascht an. »Sehr gerne. Vielen Dank! Ich glaube, so warm wie heute hatte ich es lange nicht mehr, ich werde schlafen wie ein König.«

»Danke, Antonia«, sagte nun auch Katharina.

»Keine Ursache. Morgen ist der erste Weihnachtstag, wir müssten noch genug für ein gemeinsames Frühstück haben.«

Antonia verließ den Raum, und die eisige Kälte auf dem Flur ließ sie erschauern. Sie lief die Treppe hinunter in die Halle und von dort aus in den Raum, wo die Bettwäsche aufbewahrt wurde – oder besser gesagt das, was davon noch übrig war. Rasch entnahm sie dem Schrank ein Kissen und eine Wolldecke und eilte zurück in das warme Musikzimmer.

»Danke«, sagte Carl ein weiteres Mal und legte das Bettzeug auf das Sofa.

»Nun denn.« Antonia zögerte. »Gute Nacht.« Sie verließ den Raum, gefolgt von Georg.

Vor ihrem Zimmer blieb sie stehen, drehte sich zu ihm um. Ohne ein Wort zu sagen zog er sie an sich und küsste sie. Sie schloss die Arme um seinen Nacken, hielt ihn fest, wollte nicht, dass er jemals wieder losließ. *Verbring die Nacht mit mir.* Stumm wiederholte sie die Bitte, hoffte, dass er sie aus ihren

Küssen las, aus der Art, wie sie ihn umschlang. Er löste sich von ihr, sah sie an, wobei sie sein Gesicht im Dunkeln nur schemenhaft ausmachen konnte und sein Ausdruck undeutbar blieb. Er küsste sie erneut, dann ließ er sie los und trat einen Schritt zurück.

»Gute Nacht«, sagte er.

Antonia stand reglos da, sah ihm nach, bis er in seinem Zimmer verschwunden war.

*

»Wo kommst du so spät her?«, fragte Richard, als Elisabeth mit geröteten Wangen die Küche betrat.

Sie legte ein in Papier geschlagenes Päckchen auf dem Tisch ab.

»Ich habe für eine Familie Wäsche gewaschen. Und das hier habe ich dafür bekommen.« Sie schlug das Papier auf und brachte ein großes Brot zum Vorschein, mit dunkler Kruste und verlockend duftend. »Das wird unser Abendessen. Wo sind die anderen?«

»Die von Falkenburgs sind heute Morgen abgereist, Katharina ist bei Carl, und Antonia verbringt Silvester wohl mit Georg im Waisenhaus.«

»Schade.« Sie gab ihm einen Kuss. »Aber dann finden sie es eben, wenn sie nachher kommen.« Sie nahm ein Messer aus der Schublade und schnitt eine großzügige Scheibe von dem Brot ab. »Aber …« Sie hielt inne, starrte ungläubig auf das, was sich vor ihren Blicken offenbarte. Eine dünne Hülle Teig um Gips und Sägespäne.

Richard sah ihr über die Schulter und nahm die Scheibe auf. Der Inhalt rieselte auf den Tisch. »Na ja, zumindest die Kruste scheint essbar.«

Elisabeth war den Tränen nahe. »Ich habe vier Stunden dafür

gewaschen. Mit eiskaltem Wasser.« Wie zum Beweis hob sie die roten, rissigen Hände.

»Du bist nicht die Erste, die um Essen betrogen wird.«

»Aber …«

»Es ist schlimm, kein Zweifel, doch machen wir jetzt das Beste draus, ja? Ändern können wir es eh nicht.«

Elisabeth tat einen langen, zitternden Atemzug. »Das ist nicht recht.«

»Nein, das ist es nicht.« Er legte ihr tröstend die Hand auf den Rücken. »Aber immerhin gehst du nicht gänzlich leer aus. Die Frau eines Bekannten hat vor Kurzem Mehl eingetauscht und festgestellt, dass es fast nur aus Gips bestand. Davon war nichts verwertbar.«

Das war kein Trost, und Elisabeth, die sich den ganzen Heimweg auf das Brot gefreut hatte, kamen die Tränen. Sie senkte den Kopf, um es Richard nicht merken zu lassen. Ihre Hände schlossen sich um das Brot, und sie wollte es gegen die Wand werfen, aber Richard legte seine Hand über ihre.

»Nicht«, sagte er. »Ich weiß, ich täte es vielleicht auch, aber dann ist es gänzlich unbrauchbar.«

Elisabeth presste die Lippen zusammen und nickte schließlich. Ihre Hände entspannten sich, und sie drehte die rechte Hand unter seiner um, verschränkte ihre Finger mit den seinen.

»Bleibst du heute Nacht hier?«, fragte sie, ohne ihn anzusehen.

»Ja. Gehen wir also hoch und feiern wir ins neue Jahr.« Sein Mund senkte sich auf ihren Nacken, und ein Schauer rieselte ihr Rückgrat hinunter. »Wir sind heute Nacht ohnehin allein.«

Richards Hände glitten über ihre Hüften. »Wir werden jetzt also in mein Zimmer gehen und …« Was immer er hatte sagen wollen, erstarb unter Elisabeths Kuss. Sie hatte den Kopf zurückgelehnt an seine Schulter und glitt mit den Fingern durch sein Haar. Sie küssten sich, als sie die Küche verließen, durch die Halle gingen, lösten sich auf der Treppe voneinander und setzten ihren Kuss im Korridor fort.

Als sie in seinem Zimmer waren, trat Richard die Tür mit dem Fuß ins Schloss, und sie taumelten zum Bett. Richard war geduldig, behutsam, als entdeckte er die körperliche Liebe an diesem Abend das erste Mal, ließ sich quälend viel Zeit, um dann jedes rauschhafte Gefühl rückhaltlos von ihr einzufordern.

Später, als sie aneinandergeschmiegt dalagen und langsam wieder zu Atem kamen, dachte Elisabeth, dass sich die Liebe so und nicht anders anfühlen musste. Das, was in ihr verletzt worden war, die schwärende Wunde, die ihre eigene Torheit geschlagen hatte, in der ihr Vater sein Messer gedreht hatte und die sie bei jedem Mal, das sie mit Nigel geschlafen hatte, neu aufriss, schien heilen zu wollen. Vielleicht würde sie irgendwann wieder ganz sein.

Richard löste sich von ihr, zog seinen Morgenmantel an und erhob sich. »Möchtest du eine Zigarette?«

»Gerne.« Derzeit ging es ihr nicht um eine hochwertige Mischung, sondern nur darum, wie stark die Zigarette war, und da galt, je stärker, desto besser. Sie erinnerte sich noch an die Orientzigaretten, die vor dem Krieg so gefragt gewesen waren. Inzwischen zog man American-Blend-Zigaretten vor, wie Lucky Strike und Chesterfield, weil diese eine weitaus kräftigere Mischung hatten. Die Zigaretten, die man auf Raucherkarten bekam, waren bei Weitem nicht so gut.

Leute wie Antonia, die nicht rauchten, denen aber dennoch eine Zuteilung von Zigaretten zustand, hatten mit ihrer Raucherkarte stets ein begehrtes Tauschobjekt zur Hand. Für vier Abschnitte gab es vierzig Zigaretten. Und damit waren in Antonias Fall einige Tage Essen für Marie gesichert – vorausgesetzt, sie stand nicht stundenlang für nichts an, was zunehmend oft vorkam. Und die Briten schienen nur wenig dafür tun zu wollen, an diesem Zustand etwas zu ändern. Anstatt Gegenmaßnahmen zu ergreifen und dafür zu sorgen, dass endlich wieder zonenübergreifend eine gerechte Verteilung der Nahrungsmittel möglich war, verwalteten sie das Elend nur.

Elisabeth setzte sich auf, stopfte die Decke um sich und ließ sich von Richard Zigarette und Feuer geben.

»Du siehst verrucht aus«, bemerkte er.

Sie warf mit einer knappen Kopfbewegung ihr Haar nach hinten. »Du hast offenbar eine verheerende Wirkung auf meinen Sinn für Anstand«, sagte sie halb im Scherz, was er mit einem Grinsen quittierte. Dabei war in Wahrheit er es, der sie von jenem verhängnisvollen Weg, den sie mit Nigel eingeschlagen hatte, fortführte. Es war ihr ernst mit ihm, sie wünschte sich so unbändig, dass es für ihn ebenso war. Sie wollte kein Vergnügen fürs Bett sein.

Richard ging zum Schrank und zählte Zigaretten ab. »Fünf Zigaretten für siebenhundertfünfzig Gramm Brot. Fünfzig für fünfhundert Gramm Fleisch. Für weitere zehn gibt es fünfzehn Gramm Kaffee. Und wenn wir noch zehn drauflegen, bekommen wir fünfundsiebzig Gramm Butter.«

»Fünfundsiebzig Zigaretten. Kannst du so viel entbehren?«

»Nein, aber ich bin versucht, es zu tun. Ich bin viel zu wenig leichtsinnig geworden seit der Zeit im Gefängnis. Und wie sagt man so schön: Wer nicht wagt, der nicht gewinnt.«

»Trotzdem ein Vermögen. Also, ich will dich natürlich nicht davon abhalten, da ich auf deine Großzügigkeit setze.«

Er kam zu ihr ins Bett und küsste sie zwischen zwei Zügen von ihrer Zigarette. »Wenn du mich freundlich darum bittest.«

»Wie freundlich?«

Seine Hände begaben sich bereits wieder auf Wanderschaft.

»Ich nehme an, du möchtest nicht, dass ich dein Bett in Brand setze?«

»Zumindest nicht mit der Zigarette, nein.«

Elisabeth rauchte auf, er nahm ihr den Stummel ab und drückte ihn im Aschenbecher aus, dann wandte er sich ihr wieder zu.

»Also, auf unser Festmahl«, sagte er.

»Auf unser Festmahl«, erwiderte sie, zog ihn an sich und küsste ihn.

Die Kinder trugen fast alle nur Holzpantinen, da sich das Waisenhaus keine Schuhe leisten konnte.

»Ich wickle mir immer Stoff um die Füße«, erklärte die neunjährige Hanna, die nicht einmal Holzschuhe hatte, »damit es nicht so wehtut, wenn ich draußen laufe.«

Georg ging in die Hocke und begutachtete Frostbeulen und verletzte Fußsohlen, die sich durch Dreck entzündet hatten.

Antonia indes brachte Brot in die Küche, selbst gebacken unter Elisabeths Anleitung. »Ich hoffe, es ist genießbar«, sagte sie. Außerdem hatte sie einen großen Eimer Kohlebriketts dabei, den sie mit Elisabeth zusammen vom Zug gestohlen hatte. Ihr Gewissen hatte sie dabei nur wenig gepeinigt, im Gegensatz zu Elisabeth.

Wessen Verhalten ihr jedoch ein stetes Rätsel blieb, war Georgs. Entweder war er überaus anständig. Oder er spielte mit ihr. Sie wusste nicht einmal, wie sie das, was zwischen ihnen war, bezeichnen sollte. Zum Waisenhaus kam er gerne mit, wann immer er die Zeit fand. Und auch an diesem Abend hatte er ohne zu zögern zugestimmt, die Nacht hier mit den Kindern zu verbringen.

»Sie bestrafen uns alle für den Krieg«, sagte Schwester Beate, während sie den Tisch deckte.

»In den anderen Ländern sieht es auch nicht gut aus«, antwortete Georg. »Die Sowjetunion leidet sehr unter dem Winter, und in den Nachrichten ist zu hören, dass es England und Frankreich kaum besser geht.«

»Die Kinder ziehen los und stehlen. Essen, Kohlen, was immer sie benötigen.« Schwester Beate hatte die Stimme gesenkt. »Ich möchte ihnen gerne sagen, dass sie das nicht tun sollen, doch ich kann es nicht. Eines der älteren Mädchen – sie ist schon siebzehn – hat sich einen Tripper geholt, als sie mit einem Soldaten für ein großes Brot und ein Kilo Butter … Na ja, Sie wissen schon.«

»Wo ist das Mädchen?«, fragte Georg.

»Im Krankenhaus. Sie kann danach wieder hierher zurück.«

Georg nickte und widmete sich einem Jungen, auf dessen hohlen Wangen rote Flecke prangten und der ständig hustete. »Wie lange leidet er an der Schwindsucht?«

»Seit ein paar Wochen. Er ist in Behandlung, aber Medikamente sind teuer.«

»Ich werde sehen, was ich tun kann.«

»Es gab gestern in der Schulspeisung Schokolade«, erzählte der Junge.

»Einmal die Woche, das haben sie neu eingeführt«, ergänzte Schwester Beate. »Sie sollten die Kinder mal sehen, die zappeln schon vor der Pause ungeduldig auf ihren Bänken herum. Viele kennen Schokolade ja nur aus den Erzählungen ihrer Eltern.«

»Richtige Schokolade hatte ich auch schon lange nicht mehr«, sagte Antonia.

»Es sind kleine Täfelchen, die die Kinder sofort essen müssen, damit sie nicht auf dem Schwarzmarkt landen. Na ja, Sie können sich denken, dass die Kleinen sich nicht lange bitten lassen.« Wieder lachte Schwester Beate.

Antonia ging in die Küche und sah der Köchin zu, die einen Brei aus Keksen, Milch und Mehl rührte. »Dat lieben de Pänz«, sagte die Frau, während sie Rosinen in den Brei gab. »Dat muss deck sin, d'r Löffel muss drenn stonn blieve. Dann sin de Kleine satt bis murje fröh.«

»Kann ich helfen?«, fragte Antonia.

»Ihr künnt die Ähzezupp vör de Ahle rühre«, antwortete die Köchin. »Domet et nitt ahnbrennt.«

Als sie später das Essen auftrugen, jubelten die Kinder angesichts des Keksbreis. Kurz darauf war nur das Klappern der Löffel zu hören, und hier und da sprach Schwester Beate eine Ermahnung aus, wenn gar zu laut geschmatzt wurde. »Wir wollen auch in diesen Zeiten nicht vergessen, was Manieren sind.«

Nach dem Essen halfen die größeren Mädchen beim Abräumen, und Schwester Beate sammelte die Kinder um sich, die mit zur Silvestermesse gehen würden. Antonia wollte ebenfalls hin, wusste aber nicht, was sie in der Zeit mit Marie machen sollte, die in einem der Betten lag und bereits schlief.

»Schwester Maria bleibt hier mit den kleineren Kindern«, sagte Schwester Beate. »Sie können also gerne mitkommen.«

»Und was ist mit dir?«, fragte Antonia Georg.

»Ich war lange in keiner Messe mehr, ich begleite euch gerne.«

Sie machten sich auf den Weg. Die Kinder plauderten mit Schwester Beate, während Antonia und Georg mit einigen Schritten Abstand folgten. Ab und zu war ein Lachen aus der kleinen Gruppe zu hören, hell und plötzlich aufschwappend, wie nur Kinder lachen konnten. Schnee knirschte unter ihren Füßen. Georgs Finger schlossen sich um Antonias, und sie schwiegen den Weg über. *Woran bin ich mit dir?* Antonia lag die Frage mehrmals auf der Zunge, aber dann stellte sie sie doch nicht. Dies war nicht der richtige Ort.

In der Kirche Sankt Engelbert in Riehl würde der im Februar berufene Kardinal Frings die Predigt halten, und als sie eintrafen, war es bereits voll. Der Atem stand ihnen in kleinen Wölkchen vor dem Mund, als sie in den Bänken Platz nahmen. Antonia und Georg ließen den Kindern und den Nonnen den Vortritt, dann setzten sie sich.

Frings hatte die Judenverfolgung schon zu Hitlers Zeiten öffentlich als himmelschreiendes Unrecht verurteilt, und es war nur seiner Popularität zu verdanken, dass die Gestapo ihn damals lediglich beobachtete.

In der Kirche war Getuschel zu hören, Wispern, ein stetes Raunen, gelegentliches Hüsteln, dann begann der Gottesdienst, und es kehrte Stille ein. Es war lange her, dass Antonia eine Messe besucht hatte, und so folgte sie ihr andächtig, betete, sang und lauschte schließlich der Predigt.

»Wir leben sicher in Zeiten, in denen der staatlichen Ordnung mehr Rechte über das Eigentum der Einzelnen zustehen als sonst und in denen ein gerechter Ausgleich zwischen denen, die alles verloren, und denen, die noch manches gerettet haben, stattfinden muss. Wir leben in Zeiten, da in der Not auch der Einzelne das wird nehmen dürfen, was er zur Erhaltung seines Lebens und seiner Gesundheit notwendig hat, wenn er es auf andere Weise, durch seine Arbeit oder durch Bitten, nicht erlangen kann.« Frings predigte weiter, dass dergleichen nur gelte, wenn man sich in Not befände, und dass der Geschädigte durch den Diebstahl nicht in die gleiche Not gebracht werden dürfe. »Aber ich glaube, dass in vielen Fällen weit darüber hinausgegangen worden ist. Und da gibt es nur einen Weg: unverzüglich unrechtes Gut zurückgeben.«

Auch mit dem Gedanken der Kollektivschuld der Deutschen setzte er sich auseinander, ein Thema, das Antonia schon lange umtrieb und das auch Carl immer wieder zur Sprache brachte. Und im Grunde genommen bestätigte der Kardinal das, was Carl stetig sagte. Der Kardinal widersprach der Kollektivschuld, jedoch mit einer Einschränkung. »Aber jeder möge sich fragen, wie weit er durch Handeln oder Unterlassen schuldig ist an Dingen, die in Deutschland geschehen sind.«

11

Februar 1947

Im Januar war die bisher härteste Kältewelle über die Stadt gerollt und hielt sie seither in einer Art Gefrierstarre. Elisabeth war elendskalt, während sie Steine von Schnee und Mörtel befreite. Einige Frauen hatten auf einem Schutthaufen ein stark qualmendes Feuer entzündet, und zwischendurch hockte sie sich davor, um sich aufzuwärmen. Beim Freiräumen der Straßen und Plätze wurden Leichenteile freigelegt, verwest, angefressen – da waren Frost und Eis ein Segen. Elisabeth fuhr sich mit dem Arm über die Augen, die im Qualm des Feuers brannten.

Die Arbeit, so anstrengend sie war, war ihr derzeit willkommen, um sie von ihren Sorgen abzulenken. Was sie vor einem Monat nur vermutet hatte, verdichtete sich nun zur Gewissheit. Sie war schwanger. Ihre letzte Blutung hatte sie im November gehabt, wenige Tage, nachdem sie mit Richard das erste Mal geschlafen hatte. Im Dezember und Januar war sie ausgeblieben, und diesen Monat war sie bereits seit drei Tagen überfällig. Damit erlosch auch der letzte Hoffnungsfunke, dass es der Hunger war, der dafür sorgte, dass ihre Blutung ausblieb.

Diese Ängste hatte sie schon mit Nigel ständig gehabt, aber der war vorsichtig gewesen und hatte letztlich wohl ebenso wenig einen Bastard haben wollen wie sie. Außerdem hatten sie sich nur ein- bis zweimal die Woche getroffen. Mit Richard schlief sie nach wie vor eigentlich immer, wenn er nicht gerade ausging. Er war, was körperliche Liebe anging, sehr fordernd, sie hatte gelegentlich gescherzt, er sei unersättlich. Und dass er dabei achtsam war, konnte man wahrhaftig nicht behaupten.

Elisabeth verließ das wärmende Feuer und setzte ihre Arbeit fort. Das stete Ziehen im Bauch konnte man durchaus als Vorzeichen der nahenden Blutung deuten, wenngleich dies schon seit Dezember anhielt. Ihre Brüste spannten, ihr war übel – was sie auf den Hunger schob –, und sie war ständig müde.

Als sie abends heimkehrte, war das Haus still, genau das, was sie nun brauchte. Sie ging in die Küche und entfachte den Herd, um Bohnen zu kochen. Seit Tagen gab es nur Bohnen, sie konnte sie nicht mehr sehen. Aber sie sättigten, und das war nicht zu unterschätzen. Vor einigen Tagen hatte sie Kohlen vom Zug geklaut, und dank Frings, der als moralische Instanz auftrat, war sogar ihre Gewissensnot gelindert. »Fringsen« sagten die Leute inzwischen, wenn sie sich aufmachten, um für ihr tägliches Überleben zu stehlen.

Während sie vor dem Herd die Bohnen kochte, hörte sie die Haustür ins Schloss fallen. Kurz darauf kam Georg in die Küche. »Guten Abend. Sind alle aus?«

»Ich glaube, ja. Kann sein, dass Antonia oben ist, da war ich noch nicht.«

Georg trat zu ihr an den Herd. »Es gibt Bohnen?«

»Ja. Mir war nach Abwechslung.«

Er grinste. »Bohnen mit was?«

»Mit Löffel.«

Jetzt lachte er.

Elisabeth zögerte. Sie hatte überlegt, mit Katharina zu sprechen, befürchtete aber einen Kommentar wie »Das habe ich dir doch gleich gesagt« oder einen Blick, der dasselbe aussagte. Außerdem brauchte sie die Meinung eines Arztes. »Wenn ich dich etwas Medizinisches frage«, begann sie, »wirst du es für dich behalten?«

»Ja. Ich behalte alles für mich, was du mir im Vertrauen erzählst, nicht nur Medizinisches.«

Elisabeth rührte mechanisch mit dem Kochlöffel im Topf, damit die Bohnen nicht anbrannten. »Kannst du feststellen, ob ich schwanger bin?«

Einen Moment lang schwieg er. »Ja. Wie lange bist du überfällig?«

»Seit Dezember.«

»Wenn du morgen früh zur Toilette gehst, gib etwas Urin in einen Becher und versteck ihn hinter dem Boiler. Um alles andere kümmere ich mich.«

Elisabeth stieg das Blut ins Gesicht, und sie nickte nur.

»Es muss dir nicht unangenehm sein, du bist nicht die erste Frau, bei der ich eine Schwangerschaft feststelle. Und meine Reaktion sollte nicht deine eigentliche Sorge sein, nicht wahr?«

Wieder nickte sie.

Nachdem Georg die Küche verlassen hatte, setzte sich Elisabeth an den Tisch und aß. Sie konnte nur noch an den kommenden Morgen denken. Was sollte sie tun, wenn sie schwanger war? Was würde Richard tun?

Als er wenig später heimkam, bemühte sie sich, sich ihre Sorgen nicht anmerken zu lassen, und da sie ohnehin ständig müde war, fiel ihm nichts Ungewöhnliches auf. Nachdem er gegessen hatte, ging er mit ihr ins Bett, und was ihr an anderen Abenden das Gefühl gab, eine Rolle in seinem Leben zu spielen, fühlte sich nun fast ebenso schäbig an wie mit Nigel. Wenn sie wirklich dachte, dass Richard ihre Gefühle erwiderte, warum war ihr dann übel vor Angst bei dem Gedanken, ihm ihre Schwangerschaft gestehen zu müssen? War sie nicht letzten Endes doch nur ein angenehmer Zeitvertreib für ihn?

Richard richtete sich auf und blickte, auf einen Ellbogen gestützt, auf sie hinab. »Ist alles in Ordnung?«

»Ja. Ja, natürlich.«

»Du bist nicht bei der Sache.«

Sie zwang ein keckes Lächeln auf ihre Lippen. »Dann sorg dafür, dass ich es bin.«

Er hob die Brauen. »Madame ist unzufrieden?«

Anstelle einer Antwort zog sie ihn zu sich, um ihn zu küssen, und wie erwartet ließ er sich nicht lange bitten, mit dem Liebesspiel fortzufahren. Bereitwillig kam sie ihm entgegen und heuchelte ihm in dieser Nacht die Gefühle ebenso vor, wie sie es bei Nigel getan hatte.

Katharina hauchte in ihre Hände, als sie nach dem Dienst das Krankenhaus verließ. Allerdings war die Kälte draußen kaum schlimmer als im Gebäude. Sie wickelte sich den Schal enger um den Hals und ging zu ihrem Fahrrad.

»Guten Abend, Florence Nightingale.«

Katharina blickte auf und lächelte. »Du kommst genau richtig. Ich hatte einen fürchterlichen Tag.«

»Meine starke Schulter zum Anlehnen steht immer zur Verfügung.« Carl zwinkerte ihr zu, und Katharina schob den Stützbügel des Fahrrads zurück und schob es zur Straße.

»Bist du zu Fuß?«

»Ja.«

Kinder liefen trotz der Dunkelheit über die Straßen, die Köpfe gesenkt, um weggeworfene Zigarettenstummel aufzusammeln. Der Tabak ließ sich später gegen Nahrungsmittel tauschen. In den ersten Januartagen waren die Plünderungen der Kohlenzüge sprunghaft angestiegen, was den britischen Gouverneur auf den Plan rief. Dieser erkundigte sich, ob die Predigt richtig wiedergegeben worden sei, und verlangte, dass der Kardinal seine Aussage widerrief. Der jedoch blieb bei dem, was er gesagt hatte. Klüttenklau nannte man das Stehlen der

Briketts, und man blieb nicht beim Klauen von Kohlewaggons, selbst mit Kohle beladene Lastwagen wurden geplündert.

»Gehen wir zu mir?«, fragte Katharina.

»Gerne. Meine Küche ist kaum zu heizen. Ich habe mir heute beim Tippen fast die Finger abgefroren. In der Redaktion war es allerdings auch nicht nennenswert wärmer, aber dort gab es wenigstens Kaffee.«

»Der Sohn einer der Krankenschwestern ist verurteilt worden, weil er Lebensmittelmarken gefälscht und auf dem Schwarzmarkt verkauft hat. Man kann von ehrlicher Arbeit derzeit kaum noch eine Familie ernähren, da wundert es nicht, dass die junge Bevölkerung ihren Arbeitswillen einbüßt.«

Da nicht nur die Erzeugung, sondern auch der Transport der Nahrungsmittel schwierig war, entstand eine Art Ernährungsegoismus in den einzelnen Regionen. »Man könnte die Erzeugnisse aus der Landwirtschaft freigeben und einen offenen Markt schaffen.«

»Dann bestimmen die Landwirte die Preise, und die Ärmsten verhungern«, widersprach Carl. »Jeder, der sozial denkt, muss dagegen sein.«

Das stimmte auch wieder. Aber es war schwer, wenn man täglich Menschen mit Erfrierungen behandelte, Leichen sah, die froststeif auf den Straßen lagen, alte Männer und Frauen, die in ihren Betten erfroren waren, Kinder, die sich morgens nicht mehr wecken ließen. Der Schwarzhandel blühte, und da die Razzien ebenfalls zunahmen, kam es zu einer Aufsplitterung des Handels. Man bekam alles, wenn man nur wusste, wo man hinmusste. Und wenn man die Preise bezahlen konnte, die oft fast ein Achtzigfaches des regulären Preises betrugen. Außerdem verdarben frostempfindliche Lebensmittel wie Kartoffeln, was den Mangel verstärkte. Es herrschte eine hohe Obdachlosigkeit, und Carl hatte einige Menschen in seine Behausung aufgenommen. Da die hinteren Wirtschaftsräume aber über keinerlei Heizungssystem verfügten, war es drinnen ebenso kalt wie draußen, wenngleich man wenigstens vor Wind und Schnee geschützt war.

»Immerhin wird den Deutschen wieder mehr Verantwortung übertragen. Das verdanken wir den Amerikanern, die haben auf die Briten eingewirkt«, sagte Carl. »Und vielleicht lockert man zugunsten einer funktionierenden Marktwirtschaft auch endlich die bestehenden wirtschaftlichen Zwänge.«

Das war Katharina alles zu abstrakt. Bis sich die Verwaltung einigte, konnten Wochen oder Monate vergehen. Aber der Winter war jetzt, und er dauerte schon zu lange. Sie setzte zu einer Antwort an, als ihnen ein Mann entgegenkam, den sie nur zu gut kannte. »Ach je«, murmelte sie.

»Walter!« Carl klang erfreut.

Dr. Walter Hansen war in Begleitung eines halbwüchsigen Jungen mit feinen Gesichtszügen. Wenn das sein Sohn war, kam er vermutlich eher nach der Mutter.

»Rudolf«, begrüßte Carl den Jungen mit Handschlag. »Du bist ja tatsächlich schon fast ein erwachsener Mann.«

Der Junge wandte sich zu Dr. Hansen um. »Siehst du, Papa!«

»Ermutige ihn nicht auch noch. Er möchte nicht mehr zur Schule, sondern arbeiten gehen.«

»Ich verkaufe meine Schokolade auf dem schwarzen Markt«, verriet der Junge. »Ich tu immer nur so, als würde ich sie essen.«

»Darüber reden wir noch«, sagte sein Vater. Dr. Hansen musterte Katharina, die sich unter seinen Blicken unbehaglicher fühlte als unter den forschenden ihrer Eltern. Das ärgerte sie, denn sie war wohl kaum auf seine Erlaubnis angewiesen, mit Carl zusammen sein zu dürfen.

»Es waren sehr ernüchternde Weihnachten«, erzählte Carl. »Kannst du dir vorstellen, dass mich Katharinas Mutter nicht mag?« Damit hatte er sehr geschickt ihre Beziehung offiziell gemacht, ohne dabei plump zu wirken.

Dr. Hansen hob kaum merklich die Brauen. »Tja, mein Lieber, die Mütter sind immer am schwersten zu überzeugen. Ich weiß, wovon ich rede. Wir Widerstandskämpfer gelten leider immer noch als Vaterlandsverräter.« Ein kleines Lächeln umspielte seinen Mund.

»Meine Mutter wird sich daran gewöhnen«, sagte Katharina, die nicht schweigend danebenstehen wollte. »Und mein Vater weiß, dass die Zeiten sich geändert haben.«

»Nun, wollen wir hoffen, zum Guten.« Dr. Hansen nickte ihnen zu und ging weiter.

»Siehst du«, sagte Carl. »Er kann sehr nett sein.«

»Ja, fast schon menschlich.«

*

Georg hatte am Vortag einem Apothekerfrosch Elisabeths Urin subkutan in den Lymphsack injiziert. Als er nun, gut vierundzwanzig Stunden später, nach dem Frosch sah, bemerkte er, dass dieser Laich abgesetzt hatte. Elisabeth konnte also davon ausgehen, schwanger zu sein, der Froschtest war zuverlässig. Ein uneheliches Kind von Richard – sie war nicht zu beneiden.

Vor zwei Tagen hatte er Nachricht erhalten, dass man die Sache mit den Abtreibungen nicht weiter verfolgen würde. Die Eltern des toten Mädchens waren fortgezogen oder gestorben, auf jeden Fall nicht auffindbar. Die Frau, an der er den Abbruch vorgenommen hatte, war inzwischen verwitwet und wollte sich nicht mehr zu der Sache äußern, und die Krankenschwester, deren Aussage ihn damals in Schwierigkeiten gebracht hatte, erklärte, sie wolle mit den damaligen Vorgängen nichts mehr zu tun haben. Vermutlich war ihr aufgegangen, dass sie sich durch das Assistieren in gewisser Weise mitschuldig gemacht hatte. Die vergewaltigten Frauen schwiegen aus Scham und äußerten sich nicht zu möglichen Abtreibungen.

Alles in allem lief es auf eine Art Freispruch aus Mangel an Beweisen hinaus, was Georg zwar einerseits erleichterte. Andererseits blieb ein Makel an ihm haften. Angesichts dessen jedoch, dass er sich an Gräueltaten wie jene der Ärzte, die nun vor Gericht standen, nie beteiligt hatte und sein Ruf untadelig war, hoffte er darauf, dass seine Reputation unangetastet blieb. Er hatte längere Zeit mit sich gerungen, ob er sich seinem Vorgesetzten gegenüber zu der Angelegenheit äußern sollte, sich jedoch dagegen entschieden. Zudem untersagte er Carl, einen Artikel über den Fall zu verfassen, es war ihm lieber, wenn die Sache in Vergessenheit geriet.

Er hörte davon, wie in der sowjetischen Besatzungszone Frauen »Russen-Kinder« austrugen, gelegentlich aus bewusster Entscheidung, oft, weil sich kein Arzt für einen Abbruch finden ließ. Sie und ihre Kinder trugen lebenslang ein Stigma, und wenn dann noch der Ehemann zurückkehrte, endete das Ganze nicht selten in einer Trennung, so dass die Frau nun erst recht allein dastand. Hier trieb es die jungen Frauen in die Clubs der Briten, man hörte die Musik, die unter den Nazis verboten war, und konnte für einige Stunden in eine Welt ohne Lebensmittelkarten und Stromsperren flüchten.

Die Konsequenzen dieses Lebenswandels hatte Georg auch an diesem Tag auf dem Behandlungstisch. Geschlechtskrankheiten wie Gonorrhö und Syphilis grassierten, oftmals als Folge der um sich greifenden Jugendprostitution. Die meisten dieser Frauen waren noch minderjährig, und Georg ging persönlich in die Apotheke, um Penicillin zu besorgen. Gelegentlich fragte man flüsternd nach Abtreibungen – das nächste Problem. Täglich standen verzweifelte Frauen vor ihnen, boten kiloweise Kartoffeln und Zucker, wenn sie sie nur von der ungewollten

Schwangerschaft befreiten. Was natürlich nicht infrage kam. Diese Frauen gingen dann zu Pfuschern und landeten später wieder auf Georgs Behandlungstisch.

Nun, da ein Teil seiner Vergangenheit nicht mehr wie ein Damoklesschwert über ihm hing, schob sich eine andere Vergangenheit davor, jene, die seine Zukunft bestimmte. Georg war froh um die viele Arbeit, die ihn davon ablenkte, gar zu sehr darüber nachzudenken. Über das, was er hinter sich gelassen hatte, das, was er vorgefunden hatte, und das, was er nun zu tun gedachte.

Elisabeth hatte den ganzen Tag mechanisch ihre Arbeit getan, hatte kaum gesprochen und konnte an nichts anderes denken als daran, mit welcher Nachricht Georg nach Hause kommen würde. Abends fand sie ihn mit Antonia in der Küche vor, Georg mit Marie auf dem Schoß, Antonia am Herd – sie hätten eine kleine Familie sein können. Nicht zum ersten Mal fragte sich Elisabeth, was eigentlich zwischen den beiden lief.

Georg blickte auf, als sie die Küche betrat, während Antonia sich kurz umwandte, ihr ein Lächeln und ein »Guten Abend« wünschte, ehe sie sich wieder dem Kochtopf zuwandte.

»Was kochst du?«, fragte Elisabeth, weniger aus Interesse, sondern um ihre Nervosität zu überspielen.

»Mus aus Rübenschnitzeln.«

Elisabeth ließ sich auf einem Stuhl nieder und sah Georg an. Der erwiderte ihren Blick und nickte. Ihr sank der Mut.

»Ist Richard da?«, fragte sie. Jetzt, da sie um ihren Zustand sicher wusste, konnte sie das klärende Gespräch gleich hinter sich bringen.

»Ja«, antwortete Antonia, ohne sich umzudrehen. »Er ist kurz nach mir heimgekommen.«

»Gut, danke.« Elisabeth erhob sich und verließ die Küche. Sie trug immer noch ihren Mantel, den sie langsam von den Schultern gleiten ließ, als sie die Treppe hochstieg. Sie warf Mantel, Schal und Handschuhe auf einen Hocker im Flur und ging direkt in Richards Zimmer.

»Oh, guten Abend«, sagte er, als sie eintrat. Er war offenbar im Begriff auszugehen.

Elisabeth schloss die Tür und lehnte sich dagegen.

»Ist etwas passiert?«, fragte Richard und musterte sie aufmerksam.

Einen tiefen Atemzug lang zögerte Elisabeth, dann brach es aus ihr heraus. »Ich bin schwanger.«

Richard schwieg. Schwieg so lange, bis Elisabeth dachte, er wolle das Gesagte schlicht ignorieren. »Von mir?«, fragte er schließlich.

Mit allem hatte Elisabeth gerechnet, aber nicht damit. »Von wem sonst?« Ihre Stimme klang selbst in ihren eigenen Ohren schrill, und sie gemahnte sich innerlich zur Ruhe.

»Immerhin gibt es da ja noch diesen Engländer.«

»Du denkst doch nicht ernsthaft, dass ich die Beziehung mit ihm neben dir weitergeführt habe?«

Richard zuckte nur mit den Schultern, wirkte, als sei ihm dies völlig gleich.

»Es ist dein Kind«, bekräftigte Elisabeth, um überhaupt etwas in das Schweigen hinein zu sagen und zu überspielen, wie weh ihr seine Gleichgültigkeit tat.

Schließlich nickte Richard. »Also gut. Beweisen lässt es sich wohl nicht, und da es nicht ausgeschlossen ist, zahle ich natürlich. Frag Georg, ob er es selbst macht, ansonsten kann er dir sicher einen Arzt empfehlen.«

Verständnislos starrte Elisabeth ihn an. »Was macht?«

Nun sah Richard sie an, als sei sie schwer von Begriff. »Eine

Abtreibung. Oder dachtest du, ich lege dir nahe, es zu bekommen, und gehe zeitlebens Vaterverpflichtungen für deinen Bastard ein?«

Elisabeth war wie vor den Kopf gestoßen. »*Mein* Bastard? Hab ich ihn allein produziert, oder was?«

»Mitnichten. Daher zahle ich ja auch.«

»Und wenn ich keine Abtreibung möchte?«

»Und wenn ich kein Kind mit dir möchte? Die Falle, in die du mich mit der Schwangerschaft hast laufen lassen, ist so alt, dass ich vermutlich selbst schuld bin, hineingetappt zu sein.«

»Eine Falle?«

»Wie kommt es, dass du mehr als ein Jahr mit diesem Engländer nicht schwanger geworden bist, aber mit mir nach knapp drei Monaten?«

»Nach einem sogar!«, fauchte Elisabeth. »Aber das lag wohl daran, dass Nigel aufgepasst hat, während du völlig unbekümmert fast jede Nacht mit mir ins Bett wolltest und an nichts als dein Vergnügen gedacht hast.«

»Ich hatte nicht den Eindruck, dass dieses Vergnügen einseitig gewesen wäre. Und an Klagen bezüglich der Häufigkeit kann ich mich auch nicht erinnern.«

Elisabeth verschränkte die Arme vor der Brust. »Ich werde nicht abtreiben.«

»Und nun? Was erwartest du von mir?«

Unterstützung. Beistand. Elisabeth schwieg.

»Das dachte ich mir. Also, wenn du meinen Rat möchtest, mach es weg. Du kannst gerade einmal dich selbst durchbringen, wie sollst du da ein Kind ernähren?«

»Das schaffe ich schon.«

Spott troff aus seinem Lachen. »Und wie willst du das schaffen? Es dem Nächsten, der dich besteigt, unterschieben?«

Wut flammte so heftig und unvermittelt in Elisabeth auf,

dass ihr für einen Moment der Atem stockte. »Du bist... du bist...«

»Doch nicht der Vater?«

Sie wandte sich abrupt ab, und ihr Blick fiel auf eine Porzellanschale. Hastig griff sie danach.

»Untersteh dich!«, rief Richard, während sie bereits im Schwung war. Die Schale traf ihn so hart an der Brust, dass ihm der Atem mit einem Keuchen entwich, und zerbarst auf dem Boden mit einem Knall in tausend Teile. Richards Blick war mörderisch, und Elisabeth wandte sich ab, riss die Tür auf und rannte aus seinem Zimmer. Sie war bereits auf der Treppe, als sie seine Schritte hörte.

Richard holte sie in der Halle ein, griff nach ihrem Arm, und sie fuhr herum, schlug seine Hand weg, was ihr nur zwei weitere Schritte ermöglichte, ehe er sie erneut festhielt. Mit einem Ruck drehte er sie um, drückte sie gegen die Wand und umfasste ihr Gesicht grob, bog ihren Kopf zurück. Im selben Moment ging die Tür auf. Katharina und Carl betraten die Halle, sahen sie fassungslos an, während Georg aus der Küche kam.

»Lass sie augenblicklich los!«, sagte er in einem Tonfall, den Elisabeth noch nie an ihm gehört hatte. Kalt, drohend.

Carl indessen hielt sich nicht mit Worten auf, sondern schritt auf Richard zu, packte ihn am Arm und zerrte ihn so grob von Elisabeth weg, dass diese fast gestürzt wäre. »In meiner Gegenwart misshandelst du keine Frau, ist das klar?«

Richard riss sich von ihm los und sah Elisabeth an, die Brauen zusammengezogen, den Mund zu einem harten Strich gepresst. »Was soll's«, sagte er schließlich. »Ich hatte dich eh über.« Damit wandte er sich ab und ging zur Treppe, die er – zwei Stufen auf einmal nehmend – hochlief.

Da sie die mitleidigen Blicke ahnte, sah Elisabeth kaum auf, als sie ebenfalls die Halle verlassen wollte. Katharina schwieg,

Carl ebenfalls, nur Georg kam ihr nach, griff behutsam nach ihrem Handgelenk. Jetzt erst bemerkte Elisabeth Antonia, die ebenfalls aus der Küche gekommen war und die Szene aus einigem Abstand beobachtet hatte. Elisabeth löste sich aus Georgs Griff und eilte die Treppe hinauf. In ihrem Zimmer schloss sie die Tür ab, warf sich aufs Bett und wollte in Tränen ausbrechen, aber ihre Augen blieben trocken, und sie würgte an einigen Schluchzern, die jedoch keinerlei Erleichterung brachten. Jemand ging mit raschen Schritten über den Flur. Vermutlich Richard, wenn sie die Richtung richtig deutete. Einen kurzen Moment lang hoffte sie, er würde zu ihr kommen, sich entschuldigen, aber er lief die Treppe hinunter.

»Verdammter Mistkerl.« Sie schloss die Augen, dachte daran, wie Richard sie angeschaut hatte, erst an seine Gleichgültigkeit, dann an seinen Zorn. Noch immer konnte sie seine Finger spüren, die sich in ihre Wangen gedrückt hatten, als er ihr den Kopf zurückbog, damit sie ihn ansah. Ehe Carl ihn von ihr weggerissen hatte. Vermutlich sprachen sie in der Küche über sie. *Ich hab's ja gleich gesagt. War ja klar, dass er sie irgendwann über hat. War ja klar, dass das so endet. Sie lernt's einfach nicht.*

Erst als Elisabeth hörte, wie Katharina mit Carl plaudernd über den Flur ging und in einem Zimmer verschwand und kurz darauf Antonia die Treppe hochkam, wagte sie sich hinaus. Auf keinen Fall wollte sie dem Mitleid der beiden Frauen jetzt begegnen, den wissenden Blicken.

In der Küche stand Georg am Ofen und sah hinaus in die Dunkelheit. »Er hat es nicht so gut aufgenommen, wie es aussieht«, sagte er, ohne sich umzudrehen.

»Das war offensichtlich, nicht wahr?«

»Wenn du Hilfe brauchst, lass es mich wissen.«

»Du kannst dir sicher denken, welche Art von Hilfe deinerseits mir Richard nahegelegt hat.«

Georg krauste die Stirn. »Ich habe das bisher ausschließlich in Notfällen getan, bei Vergewaltigungen oder wenn das Leben der Mutter in Gefahr war. Es widerspricht meinen Prinzipien, Kinder zu entfernen, weil die Eltern sich sorglos vergnügen und dann die unerwünschte Leibesfrucht loswerden wollen.« Abgesehen davon, dass es illegal war und ihn sein Ansehen als Arzt kosten konnte, das brauchte er nicht auszusprechen. »Aber«, fuhr er fort, »ehe du zu einem Stümper gehst, kommst du bitte zu mir. Ich mache es, wenn du das willst, und ich mache es ordentlich.«

Elisabeth schüttelte matt den Kopf. »Ich möchte es behalten.« Vielleicht war sie töricht, aber es war das Einzige, was sie Richard hatte abtrotzen können – wenngleich ungewollt –, und jetzt, da das Kind nun einmal da war, in ihr wuchs, konnte sie es nicht einfach herausholen lassen. Unwillkürlich legte sie sich die Hand auf den Bauch.

»Wir sind da, wenn du Hilfe brauchst«, sagte Georg. »Katharina ist in Geburtshilfe ausgebildet, und ich untersuche dich regelmäßig. Du brauchst keinen Spießrutenlauf als ledige Mutter durch ein Krankenhaus zu machen.«

»Danke«, murmelte Elisabeth. Sie holte tief Luft, zögerte und fragte dann doch. »Haben die anderen … haben sie etwas zu der Sache dort in der Halle gesagt?«

»Über dich nicht, nur über Richards unmögliches Verhalten.«

»Sie wissen aber nichts hiervon«, sie berührte ihren Bauch, »nicht wahr?«

»Von mir werden sie es nicht erfahren.«

Elisabeth nickte. »Gut.« Sie wollte zurück in ihr Zimmer, als der Türgong ging. Als sie die Tür öffnete, stand sie Hedwig von Brelow gegenüber, die sie ansah, als habe sie einen unangenehmen Geruch in der Nase. Dann zwängte sie sich an ihr vorbei ins Haus.

»Wo ist mein Sohn?«

»Nicht da.«

»Wann ist er zurück?«

»Das weiß ich nicht.«

Hedwig von Brelow streifte sie mit einem Blick. »Richte ihm aus, dass ich hier war, Mädchen.«

Der Zorn auf Richard sprang über auf seine Mutter. Was bildete die sich ein? »Richte es ihm selbst aus, alte Frau.«

Hedwig von Brelow starrte sie fassungslos an. »Wie war das?«

»Angesichts der Brut, die Sie hervorgebracht haben, steht Ihnen eine solche Überheblichkeit mir gegenüber wohl kaum zu«, antwortete Elisabeth.

Das Gesicht der Frau lief dunkelrot an. »Meine *Brut*? Was unterstehst du dich, du kleine Soldatendirne? Ja, ich habe dich gesehen mit diesem Kerl, diesem Engländer. Schlimm genug, dass meine Schwiegertochter Kroppzeug wie dich in meinem Haus duldet, aber ich muss mich von so was wie dir nicht beleidigen lassen.«

Ein kaltes Lächeln glitt über Elisabeths Züge. »Kroppzeug? Und wenn ich *dir* nun sage, dass ich in wenigen Monaten Mutter *deines* Enkelkinds sein werde, was dann?«

Nun weiteten sich die Augen der älteren Frau. »Das ... das ... Richard wird sich gewiss keinen Bastard von dir unterschieben lassen.«

Elisabeth behielt ihr Lächeln bei. »Oh, ich muss ihm nichts unterschieben. So begierig, wie er auf meine Anwesenheit in seinem Bett war, hätte ich kaum die Zeit gehabt für einen weiteren Liebhaber.«

Hedwig von Brelow sah sie an, ihr Blick glitt von ihrem Gesicht zu ihrem Bauch, verharrte dort. Dann wandte sie sich ab und ging zur Tür, riss sie auf und verschwand ohne ein weiteres Wort.

»Und das hältst du für klug?«, kam es von Georg.

Elisabeth drehte sich um. »Nein, war es vermutlich nicht. Aber hast du gehört, wie sie mit mir gesprochen hat?«

»Ja.«

Mit einer fahrigen Bewegung rieb sich Elisabeth über die müden Augen. Das kurze Triumphgefühl verflog.

*

Es gab auch in diesem Jahr keinen offiziellen Rosenmontagszug, dennoch fanden sich am siebzehnten Februar Menschen in Kostümen ein, die musizierend durch die Straßen zogen. Während Antonia den kleinen Zug beobachtete, dachte sie an die Palästina-Wagen während der Zeit der Nationalsozialisten, als der Kölner Karneval sich den deutschen Machthabern gebeugt und die jüdischen Emigranten verspottet hatte. Und nun glänzte er, als sei nichts gewesen. So wie die Kölner über die zwölf Jahre nationalsozialistischer Herrschaft kein Wort verloren, und wenn, dann um zu beteuern, dass sie von Anfang an nicht dazugehört hatten. Nazis waren die anderen gewesen, in den Dörfern und Vororten, aber nicht man selbst, nicht die Freunde, Bekannten, Nachbarn.

Antisemitische Motive waren während dieser Zeit in jedem Zug zu finden gewesen, ebenso wie man die Juden in Büttenreden verhöhnte und über Sprüche wie »Hurra, mer wäde jetzt de Jüdde los« lachte. Dank der Nürnberger Rassegesetze waren bei den Roten Funken die letzten verbliebenen Juden ausgeschlossen worden. Angesichts dessen konnte Antonia – wenngleich sie durchaus verstand, dass die Menschen nach Feiern und Ausgelassenheit hungerten – keine rechte Freude empfinden, während sie den Zug beobachtete.

Sie war mit Carl und Katharina unterwegs und hatte Marie im Bollerwagen dabei. Im Gegensatz zu Antonia hatte die

Kleine ihr helles Vergnügen an dem Treiben, und ein Mann mit aufgemaltem Spitzbart und einem drolligen Hut beugte sich zu ihr und zauberte eine Papierblume aus ihrem Ohr hervor, was sie in helles Lachen ausbrechen ließ.

Vor einigen Tagen hatte Antonia nahe dem Waisenhaus die Leiche einer Frau gefunden. Sie lag auf dem Bürgersteig, eng an eine Häuserwand geschmiegt, als könne sie aus dieser Wärme schöpfen. In den Armen hielt sie eine Kinderdecke. Das Gesicht war wachsbleich mit bläulichen Flecken gewesen, und als Antonia an ihr vorbeiging, hatte sie sofort gewusst, dass die Frau tot war. Ein herbeigerufener Arzt hatte den Tod offiziell bestätigt, und Schwester Beate hatte gesagt: »Vielleicht ist sie jetzt bei ihrer Charlotte.«

»Was ist eigentlich mit Richard los gewesen?«, fragte Katharina in Antonias Gedanken hinein. »Ich meine, er war ja nie ein Ausbund an Liebenswürdigkeit, aber so etwas hätte ich ihm nicht zugetraut.«

»Vielleicht hat Elisabeth ihn wütend gemacht«, antwortete Carl. »Manche Männer reagieren da schnell mit Gewalt.«

»Passt aber nicht zu Richard«, sagte Antonia. »Wenngleich mir sein Verhalten auch Rätsel aufgibt. Seine Art ist das eigentlich nicht. Wenn man ihn provoziert, gibt er mit selber Münze heraus, und in der Regel geht er aus solchen Verbalgefechten als Gewinner hervor, weil er weniger Skrupel hat, gehässig zu werden.«

»Elisabeth benimmt sich auch seltsam«, fuhr Katharina fort. »Man könnte fast glauben, sie meide uns absichtlich.«

»Würde ich nach einer solchen Demütigung vielleicht auch«, antwortete Antonia.

»Gut möglich.« Katharina zuckte mit den Schultern.

Carl hob Marie aus dem Wagen und setzte sie sich auf die Schultern, was die Kleine in lautstarke Begeisterung ausbrechen ließ. Vielleicht, dachte Antonia, sollte sie auf Elisabeth zugehen und nicht erst warten, bis diese von sich aus erzählte, was vorgefallen war. Antonia wusste, wie vernichtend Richard sein konnte. *Ich hatte dich ohnehin über.* Wenn er zuvor in diesem Ton mit Elisabeth gesprochen hatte, war es vermutlich zu einem so handfesten Streit gekommen, dass er in dieser Szene gegipfelt war.

Sie gingen weiter, Marie auf Carls Schultern, Antonia mit dem Wagen, und Katharina zwischen ihnen. »Was haltet ihr davon, nach Hause zu gehen«, schlug Antonia vor. »Wir legen unsere Vorräte zusammen. Ich habe bei einem Soldaten Schokolade gegen Zigaretten getauscht. Wir schmelzen sie in heißer Milch und laden Elisabeth dazu ein, sich zu uns zu setzen. Vielleicht bricht das das Eis.«

»Gute Idee«, bestätigte Katharina. »Und besser, als hier weiterhin in der Kälte herumzulaufen, ist es allemal.«

An Elisabeth prallte jeder Frohsinn ab. Sie hatte sich überlegt, ob sie sich den Grenzgängern – meist Schuljungen – anschloss, die hinter Aachen auf belgischem Gebiet Nahrungsmittel kauften. Da auf diese in der Regel geschossen wurde, war die Unternehmung natürlich riskant, aber nachdem Elisabeth am Vortag schon wieder stundenlang vergeblich an der Bäckerei angestanden hatte, war es ihr das Risiko schon fast wert. Noch war sie schlank und beweglich.

Nahezu eine Woche war der Streit nun her. Richard ging ihr aus dem Weg, und sie wiederum ging ihren Mitbewohnern aus dem Weg. Lange würde sich dieser Zustand nicht aufrechterhalten lassen. An diesem Abend, das hatte sie während der Arbeit beschlossen, würde sie mit Richard sprechen, ihm sagen, dass sie keine Forderungen an ihn stellen würde, dass sie nicht im Bösen auseinandergehen wollte. Vielleicht würde Richard irgendwann seine Meinung ändern und dem Kind ein Vater sein. Und wenn nicht, würde sie es allein durchbringen, so wie Antonia es mit Marie machte.

Drei Männer standen am Straßenrand und glotzten sie an. Elisabeth hob das Kinn und ging an ihnen vorbei, ohne den Schritt zu beschleunigen. Sie kannte diese Art Kerle, die die kleinste Unsicherheit zu ihren Gunsten auslegten. Normalerweise war ihr das gleich, sie wurde mit Männern fertig, aber nun, da sich die Dunkelheit bereits am frühen Abend über die Stadt gesenkt hatte, war ihr unwohl zumute, wenn sie zwielichtigen Gestalten allein begegnete.

Elisabeth wusste nicht, woran sie merkte, dass ihr die drei folgten, vielleicht war es das Kribbeln in ihrem Nacken. Sie blieb kurz stehen, tat, als sehe sie nach einer Naht an ihrem Mantel, um kurz nach hinten zu blicken. Tatsächlich, die Männer waren nur wenige Schritte entfernt.

Nun ging sie doch schneller, gleich, ob sie damit Unsicherheit verriet oder nicht. Sie wäre einmal fast ausgeglitten auf dem verharschten Schnee, fing sich jedoch schnell wieder. Auf den Straßen waren noch vereinzelt Menschen unterwegs, was beruhigend war, und Elisabeth entspannte sich ein wenig. Vielleicht hatten die Kerle es inzwischen aufgegeben. Sie wollte sich gerade umsehen, als sie Schritte hörte, die sich beschleunigten, dann schoben sich die Männer um sie und drängten sie in eine finstere Gasse. Elisabeth holte Luft, um zu schreien, aber eine Hand presste sich auf ihren Mund.

»Das kann jetzt auf zwei Arten ablaufen. Du hältst still, dann geht es schnell«, zischte einer. »Oder du versuchst, dich zu wehren, umso länger dauert es.«

Elisabeth stand wie erstarrt, eine Wand im Rücken, die Männer um sich gedrängt.

»Sehr vernünftig«, sagte der Sprecher, ohne ihr die Hand vom Mund zu nehmen.

Zwei hielten sie fest, so dass sie sich nicht rühren konnte, und Elisabeth stieß die Luft durch die Nase aus, zitterte und wartete mit geschlossenen Augen darauf, dass der Erste ihre Röcke heben und ihre Beine auseinanderreißen würde. Dann jedoch landete der erste Schlag in ihrem Bauch, und der Schmerz schwappte wie eine Welle in ihr hoch. Weitere Schläge folgten, und Elisabeth wand sich in den Griffen der Männer, während ihre Schreie von der Hand auf ihrem Mund erstickt wurden. Schlag um Schlag prasselte auf ihren Bauch nieder, ein Tritt, dann wieder Schläge mit der Faust.

»Lassen Sie die Frau in Ruhe!«, schrie jemand. Schritte waren zu hören, eine ganze Gruppe schien durch die Gasse zu trampeln.

Die Männer ließen sie so plötzlich los, dass Elisabeth zu Boden fiel. Dort lag sie, hielt sich den Bauch und atmete in kurzen Schluchzern.

»Saubande«, schrie ein Mann den Flüchtenden hinterher, zwei weitere nahmen die Verfolgung auf.

»Komm, Mädchen.« Ein älterer Mann nahm sie am Arm, und Elisabeth ließ sich aufhelfen.

»Brauchen Sie einen Arzt?«

Elisabeth schüttelte den Kopf. »Nein«, brachte sie erstickt hervor. Sie wollte heim, in ihr Bett. Als sie den ersten Schritt ging, knickten die Beine unter ihr weg.

»Wo wohnen Sie?«

»Marienburg«, antwortete Elisabeth.

»Ich hab einen Hänger am Fahrrad«, sagte einer. »Kommen Sie, ich fahr Sie.«

»Machen Sie sich keine Umstände«, kam es in abgehackten Silben über Elisabeths Lippen. Die Schmerzen waren kaum auszuhalten, und nun spürte sie etwas anderes, etwas Warmes, das ihr die Beine hinunterrann. Zu der Angst und dem Schock gesellte sich eine Traurigkeit, die ihr fast den Atem nahm. Fast willenlos ließ sie sich von dem Mann zu dem Fahrrad führen, Schritt um Schritt eine Qual. Sie würde ihm den Anhänger vollbluten, wollte sie sagen, brachte jedoch kein Wort über die Lippen. Rumpelnd setzte sich das Gefährt in Bewegung, und jede Unebenheit ließ sie einen Wehlaut ausstoßen. Der Mann fragte nach ihrer genauen Adresse, und sie musste sie dreimal wiederholen, ehe er die zwischen Schluchzern hervorgebrachten Worte verstand.

Als sie endlich vor dem Von-Brelow-Haus ankamen, half er ihr aus dem Anhänger und führte sie die Treppe hoch, indes ihr Rock und ihre Strumpfhose kalt und nass an ihr klebten. Elisabeth wollte nach dem Schlüssel kramen, aber der Mann klingelte kurzerhand. Schritte waren zu hören. *Bitte nicht Richard.*

»Grundgütiger!« Es war Antonia.

Welche Worte sie mit dem Mann wechselte, bekam Elisabeth nicht mit, sie taumelte in die Halle und fiel zu Boden, spürte glitschige Nässe unter sich.

»Georg!« Elisabeth hatte Antonia noch nie so schreien hören. Sie war neben ihr in die Hocke gegangen, die Augen aufgerissen, entsetzt, fassungslos. Dann waren Schritte zu hören.

Georg kniete sich neben Elisabeth, die sich nun wimmernd den Bauch hielt.

»Der Mann hat erzählt, mehrere Kerle wären auf sie losgegangen«, sagte Antonia.

»Bringen wir sie zuerst ins Bett.« Carl. Er ging in die Knie, hob sie hoch und trug sie zur Treppe. Nun hörte Elisabeth auch Katharina, die Antonia anwies, den Ofen zu befeuern und Wasser zu kochen.

»Geh an alle Vorräte, wenn es sein muss«, rief sie und folgte ihnen die Treppe hoch.

In ihrem Zimmer schälte Katharina sie aus ihrer Kleidung,

wobei Elisabeth ihr keine große Hilfe war. Sie zog ihr ein Nachthemd über, dann rief sie Georg wieder ins Zimmer. Der setzte sich ans Fußende, schlug die Decke zurück, und Elisabeth spürte seine in Gummihandschuhen steckenden Hände auf ihrem Bauch. Katharina stand neben ihm, während er sie untersuchte, mit distanziertem Blick ihren entblößten Unterkörper ansah, und sie schloss die Augen, wollte vor Scham sterben. Tränen quollen ihr heiß zwischen den Lidern hervor.

»Eine Fehlgeburt«, sagte er behutsam.

Sie antwortete nicht, da sie sich nach dieser Blutung keine Hoffnungen auf das Überleben des Kindes gemacht hatte. Die Augen immer noch geschlossen, nickte sie.

»Starke Prellungen am Bauch, ansonsten kann ich keine ernsthaften Verletzungen feststellen. Du wirst einen Blutfluss haben, der länger dauern kann als bei deiner monatlichen Blutung, aber der wird in einigen Tagen weniger werden. Wie ich bis jetzt feststellen konnte, sieht es nach einem vollständigen Abgang aus.«

Es klopfte, und Antonia betrat das Zimmer. »Hier, noch mehr heißes Wasser«, sagte sie.

Katharina tränkte Leinentücher und wusch Elisabeth, wischte ihr das Blut ab, band ihr schließlich dicke Tücher zwischen die Beine und half ihr, Unterwäsche anzuziehen. Die ganze Zeit über hatte sie geschwiegen, nun stand sie nach getaner Arbeit neben dem Bett und sah auf sie hinab.

»Möchtest du, dass ich bei dir schlafe? Dann bin ich in der Nähe, wenn du etwas brauchst.«

Elisabeth schüttelte den Kopf. »Nein, danke. Ich möchte allein sein.«

»Gut, ich lasse die Tür auf, dann hören wir dich, wenn du rufst, ja?«

Elisabeth nickte nur.

Die Blicke, als er die Küche betrat, machten Richard stutzig. Er hielt in der Tür inne, verengte die Augen leicht. Carl wirkte, als halte er nur mühsam an sich, nicht aufzuspringen und auf ihn loszugehen. Mit Georg verhielt es sich ähnlich. Katharinas Blick war voll kalter Verachtung, Antonias resigniert, als hätte er auch die letzte in ihn gesetzte Hoffnung enttäuscht.

»Darf man erfahren, was los ist?«, fragte er.

Katharina entfuhr ein hartes, höhnisches Lachen. »Das fragst du allen Ernstes?« In ihren Augen loderte der Zorn. »Nach dem, was du Elisabeth angetan hast?«

Ach, darum ging es. »Ich möchte fast meinen, sie ist an ihrem Zustand ebenso schuld wie ich.« Schließlich hatte er sie nicht vergewaltigt.

»Sie hat darum gebeten, von den Kerlen verprügelt zu werden«, antwortete Katharina. »Verstehe.«

»Kerle? Was für Kerle?«

»Stell dich doch nicht dumm«, kam es nun von Carl, der in der Tat wirkte, als würde er jeden Moment von seinem Platz aufspringen und auf ihn losgehen.

Nun war es an Richard, wütend zu werden. Er hasste Spielchen. Und Unterstellungen, bei denen der Untersteller davon ausging, er müsse wissen, wovon die Rede sei. »Würde bitte einer von euch Klartext sprechen? Was für Kerle?«

»Elisabeth ist von drei Männern verprügelt worden«, erklärte Antonia, die Stimme der Vernunft, »und das hat eine Fehlgeburt ausgelöst.«

Das brachte Richard nun doch aus der Fassung, weniger die Tat an sich als vielmehr, dass man ihm dergleichen tatsächlich zutraute. »Wenn ich der Meinung gewesen wäre«, sagte er langsam, »dass *das* der richtige Weg wäre, hätte ich ihr das Kind eigenhändig aus dem Leib geprügelt und keine Männer losgeschickt, die das an meiner Stelle erledigen.«

»Oh«, höhnte Katharina, »na, das spricht natürlich für dich. Entschuldige bitte.«

Er ignorierte die Antwort. »Wo ist sie?«

»In ihrem Zimmer.«

Als er sich abwandte, sprang Carl auf und stellte sich ihm in den Weg. »Du lässt sie in Ruhe.«

»Ja? Sonst was?«

»Das möchtest du nicht erleben.«

Richard hob die Brauen. »Ach?«

»Lass sie in Ruhe«, sagte Katharina, nicht weniger aggressiv als ihr Galan.

»Ich möchte mit ihr reden.«

»Aber sie nicht mit dir«, antwortete Katharina.

»Hat sie das gesagt?«

»Das muss sie nicht.«

Richard stieß den Atem aus, ungeduldig, als habe er ein ungezogenes Kind vor sich.

»Wir alle«, fuhr Katharina fort, »haben gesehen, wie du darauf reagiert hast, als sie dir ihre Schwangerschaft eröffnet hat. Georg hat uns vorhin alles erzählt. Wir hatten uns damals gewundert, warum du so auf sie losgegangen bist. Wenn wir nicht gewesen wären, hättest du den *Abbruch* wohl da bereits vorgenommen.«

»Ich hätte ihr eine Abtreibung bezahlt, egal, wie viel es gekostet hätte.«

»Aber sie wollte nicht«, entgegnete Georg. »Und da hast du es auf deine Art geregelt.«

Richard stieß Carl grob beiseite, lief an ihm vorbei, als es der Kerl wagte, ihn festzuhalten. Mit einem Ruck fuhr Richard herum, aber sein Schwinger ging ins Leere, dafür landete Carl einen gut platzierten Treffer auf seinem Kinn.

»Aufhören!«, schrie Antonia. »Alle beide!«

Georg ging dazwischen, als Richard zum nächsten Schlag ausholte. »Es reicht!«, brüllte er. Richard hielt erstaunt inne. Diesen Tonfall hätte er ihm nicht zugetraut.

»Ihr benehmt euch jetzt wie erwachsene Männer«, fuhr Georg fort. »Richard, ich halte es für unklug, zu Elisabeth zu gehen, aber da wir nicht Tag und Nacht an ihrem Bett wachen können, wirst du es vermutlich ohnehin irgendwann tun, also tu es jetzt, wo wir alle da sind und ihr beistehen können.«

»Falls ich sie, bettlägerig, wie sie zweifellos ist, ein weiteres Mal verdresche?«

Georg atmete tief durch. »Geh einfach.«

Richard rieb sich das Kinn, während er zur Treppe ging. Der Kerl hatte einen ordentlichen Schlag drauf, das musste man ihm lassen. Die Tür zu Elisabeths Zimmer war offen, und im Dunkeln konnte er die Konturen des Bettes nur erahnen. Langsam näherte er sich, hörte stockende Atemzüge, wie unter Schmerzen.

»Elisabeth?«, flüsterte er. Wenn sie schlief, würde er wieder gehen.

»Was willst du?«, kam es kaum hörbar aus dem Bett.

»Was waren das für Kerle?«

»Das müsstest du doch besser wissen als ich.«

Vorsichtig beugte Richard sich vor, stützte sich mit der Hand am Kopfende des Bettes ab. »Traust du mir das tatsächlich zu?«

Außer ihrem Atem war nichts zu hören. »Nein, eigentlich nicht. Du hättest es selbst getan und niemand anderen vorgeschickt«, sagte sie schließlich.

»Wollten die Männer dich vergewaltigen und haben zugeschlagen, weil du dich gewehrt hast?«

»Nein, sie schienen auf mich gewartet zu haben. Zwei haben mich festgehalten, der dritte hat auf meinen Bauch eingeprügelt.«

Richard richtete sich auf, rieb sich mit den Fingerspitzen der rechten Hand die Augen. »Tut es noch sehr weh?«, fragte er nach längerem Schweigen.

»Na, was denkst du wohl?«

»Hat Georg dir etwas gegen die Schmerzen gegeben?«

»Klar, er hat's aus der nächsten Apotheke geholt.«

Richard sah zur Tür, bildete sich ein, ein Geräusch gehört zu haben. »Ich besorge dir etwas.«

»Seiner Sorgen ledig wird man großzügig, nicht wahr?«

Da Richard nicht wusste, was er darauf antworten sollte, wandte er sich ab und verließ das Zimmer. Draußen stieß er fast mit Katharina zusammen. »Ah, man lauscht an Türen, ja?«

»Ich habe nicht gelauscht, ich war nur in der Nähe, falls sie mich gebraucht hätte.«

Richard ließ sie stehen und ging zur Treppe. Ein Bekannter von ihm handelte mit Medikamenten, richtigen Medikamenten, nicht diesem gestreckten Zeug. Er dachte an das Gespräch mit seiner Mutter, wenige Tage zuvor. *Dieser Hure machst du ein Kind?* Erst einmal würde er das Schmerzmittel besorgen, alles andere konnte warten.

*

Hedwig von Brelow lächelte erfreut, als sie Richard die Tür öffnete. »So eine Überraschung, mein Lieber.«

Richard erwiderte das Lächeln. »Ich störe nicht?«

»Aber ganz und gar nicht. Komm rein.«

Richard ging ins Wohnzimmer, ließ sich auf einem Sessel nieder und schlug entspannt ein Bein über das andere. »Elisabeth kam gestern sehr … angeschlagen nach Hause. Mein kleines Problem ist aus der Welt. Verdanke ich das dir?«

»Dachtest du ernsthaft, ich lasse dich damit allein?«

Richard behielt sein Lächeln bei. »Und wie hast du das so

schnell bewerkstelligt?« Ein Hauch von Anerkennung schwang in seiner Stimme mit, wofür seine Mutter überaus empfänglich war.

»Erinnerst du dich an Thomas Weilert?«

Der Sohn ihres ehemaligen Gärtners. »Ja.«

»Die Familie brauchte Kohlebriketts, ich brauchte jemanden, der dein Problem aus der Welt schafft. Und da der junge Weilert bekannt dafür ist, keiner Rauferei aus dem Weg zu gehen, habe ich mich großzügig gezeigt.«

Rauferei, wie nett, dachte Richard. »Ich habe den alten Weilert lange nicht gesehen. Wie geht es ihm?«

»Gut.«

»Weiß er, womit sein Sohn die Kohlen verdient hat?«

»Offiziell dafür, in meiner Wohnung einige Reparaturen vorzunehmen.«

»Wie kommst du überhaupt an so viele Briketts?«

»Ich habe Beziehungen spielen lassen.«

Eine halbe Stunde später stand Richard wieder auf der Straße und ging in eine Gaststätte, von der er wusste, dass etliche seiner früheren Kumpane dort ein und aus gingen. Er sprach zwei von ihnen an, wurde sich rasch handelseinig und machte sich mit ihnen auf den Weg zum Haus der Weilerts. Der alte Mann erinnerte sich an ihn und war erfreut, ihn zu sehen.

»Thomas? Der ist noch zur Arbeit, kommt aber heute Abend. Soll ich ihm was ausrichten?«

»Nein, ich dachte, ich sage guten Tag, wenn ich schon mal in der Gegend bin«, entgegnete Richard lächelnd.

Als er zu seinen Kumpanen zurückkehrte, bot er ihnen Zigaretten an, und sie warteten, versteckt in einer Gasse, wo sie die Straße und das Haus gut im Blick hatten. Während Richard schweigend die Straße beobachtete, deren Konturen in zunehmender Dämmerung verschwammen, unterhielten sich die beiden Männer über ihre Arbeit und die ältesten Kinder, die inzwischen auch schon mit anpacken mussten. Wieder einmal war Richard froh, nur für sich selbst verantwortlich zu sein. Was ihn wieder zu dem Grund brachte, aus dem er hier stand, und erneut brandete ein gefährlicher Zorn in ihm auf. Ja, er hatte das Kind nicht gewollt, aber es gab Grenzen.

Thomas Weilert wählte diesen überaus ungünstigen Augenblick, um heimzukehren. Er bog eben in die Straße ein, als Richard den Männern zunickte und auf den jungen Mann zuging.

»Thomas«, sagte er. »Es ist lange her.«

Der Mann hielt inne, sah ihn an, versuchte, ihn einzuordnen. »Ja?«

»Richard von Brelow. Du erinnerst dich?«

Wiedererkennen glitt über die Züge des Mannes, die sich augenblicklich entspannten. »Ah, Richard. Wie geht es dir?«

»Bestens. Ich habe gehört, du hast vor Kurzem ein kleines Malheur für mich aus der Welt geschafft?«

Der Mann zuckte mit den Schultern und grinste beinahe verlegen. »War keine große Sache.«

Richard legte ihm die Hand auf die Schulter. »Komm, ich möchte mich gerne erkenntlich zeigen.«

Thomas Weilert zögerte, dann ging er mit. Richard führte ihn vom Haus weg in die Gasse, in der er sich mit seinen Kumpanen verabredet hatte. Die ergriffen Thomas an den Armen und drückten ihn zu zweit gegen die Mauer.

»Was ...?«

Richard griff ihm ins Haar und zwang seinen Kopf zurück. »Na, was denkst du wohl? Hat sie geschrien?«

Der Mann starrte ihn an, und Richard ohrfeigte ihn. »Hast du meine Frage nicht gehört?«

»Sie konnte nicht schreien, wir haben ihr den Mund zugehalten.«

Richard nickte dem rechten der beiden Männer zu, und dieser presste Thomas Weilert die Hand vor den Mund. Dann schlug Richard zu. In den Bauch, während der junge Mann versuchte, zu schreien und sich zu befreien. Mindestens eine Rippe brach, als Richard ihm einen Tritt versetzte. »Ich stelle dir jetzt eine Frage. Sobald du schreist, schlage ich dir die Zähne ein.« Er nickte dem Mann zu seiner Rechten zu, der nahm die Hand von Thomas' Mund. »Wer waren die anderen beiden?«

Schweigen. Richard nickte dem Mann zu, der drückte dem Jüngeren wieder die Hand vor den Mund, und Richard rammte dem jungen Weilert das Knie zwischen die Beine. Der heulte auf, wollte sich krümmen, was die beiden Männer nicht zuließen. Als Richard sein Haar packte und seinen Kopf zurückzwang, gab sein Kumpan Thomas' Mund frei. Tränen und Rotz glänzten auf seinem Gesicht.

»Also? Die Namen. Sonst war das hier noch gar nichts.«

Stockend kamen die Namen zweier Männer über Thomas' Lippen.

»Wo treiben sie sich herum?«

Er bekam die Adressen und ließ den jungen Mann los. »Das dürftest du dir merken für die Zukunft, nicht wahr? Komm, sag, dass du es dir merkst.«

»Ich merke es mir«, schluchzte Thomas.

»Na also.« Richard winkte seine Kumpane heran und machte sich auf den Weg, den nächsten der Männer aufzusuchen.

Elisabeth stand zwei Tage nach dem Überfall wieder auf. Die Prellungen taten weh, aber die Folgen der Fehlgeburt fühlten sich nur noch an wie der Schmerz bei ihrer monatlichen Blutung. Als wäre das Kind nie da gewesen. Als sie abends in die Küche kam, saß Antonia dort mit einer Handarbeit und Katharina in ihrer Schwesternuniform mit einer Tasse Zichorienkaffee in der Hand. Beide wandten den Blick zur Tür und lächelten, als Elisabeth die Küche betrat.

»Geht es dir besser?«, fragte Antonia.

Elisabeth nickte und ließ sich auf einem Stuhl nieder.

»Es ist noch heißes Wasser da«, sagte Katharina. »Soll ich dir einen Kaffee machen? Also keinen richtigen, den habe ich leider nicht mehr.«

Wieder nickte Elisabeth und bemühte sich um ein Lächeln. Katharina stand auf, und Elisabeth hörte sie mit der Kanne hantieren, dann nahm sie einen dampfenden Becher von ihr entgegen, schloss die Finger darum und genoss die Wärme. Das Schweigen in der Küche war ungemütlich, und Elisabeth wusste, welche Fragen die beiden Frauen umtrieben. Sie senkte den Blick auf den Becher, spürte, wie der Dampf ihr Gesicht mit Feuchtigkeit benetzte.

Die Haustür wurde geöffnet und fiel ins Schloss, und Elisabeths Körper wurde starr unter der Anspannung, als Schritte sich der Küche näherten. Sie hoffte auf Georg, aber es war Richard, der den Raum betrat und einen kurzen Gruß in die Runde warf. Sein Blick verharrte auf Elisabeth, die diesen kurz erwiderte und dann wieder wegsah.

»Was ist mit deinen Händen passiert?«, fragte Antonia, und nun sah auch Elisabeth hin, bemerkte die geröteten Knöchel, die Hautabschürfungen. Sie erinnerte sich daran, dass er diesen Anblick schon einmal geboten hatte.

Richard nahm einen Streifen gepökeltes Fleisch von seinen Vorräten und wandte sich zum Gehen, hielt dann jedoch kurz inne und sah Elisabeth an. »Du hättest es meiner Mutter nicht erzählen sollen. Aber wie auch immer. Die drei Kerle verprügeln keine Frau mehr.« Er verließ die Küche, ohne eine Antwort abzuwarten.

»Na«, spottete Katharina, »da hatte er wenigstens mal einen Grund, das Alphatier raushängen zu lassen.«

»In deinen Augen kann er ohnehin nichts richtig machen«, sagte Elisabeth. »Egal, was er tut. Hätte er es auf sich beruhen lassen, wärst du dabei geblieben, dass er die Kerle beauftragt hat oder es zumindest gutheißt.«

Katharina hob die Brauen. »Du verteidigst ihn allen Ernstes noch? Nach dieser Geschichte?«

Elisabeth zuckte in einer knappen Geste mit den Schultern.

»Ich habe schon immer gesagt …«, begann Katharina.

»Weißt du«, fiel Elisabeth ihr ins Wort, »genau das ist der Grund, warum ich euch nicht von der Schwangerschaft erzählt habe. Dieses *Ich habe es gleich gesagt.* Und das Mitleid, weil ich an ihm gescheitert bin.«

»Aber so war es nun einmal.«

»Und dir könnte das natürlich nicht passieren, nicht wahr?«

»Mich von einem Kerl wie Richard schwängern lassen? Nein, ganz sicher nicht.«

»Woher weißt du, dass es dir mit deinem Carl nicht ähnlich ergehen wird?«

»Du willst doch wohl meine Beziehung zu Carl nicht mit deiner Bettgeschichte mit Richard vergleichen.«

Elisabeths Finger schlossen sich so fest um den Becher, dass die Knöchel weiß hervortraten. »Weil es ihm mit jemandem wie dir nicht anders als ernst sein kann?«

»Carl hat mich nicht geschwängert und mir dann eine Abtreibung nahegelegt. Und auf mich losgegangen ist er auch noch nie.«

»Na, da hast du ja wirklich das große Los gezogen«, zischte Elisabeth.

»Ich bin lediglich sorgsamer darin, mir den Mann an meiner Seite auszusuchen. Woran man bei Richard ist, weiß doch nun wirklich jeder hier. Oder dachtest du allen Ernstes, für dich ändert er sich?«

Elisabeth schwieg, starrte in die Tasse, trank, starrte wieder hinein.

»Ich will dich überhaupt nicht angreifen«, sagte Katharina in einem etwas bemüht klingenden versöhnlichen Tonfall, »aber du musst doch selbst zugeben, dass es naiv war, sich ausgerechnet auf ihn einzulassen.«

»Dann war ich auch naiv«, sagte Antonia, »denn ich habe genau denselben Fehler begangen, und ich kannte ihn länger als Elisabeth.«

Katharina sah sie aus geweiteten Augen an.

»Ich war jung und verliebt, und er wusste es.« Antonia sah durch den Raum hindurch, als richte sich ihr Blick in die Vergangenheit. »Er hat mich eines Abends in unserem Gartenhaus verführt, und hernach ging das einen Monat so weiter, ich habe mich zu ihm geschlichen oder er sich zu mir, wann immer es uns möglich war.«

»Und dann?«, fragte Elisabeth.

»Dann eröffnete er mir eines Tages, ich würde so langsam anfangen, ihn zu langweilen, und dass wir die Sache nun auch beenden könnten. Ich war vollkommen verzweifelt, immerhin dachte ich, er liebt mich, und ich habe ihm sozusagen meine Unschuld geschenkt. Ich habe ihn angebettelt, mir das nicht anzutun, habe ihn beschworen, ihm meine Liebe gestanden.« Ein spöttischer Zug erschien um Antonias Lippen. »Schließlich wurde ich unaussprechlich wütend auf ihn. Friedrich war schon lange in mich verliebt, und als er mir dann einen Antrag gemacht hat, habe ich angenommen.«

»Du hast einen Mann geheiratet, um einen anderen zu bestrafen?« Katharina konnte die Fassungslosigkeit in ihrer Stimme nur schwer verbergen.

»Ich mochte Friedrich, sonst hätte ich es gewiss nicht getan, aber ja, es geschah vor allem, um Richard zu bestrafen und ihn zu vergessen. Allerdings muss ich nur an Richards spöttisches Lächeln bei der Trauung denken, um zu wissen, dass zumindest Ersteres nicht gelungen ist.«

»Wusste dein Ehemann von der Sache mit Richard?«, fragte Elisabeth.

»Er hat nie danach gefragt. Vielleicht hat er es sich gedacht, gesprochen haben wir nicht darüber. Er war ein anständiger Kerl.«

»Sah er Richard ähnlich?«, wollte Elisabeth wissen.

»Nein, ein klein wenig vielleicht. Friedrich hatte helleres Haar und galt immer als der besser Aussehende der beiden. Trotzdem waren die Frauen wie verrückt hinter Richard her.« Antonia spielte versonnen mit der Nähgarnspule.

»Wenigstens hat Richard dich nicht geschwängert«, sagte Elisabeth.

Antonia wandte den Kopf. »Da war er sehr sorgsam und hat aufgepasst. Er hatte wohl Angst, dass unsere Mütter ihn sonst zu einer Ehe zwingen.«

Ein bitterer Geschmack stieg in Elisabeths Kehle auf, breitete sich in ihrem Mund aus. Bei Antonia aus seinen Kreisen passte er auf, eine Elisabeth Kant konnte sorglos geschwängert werden. Und wenn man das Kind nicht wollte und sie nicht abtrieb, dann prügelte man es eben aus ihr raus. Sie stellte den Becher auf den Tisch und stand auf. »Entschuldigt mich«, murmelte sie, »ich lege mich besser wieder hin.«

»Ja, tu das«, antwortete Katharina. »Tut mir leid, dass ich so …« Sie schien das richtige Wort zu suchen.

»Herablassend war?«, half Elisabeth ihr weiter.

Katharina verzog den Mund. »Wenn du es so nennen möchtest. Auf jeden Fall entschuldige ich mich dafür.«

»Schon gut.« Elisabeth verließ die Küche und durchquerte die kalte Halle. Als sie oben ankam, hielt sie inne und ging zu Richards Zimmer. Sie berührte seine Tür und lehnte die Stirn davor, wünschte, die Nacht in der Wärme seiner Umarmung verbringen zu dürfen. Mir ist doch nicht zu helfen, dachte sie.

12

Mai 1947

Im April war mit dem lang ersehnten Frühling endlich das Ende des bitteren Winters gekommen. Die Kälte ging, der Hunger blieb. Und nach wie vor schwelte die Auseinandersetzung zwischen der britischen Militärführung und Kardinal Frings, der sich immer noch weigerte, sich öffentlich gegen den Kohlenklau auszusprechen. Der einzige Grund, ihn nicht polizeilich vorführen zu lassen, bestand darin, dass man befürchtete, die katholische Bevölkerung Kölns – und diese bildete nun einmal die Mehrheit – gegen die Besatzer aufzubringen. Das hätten nicht mal die Nazis gewagt, da auch ihnen daran gelegen war, das katholische Volk nicht zu provozieren. Nichtsdestoweniger fühlten sich die Briten brüskiert. Das wiederum erheiterte Carl.

»Wie bändigt man einen störrischen Kirchenfürsten?«, witzelte er.

»Ich finde das überhaupt nicht lustig«, antwortete Katharina.

»Du bist ja auch katholisch erzogen, im Gegensatz zu mir.«

»Damit hat das nichts zu tun.«

»Die Kohlenkrise ist vorbei, jetzt geht es doch nur noch darum, das Gesicht zu wahren.«

»Ja, aber geändert hat sich an der Versorgungslage bisher nichts«, antwortete Katharina. »Wir haben so viele Kinder mit Hungerödemen. Ich sehe es doch täglich bei der Arbeit, und es ist keine Besserung in Sicht.«

Sie standen im Garten von Carls Haus und nutzten das

Wochenende, um mit den Aufräumarbeiten zu beginnen. Carl hatte Freunde organisiert, die einander halfen, ihre Behausungen herzurichten. Da Carl das größte Haus hatte, waren sie übereingekommen, dass jeder Freund, der über keine vernünftige Wohnstatt verfügte, so lange bei Carl einziehen durfte. Und so standen Männer und auch einige Frauen auf dem Trümmerhaufen, der einst ein herrschaftliches Anwesen gewesen war, und räumten Steine weg. Das erste Mal wurde Katharina bewusst, wie hart die Arbeit war, die Elisabeth seit zwei Jahren nahezu täglich leistete. Sie ließ sich von einem der Männer zeigen, wie man mit dem Meißel Mörtel von den Steinen klopfte, und schon nach kurzer Zeit rann ihr der Schweiß zwischen den Schulterblättern entlang. Carl kletterte auf dem Schutt herum, und sobald die Lore, die er beschafft hatte, voll war, zog er sie gemeinsam mit drei anderen Männern unter gewaltiger Anstrengung über den weichen Boden, leerte sie und brachte sie zurück.

»Wie wirst du das Haus aufbauen?«, fragte Katharina.

»Kleiner als zuvor. Ein Freund von mir ist Architekt, und er wird mir einen Entwurf machen. Die Wirtschaftsräume werden abgerissen, und das Haus wird so groß gebaut, dass eine Familie gut darin leben kann. Vielleicht verkaufe ich einen Teil des Grundstücks als Bauland.«

»Eine Familie?« Katharina sah ihn an, den Kopf schräg gelegt, und Carl lächelte.

»Nun ja, ich gestehe, dass ich schon ein klein wenig weiter geplant habe mit uns.«

Nun hob Katharina erstaunt die Brauen. »Aber Herr von Seidlitz, ich kann mich weder an einen Antrag erinnern noch daran, ihn angenommen zu haben.«

Carl schlitterte den Schuttberg hinab, kam auf Knien auf, blickte zu Katharina hoch und nahm ihre Hand.

»Steh sofort auf«, drängte Katharina ihn mit gesenkter Stimme. Er würde doch nicht in dieser lächerlichen Haltung …

»Meine liebste Katharina«, begann er so laut, dass ihn jeder hören musste, und Katharina spürte, wie ihr das Blut in die Wangen stieg. »Mein Leben nahm nach dem Krieg an dem Tag eine Wendung zum Besseren, als wir uns begegnet sind. Würdest du mir die große Ehre erweisen, meine Frau zu werden?«

Katharinas Gesicht glühte, und sie wusste nicht, was ihr peinlicher war – die Theatralik oder dass jeder Zeuge derselben geworden war.

»Na los!«, feuerten die Männer und Frauen sie an und lachten. »Sag schon Ja.«

»Eigentlich wollte ich nicht heiraten«, entgegnete sie und hörte enttäuschtes Raunen. »Daher bin ich von zu Hause fortgegangen.« Sie gönnte sich eine Schweigepause, lächelte. »Aber ich denke, dir zuliebe könnte ich meine Meinung ändern.« Carl stand auf, hob sie hoch, wirbelte sie herum und küsste sie.

»Heißt das Ja?«, fragte er an ihrem Mund.

»Ja, du verrückter Kerl.« Sie küssten sich so lange, bis Pfiffe und Johlen ertönten, und als Carl sie losließ und sie den Kopf wandte, blieb sie wie erstarrt stehen. Dr. Hansen stand im Garten und beobachtete die Szene.

»Walter!«, rief Carl. »Sie hat Ja gesagt!«

»Ich hab's gehört.« Dr. Hansen wirkte belustigt. »Na, dann gratuliere ich. Aber führ sie nicht auf Abwege, sie gehört zu den wenigen, die was taugen.« Er neigte den Kopf. »Fräulein Falkenburg, meine herzlichsten Glückwünsche.«

Katharina erwiderte das Lächeln zögernd. »Danke.«

Dr. Hansen zog seine Jacke aus und legte sie über eine verwitterte Holzbank, dann krempelte er seine Ärmel auf. »Wo soll ich anfangen?«

»Wo du möchtest.«

Offenbar kannte er einige der Männer, denn er wurde mit Handschlag und Schulterklopfen begrüßt.

»Er räumt Schutt weg?«, fragte Katharina ungläubig.

Carl grinste. »Ich sagte doch, er ist es wert, ihn näher kennenzulernen.«

Elisabeth bog den Kopf zurück und genoss die Strahlen der Frühlingssonne auf dem Gesicht. Sie saß auf der Veranda und lauschte der Gartenidylle, eine Kakophonie aus Vogelgezwitscher und dem leisen Rauschen des Windes in den Blättern.

»Wie geht es dir?«, brachte Richards Stimme den Moment der Idylle zum Einsturz.

Seit Februar hatten sie kaum miteinander gesprochen, hatten ihre Konversation auf »guten Morgen« oder »guten Abend« beschränkt, und Elisabeth hatte selbst Blickkontakt mit ihm vermieden. Weniger, weil sie ihn nicht sehen wollte, sondern weil sie Angst davor hatte, was ihre Augen ihm womöglich unverhüllt preisgaben. Nun jedoch öffnete sie die Lider und sah ihn an. Er stand in der Tür, als sei er unschlüssig, ob er zu ihr in den Garten durfte.

»Gut«, antwortete sie.

»Grollst du mir noch?«

Sie zog überrascht die Stirn kraus. »Spielt das eine Rolle?«

»Nein, aber ich wüsste es trotzdem gerne.«

Sie wandte den Blick ab, ließ ihn über das Gras schweifen bis hin zur Mauer. »Möchtest du wissen, warum ich mit Nigel zusammen war?«

Schweigen. »Ich hatte nie den Eindruck, dass du es mir erzählen möchtest.«

»Willst du es hören?« Er schwieg, was Elisabeth Antwort genug war. Wieder schloss sie die Augen, ließ die Vergangenheit vor sich auferstehen. »Wir hatten eine Roma-Familie auf dem

Hof. Zigeunerpack, nannte mein Vater sie, aber sie haben gut gearbeitet. Der älteste Sohn, Elek, war ein Jahr älter als ich. Du musst wissen, dass ich damals, was Männer anging, gänzlich unerfahren war. Er war ein hübscher Kerl, und ich habe mit ihm kokettiert, wollte wissen, wie ich auf ihn wirke. Mit Erfolg.« Unwillkürlich erschien ein Lächeln auf ihren Lippen, als sie an ihren ersten Kuss dachte.

»Ich weiß nicht, wer sich zuerst verliebt hat, ich mich in ihn oder er sich in mich. Er lebte mit seinem Vater und seiner Zwillingsschwester Philomena bei uns. Die Mutter war bei der Geburt gestorben. Philomena – ich fand immer, das klingt wie ein Lied. Sie war unglaublich hübsch, und mein Vater ist ihr nachgestiegen, daher haben ihr Vater und Elek sie abwechselnd bewacht. Mein Vater entwickelte einen richtiggehenden Hass auf die beiden, aber weil sie gut arbeiteten, behielt er sie. Und vielleicht machte er sich trotz allem Hoffnungen auf das Mädchen.« Elisabeth schwieg einen Moment lang.

»Eines Tages hat er mich mit Elek erwischt. Wir haben uns unbeobachtet geglaubt und uns geküsst. Das war jedes Mal ein kleines Abenteuer, weil wir uns verstecken mussten. Und dieses eine Mal waren wir zu leichtsinnig. Nein«, korrigierte sie sich, »nicht wir, sondern ich. Er wollte nicht, hatte Angst, dass wir entdeckt werden und ich Schwierigkeiten bekomme. Ich!« Sie lachte, ein harter Laut, der in der Luft hing wie ein Missklang.

»Mein Vater ist völlig außer sich geraten. Nicht nur, dass er Philomena nicht besteigen durfte, jetzt entehrte ihr Bruder auch noch seine Tochter. Am nächsten Tag kam die Gestapo und holte die Familie ab. Eleks Vater habe ich kurz vor Kriegsende noch einmal gesehen, er hatte irgendwie die Flucht geschafft. Elek und Philomena hatten weniger Glück, sie landeten auf dem Versuchstisch irgendeines Arztes. Ich glaube, sie sind tot.« Noch immer sah Elisabeth Richard nicht an.

»Dann kamen die Briten. Nigel war einer der Offiziere, die unseren Hof durchsuchten. Und da wusste ich, wie ich meinen Vater am besten bestrafe. Also habe ich mich von einem der von ihm so verhassten Besatzer in der Scheune hinter dem Haus entjungfern lassen und keine Versuche gemacht, die Beziehung zu verstecken. Danach bin ich mit Nigel nach Köln gegangen.« Wieder schwieg Elisabeth, wartete darauf, dass Richard etwas sagte.

»Ich werde mir mein ganzes Leben lang vorwerfen, dass Elek und Philomena gestorben sind, weil ich so leichtsinnig war. Als ich mit dir zusammen war, dachte ich, dass es weniger wehtut, wenn man liebt. Und wenn nicht dich, dann wenigstens dein Kind.« Sie legte sich die Hand auf den Bauch. »Armes Kindchen. Das Leben verloren, ohne je ein Leben gehabt zu haben.«

Als sie den Kopf wandte, war es Richard, der ihren Blick mied, sich abwandte und davonging. *Elek und Philomena.* Sie hatte die Namen seit jenem Tag nicht mehr ausgesprochen, nun formte ihre Zunge sie stetig. Ach, dachte sie erstaunt, es heilt ja doch.

»Was war denn mit Richard los?« Antonia trat auf die Veranda.

»Keine Ahnung. Warum?«

»Er war aschfahl und hat das Haus verlassen, als wäre jemand hinter ihm her.«

Ein kleines Lächeln spielte um Elisabeths Mund.

Antonia taxierte sie, wirkte unsicher. »Ist alles gut bei dir?«

Elisabeth ließ sich Zeit mit der Antwort. »Ja«, sagte sie schließlich. »Ja, jetzt ist alles gut.«

*

»Gehst du heute Abend mit mir aus?«, fragte Georg, und Antonia, die gerade dabei war, aus Maismehl einen Brotlaib zu formen – was mehr schlecht als recht gelang –, sah erstaunt auf.

»Denkst du an etwas Bestimmtes?«

»Ein Frühjahrsspaziergang, und dann sehen wir, wohin unser Weg uns führt.«

»Das klingt wunderbar. Aber was mache ich mit Marie?«

»Ich habe mir erlaubt, Katharina zu fragen, ob sie auf sie achtgibt.«

Antonia zögerte. Abends mit Georg ausgehen – das klang verlockend. Im Januar hatte sie auf dem Speicher Fallschirmseide entdeckt und daraus ein Sommerkleid genäht. Da sie das Weiß nicht mehr sauber bekam, hatte sie das Kleid dunkelblau gefärbt, und es war recht gut gelungen. Im Grunde genommen wusste sie, dass es frivol war in diesen Zeiten, aber sie wollte so gerne wieder ein hübsches Kleid tragen.

»Na komm«, sagte Georg. »Gönn dir einen Abend außer Haus.«

Antonia lächelte ein wenig verträumt, dachte an ihr blaues Kleid, an Georg und an den Duft des Frühlings. »Ja, ist gut. Ich komme gerne mit.«

»Großartig! Sagen wir, gegen sieben?«

Das waren noch gut drei Stunden, Antonia würde sich ranhalten müssen, um noch das Brot zu backen und alles zu erledigen, was bis dahin getan werden musste. Dann Marie füttern und ins Bett bringen. Ja, das konnte klappen. »Gut, wir treffen uns in der Halle«, sagte sie.

Katharina kam in die Küche und half ihr mit dem Brot. »Genieß den Abend«, sagte sie. »Es ist vermutlich der erste seit langer Zeit, den du dir für dich nimmst.«

Wann war sie das letzte Mal aus gewesen, nur um sich zu amüsieren? Irgendwann vor dem Krieg, wenn sie sich richtig erinnerte. In Königsberg hatte ihre Zeit dem Gut gehört, dann die Flucht, schließlich der tägliche Kampf ums Überleben in Köln. »Ich hoffe, ich habe nicht verlernt, wie man einen Abend ohne Verpflichtungen genießt«, sagte sie, halb im Scherz.

Elisabeth betrat die Küche. Dass sie so schmal und blass geworden war, gab ihr etwas Ätherisches, das so gar nicht zu der Elisabeth passen wollte, die sie kannten. Antonia fragte sich, wie es sein musste, nach dieser Geschichte immer noch im selben Haus wie Richard zu leben. Das hätte sie nicht gekonnt.

»Du gehst aus?«, fragte Elisabeth.

»Ja, heute Abend mit Georg.« Antonia gelang es nicht, das Lächeln aus ihrer Stimme herauszuhalten, und sie verspürte einen Anflug von schlechtem Gewissen.

»Das ist schön«, antwortete Elisabeth ohne die geringste Bitterkeit in der Stimme. »Genieß es.«

»Ich werde mir Mühe geben.«

»Was ziehst du an?«, fragte Katharina.

»Das blaue Seidenkleid.«

»Sehr hübsch«, entgegnete Elisabeth. »Ich habe eine Spange, die dazu passt, ein blauer Schmetterling.«

»Nimm meine weiße Strickjacke mit«, fügte Katharina hinzu. »Deine passt nicht zu einem blauen Kleid, und die andere ist zu warm für eine Frühlingsnacht.«

Unter Geplauder und guten Ratschlägen backten sie das Brot, räumten auf, bereiteten Abendessen vor, und Elisabeth fütterte Marie, damit Antonia sich umkleiden konnte. »Sonst kommst du noch zu spät«, sagte sie.

»Es ist ja nicht so, dass Georg eine weite Anreise hätte und vor der Tür wartet«, antwortete Antonia augenzwinkernd.

»Fünf Minuten warten lassen«, erklärte Elisabeth, »dann wird er ungeduldig zur Treppe schauen, und du kommst in deinem blauen Kleid hinuntergeschwebt.«

Sie lachten, und Antonia ging in ihr Zimmer, nahm das Kleid aus dem Schrank, legte es auf ihr Bett und begann mit der Abendtoilette. Das Kleid saß wie angegossen, umspielte Antonias schlanke Gestalt, ohne dass sie allzu schmal und verhungert wirkte. Das Haar kämmte sie zurück und band es zusammen, so dass ihr nur einige kürzere Strähnen vorne seitlich ins Gesicht fielen. Sie steckte sich die Schmetterlingsspange ins Haar und begutachtete das Ergebnis im Spiegel, drehte sich und fühlte sich mit einem Mal wieder wie die junge Frau, die sie vor dem Krieg, vor Friedrich, ja, selbst vor Richard gewesen war.

Ein Blick auf die Uhr verriet ihr, dass sie bereits zehn Minuten zu spät war. Sie griff nach ihrer kleinen Handtasche, hängte sich Katharinas Strickjacke über den Arm und verließ ihr Zimmer. Auf dem Weg zur Treppe begegnete sie ausgerechnet Richard, der anerkennend die Brauen hob. Sie wartete auf irgendeine Anzüglichkeit, sie und Georg betreffend, aber er schwieg. Überhaupt war er in letzter Zeit überraschend still.

»Hab einen schönen Abend«, sagte er schließlich.

»Danke.« Sie eilte die Treppe hinunter. Marie musste doch noch ins Bett.

Georg stand in der Halle, und in seinem Blick lag nichts als Bewunderung. »Du siehst umwerfend aus!«

»Vielen Dank.« Sie küsste ihn. »Kannst du die Jacke und die Tasche bitte kurz nehmen? Ich muss noch Marie ins Bett bringen.«

Er wirkte etwas überrumpelt, nahm jedoch alles von ihr entgegen.

»Das übernehmen wir«, entgegnete Katharina, als Antonia die Küche betrat. »Und jetzt raus hier, ehe du Rußflecken oder Rübenmus auf dem Kleid hast.«

»Tausend Dank.« Antonia küsste Marie, warf den beiden

Frauen eine Kusshand zu und verließ die Küche. »Tut mir leid«, sagte sie, als sie Georg Tasche und Jacke abnahm.

»Keine Ursache.« Er grinste.

Wie herrlich, das Haus abends zu verlassen und nicht Kälte und Finsternis zu betreten. Am elften Mai waren die Uhren noch einmal eine Stunde vorgestellt worden auf die Hochsommerzeit, die bis zum neunundzwanzigsten Juni dauern würde, was bedeutete, die Abende waren länger. Die Sonne warf lange Schatten und hüllte alles in weiches Licht. Antonia schob ihre Hand in Georgs Armbeuge, und gemeinsam schlenderten sie los.

Georg schlug leichtes Geplauder an, erzählte von seiner Arbeit, unterhielt sich mit ihr über das Waisenhaus und über Marie. Nach wie vor glich die Stadt einer Trümmerwüste, wo zwischen halbwegs intakten Häusern Wände mit leeren Fensteröffnungen standen und die Straßen vielmehr Wege waren, die sich durch Schuttberge wanden. Am Abend würde die Dämmerung die Zerstörung in sanften Tönen zeichnen, ein Vorbote der Dunkelheit, die sie für einige Stunden vergessen machte. Von den Hungerdemonstrationen, die an diesem Tag vor dem Rathaus am Kaiser-Wilhelm-Ring stattgefunden hatten, war nichts mehr zu sehen. Es war die Reaktion der Bevölkerung auf die verkürzten Rationen. Die Kohlenkrise war nach dem Winter überwunden, mehr Nahrung gab es jedoch nicht. Aber auch das war für Antonia in diesem Moment in weiter Ferne.

»So, da wären wir«, sagte Georg, und Antonia sah sich zweifelnd auf der leeren Straße um.

»Was ist hier?«

»Warte es ab.« Georg führte sie auf ein unscheinbares Haus zu, dessen oberes Stockwerk kein Dach mehr hatte, so dass nur noch das Erdgeschoss bewohnbar schien. Aber auch dies steuerte er nicht an, sondern ging zu einer Treppe, die seitlich vom

Haus ins Untergeschoss führte. Er öffnete die Tür, und sie betraten eine Tanzbar. Antonia stieß einen überraschten Laut aus.

»Ganz legal ist das nicht«, sagte Georg, »aber da hier nicht mit illegalen Waren gehandelt wird, drückt man ein Auge zu.«

Ein Grammophon spielte Jazz, den Antonia gerne mochte und der unter den Nazis als »Negermusik« verboten worden war. Georg führte sie an einen Tisch in einer Nische.

»Möchtest du etwas trinken? Oder direkt tanzen?«

Antonia lachte entzückt und legte ihre Jacke ab. »Tanzen«, rief sie. »Tanzen, tanzen, tanzen.«

Und das tat sie. Tanzte bis zur völligen Erschöpfung. Außer Atem ließ sie sich an dem Tisch nieder, sagte Georg, sie wolle Kaffee und nichts, das die Sinne vernebelte. Sie wollte wach bleiben, wach bleiben und tanzen. Dann, während sie in Georgs Armen erneut über die Tanzfläche wirbelte, wollte sie nichts als lieben, sich durch und durch lebendig fühlen. Vielleicht ging es Georg ähnlich, denn irgendwann griff er nach ihrer Jacke, half ihr hinein, und Hand in Hand verließen sie den Keller wieder. Die frische Luft war belebend, und noch im Treppenschacht stehend küsste Georg sie. Dieses Mal, daran hatte Antonia nicht den geringsten Zweifel, war es ihm ernst, das schmeckte sie in seinen Küssen, seinem kaum verhohlenen Verlangen, den federleichten Berührungen.

Sie lösten sich voneinander, machten sich auf den Heimweg, sein Arm um ihre Schultern, ihrer um seine Mitte. In Antonia breitete sich eine Ruhe aus, die sie seit ihrem Aufbruch aus Königsberg nicht mehr verspürt hatte. Die Gewissheit, dass sich doch noch alles zum Guten wenden konnte, das Gefühl, angekommen zu sein, den restlichen Weg nicht allein beschreiten zu müssen. Erst jetzt wurde ihr bewusst, wie sehr sie sich danach gesehnt hatte, einem anderen Menschen wieder nahe sein zu können.

Es war ein einhelliges Schweigen, eines, das kleine Versprechen in sich trug, die sie einander mit ihren Küssen zuvor gegeben hatten. Als sie zu Hause ankamen, kramte Antonia den Schlüssel aus ihrem Täschchen, und sie betraten die dunkle Halle. Sie schloss die Tür ab, und im nächsten Moment lag sie wieder in Georgs Armen, küsste ihn, nahm seine Hand und ging mit ihm zur Treppe.

Die Tür zu ihrem Zimmer, in dem Marie schlief, und jenen von Katharina und Elisabeth – zweifellos, damit sie das Kind hörten – standen weit auf. Antonia schloss die Türen der Frauen leise und ging mit Georg in ihr Zimmer. Wieder küssten sie sich, und Antonia schlang ihm die Arme um den Nacken, zog ihn enger an sich, fuhr mit den Händen über seinen Hals, seine Brust, nestelte an den Knöpfen seines Hemdes.

Georg streifte das Kleid von ihren Schultern, und Antonia hörte das Rascheln, mit dem die Seide zu Boden glitt. Seine Hände glitten in zögernden Liebkosungen über ihren Rücken, ihre Hüften. Dann brach seine Zurückhaltung, und die mühsam in Zaum gehaltene Ungeduld schoss in die Zügel, begegnete der Antonias, als all das aufgestaute Verlangen in ihr zersprang. Das erste Mal war rasch vorbei, hinterließ sie atemlos und hungrig. Danach nahmen sie sich mehr Zeit, schufen mit jeder Berührung eine neue Vertrautheit, ließen ihre Körper einen gemeinsamen Rhythmus finden. Und ebenso wie beim Tanzen kosteten sie auch die Liebe bis zur völligen Erschöpfung aus.

Es mochte spätnachts oder frühmorgens sein – Antonia hatte jedes Zeitgefühl verloren, als sie eng an Georg geschmiegt dalag, die träge Ruhe genoss, die Wärme in ihren Gliedern, das sachte Glühen in ihrem Innern. Georgs Hand streichelte über ihren Bauch, malte kleine Kreise darüber, liebkoste in federleichten Zärtlichkeiten. Und dann kamen die Worte, die alles zerstörten: »Du hast nie in deinem Leben ein Kind geboren, nicht wahr?«

Ostpreußen, Januar 1945

Im Oktober 1944 brach der kälteste Winter in Antonias Leben über Ostpreußen herein, und in seinem Gefolge betrat die Rote Armee das erste Mal deutschen Boden. Zunächst wurde sie zurückgedrängt, aber der nächste Versuch war erfolgreich, und ihnen gingen Berichte über Gräueltaten voraus, die nicht nur Antonia schockierten. Aber die Kreis- und Gauleiter hielten die Bevölkerung an zu verharren, und so blieb auch Antonia, während viele ihrer Nachbarn panisch und überstürzt aufbrachen und alles hinter sich ließen. Gelegentlich dachte Antonia ebenfalls daran, aber dann ließ sie den Blick über das Gut schweifen und konnte sich nicht vorstellen, all das aufzugeben.

»Wenn Sie klug sind, Gräfin, gehen Sie«, sagte ihr eine Frau aus dem Ort, die bereits Hab und Gut auf einen Leiterwagen gepackt hatte.

»Die Kreisleitung hat uns verboten zu gehen«, antwortete Antonia. »Wenn es so gefährlich wäre, würden sie uns evakuieren.«

»Evakuieren.« Die Frau spuckte auf den Boden. »Sie werden Ostpreußen nicht freiwillig aufgeben, wir sind das menschliche Bollwerk, das den Russen aufhalten soll. Ich für meinen Teil häng an meinem Leben. Ich pack die Kleinen auf den Wagen und bin weg. Und viele andere ebenso. Wenn Sie wirklich bleiben wollen, Gräfin, möge Gott Ihnen beistehen.«

Antonia hatte versucht, mit der Kreisleitung zu sprechen, war jedoch abgewimmelt worden, wie so viele andere. Als sie nach Hause ritt und das weite Land sah, schneebedeckt und in stillem Frieden, Wälder, die der letzte Sommer noch in tiefes schwarz anmutendes Grün gehüllt hatte, konnte sie nichts anderes als Traurigkeit empfinden. Und sie ahnte, dass der Abschied, so sie ihn denn nehmen musste, für immer sein würde.

Sie hatten eine gute Ernte eingefahren, und zu Weihnachten war der Tisch reich gedeckt gewesen. Es waren ausreichend Vorräte da, um den Winter zu überstehen. Das sprach dafür zu bleiben. »Ostpreußen ist sicher«, murmelte Antonia ein ums andere Mal, wenn sie über den Hof ging.

Flüchtlinge, die es über das Frische Haff geschafft hatten, berichteten von den vorrückenden Russen, und als kurz darauf der Stadtkommandant von Königsberg im Radio verbreitete, er würde die Russen schon schießen hören und übernehme keine Verantwortung mehr für die zivile Bevölkerung, entschied sich auch Antonia, das Gut zu verlassen, und brach auf.

Kraftfahrzeuge besaß nur die Wehrmacht, der Zivilbevölkerung blieb die Flucht zu Fuß oder – wer es sich leisten konnte – zu Pferd. Antonia ließ Wertsachen in Kisten packen und im Garten vergraben. Nur das Nötigste würde sie mitnehmen, zu mehr war keine Zeit. Sie belud mit den wenigen Dienstboten, die ihr noch geblieben waren – die meisten waren geflohen, als die ersten Trecks Königsberg erreichten –, einen Planwagen, spannte ein Pferd davor und kutschierte selbst. Die Zwangsarbeiter, die dem Gut zugeteilt worden waren, hatten ebenfalls die Flucht ergriffen.

Menschen aus der Nachbarschaft und der Stadt schlossen sich ihr an, schoben Kinderwagen mit Kleinkindern, trugen Koffer, die für eine lange Flucht gänzlich ungeeignet waren, zogen Handkarren, Schlitten, saßen auf dem Kutschbock von Leiterwagen, die von schweren Lastpferden gezogen wurden, oder ritten hoch zu Pferd. Antonia ließ mehrere alte Menschen, die schlecht zu Fuß waren, auf ihren Wagen aufsteigen.

»Helfen Sie der Lena«, sagte eine von ihnen und deutete auf

eine junge Frau, die einen Säugling vor die Brust gebunden hatte und einen Karren zog.

Antonia zügelte das Pferd. »Packen Sie das Wichtigste in meinen Wagen und kommen Sie«, bot sie an.

Die Frau schüttelte den Kopf, obwohl sie sich kaum auf den Beinen halten konnte. »Das ist alles, was mir noch geblieben ist.«

»Ich zieh den Wagen für dich, Lenchen«, sagte die alte Frau.

»Nein, Großmutter.«

Himmel, dachte Antonia und stieg vom Kutschbock. Unterdessen zog der Treck weiter an ihr vorbei. »Hoch da«, befahl sie der jungen Frau. »Wenn die Russen uns kriegen, nützt Ihnen der Kram da nicht viel.«

»Aber …«

»Sie hat recht, Lena«, sagte die alte Frau. »Nimm nur das Wichtigste.«

Der jungen Mutter rannen die Tränen über die Wangen, als sie Bündel mit Kleidung und Decken in den Planwagen warf. Geschirr und allerlei schön bemalte Keramik ließ sie zurück. »Das war meine Aussteuer.«

»Zertrümmre es«, riet ihr jemand. »Dann kriegt's der Russe nicht.«

Als hätte der Interesse an Keramik, dachte Antonia, während sie der Frau auf den Kutschbock half. Dann nahm sie die Zügel auf, und das Pferd zog wieder an.

Es mochte an die vierzig Grad unter Null sein, der Schnee lag kniehoch und fiel in dicken Flocken aus einem grau verhangenen Himmel. Obwohl Antonia Handschuhe trug und die Hände in dicke Stofftücher gehüllt hatte, fror sie erbärmlich und hatte kein Gefühl mehr in den Fingern. Um sie herum fielen Menschen tot in den Schnee, und eine Frau bat sie, ihr krankes Kind in den Planwagen legen zu dürfen. Das kleine Mädchen hatte hohes Fieber, und die Brust hob und senkte sich rasselnd. Antonia half, ihr ein Lager zu bereiten, und hieß auch die Frau einsteigen. Deren drei halbwüchsige Söhne liefen mit Handwagen hintendrein. Das Kind überlebte bis in die Abendstunden und verstarb im Schlaf. Und es war nicht das Einzige. Wie die Fliegen starben die Säuglinge und Kleinkinder, und da der Boden zu hart gefroren war, um Gräber auszuheben, bettete man sie in den Schnee.

Sie legten nur wenige Kilometer am Tag zurück, waren froh, wenn sie irgendwo unterkommen und die Nacht verbringen konnten. Währenddessen rückte die Armee stetig weiter ins Reichsinnere vor.

»All das Elend«, sagte ein Mann, der während der Rast in einem Gehöft neben Antonia saß und Suppe löffelte. »Für nichts und wieder nichts.«

Antonia legte den Besitzern des Hofes nahe, sich ihnen anzuschließen, aber sie wollten ihre Heimat nicht verlassen und schickten nur die beiden Töchter mit im Alter von achtzehn und zwanzig Jahren. Sie sollten bei den Großeltern in Bayern unterkommen und später, »wenn der Irrsinn vorbei ist«, wieder heimkommen.

»Der Russe in Ostpreußen«, sagte die Frau. »Das ist Feindpropaganda.«

»Und warum schickst du dann deine Mädchen mit?«, fragte der alte Mann.

Die Frau zuckte mit den Schultern. »Man kann nie wissen, nicht wahr?«

Zwischen Antonia und Lena hatte sich eine Art lose Freundschaft entwickelt. Die Frau, noch geschwächt von der erst einen Monat zurückliegenden Geburt, saß neben Antonia auf dem Kutschbock, und sie unterhielten sich über Königsberg, darüber, ob sie wohl irgendwann zurückkehren würden – was Lena mit grenzenlosem Optimismus bejahte –, und darüber, wo sie hinwollten.

»Ich habe Familie in Kiel«, sagte Lena. »Dort werde ich auf meinen Mann warten.«

So er denn zurückkommt, dachte Antonia.

»Er kennt Marie noch nicht«, erzählte Lena. »Na ja, wie auch. Er hatte Angst, dass sie vaterlos aufwächst. Und jetzt habe ich Angst, dass er sie nie kennenlernt.« Sie drückte den Säugling an sich, der friedlich mit rosigen Wangen schlief. »Mariechen ist vier Tage vor Heiligabend zur Welt gekommen«, erzählte sie. »Unser Weihnachtsgeschenk.«

Es gab kaum Trinkwasser und nur wenige Lebensmittel. Was sie an Vorräten bei sich hatten, war bereits verzehrt worden, und die bewohnten Höfe taten zwar ihr Bestes, konnten aber nicht alle mit Nahrung versorgen. Viele packten überhastet ihre Sachen und schlossen sich ihnen an, andere wollten verharren und abwarten. Kinder packten das Nötigste in ihren Schulranzen und wurden schlaftrunken hinaus in die frostige Nacht gezerrt, wo sich die Familien im schützenden Dunkel auf den Weg machten.

Als mittags die Ersten vor Erschöpfung zusammenbrachen, legten sie eine Rast ein. Lena stieg mit dem Säugling vom Kutschbock, während Antonia das Pferd abschirrte und ihm eine Verschnaufpause gönnte. Sie streichelte die Nüstern des Tieres und ging zu Lena, die sich auf einem Bündel Kleidern niedergelassen hatte, Marie neben sich.

Ganze Dörfer hatten sich geleert, und der Treck war so lang geworden, dass Antonia weder Anfang noch Ende sehen konnte. Einige zogen an ihnen vorbei, während sie rasteten, andere blieben einfach stehen und ließen sich in den Schnee fallen.

»Vielleicht lachen wir im nächsten Frühjahr über diese verrückte Flucht«, sagte eine Frau, während sie ihr Kind wiegte, das bleich war und graue Flecken im Gesicht hatte. Die leicht geöffneten Augen starrten gebrochen in den Himmel.

Antonia sah Lena an, die den Kopf zurückgelegt hatte, die Augen geschlossen, während das spärliche Licht der Wintersonne ihr blasses Gesicht beleuchtete. Zwischen ihnen lag Marie und nuckelte an dem Stoff, mit dem ihre Fäustchen umwickelt waren.

Erst wunderte Antonia sich darüber, dass der Wind auf einmal so laut rauschte, dann wurde ihr bewusst, dass es das Dröhnen von Motoren war. Wehrmachtssoldaten? Es wäre sicher gut, den Weg nicht unbegleitet zurückzulegen. Dann jedoch mischte sich etwas hinein, das jede Hoffnung auf Schutz zerfallen ließ – Schüsse gefolgt von Schreien.

Lena hatte die Augen geöffnet und umfasste ihren Arm, das Gesicht verzerrt vor Angst. »Jetzt kommen sie!«

Und sie kamen schneller, als es Antonia und Lena möglich war, sich zu erheben, überrollten den Treck buchstäblich. In dem einzigen klaren Gedanken, den Antonia in ihrer Panik noch zu fassen bekam, dachte sie daran, dass jemand gesagt hatte, Mütter würden am ehesten verschont. Ehe sie recht begriff, was sie tat, hatte sie Marie an sich gerissen. Männer stießen sie beiseite, griffen sich die kreischende Lena, und Antonia sah, wie man ihre Beine auseinanderzwang und der erste Soldat dazwischenstieß. Männer wurden erschossen, halbwüchsige Jungen brachen zusammen, und aus ihrer Brust sickerte Blut. Mädchen, fast noch Kinder, wurden zerdrückt unter den Körpern der Soldaten, die sich zwischen ihre Beine zwängten. Antonias Atem kam in panischen Stößen. Schließlich bemerkte man sie, wie sie sich in den Schutz des Planwagen gekauert hatte. Sie sah die Männer an, hielt das Kind hoch, das schrie und schrie.

Später, viel später, als sie aus dem Schutz kroch, konnte sie nicht fassen, dass sie noch lebte. Sie sah den brüllenden Säugling an, konnte nicht recht verstehen, wie er in ihre Arme gelangt war. Um sie herum lagen Leichen, geschändet und erschossen. Frauen rappelten sich heulend auf, zogen sich die Röcke über die Beine, fielen mit lauten Wehklagen über die Körper ihrer toten Kinder. Männer, die zu schwach gewesen waren zum Laufen, hatte man kurzerhand erschossen, andere als Kriegsgefangene mitgenommen. Die Pferde hatte man getötet und somit auch die Möglichkeit, das Hab und Gut mitzunehmen – so denn etwas übrig war.

Antonia sah Lena auf dem Rücken liegen, die Augen starr und leer. Ihr Gesicht hatte eine grauweiße Färbung angenommen, ihre Beine waren weit gespreizt, der Rock über ihre Hüften geschoben. Zögernd ging Antonia in die Knie, zog ihr den Rück mühsam hinunter bis zu den Füßen. Danach legte sie ihr das Kind in die Arme. Die Kleine würde ohne Mutter ohnehin nicht lange leben. Als sie sich erhob, konnte sie sich jedoch nicht abwenden. Nichts konnte falscher aussehen als der kleine, sich windende Körper in den Armen einer toten Frau.

Der Schnee fiel bereits wieder, bedeckte die Leichen und tilgte die Spuren. Schneeflocken benetzten Lenas Augen, ohne darauf zu schmelzen. Maries Gesicht hingegen war nass von Tränen und geschmolzenem Schnee. Antonia hob das Kind hoch, ungelenk, da sie keine Erfahrung damit hatte, Kinder zu halten. Sie wiegte sie, murmelte Trostworte. Dann packte sie das, was sie an Decken und warmer Kleidung finden konnte, in einen Handkarren und ging los, tat mühsam einen Schritt nach dem anderen. *Sieh dich nicht um.*

Die Seestadt Pillau wurde zum Tor der Freiheit. Diese kleine Stadt, die über mehrere Hafenbecken verfügte, lag rund fünfzig Kilometer westlich an dem Frischen Haff. Auch hier war Marie Antonias Rettung, denn auf den Schiffen, die die Soldaten der U-Bootschule nach Westen bringen sollten, wurden zunächst Frauen mit kleinen Kindern und Schwangere mitgenommen. Sie setzten über nach Swinemünde auf Usedom, und von dort aus nahm Antonia den Zug nach Lübeck. Marie ließ sie nicht einen Moment aus den Augen, trug sie dicht am Körper, als sei dies das Einzige, das ihre Schuld tilgen könnte. Die Mutter hatte sie dem Tod überantwortet, aber das Kind würde sie retten.

In Lübeck wurden die Flüchtlinge in Notunterkünfte und Sammellager gebracht, Antonia blieb dort jedoch nur lange genug, um zu Kräften zu kommen, dann setzte sie ihren Weg fort. Sie und die übrigen Flüchtlinge waren nicht wohlgelitten in der Stadt, man befürchtete Überfremdung und Verdrängung, und so war es nur schwer möglich, überhaupt Nahrung zu bekommen, von Milch ganz zu schweigen.

Antonia war vollkommen entkräftet, als sie an einem Bauernhof vorbeikam, auf dem der Bauer gerade Milchkannen vom Stall zum Haus trug.

»Bitte«, bat Antonia, »kann ich etwas Milch für mein Kind bekommen?«

Der Mann ließ seinen Blick an Antonias Körper entlanggleiten. »Du kannst Milch und ein Bett für die Nacht bekommen. Wenn ich dafür eine gewisse Gegenleistung erhalte.«

Antonia ahnte, woraus die bestehen würde. Aber so weit war sie noch nicht gesunken. Die Gräfin von Brelow verkaufte einem Bauern nicht ihren Körper für Milch und ein Bett. Sie schüttelte den Kopf und wandte sich ab. Ein Schatten huschte über den Hof, dann noch einer. Ratten. Antonia erschauerte, konnte den Blick jedoch nicht von den kleinen, fetten Körpern abwenden.

»Wecken die Ratten tatsächlich Begehrlichkeiten in dir?«, fragte der Mann und lachte. Rasch wandte Antonia sich ab und setzte ihren Weg fort.

Der Schnee schmolz, und der Frühling kam, das machte den Marsch weniger beschwerlich. Die Flüchtlinge wollte niemand, man trieb sie von Höfen und Gärten. Schilder besagten »Keine Fremden«. Was sie an Nahrungsmitteln bekamen, war erbettelt, schlafen mussten sie am Straßenrand oder im Wald. Antonia aß selbst gerade genug, um sich bei Kräften zu halten, und kümmerte sich ausschließlich darum, das Kind zu versorgen. Es war die Bürde, die ihr auferlegt war, und sie würde sie tragen. Mit dem Säugling im Arm erweichte sie die eine oder andere Bäuerin, und so hielt sie sich außerhalb der Städte, wo die Versorgung schwieriger war. Im April schließlich erreichte sie Köln. Die Sohlen ihrer Schuhe waren durchgelaufen, die Strümpfe zerrissen, die Fußsohlen schrundig und blutig.

»Daheim, kleine Marie«, murmelte sie. Nun waren sie keine Überlebenden mehr, sondern Mutter und Tochter.

Georg schien auf eine Antwort zu warten, und als keine kam, richtete er sich auf, sah Antonia an, und in seinem Blick lag keinerlei Wärme mehr. »Frag mich, woher ich es weiß!«

Aber sie fragte nicht. Das Glühen in ihrem Innern war zu Asche zerfallen, kalt, grau, leblos. Sie bemerkte, wie Georgs Blick über ihren Körper wanderte, kühl, analytisch, und sie widerstand nur mühsam dem Verlangen, die Decke von ihrem Bauch hoch bis an den Hals zu ziehen.

»Du bist schön«, sagte er, »aber das weißt du vermutlich. Ich habe mir oft ausgemalt, wie wunderbar es sein muss, mit dir zu schlafen, und ich muss sagen, meine Erwartungen wurden sogar übertroffen.« Er zog die Decke hoch bis über ihre Brust, setzte sich auf und sah zu Marie. »Ich hatte eine Frau«, fuhr er fort. »Und sie war schwanger, das hat sie mir gesagt, als ich für einige Tage Urlaub von der Front hatte. Ich dachte, ich hätte aufgepasst, damit genau das nicht passiert. Jetzt war die Schwangerschaft aber nun einmal da, und da wir dachten, Ostpreußen ist sicher, und da sie auch genug zu essen hatte, war unsere größte Sorge, dass das Kind vaterlos aufwachsen könnte.« Er lachte spöttisch. »Dann jedoch musste sie fliehen. Das Kind war kaum einen Monat alt, sie nur mit Mühe vom Wochenbett aufgestanden. Sie zog los, schloss sich mit anderen Menschen aus dem Ort dem Treck an. Und dann holten die Rotarmisten sie doch ein, vergewaltigten sie zu Tode, und nur ihr Kind überlebte. Ich frage mich, ob es sie gerettet hätte, hätte man in ihr eine Mutter gesehen, die ein Neugeborenes im Arm trug. Aber die Möglichkeit hatte sie ja nun nicht.« Als Georg sich zu Antonia drehte, auf sie herabblickte, war nichts als kalter Zorn in seinem Blick. »Dachtest du wirklich, es bemerkt keiner? So bekannt, wie ihr dort wart, Frau Gräfin?«

Es dauerte einen Augenblick, ehe Antonia verstand, aber dann war es ein Schock, und eine Gänsehaut überlief sie. Zwei Jahre, dachte sie, zwei Jahre hast du geschwiegen. »Marie …«

»Ja, ganz recht. Lena hat sie nach meiner Mutter benannt. Weißt du, ich habe erst nicht gewusst, was passiert ist, und dachte, Marie sei mit Lena gestorben. Ich habe nach ihnen geforscht und Menschen getroffen, die für euch gearbeitet haben.«

»Warum hast du nichts gesagt?«

»Ich habe überlegt, was ich tun soll. Was dem, was du getan hast, angemessen ist. Dein Vertrauen gewinnen und es verraten. Dabei erschien mir der Weg über dein Bett der unterhaltsamste und zweifellos der, der dich am schlimmsten treffen wird.« Georg erhob sich und suchte seine Kleidung zusammen. »Vertrauen gewinnen und zu den eigenen Zwecken ausnutzen, so, wie du es mit Lena getan hast. Und immerhin kommst du mit dem Leben davon. Sieht man vom Rufmord ab, wenn ich die Geschichte publik mache, indem ich mal hier, mal da ein Wort fallen lasse.«

»Aber du bist doch gar nicht aus Königsberg.«

»Ich nicht, aber Lenas Familie, und dort hat sie in meiner Abwesenheit gewohnt.«

Antonia saß wie erstarrt da, während ihr war, als rinne die Zeit auf einmal in kalten Tropfen. Sie sah Georg an, der eben die Knöpfe an seinem Hemd schloss und dann zu Maries Bettchen ging. Ein erstickter Laut kam ihr über die Lippen, und sie presste die Hand an den Mund.

»Was denn?«, fragte Georg, und in seiner Stimme schwang ein Anflug von Erheiterung mit. »Dachtest du, ich lasse sie bei dir?« Er beugte sich über das Bettchen, hob Marie hoch, und der Anblick des Kindes, das sich vertrauensvoll in seine Arme schmiegte, kostete Antonia beinahe den letzten Rest Beherrschung. *Ich bin ihre Mutter. Eine andere kennt sie doch gar nicht.*

Ohne ihr einen weiteren Blick zu gönnen, verließ Georg das Zimmer.

Im Nachhinein hätte Antonia nicht zu sagen vermocht, wie lange sie dagesessen und die Tür angestarrt hatte. Schließlich erhob sie sich zitternd, zog sich mit fahrigen Bewegungen einen Morgenmantel über und schlich ins Bad, um sich Georg vom Leib zu waschen. Als sie mit krebsrot geschrubbter Haut zurück in ihr Zimmer kam und ihr Blick auf das leere Kinderbett fiel, schwappte eine Welle von Panik in ihr auf. Antonia keuchte und presste die Hand auf ihr wild schlagendes Herz, würgte an Tränen, die nicht kamen. Sie musste mit jemandem sprechen. Katharina? Elisabeth? Da sie nicht im Geringsten einschätzen konnte, wie sie auf die Eröffnung reagierten, zögerte sie. Sie hatte nicht die Kraft, sich zu rechtfertigen. Und die verächtlichen Blicke der Freundinnen würde sie nicht ertragen können, nicht in dieser Nacht.

Rasch kleidete sie sich an und verließ ihr Zimmer. Es gab nur eine Person, die selbst durch so ein Geständnis nicht zu schockieren war. Langsam ging sie auf Richards Zimmertür zu, hielt inne, die Hand locker auf der Klinke. Tief Luft holend öffnete sie die Tür, betrat das Zimmer. An seinem Bett zögerte sie erneut, dann berührte sie Richards Schulter. Sie hatte seinen Namen noch nicht über die Lippen gebracht, als Richard hochfuhr.

»Ich bin es nur«, sagte sie.

»Antonia? Was um alles in der Welt …«

Antonia ließ sich auf dem Rand seines Bettes nieder. »Ich habe mit Georg geschlafen.«

»Danke für die Mitteilung. Aber wenn du denkst, ich vergehe jetzt vor Eifersucht, muss ich dich enttäuschen.«

Immer noch zitternd schlang Antonia sich die Arme um den Oberkörper, und ein trockenes Schluchzen stieg in ihr auf.

»Antonia?« Nun hatte sich Argwohn in Richards Stimme geschlichen. »Was hat er getan?«

Die Antwort ging in einem weiteren Schluchzer unter.

»Hat er dich vergewaltigt?«

Antonia wischte mit einem Ärmel über die trockenen Augen. »Er ist fort. Mit Marie.«

»Georg hat das Kind entführt?«

»Sie ist seine Tochter.«

Richard antwortete nicht, schien das Gesagte verdauen zu müssen. »Erklärst du es mir?«, fragte er dann.

Antonia zog die Füße auf das Bett, und Richard rückte ein wenig zur Seite. Sie umschlang die Beine mit den Armen und legte die Wange auf ihre Knie, eine Haltung, die sie als junges Mädchen gerne eingenommen hatte, wenn sie in ihrem Lieblingsunterschlupf saß und nachdachte. Dann schloss sie die Augen und begann zu erzählen. »Im Oktober 1944 brach der Winter besonders früh herein.«

Richard schwieg. Schwieg die ganze Zeit, während sie in die Vergangenheit eintauchte. Schwieg, nachdem sie geendet hatte. Vielleicht dachte er an jene Szene, die sich ihm geboten hatte, als sie das Haus nach langer Zeit wieder betrat. Und vielleicht verstand er sie nun endlich.

Köln, April 1945

Antonia tastete nach dem Schlüssel, der um ihren Hals hing, zog ihn hervor, warm von ihrer Haut. Mit kältesteifen Fingern fummelte sie ihn ins Schloss, während das Kind sich mit einem zarten Klagelaut bemerkbar machte. »Schsch«, machte sie und wiegte es leicht, indes sie die Tür beim Aufschließen anzog und dann aufdrückte. Die Verriegelung war erstaunlich leichtgängig.

Als Antonia sich in der Eingangshalle mit dem Rücken an die Tür lehnte, wurde ihr für einen Moment schwarz vor Augen. Hinter ihren Lidern sammelte sich Hitze, quoll zwischen ihren Wimpern hervor, rann in kitzelnden Rinnsalen über ihre Wangen.

»Oh, Grundgütiger!«

Der Schrei riss Antonia aus ihrer Erstarrung, ließ sie wachsam werden, auf der Hut, bereit zu fliehen. Das Kind fing an zu weinen.

»Frau von Brelow?«

Erleichterung floss in raschen Atemzügen von Antonias Lippen. »Frau Döring? Sie sind noch hier?«

»Aber ja, ich verlasse doch nicht einfach so meine Stelle.« Die Empörung über eine so ungeheuerliche Unterstellung erschien Antonia derart fehl am Platz, dass ein alberner Lachreiz in ihr aufstieg, in ihrer Kehle kitzelte und nur mühsam zu unterdrücken war. Würde sie ihm nachgeben, das wusste sie, würde er sie alsbald in wilder Hysterie schütteln.

Der Blick der Haushälterin zuckte zu dem Kind, dann rasch wieder fort, als sei schon der Anblick etwas Ungehöriges. »Es hieß, Sie seien verschollen, seit der Russe über Ostpreußen hergefallen ist.«

Der Russe. Für einen Augenblick würgte Antonia an den Erinnerungen, dann schob sich wieder das Hier und Jetzt vor ihre Augen. »Ich bin geflohen. Zu spät, aber dennoch.«

Frau Döring sah sie schweigend an, das Erstaunen über das unerwartete Wiedersehen nur eine Firnis auf einem diffusen Unbehagen. »Da wird Herr von Brelow sich sicher freuen«, sagte sie.

Antonia erstarrte. Friedrich. »Er ist zurück?« Die Stimme entglitt ihr in ein heiseres Krächzen.

»Er war nicht lange fort, meine Liebe«, ließ sich eine Männerstimme vernehmen, und Antonia wandte den Kopf in einer ruckartigen Bewegung.

»Richard!«

Er lehnte an dem Türbogen zum großen Salon, die Arme vor der Brust verschränkt, den Kopf leicht schräg gelegt, während er sie aufmerksam beobachtete. Für einen Moment war es, als sei die Zeit stehen geblieben. Dann lächelte er. »Daselbst und höchstpersönlich. Wir hatten dich nicht zurückerwartet.« Er kam näher, die Hände hinter dem Rücken verschränkt, ließ den Blick von ihrem Gesicht zu dem Kind und wieder zurück wandern, schweigend, gefährlich. Antonia widerstand dem Impuls zurückzuweichen und hob das Kinn. Die Decke um ihre Schultern verrutschte, drohte hinunterzufallen.

»Was tust du hier?«, fragte sie kaum hörbar.

»Mein Wohnrecht nutzen.«

Antonia schloss erneut für einen Moment die Augen, ihre Lider schmirgelten wie Sandpapier darüber, dann sah sie an ihm vorbei zu Frau Döring. Hektische rote Flecken hatten sich auf den Wangen der Haushälterin gebildet.

»Gibt es hier noch bewohnbare Räume?«

»Herr von Brelow hat sein altes Zimmer bezogen. Vielleicht …«

Frau Döring verstummte, dann straffte sie sich. »Ich kann Ihnen …«

»Wenn es mein Schlafzimmer noch gibt«, fiel Antonia ihr ins Wort, »sorgen Sie bitte dafür, dass ich dort heute schlafen kann.«

»Aber das wäre zutiefst ungehörig. Sie und Herr von Brelow auf derselben Etage!« Frau Döring war ganz rundliche Empörung, und wie sie dastand, in ihrer Dienstbotenkleidung inmitten der staubigen Halle, wie eine Figur, die sich ins falsche Theaterstück verirrt hatte, stieg erneut dieser unbändige Lachreiz in Antonia auf, und dieses Mal gab sie ihm nach, lachte und lachte, bis es sie schüttelte, lachte immer noch, als die Haushälterin bereits davongeeilt war mit einem Blick, als sei sie dem Teufel selbst begegnet. Antonia war versucht, ihr nachzurufen, dass sie ihn auch schon getroffen hatte, mit vielen Gesichtern, aber ihre Stimme ertrank im Lachen. Richards Ohrfeige kam so unvermittelt, dass sie sie beinahe zu Fall brachte, was er verhinderte, indem seine Hand sich um ihren Oberarm schloss. Schlagartig verstummte sie.

»Bedaure, meine Liebe, aber soweit ich weiß, ist dies das probateste Mittel gegen diese Art der Hysterie. Und ich konnte unmöglich zulassen, dass du deine Würde noch weiter vor mir verlierst.«

Antonia schwieg.

»Aber kommen wir zum Wesentlichen. Wer ist das?« Er nickte mit dem Kinn zu dem Bündel in ihren Armen.

»Meine Tochter Marie.«

»Hmhm, und darf man fragen, wer der Vater dieses Kindes ist, das ja wohl unseren Namen tragen wird?«

Frau Döring verließ das Haus noch am selben Tag in aller Hast – die Gräfin von Brelow hatte den Verstand verloren. Antonia und Richard arrangierten sich widerwillig. Sie hatten vermieden, miteinander zu sprechen, und doch war das Schweigen von einem anderen Charakter gewesen als das, in das er sich nun hüllte, lange, nachdem sie geendet hatte.

»Allmächtiger«, sagte er schließlich kaum hörbar.

»Ich bin schuld am Tod dieser Frau. Und ich kann verstehen, wenn du …«

»Nicht *deinetwegen* bin ich entsetzt. Mich schockiert, was Georg getan hat – und ich bin wahrhaftig nicht leicht zu schockieren.«

»Georg?«, fragte Antonia irritiert.

»Ich bin zu einigem imstande, aber das hätte nicht einmal ich fertiggebracht.«

Antonia saß immer noch reglos da, während Tränen in Rinnsalen über ihre Wangen liefen. »Vielleicht hätte man seine Frau verschont, wenn …«

»Vielleicht hätte man, ja. Vielleicht hätte man auch nicht. Ich habe die Übergriffe nicht miterlebt, aber nach allem, was ich darüber gehört habe, war man Frauen und Kindern gegenüber nicht zimperlich. Vielleicht hätte man die Frau vergewaltigt und ihr Kind dabei zu Tode gequetscht. Vielleicht hätte man es ihr entrissen, achtlos zur Seite geworfen und zertrampelt. Vielleicht hat das Kind nur überlebt, weil es bei dir war.«

Antonia schüttelte den Kopf. »Sie haben mich angestarrt und doch nicht angerührt. Weil ich das Kind hatte.«

»Es kann tausend Gründe geben, warum man dich verschont hat. Vielleicht dachten sie, es sei dein Kind. Aber denkst du wirklich, im Eifer des Gefechts interessiert sie das, wenn sie im Vergewaltigungsrausch sind? Du hast ihnen das Kind entgegengehalten, Antonia. Wolltest du zeigen, dass du eine Mutter bist, oder wolltest du dich hinter ihm verstecken?«

Wieder stürmten die Bilder wild auf Antonia ein, und sie schüttelte den Kopf, wollte sie vertreiben, weil genau dieser Moment ihr von allen am wenigsten erträglich war.

»Vielleicht haben sie dich verschont, weil du so schöne blaue Augen hast. Vielleicht, weil sie dachten, dass du Mutter bist. Oder – was mir am wahrscheinlichsten erscheint – weil du ihnen unheimlich warst.«

»Ich habe …«

»Du hattest vor allem Angst. Todesangst, möchte ich annehmen. Und Angst lässt uns Dinge tun, die wir bei klarem Verstand nicht täten. Georg hat kalt und überlegt gehandelt, du nicht.«

Antonia tat einen zitternden Atemzug. »Er wird alles publik machen.«

»Komm.« Richard schlug die Decke zur Seite. »Versuch zu schlafen. In dieser Nacht änderst du ohnehin nichts mehr, und morgen sehen wir weiter.«

Antonia kroch zu ihm ins Bett, legte den Kopf an seine Brust und schloss die Augen. *Weil du ihnen unheimlich warst.* Die Erinnerung formte sich neu, verschob kleine Puzzleteile und ergab doch ein gänzlich anderes Bild. Eines, das sie mehr noch als den Tod der Frau hatte vergessen wollen. Wieder sah sie die Männer vor sich, die das Kind anstarrten, dann an Marie vorbei sie ansahen, als hätten sie einen leibhaftigen Dämon vor sich. Marie, die schrie und sich in Antonias Händen wand. Antonias Blick, der mit Kälte ihre Angst überspielte und entschlossen jene der Männer erwiderte. *Wenn ihr töten wollt, tötet das Kind und nicht mich.* Sie presste das Gesicht an Richards Brust und brach in haltloses Weinen aus.

Als Antonia die schweren Lider aufschlug, sickerte Helligkeit durch die Ritzen der Fensterläden in den Raum. Im ersten Moment war sie verwirrt – das falsche Zimmer, der falsche Mann. Dann erinnerte sie sich und wollte die Augen wieder schließen, am liebsten für immer. Richards Finger liebkosten ihr Haar, strichen über ihre Schulter, und als er sich erhob, ließ er sie behutsam von seiner Brust aufs Bett gleiten.

»Unter anderen Umständen wäre es die perfekte Vorlage für anzügliche Witze darüber, wie du mit Georg schläfst und in meinem Bett aufwachst.«

Antonia vergrub das Gesicht in den Armen und schwieg.

»Komm«, sagte er, »steh auf. Du hast dich eine Nacht lang bei mir ausgeheult, heute geht das Leben weiter.«

Langsam richtete Antonia sich auf und strich sich das Haar aus der Stirn. Der erste Tag vom Rest ihres Lebens ohne Marie. Es tat so weh, dass sie sich krümmen wollte. Georg. Der Tanz. Die Küsse. Ihre ineinander verschlungenen Körper.

Richard stand am Fußende des Bettes und beobachtete sie. »Georg hätte eine Zukunft mit dir haben können und hat sich für die Vergangenheit entschieden, eine Vergangenheit, die ich ums Verrecken nicht zurückhaben wollte.«

»Er hat den Tod seiner Frau gerächt.«

»Die Frau hast nicht du getötet. Du hast unter Entbehrungen sein Kind am Leben erhalten. Die Frau lag noch im Wochenbett, vermutlich hätte sie die Strapazen ohnehin nicht überlebt. Du hast moralisch sicher nicht richtig gehandelt, aber das hat *er* letzte Nacht auch nicht – und ihm saß nicht die Todesangst im Nacken, sondern reine Rachsucht.«

Während sie ihn beobachtete, wie er sich Kleidung aus dem Schrank zusammensuchte, dachte Antonia an eine Vergangenheit, die weiter zurücklag als der Krieg, eine, die verheißungsvoll vor ihr gelegen hatte, als sie jung war und verliebt. Ehe sie gelernt hatte, wie weh die Liebe tun konnte. »Wie wäre es wohl gekommen, hätten wir damals geheiratet?«, fragte sie unvermittelt.

Erstaunt hob Richard die Brauen. »Du wärst todunglücklich geworden, das kann ich dir versichern.«

»Das bin ich jetzt auch. Aber es hätte alles einfacher gemacht.«

»Einfacher ja. Aber besser? Na, das wage ich doch zu bezweifeln. Ich hätte dich ständig betrogen. Und dir viele Kinderchen gemacht, die du nicht haben wolltest, nur, damit du mir nicht auf die Nerven fällst.«

Antonia musste lachen, ein kleiner, bitterer Laut. »Du willst doch gar keine Kinder.«

»Ich bin mir sicher, es wäre die unterhaltsamste Art gewesen, dich zu beschäftigen.« Richard verschwand im angrenzenden Ankleidezimmer.

Die Nacht lastete bleischwer auf ihren Schultern, als Antonia sich erhob. Es half ja alles nichts, sie konnte nicht für immer liegen bleiben und ihre Wunden lecken. Jetzt hatte sie die Freiheit, von der sie geträumt hatte, dachte sie selbstironisch. Kinderlos und ohne Ehemann. Eine Freiheit, die nichts mehr wert war, weil sie nicht wusste, wie sie weiterleben sollte, ohne jemals wieder Marie vertrauensvoll in ihre geschmiegte Hand zu spüren, oder wie es sich anfühlte, wenn die Kleine auf ihren Schoß kroch und sich müde an sie kuschelte. Wie sie sich vor Fremden seit Neuestem schüchtern hinter Antonias Beinen versteckte, ehe sie zögernd hervorkam.

»Na komm.« Richard war ins Zimmer zurückgekehrt und winkte sie zu sich. »Es wird Zeit. Du kannst dich nicht den ganzen Tag hier verkriechen.«

Für einen Moment blitzte in Antonia der Gedanke auf, dass sie leise sein musste, um Marie nicht zu wecken, aber in der nächsten Sekunde wusste sie, dass sie sich darum keine Gedanken mehr machen musste.

An der Tür griff er nach ihrem Arm, so dass sie stehen bleiben und ihn ansehen musste. »Solltest du je wieder nostalgische Anwandlungen über eine Zukunft mit mir haben, denk daran, wie ich dich damals abserviert habe. Das sollte reichen, um dir jeden Wunsch nach einem Leben an meiner Seite gründlich zu verleiden.«

Sie nickte und wandte sich ab, hörte, wie er die Tür hinter ihr schloss. Langsam und zögerlich ging sie zu Georgs Zimmer, dem einzigen Raum, bei dem die Tür weit aufstand. Ein Blick genügte, um zu wissen, dass er gegangen war, in der Absicht, nicht mehr zurückzukehren. Antonia betrat das Zimmer, schloss eine halb geöffnete Schranktür, schob zwei Schubladen zu. Georg hatte es offenbar eilig gehabt, das Haus zu verlassen. Sein Bett war unberührt, bis auf eine Kuhle in der Mitte, wo allem Anschein nach ein kleiner Körper gelegen hatte, während Georg packte. Marie. Hastig drehte Antonia sich um.

In ihrem Zimmer empfing sie klamme, abgestandene Luft, ein zerwühltes Bett und ein leeres Kinderbettchen. Antonia stellte sich Marie darin vor, auf der Seite schlafend, zarte Löckchen, die die runden Wangen umrahmten, die kleinen Hände entspannt auf dem Laken ruhend. Sie sank auf ihr Bett, drückte das Gesicht in ein Kissen, atmete Georgs Geruch, der ihr nach der letzten Nacht so vertraut war, und schrie, bis sie heiser war.

Katharina wusste, dass Elisabeth ihr die Äußerungen über sie und Richard immer noch übel nahm. Zwar herrschte keine offene Missstimmung zwischen ihnen, doch Elisabeth war wortkarg ihr gegenüber. Nicht unfreundlich, aber distanziert. Dabei hatte es Katharina durchaus getroffen, dass sie genau aus dem Grund nichts von der Schwangerschaft erzählt hatte, weil sie diese Worte befürchtete, mit denen Katharina sie im Nachhinein bedacht hatte.

Jetzt saßen sie zusammen in der Küche, beide vom Hunger aus dem Schlaf getrieben. Es war Sonntag, und Elisabeth murmelte etwas von der Überlegung, die Messe zu besuchen. Als

Richard die Küche betrat, blickte sie auf, allerdings ohne dass ihre Augen Gefühle preisgaben. In letzter Zeit schien es, als sei es eher Richard, den in ihrer Gegenwart Unbehagen überfiel. An diesem Morgen jedoch war er selbst für seine Verhältnisse recht einsilbig und verließ die Küche kurz darauf wieder.

»Was ist dem denn schon wieder über die Leber gelaufen?«, fragte Katharina.

Elisabeth sah zur Tür, durch die er verschwunden war, und zuckte mit den Schultern. Dann jedoch fesselte etwas anderes ihre Aufmerksamkeit. »Du liebe Güte«, sagte sie. »Wie siehst du denn aus?«

Nun bemerkte auch Katharina Antonia, deren Augen rot gerändert und dunkel umschattet waren, was ihrem blassen Gesicht ein geisterhaftes Aussehen verlieh. Das Haar war lustlos zurückgebunden, die Kleidung zerknittert, als hätte sie darin geschlafen. War das dieselbe Frau, die am Abend zuvor in dem blauen Seidenkleid voller Vorfreude mit Georg ausgegangen war? Katharina traute sich nicht, die Frage zu stellen, die ihr auf der Zunge brannte. Glücklicherweise war Elisabeth da weniger zurückhaltend.

»Er hat es vermasselt, ja?«

Antonia bemühte sich nicht einmal um ein Lächeln. »Nicht er, sondern ich.« Ihre Stimme klang belegt. »Schon vor über zwei Jahren.«

Katharina runzelte die Stirn, und wieder war es Elisabeth, die sprach. »Ich verstehe nicht …«

»Er ist fort«, antwortete Antonia und ließ sich auf einem Stuhl nieder. »Und Marie hat er mitgenommen.«

»Marie?«, fragte Katharina ungläubig. »Georg raubt ein Kind?«

»Er hat sie nicht geraubt«, kam es stockend von Antonia. Sie hatte ihre Hände ineinander verschlungen, löste die Finger und presste sie wieder zusammen. »Sie ist seine Tochter.«

Elisabeth stand auf. »Ich koche dir jetzt einen Kaffee«, sagte sie, während Katharina nicht viel mehr konnte, als Antonia anzustarren. Antonia und Georg? Sie versuchte, in all das eine Ordnung zu bringen, in der Antonia und Georg ein gemeinsames Kind hatten, aber es gelang ihr nicht. Der Umgang miteinander war keinesfalls der eines ehemaligen Liebespaars. Und wenn Marie sein Kind war, warum hatte er es dann nie gezeigt? War Antonia – wie so viele andere – vergewaltigt worden, hatte den Mann jedoch nicht erkannt, er sie jedoch schon? War es das, was sie vor zwei Jahren vermasselt hatte? Ihm Zugang ins Haus zu gewähren? Und warum nahm er das Kind mit? Seit wann wollten Männer die Zeugnisse ihrer Verfehlungen bei sich haben? Wenn es doch so viel einfacher war, die eigenen Bastarde zu ignorieren.

Elisabeth stellte den Kaffeebecher vor Antonia ab, berührte ihre Schulter und setzte sich wieder hin. In diesem Moment dachte Katharina, dass das Leben ohne Menschen wie Elisabeth unerträglich sein musste. Sie war das Weiche, Gefühlvolle, das die kalte, rationale Welt, die von Menschen wie Katharina bevölkert war, wärmer machte. Warum hatte Richard diesen klaren Augenblick nicht gehabt, der ihn das erkennen ließ?

Es war ungewohnt, Antonia nur dasitzen zu sehen, untätig, indes ihr stumme Tränen über die Wangen liefen. Sie holte tief Luft, räusperte sich. »Ich erzähle euch etwas. Und danach könnt ihr entscheiden, wie ihr zu mir steht.«

»Wir sind Freundinnen«, sagte Elisabeth und sah Katharina an.

»Ja«, bestätigte Katharina, »das sind wir.«

»Und daran ändert sich nichts«, fuhr Elisabeth fort. »Egal, was du uns zu erzählen hast.«

Antonia biss sich auf die zitternde Unterlippe, als müsse sie ein Schluchzen unterdrücken. »Im Januar 1945 verließ ich unser Gut in Ostpreußen.«

Die Erzählung spannte einen Bogen von der Flucht bis zu ihrer Ankunft in Köln und jenem schicksalhaften letzten Abend. Als Katharina Elisabeth ansah, bemerkte sie, dass diese ebenso schockiert war wie sie selbst. Und dieses Mal war sie es, die das Schweigen brach.

»Ich würde gerne von mir behaupten können, dass ich anders gehandelt hätte«, sagte sie, und sowohl Elisabeth als auch Antonia sahen sie überrascht an. »Ich hatte immer Angst«, gestand sie, »Angst davor, vergewaltigt zu werden, ehe man mich tötet. Ihr könnt euch nicht vorstellen, wie viele Frauen ich im Grenzgebiet kennengelernt habe, denen das passiert ist. Daher weiß ich nicht, wie ich gehandelt hätte, damit mir das nicht passiert.«

Elisabeth umfasste Antonias Hand. »Ich weiß, wie es sich anfühlt zu denken, man sei schuld am Tod eines Menschen. Aber das bist du nicht.«

»Du hast so viel auf dich genommen, um das Kind durchzubringen«, sagte Katharina. »Wärst du der Mensch, der du zu sein glaubst, hättest du sie neben ihrer Mutter erfrieren lassen.«

Antonia senkte den Blick, drehte den Kaffeebecher in ihren Händen, dann sah sie Elisabeth an. »Was meintest du damit, du wüsstest, wie es sich anfühlt, am Tod eines Menschen schuld zu sein?«

Ein Anflug von Röte trat auf Elisabeths Wangen. »Du hast in panischer Angst gehandelt, ich in leichtsinniger Verliebtheit. Die Konsequenzen sieht man in diesem Moment einfach nicht ab. Wir fühlen uns schuldig, während die Menschen, die die Taten begangen haben, oftmals denken, sie seien im Recht gewesen. Mein Vater hat als aufrechter Deutscher gehandelt. Die Russen in dem Gefühl, den Deutschen heimzuzahlen, was sie zuvor mit ihren Frauen gemacht haben.« Elisabeth zuckte mit den Schultern.

Katharina war neugierig, mochte aber nicht nachfragen, was hinter ihren Worten steckte, und Elisabeth wirkte nicht, als wolle sie davon erzählen. Vielleicht irgendwann, aber nicht jetzt.

»Bald wird jeder wissen, was ich getan habe«, sagte Antonia. »Georg sagte, er wird es publik machen.«

»Es wird eine leere Drohung gewesen sein. So etwas zu tun, traue ich Georg nicht zu«, antwortete Katharina.

»Ich hätte Georg die gesamte letzte Nacht nicht zugetraut«, widersprach Elisabeth. »So grausam zu sein. Und das zwei Jahre lang hier vorzubereiten. Er war unser Freund, wir haben den Hungerwinter zusammen durchgestanden.«

»Jetzt wissen wir wenigstens, warum heute Morgen ein Schlüssel neben der Tür lag.«

Antonia sah Katharina an. »Georgs Schlüssel?«

»Es kann ja nur seiner sein«, antwortete Katharina. »Er hat ihn wohl durch den Briefschlitz geworfen.«

Ein endgültiger Abschied.

*

Die Zukunft lag in der Zigarettenindustrie, daran zweifelte Richard nicht. Vor dem Krieg hatte die deutsche Zigarettenindustrie vorwiegend Orienttabak verarbeitet, der inzwischen jedoch nicht mehr gefragt war. Überdies waren die Produktionsstätten zerstört, und was nach Kriegsende noch stand, war von den Alliierten demontiert worden. Abgesehen davon gab es Außenhandelsbeschränkungen, was einen Import von Tabak erschwerte. Es war also schwer, die Nachfrage der deutschen Bevölkerung nach Zigaretten zu befriedigen. Derzeit bekam man vierzig Zigaretten im Monat, was bei Weitem nicht ausreichte, den Bedarf zu stillen.

Zum Kriegsende hin hatte die Bevölkerung bereits begonnen, selbstständig Tabak anzubauen. Da nach dem Krieg nur noch fünfzehn Tabakpflanzen pro Haushalt erlaubt waren, wurde der Anbau größerer Mengen heimlich betrieben. Auf dem Herd trocknete und fermentierte man den Tabak schließlich und aromatisierte ihn. Heraus kam eine äußerst minderwertige Zigarette. Richard hatte auch darüber nachgedacht, aber das rentierte sich einfach nicht. Rentabel war nur amerikanischer Tabak. Daher kam ihm der Notstand durchaus gelegen, denn eine Ware wurde teurer, je schwerer sie zu erlangen war.

An diesem Tag jedoch führte Richard sein Weg nicht zu geheimen Treffen und schwarzen Märkten, sondern zu seiner Mutter. Die Nacht mit Antonia ging ihm immer noch nach, wenngleich er seine Entscheidung schon früher getroffen hatte. Er würde Köln verlassen und nach Berlin gehen. In der sowjetischen Besatzungszone fehlte es an allem – die Geschäfte mussten großartig sein. Vorher jedoch wollte er einiges regeln.

»Richard«, sagte Hedwig von Brelow, als sie ihm die Tür öffnete. »Was für eine reizende Überraschung.«

Er trat ein und ging in den Salon. Irgendwo schien seine Mutter einen Vorrat an Kaffee und Mürbekeksen zu horten, den sie nur für Besuche ihres Sohnes hervorholte.

»Du wärst sicher eine gute Großmutter geworden«, sagte er.

Sie lächelte. »Nun, das kann ich doch sicher immer noch werden, nicht wahr?«

Richard sah sie über die Tasse hinweg an, dann nippte er an dem Kaffee. »Und wenn es wieder die falsche Frau ist, hm? Lässt du ihr dann wieder das Kind aus dem Leib prügeln?«

Seine Mutter erstarrte. »Du willst doch nicht sagen, ein Kind von dieser Hure …«

»Diese *Hure* hat geglaubt, es sei mir ernst mit ihr. Und sie hatte Angst davor, mir von dem Kind zu erzählen, das konnte sie nicht überspielen. Spricht das für mich? Was denkst du?«

»Sie kann nicht erwartet haben, dass du sie heiratest.«

»Ich weiß nicht, was sie erwartet hat. Auf der Straße überfallen zu werden aber sicher nicht.«

»Du warst doch damit einverstanden.«

Richard hob überrascht eine Braue. »Ich kann mich nicht an Fragen diesbezüglich erinnern.«

Ein Anflug von Röte überzog das Gesicht seiner Mutter. »Du sahst nicht gerade glücklich aus. Und du hast doch hoffentlich nicht erwartet, dass ich die Großmutter für ein Kind mit dieser Frau spiele! Allein, wie sie mit mir geredet hat.«

Ja, dachte Richard, das war der größte Fehler, den Elisabeth begangen hatte. »Ich habe nichts erwartet, Mutter, genau das ist das Problem. Dass ich das Kind nicht wollte, lag nicht daran, dass Elisabeth die Mutter war, sondern daran, dass ich überhaupt keines möchte.«

»Du hast eine Verpflichtung. Die Grafen von Brelow haben immer ...«

»Es gibt keinen Graf von Brelow mehr, begreif das doch. Wir sind wie jeder andere, nur mit mehr Geld. Und selbst das ist nichts wert. Wer nicht arbeitet, bekommt nichts zu essen, so sieht es doch aus. Unser Stand ist tot, Mutter. Du hast es nur noch nicht erkannt. Und allein das ist der Grund dafür, dass du einer Frau durch drei Kerle – drei! – ein Kind aus dem Leib prügeln lässt. Weil sie nicht standesgemäß war. Welcher Teufel hat dich geritten, so etwas zu tun?«

Seine Mutter war kreidebleich geworden, und die Röte auf ihren Wangen wirkte wie losgelöst von der Haut. »Du wolltest das Kind nicht.«

»Aber ich war daran beteiligt. Wie um alles in der Welt kamst du dazu, Elisabeth dafür fast umbringen zu lassen? Ist dir klar, dass die Sache auch hätte schiefgehen können? Was, wenn keiner sie bemerkt hätte? Wenn sie in dieser Gasse verblutet wäre?«

»Du wirst mir nicht glauben, aber ich habe gesagt, einer von ihnen soll später Hilfe holen, soll so tun, als habe er sie gefunden und die Kerle vertrieben.«

Richard lachte höhnisch. »Wie unglaublich umsichtig von dir.«

»Du wolltest das Kind nicht«, wiederholte sie beharrlich.

Richards Faust krachte auf den Tisch. »Ja, verdammt, ich wollte es nicht. Aber das heißt nicht, dass ich es der Frau, die es trägt, aus dem Leib prügle.« Er fuhr sich mit beiden Händen durch das Haar. »Verdammt noch mal, Mutter.« Er lehnte sich vor, sah sie eindringlich an. »Ich werde Köln verlassen. Und ich verzichte auf alle Ansprüche auf dieses Haus. Selbst wenn du es schaffst, es Antonia abzugaunern, werde ich es ihr, sobald ich es erbe, zurückgeben.«

Seine Mutter starrte ihn entgeistert an. »Ist es die Sache wert, mir so in den Rücken zu fallen? Unser Familienerbe …«

»Ich hätte das Haus verkauft, Mutter. Und mit dem Geld hätte ich dann lukrative Märkte gesucht. So sieht es aus. Ich hätte keine *von und zu* geheiratet und jedes Wochenende eine Tanzparty gegeben. Diese Zeiten sind vorbei.«

»Aber …« Hedwig von Brelows Mund zitterte, »aber du bist der letzte Erbe unseres Namens.«

»Namen sind Schall und Rauch.«

»Du willst das Haus deines Vaters dieser Hure überlassen?«

Richard gönnte sich ein spöttisches Lächeln. »In deiner Welt ist es einfach, nicht wahr? Antonia ist eine Hure, weil sie ein Kind hat, das nicht von Friedrich ist. Elisabeth ist eine Hure, weil sie mit diesem Engländer zusammen war. Und am Ende fragt noch nicht mal jemand, wofür das alles.« Er erhob sich. »Ich will nicht behaupten, dass ich gnädiger mit ihnen umgesprungen bin. Elisabeth habe ich übel mitgespielt. Und Antonia habe ich ausgenommen wie eine Weihnachtsgans.«

»Antonia hat es nicht besser verdient.«

Er wandte sich zur Tür, hielt noch einmal inne, wollte widersprechen, wusste jedoch, dass es sinnlos war.

»Wo willst du denn hin?«, rief seine Mutter ihm nach.

»Nach Berlin.«

»So weit weg?«

Er schwieg.

»Sehe ich dich vorher noch einmal?«

»Keine Sorge, Mutter. Ich gehe nicht fort, ohne mich zu verabschieden.«

Er hatte die Worte unbewusst gewählt, und kaum waren sie raus, ahnte Richard, dass er und seine Mutter in diesem Moment an dasselbe dachten. Friedrich, nach seiner Ankündigung, in den Krieg zu ziehen. *Keine Sorge, Mutter. Ich gehe nicht fort, ohne mich zu verabschieden.* Tränen traten ihr in die Augen. »Ich habe mir so gewünscht, dass er zurückkehrt.«

»Ja, Mutter«, sagte Richard kaum hörbar. »Ja, ich weiß.«

Für so vieles hatte Antonia auf einmal eine Erklärung. Für Georgs Art, Marie anzusehen. Für seine Distanziertheit, wenn er Antonia geküsst hatte. Für seine zögerliche Annäherung. Wie hatte er nur die ganze Zeit so reizend sein können, so hilfsbereit, so liebevoll? Während Antonia ihm zunehmend vertraut hatte, hatte er wiederum Marie an sich gewöhnt.

Ich habe mir oft ausgemalt, wie wunderbar es sein muss, mit dir zu schlafen, und ich muss sagen, meine Erwartungen wurden sogar übertroffen. Nicht nur deine, dachte Antonia, und ich habe dich geliebt. Es war schön gewesen, so schön, dass es sich ganz und gar wahrhaftig angefühlt hatte. Sie war kein unerfahrenes, junges Ding mehr wie zu der Zeit mit Richard, und es erschien ihr nahezu unglaublich, dass jemand ihr mit dreißig Jahren und nach allem, was sie durchgemacht hatte, noch einmal so das Herz brechen konnte – in mehr als einer Hinsicht.

Sie würde kein Kind mehr bekommen, ganz gleich, ob sie irgendwann noch einmal heiratete oder nicht. Die Wunde, die der Verlust schlug, war zu tief, als dass sie ihn ein weiteres Mal riskieren wollte. Die Liebe, die sie für dieses kleine Geschöpf hegte, war unvorstellbar. Dabei hatte sie es gar nicht haben wollen, hatte nie eine Mutter sein wollen. Vielleicht, weil sie in ihrem Innern gespürt hatte, welche Ängste im Hintergrund lauerten.

Es war der achte Tag nach Georgs Fortgang, und noch war nichts laut geworden über sie. Antonia hatte das schöne Wetter genutzt, um einen Spaziergang zu machen. Wer wusste schon, wie lange sie dies noch konnte, ehe sie öffentlich geächtet wurde. *Antonia von Brelow hat ein Kind geraubt und die Mutter dem Sterben überlassen. Antonia von Brelow wollte ein Kind opfern, um überleben zu dürfen.* Sie war bereits über eine Stunde gelaufen und kam nun am Dom an, um den herum auch zwei Jahre nach Kriegsende alles in Trümmern lag. Die Sonne mochte die Szenerie weicher erscheinen lassen, aber nichtsdestoweniger war sie deprimierend.

Antonia ging am Rhein entlang, beobachtete die Fähre und den Bau der Brücke. Dann schlenderte sie zum Dom, den sie vor dem Krieg das letzte Mal betreten hatte, zusammen mit Friedrich. Ein kleines Mädchen im Sommerkleid hockte auf einem Schuttberg und pflückte eine Frühlingsblume. Während Antonia die Kleine beobachtete, keimte in ihr eine Idee. Und auf einmal wusste sie, was sie tun würde.

Mochte das Leben auch eine gänzlich andere Wendung nehmen als erwartet – das tat es schließlich nicht das erste Mal. Und Antonia würde sie bewältigen, wie sie bisher alles bewältigt hatte. Andere Mütter verloren Kinder durch Hunger und Krankheiten, und sie hatte zumindest die Gewissheit, dass es Marie gut ging. Wenngleich Georg dafür sorgen würde, dass sie nicht in liebevoller Erinnerung an Antonia schwelgte, die lieber gehungert und gefroren hatte, als dass Marie Entbehrungen ertrug. *Sie hat dich geraubt und deine Mutter sterben lassen, kleine Marie.*

Antonia straffte sich, blinzelte, würde sich keine Schwäche mehr erlauben. Sie schlug den Weg nach Hause ein, um zu überlegen, wie sie ihre Idee in die Tat umsetzen konnte. Vielleicht würden Elisabeth und Katharina ihr helfen.

Als sie zu Hause ankam, war alles still, und Antonia schloss behutsam die Tür, als sei die Stille Glas, das zerbrechen konnte. Sie stieg die Treppe hinauf und blieb an der obersten Stufe abrupt stehen. Zarte Klänge waren zu hören, das zögerliche Anschlagen von Klaviertasten. Und die glockenhelle Stimme eines Kindes. Antonia zitterte und presste sich die Hand auf ihr wild schlagendes Herz, versuchte, den Hoffnungsschimmer, der in ihr aufglomm, zu unterdrücken, weil sie wusste, dass sie die Enttäuschung nicht würde ertragen können.

Es konnte nicht Marie sein. Welchen Grund hätte Georg, sie hierherzubringen? Und doch hätte Antonia die Stimme sofort wiedererkannt, das heraussprudelnde Lachen, die Worte, die nur eine Mutter verstehen konnte. Sie eilte zum Musikzimmer und stieß die Tür auf.

»Mama!«

Antonia fiel auf die Knie und fing Marie auf, die zu ihr rannte und sich in ihre Arme warf. Tränen stiegen ihr in die Augen, und sie weinte in die zarten Locken des Kindes. Dann hob sie ruckartig den Kopf, und ihr Blick begegnete dem Georgs, der sie aufmerksam beobachtete.

»Wer hat dich reingelassen?«, fragte sie.

»Elisabeth.«

Antonia senkte das Gesicht wieder in Maries Haar und schluchzte auf, während das Kind sich an sie klammerte. Und dann begann Marie zu erzählen, die Worte sprudelten aus ihr hervor, ein Durcheinander von Tagen und Orten, wo sie gewesen war. Straße, verstand Antonia, Rhein, Zimmer. Sie strich sich die Tränen von den Wangen und räusperte sich.

»Warum bist du hier?«

Georg sah Marie an, dann wieder Antonia. Seine Finger, die auf den Tasten gespielt hatten, verharrten nun still. »Ich bin mit Marie in ein Gasthaus gegangen. Während ich gearbeitet habe, hat eine Frau auf sie achtgegeben.«

In Antonia verkrampfte sich etwas. Sie hatte Marie nie jemandem anvertraut, den sie nicht kannte, und obwohl das Mädchen wohlbehalten vor ihr stand, stiegen heftige Verlustängste in ihr auf.

»Anfangs hatte Marie ihren Spaß, hat es genossen, herumzutoben und draußen zu spielen. Sie hat zwar immer nach dir gefragt, aber ich konnte sie ablenken, habe mit ihr gespielt, bin mit ihr spazieren gegangen. Das hat kurzzeitig geholfen. Heute Morgen jedoch wurde ich davon geweckt, dass sie an der Tür stand, weinte und *Mama* gerufen hat. Da wusste ich, dass man das, was ich tue, keinem Kind zufügen darf.«

Antonia zog Marie auf ihren Schoß, und das Mädchen kuschelte sich an sie. Wärme durchströmte sie, und ihr Herz klopfte heftig, als der kleine Körper sich in ihre Arme schmiegte. Vielleicht war das die einzige Liebe, dachte sie, die an keine Bedingung geknüpft war, die nur um ihrer selbst willen existierte.

»Und was wird nun?«, fragte sie, obschon sie Angst vor der Antwort hatte.

»Tja, wenn ich das wüsste«, antwortete Georg. »Ich dachte immer, dass es sich großartig anfühlen muss, sich zu rächen, dir das anzutun, was du meiner Meinung nach meiner Frau angetan hast. Das Kind zu rauben, ohne Gedanken an einen möglichen Vater zu verschwenden. Und dabei wurde mir klar, dass ich mich in den letzten zwei Jahren in die Art Mann verwandelt habe, die ich immer verabscheut hatte – kalt, rachsüchtig. Ein Mann, der mit einer Frau schläft, um sie noch im Bett zu schmähen.«

Der Gedanke an den Moment, wo sie vor ihm lag und seinen kühlen Blicken ausgeliefert war, reichte, damit ein Schauer Antonia überlief, und selbst die Erinnerung daran schmerzte so heftig, dass sie unerträglich war. Die Demütigung, die Angst vor dem, was folgte.

»Ich habe mir«, fuhr Georg fort, »jedes tiefere Gefühl für dich verboten, alles, was über reines Begehren hinausging.«

»Ich hätte mich weigern können, mit dir zu schlafen.«

»Ja, hättest du.«

Antonia strich durch Maries Locken.

»Ich habe versucht, die Sache zu deinen Gunsten auszulegen, dass du das Kind genommen hast, um es zu schützen. Aber dem widersprach das, was ich gehört hatte.«

»Du musst nicht versuchen, Entschuldigungen für mich zu finden. Was ich getan habe, habe ich getan. Aus Angst, ja, aber ich habe es getan.«

»Lena«, sagte Georg, »hätte sich über das Kind geworfen, es mit ihrem Körper geschützt. Geholfen hätte es ihr vermutlich nicht viel. Vielleicht wäre Marie am Ende ebenfalls gestorben. Manchmal sieht man dem Bösen ins Auge und tut aus Angst Dinge, die schockierend sind und die man bei klarem Verstand nie getan hätte.«

So, wie Männern, die im Mord- und Vergewaltigungsrausch waren, einen Säugling entgegenzuhalten, ein frierendes, weinendes Baby.

»Du hättest Marie erfrieren lassen können, aber du hast dich entschieden, ihr eine Mutter zu sein. Warum?«

Da Antonia darauf keine Antwort hatte, zuckte sie mit den Schultern.

»Du hast ihr zuliebe auf vieles verzichtet. Und dann all die Arbeit für die Waisenkinder, obwohl du, nach allem, was ich gehört habe, Kinder nicht einmal besonders mochtest. Als Sühne?«

Wieder zuckte Antonia mit den Schultern. Seit dieses erdrückende Schuldgefühl nicht mehr auf ihr lastete, die Angst davor, dass jemand sie gesehen hatte, sie nicht mehr verfolgte, fühlte sie sich müde und erschöpft, als müsse sie all den Schlaf nachholen, um den die Schuld sie seither gebracht hatte.

»Wenn ich Marie mitnehme«, fuhr Georg fort, »wäre das grausam ihr gegenüber. Und dir gegenüber wohl auch. Aber ich möchte mein einziges Kind nicht verlieren. Es ist absurd, aber mir ist, als sei sie unser gemeinsames Kind, nicht meines und Lenas.«

Antonia ahnte, was ihn dieses Eingeständnis gekostet haben musste. Ebenso, wie sie wusste, welche Frage er nicht zu stellen wagte. Offenbar war es so, dass es Marie für sie nicht ohne Georg gab. Und für Georg Marie nicht ohne Antonia. Vielleicht, dachte Antonia, sind wir einander ebenbürtig. »Komm zurück«, hörte sie sich sagen.

Georg sah sie überrascht an. »Du bist großherziger als ich.«

»Nein, aber vielleicht egoistischer.«

Kurz hoben sich Georgs Mundwinkel, ehe er wieder ernst wurde. »Bindet uns nur Marie aneinander?«

Antonia stellte die Kleine auf die Füße und erhob sich. Sie antwortete nicht, kleidete Georgs unausgesprochene Hoffnung jedoch in ein Lächeln. *Geben wir uns Zeit, es herauszufinden.*

Epilog

Juni 1947

Es war der Tag vor Richards Abreise, und sie saßen alle gemeinsam in der Küche: Elisabeth, Antonia und Marie, Georg, Katharina an Carls Seite und Richard. Georgs überraschende Rückkehr war zunächst recht unerquicklich für ihn verlaufen, und Richard hatte ihm überaus glaubhaft versichert, es sei gut, dass Elisabeth an dem Tag daheim gewesen sei, denn hätte er die Tür geöffnet, hätte Georg hernach einige Zähne weniger gehabt. Aber Antonia war glücklich, und so nahm man auch Georg wieder in die Hausgemeinschaft auf.

Vor zwei Wochen hatte Antonia ihnen eröffnet, dass sie plante, Waisenkinder in dem Haus aufzunehmen. Räume genug gab es ja, und sie hatten bereits geplant, wie sie die Zimmer aufteilen würden, was sie aus dem ehemaligen Esszimmer, dem Salon und dem ungenutzten großen Saal machen würden.

»Wenn ich ausziehe«, sagte Katharina nun, »steht euch neben Richards auch mein Zimmer zur Verfügung. Sobald Carl eine Bleibe für uns hat.«

»So lange kann Carl hier wohnen«, antwortete Antonia. »Daran soll eure Hochzeit nicht scheitern.«

Carl lachte sie an und hob seine Kaffeetasse, als wolle er ihr zuprosten. »Ein Waisenhaus mit eigenem Arzt und Krankenschwester. Das ist doch was.«

»Ein Waisenhaus von Richard von Brelows Gnaden«, sagte Richard, »vergesst das nicht.«

»Ich danke dir von ganzem Herzen dafür, auf etwas verzichtet zu haben, was dir nicht zustand«, antwortete Antonia belustigt. Sie war wie ausgewechselt, dachte Elisabeth. Nach und nach schälte sich jene Antonia hervor, die sie vor dem Krieg gewesen sein musste. Die überwältigende Schuld, die sie niedergedrückt hatte, war ihr von den Schultern genommen. Elisabeth wünschte, sie könnte dasselbe von sich behaupten. Aber Antonia hatte Georgs Verzeihen, ihr, Elisabeth, würde niemand Absolution erteilen.

Nach und nach verließen sie die Küche, Georg musste zum Dienst, Katharina und Carl gingen in die Stadt, und Antonia wollte mit Marie in den Garten.

»Komm doch mit«, sagte sie zu Elisabeth, die mit hinter dem Rücken verschränkten Händen am Türrahmen lehnte.

»Ja, ich komme gleich nach«, antwortete diese.

Als Letzter verließ Richard die Küche. Er blieb vor ihr stehen, sah sie an. »Nun mach nicht so ein Gesicht, ich komme doch wieder.«

Elisabeth lächelte spöttisch. »Und du glaubst, das kümmert mich?«

»Ich verleihe einem Gedanken Hoffnung.«

»Kann es dir nicht völlig gleich sein?«

Richard wirkte nachdenklich. »Jeder Mensch wird gerne irgendwo zurückerwartet, nicht wahr?«

»Du wirst nicht zurückkommen.«

»Warum nicht? Denkst du, die Sowjets bauen eine Mauer, um mich daran zu hindern?«

Elisabeth musste lachen, aber Richard blieb ungewöhnlich ernst.

»Ich habe gesagt, ich hätte dich über«, begann er, und die Erinnerung daran reichte, damit jeder Anflug von Freude aus Elisabeths Gesicht glitt. Das Lächeln schwand, und sie sah an

Richard vorbei, damit er nicht bemerkte, wie sehr sie diese Worte jetzt noch trafen. »Ich war wütend und wollte dich verletzen. Aber bis zu dem Tag habe ich nicht einmal darüber nachgedacht, mit dir zu brechen.«

Jetzt hatte er sie wieder so weit. Tränen stiegen Elisabeth in die Augen, und sie wischte sie trotzig weg. »Warum tust du das?«

»Weil ich möchte, dass du das weißt. Ich hatte dich nicht über.«

»Was nützt das jetzt noch? Es ist vorbei.«

»Du warst meine Freundin, die einzige Geliebte in den letzten Jahren, von der ich das behaupten konnte.«

»Du hast eine seltsame Art zu zeigen, was dir diese Freundschaft wert war.« Der Spott zerbrach in Elisabeths Stimme.

»Du bist nicht schuld am Tod dieses Jungen«, sagte Richard übergangslos. Elek, mit dem alles zusammenhing, was sie hernach getan hatte. »Ich komme zurück«, sagte er in einem Ton, als leiste er ein innig erwartetes Versprechen.

»Du denkst doch wohl nicht ernsthaft, dass ich dich mit offenen Armen willkommen heiße?«

»Nun«, antwortete Richard fast unhörbar, »wir werden sehen, nicht wahr?«